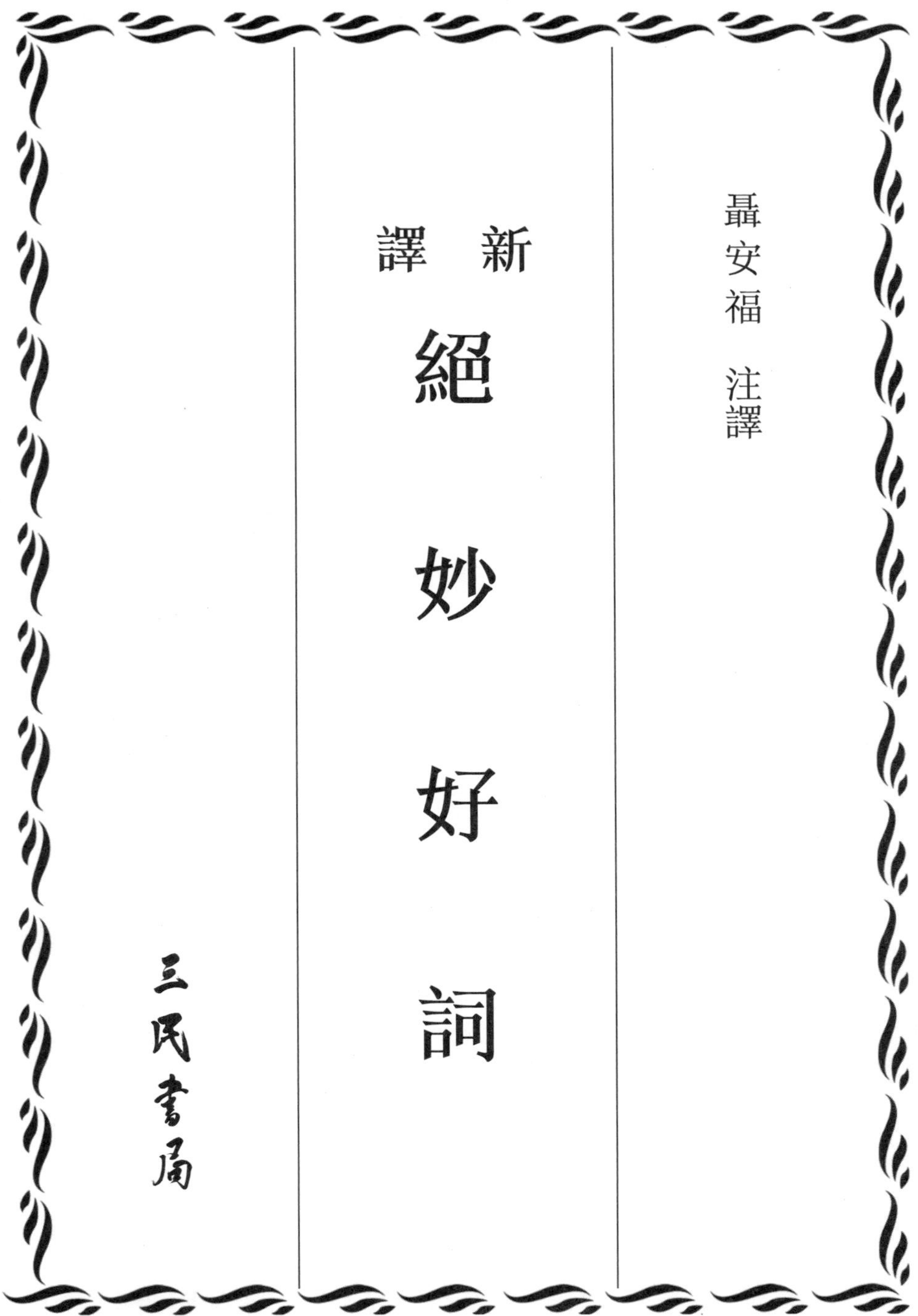

聶安福 注譯

新譯

絕妙好詞

三民書局

刊印古籍今注新譯叢書緣起

劉振強

人類歷史發展，每至偏執一端，往而不返的關頭，總有一股新興的反本運動繼起，要求回顧過往的源頭，從中汲取新生的創造力量。孔子所謂的述而不作，溫故知新，以及西方文藝復興所強調的再生精神，都體現了創造源頭這股日新不竭的力量。古典之所以重要，古籍之所以不可不讀，正在這層尋本與啟示的意義上。處於現代世界而倡言讀古書，並不是迷信傳統，更不是故步自封；而是當我們愈懂得聆聽來自根源的聲音，我們就愈懂得如何向歷史追問，也就愈能夠清醒正對當世的苦厄。要擴大心量，冥契古今心靈，會通宇宙精神，不能不由學會讀古書這一層根本的工夫做起。

基於這樣的想法，本局自草創以來，即懷著注譯傳統重要典籍的理想，由第一部的四書做起，希望藉由文字障礙的掃除，幫助有心的讀者，打開禁錮於古老話語中的豐沛寶藏。我們工作的原則是「兼取諸家，直注明解」。一方面熔鑄眾說，擇善而從；一方面也力求明白可喻，達到學術普及化的要求。叢書自陸續出刊以來，頗受各界的喜愛，使我們得到很大的鼓勵，也有信心繼續推廣這項工作。隨著海峽兩岸的交流，我們注譯的成員，也由臺灣各大學的教授，擴及大陸各有專長的學者。陣容的充實，使我們有更多的資源，整理更多樣化的古籍。兼採經、史、子、集四部的要典，重拾對通才器識的重視，將是我們進一步工作的目標。

古籍的注譯，固然是一件繁難的工作，但其實也只是整個工作的開端而已，最後的完成與意義的賦予，全賴讀者的閱讀與自得自證。我們期望這項工作能有助於為世界文化的未來匯流，注入一股源頭活水；也希望各界博雅君子不吝指正，讓我們的步伐能夠更堅穩地走下去。

新譯絕妙好詞 目次

卷五

陳允平

張樞

李演

莫崙

倣顰十解

王沂孫

趙與仁

導讀

《絕妙好詞》七卷，周密編選。周密（西元一二三二—一二九八年），字公謹，號草窗，又號蘋洲、四水潛夫、弁陽老人。祖籍濟南（今山東），寓居湖州，景炎元年（西元一二七六年）後移居杭州。以祖父澤入仕，曾任兩浙運司掾、豐儲倉檢察、義烏令，宋亡後不仕，以故國文獻自任。出身望族，「自幼朗悟篤學，慕尚高遠，家故多書，心維手抄，至老不廢。……作詩少負奇崛雄贍，晚乃寖趣古淡，間作長短句，或謂似陳去非、姜堯章。」❶一生著述二十餘種，存世有《草窗韻語》、《蘋洲漁笛譜》、《絕妙好詞》、《武林舊事》、《齊東野語》、《癸辛雜識》、《浩然齋雅談》、《雲煙過眼錄》等十三種❷。

一

《絕妙好詞》編成於宋亡之後❸，始於張孝祥，止於仇遠，大體依時代先後編次，選錄一百三十三家三百九十一首詞作，現存三百八十四首，殘缺詞作一首❹。「絕妙好詞」一名源於《世說新語・捷悟》

❶ 朱存理編《珊瑚木難》卷五「弁陽老人自銘」條，影印文淵閣《四庫全書》本。

❷ 參見夏承燾《周草窗年譜》附錄《草窗著述考》，《唐宋詞人年譜》，上海古籍出版社一九七九年九月版。

❸ 《絕妙好詞》卷六所錄張炎〈甘州・餞草窗西歸〉有云「短夢恍然今昔，故國十年心」，知作於宋亡後約十年。

所載曹娥碑陰題字❺，宋人稱賞詩詞有用此語者，如王庭珪〈與胡邦衡四幅〉云：「某久聞青原長句，未及見。淳上座來，惠石本，可謂絕妙好詞。」❻周紫芝〈書滄海遺珠後〉：「《滄海遺珠》者，余手所錄近世諸家之作也。其他絕妙好詞，不可概舉。」❼以「絕妙」冠名詞選者始於黃昇淳祐九年（西元一二四九年）編定的《中興以來絕妙詞選》，輯錄八十八家七百六十首詞作（末附己作三十八首），其自序云：「佳詞豈能盡錄，亦嘗鼎一臠而已。」周密此選編成於約四十年之後，同以「絕妙」為名❽，而甄選更為精嚴，更可謂「嘗鼎一臠」。

張炎《詞源・雜論》云：「近代詞人用功者多，如《陽春白雪集》，如《絕妙詞選》，亦自可觀，但所取不精一，豈若周草窗所選《絕妙好詞》之為精粹。」《四庫全書總目》卷一百九十九亦稱其「去取謹嚴，猶在曾慥《樂府雅詞》、黃昇《花庵詞選》之上」。所謂「精粹」、「謹嚴」，即體現在選詞標準鮮明純粹，取捨精嚴。先就選詞數量而言，曾慥《樂府雅詞》編成於紹興十六年（西元一一四六年），以北宋詞為主，姑且勿論。黃昇《中興以來絕妙詞選》、趙聞禮《陽春白雪》所選南宋詞❾，均遠多於《絕

---

❹ 據朱祖謀校定毛氏汲古閣鈔本。按，諸刻本均錄作百三十二家，存詞三百八十三首。朱跋云：「卷二李鼐仲鎮姓字，諸刻皆脫去，其〈清平樂〉「亂雲將雨」一闋遂誤屬李泳。卷七脫簡，趙與仁〈好事近〉詞後存「浣溪沙」三字。仇遠〈生查子〉前存「北山南」三字，知為〈玉蝴蝶〉之「獨立軟紅」一闋。」

❺ 劉義慶《世說新語・捷悟》載曹操見曹娥碑陰題有「黃絹幼婦，外孫齏臼」八字，楊修解曰：「「黃絹」，色絲也，於字為「絕」；「幼婦」，少女也，於字為「妙」；「外孫」，女子也，於字為「好」；「齏臼」，受辛也，於字為「辭」。所謂「絕妙好辭」也。」柯煜〈重刻絕妙好詞序〉有云「蔡家幼婦之碑，固應無愧」，「黃絹幼婦」八字傳為蔡邕所題。

❻ 王庭珪《盧溪文集》卷三十二，影印文淵閣《四庫全書》本。

❼ 周紫芝《太倉稊米集》卷六十七，影印文淵閣《四庫全書》本。

❽ 周密《浩然齋雅談》卷下數次提及此書，簡稱《絕妙選》、《絕妙詞》。

❾ 陳振孫《直齋書錄解題》卷二十一謂《陽春白雪》「取《草堂詩餘》所遺以及近人之詞」。今本正集八卷，外集一卷，

妙好詞》。再看選詞標準，黃昇謂「中興以來，作者繼出，及乎近世，人各有詞，詞各有體」，故而選詞不拘一格：「盛麗如游金、張之堂，妖冶如攬嬙、施之袪，悲壯如三閭，豪俊如五陵。」（《絕妙詞選》自序）所選詞人詞作如辛棄疾四十二首、劉克莊四十二首、姜夔三十四首、張孝祥二十四首、康與之二十三首、陸游二十首、高觀國二十首、盧祖臯二十四首、張輯二十一首、史達祖十七首、張元幹十二首、劉過十首，可謂各派兼收，眾體並蓄。趙聞禮《陽春白雪》選詞顯分兩類，誠如陳匪石所評：本集八卷所錄「皆妍雅深厚，與周密《絕妙好詞》相近。……稼軒、改之、後村諸人則取其溫厚蘊藉者。外集則錄激昂慷慨、大氣磅礡之作。取舍所在，尤為顯著」❿。周密編選《絕妙好詞》則嚴守妍雅蘊藉一格，不錄鄙俗淫豔及慷慨激昂之作⓫。其所選詞作以吳文英（十六首）、姜夔（十三首）、李萊老（十三首）、李彭老（十二首）、施岳（十一首）、盧祖臯（十首）、史達祖（十首）、王沂孫（十首）諸家為多⓬，所錄陸游、辛棄疾、劉過各三首，劉克莊四首，均非慷慨豪邁之作，而《中興以來絕妙詞選》或《陽春白雪》所錄張元幹〈賀新郎〉（曳杖危樓去）（夢繞神洲路）、張孝祥〈六州歌頭〉（長淮望斷）、陸游〈夜遊宮〉（雪曉清笳亂起）、辛棄疾〈水龍吟〉（楚天千里清秋）（渡江天馬南來）（舉頭西北浮雲）、劉過〈沁園春〉（斗酒彘肩）、劉克莊〈滿江紅〉（金甲琱戈）等著名豪壯詞作均未入選。此舉可與其後張炎《詞源》指責辛棄疾、劉過「作豪氣詞，非雅詞」相呼應。《詞源》及沈義父《樂府指迷》為

錄詞凡六百七十一首，卷一至卷三多北宋詞，卷四以下絕大多數為南宋詞。參見葛渭君點校本《陽春白雪》，上海古籍出版社一九九三年六月。

❿ 陳匪石《聲執》卷下，唐圭璋編《詞話叢編》第四九五七頁。中華書局一九八六年。

⓫ 柯崇樸〈重刻絕妙好詞序〉稱其「雅淡高潔，絕去淫哇塵腐之音」。見張麗娟校點本《絕妙好詞》卷首，遼寧教育出版社二〇〇一年。

⓬ 周密《絕妙好詞》卷七錄己作二十二首均不見於其此前所自定詞集《蘋洲漁笛譜》，蓋為自存詞作，而非自選佳作。又，卷四所選施岳詞十一首，今本殘缺六首。

南宋雅詞風尚之代表性論著，《絕妙好詞》則堪當相與匹配的典範詞選。如張炎《詞源》所標舉稱賞的南宋詞二十首，有十六首見於《絕妙好詞》；其弟子陸輔之《詞旨》所列「警句凡九十二則」，有七十六則見於《絕妙好詞》；《樂府指迷》所推賞的吳文英詞作，《絕妙好詞》選錄最多。崇尚雅正（或清空騷雅，或典麗渾雅），擯棄「豪氣詞」以及「鄰乎鄭衛」、「為情所役」之作，斥責「市井氣」、「鄙俗語」、「淫豔之語」⓭，可視作《絕妙好詞》在筆調風格層面的取捨標準。

二

筆調雅正而外，協音合律也是《詞源》、《樂府指迷》所代表的南宋雅詞論者的共識，所謂「詞以協音為先」、「詞之作必須合律」、「音律欲其協，不協則成長短之詩」⓮。張炎稱譽《絕妙好詞》「精粹」，當不無協律因素。周密早年從楊纘（字繼翁，號守齋、紫霞翁）習音律，其《齊東野語》卷十八自述：「往時余客紫霞翁之門。翁知音妙天下，而琴尤精詣。」周密年少時曾作〈木蘭花慢〉十闋，詠西湖十景，「異日霞翁見之曰：『語麗矣，如律未協何。』遂相與訂正，閱數月而後定。」⓯他如〈采綠吟〉（采綠鴛鴦浦）、〈齊天樂〉（宮檐融暖晨妝懶）、〈瑞鶴仙〉（翠屏圍畫錦）、〈倚風嬌近〉（雲葉千重）等詞作之題、序，均見出其師從楊纘習律賦曲情形。張炎《詞源》卷下亦特為標舉：「近代楊守齋精於琴，故深知音律，有《圈法周美成詞》。與之游者，周草窗、施梅川、徐雪江、奚秋崖、李商隱。每一聚首，必分題賦曲。」⓰所附「楊守齋作詞五要」，前「四要」均屬協律之事。師承楊纘，又與吳文英、

⓭ 參見張炎《詞源》、沈義父《樂府指迷》，唐圭璋編《詞話叢編》本。中華書局一九八六年。

⓮ 同上。

⓯ 周密〈木蘭花慢〉詞序。唐圭璋編《全宋詞》第三二六四頁，中華書局一九七九年。

陳允平、施岳、張樞、李彭老、王沂孫等知音通律詞家交遊唱和，周密作詞，「其於律亦極嚴謹」⓱，自定詞集名曰《笛譜》，王沂孫謂之可承繼姜夔、楊纘⓲。《絕妙好詞》為周密晚年所編，協律自當在其選詞標準之列。

然而，詞之協律並非易事，如上引周密〈木蘭花慢〉音律之參訂一例即可見出⓳。張炎論及詞之協律有云：「詞之作必須合律。然律非易學，得之指授方可。」「音律所當參究，詞章先宜精思，俟語句妥溜，然後正之音譜。二者得兼，則可造極玄之域。」⓴沈義父亦云：「腔律豈必人人皆能按簫填譜，但看句中去聲字最為緊要。」㉑這些言論，實可解讀為允許詞作一定程度的不協，或認同詞之協律有寬嚴之別。嚴者「按簫填譜」，如楊纘「一字不苟作」，如張樞「每作一詞，必使歌者按之，稍有不協，隨即改正」㉒，以「造極玄之域」。但此境極難達到，沈義父即感歎「前輩好詞甚多，往往不協律腔，所以無人唱」㉓，張炎亦稱「舊有刊本《六十家詞》，可歌可誦者指不多屈」㉔。作詞按簫填譜甚難，詞壇不協律腔之好詞甚多，則周密編選《絕妙好詞》在協律方面勢必從寬。

⓰ 陸文圭〈詞源跋〉謂張炎自稱「得聲律之學於守齋楊公、南溪徐公」。《詞源》附錄，唐圭璋編《詞話叢編》第二六九頁，中華書局一九八六年。

⓱ 戈載《宋七家詞選》卷五，光緒十一年（西元一八八五年）重刊本。

⓲ 《絕妙好詞》卷七錄有王沂孫〈踏莎行・題草窗詞卷〉云：「白石飛仙，紫霞淒調。斷歌人聽知音少。」

⓳ 戈載稱周密詞於律無不諧，惟用韻有疏忽處，如其詠西湖十景之〈木蘭花慢〉十闋「洵為佳構」，「惜有四首混韻者」（《宋七家詞選》卷五）。

⓴ 張炎《詞源》卷下，《詞話叢編》本，中華書局一九八六年。

㉑ 沈義父《樂府指迷》，《詞話叢編》本，中華書局一九八六年。

㉒ 張炎《詞源》卷下，《詞話叢編》本，中華書局一九八六年。

㉓ 沈義父《樂府指迷》，《詞話叢編》本，中華書局一九八六年。

㉔ 張炎《詞源》卷下，《詞話叢編》本，中華書局一九八六年。

所謂協律從寬，即不求每詞可歌可誦，不求字字嚴守音律，但求緊要處不苟作，則全詞「雖有小疵，亦庶幾耳」㉕。《絕妙好詞》所錄楊纘、張樞、姜夔、吳文英、張炎及周密詞作當大都可歌可誦，守律嚴謹，其他詞作則不盡然。此舉〈瑞鶴仙〉為例，參照萬樹《詞律》，略作探究。此調，《絕妙好詞》錄有陸淞、辛棄疾、陸叡、樓采、陳允平、張樞、劉瀾七首詞作。據張炎《詞源》所述，張樞之作乃按歌改定之作㉖，今據以比勘其餘六詞：

一、句中韻。沈義父《樂府指迷》云：「詞多有句中韻，人多不曉。不惟讀之可聽，而歌時最要叶韻應拍，不可以為閒字而不押。」〈瑞鶴仙〉過片第二字即為句中韻，《詞律》謂可不拘，「然以入韻為是」。張樞詞入韻。餘六詞同。

二、起句「捲簾人睡起」，作仄平平去上。餘六詞平仄全同，末二字四聲稍異者只有辛棄疾、劉瀾詞作去入。

三、「風光又能幾」五字句，作平平仄平仄，《詞律》謂此「是一定之格」。餘六詞同，且第三字多用去聲，僅陸叡、樓采詞用上聲。

四、「待晴猶未」句，作仄平平仄。餘六詞同，且第一字多用去聲，僅辛棄疾詞用上聲。

五、「蘭舟靜艤」句，作平平去上。餘六詞平仄全同，且末二字多作去上，僅辛棄疾詞作去入、劉瀾詞作上入。

六、結句「寸心萬里」，作去平去上。餘六詞平仄全同，四聲稍異者有陸淞詞作上平去上（「怎生意穩」）、辛棄疾詞作去平去入（「數聲畫角」）、樓采詞作去平上上（「霸陵古道」）、劉瀾詞作去平去入

㉕ 張炎《詞源》卷下，《詞話叢編》本，中華書局一九八六年。

㉖ 按，張樞此詞「西湖上、多少歌吹」一句，其餘六詞皆作六字句。《詞律》謂張樞此句「多填一字，他家俱無此體，必係傳訛」。

（「絳紗萬燭」）。《詞律》謂此調「尾句之仄平去上，或仄平去入，尤為喫緊」。據此則惟有樓采詞不合，然而「道」亦作去聲，則「古道」為上去，其音律聲情當與去上相近，正如萬樹《詞律・發凡》所云：「蓋上聲舒徐和軟，其腔低；去聲激厲勁遠，其腔高。相配用之，方能抑揚有致。」

以上諸端大體見出各詞協律於緊要處不苟作，但亦不無小疵。如上去連用，上引《詞律・發凡》已有論及，並謂「大抵兩上、兩去在所當避」。考張樞〈瑞鶴仙〉詞中上去連用者（不計韻腳）有四處，其餘六詞大多不合。如「粉蝶兒守定落花不去」中「守」字，原作「撲」（入聲），「稍不協，改為『守』字，迺協」[27]。「守定」正合《詞律》所言上去「相配用之，方能抑揚有致」。其餘六詞只有劉瀾詞作上去（「馬上」）。又如「放燕子歸來」之「燕子」、「甚等閒半委東風，半委小溪流水」之「半委」，其餘六詞更無一合者。然而不合者僅劉瀾詞有一處用去去（「露立」），餘皆符合《詞律》所言「大抵兩上、兩去在所當避」，其於音律當屬「稍不協」。

綜上所述，周密《絕妙好詞》之編選標準可簡括為：詞章居先，協律居次；詞章從嚴，協律從寬。

三

《絕妙好詞》所錄詞作題材頗廣，涉及詠物寓情、節序感懷、傷春怨別、羈旅愁思、時世感慨、撫今懷古、山水紀遊、閒居清趣以及題詠山房、繪畫、詞集等，而以前數類居多，大體可與張炎《詞源》所列「詠物」、「節序」、「賦情」、「離情」相應，筆調雅正，而情調面貌則不盡相同。張炎〈西江月〉題詠《絕妙好詞》云：

---

[27] 張炎《詞源》卷下，唐圭璋編《詞話叢編》第二五六頁，中華書局一九八六年。

花氣烘人尚暖。珠光出海猶寒。如今賀老見應難，解道江南腸斷。
謾擊銅壺浩歎，空存錦瑟誰彈。莊生蝴蝶夢春還，簾外一聲鶯喚。

詞云「空存錦瑟」，其情境亦頗似李商隱〈錦瑟〉：「花氣烘人尚暖」似「藍田日暖玉生煙」，「珠光出海猶寒」似「滄海月明珠有淚」，「解道江南腸斷」似「望帝春心託杜鵑」，「莊生蝴蝶夢春還」似「莊生曉夢迷蝴蝶」。此四句大略道出《絕妙好詞》所錄詞作之情調類別：或如春暖花薰之和婉明麗；或如滄海珠光之清韻幽邈；或傷時怨別，愁腸欲斷；或感慨盛衰，悵惘若夢。

「花氣烘人尚暖」，令人想到林升〈題臨安邸〉所云「西湖歌舞幾時休」、「暖風熏得遊人醉」。《絕妙好詞》所錄西湖紀遊詞作即可見出此番情景，如「輕衫短帽西湖路，花氣撲青驄」（盧祖皐〈烏夜啼〉）、「春雲粉色，春水和雲濕」（高觀國〈霜天曉角〉）、「笑湖山、紛紛歌舞，花邊如夢如熏」（奚漢〈芳草・南屏晚鐘〉）、「驕驄穿柳去，文艦挾春飛。簫鼓晴雷殷殷，笑歌香霧霏霏」（趙溍〈臨江仙・西湖春泛〉）、「堤上寶鞍驟。記草色熏晴，波光搖岫」（李彭老〈探芳訊・湖上春游〉）等。施岳〈曲游春・清明湖上〉則展現出春日西湖晝夜歡遊之盛況：

畫舸西泠路，占柳陰花影，芳意如織。小楫衝波，度麴塵扇底，粉香簾隙。岸轉斜陽隔。又過盡、別船簫笛。傍斷橋、翠繞紅圍，相對半篙晴色。
頃刻。千山暮碧。向沽酒樓前，猶繫金勒。乘月歸來，正梨花夜縞，海棠煙冪。院宇明寒食。醉乍醒、一庭春寂。任滿身、露濕東風，欲眠未得。

堤岸花柳掩映，紅翠環繞，春色似錦。湖水晴光蕩漾，畫舸衝波，歌聲飛揚，簾幕飄香。酒樓醉歡，踏月而歸。此可與周密《武林舊事》卷三所述「都人遊賞」相參證：「都人士女，兩堤駢集，幾於無置足地。水面畫楫，櫛比如魚鱗，亦無行舟之路。歌歡簫鼓之聲，振動遠近。其盛可以想見。若遊之次第，則先南而後北。至午則盡入西泠橋裏湖。……既而小泊斷橋，千舫駢集，歌管喧奏，粉黛羅列，最為繁盛。……至花影暗而月華生，始漸散去，絳紗籠燭，車馬爭門，日以為常。」

與西湖紀遊類詞風相近，一些節序詞作亦堪稱風情和婉，如史達祖〈東風第一枝・燈夕〉：「酒館歌雲，燈街舞繡，笑聲喧似簫鼓。太平京國多歡，大酺綺羅幾處。東風不動，照花影、一天春聚。耀翠光、金縷相交，苒苒細吹香霧。」〈玉樓春・社前一日〉：「游人等得春晴也。處處旗亭咸繫馬。雨前穠杏尚娉婷，風裏殘梅無顧藉。」楊纘〈一枝春・除夕〉：「竹爆驚春，競喧填、夜起千門簫鼓。流蘇帳暖，翠鼎緩騰香霧。停杯未舉。奈剛要、送年新句。應自有、歌字清圓，未誇上林鶯語。」讀來確能「見時序風物之盛，人家宴樂之同」㉘。

與上述紀遊、節序詞作情調風貌大略相類的是閒居之詞，如：

蕭閒處，磨盡少年豪。昨夢醉來騎白鹿，滿湖春水段家橋。濯髮聽吹簫。（趙汝茪〈夢江南〉「簾不捲」）

圖書一室。香暖垂簾密。花滿翠壺熏研席。睡覺滿窗晴日。（周晉〈清平樂〉）

石筍埋雲，風篁嘯晚，翠微高處幽居。縹簡雲籤，人間一點塵無。綠深門戶啼鵑外，看堆牀、寶晉圖書。儘蕭閒，浴硯臨池，滴露研朱。（李彭老〈高陽臺・寄題蓀壁山房〉）

筆調間透出蕭然清雅之趣，與西湖遊賞、節序風情之和樂妍雅詞作，均展示出南宋士人生活情態中的閒雅明麗一面。另一些山水紀遊及題詠中秋月色的詞作則呈現出清曠幽邈氣韻。這首先要提到的就是

㉘ 張炎《詞源》卷下「節序」。唐圭璋編《詞話叢編》第二六三頁，中華書局一九八六年。

本書卷首之作——張孝祥〈念奴嬌〉：

洞庭青草，近中秋，更無一點風色。玉界瓊田三萬頃，著我扁舟一葉。素月分輝，明河共影，表裏俱澄澈。悠然心會，妙處難與君說！　應念嶺表經年，孤光自照，肝膽皆冰雪。短髮蕭騷襟袖冷，穩泛滄浪空闊。盡吸西江，細斟北斗，萬象為賓客。叩舷獨嘯，不知今夕何夕！

扁舟一葉，蕩漾於皓月映照、波光粼粼的洞庭湖面，置身於天水相融、上下通明之冰清玉潔世界，心曠神怡，超然塵外，「萬象為賓客」。同時，「應念嶺表經年，孤光自照，肝膽皆冰雪」及「短髮蕭騷襟袖冷」等詞句，則於孤潔冷寂中透出些許幽怨。整體詞境確如上引張炎詞句「珠光出海猶寒」，而結末「叩舷獨嘯，不知今夕何夕」二句又添幾許茫然虛幻意味。相類詞作尚有張樞〈壺中天〉（雁橫迥碧）、湯恢〈祝英臺近〉（月如冰）、奚漢〈華胥引〉（澄空無際）、仇遠〈玉蝴蝶〉（獨立軟紅塵表）、〈八犯玉交枝〉（滄島雲連）等，其中有浩渺皎潔中寄寓清怨者，如「露腳飛涼，山眉鎖暝，玉宇冰奩滿。平波不動，桂華低印清淺。……窈窕西窗誰弄影，紅冷芙蓉深苑。賦雪詞工，留雲歌斷。偏惹文簫怨。人歸鶴唳，翠簾十二空捲」（張樞〈壺中天〉）亦有展現海上月出之奇幻景象者，如仇遠〈八犯玉交枝·招寶山觀月上〉：

滄島雲連，綠瀛秋入，暮景卻沉洲嶼。無浪無風天地白，聽得潮生人語。擎空孤柱。翠倚高閣憑虛，中流蒼碧迷煙霧。惟見廣寒門外，青無重數。　不知是水是山，不知是樹。漫漫知是何處。倩誰問、淩波輕步。謾凝佇、乘鸞秦女。想庭曲、霓裳正舞。莫須長笛吹愁去。怕喚起魚龍，三更噴作前山雨。

詞中「不知是水是山，不知是樹。漫漫知是何處」，堪與張孝祥〈念奴嬌〉之「叩舷獨嘯，不知今夕何夕」相呼應，從時、空兩端抒寫出超渺虛幻之感。這或許可藉以諭示南宋士人的某種心理超脫。然而，身處國破偏安、恢復無望乃至宋室滅亡之現實中，超然塵外只能是一種短暫的幻象，閒居遊樂也只是一種片面的表象，人生時事之感慨傷悲才是南宋士人真實而普遍的情懷。《絕妙好詞》所錄詞作以此類情調為多，即張炎所謂「江南腸斷」之悲怨、蝴蝶夢破之悵惘。

四

宋祥鳳《樂府餘論》云：「南宋詞人繫情舊京，凡言歸路，言家山，言故國，皆恨中原隔絕。此周公瑾氏《絕妙好詞》所由選也。」㉙從字面看，《絕妙好詞》所錄詞作中直言「歸路」、「家山」、「故國」以抒發中原隔絕之恨如姜夔〈惜紅衣〉之「維舟試望故國。渺天北」者甚少，但其詞情主色調上的黯淡悲愁，當與國破淪亡之時局相關。這首先見之於感時傷世類詞作中，如「恨芳菲世界，遊人未賞，都付與、鶯和燕」（陳亮〈水龍吟〉「鬧花深處層樓」）、「正淒涼望極，中原路杳，月來南浦」（施岳〈水龍吟〉「翠鼇湧出滄溟」）、「磯頭綠樹，見白馬、書生破敵。百年前事，欲問東風，酒醒長笛」（劉灝〈慶宮春〉「春翦綠波」）、「已是搖落堪悲，飄零多感，那更長安道。衰草寒蕪吟未盡，無那平煙殘照。千古閒愁，百年往事，不了黃花笑」（王易簡〈酹江月〉「暗簾吹雨」）、「清淚如鉛。歎咸陽送遠，露冷銅仙」、「望故鄉，都將往事，付與啼鵑」（范晞文〈意難忘〉）等詞句，均流露出時代悲怨。韓元吉的〈好事近·汴京賜宴〉和姜夔的〈揚州慢〉堪為傷時詞作之標識。前者作於宋孝宗乾道九年（西元一一七三年）。是年三月，詞人奉詔北上賀金主生辰萬春節，來到宋室故都汴京，亦即金國新都南京，親臨金主

㉙ 唐圭璋編《詞話叢編》第二五〇二頁，中華書局一九八六年。

壽宴，聞聽管絃奏鳴，故國淪亡之悲湧上心頭：

凝碧舊池頭，一聽管絃淒切。多少梨園聲在，總不堪華髮。杏花無處避春愁，也傍野花發。惟有御溝聲斷，似知人嗚咽。

金主宴樂慶壽，猶如唐代安史亂中，安祿山攻陷東都洛陽，脅迫梨園弟子在凝碧池頭奏樂慶賀。詞人置身歡宴間，心中卻無限傷悲：耳之所聞，管絃聲曲淒婉哀切，御溝流水悲泣嗚咽；目之所見，梨園弟子鬢髮斑白，故都杏花春愁繚繞。此即所謂「感時花濺淚」（杜甫〈春望〉），言花愁水咽，實謂人心之悲愁淒咽。

韓元吉奉詔使金，身臨故都，於金主生辰賀宴間深感故國淪陷之悲。三年後的淳熙三年（西元一一七六年）冬，姜夔途經十五年前曾遭受金兵踐踏的揚州城，則於昔日繁華名都之破敗荒涼中悵然感慨，自度〈揚州慢〉：

淮左名都，竹西佳處，解鞍少駐初程。過春風十里，盡薺麥青青。自胡馬窺江去後，廢池喬木，猶厭言兵。漸黃昏、清角吹寒，都在空城。杜郎俊賞，算而今、重到須驚。縱豆蔻詞工，青樓夢好，難賦深情。二十四橋仍在，波心蕩、冷月無聲。念橋邊紅藥，年年知為誰生。

曾經的「淮左名都」，當年詩人杜牧曾為之歡賞風流，揮灑青春，留下許多美妙詩篇的繁華都市，「自胡馬窺江去後」，頓成破敗淒涼之空城。「漸黃昏、清角吹寒，都在空城」、「二十四橋仍在，波心蕩、冷月無聲」，清空冷寂中蕩漾著無盡的時世傷悲。

故都淪陷，名城荒敗。南宋士人身臨其地，觸目傷時，情懷悲愴。但故都名城之盛非其親身經歷，詞筆遂落在傷今之悲，追昔之情隱於言外。及至抒寫自身親歷之盛衰變故，詞人則於悲慨中又添悵惘若夢之感，如周密〈探芳信・西泠春感〉：

> 步晴晝。向水院維舟，津亭喚酒。歎劉郎重到，依依漫懷舊。東風空結丁香怨，花與人俱瘦。甚淒涼，暗草沿池，冷苔侵甃。　橋外晚風驟。正香雪隨波，淺煙迷岫。廢苑塵梁，如今燕來否。翠雲零落空堤冷，往事休回首。最銷魂，一片斜陽戀柳。

重遊西湖，憑弔舊都。昔日之龍舟遊幸、士女駢集之地，如今是「暗草沿池，冷苔侵甃」、「廢苑塵梁」、「翠雲零落空堤冷」，一片淒涼！「漫懷舊」，撫今追昔，徒增悲怨；「休回首」，觸目傷懷，黯然銷魂，故國遺民之悲溢於筆端。相類詞作尚有：

> 記舊日、西湖行樂，載酒尋春，十里塵軟。背後腰肢，彷彿畫圖曾見。宿粉殘香隨夢冷，落花流水和天遠。但如今，病厭厭，海棠池館。（湯恢〈倦尋芳〉「餳簫吹暖」）

> 遠岫斂修顰。春愁吟入譜，付鶯鶯。紅塵沒馬翠埋輪。西泠曲，歡夢絮飄零。（李萊老〈小重山〉「畫簷簪柳碧如城」）

> 短夢恍然今昔，故國十年心。回首三三徑，松竹成陰。（張炎〈甘州・餞草窗西歸〉）

> 故國如塵，故人如夢，登高還嬾。數點寒英，為誰零落，楚魄難招，暮寒堪攬。步屧荒籬，誰念幽芳遠。一室秋燈，一庭秋雨，更一聲秋雁。試引芳樽，不知消得，幾多依黯。（王沂孫〈醉蓬萊・歸故山〉）

身處國破偏安，歷經國亡世變，南宋詞人感時傷世與懷古傷今，情懷相通，同為慨歎世事盛衰興亡。《絕妙好詞》所選不多的懷古詞作多寓有傷時之悲，如李泳〈定風波〉（點點行人趁落暉）：「南去北來愁幾許，登臨懷古欲沾衣。試問越王歌舞地。佳麗。只今惟有鷓鴣啼。」吳潛〈滿江紅・金陵烏衣園〉：「烏衣巷，今猶昔。烏衣事，今難覓。但年年燕子，晚煙斜日。抖擻一春塵土債，悲涼萬古英雄跡。」南去北來之愁，古今盛衰之悲，英雄悲涼之歎，均透出時世悲慨，而趙希邁的〈八聲甘州・竹西懷古〉可謂亦懷古亦傷今：

> 寒雲飛萬里，一番秋，一番攪離懷。向隋堤躍馬，前時柳色，今度蒿萊。錦纜殘香在否，枉被白鷗猜。千古揚州夢，一覺庭槐。　歌吹竹西難問，拚菊邊醉著，吟寄天涯。任紅樓蹤跡，茅舍染蒼苔。幾傷心、橋東片月，趁夜潮、流恨入秦淮。潮回處、引西風恨，又渡江來。

前文所引姜夔〈揚州慢〉，感慨戰亂後的揚州荒敗景象。趙氏此詞作於數十年之後，揚州依然蕭條。詞人撫今懷古，遙想隋煬帝開渠築堤遊幸江都之盛況，揚州曾經的歌酒繁華，終歸於南柯一夢！夢覺滿目淒涼：「幾傷心、橋東片月，趁夜潮、流恨入秦淮。潮回處、引西風恨，又渡江來。」片月凝恨，隨潮漲落，流入秦淮，又伴西風渡江回。此較白石「二十四橋仍在，波心蕩、冷月無聲。念橋邊紅藥，年年知為誰生」之清空蘊藉，別具婉宕之致。身為宗室後裔，趙氏之傷心當深含家國之恨，故而連帶言及隔江之六朝古都金陵。

五

受傳統創作觀念所限，傷時、懷古等直接觸及時代、歷史的題材，詞人涉及不多。《絕妙好詞》中更多的悲愁詞情歸屬個體人生感慨，有男女相思、傷離怨別、羈旅愁思等。其風格情調大略呈現為沉鬱跌宕、柔和婉曲二格。前者可舉辛棄疾二詞為例：

寶釵分，桃葉渡，煙柳暗南浦。怕上層樓，十日九風雨。斷腸點點飛紅，都無人管，倩誰勸、啼鶯聲住。　鬢邊覷。應把花卜歸期，纔簪又重數。羅帳燈昏，哽咽夢中語。是他春帶愁來，春歸何處？卻不解、將愁歸去。（〈祝英臺近〉）

更能消、幾番風雨。匆匆春又歸去。惜春長怕花開早，何況落紅無數。春且住。見說道、天涯芳草無歸路。怨春不語。算只有殷勤，畫檐蛛網，盡日惹飛絮。　長門事，準擬佳期又誤。蛾眉曾有人妒。千金縱買相如賦，脈脈此情誰訴。君莫舞。君不見、玉環飛燕皆塵土！閒愁最苦。休去倚危闌，斜陽正在，煙柳斷腸處。（〈摸魚兒〉）

前一首為女子傷春怨別之作，後一首乃贈別僚友，寄寓身世之慨。其筆調特色體現為：

其一，以情馭景。如「怕上層樓，十日九風雨。斷腸點點飛紅，都無人管，倩誰勸、啼鶯聲住」、「更能消、幾番風雨。匆匆春又歸去。惜春長怕花開早，何況落紅無數」、「休去倚危闌，斜陽正在，煙柳斷腸處」等詞句，以強烈的主觀情感驅遣風雨落花、聲聲鶯啼、煙柳斜陽之景，令人見情不見景。

其二，用語沉滯。其動詞多用去聲，斷然有力，如「暗」、「怕」、「上」、「斷」、「勸」、「住」、「覷」、「哽咽」（上、去跌宕）、「帶」、「怨」、「誤」、「妒」、「訴」等。一些修飾語如「點點」、「都」、「無數」、「盡日」、「莫」、「皆」、「最」等，亦顯筆意滯重。

其三，句法頓挫。善用虛詞及問詰句形成跌宕筆勢，如「倩誰勸、啼鶯聲住」、「纔簪又重數」、「春歸何處？卻不解、將愁歸去」、「更能消、幾番風雨。匆匆春又歸去」、「何況落紅無數」、「準擬佳期又誤」、「千金縱買相如賦，脈脈此情誰訴」等詞句，見出怨激難平之情。

此類滯重跌宕詞作，《絕妙好詞》中並不多，略相近者如劉過〈賀新郎〉「老去相如倦」、張輯〈祝英臺近〉「竹間棋」、盧祖皋〈宴清都〉「春訊飛瓊管」、蔡柟〈鷓鴣天〉「病酒厭厭與睡宜」、莫崙〈水龍吟〉「鏡寒香歇江城路」等詞作，間有重筆，但沉厚有力尚不及稼軒。其他詞作大都輕柔婉曲，較比沉鬱跌宕詞作，在情景關係、字句筆法上呈現出不同特點：

其一、情景相融，映襯和婉。或由景入情，如「墜粉飄香，日日喚愁生」（盧祖皋〈江城子〉「畫樓簾幙捲新晴」）、「柳線穿煙，鶯梭織霧，一片舊愁新怨」（儲泳〈齊天樂〉「東風一夜吹寒食」）、「游絲上下，流鶯來往，無限消魂」（洪咨夔〈眼兒媚〉「平沙芳草渡頭邨」）；或以景結情，如「心事一春疑酒病。鳥啼花滿徑」（盧祖皋〈謁金門〉「風不定」）、「惡情懷，一院楊花，一徑蒼苔」（王茂孫〈高陽臺〉「遲日烘晴」）、「一掬春情，斜月杏花屋」（王沂孫〈醉落魄〉「小窗銀燭」），情景相映，柔婉蘊藉。此外更多的是移情入景，如：

啼春細雨，籠愁淡月，恁時庭院。（盧祖皋〈宴清都〉「春訊飛瓊管」）

飛露灑銀牀，葉葉怨梧啼碧。（吳文英〈好事近〉）

燕子不知春事改，時立秋千。（吳文英〈浪淘沙〉「燈火雨中船」）

風來綠樹花含笑，恨入西樓月斂眉。（蔡柟〈鷓鴣天〉「病酒厭厭與睡宜」）

但暗水新流芳恨，蜨凄蜂慘，千林嫩綠迷空。（楊纘〈八六子〉「怨殘紅」）

庭前芳草空惆悵，簾外飛花自往還。（陳允平〈思佳客〉「錦幄沉沉寶篆殘」）

柳色如波，縈恨滿煙浦。（李演〈祝英臺近〉「采芳蘋」）

初鶯細雨。楊柳低愁縷。（趙汝迕〈清平樂〉）

此類景語多取擬人手法託景傳情，隱伏人與物之情感交流，婉曲深切。

其二、遣詞用語，柔婉舒緩。上述情景交融類詞句即可見出。再就抒情筆調而言，如：

海棠影下，子規聲裏，立盡黃昏。（洪咨夔〈眼兒媚〉「平沙芳草渡頭邨」）

梅妝欲試芳情嬾。翠顰愁入眉彎。（陳允平〈絳都春〉「秋千倦倚」）

殘燈慵剔，寒輕怯睡。（黃孝邁〈水龍吟〉「閒情小院沉吟」）

正倦立銀屏，新寬衣帶，生怯輕寒料峭。（樓采〈二郎神〉「露牀轉玉」）

有人獨倚畫橋東。手把一枝楊柳繫春風。（吳潛〈南柯子〉「池水凝新碧」）

一樣歸心，又喚起、故園愁眼。立盡斜陽無語，空江歲晚。（周密〈三姝媚〉「淺寒梅未綻」）

年華空自感飄零。擁春酲。對誰醒。（盧祖皋〈江城子〉「畫樓簾幙捲新晴」）

恨離別。長憶人立酴醿，珠簾捲香月。幾度黃昏，瓊枝為誰折。都將千里芳心，十年幽夢，分付與、一聲啼鴂。（湯恢〈祝英臺近〉「宿酲蘇」）

自別後。聞道花底花前，多是兩眉皺。又說新來，比似舊時瘦。須知兩意常存，相逢終有。莫謾被、春光僝僽。（王嵎〈祝英臺近〉「柳煙濃」）

或以詞中人之舉止神態透露情懷，或為詞中人之自語、寄語，筆調均稱溫婉蘊藉。

其三、句法婉轉，情韻深永。如：

慵拈象管。待寄與深情，怎憑雙燕。不似楊花，解隨人去遠。（儲泳〈齊天樂〉「東風一夜吹寒食」）

重來花畔倚闌干，愁滿闌干無倚處。（周端臣〈玉樓春〉「華堂簾幕飄香霧」）

不恨王孫歸不早，只恨天涯芳草。（李萊老〈清平樂〉「綠窗初曉」）

朝朝準擬清明近，料燕翎、須寄銀牋。又爭知、一字相思，不到吟邊。（王沂孫〈高陽臺〉「殘萼梅酸」）

回首幾關山。後會應難。相逢只有夢魂間。可奈夢隨春漏短，不到江南。（韓疁〈浪淘沙〉「莫上玉樓看」）

詞句中「待寄與」與「怎憑」、「不似」，「倚」與「無倚處」，「不恨」與「只恨」，「料」、「須寄」與「又爭知」、「不到」，「只有」與「可奈」、「不到」，前後反轉，詞情深婉。

六

從題材類別而言，上文所述詞作之外，尚須論及的是詠物詞。張炎《詞源》及沈義父《樂府指迷》均論及詠物詞之難作：前者從體認模寫角度發論，稱「詩難於詠物，詞為尤難。體認稍真，則拘而不暢。模寫差遠，則晦而不明。要須收縱聯密，用事合題。一段意思，全在結句，斯為絕妙」，精粹之作當「所詠瞭然在目，且不留滯於物」；後者從詠物入情上立言，謂「作詞與詩不同，縱是花卉之類，亦須略用情意，或要入閨房之意。然多流淫豔之語，當自斟酌。如只直詠花卉，而不著些豔語，又不似詞家體例，所以為難」。「模寫」以求「所詠瞭然在目」，又不可「留滯於物」，要在「體認」出「一段意思」，不可拘於物之形色。詞之詠物，尤其是題詠花卉，其「一段意思」多涉閨房兒女情意。其筆調當於物象與「意思」之間「收縱聯密，用事合題」，略用豔語而不流於淫豔。《絕妙好詞》所選六十餘首詠物詞作，以題詠梅、荷、桂、海棠、水仙、楊柳等花卉為多，頗能體現張、沈二家所論。

先就狀物賦形而論，詞人描形繪色，譬喻擬人，攝其神理，令「所詠瞭然在目」。此類詞例甚多，尤見字句酌煉之精妙。同類物象亦呈現不同形色風貌，如詠梅，有早梅：「松雪飄寒，嶺雲吹凍，紅破數椒春淺。」（周密〈獻仙音・吊雪香亭梅〉）有盛梅：「層綠峩峩，纖瓊皎皎，倒壓波痕清淺。」（王沂孫〈法曲獻仙音・聚景宮梅次草窗韻〉）「長記曾攜手處，千樹壓、西湖寒碧。」（姜夔〈暗香〉「舊時月色」）有落梅：「宮粉雕痕，仙雲墮影，無人野水荒灣。」（吳文英〈高陽臺〉）「門掩香殘，屏搖夢冷，珠鈿糝綴芳塵。臨水搴花，流來疑是行雲。」（李萊老〈高陽臺〉）有殘梅：「枝裊一痕雪在，葉藏幾豆春濃。」（吳文英〈西江月・青梅枝上晚花〉）又如詠荷，有粉荷：「胭脂膚瘦熏沈水，翡翠盤高走夜光。」（蔡松年〈鷓鴣天〉「秀樾橫塘十里香」）有白荷：「素鸞飛下青冥，舞衣半惹涼雲碎。藍田種玉，綠房迎曉，一奩秋意。」（周密〈水龍吟〉）

就狀物筆法而言，有白描，即不施譬喻擬人誇飾之法的本色描寫，如詠螢：「耿幽叢、流光幾點，半侵疏戶。入夜涼風吹不滅，冷焰微芒暗度。」（趙聞禮〈賀新郎〉「池館收新雨」）詠春燕：「過春社了，度簾幕中間，去年塵冷。差池欲住，試入舊巢相並。還相雕梁藻井。又軟語、商量不定。飄然快拂花梢，翠尾分開紅影。」（史達祖〈雙雙燕〉）有擬物之法，如詠桂花：「綠雲翦葉。低護黃金屑。占斷花中聲譽，香和韻、兩清潔。」（謝懋〈霜天曉角〉）詠水仙：「金璞明。玉璞明。小小杯柈翠袖擎。滿將春色盛。」（趙溍〈吳山青・水仙〉）詠茉莉：「玉宇薰風，寶階明月。翠叢萬點晴雪。煉霜不就，散廣寒霏屑。」（施岳〈步月・茉莉〉）詠柳絮：「似霧中花，似風前雪，似雨餘雲。」（周晉〈柳梢青〉）有擬人之法，如詠水仙：「有誰見、羅韈塵生。凌波步弱，背人羞整六銖輕。娉娉裊裊，暈嬌黃、玉色輕明。」（高觀國〈金人捧露盤〉「夢湘雲」）詠柳絮：「委地身如游子倦，隨風命似佳人薄。」（陳策

〈滿江紅〉「倦繡人閒」）詠春雨：「做冷欺花，將煙困柳，千里偷催春暮。盡日冥迷，愁裏欲飛還住。」（史達祖〈綺羅香〉）有擬物、擬人兼用，如詠海棠：「綠雲影裏，把明霞織就，千里文繡。紫膩紅嬌扶不起，好是未開時候。半怯春寒，半便晴色，養得胭脂透。」（張鎡〈念奴嬌〉）。

詠物之模寫形色，攝取神理，乃止於物象，更進一層則由物及人，融貫人情事理，如沈義父所言題詠花卉而略用閨房情意，張炎所謂「不留滯於物」而寄寓「一段意思」。《絕妙好詞》中詠物詞作所寓意趣，男女情事之外，尚有物事理趣、身世感慨以及故國悲思等，其筆調手法略可分為託物寓情和觸物生情兩類。

託物寓情者，詞人觀賞物象，描述其形色神理，寄寓人世理致情感。此類詞作中有因物象之自然特性而暗喻人之品性者。如蕭泰來詠梅之〈霜天曉角〉：

千霜萬雪。受盡寒磨折。賴是生來瘦硬，渾不怕、角吹徹。　清絕。影也別。知心惟有月。原沒春風情性，如何共、海棠說。

梅花傲立霜雪之瘦硬身軀、相知明月之清絕情懷，可擬比人品之傲岸清高。又如「冷落竹籬茅舍。富貴玉堂瓊榭。兩地不同栽。一般開」（鄭域〈昭君怨〉）「道是花來春未」）、「疏明瘦直。不受東皇識」（王澡〈霜天曉角〉），亦寄寓人事理致。此類筆法即詠物詩中常見的託物言志，但詠物詞中更多的是狀物寓情，詞人以擬人、用事等手法託物言情。詞中無人，但暗寓人情。如辛棄疾〈瑞鶴仙．梅〉：

雁霜寒透幙。正護月雲輕，嫩冰猶薄。溪奩照梳掠。想含香弄粉，靚妝難學。玉肌瘦弱。更重重、龍綃襯著。倚東風、一笑嫣然，轉盼萬花羞落。　寂寞。家山何在？雪後園林，水邊樓閣。瑤池舊約，鱗鴻更仗誰託？粉蝶兒只解，尋花覓柳，開遍南枝未覺。但傷心、冷淡黃昏，數聲畫角。

詞人將梅花描述為冰清玉潔、風姿綽約之瑤池仙女降臨人間，寄居「雪後園林，水邊樓閣」，思念家山瑤池，舊約無憑，寂寞傷心，清角聲中獨守黃昏。梅花之飄零人世、思家愁苦，寄託詞人家山淪陷、艱難漂泊之身世感慨。他如高觀國〈金人捧露盤〉（念瑤姬）、樓槃〈霜天曉角〉（翦雪裁冰）、施岳〈解語花〉（雲容沍雪）詠梅，趙以夫〈憶舊遊慢〉（望紅渠影裏）詠荷，王茂孫〈點絳脣〉（折斷煙痕）詠蓮房，趙聞禮〈水龍吟〉（幾年埋玉藍田）、王沂孫〈慶宮春〉（明玉擎金）詠水仙，樓扶〈水龍吟〉（素娥洗盡繁妝）詠梨花，均以擬人手法為主，寄寓人世情懷。此外亦有以用典為主者，如姜夔〈疏影〉、吳文英〈高陽臺〉（宮粉雕痕），前者融貫趙師雄遇梅花仙子、昭君思歸、梅花妝、金屋藏嬌、笛曲〈梅花落〉等典故，寄寓漂泊幽居、遠別思歸、年華飄零等幽怨之情；後者化用葬玉埋香、鎖骨菩薩、梅花妝、玉髓補瘢、倩女離魂、江妃解佩等典故，寄託悽怨悲悼情懷。

託物寓情類詠物詞作，人之情懷隱於言外。觸物生情類詠物詞則不然，詞筆直抒詞人因物象而觸發的撫今追昔、物是人非、感慨世事、相思懷人等情懷。如姜夔〈暗香〉（舊時月色），乃因幾縷寒梅冷香飄入瑤席而追憶月夜梅邊吹笛、喚起玉人摘梅、攜手西湖賞梅等往事，感慨而今年華漸老，雪夜把酒對紅梅，相思相念，音書難通，相見無期。此類詠物詞對物象之描繪或詳或略，均為詞情作鋪墊襯托，筆調旨趣歸於詞人之情懷。其章法大多上片以物象描繪為主，下片轉以追憶懷想悵歎等情懷抒寫為主。如：

猶記攜手芳陰，一枝斜戴，嬌豔波雙秀。小語輕憐花總見，爭得似花長久。（張鎡〈念奴嬌〉「綠雲影裏」）

維舟試望故國。渺天北。可惜柳邊沙外，不共美人游歷。問甚時同賦，三十六陂秋色。（姜夔〈惜紅衣〉「枕簟邀涼」）

記年時馬上，人酣花醉，樂奏開元舊曲。夜歸來，駕錦漫天，絳紗萬燭。（劉瀾〈瑞鶴仙・海棠〉「向陽看未足」）

總依黯。念當時、看花游冶，曾錦纜移舟，寶箏隨輦。池苑鎖荒涼，嗟事逐、鴻飛天遠。（李彭老〈法曲獻仙音・官圃賦梅繼草窗韻〉「雲木槎枒」）

共淒黯。問東風、幾番吹夢，應慣識當年，翠屏金輦。一片古今愁，但廢綠、平煙空遠。無語銷魂，對斜陽、芳草淚滿。又西泠殘笛，低送數聲春怨。（周密〈獻仙音・弔雪香亭梅〉「松雪飄寒」）

因憶年時，垂釣曾約輕盈。玉人何處，關情是、半捲芳心。簾風一棹，鴛鴦催起歌聲。（鄭斗煥〈新荷葉〉「乳鴨池塘」）

愁絕。舊遊輕別。忍重看、鎖香金篋。淒涼今夜簟席，杳杳詩魂，真化風蝶。（尹煥〈霓裳中序第一〉「青顰粲素靨」）

心下事，誰堪託？憐老大，傷飄泊。把前回離恨，暗中描摸。又趁扁舟低欲去，可憐世事今非昨。（陳策〈滿江紅〉「倦繡人閒」）

這些詞句均見於詞作下片，多以「念」、「記」、「憶」、「問」、「悵」、「嗟」等字眼轉入詞人自述情懷。但也有一些詠物詞，其觸物所生情事並非專歸詞人自身，其章法亦非上片狀物為主，下片抒情為主。如史達祖〈綺羅香〉（做冷欺花）詠春雨、〈雙雙燕〉（過春社了）詠春燕、〈東風第一枝〉（巧剪蘭心）詠春雪，上、下片均以描狀物象為主，僅於結末聯想到物象關涉之情事：因春雨而想到「佳約風流」受阻、「記當日、門掩梨花，剪燈深夜語」，因春燕「忘了天涯芳信」而想到「愁損玉人，日日畫闌獨憑」，因春雪而「料故園、不捲重簾。誤了乍來雙燕」、「鳳韉挑菜」無需春衫。此即張炎所謂「一段意思，全在結句」。姜夔〈齊天樂〉（庾郎先自吟〈愁賦〉）詠蟋蟀、趙聞禮〈賀新郎〉（池館收新雨）詠螢，則又非結句寓情，而於上、下片均擬設關聯物象的不同情境：「正思婦無眠，起尋機杼。曲曲屏山，夜涼獨自甚情緒」與「笑籬落呼燈，世間兒女」；「漏斷長門空照淚，袖紗寒、映竹無心顧。孤枕掩，殘燈炷」與「夜沉沉、拍手相親，騃兒癡女。闌外撲來羅扇小，誰在風廊笑語？競戲踏、金釵雙股」。或悲怨，或歡欣，以樂襯悲，抒寫世間愁怨。

觸物生情類詠物詞，重在述情，狀物居次，少數詞作乃至幾無狀物筆墨，可謂別具一格。如孫惟信〈燭影搖紅〉詠牡丹：

> 一朵鞓紅，寶釵壓髻東風溜。年時也是牡丹時，相見花邊酒。初試夾紗半袖。與花枝、盈盈鬥秀。對花臨景，為景牽情，因花感舊。　題葉無憑，曲溝流水空回首。夢雲不到小山屏，真個歡難偶。別後知他安否。軟紅街、清明還又。絮飛春盡，天遠書沈，日長人瘦。

全詞僅於起筆描狀佳人牡丹簪髮之風姿，其餘筆墨都在「為景牽情，因花感舊」，抒寫相思懷人之情。又如陸叡〈瑞鶴仙〉（濕雲黏雁影）詠梅，全無梅花形色之描寫，直從陸凱折梅寄友典事落筆，抒發離情別思。

《絕妙好詞》之編選者、選詞標準、所選詞作之情調風格等，略如上述。最後就其版本流傳作些說明。

《絕妙好詞》元初刊刻不久，其版失傳，僅墨本為好事者所藏，元、明數百年間湮沒無聞，至清初始復傳布。是書今存祖本有二：一為錢曾述古堂所藏抄本，柯崇樸、柯煜據以校刊於康熙二十四年（西元一六八五年），即小幔亭本，為現存最早之刻本。其後小瓶廬刻本、高士奇清吟堂刻本、項絪群玉書堂刻本以及查為仁、厲鶚箋注本，均屬述古堂抄本一系。二為毛晉汲古閣精抄本。朱祖謀據以校定於民國九年，擬刊而未果。遼寧教育出版社二〇〇一年版張麗娟校點本，以柯刻本為底本，參校項刻本、毛抄本，詳出校記。上海古籍出版社二〇〇四年版《唐宋人選唐宋詞》所錄葛渭君校點本，以朱祖謀校定毛抄本為底本，參校柯刻本。本次注譯以葛校本為底本，參用張校本，擇善而從，注釋中兼出校記。

本書初稿，我的研究生蔡凌華女士出力良多，在此深表謝意！本人才疏學淺，書中錯誤，敬請讀者指正。

聶安福

二〇一九年六月

卷一

張孝祥

張孝祥（西元一一三二—一一六九年），字安國，號于湖居士。和州烏江縣（治所在今安徽和縣）人。紹興二十四年（西元一一五四年）進士第一。歷中書舍人、建康留守、廣南西路安撫使、荊湖北路安撫使等。有《于湖詞》。《全宋詞》錄其詞二百二十三首，《全宋詞補輯》錄一首。

念奴嬌　過洞庭❶

洞庭青草❷，近中秋，更無一點風色。玉界瓊田❸三萬頃，著我扁舟一葉。素月分輝，明河❹共影，表裏俱澄澈。悠然心會❺，妙處難與君說！

應念嶺表經年❻，孤光❼自照，肝膽皆冰雪。短髮蕭騷❽襟袖冷，穩泛滄浪空闊❾。盡吸西江，細斟北斗❿，萬象⓫為賓客。叩舷⓬獨嘯，不知今夕何夕⓭！

【注釋】❶洞庭　洞庭湖，在湖南岳陽。❷青草　青草湖，在洞庭湖之南，兩湖相通。❸玉界瓊田　意謂月下湖面如瓊玉。❹明河　指銀河。❺悠然心會　意謂心融其境，閒適超逸。陶潛〈歸鳥〉：「日夕氣清，悠然其懷。」❻嶺表經年　嶺外滯留一年多。嶺表，即嶺外，指五嶺之南兩廣之地。經年，一年以上。❼孤光 指月光。❽蕭騷 稀少。李彭〈奉贈瑛明發〉：「華髮蕭騷瀕老境，多情猿鳥替人愁。」❾滄浪空闊 意謂青青湖水浩闊彌漫。❿盡吸西江二句 意謂以北斗為酒器，吸盡西江水為酒。西江，指長江。北斗，星宿，其七星排列如斗勺。《五燈會元》卷三〈馬祖一禪師法嗣〉載襄州居士龐蘊參馬祖，問曰：「不與萬法為侶者，是甚麼人？」祖曰：「待汝一口吸盡西江水，即向汝道。」《詩・小雅・大東》：「維北有斗，不可以挹酒漿。」《楚辭・九歌・東君》：「援北斗兮酌桂漿。」⓫萬象 萬物。⓬叩舷 拍擊船沿。⓭不知今夕何夕 讚歎良辰美景。《詩・唐風・綢繆》：「今夕何夕，見此良人。」孔穎達疏：「美其時之善，思得其時也。」蘇軾〈念奴嬌・中秋〉：「起舞徘徊風露下，今夕不知何夕。」

【語譯】 時近中秋，洞庭湖、青草湖，靜無一點風息。三萬頃瓊玉般的湖面上，漂浮著我扁舟一葉。皎潔的月光，明澈的銀河，光影輝映，湖面上下澄淨透亮。醉心其境，閒適清曠，美妙之處難言說。 正回想嶺南滯留年餘，孤月相照，情懷潔如冰雪。短髮稀疏，冷侵襟袖，小船靜靜蕩漾，湖面浩闊。吸盡長江為酒，北斗作杯慢慢斟，邀來萬物為賓客。叩擊船沿，獨自長嘯，不知今夜是何良宵！

【研析】 據宛敏灝先生《張孝祥詞箋校》，本詞作於宋孝宗乾道二年（西元一一六六年）中秋前夕，作者自廣南西路經略安撫使落職北歸，途經洞庭。

詞作上片寫景，描狀中秋前夕月色下的洞庭景象，以景中之人貫通全景：「著我扁舟一葉」，亮出景中人，「洞庭青草」數句描繪皓月輝映下無風無浪的浩闊湖面，則為景中人的出現作鋪墊，亦為景中人所見之景，但因照應「扁舟」，筆觸落在湖面；「素月分輝」三句寫景中人眼前境界，筆觸落在天水相融、上下通明之境，與此前對湖面的描寫相輔相成，展現出湖水、明月、雲天映照一體的冰清玉潔世界。仕宦失意之人，置身其境，心曠神怡，榮辱得失之念頓消，欣然歎賞：「悠然心會，妙處難與君說！」

下片抒懷，承「悠然心會」二句而來，先逆筆回想「嶺表經年」，然欲說又止，筆調轉到眼前孤月相照，自述情懷坦蕩，潔淨如冰雪。以此歸結「嶺表經年」之是非得失，峻潔孤高之襟懷與洞庭月色相映，此亦「悠然心會」之一「妙處」。「短髮」二句，堪為詞人當時蕩舟洞庭之自畫像，歷經仕宦風波而從容泛舟於平靜浩闊的湖面，一種脫棄塵俗而心擁天地萬物的豪情噴薄而出：北斗為杯，西江當酒，與萬物暢飲歡醉，叩船長嘯，不知今夕是何良宵！

全詞境界空靈，氣象高妙，確如魏了翁所云：「張于湖有英姿奇氣，……洞庭所賦，在集中最為傑特，方其吸江酌斗，牢籠萬象時，詎知世間有紫微青瑣哉！」

西江月

丹陽湖❶

問訊湖邊春色，重來又是三年。東風吹我過湖船。楊柳絲絲拂面。

世路如今已慣，此心到處悠然❷。寒光亭❸下水連天，飛起沙鷗一片。

【注釋】❶丹陽湖　在安徽當塗東南。《方輿勝覽》卷十五：「丹陽湖，在當塗縣東南七十里。」❷悠然　閒適。❸寒光亭　在江蘇溧陽三塔寺中。張孝祥〈過三塔寺〉：「湖光瀲灩接天浮，風捲銀濤未肯休。」

【語譯】問候湖邊春景，重來又隔別三年。春風裏，我蕩船經過丹陽湖，絲絲楊柳迎風拂面。　如今已習慣了世路風波，所到之處，我都神怡心曠。寒光亭下，天水相連，一群沙鷗翩翩飛翔。

【研析】此詞作年不詳。宛敏灝先生《張孝祥詞箋校》所附〈張孝祥年譜〉謂紹興三十一年（西元一一六一年）「秋冬，往來宣城、蕪湖」，三十二年「春初，在宣城」，「赴建康」，「旋還宣城，經丹陽湖作〈西江月〉詞。」據《方輿勝覽》卷十五，「蕪湖在當塗西南八十里，源出丹陽湖。」卷十八載廣德軍（治所在今安徽廣德縣）桐水「自宣城界流入丹陽湖」，則宛說似與詞中「重來又是三年」不合。

周應合《景定建康志》卷三十七錄本詞注云「題溧陽三塔寺」，戴表元〈寒光亭記〉云：「寒光亭，在溧陽州西五十里梁城湖上，……東閩、浙西、淮襄宦客遊人之所必至，至必有歌詩詠歎，以發寒光之美，無虛覽者，張安國、趙南仲、吳毅父雄詞健墨，最為人所推重。」梁城湖又名三塔湖，中有三塔寺，寺後有寒光亭，岳珂有詩〈三塔寺寒光亭張于湖書詞寺柱吳毅夫命名後軒二首〉，知孝祥此詞題於寒光亭，且為人所推重。

闊別三年，重見湖邊春色，有如故友重逢，我之「問訊」、感歎一別「又是三年」，以及春風、楊柳喜迎我別後歸來，令人感到詞人內心隱伏的世事感慨以及蕩舟於湖光春色、楊柳春風中的灑脫情懷。下片「世路」二句，承上片「重來又是三年」之感慨意脈而發，慣經世路風波，此心已能超然面對世間種種境況。有此心態，始能欣賞寒光亭下春水共長天一色，白雲與沙鷗齊飛之美。浩渺的湖天之間，一群沙鷗展翅翱翔之景，亦透露出詞人超脫世路羈絆的飄然欲舉情懷。

詞作筆法上，上片敘事兼寫景，人情、春景交融互動；下片前兩句抒懷，後兩句寫景，情、境相映，以景結情，餘韻曠遠。

清平樂

碧雲

光塵撲撲❶。宮柳低迷綠❷。鬬鴨闌干春詰曲❸。簾額微風繡蹙。

青翼無憑❹，困來小倚雲屏。楚夢❺不禁春晚，黃鸝猶自聲聲。

【注釋】❶撲撲　紛紜。❷宮柳低迷綠　意謂綠柳迷濛。宮柳，原指宮中之柳，後亦為柳之泛稱。低迷，迷濛。❸鬬鴨句　鬬鴨，《三國志・吳書・陸遜傳》載建昌侯孫慮於堂前作鬬鴨欄，陸遜正色曰：「君侯宜勤覽經典以自新益，用此何為?」馮延巳〈謁金門〉（風乍起）：「鬬鴨闌干獨倚。」❹碧雲青翼無憑　意謂空中青鳥未傳音訊。青翼，青鳥。傳說為西王母使者，後多借指愛情信使。李璟〈攤破浣溪沙〉（手卷珠簾上玉鉤）：「青鳥不傳雲外信，丁香空結雨中愁。」❺楚夢　指男女間相思之夢。此用楚懷王夢見巫山神女典故（見宋玉〈高唐賦〉）。

【語　譯】光景紛紜，柳色迷濛透綠。鬥鴨欄邊，春意綿延婉曲。微風吹拂，繡簾飄曳皺蹙。　碧空青鳥，未傳音信。慵困小憩，傍依雲屏。相思入夢，經不住春晚黃鸝鳥的聲聲啼鳴。

【研　析】此為女子傷春怨別之詞。上片寫春景，景中隱伏傷春怨別之人。起句總攝春色撩人而又惱人之境，接下逐次推出迷濛綠柳、鬥鴨欄邊綿婉春意、春風拂簾等景致畫面，而景中之人則呼之欲出。下片言情，言上片景中人之傷春怨別情懷。「青翼無憑」，知別後音信杳無。因相思而神情慵困，倦怠而倚屏入夢，無奈相思之夢又被黃鶯啼破，夢醒後的惆悵則伴隨黃鶯的聲聲啼鳴而拂之不去。

菩薩蠻

東風約略❶吹羅幙。一簷細雨春陰薄。試把杏花看。溼雲❷嬌暮寒。　佳人雙玉枕。烘醉鴛鴦錦❸。折得最繁枝。暖香生翠幃。

【注　釋】❶約略　輕微。❷溼雲　指雨中杏花。❸烘醉鴛鴦錦　意謂爐香烘暖，錦被鴛鴦如醉。

【語　譯】春風輕輕吹拂羅幕。簷外細雨綿綿，天陰霧薄。看那杏花在枝頭，像溼漉漉的雲朵，在春寒暮色中盡顯嬌嬈。　一位佳人，一雙玉枕。爐香烘暖，錦被鴛鴦如醉。摘來一朵最美的杏花，暖融融的花香彌漫翠幃。

【研　析】這是一首詠杏花言閨怨的詞作。上片從閨中佳人視角，寫室外春風春雨中杏花的楚楚可憐情態，筆致細膩柔婉，佳人、杏花神情相融。下片筆觸轉到閨中，雙玉枕、錦被鴛鴦均反襯出佳人之孤寂幽怨。摘取杏花之舉，透露出佳人憐花亦復自憐、以花自喻、與花相知的心態，其意脈則與上片相貫通。結句所呈現的閨中翠幃間暖香彌漫之境，烘托出人情、花意和融之溫馨氣氛。就全詞章法而言，上、下片結句形成鮮明對比：詠杏花，令人感到杏花從春雨暮寒中來到佳人閨中的聲情變化；言閨情，亦令人感到佳人從「試把杏花看」到「折得最繁枝」的心境變化，詠花言情相得益彰。

范成大

范成大（西元一一二六—一一九三年），字致能，號石湖居士。平江府吳縣（治所在今江蘇蘇州）人。紹興二十四年（西元一一五四年）進士。孝宗時累官權吏部尚書，拜參知政事，進資政殿學士，提舉洞霄宮。卒諡文穆。有《石湖詞》。《全宋詞》錄其詞一百零二首，《全宋詞補輯》錄八首。

醉落魄

棲烏飛絕❶。絳河綠霧❷星明滅。燒香曳簟眠清樾❸。花影吹笙❹，滿地淡黃月。

好風碎竹聲如雪。昭華三弄❺臨風咽。鬢絲撩亂綸巾折❻。涼滿北窗❼，休共軟紅❽說。

【注　釋】❶棲烏飛絕　言日落入夜。古代神話傳說日中有三足烏。❷絳河綠霧　銀河雲霧。李賀〈江南弄〉：「江中綠霧起涼波，天上疊巘紅嵯峨。」史達祖〈風入松〉（素馨跗萼太寒生）：「夜深綠霧侵涼月，照晶晶、花葉分明。」❸燒香曳簟眠清樾　點燃香爐，鋪展竹席，臥眠於清涼的樹蔭下。簟，竹席。樾，樹蔭。李肇《國史補》卷下：「韋應物立性高潔，鮮食寡欲，所居焚香掃地而坐。」❹笙　柯本注：「『笙』字疑當作『簾』，不然與下『昭華』句相犯。」就詞作意脈境界而言，「簾」字為佳。❺昭華三弄　玉管數曲。昭華，玉管。三弄，數曲。三，指多數。❻綸巾折　用東漢郭泰典事，言蕭散灑脫之態。郭泰，字林宗，《藝文類聚》卷六十七引《郭林宗別傳》曰：「林宗嘗行陳梁之間遇雨，故其巾一角霑而折。二國名士著巾，莫不折其角，云作林宗巾。」綸巾，古時用青絲帶編織的頭巾。劉禹錫〈聞董評事疾因以書贈〉：「欹枕晝眠晚，折巾秋鬢疎。」❼涼滿北窗　化用陶淵明高臥北窗典事。《晉書》陶淵明本傳載其自言：「夏月虛閒，高臥北牕之下，清風颯至，自謂羲皇上人。」❽軟紅　紅塵。此指塵俗之人。高觀國〈臨江仙〉(俱是洛陽年少客)：「青衫慣拂軟紅塵。」

【語　譯】日落夜臨，銀河映襯雲霧，星光忽顯忽隱。燃香展席，臥眠於樹蔭之下。花叢影邊吹笙，淡黃的月輝遍灑。　夜風吹竹，聲碎如雪。玉管數曲，臨風飄逝。鬢髮撩亂，綸巾傾折。北窗清涼，莫與塵俗之人言說。

【研　析】這是一首閒適詞作，展現出詞人超然於塵俗之外的蕭散閒逸心境。一個月明星稀、銀河雲彩輝映的夏夜，詞人焚香鋪席，閒臥於清涼的樹蔭下，鬢髮撩亂，綸巾斜墜，靜看花弄月影婆娑，細聽風拂竹林，聲碎如雪，笙管幽咽，隨風飄蕩，恍如陶淵明「夏月虛閒，高臥北牕之下，清風颯至，自謂羲皇上人」，此境之妙自非塵俗之人所能體味。

詞作筆法上以寫景為主，上、下片僅以「燒香」句、「鬢絲」句勾畫景中之人，人之情態與自然境界相融一體，最後以景中人超脫塵俗之襟懷，曲終振筆，餘韻不盡。

朝中措

長年心事寄林扃❶。塵鬢已星星。芳意不如水遠，歸心欲與雲平❷。

留連一醉，花殘日永，雨後山明。從此量船載酒❸，莫教閒卻春情❹。

【注　釋】❶林扃　亦作「林坰」，指林野。《爾雅》：「野外謂之林，林外謂之坰。」司馬光〈景仁將歸潁昌輒為詩二十韻紀贈〉：「忠誠懷畎畝，樂事寄林坰。」❷芳意不如水遠二句　意謂春之芳意不及流水久遠，我之歸心飄然與雲齊平。❸量船載酒　意謂因船之大小而載酒。賀鑄〈留別彥上人〉：「拄笏看山猶故態，量船載酒異常年。」❹莫教閒卻春情　意謂不要辜負心中賞春興致。

【語　譯】多年來心寄林野，塵世奔波已到鬢髮斑斑。芳春不及流水久遠，我那歸隱之心超然高舉雲端。沉醉流連，百花凋零，春日漸長，雨過山色明麗。從今以後，隨船載酒，莫要辜負心中一片賞春興致。

【研　析】這是詞人歸退林泉之初的抒懷之作。上片以逆筆追述歸退之前的塵世奔波而寄心林泉，歸心雲端。「長年」句與「歸心」句相呼應，顯露歸退林泉之心切；「塵鬢」句承「長年」之意，即塵世間長年漂泊以致鬢髮斑白。「芳意」句或因「花落水流」之景而發，又寓有華年易逝之感慨，則當儘早退歸以遂「長年心事」，「歸心」句即此情懷之展現。

下片抒寫歸退之初，春日沉醉流連情形，亦承上片歸退林野之心切而來。春花凋零，然春日長，雨後春山之清秀明麗則令詞人興致盎然，故而欣然表露心聲：載酒遊賞，不負春光。

眼兒媚

酣酣日腳❶紫煙浮。妍暖❷試輕裘。困人天氣，醉人花底，午夢扶頭❸。

春慵恰似春塘水，一片縠紋❹愁。溶溶洩洩❺，東風無力，欲皺還休❻。

【注　釋】❶酣酣日腳　豔麗的日光。酣酣，豔麗。崔融〈和宋之問寒食題黃梅臨江驛〉：「遙思故園陌，桃李正酣酣。」日腳，穿過雲隙下射的陽光。❷妍暖　指春暖。王安石〈陰漫漫行〉：「誰云當春便妍暖，十日九八陰漫漫。」❸扶頭　指酒。白居易〈早飲湖州酒寄崔使君〉：「一榼扶頭酒，泓澄瀉玉壺。」❹縠紋　絲織紋理。此指波紋。劉禹錫〈竹枝詞〉：「江上朱樓新雨晴，瀼西春水縠紋生。」❺溶溶洩洩　微波蕩漾的樣子。❻欲皺還休　言水波或起或滅。

【語　譯】麗日映射，雲霞飄浮。春暖時節，穿上輕薄皮裘。春來人困慵，午醉入夢，臥眠花叢。春情慵倦，愁如春水彌漫。波光蕩漾，春風輕拂無力，水面波紋時隱時現。

【研　析】這是一首春怨詞作。上片寫春日午醉，臥眠花底。春光豔麗，雲彩飄飛，融和天氣，慵困欲眠。此番描寫渲染氛圍，為午醉臥眠花底作鋪墊。下片寫午醉醒後，臨春池而興感，情、境相融無間，情韻亦如春風輕撫春水，溶溶洩洩，彌漫無盡。

憶秦娥

樓陰缺❶。闌干影臥東廂月。東廂月。一天風露，杏花如雪。　隔煙催漏金虬咽❷。羅幃暗淡燈花結。燈花結。片時春夢，江南天闊。

【注　釋】❶東廂　正房東邊房室。❷隔煙催漏金虬咽　意謂隔煙傳來急促低咽的銅漏聲。金虬，龍形銅漏。

【語　譯】陰影掩蔽，樓閣如缺，欄杆倒影橫臥，東廂臨月。東廂臨月，滿天風露，杏花潔白如雪。煙霧阻隔，銅漏聲促低咽。簾幕下，燈光暗淡，燈花凝結。燈花凝結，片刻春夢裡，尋遍江南天地闊。

【研　析】這是一首春宵閨怨詞作。詞筆由室外到室內，在冷靜的景物氛圍描寫中隱伏無盡的幽怨。芳春月夜，本該是情韻美妙的境界，然而詞中所呈現的是：樓閣被陰影掩蔽，欄杆倒影臥地，冷月映照東廂，杏花冷潔如雪。這一切淒清缺損的景象，都籠罩在滿天風露之中，映襯出閨婦眼中心裡深深的孤淒哀怨。

下片詞筆轉入室內，同樣以氛圍渲染為主：煙霧迷濛，銅漏幽咽，簾幕暗淡，燈花凝結。閨中人相思夢入江南。然而春夢苦短，江南天闊地遠，夢中亦未能見到所念之人，夢醒後的惆悵失望之情溢於言表。筆法上，夢中的「江南天闊」與夢醒面對的「一天風露」，虛實相映，情韻無盡。

霜天曉角

晚晴風歇。一夜春威折❶。脈脈花疏天淡，雲來去、數枝雪❷。　勝絕。愁亦絕。此情誰共說。惟有兩行低雁，知人倚、畫樓月。

【注　釋】❶春威折　春之威力折損。溫庭筠〈陽春曲〉：「霏霏霧雨杏花天，簾外春威著羅幕。」❷數枝雪　指數枝梅花。貫休〈經曠禪師院〉：「搔窗擦簷數枝雪。」

【語　譯】夕陽映照，春風停歇。夜來春靜威力折。梅花疏落，默無聲息，天淡雲飛，數枝花如雪。　勝境妙絕，愁腸斷絕。情懷向誰訴說？只有兩行低飛大雁，知人畫樓望月心幽怨。

【研　析】這是一首詠梅詞作。上片題詠月夜梅花，起筆呈現出夕照下平靜的黃昏，為寧靜月夜的降臨作鋪墊，「春威折」承「風歇」。「脈脈」二句描寫寧靜月夜裡的梅花，以天淡雲飛為襯托。「脈脈」言梅花之情韻深永；「花疏」言梅花之身世零落；「數枝雪」言梅花之冰清玉潔。

下片由詠梅轉入言情。「勝絕」承上，「愁亦絕」啟下，筆觸滯重有力。「此情」一句筆勢振起，意脈承「愁」，亦與上片「脈脈」相呼應，人情花態相映襯。結末乃承「誰共說」一問而作答，別離相思之人與低飛雁、畫樓月，還有梅花，相伴相知。

洪邁

洪邁（西元一一二三－一二〇二年），字景盧，號野處，又號容齋。饒州鄱陽縣（今屬江西）人。紹興十五年（西元一一四五年）中博學宏詞科。乾道間，累遷中書舍人、兼侍讀、直學士院、同修國史。淳熙十三年（西元一一八六年）拜翰林學士。寧宗時以端明殿學士致仕。卒諡文敏。有《容齋五筆》、《夷堅志》、《萬首唐人絕句》、《野處類藁》行於世。《全宋詞》錄其詞六首。

踏莎行

院落深沈，池塘寂靜。簾鉤捲上梨花影。寶箏拈得雁難尋❶，篆香消盡山空冷❷。

釵鳳斜欹❸，鬢蟬❹不整。殘紅泣褪慵看鏡。杜鵑啼月❺一聲聲，等閒❻又是三春盡。

【注釋】❶寶箏拈得雁難尋　意謂持箏彈奏而難成曲調。箏，古樂器。雁，指箏柱。箏柱排列如雁行，故稱雁柱。❷篆香消盡山空冷　言爐香燃盡，香爐冷寂。篆香，即爐香。縷縷香霧如篆書，故稱。山，指香爐。古有博山爐。秦觀〈減字木蘭花〉（天涯舊恨）：「欲見回腸，斷盡金爐小篆香。」❸釵鳳斜欹　言女子髮釵斜墜。釵鳳，即鳳釵，一種釵頭為鳳形的髮釵。❹鬢蟬　即蟬鬢，女子一種髮式。《太平御覽》卷三百七十三引崔豹《古今注》：「魏文帝宮人絕所愛者有莫瓊樹、薛夜來、陳尚衣、陳巧笑。瓊樹始制為蟬鬢，望之縹緲如蟬翼，故曰蟬鬢。」❺杜鵑啼月　言月夜杜鵑鳥悲啼。杜鵑，鳥名，傳說為古蜀國望帝杜宇之精魂所化，至春則晝夜悲鳴不已。舒亶〈菩薩蠻〉：「杜鵑啼破江南月。」❻等閒　隨便；不經意。

【語　譯】深深的院落，寂靜的池塘，簾幕高掛，梨花倩影入瑣窗。寶箏難傳心曲，篆香燃盡，香爐冷寂。鳳釵斜墜，蟬鬢零亂。泣淚洗淨殘妝，慵怠無心對鏡看。月下杜鵑啼聲悲，不經意間又要送春歸。

【研　析】這是一首傷春怨別詞作。起筆「院落深沉」二句與結末「杜鵑啼月」二句，構成了淒清哀怨的暮春深院背景，中間數句逐次展現出梨花簾影、彈箏未成、香銷爐冷、釵墜鬟亂、殘妝對鏡等畫面，默無聲息地透露出閨中人內心無盡的幽怨。筆法上，上片主要為環境鋪墊，由院落池塘轉入室內，僅「寶箏」句對彈箏者略作勾畫；下片主要描畫閨中人之髮飾情態，深深的傷春怨別之情隱而未發，「杜鵑」二句則引而發之，筆觸沉重有力，餘韻繚繞。

陸　游

陸游（西元一一二五—一二一〇年），字務觀，號放翁。越州山陰縣（治所在今浙江紹興）人。紹興二十四年（西元一一五四年）應禮部試，以論恢復被黜落。隆興初賜進士出身。乾道間歷任夔州通判、四川制置使司參議官。嘉泰初詔同修國史，以寶章閣待制致仕。有《放翁詞》。《全宋詞》錄其詞一百四十五首。

朝中措

梅

幽姿不入少年場❶。無語只淒涼。一箇飄零身世，十分冷淡心腸。
江頭月底，新詩舊夢，孤恨清香。任是東風不管，也曾先識東皇❷。

【注　釋】❶幽姿不入少年場　言梅花處身幽靜，不去歡樂場博得少年歡賞。❷東皇　指東方青帝，司春之神。

【語　譯】身姿幽靜，不入歡樂場，不求少年歡賞。默默無語，身處淒涼。飄零身世，冷淡衷腸。江岸邊，月光下，入新詩，成舊夢，孤懷幽恨，幾縷清香。任他東風吹拂，梅花最先沐浴春光。

【研　析】這是一首詠梅詞作。詠梅是宋代詩詞中的常見題材，宋初林逋有詠梅名聯：「疏影橫斜水清淺，暗香浮動月黃昏。」（〈山園小梅〉）本詞下片「江頭月底」三句同樣以江水月輝襯托梅花之幽韻冷香，或許受到林詩的啟發，但「舊夢」、「孤恨」二語所寄寓的幽恨情懷則非林詩所有，這也是本詞詠梅的寓意所在，與上片以花擬人，寄託一種歷盡飄零後的淒涼孤冷情懷相貫通。結末二句筆調跌宕，顯露梅花之孤傲品格。

烏夜啼

金鴨❶餘香尚暖，綠窗❷斜日偏明。蘭膏❸香染雲鬟膩，釵墜滑無聲。
冷落秋千伴侶，闌珊打馬心情❹。繡屏驚斷瀟湘夢❺，花外一聲鶯。

【注釋】❶金鴨 指鴨形香爐。❷綠窗 指女子閨閣之窗。溫庭筠〈菩薩蠻〉（玉樓明月長相憶）：「花落子規啼，綠窗殘夢迷。」❸蘭膏 澤蘭煉出的油，亦泛指髮油。❹闌珊打馬心情 意謂沒有興致玩打馬遊戲。闌珊，衰落；將盡。打馬，遊戲名，即打雙陸，雙陸棋子稱馬，故亦名打馬。李清照〈打馬賦〉：「打馬爰興，摴蒱遂廢。實小道之上流，乃深閨之雅戲。」❺瀟湘夢 指相思之夢。傳說舜帝南巡而死於蒼梧（在今湖南寧遠縣），二妃娥皇、女英悲泣，死而為湘水之神。

【語譯】香爐尚暖，縷縷餘香，朝陽明麗照綠窗。香脂染髮，雲鬟潤澤，鳳釵靜靜滑落。孤寂無伴，秋千冷寂；意興闌珊，無心遊戲。花外一聲鶯啼，相思夢斷，畫屏獨倚。

【研析】這是一首閨怨詞作。全詞意脈大致為相思入夢、鶯聲驚夢、夢醒悵惘。上片以冷靜的描寫映襯夢境，令人想到溫庭筠的詞句「暖香惹夢鴛鴦錦」、「綠窗殘夢迷」，筆墨香豔。下片「冷落」二句為夢醒後的悵然若失之情。末二句點醒全詞意境，令讀者恍然明瞭全詞情事脈絡。

又

紈扇嬋娟素月❶，紗巾縹緲輕煙❷。高槐葉長陰初合，清潤雨餘天。弄筆斜行小草，鉤簾淺醉閒眠。更無一點塵埃到，枕上聽新蟬。

【注釋】❶紈扇嬋娟素月 言紈扇潔白如明月。❷紗巾縹緲輕煙 言紗巾飄曳如輕煙。

【語譯】潔白的紈扇美妙如月，輕飄的紗巾縹緲似煙。高大的槐樹枝葉密布，雨後的天氣清新潤澤。興來揮灑幾行草書，醉後鉤簾下閒眠。不染一點塵埃，枕上靜聽初夏鳴蟬。

【研析】這是一首閒適詞作。初夏時節，高高的槐樹枝繁葉茂，又值雨後，清新滋潤的氣息沁人心脾。詞人手持美如明月的團扇，悠然品味著初夏雨後的自然意趣，頭上輕煙般的紗巾隨風飄曳，蕭散灑脫之情味溢於言表。時而揮毫寫下幾行草書，時而微醉掛簾閒眠，窗外槐樹上吸風飲露的新蟬在啼鳴。瀟灑任真的心靈在超塵脫俗的自然境界裡隨性而動，這是人生閒居的妙境。

陸淞

陸淞（西元一一〇九－一一八二年），字子逸，號雲溪。越州山陰縣（治所在今浙江紹興）人。陸游長兄，陸佃孫。以祖恩補通仕郎。歷祕閣校理、工部郎中，知辰州。官至左朝請大夫。《全宋詞》錄其詞二首。

瑞鶴仙

臉霞紅印枕。睡覺來、冠兒❶還是不整。屏間麝煤❷冷。但眉峰壓翠❸，淚珠彈粉。堂深晝永。燕交飛、風簾露井。恨無人，說與相思，近日帶圍寬盡❹。

重省。殘燈朱幌，淡月紗窗，那時風景。陽臺路迥。雲雨夢，便無準❺。待歸來，先指花梢教看，卻把心期❻細問。問因循、過了青春，怎生意穩❼。

【注釋】❶冠兒　指女子髮髻。毛滂〈青玉案〉（玉人為我殷懃醉）：「偏著冠兒釵欲墜。」❷麝煤　指墨。此指屏風上的繪畫。❸眉峰壓翠　指眉峰緊皺。❹帶圍寬盡　指憔悴瘦損。《梁書・昭明太子傳》載昭明太子蕭統因母喪而悲傷，「腰帶十圍，至是減削過半」。❺陽臺路迥三句　意謂夢中亦不能歡會。陽臺，指男女歡會之地。雲雨，指男女歡會之事。宋玉〈高唐賦序〉稱楚懷王遊高唐，夢與巫山之女歡會。神女臨別云：「妾在巫山之陽，高丘之阻，旦為朝雲，暮為行雨，朝朝暮暮，陽臺之下。」❻心期　心中期許之人。賀鑄〈玉樓春〉（清琴再鼓求凰弄）：「遠山眉樣認心期，流水車音牽目送。」❼問因循二句　意謂又一如既往在相思中捱過一春，我心怎能平靜。

【語　譯】枕痕印在紅紅的臉頰，醒來髮髻凌亂不整。屏風上的水墨畫清清冷冷。只能眉峰緊鎖，粉淚縱橫。庭院幽深，白日漫長。春燕交飛，風拂簾幕，井臺裸露。恨無人可與訴說相思，近日來瘦損憔悴。　重又回想起那時的情境：紅色的簾幕，殘弱的燈光，淡淡的月色映照紗窗。所思之人相隔遙遠，夢裡歡會便無準。待他歸來，先指給他看看那凋零已盡的花梢，再好好問問他：又在別離中虛度了一春，心怎能安穩。

【研　析】這是一首閨怨詞作。一位深閨女子睡夢醒來，髮髻不整，臉印枕痕，愁眉緊鎖，粉淚縱橫，又迎來一個漫長的白晝。室內屏風上的水墨畫境冷冷清清，室外春燕雙飛，春風拂簾，滿懷愁緒的女子哀歎無人可與傾訴相思深情，哀憐自己為相思而憔悴消瘦。

詞作上片為實筆，下片為虛筆。「重省」三句追想分別情景；「陽臺」三句言夢未成歡，乃為上片所狀夢後哀怨神情的補筆。「待歸來」以下，意想所念之人歸來後的情形，頗有情趣，既是相思女子無奈的自我寬解，也令全詞情調由沉鬱轉為疏朗。

韓元吉

韓元吉（西元一一一八—一一八七年），字無咎，號南澗。許昌（今屬河南）人。一說開封雍丘（治所在今河南杞縣）人。歷任司農丞、度支郎中、江東轉運判官、大理少卿等，官至吏部尚書。《全宋詞》錄其詞八十首，《全宋詞補輯》錄二首。

水龍吟

書英華事❶

雨餘疊巘浮空❷，望中秀色仙都❸是。洞天未鎖，人間春老，玉妃曾墜❹。錦瑟❺繁絃，鳳簫❻清響，九霄歌吹。問分香舊事❼，劉郎❽去後，知誰伴，風前醉？回首暝煙千里，但紛紛、落紅如洗，多情易老❾，青鸞❿何許，詩成誰寄？斗轉參橫⓫，半簾花影，一溪寒水。悵飛鳧路杳⓬，行雲夢遠⓭，有三峰⓮翠。

【注釋】❶英華事　指李英華之事。據陳鵠《耆舊續聞》卷七載，北宋元豐年間，縉雲縣令開封李長卿之女李英華，名秀蕚，慧性過人，姿度不凡。染病而卒，殯於仙巖寺三峰閣。李任滿則舁以歸。後有士子曹穎寓居三峰閣之東，有女子每晚叩門而入，語無塵俗氣，自謂開封李長卿之女，偶遇真人而得道成仙。二人「更唱迭和，殆無虛日」。曹穎後從軍，英華「情不忍釋」，臨別贈靈香一瓣云：「有急請爇以告，當陰有所護。不然，亦無如之何也。」曹於軍中獲罪，想起英華之言，欲燃靈香而軍行無宿火，遂被正法。❷雨餘疊巘浮空　言雨後群峰雲霧繚繞，如飄浮於空中。巘，山峰。❸仙都　山名，即縉雲山，在今浙江縉雲。❹洞天未鎖三句　言仙宮未鎖，人間春暮，仙女曾降臨人世。洞天，道家所稱仙人所居之地。玉妃，原指傳說中成仙後的楊玉環，後亦泛指仙女。❺錦瑟　錦紋雕飾之瑟。瑟，古代一種絃樂器。《事物紀原》卷二引《世本》曰：「庖犧氏作瑟五十絃，後黃帝使素女鼓瑟，哀不自勝，破為二十五絃。」李商隱〈錦瑟〉：「錦瑟無端五十絃。」❻鳳簫　簫之美稱。舊題劉向《列仙傳》載春秋時蕭史善吹簫，娶秦穆公之女弄玉，教弄玉吹簫作鳳鳴之聲，數年後皆隨鳳凰飛去。❼問分香舊事　此借西晉賈充之女盜奇香贈與韓壽，指英華贈曹穎靈香。《晉書・賈充傳》載賈充獲皇帝所賜西域奇香，其女盜取贈給情人韓壽。❽劉郎　借天台山採藥遇仙女的劉晨指曹穎。南朝宋《太平御覽》卷四十一引《幽明錄》載漢明帝時，劉晨、阮肇入天台山採藥，遇二仙女，應邀留居半年而別，人間已歷七世。❾多情易老　意謂憂心多則易衰老。漢樂府古辭〈冉冉孤生竹〉：「思君令人老。」李賀〈金銅仙人辭漢歌〉：「天若有情天亦老。」❿青鸞　即青鳥，西王母使者。後借指愛情信使。⓫斗轉參橫　言北斗轉向，參星橫斜，天將明。⓬飛鳧路杳　言登仙之路杳不可及。鳧，野鴨。傳說東漢王喬有神術，能使鞋化為鳧，來往飛行。參見《後漢書・方術傳上》。⓭行雲夢遠　言夢中亦難歡會。宋玉〈高唐賦序〉稱楚懷王遊高唐，夢中與巫山神女遇合。神女辭別云：「妾在巫山之陽，高丘之阻，旦為朝雲，暮為行雨，朝朝暮暮，陽臺之下。」後世以行雲、行雨、雲雨喻指男女歡會。⓮三峰　仙巖寺三峰閣，在縉雲縣。李英華病卒後殯於此。

【語　譯】雨後的峰巒層疊，雲霧繚繞，如在空中飄浮。放眼望去，那山色秀美的就是仙都。仙宮門未鎖，人間春暮，仙女曾飄然飛降。錦瑟絃音繁促，鳳簫聲韻清越，雲霄間歌聲器樂齊響。試問英華，與曹郎贈香分別後，誰來伴你風前醉賞？　回頭望，茫茫雲煙千里，落花紛紛如遭暴雨沖洗。心中多情，容顏易老，青鳥不知何在，詩成誰為傳遞？北斗轉向，參宿橫斜，半簾凌亂的花影，一條清冷的溪水。無奈登仙路杳不可及，夢中亦難歡會，唯有三峰閣依然蒼翠。

【研　析】這是一首題詠人鬼戀之傳奇故事的詞作。時在暮春，詞人眼望雨後雲霧彌漫的仙都山，想起流傳此地的英華死後與曹穎相戀之事，欣然賦詞題詠。這本是個人鬼相戀的故事，只因英華自稱偶遇真人得道成仙，詞人遂以人、仙之戀來演繹。起筆二句描寫仙都山之美如仙境，為下文「洞天未鎖」數句想像仙女飛降、歌樂響徹雲霄作鋪墊。用「玉妃」指英華，切合其死後成仙之事，與楊玉環相類。「錦瑟」三句所寫為仙女降臨的應有情形，同時也兼涉英華與曹穎唱和歡洽情事。「問分香」四句則推想英華與曹穎分別後的孤寂，亦應合傳說謂英華送別時「情不忍釋」。

下片撇開傳說中曹穎從軍一脈，而是筆承上片「劉郎去後」三句，想像出傳說中未提及的英華與曹穎別後的思念情境，此時的英華不再是仙女，而成了一個人間女子，回望千里雲煙而悵歎登仙路杳，傷春怨別，身心憔悴，詩成無法傳寄，入夢亦難歡聚，獨守三峰閣，相伴「半簾花影，一溪寒水」。

詞作通過想像，對傳說故事作了人情化的演繹，展現了一位仙女降臨人間後，對人世相思別怨的切身體驗。

好事近

汴京賜宴❶

凝碧舊池頭，一聽管絃淒切❷。多少梨園聲在，總不堪華髮❸。

杏花無處避春愁，也傍野花發。惟有御溝❹聲斷，似知人嗚咽。

【注釋】❶汴京賜宴　指宋孝宗乾道九年（金世宗大定十三年，西元一一七三年）三月，韓元吉奉詔賀金主生辰萬春節。汴京，今河南開封。北宋都城，南宋時為金國南京。❷凝碧舊池頭二句　凝碧池，在汴京陳州門裡，繁臺之東南。此借唐安史之亂中，安祿山於洛陽凝碧宴歡，指此次金主萬春節賜宴。據《明皇雜錄》載，唐天寶末，安史亂軍陷兩京，大掠文武朝臣及黃門宮嬪樂工騎士，於洛陽凝碧池宴樂，「樂既作，梨園舊人不覺歔欷，相對泣下」。此代指北宋宮禁舊地。❸多少梨園聲在二句　意謂多少北宋宮廷舊樂人，不堪亡國之恨而已滿頭白髮。白居易〈長恨歌〉：「梨園弟子白髮新，椒房阿監青娥老。」梨園，唐玄宗時教習宮廷歌舞藝人之地。此指北宋宮廷舊樂隊。❹御溝　指京城流入宮內的河道。

【語譯】凝碧池頭如故，忽聽管絃淒切。多少梨園舊樂猶在，總不堪聽，人已滿頭白髮。　杏花無處躲避春愁，只好傍野花一同綻放。惟有御溝流水聲聲如咽，似乎知道有人低泣悲傷。

【研析】這是一首故國傷悲詞作。作者奉命使金，回到北宋故都汴京，眼見舊山河易新主，忽聞教坊樂起，滿懷黍離之悲便忍不住要噴發出來。正如俞平伯《唐宋詞選釋》所評：「下片作意略同杜甫〈春望〉『感時花濺淚』。」

詞的上片是悲之所起。「凝碧」兩句借唐代安史之亂時，安祿山攻陷東都於凝碧池邊脅迫梨園弟子奏樂的典故，點出自身之所處為舊時宮苑，也正聽得「管絃淒切」。這「舊」字，包含了對故國舊都的深情。「多少」兩句寫故都梨園，化用白居易〈長恨歌〉「梨園弟子白髮新，椒房阿監青娥老」詩意，表達梨園聲猶在，而梨園之人已白頭的滄桑與悲涼。

詞作下片借景抒情。時為春日，杏花開放，然在作者筆下，卻是因為「無處避春愁」而只好與野花一同開放。此處「杏花」、「野花」，顯然意有所指，但作者沒有多言，點到即止。然後寫到御溝水聲嗚咽，於是感慨「惟有」御溝似乎「知人」，借此寄寓心中的深深悲傷。

姚寬

姚寬（西元一一〇五—一一六二年），字令威，號西溪。紹興府嵊縣（治所在今浙江嵊州）人。以父舜明任補官，歷尚書戶部員外郎、樞密院編修官等。著有《西溪集》十卷、《西溪叢語》一卷等。《全宋詞》錄其詞五首。

菩薩蠻

斜陽山下明金碧❶。畫樓返照融春色。睡起揭簾旌❷，玉人蟬鬢❸輕。

無言空佇立，花落東風急。燕子引愁來，眉愁那得開。

【注釋】❶金碧 代指樓閣。羅鄴〈上陽宮〉詩：「深鎖笙歌巢燕聽，遙瞻金碧路人愁。」❷簾旌 簾幕。❸蟬鬢 古時女子一種髮式。《太平御覽》卷三百七十三引崔豹《古今注》載魏文帝宮人莫瓊樹創為蟬鬢，「望之縹緲如蟬翼，故曰蟬鬢」。

【語　譯】夕陽斜照，山下樓臺金碧輝煌。畫樓映斜陽，蕩漾明麗春光。睡起揭開簾旌，美人如玉，蟬鬢輕盈。　默默無言空佇立。東風勁吹，落花紛飛。燕子引得愁來，黛眉緊蹙怎解開。

【研　析】這是一首傷春詞作。上片寫景。首兩句是遠景，以山下畫樓為中心，斜陽下反射著明亮的光芒，一片輝煌的金碧之色。這金碧之色又是那麼完美地與周圍的春色融成一體。這樣的一個遠景描寫，正是一幅高樓深閨圖畫。後兩句便順理成章描寫閨中之人，於是可以看見那如玉的美人，蟬鬢輕盈。

詞作下片從寫景轉為寫人。美人睡起，默默佇立，東風勁吹，時有落花成陣。美人如花，看風吹花落怎能不傷心愁起？又有燕子飛來，不由自主地想到燕歸而人不歸，愁上加愁，於是說：「眉愁那得開。」

小詞清淺流麗，意脈清晰，詞境如畫。

生查子

郎如陌上塵，妾似隄邊絮❶。相見兩悠揚❷，蹤跡無尋處。

酒面撲春風，淚眼零秋雨。過了別離時，還解相思否。

【注　釋】❶絮　原作「樹」，據柯本注校改。❷悠揚　飄忽不定。

【語　譯】郎如陌上塵土，妾似堤邊柳絮。相見兩相飄忽，尋覓蹤跡皆無。　春風吹拂醉顏，淚如秋雨淅瀝。已過了別離時分，是否還記得相思？

【研　析】這首詞描寫了一位痴情女子的相思。上片寫相遇，但是沒有慣常的甜蜜，似乎相遇時便已預見註定要分離，女子顯得理智而又悲觀。首兩句將兩人各自比為「陌上塵」與「隄邊絮」，陌上飛揚的塵土，堤邊飄飛的柳絮，相見只是偶然，分離才是必然，且分離之後，自是「蹤跡無尋處」。字裡行間，可見此女子的理智、絕望及深深的無奈。

詞作下片描寫別後相思。首句是「春」，下句卻有「秋」，明明沐浴在春風裡，春風吹拂酒後醉顏，眼淚卻如秋雨般零落。以「秋雨」為喻，顯然是婉轉表達內心如秋之蕭瑟，完全不覺得春意濃濃。何以如此蕭瑟落寞？自然是因為與郎別離，相見無期。分別已有多日，不知他是否如我這般相思相念。其實女子心中是有答案的，首句比喻「郎如陌上塵」就已然有了答案，於是難免傷感更深，「秋雨」更急。

此詞多用比喻，又淺切爽落，表情達意不顯絲毫扭捏，頗有樂府之風。

吳琚

吳琚（生卒年不詳），字居父，號雲壑。開封府（治所在今河南開封）人。高宗吳皇后之侄。乾道九年（西元一一七三年），特添差臨安府通判。歷知明州、鄂州、慶元府。慶元六年（西元一二〇〇年）通判建康府兼留守。嘉泰二年（西元一二〇二年）遷少保，致仕。卒諡獻惠。《全宋詞》錄其詞六首。

柳梢青

元日立春❶

綵仗鞭春❷，椒盤迎日❸，斗柄回寅❹。拂面東風，雖然料峭，終是寒輕。

帶花折柳心情。怎捱得、元宵放燈❺。不是東園❻，有些殘雪，先去踏青。

【注　釋】❶元日立春　元日，農曆正月初一。立春，節候名，在陽曆二月四日或五日。❷綵仗鞭春　宋時風俗，州縣於立春日鞭打春牛，以祈豐年。彩仗，即彩杖，用彩綢裹飾的木杖。❸椒盤迎旦　古時正月初一日用盤進椒，飲酒則取椒置酒中。❹斗柄回寅　指正月。斗柄，北斗七星，三星似柄，稱斗柄或斗杓。夏曆月建，按東南西北分周天為十二段，名以子丑寅卯等十二支，與十二月相配，冬至所在的十一月為建子之月，正月為建寅之月，黃昏時斗柄指寅。❺怎捱得元宵放燈　意謂怎熬到熱鬧的元宵放燈節。宋時風俗，元宵節盛行放燈。❻東園　泛指園圃。晉陶潛〈停雲〉：「東園之樹，枝條再榮。」

【語　譯】彩杖鞭春牛，進椒盤，迎元日，斗柄回寅。東風拂面，雖覺料峭，終究是春來寒輕。　戴花折柳急心情，怎能熬到元宵放燈。若非東園尚有積雪殘留，便要先去踏青。

【研　析】這首詞描述早春時節盼春迎春之情。此年元日、立春重合，首二句扣題而入，連寫兩種舊俗——「鞭春」與「椒盤」。「斗柄」句點明正月，新春伊始，引出早春之感：東風拂面，料峭輕寒。「雖然」、「終是」，一退一進，寫出早春東風給人的微妙感覺。「料峭」，因寒冬剛過；「寒輕」，透出春之氣息。

詞作下片描述盼春迎春之急迫心情。「帶花折柳」為春日之事，立春之日而言此事，分明為時過早，見出迫不及待之情。「怎捱得」句反詰遞進，連「元宵放燈」都覺苦捱不至。「捱」字凸顯心急難耐之狀。結末三句承此意脈，言急欲「踏青」之情，呼應「帶花折柳心情」。筆調虛設跌宕，亦與上片結末相輝映。

詞作描述簡括，善以虛詞調度達情，婉轉切當。

浪淘沙

雲葉❶弄輕陰。屋角鳩鳴❷。青梅著子欲生仁。冷落江天寒食❸雨，花事❹關情。

池館晝盈盈。人耐寒輕。一川芳草只消凝❺。時有入簾新燕子，明日清明。

【注釋】❶雲葉　雲朵；雲片。項斯〈夢仙〉：「雲葉許裁成野服，玉漿教喫潤愁身。」❷鳩鳴　舊時民俗以為鳩鳴為下雨的徵候。鳩，即布穀鳥。❸寒食　節令名，農曆冬至後一百五日，即清明前一、二日。《荊楚歲時記》：「去冬節一百五日，即有疾風甚雨，謂之寒食，禁火三日。」❹花事　賞花之事。❺消凝　銷魂凝神。柳永〈夜半樂〉（豔陽天氣）：「對此佳景，頓覺銷凝，惹成愁緒。」

【語譯】天上雲層布輕陰，屋角鳩鳴聲聲。青梅結子將生仁。寒食時節，陰雨綿綿江天冷。遊春賞花最關情。

晝日池館，水光盈盈。輕寒尚可耐，一川芳草萋萋，令人魂銷神凝。時有新燕入簾旌，明日便是清明。

【研析】這首詞描寫寒食清明時節的春色，頗帶些傷春之愁。上片首句即言「輕陰」，天色轉陰，晴光隱沒。次句言「鳩鳴」，舊時民俗有鳩鳴喚雨之說，則是由「陰」到「雨」的過渡，於是有後面的「寒食雨」。「青梅」句點出春已深濃，青梅著子，不由讓人聯想起杜牧的〈歎花〉：「狂風落盡深紅色，綠葉成陰子滿枝。」或許作者也有此意，因而上片末句說「花事關情」，不知寒食雨裡花落多少，不知還能否遊春賞花，這是最為關心的事。

詞作下片抒寫惜春傷春之愁。由「池館」寫到館中之人，由入眼之「一川芳草」寫到館中人之「消凝」，不知是思歸，還是盼歸？勿庸置疑的是，陰雨、芳草勾起了春愁無限。最後寫到新燕不時入簾，隱約又有「燕歸人不歸」之怨意，「明日清明」，訴說的不僅僅是節氣，更蘊含著春天即將過去的歎惜與無奈。

又

岸柳可藏鴉❶。路轉溪❷斜。忘機鷗鷺❸立汀沙。咫尺鍾山❹迷望眼，一半雲遮。臨水整烏紗❺。兩鬢蒼華。故鄉心事在天涯。幾日不來春便老，開盡桃花（ㄏㄨㄚ）。

【注　釋】❶岸柳可藏鴉　梁簡文帝蕭綱〈金樂歌〉：「槐香欲覆井，楊柳正藏鴉。」❷溪　指金陵（今南京）青溪，發源於鍾山，南流入秦淮河。❸忘機鷗鷺　沒有名利機巧之心的鷗鷺。《列子・黃帝》：「海上之人有好漚鳥者，每旦之海上，從漚鳥遊。漚鳥之至者百住而不止。其父曰：『吾聞漚鳥皆從汝遊，汝取來，吾玩之。』明日之海上，漚鳥舞而不下也。」漚，通「鷗」。❹鍾山　即今南京紫金山。❺烏紗　即烏紗帽，古代官帽。張舜民〈九日〉：「誰人為整烏紗帽，獨倚西風滿眼愁。」

【語　譯】岸邊柳樹茂密可藏鴉。轉過路頭，青溪橫斜。鷗鷺無機心，悠然立汀沙。咫尺鍾山迷濛不清，一半被雲遮。　臨水整弄烏紗帽，蒼蒼兩鬢髮。心念故鄉，身在天涯。幾日不來春已暮，桃花綻放遍枝丫。

【研　析】《景定建康志》卷十八載此詞為吳琚作：「節使吳公琚遊青溪，有詞呈野亭馬公：『岸柳可藏鴉，……。』野亭跋其後云：『秦淮海之詞獨擅一時，字未聞。米寶晉善詩，然終不及字。若公可兼之矣。辛酉季春，承議郎充江南東路轉運司主管文字馬之純謹書。』」知此詞作於辛酉（西元一二〇一年）暮春。

詞作上片寫景。首句「藏鴉」，則柳樹已枝繁葉茂，春已深矣。「路轉」句只為引出「鷗鷺」，既描寫了溪邊春景，又借鷗鷺忘機的典故委婉透露倦宦思歸之情。「鍾山」被雲所遮，點出天色不佳，又曲折體現心境之迷茫。

下片抒寫情懷，因春暮觸發遲暮之感。「臨水」二句，點出兩鬢蒼蒼，宦情倦怠。「故鄉」句，順承吐露年華老去卻猶自羈宦天涯不得歸鄉的悵然心境。結末又回到春景，幾日不來，桃花開盡春已老。「幾日不來」、「便」，透出對春光匆匆流逝的歎惋，亦蘊含年華老去之感慨與無奈。

辛棄疾

辛棄疾（西元一一四〇—一二〇七年），原字坦夫，後改字幼安，號稼軒。諡忠敏。濟南府歷城縣（治所在今山東濟南）人。早年在家鄉隨耿京義軍抗金，任掌書記。紹興三十二年（西元一一六二年）南歸後，歷任建康通判、江西提刑、湖北轉運判官、湖南安撫使、江西安撫使、福建安撫使，知紹興、鎮江等。其間兩度被彈劾落職，先後閒居上饒帶湖、鉛山近二十年。一生力主抗金，壯志難酬。有《稼軒長短句》十二卷。《全宋詞》錄其詞六百二十六首，《全宋詞補輯》錄三首。

摸魚兒❶

更能消❷、幾番風雨。匆匆春又歸去。惜春長怕❸花開早，何況落紅無數。
春且住❹。見說道、天涯芳草無歸路❺。怨春不語。算只有殷勤，畫檐蛛網，盡
日惹飛絮。

長門事❻，準擬佳期又誤❼。蛾眉曾有人妒❽。千金縱買相如賦，
脈脈此情誰訴❾。君莫舞。君不見、玉環飛燕❿皆塵土。閒愁最苦。休去倚危闌，
斜陽正在，煙柳斷腸處。

【注釋】❶據廣信書院本《稼軒長短句》，此詞有小序云：「淳熙己亥，自湖北漕移湖南，同官王正之置酒小山亭，為

賦。」淳熙己亥，即淳熙六年（西元一一七九年）。湖北漕，指湖北轉運副使。王正之，名正己，時任湖北轉運判官。小山亭，在湖北轉運副使官署內。❷更能消　怎能經受。❸長怕　總怕。許渾〈寄湘中友人〉：「莫戀醉鄉迷酒杯，流年長怕老年催。」❹何況落紅無數二句　情境頗似歐陽脩〈蝶戀花〉（庭院深深深幾許）所云：「無計留春住。淚眼問花花不語，亂紅飛過秋千去。」❺見說道句　聽說芳草遍及天涯，歸路迷失。此句化用蘇軾〈蝶戀花〉（花褪殘紅青杏小）詞句「天涯何處無芳草」（襲用《楚辭・離騷》「何所獨無芳草兮」語意）、〈點絳脣〉（紅杏飄香）詞句「歸不去，鳳樓何處？芳草迷歸路」。❻長門事　指陳皇后失寵於漢武帝，被幽禁在長門宮之事。（參見《文選・長門賦序》）❼準擬佳期又誤　擬定了佳期又被耽誤。此句化用屈原〈離騷〉詩意：「曰黃昏以為期兮，羌中道而改路。」❽蛾眉曾有人妬　美貌從來遭人妒忌。此句化用屈原〈離騷〉語「眾女嫉予之蛾眉兮」。❾千金縱買相如賦二句　意謂即使用千金求得司馬相如為賦，默默深情能向誰傾訴。眽眽，同「脈脈」。含情不語貌。此二句反用陳皇后千金買賦典故。《文選・長門賦序》稱陳皇后失寵後，奉黃金百斤，請司馬相如寫成〈長門賦〉。漢武帝為賦情所感動，復寵幸陳皇后。❿玉環飛燕　指楊玉環、趙飛燕。楊玉環，即唐玄宗寵妃楊貴妃（小字玉環）。安祿山反叛，玄宗西逃至馬嵬坡，護駕六軍兵變，玄宗被迫賜楊貴妃自盡。（參見《新唐書・后妃傳》）趙飛燕，漢成帝皇后，體輕善歌舞，號飛燕，專寵十餘年。漢平帝時被廢為庶人，自殺身死。（參見《漢書・外戚傳》）

【語　譯】還能經受住幾場風雨？春天又將匆匆歸去。惜春總怕花兒早開早謝，何況又是落花紛紛難盡數！春天請暫作停留，聽說芳草連天迷失了歸路。怨春天沉默不語，只有那畫簷上的蜘蛛網，整日深情地挽留飄飛的柳絮。　失寵的陳皇后幽居在長門宮，約定的佳期又被耽誤。美貌從來遭人嫉妒！縱然花千金求得司馬相如作賦，脈脈深情又能向誰傾訴？你們寵幸兒莫要歡舞。豈不知玉環、飛燕都歸了塵土！莫名的憂愁最痛苦。不要去憑臨高樓，斜陽映照下的煙柳，令人惆悵悽楚。

【研　析】這首詞作於淳熙六年（西元一一七九年）暮春。稼軒時年四十，自湖北轉運副使轉任湖南轉運副使。

稼軒離開湖北赴任湖南轉運副使，同僚餞別，時逢暮春。傷春惜別自是詞中當然情事。詞作上片抒寫傷春之情。起筆兩句言春歸，先寫摧損春天的風雨，又以反問語起調，傷怨之情，力透紙背，誠如陳廷焯所評：

「起處『更能消』三字，是從千回萬轉後倒折出來，真是有力如虎。」（《白雨齋詞話》卷一）「更」、「又」二字見出一場又一場無情的風雨，摧殘了一個又一個美好的春天，令人無限傷感。「惜春」以下數句寫春歸觸發的惜春、留春、怨春、歎春等種種情懷，而筆調曲折跌宕，情感之律動在「長怕」、「何況」、「且住」、「見說道」、「算只有」數語的調度中蕩漾迴旋。

張炎《詞源》「制曲」條云：「最是過片不要斷了曲意，須要承上接下。」本詞過片「長門事」，似乎有些突兀，實則似斷非斷，其意脈仍與上片相通，即由惜春別春而過渡到人間別離，且上片擬人化的筆調亦與下片相協調。其些許突兀之感則源於別離情事中寓託身世感慨。稼軒同年在湖南轉運副使任上所作〈論盜賊劄子〉有云：「臣孤危一身久矣。……臣生平剛拙自信，年來不為眾人所容，顧恐言未脫口而禍不旋踵。」詞中「長門事」數句將陳皇后失寵典故與〈離騷〉詩意融合化用，實乃稼軒自我境遇的寫照，透露出其胸懷報國之雄才大志而「不為眾人所容」的深沉憂憤和無奈；「君莫舞」兩句則是憂怨難耐中的憤激，也是「剛拙自信」真性情的靈光閃現；結尾又跌入無可奈何的悲怨之中，亦關合傷春惜別之情。

詞作將傷春惜別、身世感慨融為一體，出以沉鬱頓挫之筆，詞境渾厚沉雄。

瑞鶴仙

梅

雁霜❶寒透幙。正護月雲輕，嫩冰猶薄。溪奩照梳掠❷。想含香弄粉，靚妝❸
難學。玉肌瘦弱。更重重、龍綃❹襯著。倚東風、一笑嫣然❺，轉盼萬花羞落。
寂寞。家山❻何在？雪後園林，水邊樓閣❼。瑤池舊約，鱗鴻更仗誰託❽？
粉蝶兒只解，尋花覓柳，開遍南枝❾未覺。但傷心、冷淡黃昏，數聲畫角❿。

【注　釋】❶雁霜　即寒霜。陸佃《埤雅》卷六云：「雁，霜降南翔，冰泮北徂。」韓偓〈半醉〉：「雲護雁霜籠淡月，雨連鶯曉落殘梅。」❷溪奩照梳掠　言梅花臨溪照影弄姿。❸靚妝　美麗的妝飾。❹龍綃　即鮫綃，相傳為海底鮫人所織之綃，濡水不溼。❺一笑嫣然　美妙的一笑。宋玉〈登徒子好色賦〉：「嫣然一笑，惑陽城，迷下蔡。」❻家山　家鄉。王建〈武陵春日〉：「波濤入夢家山遠，名利關身客路長。」❼雪後園林二句　林逋〈梅花〉：「雪後園林纔半樹，水邊籬落忽橫枝。」❽瑤池舊約二句　言仙宮舊約，無人傳信。瑤池，神話傳說中神仙居處，在崑崙山，西王母曾於此宴請周穆王。鱗鴻，指信使。❾開遍南枝　黃庭堅〈虞美人〉（天涯也有江南信）：「夜闌風細得香遲，不道曉來開遍向南枝。」❿畫角　古樂器名。據郭茂倩《樂府詩集》卷二十四〈梅花落〉題解，唐大角曲有〈大梅花〉、〈小梅花〉。

【語　譯】霜寒襲透簾幕。天上明月倚傍淡淡雲彩，地上冰凍微薄。溪邊照影梳妝，體含芳香，染脂塗粉，料想那美妙的妝飾，他人難學。肌膚如玉，清瘦柔弱，層層鮫綃襯映。迎春風，嫣然一笑，顧盼之間，百花羞愧凋零。　寂寞淒清。家鄉何在？雪後園林，溪水邊，樓閣前，處處可見梅花身影。仙宮舊約，託誰傳遞音信？粉蝶兒只會尋花覓柳，梅花開遍南枝而未發覺。只能傷心面對，冷冷清清的黃昏裡飄蕩數聲畫角。

【研　析】這是一首詠梅詞作。作者將梅花想像為一位冰清玉潔、風姿綽約的仙女。上片首三句寫霜寒透簾、雲淡月明、地結薄冰，為梅花仙子的出場渲染氛圍。「溪奩」句以下為詠梅正筆：臨溪梳掠，芳香靚妝，言其妝飾之美；肌膚如玉，清瘦柔弱，鮫綃映襯，言其體態之美；迎東風嫣然一笑，美目顧盼，百花羞落，言其風韻之美。活脫脫一個降臨人間的仙女形象。

下片轉寫梅花仙子降臨人間之後的寂寞心境。過片「寂寞」二字句，筆調突轉，下文再細述梅花情懷作為補襯。「家山何在」一問，直承「寂寞」二字，人世間諸如「雪後園林」、「水邊樓閣」，雖常見梅花身影，但並非梅花仙子的家鄉，瑤池仙境才是其家鄉。然而仙宮舊約雖在，可無人為傳消息，粉蝶兒只在花柳叢中穿飛，從不關注開遍南枝的梅花。流落人間難返仙宮的梅花仙子，只能傷心獨對冷冷清清的黃昏裡，數聲畫角斷續飄蕩。

祝英臺近

寶釵分，桃葉渡❶，煙柳暗南浦❷。怕上層樓，十日九風雨。斷腸點點飛紅，都無人管，倩❸誰勸、啼鶯聲住。

鬢邊覷❹。應把花卜歸期❺，纔簪又重數。羅帳燈昏，哽咽夢中語。是他春帶愁來，春歸何處？卻不解、將愁歸去❻。

【注釋】❶寶釵分二句　言男女分別。漢時女子被黜，分釵斷帶以還夫家，如袁宏《後漢紀》卷二十三載夏侯氏被其夫黃元艾所黜，其父母曰：「婦人見去，當分釵斷帶請還之。」後世轉以分釵為女子贈別之習，如梁陸罩〈閨怨〉：「自憐斷帶日，偏恨分釵時。」白居易〈長恨歌〉：「唯將舊物表深情，鈿合金釵寄將去。釵留一股合一扇，釵擘黃金合分鈿。」桃葉渡，東晉王獻之與愛妾桃葉分別之地，相傳故址在今南京秦淮河與青溪合流處。《玉臺新詠》卷十載王獻之〈桃葉歌〉：「桃葉復桃葉，渡江不用檝。但渡無所苦，我自迎接汝。」❷南浦　指送別之地。浦，水邊。《楚辭・九歌・河伯》：「子交手兮東行，送美人兮南浦。」江淹〈別賦〉：「送君南浦，傷如之何！」❸倩　請。❹覷　凝視。❺應把花卜歸期　蓋以花瓣之數測算歸期。古人有燈花卜之習，如元郭鈺〈送遠曲〉：「歸期未定須寄書，誤人莫誤燈花卜。」以簪花卜歸期，或為相類習俗。❻是他春帶愁來三句　雍陶〈送春〉：「今日已從愁裏去，明年更莫共愁來。」趙彥端〈鵲橋仙〉（來時夾道）：「春愁元自逐春來，卻不肯隨春歸去。」

【語譯】桃葉渡口，分釵贈別，水邊楊柳煙霧繚繞。害怕登上高樓，十之八九風雨瀟瀟。愁腸欲斷。落花紛紛全無人管，鶯啼聲聲更有誰勸。

凝視鬢鬟，取下簪花卜算郎君歸期，剛把花插回鬢髮又摘下重數。羅帳裡燈光昏暗，夢中人哽咽囈語：春天給我帶來憂愁。如今春歸何處？卻不能把愁情給我帶走。

【研析】這是一首傷春怨別詞作。詞從追憶入筆，分釵、桃葉渡、煙柳、南浦，字字唱歎出別離傷怨之情。

昔日的分別在暮春，如今又是風雨送春歸。記憶中的送別、今日的思念，因同樣的晚春時節而凝聚於孤寂的心懷：細細回想送別情景，悵然凝望眼前飛紅片片、風雨瀟瀟，靜聽林中黃鶯聲老，情何以堪！更何況一切「都無人管」，如此的無助無奈！

愁情滿懷，淒景滿目，無以排遣，尤盼郎君早日歸來以解憂思，下片遂轉寫女子「應把花卜歸期」。「纔簪又重數」之舉動，透露出相思急切不安之心態以及對「花卜歸期」的不自信，則憂愁依然鬱結心間，難以消解。憂思入夢，夢中哽咽怨春「帶愁來」卻不「將愁歸去」。此怨無理，故託諸夢囈，筆調沉鬱跌宕，深切而無奈的愁怨之情在字句間激蕩回環，餘韻不盡。

全詞傷春、別怨交融一體，筆致細膩傳神，情韻纏綿深摯，為稼軒婉約詞之佳作。

劉過

劉過（西元一一五四—一二〇六年），字改之，號龍洲道人。吉州太和縣（治所在今江西泰和）人。屢試不第，多次上書朝廷力主恢復，不報，流落江湖。曾為陸游、辛棄疾所賞識，與陳亮交善。工詞，有《龍洲詞》。《全宋詞》錄其詞七十七首。

賀新郎❶

老去相如❷倦。向文君說似❸，而今怎生消遣。衣袂京塵曾染處❹，空有香紅❺尚軟。料彼此、魂消腸斷。一枕新涼眠客舍，聽梧桐、疏雨秋聲顫。燈暈冷，記初見。　樓低不放珠簾捲。晚妝殘、翠鈿❻狼藉，淚痕凝臉。人道愁來須殢酒❼，無奈愁多酒淺。但託意、焦琴紈扇❽。莫鼓琵琶江上曲，怕荻花、楓葉俱淒怨❾。雲萬疊，寸心遠。

【注　釋】❶《龍洲詞》此詞題注：「自跋云：去年秋，余試牒四明，賦贈老娼，至今天下與禁中皆歌之。江西人來，以為鄧南秀詞，非也。」試牒四明，參加四明（今浙江寧波市）鄉試。禁中，指宮中。鄧南秀，名元，豐城（今屬江西）人。❷相如　司馬相如，西漢著名辭賦家。❸向文君說似　向文君訴說。文君，即卓文君，為漢臨邛富商卓王孫之女，貌美，有才學。司馬相如飲於卓氏，文君新寡。相如以琴曲挑之，文君遂夜奔相如。見《史記・司馬相如列傳》。說似，說與。晏殊〈漁家傲〉（幽鷺慢來窺品格）：「對面不言情脈脈，煙水隔，無人說似長相憶。」❹衣袂京塵曾染處　意謂京城奔波。陸機〈為顧彥先贈婦〉：「京洛多風塵，素衣化為緇。」緇，黑衣。❺香紅　指佳人粉香。薛昭蘊〈相見歡〉：「羅襦繡袂香紅。」❻翠鈿　翠玉雕花首飾。❼殢酒　醉酒。❽焦琴紈扇　焦琴，指焦尾琴。《後漢書・蔡邕傳》：「吳人有燒桐以爨者，邕聞火烈之聲，知其良木，因請而裁為琴，果有美音。而其尾猶焦，故時人名曰『焦尾琴』焉。」紈扇，即歌扇。班婕妤〈怨歌行〉：「新裂齊紈素，皎潔如霜雪。裁為合歡扇，團團似明月。」❾莫鼓琵琶江上曲二句　用白居易〈琵琶行〉詩意：「潯陽江頭夜送客，楓葉荻花秋瑟瑟。……忽聞江上琵琶聲，主人忘歸客不發。……莫辭更坐彈一曲，為君翻作〈琵琶行〉。感我此言良久立，卻坐促絃絃轉急。淒淒不似向前聲，滿座重聞皆掩泣。座中泣下誰最多，江州司馬青衫濕。」

【語　譯】相如漸老身倦，對文君訴說，而今窮愁，何以排遣。曾客京洛，衣袂染風塵，空留得紅淚粉香軟。料想彼此，魂銷腸斷。客舍孤枕，秋夜新涼，疏雨滴梧桐，一聲聲，心頭顫。燈暈冷寂，難忘初相見。

樓閣低，珠簾不捲。晚妝殘損，翠鈿零亂，淚痕滿臉。人說愁來須醉酒，無奈愁緒深濃酒淺淡，惟將情懷託琴扇。莫彈江上琵琶曲，怕楓葉荻花盡淒怨。層雲萬疊，寸心天遠。

【研析】據《龍洲詞》所錄自跋，此詞為其「試牒四明，賦贈老娼」之作。《花菴詞選》錄此詞題曰「懷舊」。此老娼或為詞人舊相識，且相知情深，故詞作攬「相如」、「文君」起筆，切入題旨。「老去」、「倦」，自述心境；「怎生消遣」，以反詰語強調老倦境況之難耐。「衣袂」二句追述滯留京城，空染風塵，素衣成緇。佳人相別，粉香紅淚沾衣襟。料別來「彼此魂消腸斷」，一種相思，兩處閒愁。「一枕」兩句自述別後：梧桐夜雨，客舍獨居，孤燈冷暈，黯然回想初見之情境，真堪「魂消腸斷」！「顫」字兼狀秋夜雨滴梧桐之聲及孤館聽雨者之心境，生動貼切。

過片承「記初見」而言「初見」之人別愁情狀，當為老娼所自述，照應上片「料彼此」句。簾幕低垂，寂寞愁苦之境；「晚妝殘」、「狼藉」、「淚痕」，「魂消腸斷」之狀。「人道」句從追憶別離之苦回到今日老去相逢之悲，情調相貫，亦呼應上片「而今怎生消遣」：人說醉酒消愁，「無奈愁多酒淺」。「酒淺」則未能「殢酒」，未能解愁，更不能消解心中諸多愁。酒淺不解愁，唯有倚絃而歌。失意文人，寥落老娼，相與悲慨，歌酒遣懷，有似當年白居易遷謫潯陽遇長安娼女。「莫鼓」二句即化用〈琵琶行〉詩意：「莫辭更坐彈一曲，為君翻作〈琵琶行〉。感我此言良久立，卻坐促絃絃轉急。淒淒不似向前聲，滿座重聞皆掩泣。」此即「荻花楓葉俱淒怨」。筆調則承「但託意、焦琴紈扇」以遣愁之意脈：一曲〈琵琶行〉，聽者未能解愁反更愁，故以「莫」、「怕」二字成反蕩，更見出愁損不堪情狀。結末二句收束「琵琶江上曲」、「荻花楓葉俱淒怨」之境，令人想到錢起〈省試湘靈鼓瑟〉之「曲終人不見，江上數峰青」。曲終人將散，相逢轉相別，雲山萬疊，寸心千里。

詞作撫今追昔，互訴別離愁苦，淒怨婉摯，有「同是天涯淪落人」之感。

糖多令❶

蘆葉滿汀洲❷。寒沙帶淺流。二十年、重到南樓❸。柳下繫船猶未穩，能幾日、又中秋。

黃鶴斷磯頭❹。故人今在不。舊江山、總是新愁。欲買桂花重載酒，終不似、少年遊。

【注　釋】❶《龍洲詞》此詞有題序云：「安遠樓小集，侑觴歌板之姬黃其姓者，乞詞于龍洲道人，為賦此〈糖多令〉，同柳阜之、劉去非、石民瞻、周嘉仲、陳孟參、孟容，時八月五日也。」《花菴詞選》錄此詞題云「再過武昌」。安遠樓，武昌南樓。❷汀洲　水中小洲。❸南樓　又名玩月樓，在湖北武昌黃鶴山頂。晉庾亮鎮武昌，曾與佐吏數人登樓賞月。❹黃鶴斷磯頭　指黃鶴磯，在武昌黃鶴山下江邊。《太平寰宇記》卷一百一十二《荆州記》云：「江夏郡城西臨江有黃鶴磯。」

【語　譯】蘆葉遍布汀洲，寒沙淺流如帶，二十年後重上南樓。柳下小船尚未繫穩，過不了幾日又到中秋。

黃鶴磯頭，不知故人如今尚在否。江山依舊，總是觸發新愁。欲買桂花，載酒重遊，終不能如少年時歡暢無憂。

【研　析】這首詞寫作者舊地重遊，不免有物是人非之感。起筆二句描寫秋日景色。作者身處「南樓」，下臨長江，有登覽之勝，所見秋色是「蘆葉」、「汀洲」、「寒沙」、「淺流」。「二十年」點出時隔甚久，「能幾日」句點出時近中秋。說到中秋，便想到團聚，引發下片「故人今在不」一問。「故人」照應上片之「二十年、重到」。二十年過去，江山如舊，物是人非，觸發綿綿愁緒。結末感慨已無少年時買花載酒一行風雅之意興。

詞作上片寫景敘事，下片抒發世事滄桑之感。筆調流轉，善以虛詞調度（如「猶未」、「能」、「又」、「總是」、「終不似」等），傳達沉婉之情。

醉太平

情高意真。眉長鬢青❶。小樓明月調箏。寫春風數聲❷。

思君憶君。魂牽夢縈。翠消香暖雲屏❸。更那堪酒醒。

【注釋】❶鬢青　鬢髮烏黑。王觀〈生查子〉（關山魂夢長）：「兩鬢可憐青，一夜相思老。」❷寫春風數聲　言箏曲如春風之柔和美妙。韓淲〈次韻董景先〉：「心情雖在語皆非，強寫春風不似詩。」❸雲屏　雲母屏風。

【語譯】情深意真，蛾眉細長，雙鬢烏亮。彈箏人在小樓，明月來相照。箏曲數聲，如春風之和婉美妙。

心念郎君，魂牽夢縈。翠煙消散，薰香暖雲屏，更那堪醉夢驚醒。

【研析】這是一首閨怨詞作。上片描寫一妙齡女子「小樓明月調箏」之情境。起筆先入其情，「情高意真」為箏曲之情。次句「眉長鬢青」，簡筆勾畫出彈箏女子之青春美貌。「小樓」句點明情事。「寫春風」句言箏曲旋律如春風之和婉美妙，與起句相呼應。

詞作下片由箏曲聲情轉到彈箏女之情懷，抒寫思念深情。「思君」二句言相思之深切，筆調滯重。「翠銷」句描寫閨中境況，爐香燃盡，青煙消散，空留餘香暖雲屏，見出夜闌靜寂。閨中人醉夢醒來，「酒醒」愁未醒，淒涼之況味溢於言外。

詞作構思巧妙，筆調含蓄，清韻綿婉。

謝懋

謝懋（生卒年不詳），字勉仲，號靜寄居士。洛陽（今屬河南）人。淳熙間在世。有《靜寄居士樂章》二卷，不傳。《全宋詞》錄其詞十四首。

驀山溪

厭厭❶睡起，無限春情緒。柳色借輕煙，尚瘦怯、東風倦舞。海棠紅皺，不奈晚來寒，簾半捲，日西沉，寂寞閒庭戶。

飛雲無據。化作溟濛❷雨。愁裏見春來，又只恐、愁催春去。惜花人老，芳草夢淒迷，題欲徧，瑣窗❸紗，總是傷春句。

【注釋】❶厭厭　精神不振的樣子。❷溟濛　昏暗不明的樣子。❸瑣窗　雕有連瑣圖案的窗櫺。

【語譯】睡起倦懨懨，春來愁無限。柳色輕煙相映，柳絲尚清瘦，舞東風，怯弱慵倦。海棠深紅淺皺，不耐晚來天寒。珠簾半捲，斜日西沉，寂寞空庭靜無人。

浮雲飄飛不定，化作濛濛細雨。愁裡見春來到，又怕春愁，催春歸去。惜花人已老，芳草如夢淒迷，瑣窗題詩欲遍，都是傷春句。

【研　析】這是一首女子傷春詞作。首句即呈現一睡起慵倦的女子形象。「無限春情緒」，點明春愁。「柳色」句以下描述女子眼中的春日景象，「簾半捲」暗示出女子倚簾凝愁之態。春風吹拂，楊柳「瘦怯」、「倦舞」，海棠不耐春寒；日落西沉，庭院寂靜。情融於景，透出詞中人之愁怨心境。

過片言春雨濛濛，更引出無限春愁。辛棄疾〈祝英臺近〉（寶釵分）云：「是他春帶愁來，春歸何處。卻不解、將愁歸去。」此則更進一層，春來之前已是愁情滿懷，即「愁裏見春來」。春來更添愁，故而「催春去」。春歸花謝，芳草淒迷，又不禁悵然惜花歎老，或亦暗自傷懷：閨人老去，遊子不歸！末以題詩解愁作結：題遍瑣窗，「總是傷春句」，無奈與哀傷之情回蕩不盡。

風入松

老年常憶少年狂。宿粉棲香。自憐獨得東君❶意，有三年、窺宋東牆❷。笑舞落花紅影，醉眠芳草斜陽。

事隨春夢去悠揚。休費思量。近來眼底無姚魏❸，有誰更、管領❹年芳❺。換得河陽衰鬢❻，一簾煙雨梅黃❼。

【注　釋】❶東君　司春之神。❷有三年句　宋玉〈登徒子好色賦〉：「天下之佳人，莫若楚國；楚國之麗者，莫若臣里；臣里之美者，莫若臣東家之子。……然此女登牆闚臣者三年，至今未許也。」後因以指女子愛慕男子的典故。❸姚魏　指牡丹花。姚黃、魏紫為牡丹花名貴品種。❹管領　過問；理會。❺年芳　指美好春色。李商隱〈判春〉：「一桃復一李，井上占年芳。」❻河陽衰鬢　指中年鬢髮斑白。晉時曾任河陽縣令的潘岳〈秋興賦〉序：「余春秋三十有二，始見二毛。」「二毛」指鬢髮斑白。❼煙雨梅黃　借黃梅時節煙雨喻愁。此化用賀鑄〈青玉案〉（淩波不過橫塘路）詞句：「試問閒愁都幾許？一川煙草，滿城風絮，梅子黃時雨。」

【語譯】人到老年，常憶年少多輕狂。眠花宿柳伴粉香。自喜獨得春情意，有如宋玉，美人東牆窺三年。落花紅影裡歌酒笑舞，芳草斜陽中歡賞醉眠。　少年情事，暗隨春夢悠悠去，休要費思量。珍品牡丹美，近來無心賞，更有誰理會那春色芬芳。今已落得鬢髮斑白如潘郎，梅子黃時，一簾煙雨茫茫。

【研析】這首詞感歎歲月遲暮。上片追憶少年時的美好時光，首句即點明此意：老年時常常不由自主地回憶起當初的年少輕狂。下文便圍繞「少年狂」之「狂」字展開。「宿粉棲香」，即沉迷於秦樓楚館，正所謂人不風流枉少年。「自憐」兩句以東鄰女登牆窺宋玉之典故，極言少年時春風得意，贏得女子青睞無數。「笑舞」兩句以寫意畫面歸結恣意冶遊生活：醒時笑舞落花紅影中，醉後臥眠芳草斜陽下，何其漫浪輕狂！

詞作下片回到如今「老年」。一句「事隨春夢去」，掃盡「少年狂」，舊歡如夢去，追憶徒傷悲，故曰「休費思量」，亦與起句「常憶」相對襯。以下句句皆如此：往昔「宿粉棲香」，青春漫浪，而今無意春芳；往昔歌酒花間，醉眠斜陽，而今兩鬢斑白，愁對「煙雨梅黃」。事往境遷，年華暗換，感慨遲暮，其情悲涼！

浪淘沙

黃道❶雨初乾。霽靄❷空蟠。東風楊柳碧毿毿❸。燕子不歸花有恨，小院春寒。

倦客亦何堪。塵滿征衫。明朝野水幾重山。歸夢已隨芳草綠，先到江南❹。

【注釋】❶黃道　指臨安城中道路。陸游《老學菴筆記》卷七：「高廟駐蹕臨安，艱難中每出猶鋪沙籍路，謂之黃道，以三衙兵為之。紹興末內禪，駕過新宮，猶設黃道如平時。」❷霽靄　雨後晴雲。❸毿毿　紛披下垂的樣子。❹歸夢已隨芳草綠二句　言歸夢已隨芳草到江南。此化用王安石〈泊船瓜洲〉詩意：「春風又綠江南岸，明月何時照我還？」

【語　譯】京城道上雨初停，雨後晴雲空中盤桓。春風吹拂，垂柳絲絲搖綠，燕子不歸，花兒含恨，小院春寒。　羈旅愁倦何堪！塵土滿征衫。明朝又將涉水，翻越重重山。歸夢已隨芳草，先自到江南。

【研　析】這首詞抒寫羈旅愁思，「倦客」二字為題旨所在。首句「黃道」指京城之道，「霽靄」句承「雨初乾」而來。「浮雲遊子意」（李白〈送友人〉），空中晴雲飄浮，則觸發詞人省悟客遊況味。「東風」句描寫春風拂柳，隱含離愁。「燕子不歸」則點明離愁，「燕子」有自況之意，「花」則喻指家中盼歸的女子。院落寂寂，春寒料峭，融情於景，透露出景中人的淒清心境。

詞作下片直抒倦遊而難歸的羈旅之愁。「倦客」點明客遊倦怠；「何堪」，一聲悵歎，引發下文。「塵滿征衫」描畫「倦客」之落拓情狀。「明朝」句預想歸途山重水複，倦遊而思歸，思歸而歸途山水重重，遂有歸夢隨芳草先到江南。結末二句既顯露歸心之急切，也透出欲歸難成的無奈。

霜天曉角　桂花

綠雲翦葉。低護黃金屑❶。占斷花中聲譽，香和韻、兩清潔。　勝絕。君聽說。當時來處別。試看仙衣猶帶，金庭露、玉階月❷。

【注　釋】❶黃金屑　指桂花，因其色黃而碎小，故稱。楊萬里〈凝露堂木犀〉：「雪花四出翦鵝黃，金屑千麩糝露囊。」

❷金庭露玉階月　指仙露明月。金庭、玉階，均指仙宮。

【語　譯】綠雲裁成葉，低身護花，花似黃金屑。占盡花中美譽，馨香韻致，均稱清雅高潔。　美妙勝絕。君可聽說，桂花來歷本特別。試看那仙衣飄飄，尚沾帶仙宮玉露、瑤臺月色。

【研　析】此詞詠桂花。首句「綠雲」描寫重重綠葉如雲。「黃金屑」喻指金色而細碎的桂花，既形象又顯高貴，正合「低護」二字。「占斷」兩句極言桂花之美譽，花香花韻，均稱清雅高潔。

詞作過片「勝絕」二字，一聲歎賞，收束上片對桂花色香韻的描述稱賞，照應「占斷花中聲譽」。何以如此？「君聽說」轉入對桂花「來處」之探奇，一「別」字括盡仙桂傳說：本為仙宮之物，降臨人間。結末「試看」二句化虛為實，應驗傳說：飄飄仙衣，尚沾帶月宮之玉露、瑤臺之月色。

詞作狀物形神兼備，虛實相融，筆調雅潔，韻味悠揚。

章良能

章良能（西元？—一二一四年），字達之。處州麗水縣（今屬浙江）人，遷居湖州。周密之外祖父。淳熙五年（西元一一七八年）進士。慶元六年（西元一二〇〇年）除著作佐郎。嘉泰元年（西元一二〇一年）除起居舍人。後歷禮部侍郎、吏部侍郎、御史中丞、同知樞密院事等，累至參知政事。有《嘉林集》百卷，不傳。《全宋詞》錄其詞一首。

小重山

柳暗花明春事深。小闌紅芍藥，已抽簪❶。雨餘風軟碎鳴禽。遲遲日❷，猶帶一分陰。

往事莫沈吟❸。身閒時序好，且登臨。舊游無處不堪尋。無尋處，惟有少年心。

【注釋】❶抽簪 抽出髮簪似的花蕾。❷遲遲日 和暖的春日。《詩・豳風・七月》：「春日遲遲。」❸沈吟 沉思；深思。

【語譯】楊柳繁茂，春花明豔春意深。小欄邊，紅芍藥，已抽花蕾如簪。雨後風柔，春鳥斷續啼吟。春日和暖，尚帶一分薄陰。 往事莫追想。身閒無事春光好，且去登臨遊賞。舊遊處處可重覓，唯有少年情懷尋無跡。

【研析】這是一首春遊感懷詞作。上片描寫春景。首句即點出「春事深」，柳之暗與花之明形成鮮明對比，正體現出春色深濃。「小闌」兩句寫芍藥抽出花蕾，亦是「春事深」之體現。芍藥花期與牡丹相近，通常在春末夏初開花，其花蕾新發，正時近暮春。雨後新晴，東風輕拂，鳴禽聲碎，陽光和暖，尚帶著一分淡淡薄陰。寥寥數語，細膩而逼真地將暮春景色一一展現。

詞作下片由景入情，轉入春愁。「往事」雖以「莫」字頓住，其傳遞的意思顯然是見春光而思往事，想起往年此時的情事。強自壓下追憶的思緒，自我開解，謂此身閒適，春光正好，何不登臨遊賞，山水自娛？然而出遊賞春，卻發現舊遊處處可尋，唯一尋不到的，是當時那種少年心情。感歎之中又回歸到對少年往事的追憶尋思。

陳亮

陳亮（西元一一四三—一一九四年），字同甫（亦作同父），號龍川。婺州永康縣（今屬浙江）人。紹熙四年（西元一一九三年）進士第一，授建康府簽判，未赴任而病卒。平生力主抗金，與辛棄疾志同道合。有《龍川詞》。《全宋詞》錄其詞七十四首。

水龍吟

春恨

鬧花深處層樓，畫簾半捲東風軟。春歸翠陌，平莎茸嫩❶，垂楊金淺❷。遲日❸催花，淡雲閣雨❹，輕寒輕暖。恨芳菲世界，游人未賞，都付與、鶯和燕。

寂寞凭高念遠。向南樓、一聲歸雁。金釵鬭草❺，青絲❻勒馬，風流雲散❼。羅綬分香❽，翠綃封淚❾，幾多幽怨。正消魂，又是疏煙淡月，子規❿聲斷。

【注釋】❶平莎茸嫩　沙上莎草細嫩。❷垂楊金淺　楊柳剛剛吐出淺黃的嫩芽。❸遲日　和暖的春日。《詩・豳風・七月》：「春日遲遲。」❹閣雨　雨停。閣，通「擱」。❺金釵鬭草　鬥草時以金釵為賭。鬭草，古代一種遊戲，春日競採百草，以多者為勝。鄭谷〈采桑〉：「何如鬭百草，賭取鳳凰釵。」❻青絲　青繩。王僧孺〈古意〉：「青絲控燕馬，紫艾飾吳刀。」❼風流雲散　風吹過，雲飄散。比喻人飄零離散。❽羅綬分香　以香囊、羅帶贈別。秦觀〈滿庭芳〉（山抹微雲）：「香囊暗解，羅帶輕分。」❾翠綃封淚　以翠巾聚淚。曾慥《類說》卷二十九引《麗情集》載成都官妓灼灼「以軟綃多聚紅淚，密寄河東人」。❿子規　即杜鵑鳥，傳說為古蜀國望帝杜宇精魄所化，至春則哀啼。

【語譯】繁花深處有高樓，東風輕柔，畫簾半捲。春回綠色小徑，莎草細嫩，垂楊新芽金色淺。春日催花綻放，雲淡雨歇，淡淡寒意轉輕暖。只歎如此芳菲世界，無人遊賞，全交付黃鶯春燕。　寂寞，登高望遠。南樓高處，一聲歸雁。賭金釵，玩鬥草，青絲繩，勒駿馬，轉眼間如風驅浮雲各分散。羅帶香囊相贈別，翠帕浸淚封寄，中有多少幽怨！正魂銷腸斷，又是疏煙籠淡月，子規聲聲啼怨。

【研析】詞題「春恨」，傷春念遠，滿目春光，滿懷傷感。上片描寫早春景色。首句點出「層樓」，便將景與人融為一體。「鬧花」、「東風」，都體現出春日特色，「畫簾半捲」暗寫高樓上有人在觀賞春景。「春歸」三句，畫面逐次展現：阡陌小道遍染翠色，平沙莎草柔嫩新發，楊柳剛剛吐芽，一片淺金之色。「遲日」三句寫天氣，春日遲遲，百花待放，天上白雲淡淡，春雨停歇，春日微照，「輕寒輕暖」，正是乍暖還寒的早春天氣。「恨」字領起三句，轉入感懷：早春景色如此美好，但未見遊人，只見那鶯啼燕舞，荒寂淒清之感油然而生，令人想起杜甫的詩句：「細柳新蒲為誰綠！」（〈哀江頭〉）

詞作下片承上片結末情調，直抒春恨。「憑高」為舉止，與上片首句「層樓」相呼應；「寂寞」、「念遠」是心境。因「寂寞」而「憑高」，而「念遠」；亦或因「念遠」而「寂寞」，而「憑高」。「念遠」二字為春恨之源，下文由此生發。「歸雁」許是「念遠」之誘因，雁歸人難歸，遊子羈旅，佳人奈何？想起當初「金釵鬪草」，青春歡賞；「青絲勒馬」，意氣風發。而今「寂寞憑高」，不禁感慨聚散匆匆，人如風雲易流散。「羅綬」兩句屬對精整，一言深情贈別，一言別後相思，情歸「幾多幽怨」。別離之苦已令人黯然銷魂，又怎忍見那煙籠淡月，聽那子規哀啼！

詞作觸景感懷，景語流麗，情語沉婉，傷春怨別、感時傷世相融一體，情韻深永。

真德秀

真德秀（西元一一七八－一二三五年），字景元，後更字景希，號西山。諡文忠。建州浦城縣（今屬福建）人。慶元五年（西元一一九九年）進士，授南建州判官。開禧元年（西元一二〇五年）中博學宏詞科，為太學正。歷太學博士、起居舍人、江東轉運副使、湖南安撫使、中書舍人等。端平二年（西元一二三五年）自翰林學士除參知政事。有《西山集》。《全宋詞》錄其詞一首。

蝶戀花　紅梅

兩岸月橋❶花半吐。紅透肌香，暗把游人誤。盡道武陵溪❷上路。不知迷入江南去❸。

先自冰霜真態度❹。何事枝頭，點點胭脂污。莫是東君❺嫌淡素。問花花又嬌無語。

【注　釋】❶月橋　指半月形拱橋。❷武陵溪　在今湖南常德。陶淵明〈桃花源記〉：「晉太元中，武陵人捕魚為業，緣溪行，忘路之遠近，忽逢桃花林，夾岸數百步，中無雜樹，芳草鮮美，落英繽紛。」❸不知迷入江南去　暗用南朝陸凱江南寄梅典故。《太平御覽》卷十九引《荊州記》云：「陸凱與范曄為友，在江南，寄梅花一枝詣長安與曄，并贈詩云：『折梅逢驛使，寄與隴頭人。江南無所有，聊贈一枝春。』」❹態度　姿態風度。向子諲〈鷓鴣天‧詠紅梅〉（江北江南雪未彫）：「多態度，足風標。」❺東君　司春之神。

【語　譯】月橋跨兩岸，紅梅花半吐。紅透玉肌香，暗把遊人迷誤。盡說是，武陵溪邊桃花路，不覺人迷神飛江南去。

本自風韻高潔如冰霜，為何枝頭點點胭脂汙？莫非東君嫌它太淡素？問花何故，花卻嬌羞無言語。

【研　析】此詞詠紅梅。上片極言紅梅之美。首句「兩岸月橋」是賞梅之地。「岸」、「橋」二字令人想到臨水梅花之神韻，所謂「疏影橫斜水清淺」（林逋〈山園小梅〉）。「紅透肌香」，重墨描畫；「暗把」句，言紅梅之盛令人迷幻。「盡道」兩句即承「誤」字，兩岸紅梅之繁茂令遊人恍如置身於夾岸桃花的武陵溪上路，迷花忘路，不知不覺來到江南。此乃融會桃花源、陸凱江南寄梅兩則典事，補足「游人誤」。

詞作下片仍著筆於梅花之「紅」，但筆意反轉，非讚賞紅梅之美，而責問梅花原本「冰霜態度」，何以被胭脂點汙成紅色。冰清玉潔、幽香冷韻為梅花之「真態度」，「紅透肌香」之紅梅乃為「點點胭脂污」。「莫是」一句，承「何事」一問而揣度疏解。在筆意脈絡上，「何事」二句、「莫是」一句相承遞進，均為「問花」。末句承上作結：問而無答，人自茫然，花自嬌柔。

詞作構思生新，正反相襯，亦莊亦諧。

劉光祖

劉光祖（西元一一四二—一二二二年），字德修，號後溪。諡聞節。簡州（治所在今四川簡陽）人。乾道五年（西元一一六九年）進士及第。歷官侍御史、司農少卿、起居郎，終寶謨閣直學士。有《鶴林詞》，失傳，今有趙萬里輯本。《全宋詞》錄其詞十一首。

洞仙歌

詠敗荷

晚風收暑，小池塘荷靜。獨倚胡牀❶酒初醒。起徘徊、時有香氣吹來，雲藻亂，葉底游魚動影。

空擎❷承露蓋，不見冰容❸，惆悵明妝曉鸞鏡❹。後夜月涼時，月淡花低，幽夢覺、欲憑誰省。也應記、臨流凭闌干，便遙想、江南紅酣❺千頃。

【注釋】❶胡牀　又稱交床，一種可以折疊的輕便坐具，從胡地傳入，故名。杜甫〈樹間〉：「幾回霑葉露，乘月坐胡床。」❷擎　托舉。❸冰容　冰清玉潔之容顏。此指荷花未敗時的皎好模樣。❹鸞鏡　飾有鸞鳥圖案的妝鏡。此喻指荷塘水面。❺紅酣　指荷花盛放。

【語譯】晚風消解暑熱，小小荷塘寂靜。獨倚胡床，酒醉初醒。起身徘徊，時有荷香迎面吹來。水藻漂浮如雲亂，葉底時見游魚身影。　空有荷葉挺立猶如承露盤，不見往日冰清玉潔之容顏，惆悵那池面如鏡曾映照曉妝明豔。夜深天涼，淡月臨照，殘花低垂，盛而衰如夢驚斷，憑何能記省？也當記得，曾臨水憑欄賞荷，便遙想江南荷花綻放，紅豔千頃。

【研　析】此詞題詠敗荷，上片冷靜敘述：酒醉初醒，獨倚胡床，晚風吹散暑熱，荷塘寂靜，不時飄來敗荷餘香。起身在荷塘邊徘徊，見池中水藻漂浮如雲，荷葉下時有魚兒游動。「獨倚」、「徘徊」二語流露出內心的愁緒，此愁或許並非因敗荷而生，但荷花凋敗後的淒清境況，令詞人本已不暢的心情更趨惆悵，故而下片情調跌宕歎惋。過片一「空」字緊扣詞題「敗荷」，空存荷葉，不見荷花冰容。盛開時的明豔映池如臨鏡曉妝，如今只能惆悵追憶。夜深天涼，淡月映照，殘花低垂，往日嬌容便如一夕幽夢，夢斷憑何記省？一番歎惋之後，末二句振筆提勢，承「憑誰省」而記起曾憑欄賞荷之美妙時光，進而遙想江南千頃荷花綻放的壯觀景象。詞作上片寫景，下片抒情，筆調婉麗，虛筆作結，以盛襯衰，韻味悠長。

蔡枏

蔡枏（西元？—一一七〇年），字堅老，號雲壑道人。南城縣（今屬江西）人，一作南豐縣（今屬江西）人。嘗官袁州通判。以詩名世，與呂本中等唱和。詞有《浩歌集》一卷，失傳。《全宋詞》錄其詞六首。

鷓鴣天

病酒厭厭❶與睡宜。珠簾羅幙捲銀泥❷。風來綠樹花含笑，恨入西樓月斂眉。
驚瘦盡，怨歸遲。休將桐葉更題詩❸。不知橋下無情水，流到天涯是幾時。

【注釋】❶病酒厭厭　酒醉而精神不振的樣子。❷銀泥　一種銀粉調製的顏料，用以裝飾衣裙或塗飾臉頰。白居易〈武丘寺路宴留別諸妓〉：「銀泥裙映錦障泥，畫舸停橈馬簇蹄。」❸桐葉更題詩　反用紅葉題詩典故。孟棨《本事詩・情感》載顧況「游於苑中，坐流水上，得大梧葉」，上有題詩云：「一入深宮裏，年年不見春。聊題一片葉，寄與有情人。」

【語譯】酒醉懨懨宜臥眠，珠簾高捲，羅幕飾銀泥。風吹綠樹，花兒含笑，月上西樓，離人愁眉。　驚覺瘦損憔悴，只怨那人遲遲不歸。休要梧葉題詩，不知橋下那無情流水，何時才能流到天涯。

【研析】這是一首怨別詞作，下片「怨歸遲」點明題旨。起筆言「病酒厭厭」，呈現出醉酒慵倦形象。「與睡宜」與「捲銀泥」相反而相成——宜睡而難眠，只因心有所思，「捲銀泥」之舉則流露出內心的思慮，隱含盼歸之情。然而捲簾見到的春風吹拂，綠樹搖曳，花兒含笑，月上西樓，此番美景又怎不令幽怨之人愁眉緊鎖！

上片筆筆連環，詞中人因愁而病酒，病酒宜睡又因愁而無眠，無眠而捲簾則見風吹綠樹、月明花笑，其情何以堪！然而詞筆至此只呈現出幽怨之人，而未顯露其幽怨之緣由，下片則進而直筆揭開個中原委：「怨歸遲。」瘦得驚心，是因為怨那遊子遲遲不歸；因「歸遲」而想到題詩寄相思，又因天涯遙隔而寄詩難成，怨別之情只能獨自承受。如此淒切的相思別怨，詞人通過反用紅葉題詩典故來表現，情韻深婉，筆調雅致。

洪咨夔

洪咨夔（西元一一七六－一二三六年），字舜俞，號平齋。諡忠文。臨安縣（今屬浙江）人。嘉泰二年（西元一二〇二年）進士。歷官成都府通判、祕書郎、監察御史、中書舍人、刑部尚書、翰林學士知制誥等。有《平齋詞》。《全宋詞》錄其詞四十四首。

眼兒媚

平沙芳草渡頭邨。綠遍去年痕。游絲❶上下，流鶯來往，無限消魂❷。

綺窗❸深靜人歸晚，金鴨水沈溫❹。海棠影下，子規❺聲裏，立盡黃昏。

【注　釋】❶游絲　春天空中飄浮的昆蟲所吐之絲。❷消魂　指極度欣喜。❸綺窗　刻有美麗圖飾的窗戶。❹金鴨水沈溫　指香爐裡燃燒的沉香散發暖意。金鴨，銅製的鴨形香爐。水沈，即沉水香，入水能沉，故名。❺子規　即杜鵑鳥。傳說為古蜀國望帝杜宇的魂魄所化，至春悲啼。

【語　譯】平沙芳草，渡頭小村。綠色遍布去年的舊痕。游絲上下飄浮，黃鶯往來穿飛，春光無限銷魂。綺窗幽靜，天晚人未歸來，爐香飄散絲絲暖意。海棠花影下，子規啼聲裡，默默佇立，黃昏消逝。

【研　析】此詞言春愁。上片描寫春景：一個渡頭小村落，平沙細細，芳草萋萋，去年春色留下的舊痕，如今又是綠草遍布，一派春回大地景象。「游絲」兩句是從遠景切換到近景，微風裡游絲上下飄浮，黃鶯啼鳴，穿梭飛翔，春光無限，令人欣喜魂銷。

詞作下片，從春景轉到春愁。「綺窗」二句言深閨寂靜，天晚人未歸，唯有香爐裡青煙裊裊，散發著絲絲暖意。閨中人何以「歸晚」？冷靜的描述中隱約透出閨中人的孤寂難耐。「海棠」三句亮出「歸晚」之人：佇立海棠花影下，靜聽子規聲聲哀啼，直到黃昏的最後一縷光線消盡。這是一個宛如望夫石一般的剪影，凝聚了一位傷春怨別女子盼歸的殷殷深情。

岳珂

岳珂（西元一一八三—一二三四年），字肅之，號亦齋、倦翁、東几。相州湯陰縣（今屬河南）人。岳霖之子，岳飛之孫。歷官朝奉郎、戶部侍郎、淮東總領兼制置使。有《桯史》、《金陀粹編》等行世。《全宋詞》錄其詞八首。

滿江紅

小院深深，悄鎮日❶、陰晴無據。春未足、閨愁難寄，琴心❷誰與？曲徑穿
花尋蛺蝶❸，虛闌傍日教鸚鵡。笑十三、楊柳女兒腰❹，東風舞。

雲外月，
風前絮。情與恨，長如許。想綺窗今夜，與誰凝佇。洛浦夢回留佩客❺，秦樓聲

斷吹簫侶❻。正黃昏時候、杏花寒，廉纖雨❼。

【注釋】❶鎮日　整日。❷琴心　琴中心意。《史記・司馬相如列傳》：「是時，卓王孫有女文君新寡，好音，故相如繆與令相重，而以琴心挑之。」❸穿花尋蛺蝶　穿行於花叢追尋蝴蝶。杜甫〈曲江〉：「穿花蛺蝶深深見，點水蜻蜓款款飛。」❹笑十三楊柳女兒腰　孟棨《本事詩》載白居易姬妾樊素善歌，小蠻善舞，遂為詩曰：「櫻桃樊素口，楊柳小蠻腰。」杜牧〈贈別〉：「娉娉嫋嫋十三餘，荳蔻梢頭二月初。」❺洛浦夢回留佩客　用曹植夢見洛神宓妃典事。曹植〈洛神賦〉云：「黃初三年，余朝京師，還濟洛川。古人有言，斯水之神，名曰宓妃。感宋玉對楚王神女之事，遂作斯賦。……願誠素之先達兮，解玉佩以要之。」洛浦，洛水之濱。漢張華〈思玄賦〉：「載太華之玉女兮，召洛浦之宓妃。」❻秦樓聲斷吹簫侶　用蕭史與秦穆公女弄玉因吹簫而結為夫妻典故。舊題劉向《列仙傳》卷上：「蕭史者，秦穆公時人也，善吹簫，能致孔雀、白鶴於庭。穆公有女，字弄玉，好之。公遂以女妻焉。日教弄玉作鳳鳴。居數年，吹似鳳聲。鳳凰來止其屋。公為作鳳臺。夫婦止其上不下，數年，一旦皆隨鳳凰飛去。」❼廉纖雨　細雨。晏幾道〈生查子〉（長恨涉江遙）：「無端輕薄雲，暗作廉纖雨。」

【語譯】庭院寂靜幽深，整日陰晴不定。春意未足，閨愁難傳寄，琴中心意誰聽？花叢曲徑間穿行追粉蝶，明媚春光下倚欄教鸚鵡。笑那楊柳如十三女兒腰，迎風起舞。　雲遮月暗，風吹絮飛。情與恨，常如此。遙想今夜綺窗前，與誰相依佇立。留佩之客洛浦夢醒，吹簫仙侶秦樓聲斷。黃昏時候，杏花生寒，細雨綿綿。

【研析】此詞言「閨愁」。上片寫閨中女子境況：身居深深小院，長日寂靜。天氣陰晴不定，撩人煩憂，也暗示出深院女子心情不安。「春未足」兩句，點明愁情無法疏解，寄書而難成，彈琴而無人聽。「曲徑」兩句截取了兩個女子的生活片斷，一是花叢撲粉蝶，一是倚欄教鸚鵡，且笑那楊柳隨風搖曳，如十三女子細腰曼舞。看似悠閒自得，實乃晝長無聊之排遣。

詞作下片筆觸深入女子內心愁情。過片兩個比喻，將無形的「情與恨」化為有形的「雲外月」、「風前絮」，一則半隱半現總是不甚明朗，一則漫天飛揚不能自主，鮮明可觸，神理相通。且「風前絮」之喻又呼應上片「楊柳女兒腰，東風舞」。「想綺窗」四句承前細述「情與恨」，前兩句為深閨女子極度思念而心生猜疑與不安，有如歐陽脩〈蝶戀花〉：「幾日行雲何處去。忘了歸來，不道春將暮。百草千花寒食路，香車繫在誰家樹。」「洛浦」兩句所用兩個典故，一則夢遇神女且解佩相邀卻轉眼成空，一則曾經的吹簫仙侶終歸聲斷人間，寄寓相思相戀而不能相守的淒惻與悲涼。思念、猜疑、怨別，悲淒無奈之中回到眼前最令離人傷懷的黃昏時候，見杏花在細雨中瑟瑟生寒，惜花而自憐，又將迎來一個獨守淒涼的難眠之夜。

生查子

芙蓉❶清夜游，楊柳黃昏約❷。小院碧苔深，潤透雙鴛❸薄。暖玉慣春嬌❹，簌簌花鈿落❺。缺月故窺人，影轉闌干角。

【注　釋】❶芙蓉　喻指佳人。《西京雜記》卷二：「文君姣好，眉色如望遠山，臉際常若芙蓉。」❷楊柳黃昏約　指黃昏月初上時情人約會。歐陽脩〈生查子〉：「月上柳梢頭，人約黃昏後。」❸雙鴛　指女子繡鞋，因其形如鴛鴦且相對成雙，故稱。吳文英〈風入松〉（聽風聽雨過清明）：「惆悵雙鴛不到，幽階一夜苔生。」❹春嬌　女子嬌柔之態。元稹〈連昌宮詞〉：「春嬌滿眼睡紅綃，掠削雲鬟旋妝束。」❺簌簌花鈿落　言頭上花釵鬆動墜落。簌簌，鬆動墜落的樣子。花鈿，一種女子首飾，即花釵。白居易〈長恨歌〉：「花鈿委地無人收，翠翹金雀玉搔頭。」

【語　譯】佳人美若芙蓉，清夜出遊。楊柳婀娜，人約黃昏後。小院青苔深碧，薄薄的繡鞋溼透。美人如玉，體態常嬌柔，髮上花釵墜落。彎彎的月兒想要窺探佳人，身影悄悄轉到欄杆一角。

【研　析】這首小詞描寫了一場男女幽約。上片寫女子赴約，起筆即點明情事。「芙蓉」句為實筆，一位美麗佳人清夜偷偷地出了閨房。「楊柳」句為虛筆，化用歐陽脩〈生查子〉「月上柳梢頭，人約黃昏後」，點出女子出門與人幽會。「小院」兩句言女子走過長滿青苔的小院，夜露溼透了繡鞋。

詞作下片寫約會場景。「暖玉」兩句描寫男女幽會情形，筆調含蓄隱約。「暖玉」喻女子體膚，「春嬌」寫女子嬌態，「簌簌」句言頭上髮飾鬆動墜落，隻字片語引人遐想。「缺月」兩句轉寫天上彎月對人間男女幽會的好奇和欣羨，更襯托出情事的美妙情韻。

張鎡

張鎡（西元一一五三—一二三五年），字功父，號約齋。鳳翔府（今屬陝西）人，寓居臨安。張俊曾孫，張炎之曾祖。歷官臨安府通判、直祕閣、司農少卿等。有《玉照堂詞》。《全宋詞》錄其詞八十六首。

念奴嬌

宜雨亭❶詠千葉海棠

綠雲影裏，把明霞織就，千重文繡❷。紫膩紅嬌扶不起❸，好是❹未開時候。半怯春寒，半便晴色，養得胭脂透。小亭人靜，嫩鶯啼破春晝。

猶記攜手芳陰，一枝斜戴，嬌豔波雙秀❺。小語輕憐花總見，爭得似花長久。醉淺休歸，夜深同睡❻，明日還相守。免教春去，斷腸空歎詩瘦❼。

【注釋】❶宜雨亭　在張鎡所居南湖。周密《武林舊事》卷十載張鎡《賞心樂事》記三月遊賞有「宜雨亭千葉海棠」。❷文

繡　刺繡華美的絲織品。此喻色澤豔麗的海棠花。❸紫膩紅嬌扶不起　言海棠花嬌柔豔麗。白居易〈長恨歌〉：「春寒賜浴華清池，溫泉水滑洗凝脂。侍兒扶起嬌無力，始是新承恩澤時。」❹好是　恰是；正是。❺嬌豔波雙秀　意謂海棠花嬌豔，佳人眼波明媚，兩相輝映。❻夜深同睡　言佳人、海棠同睡。蘇軾〈海棠〉：「只恐夜深花睡去，故燒高燭照紅妝。」❼詩瘦　苦吟瘦損。杜甫〈暮登四安寺鐘樓寄裴十迪〉：「知君苦思緣詩瘦，太向交游萬事慵。」

【語　譯】綠葉如雲，海棠花如彩霞織成的千重絲繡。紅紅紫紫，細膩嬌柔，扶不起，正是半開未開時候。一半是怯於春寒，一半是沐浴春光，直養得花瓣如胭脂紅透。小亭寂靜無人，黃鶯嬌啼驚破日長春晝。　猶記得花陰下，曾攜手，佳人釵頭，海棠花一枝，眼波花色相輝映，嬌豔明秀。輕撫花枝，細語低訴，花兒總能重開再相見，佳人怎能如花長久。醉意尚淺休要言歸去，夜深可與花同睡，明日依然能相守。免得教春離去，空自斷腸悵歎，苦吟消瘦。

【研　析】此詞題詠千葉海棠花。上片從形、色、態等角度描寫海棠花。起筆三句扣題而入，描狀海棠綠葉層層如雲，花如千重彩霞織就，光澤豔麗。此言海棠形、色。「紫膩紅嬌」二句描寫海棠嬌柔之態。「紫」、「紅」二字承前，「膩」、「嬌」、「扶不起」轉寫風韻姿態，暗用〈長恨歌〉所寫楊貴妃出浴之態為喻：「春寒賜浴華清池，溫泉水滑洗凝脂。侍兒扶起嬌無力，始是新承恩澤時。」「紫膩」即如「凝脂」，「扶不起」即「嬌無力」。「未開時候」，即半開未開，如美人含羞脈脈，嬌軟無力。「半怯」三句仍以美人喻嬌花，兼及色澤嬌態，色如胭脂，態似怯弱。「小亭」二句筆調從海棠花轉到周圍環境，扣題中「宜雨亭」。「人靜」，靜靜地賞覽；「嫩鶯啼春」，透露初春生氣。

上片詠花，下片轉寫賞花。「猶記」領起直到「爭得似花長久」，追憶曾攜手佳人共賞海棠的情景，寄寓對佳人的思念之情：猶記得佳人折下一枝斜插鬢上，雙眸映襯花之嬌豔，更顯明媚動人；猶記得佳人曾輕撫嬌花細語感歎，花兒總會重開再相見，人又怎能如花兒那般長久！記憶中的悵歎正暗示「不能長久」，如今已成過往，佳人不知何處。「醉淺」句以下回到眼前的賞花：要珍惜花開時節，休言歸去，夜深與花同睡，明日仍相守，免得春去花謝，空自斷腸消瘦。筆調中顯露深深的愛花惜花之情，但因「猶記」那段回憶，這愛花惜花之情似乎又透露出更深一層的含義——花，亦如人，「愛惜芳時，莫待無花空折枝。」（歐陽脩〈減字木蘭花〉）對海棠的憐惜，亦可謂珍惜眼前人。

昭君怨

園池夜泛

月在碧虛❶中住。人向亂荷中去。花氣雜風涼。滿船香。

雲被歌聲搖動。酒被詩情掇送❷。醉裏臥花心。擁紅衾❸。

【注釋】❶碧虛　碧空。吳均〈詠雲〉：「飄飄上碧虛，藹藹隱青林。」❷掇送　打發。李彌遜〈聲聲慢．木樨〉（龍涎燒就）：「更被秋光掇送，微放些月照，著陣風吹。」❸紅衾　指荷花紅色花瓣。

【語譯】月兒高掛碧空，人兒置身荷花中。涼風吹送花氣息，滿船飄荷香。　雲隨歌聲搖蕩，把酒吟詩，盡情歡賞。醉裡恍如臥花心，紅豔花瓣擁為衾。

【研析】這首小詞描寫月夜泛舟荷塘，筆調清淺，展現出日常生活的閒適雅趣。起筆二句扣題點出「園池夜泛」，池中荷葉田田，荷花綻開。「花氣」兩句言泛舟荷花叢中，涼風飄拂，滿船荷香，好不怡人心脾。

詞作下片寫泛舟荷塘之遊樂歡賞。歌聲飄揚，水雲蕩漾，把酒吟詩，可謂「一曲新詞酒一杯」（晏殊〈浣溪沙〉）。美酒醉人，美景亦堪醉人，醉意恍惚間，只覺那荷花心裡正可臥眠，那片片紅色荷瓣如層層衾被正可擁眠。這分明是醉語，卻讓人覺得清新可愛，趣味盎然。

盧祖皋

盧祖皋（生卒年不詳），字申之，又字次夔，號蒲江。永嘉縣（治所在今浙江溫州）人。慶元五年（西元一一九九年）進士及第。歷官祕書省正字、著作郎、將作少監等，嘉定十六年（西元一二二三年）權直學士院。有《蒲江詞稿》。《全宋詞》錄其詞九十六首。

宴清都

初春

春訊飛瓊管❶。風日薄，度墻啼鳥聲亂。江城次第❷，笙歌翠合，綺羅香暖。
溶溶❸澗綠冰泮❹。醉夢裏、年華暗換。料黛眉❺、重鎖隋隄❻，芳心暗動梁苑❼。
　新來雁闊雲音，鸞分鏡影❽，無計重見。啼春細雨，籠愁淡月，恁時❾庭院。離腸未語先斷。算猶有、凭高望眼。更那堪、芳草連天，飛梅弄晚。

【注釋】❶瓊管　指玉笛。❷次第　頃刻；轉眼。白居易〈觀幻〉：「次第生花眼，須臾燭遇風。」❸溶溶　和暖。蘇軾〈哨遍〉（睡起畫堂）：「初雨歇，洗出碧羅天，正溶溶養花天氣。」❹泮　融化。❺黛眉　喻柳葉，代指楊柳。❻隋隄　隋煬帝時沿通濟渠、邗溝河岸修築御道，旁植楊柳，後人謂之隋堤。❼梁苑　亦稱兔園、梁園，西漢梁孝王劉武所建的園林，故址在今河南省開封市東南。❽鸞分鏡影　用孤鸞照鏡典故比喻孤獨失偶。南朝范泰〈鸞鳥詩序〉稱昔罽賓王獲一鸞鳥，「三年不鳴。其夫人曰：『嘗聞鳥見其類而後鳴，何不懸鏡以映之？』王從其言。鸞睹形感契，慨然悲鳴，哀響中霄，一奮而絕。」❾恁時　那時。

【語　譯】玉笛吹送春訊，風輕日淡，牆頭飛鳥啼聲亂。頃刻間，江城翠綠環合，笙歌繚繞，綺羅飄香和暖。溶溶天氣，冰消綠澗。醉夢裡，節序暗換。料想隋堤垂柳茂密，梁苑百花含苞欲綻。　南來新雁，久未聞雲間音訊傳。如孤鸞對鏡影，無計重相見。細雨中春鳥啼鳴，淡月籠愁，難忘那時庭院。別語未說腸已斷。就算能憑高遠眺，又怎忍面對芳草萋萋連天遠，梅花零落斜陽晚。

【研　析】這首詞題詠初春，抒寫別怨。「春訊」句說玉管聲聲傳來春之消息，切題「初春」。「薄」字點出風輕日淡。春色未濃，有啼鳥飛過牆頭，鳴聲紛亂。江城漸漸顯出翠色重重，時有笙歌飛揚，空氣裡飄來暖暖的綺羅香。雖然沒有寫到人，此「笙歌」、「綺羅」分明讓人感受到士人女子踏春出遊，綠蔭下歌舞歡宴的盛況。詞人避開了對場景的直接描述，而以樂聲、暖香烘托氛圍，給讀者留下想像空間。「溶溶」句寫到郊外春澗，冰雪消融春草綠。「醉夢」句既是對之前描寫初春景色的歸結，且寓有幾分「流光容易把人拋」（蔣捷〈一翦梅〉）的感歎——不知不覺，如醉裡夢裡，又是一年春來到。「料黛眉」兩句承「年華暗換」筆意而生發：想那隋堤，應是楊柳重重；想那梁苑，又是百花含苞。此兩句既是合理的猜想，又借兩處古跡的春色煥發緩解了「年華暗換」之感慨。

詞作下片抒寫別怨，追想初春時的那場離別。「新來雁」三句言別後音訊杳無，「無計重見」。「啼春細雨」四句，因相思怨別以及眼前初春景象的觸發而回想起那個初春分別時的庭院景色和辭別情形：細雨濛濛，淡月籠愁，相別之人欲語淚先流，未別先斷腸。細膩的筆致體現出那場別離在詞中人心裡留下的深刻印象，帶來的深切離愁。「算猶有」三句，以「算」字領起，料想對方分別之後，即便憑高懷遠，又怎堪面對那芳草連天、飛梅弄晚之景！情狀亦如歐陽脩〈踏莎行〉（候館梅殘）所悵歎：「樓高莫近危闌倚。平蕪盡處是春山，行人更在春山外。」

江城子

畫樓簾幕捲新晴。掩雲屏❶。曉寒輕。墜粉飄香，日日喚愁生❷。暗數十年湖上路，能幾度，著娉婷❸。

年華空自感飄零。擁春酲❹。對誰醒。天闊雲閒，無處覓簫聲❺。載酒買花年少事，渾不似❻，舊心情。

【注釋】❶雲屏　雲母屏風。❷墜粉飄香二句　言日日花謝香飄，令人傷春惆悵。趙令時〈蝶戀花・春恨〉：「墜粉飄香，日日紅成陣。」❸娉婷　姿態美好。此代指美人。白居易〈昭君怨〉：「明妃風貌最娉婷，合在椒房應四星。」喬知之〈綠珠篇〉：「石家金谷重新聲，明珠十斛買娉婷。」❹春酲　春日醉酒後神志不清之態。元稹〈襄陽為盧竇紀事〉：「猶帶春酲嬾相送，櫻桃花下隔簾看。」❺無處覓簫聲　謂佳人無處尋覓。此用蕭史教秦穆公女弄玉吹簫典故，見舊題劉向《列仙傳》。杜牧〈寄揚州韓綽判官〉：「二十四橋明月夜，玉人何處教吹簫。」❻渾不似　全然不如。

【語譯】畫樓簾幕高捲，天放新晴。雲屏掩合，清曉寒輕。墜粉飄香花凋零，日日生春愁。暗數十年來，西湖路上，能幾回佳人攜手同遊。

空感慨，年華飄零。春日擁愁醉，酒醒有誰相倚憑？天茫茫，白雲悠悠，無處尋覓玉簫聲。載酒買花，年少樂事，如今全無舊時好心情。

【研析】此詞傷春懷人，感慨身世飄零。起句「新晴」二字見出春來多雨，天放初晴，遂觸發賞春興致。晨起捲簾掩屏，不顧曉寒輕襲，只為賞覽春景，亦怕春光流逝。日日花落香飄，正是春光漸逝，傷春愁緒油然而生。傷春而外，花謝香消又令詞人心生追昔歎往之情，詞筆落到懷人：暗想十年來，西湖春景如畫，卻難得幾回兩情相依共遊賞。

詞作下片自傷身世零落，知音無覓。「年華」句承上啟下，情感意脈上承「暗數十年」三句，又總領下片詞情。年華老去，感慨飄零而「擁春酲」，自是借酒澆愁。然而酒醉終會酒醒，酒醒之後，依然孤身獨守，面對天地闊遠，白雲悠悠，無處尋覓昔日的吹簫佳人。此正可謂「借酒澆愁愁復愁」！醉酒無以消愁，歡情暢遊或可解憂，然而如今狎興疏淡，對年少時載酒買花之樂事已全無興致，亦如柳永〈少年遊〉（長安古道馬遲遲）所云：「狎興生疏，酒徒蕭索，不似少年時。」「年華空自感飄零」之人只能在無奈中獨自承受人生的孤寂感傷。

賀新郎

彭傳師於吳江三高堂之前作釣雪亭❶，蓋擅漁人之窟宅以供詩境也。趙子野❷命予賦之。

挽住風前柳。問鴟夷、當日扁舟❸，近曾來否？月落潮生無限事，零亂茶煙❹未久。謾留得、蓴鱸❺依舊。可是從來功名誤❻，撫荒祠、誰繼風流後？今古恨，一搔首。

江涵雁影梅花瘦❼。四無塵、雪飛風起，夜窗如晝。萬里乾坤清絕處，付與漁翁釣叟。又恰是、題詩時候。猛拍闌干呼鷗鷺❽，道他年、我亦垂綸❾手。飛過我，共樽酒。

【注釋】❶彭傳師句　彭傳師，名法。性豪爽，好諧謔。以恩科得官，嘉泰二年（西元一二〇二年）任吳江縣尉時於三高堂前建釣雪亭。三高堂，在吳江縣（治所在今江蘇吳江市）雪灘。亭名「釣雪」，蓋取之柳宗元〈江雪〉詩句「孤舟蓑笠翁，獨釣寒江雪」。龔明之《中吳紀聞》卷三載：「越上將軍范蠡、江東步兵張翰、贈右補闕陸龜蒙，各有畫像在吳江鱸鄉亭之旁，東坡先生嘗有〈吳江三賢畫像〉詩，後易其名曰『三高』，且更為塑像。臞菴主人王文孺獻其地雪灘，因遷之。今在長橋之北，與垂虹亭相望，石湖居士為之記。」❷趙子野　盧祖皋友人，善詩，與樓鑰、陳造、韓淲等交遊唱和，陳造〈跋趙子野詩卷〉稱其詩：「清峻而豐腴，麗雅而精粹。其調度功力，排奡頓挫，沈著恢托，詩所應有盡有之。」❸問鴟夷當日扁

舟　用鴟夷子皮范蠡扁舟泛江湖典故。《史記・貨殖列傳》載范蠡助越滅吳稱霸後，「乃乘扁舟浮於江湖，變名易姓，適齊，為鴟夷子皮。」杜牧〈杜秋娘詩〉：「西子下姑蘇，一舸逐鴟夷。」❹零亂茶煙　用陸龜蒙典事。《新唐書・陸龜蒙傳》載其隱居松江甫里，「嗜茶，置園顧渚山下，歲取租茶，自判品第。……升舟設蓬席，齎束書、茶竈、筆牀、釣具往來，時謂江湖散人，或號天隨子、甫里先生。」❺蓴鱸　用西晉張翰典故。《世說新語・識鑒》載張翰在洛陽為官，「見秋風起，因思吳中菰菜羹、鱸魚膾，曰：『人生貴得適意爾，何能羈宦數千里以要名爵。』遂命駕便歸。」❻功名誤　謂功名誤身。杜甫〈奉贈韋左丞丈二十二韻〉：「紈袴不餓死，儒冠多誤身。」❼江涵雁影梅花瘦　飛雁倒映江中，臨水梅花清瘦。此化用杜牧〈九日齊山登高〉「江涵秋影雁初飛」及林逋〈山園小梅〉「疏影橫斜水清淺」。❽呼鷗鷺　意謂忘機脫俗，盟友鷗鷺。《列子・黃帝》：「海上之人有好漚鳥者，每旦之海上，從漚鳥游。漚鳥之至者百住而不止。其父曰：『吾聞漚鳥皆從汝游，汝取來吾玩之。』明日之海上，漚鳥舞而不下也。」漚，通「鷗」。❾垂綸　垂釣。綸，釣絲。

【語　譯】彭傳師在吳江三高亭前建釣雪亭，大概是要攬取漁父隱居之地以供詩境。趙子野命我為之賦詠。

挽住風中柳，借問范蠡當年泛扁舟，最近曾來否？月落潮生，往事無限，陸龜蒙那零亂的茶煙未能持久。空留得張翰喜愛的蓴菜鱸膾美味依舊。可是儒冠從來為功名所誤，憑弔荒祠，後世誰能繼承三高風流？今古多少遺恨，只能空搔首。　江水映照飛雁，梅花疏影清瘦。四下無塵，風起雪飛，夜窗明如白晝。天地浩闊萬里，此處最清絕，交付漁翁釣叟。又正是題詩好時候。猛拍欄杆，呼來鷗鷺，自道：他年我也會是垂釣手。鷗鷺飛來，與我共飲酒。

【研　析】此詞題詠吳江三高堂前釣雪亭。上片圍繞「三高堂」展開。起筆借堂前柳樹發問。范蠡於滅吳之後泛舟五湖，因而問其扁舟最近是否曾來。「近」字構想新奇，彌合古今。此一構思亦貫通張翰、陸龜蒙二典事：張翰因思家鄉蓴羹鱸膾之美味而辭官歸鄉，遂以「蓴鱸」代之；陸龜蒙嗜茶，常攜茶灶往來江湖，故以「茶煙」代之。「未久」、「依舊」二語，與上文「近」字意脈相承。月落潮生，多少往事已成歷史，然而此「三高」之事跡則歷久彌新。憑弔古今，詞人只悵歎儒冠從來為功名所誤，不明出處進退之機，誰能承繼「三高」之風流高韻？此問觸發搔首感慨古今遺恨，亦引起下文，彭傳師「作釣雪亭」，即堪為「繼風流後」。

詞作下片從三高堂轉到堂前「釣雪亭」。「釣雪」之名當取自柳宗元〈江雪〉詩句「獨釣寒江雪」。有「釣」，自然還有「江」。「江涵」三句描繪江雪清境：寒江雁影，梅花清瘦。四周淨無塵，風起雪舞，夜窗明亮如畫。「乾坤」句收束：天地間，此處最清絕。「漁翁釣叟」，落到亭名「釣雪」，亦暗應「三高」，即遁世隱居的高雅之士。景清人心，詩興驟發。此正詞序所謂「擅漁人之窟宅以供詩境也」，亦即彭傳師建此釣雪亭之旨趣。「猛拍闌干」數句則置身其境，逸興遄飛，猛拍欄杆，呼邀鷗鷺，自道他年亦將歸隱垂釣，與鷗鷺「共樽酒」。此番自表志趣的歸結，既切合亭名「釣雪」之寓意，又見出詞人對彭傳師建亭之舉的讚譽。

詞作脈絡層次分明，上片落筆「三高堂」，懷古歎今，情調沉婉；下片落筆「釣雪亭」，繪景述志，情調清曠。

倦尋芳

春思

香泥壘燕，密葉巢鶯，春暗寒淺❶。花徑風柔，著地舞裀❷紅軟。鬭草煙欺羅袂薄❸，秋千影落春游倦。醉歸來，記寶帳❹歌慵，錦屏❺春暖。

別來悵、光陰容易，還又酴醿❻，牡丹開遍。妬恨疏狂，那更柳花盈面❼。鴻羽難憑芳信短❽，長安猶近歸期遠❾。倚危樓，但鎮日❿，繡簾高捲。

【注　釋】❶春暗寒淺　言春深寒氣淺淡。❷舞裀　跳舞用的墊子。此指落花鋪地如舞裀。❸鬭草煙欺羅袂薄　意謂鬥草時，草叢水氣侵襲薄羅裙。鬭草，古代一種遊戲，春日競採百草，多者為勝。❹寶帳　華美的帷帳。❺錦屏　錦繡屏風，常代指閨閣。溫庭筠〈蕃女怨〉（磧南沙上驚雁起）：「年年征戰，畫樓離恨錦屏空，杏花紅。」❻酴醿　亦作荼蘼，春末開花，色似酴醿酒，故稱。蘇軾〈杜沂遊武昌以酴醿花菩薩泉見餉〉：「酴醿不爭春，寂寞開最晚。」❼妬恨疏狂二句　怨恨楊柳狂放不拘，柳絮紛紛撲面。此猶晏殊〈踏莎行〉（小徑紅稀）：「春風不解禁楊花，濛濛亂撲行人面。」❽鴻羽難憑芳信短 意謂鴻雁難以傳遞佳音。芳信短，謂書信少。❾長安猶近歸期遠 意謂歸期杳不可及。《世說新語・夙惠》載：晉明帝少時，元帝因事問長安與日孰遠，答曰：「日遠。不聞人從日邊來，居然可知。」元帝異之，明日集群臣宴，復問，乃答曰：「日近。」帝失色問故，答曰：「舉目見日，不見長安。」❿鎮日 整日。

【語 譯】香泥窩中棲春燕，黃鶯巢居於密葉間，春深寒氣淺淡。花徑風柔，落紅滿地，似舞裀紅軟。競採百草為戲，濛濛水氣侵襲薄羅裙。秋千影飄落，人已倦遊春。帶醉歸來，記得寶帳歌聲綿婉，錦屏春意和暖。別來悵歎流光易逝，又見酴醾、牡丹開遍。妒恨柳枝狂放不拘，更難堪柳絮紛紛拂面。鴻雁難依憑，芳信杳無，長安猶近，歸期卻遙遠。獨倚高樓，整日但把繡簾高捲。

【研 析】詞題「春思」，乃抒寫春日閨中人對遊子的思念與盼歸。上片著重寫春景。首三句描寫春深寒淺時節，燕子、黃鶯都在巢窩中棲息。風吹花落，地上宛如紅軟的舞裀。踏春的女子，有的鬥草，有的蕩秋千，然而天色漸晚，草地水氣溼潤了鬥草女子的薄羅裙。秋千不見了人影，春遊倦怠，都要歸去了。倦遊而歸，猶記得閨中情事，寶帳錦屏，春暖歌慵，如今已是往事如夢。觸景生情，詞作下片即由此轉入抒發對遠人的思念和期盼。

過片點明離別情事。別後光陰流逝，又到春歸時節，酴醾、牡丹開遍。春歸人未歸，心中滿是幽怨，又怎堪那見慣人間離別的楊柳不解人情，疏狂不羈，紛紛亂撲人面。此景又怎不令別離中人心生妒恨！人未歸又盼鴻雁傳佳音，然而「鴻羽難憑」，音信杳無，因而悵歎「長安猶近歸期遠」！無奈之中，只能高捲繡簾，獨倚危樓，痴痴眺望盼歸。詞作以閨中人倚樓凝望的畫面作結，情味悠長。

清平樂

錦屏開曉。寒入宮羅峭❶。脈脈不知春又老❷。簾外舞紅❸多少。　舊時駐馬香階。如今細雨蒼苔。殘夢不成重理，一雙蝴蝶飛來❹。

【注釋】❶寒入宮羅峭　謂料峭春寒侵襲羅衣。宮羅，指羅衣。峭，料峭；尖利。盧祖皋〈西江月〉（燕掠晴絲裊裊）：「漫著宮羅試暖，閒呼社酒酬春。」周密〈浪淘沙〉（芳草碧茸茸）：「窄素宮羅寒尚峭，閒倚熏籠。」❷脈脈不知春又老　意謂春天在不知不覺中默默退歸。脈脈，猶默默。❸舞紅　指飛舞的落花。❹殘夢不成重理二句　謂殘夢未能重溫，蝴蝶雙雙飛來。此二句活用莊周夢蝶典故，寄寓往事如夢之慨，雙蝶則反襯人之孤寂。

【語譯】移開錦屏迎清曉，羅衣不耐寒料峭。不知不覺，春又默默歸去。簾外多少落花飛舞。　舊時繫馬香階，如今細雨溼蒼苔。殘夢未能重溫，一雙蝴蝶翩翩飛來。

【研析】這是一首閨怨詞。首句以「錦屏」代閨閣，清晨打開閨門，只覺料峭春寒直透羅衣。抬眼見簾外落花飛舞，才恍然驚覺春天又將老盡。詞作上片描繪的即此片段場景。見落花而驚覺春老，此女子之春愁已躍然紙上。

詞作下片抒情。「舊時」與「如今」對比，往日郎君騎馬而來，如今不知行蹤何處，眼見得香階長滿青苔，怎不讓人淒涼頓生？結末言「殘夢」，相思夢斷難重溫，只見蝴蝶雙雙飛來。此二句字面上用莊周夢蝶典故，但非莊周人物齊同之寓意，而是感慨往事如夢，同時又靜觀蝴蝶飛舞，蝶成雙，人正孤單，則人之相思更甚，愁怨更深。

又

春恨

柳邊深院。燕語明如翦❶。消息無憑聽又嬾❷。隔斷畫屏雙扇。　寶杯金縷紅牙❸。醉魂幾度兒家❹。何處一春游蕩，夢中猶恨楊花❺。

【注　釋】❶燕語明如翦　謂燕語明快爽利。❷消息無憑聽又嬾　意謂燕語傳信無憑據，聽而無望，心灰意懶。❸寶杯金縷紅牙　指酒宴歡歌場景。金縷，服飾或髮飾上的金色絲縷。此代指歌女。溫庭筠〈定西番〉（海燕欲飛調羽）：「雙鬢翠霞金縷，一枝春豔濃。」紅牙，指歌女用來調節樂曲節拍的紅色檀板。❹兒家　古時年輕女子自稱其家。周密〈清平樂〉（吹梅聲咽）：「畫橋平接金沙，軟紅淺隔兒家。」❺楊花　即柳絮。此喻指遊子遊蕩輕浮如柳絮，亦暗用北魏楊白花典事。《南史・王神念傳》載：北魏楊白花與胡太后私通，懼禍而南奔降梁，改名楊華。太后追思不已，為作〈楊白花〉歌辭，聲情悽斷。

【語　譯】柳邊深深庭院，燕語明快如翦。消息無憑信，聽來心灰意懶。兩扇畫屏隔斷。　玉杯金縷，紅牙拍板，醉魂幾度到我家。春來不知何處遊蕩，夢中猶恨那輕浮的楊花。

【研　析】這也是一首閨怨詞作。首句「深院」指女子居處；「柳邊」或亦暗示離別情事。「燕語」點出春來，亦暗指燕歸而人未歸；「明如翦」，言其明快爽利，似乎在傳語明確無誤的信息。「消息」句則點明深院之人別離中的思念情懷。燕語自是不可憑信，「明如翦」之燕語卻又令閨中怨別深切之人聽而欲信，但一次次聽信而失望，心灰意懶，遂合上畫屏來隔斷燕語。「聽又嬾」，真切刻畫出女子思念深痴的心態。畫屏實難隔斷燕語。

下片「寶杯」二句回想往日幾度笙歌歡醉、兩心相依情境。寶杯、金縷、紅牙，幾個典型物象傳遞出歌酒歡賞場景。「何處」二句，筆調回到現實。遊子遊蕩一春而不歸，女子相思痴望而心生怨恨，思念而入夢。「夢中猶恨楊花」，尖刻表達出對遊子遊蕩忘情的怨恨。恨之切，亦見出思之深，令人感到閨中人對遊子歸來的深切期盼。

謁金門

香漠漠❶。低捲水風池閣。玉腕籠紗金半約❷，睡濃團扇落。

雨過涼生雲薄。女伴棹歌❸聲樂。采得雙蓮❹迎笑剝，柳陰多處泊。

【注釋】❶香漠漠　芳香彌漫。秦觀〈浣溪沙〉：「漠漠輕寒上小樓。」❷玉腕籠紗金半約　謂皓腕籠紗，金環隱現。約，套束。曹植〈美女篇〉：「攘袖見素手，皓腕約金環。」❸棹歌　船歌。❹雙蓮　指並蒂蓮。

【語譯】芳香彌漫，水面微風輕拂池閣。輕紗籠罩玉腕，金環隱現，睡酣不覺團扇滑落。

雨後天涼雲薄。女伴船歌和樂。採得並蒂蓮，笑把蓮蓬剝。柳陰深深處，蓮舟來停泊。

【研析】這首詞描寫江南女子的生活情境。上片呈現池閣中女子的睡態。首二句描寫外景，樓閣臨池，池中荷香彌漫，微風輕拂。清涼芳香隨風透入池閣，詞筆轉入閣中：一位女子酣然沉睡，皓腕如玉，輕紗籠蓋，臂腕金環半隱半現，手中團扇滑落。

詞作下片轉寫室外荷塘採蓮情景：雨過天涼雲淡，採蓮女蕩舟於荷花叢中，歡歌飄蕩。採得並蒂蓮則喜笑顏開，累了便移船到柳陰濃密處稍作停歇。和樂美妙、清新芬芳的場景中，展現出江南採蓮女純潔樂觀的生活情趣和對美滿愛情的真切嚮往。

詞作上、下片各自呈現江南女子的兩個生活畫面，一靜一動，相映成趣，均籠罩於清新芳香、和樂輕靈的氛圍之中。

又

風不定。移去移來簾影。一雨池塘新綠淨。杏梁歸燕並❶。翠袖玉屏金鏡。薄日綺疏❷人靜。心事一春疑酒病。鳥啼花滿徑。

【注釋】❶杏梁歸燕並　謂雙燕飛歸華屋。杏梁，文杏所製的屋梁，亦泛指華麗的屋宇。❷綺疏　雕飾花紋的窗戶。陸機〈贈尚書郎顧彥先二首〉其二：「玄雲拖朱閣，振風薄綺疏。」

【語譯】風吹不定，簾影飄來拂去。一場春雨淨洗，池塘新綠。燕歸杏梁，成雙並宿。　翠袖倚玉屏，對金鏡。日光淺淡，映照綺窗，閨中人靜。一春心事如酒醉，鳥兒啼鳴，落花滿徑。

【研析】這首詞抒寫深閨女子的幽怨。起筆寫風，風吹不定，簾影搖晃，是令人心煩意亂的動景。「一雨」句言雨後天晴，池塘生新綠，清新明淨，倒是令人心喜的春景。然杏梁上歸燕成雙，卻又觸發詞中女子的期盼與憂傷。

上片寫景為主，景中人的憂傷隱於其中。下片筆調觸及女子幽怨情懷。「翠袖」兩句極言閨中寂靜，然無聲而傳情，可謂無聲勝有聲。翠袖、玉屏、金鏡，三個閨中物象並列呈現，加之日照綺疏，色澤豔麗的閨房圖景襯托閨中人的孤寂幽怨。「心事」句點明詞中女子的傷春怨別情懷。「疑酒病」，似醉酒而實非醉酒，如李清照〈鳳凰臺上憶吹簫〉（香冷金猊）所云：「新來瘦，非干病酒，不是悲秋。」結末以景結情，而景中人面對啼鳥落花的悵然神態浮現於言外。

烏夜啼

幾曲微風按柳❶，生香暖日蒸花❷。鴛鴦睡足芳塘晚，新綠小窗紗。

尺素難將情緒❸，嫩羅還試年華❹。凭高無處尋殘夢，春思❺入琵琶。

【注釋】❶幾曲微風按柳　意謂幾縷微風吹拂楊柳。按，撫；摸。❷生香暖日蒸花　意謂春日融融，春花綻放飄香。❸尺素難將情緒　意謂書信難以盡達情懷。尺素，小幅的絹帛，代指書信。漢樂府〈飲馬長城窟行〉：「客從遠方來，遺我雙鯉魚，中有尺素書。」❹嫩羅還試年華　意謂春來試穿色淡質薄的羅衣。❺春思　春日情懷。

【語譯】幾縷微風拂柳，春日融融，百花吐芬芳。鴛鴦酣睡晚，芳草池塘，新綠映紗窗。　片紙難傳心曲，春來新試薄羅裳。憑高遠眺，無處尋殘夢。綿綿春情，寫入琵琶聲中。

【研析】此詞抒寫少女「春思」。上片描寫春日景色。微風拂柳，暖日蒸花，當是一派風和日麗、桃紅柳綠的大好春景，但詞人並未以濃墨重彩描寫靜態的麗春，而擇取「按」、「生」、「蒸」三個動詞展現出春天的律動生機：微風中楊柳的搖曳拂蕩，暖日下春花的綻放飄香。色澤淡雅，有如水墨畫一般清新怡人。「鴛鴦」句描寫芳草綠池中酣睡的鴛鴦，「芳塘」語蓋攝取「池塘生春草」之意；「新綠」句，謂春來綠映窗紗，同時又隱伏綠窗中人。詞人筆下的「綠窗」多指女子閨閣，如「花落子規啼，綠窗殘夢迷」（溫庭筠〈菩薩蠻〉「玉樓明月長相憶」）、「勸我早歸家，綠窗人似花」（韋莊〈菩薩蠻〉「紅樓別夜堪惆悵」）。綠窗之人與芳塘鴛鴦相映襯，為下片之「春思」埋下伏筆。

詞作下片抒寫綠窗人春日情思。美好的春景，青春女子思情縈懷而尺素難盡，珍惜春光年華，新試嫩羅春衫，憑高眺望，春夢無覓，滿懷愁緒只有訴諸琵琶聲曲。下片四句兩韻，言情筆調上形成兩個由重急轉而輕緩的節奏循環，韻味跌宕無盡。

又

西湖

漾暖紋波颭颭❶，吹晴絲雨濛濛❷。輕衫短帽西湖路，花氣撲青驄❸。

鬭草褰衣溼翠❹，秋千瞥眼飛紅。日長不放春醪困，立盡海棠風❺。

【注　釋】❶颭颭　波蕩的樣子。王安石〈雜詠〉：「小雨蕭蕭潤水亭，花風颭颭破浮萍。」❷吹晴絲雨濛濛　意謂濛濛細雨過後，晴風吹拂。侯寘〈青玉案〉：「東風一夜吹晴雨。」❸青驄　毛色青白的駿馬。❹鬭草褰衣溼翠　意謂鬥草時撩起溼潤的翠綠衣襟。鬭草，古代婦女兒童的一種遊戲，春日競採百草，多者為勝。褰衣，撩起衣襟。❺日長不放春醪困二句　意謂免使日長酒後慵睏，佇立風吹酒醒。不放，不讓。張孝祥〈憶秦娥〉（元宵節）：「遊人不放笙歌歇。」春醪，春酒。海棠風，海棠花信風，即指春風。舊有二十四番花信風之說，自小寒至穀雨八節氣，五日一風候，凡二十四風候。風應花期，謂之花信風。春分三番花信風為海棠花、梨花、木蘭花。

【語　譯】水波粼粼，暖意蕩漾，晴風拂弄雨濛濛。輕衫短帽遊西湖，花香氣薰撲青驄。　撩衣鬥草，衣襟溼潤，瞥見秋千搖蕩，倩影飛紅。晝日漸長，免使春酒惹慵睏，佇立海棠風中。

【研　析】此詞寫西湖春遊。「漾暖」二句描寫西湖雨過天晴，微風吹拂，波光瀲灩，春意融融。此番雨後放晴之湖景亦頗似蘇軾筆下的初晴後雨：「水光瀲灩晴方好，山色空濛雨亦奇。」（〈飲湖上初晴後雨〉）西湖美景三月天，春雨如酒柳如煙。西湖的春天向來令人神往。雨止天晴，則是遊春的好時節。「輕衫短帽」兩句即言騎馬遊賞西湖，滿路花香撲鼻，令人心曠神怡。

下片「鬭草」兩句描寫西湖路上所見遊春女子：近處是活潑的少女撩衣鬥草，衣襟溼潤；遠處偶爾瞥見秋千高高蕩起，紅衣倩影飛落。西湖三月，景美人美，一片和樂美好，怎能無酒？於是有「春醪」句，幾杯春酒，意態慵睏，卻不願讓睏意攪了遊興，因而久久佇立風中，直教東風吹酒醒。

張履信

張履信（生卒年不詳），字思順，號遊初。鄱陽縣（今屬江西）人。洪适孫女婿。淳熙中監鎮江府江口鎮，寧宗時官潭州通判、連州知州等。《全宋詞》錄其詞兩首。

柳梢青

雨歇桃繁，風微柳靜，日淡湖灣。寒食清明❶，雖然過了，未覺春閒。

行雲掩映春山。真水墨、山陰道間❷。燕語侵愁，花飛撩恨，人在江南。

【注釋】❶寒食清明　清明為二十四節氣之一，在陽曆四月五日或六日。清明前一日或二日為寒食節。❷真水墨山陰道間　意謂山水之美如水墨畫卷，令人恍如行走於山陰道，美景應接不暇。《世說新語‧言語》錄王獻之語：「從山陰道上行，山川自相映發，使人應接不暇。」

【語譯】春雨停歇，桃花繁盛。微風輕拂，柳林寂靜。日光淡淡，灑滿湖灣。寒食清明雖已過，未覺春意淺淡。

行雲掩映春山，美如水墨畫卷，彷彿徜徉山陰道間。燕語呢喃惹愁怨，落花飛舞撩悵恨，斷腸人在江南。

【研　析】此詞言羈旅春愁。上片描寫春日景色：春雨歇，桃花盛開，春風輕，楊柳不動，淡淡日光灑落湖灣。筆致可謂細致入微，傳達出的春色亦是如此風和日麗，一片寧靜。「寒食」兩句點明時序已到春暮，但「未覺春閒」，滿目依然是春意濃濃，未曾有春將歸去的跡象。

詞作下片觸景而生愁。「行雲」兩句描畫雲煙春山之美，如水墨畫卷，又如山陰道上山川相映，令人應接不暇。兩重擬比，一虛一實，盡顯雲山掩映之美妙。「燕語」、「花飛」，為暮春景象，亦呼應上片「未覺春閒」。「燕語侵愁」，或怨春燕不解離愁，或怨燕語無憑信，如盧祖皋〈清平樂〉（柳邊深院）所云：「燕語明如翦。消息無憑聽又嬾。」「花飛撩恨」，花落春歸，令人感慨年光流逝，對羈旅之人則更添春歸人未歸之悵歎。末句「人在江南」，點出羈留江南，正是春愁傷恨之由來。

謁金門

春睡起。小閤明窗兒底。簾外雨聲花積水，薄寒猶在裏。

欲起還慵未起，好是孤眠滋味。一曲廣陵❶應忘記，起來調綠綺❷。

【注　釋】❶廣陵　即〈廣陵散〉，琴曲名。此代指美妙琴曲。三國魏嵇康善彈〈廣陵散〉，祕不授人。後遭讒被害，臨刑索琴彈之，曰：「〈廣陵散〉於今絕矣！」見《晉書・嵇康傳》。❷綠綺　古琴名，亦泛指琴。傅玄〈琴賦序〉：「齊桓有鳴琴曰號鍾，楚王有琴曰繞梁，司馬相如有綠綺，蔡邕有焦尾。」

【語　譯】春睡醒，小閣窗明。簾外雨聲潺潺，雨水浸潤花瓣，輕寒猶自透窗帷。　情慵身懶，欲起而未起，嘗盡孤眠滋味。那一支絕妙琴曲怕已淡忘，起來調弄綠綺。

【研　析】此詞言閨中春愁。下片言「欲起還慵未起」，則首句「春睡起」，當為睡醒而尚未起床。睜開眼，小閣窗明，天已大亮。簾外傳來雨聲淅瀝，遂想到雨中的花朵當也積滿了雨水。「花積水」的聯想令人驚疑不定，何以會因雨聲而想到花？「梨花一枝春帶雨」，此乃以花喻人，「花積水」亦猶「梨花帶雨」，暗喻女子內心的傷悲，於是「薄寒猶在裏」，此「薄寒」在屋裡，亦滲入心裡。

詞作過片言「孤眠滋味」：「欲起」，是因孤眠難捱，非因天亮多時；「未起」又因孤眠慵懶，且起來亦復孤寂。獨守閨閣之女子的幽怨無奈情態盡顯無遺。「孤眠」兩字堪稱全詞眼目。雖因孤眠而慵懶不起，但想到那一曲不應淡忘而已生疏的琴聲，便振作精神，起來撫琴調撥。琴音寄心聲，此曲當為詞中人的情懷依託。

周文璞

周文璞（生卒年不詳），字晉仙，號方泉，又號野齋、山楹。陽穀縣（今屬山東）人。慶元中曾任溧陽縣丞。有《方泉先生詩集》三卷。《全宋詞》錄其詞二首。

一翦梅

風韻蕭疏玉一團❶。更著梅花，輕裊雲鬟。這回不是戀江南。只為溫柔，天上人間❷。

賦罷閒情共倚闌。江月庭蕪，總是消魂。流蘇❸斜掩燭花寒。一樣眉尖，兩處關山❹。

【注　釋】❶風韻蕭疏玉一團　言女子風韻清疏，肌膚如玉。司馬光〈夏日過陳秀才園林〉：「槿花籬落圍叢竹，風日蕭疏滿園綠。」❷只為溫柔二句　意謂只因相思情深，別後如天上人間難相見。李煜〈浪淘沙〉（簾外雨潺潺）：「別時容易見時難。流水落花春去也，天上人間。」❸流蘇　用彩色羽毛或絲線等製成的穗狀垂飾物。此指飾有流蘇的帷帳。韋莊〈天仙子〉：「深夜歸來長酩酊，扶入流蘇猶未醒。」❹一樣眉尖二句　言兩人關山相隔，相思怨別。李清照〈一翦梅〉（紅藕香殘玉簟秋）：「一種相思，兩處閒愁，此情無計可消除。才下眉頭，卻上心頭。」

【語　譯】風韻清疏，潤潔如玉，更簪梅花，雲鬢裊裊輕顫。這回不是貪戀江南，只為那兩情繾綣，別來如天上人間相見難。　吟罷愁情，共倚欄杆。江上月明，庭中草綠，總是令人魂銷腸斷。帷帳斜掩，燭花生寒。一樣愁眉，相隔萬水千山。

【研　析】這是一首抒寫女子相思怨別的詞作。首三句以梅花相襯，描寫別離中女子的風韻情態：風韻蕭散清疏，冰肌玉骨，梅花映襯，雲鬟裊裊輕顫。神情幽怨而楚楚可人。「這回」三句承「更著梅花」二句筆意，暗用陸凱給范曄寄梅賦詩典事，借梅花寄寓別後思念深情。陸凱詩云「江南無所有，聊贈一枝春」，詞人理解為欲託梅花給友人帶去江南美麗的春景，故反用其意，謂「不是戀江南」。一反一正，先抑後揚，「只為」二句直抒情懷，兩情相悅時溫柔繾綣，則別後相思之苦深切難耐，遂有「天上人間」之悵歎。

詞作下片言梅花相伴，倚欄望月，簾下對燭，關山阻隔，魂銷腸斷。過片「賦罷」句承上，「賦罷閒情」，即對梅傾訴相思愁情，「閒情」，猶言閒愁。「共倚闌」，乃與梅共倚欄。倚欄所見：江上月明，明月千里寄相思；庭院草長，離愁綿綿如春草。此情此景，怎不銷魂？室外觸目魂銷，閨中則簾帷斜垂，孤燭相守，淒清冷寂。如此境地，令閨中人情何以堪！這一切都緣於兩情相隔：「一樣眉尖，兩處關山。」結末二句筆調兼及別離雙方的相思愁怨，是對全詞情事的合理歸結。

徐照

徐照（西元？—一二一一年），字道輝，又字靈暉，號山民。永嘉縣（治所在今浙江溫州）人。終生未仕，以詩著稱當時，與徐璣、翁卷、趙師秀號「永嘉四靈」，詩存《永嘉四靈詩集》。《全宋詞》錄其詞五首。

南歌子

簾景篩金綫❶，爐煙裊翠絲。菰芽❷新出滿盆池。喚取玉瓶添水養魚兒。

意取釵重碧❸，慵梳髻翅垂❹。相思無處說相思，笑把畫羅小扇覓春詞❺。

【注釋】❶簾景篩金綫　言陽光透過簾幕如金線穿篩。景，日光。❷菰芽　茭白嫩芽。❸釵重碧　指碧玉雙釵。白居易〈長恨歌〉：「釵留一股合一扇，釵擘黃金合分鈿。」羅虬〈比紅兒詩〉：「妝成渾欲認前朝，金鳳雙釵逐步搖。」❹慵梳髻翅垂　謂意態慵懶，無心梳妝，蟬鬢斜墜。❺春詞　詠春詩詞。黃庭堅〈玉樓春〉（新年何許春光漏）：「使君落筆春詞就，應喚歌檀催舞袖。」

【語譯】日光透簾如金線穿篩，香爐青煙裊裊如絲。初生菰芽滿盆池。喚人取來玉瓶添清水，養些魚兒來嬉戲。

欲取碧玉雙釵，卻又懶梳妝，蟬鬢低垂。滿懷相思，無處傾訴，強顏歡笑，手持畫羅小扇覓春詞。

【研析】這是一首女子春日相思詞作。上片描寫春日閨中情事。詞人以極為細膩的筆觸描寫陽光透過窗簾灑照閨中，室內爐香青煙裊裊如絲。「金綫」、「翠絲」之喻，見出閨中女子的細緻敏感，也映襯出女子的寂寥心境。「菰芽」兩句卻又一反靜寂，而多了幾分生氣與活力。見菰芽長滿盆池，遂喚人取瓶添水，養魚觀賞，彷彿之前靜觀「簾景」、「爐煙」，只是一剎那的失神，待回過神來，依然是活潑可愛的閨中少女。

詞作下片由景入情，描述此女子之相思。「意取」句，是想到要梳妝打扮，欲取來碧玉雙釵。然而神情慵懶，意興寥落，任由髮髻低垂不整。何故「慵梳」？「相思」句點出緣由。少女懷春相思，或許心中有其所思之人，或許並無其人，只是一種朦朧而難以明言的愛戀情思，所以「無處說相思」。無處說，只能深藏心間，強顏歡笑地把玩手中的羅扇，去尋覓一些詠春應景的詞句。結末兩句可謂極其生動深切地描寫出懷春少女強作歡顏來掩飾心中相思的美妙形象。

清平樂

綠圍紅繞。一枕屏山❶曉。怪得❷今朝偏起早。笑道牡丹開了。　迎人捲上珠簾。小螺未拂眉尖❸。貪教玉籠鸚鵡，楊花飛滿妝奩。

【注釋】❶屏山　即屏風。歐陽脩〈蝶戀花〉（面旋落花風蕩漾）：「枕畔屏山圍碧浪，翠被華燈，夜夜空相向。」❷怪得　亦作「怪底」，驚怪；驚疑。❸小螺未拂眉尖　指尚未描眉。螺，螺子黛，古時婦女用來畫眉的青黑色礦物顏料。也泛指畫眉用品。

【語譯】紅圍綠繞。屏風下，一覺到天曉。疑怪今日何故偏起早？笑答：牡丹花開了。　捲上珠簾迎人來，螺黛未描眉尖。沉迷教那籠中鸚鵡學語，柳絮飄飛滿妝奩。

【研析】此詞描寫了一位閨中女子閒適無慮的美滿生活。首二句言華麗的閨閣中，女子一覺醒來天已破曉。

然而今日一反常規地醒來便起床，遂有「怪得今朝偏起早」之驚疑一問，此或為侍女之驚怪而問，女子則滿懷喜悅地回答說：牡丹花兒開了。一問一答間，充滿對美麗春天的愛賞，對美好生活的熱愛。

詞作下片承上寫女子起床後的舉止。捲簾迎人來，也應該是「今朝偏起早」的一個緣由，或許是與人相約共賞牡丹。要迎人，自當快快梳洗妝扮，然而看她並未梳妝描眉，而是只顧逗那玉籠中鸚鵡學說話，不知不覺，楊花紛紛落滿了妝盒。少女的任性貪玩之態顯露筆端。

此詞不傷春，亦無閨怨，雖有《花間》遺韻，卻無《花間》之婉麗，而以靈動流轉之筆描述少女的言行舉止，展現出其天真愛美、樂觀任性的生活情趣。

阮郎歸

綠楊庭戶靜沈沈。楊花吹滿襟。晚來閒向水邊尋。驚飛雙浴禽。

分別後，重登臨。暮寒天氣陰。妾心移得在君心。方知人恨深❶。

【注　釋】❶妾心移得在君心二句　化用顧敻〈訴衷情〉（永夜拋人何處去）：「換我心，為你心，始知相憶深。」

【語　譯】綠楊庭院沉靜，楊花吹滿衣襟。傍晚閒暇，來向水邊尋覓，水鳥雙雙驚飛。　分別後，重登臨。天寒暮色陰沉。君心若能換妾心，才知我心愁恨深。

【研　析】這是一首女子春日相思怨別詞作。春來楊柳吐綠，庭院一片靜寂，唯有楊花飄飛如雪，落滿衣襟。「滿襟」一詞點出寂靜庭院中，有寂寞之人佇立已久，致使柳絮落滿衣襟。下片有云「分別後」，則佇立於柳絮飄飛中的女子或在愁思中追憶回想。傍晚時分，思念尤切，來到水邊追尋。此「水邊」或為當初依依惜別之地，或為昔日攜手同遊之境。風景依然，一對嬉戲的水鳥受驚而飛起，更令相思別離中女子黯然神傷。

詞作下片以女子口吻直抒別後深切的思念情懷。「分別後，重登臨」，往日曾攜手同登臨，賞風景，如今獨自重登臨，眼前是暮色陰沉，寒氣襲人。身冷，心更冷，淒清孤寂中承受思念之苦，思之切而恨之深，此愁此恨難以言表，只有「妾心移得在君心。方知人恨深」。

此詞言淺而情深，清麗而又婉摯。

俞灝

俞灝（西元一一四六－一二三一年），字商卿。祖籍臨安縣（治所在今浙江杭州），父徙烏程縣（治所在今浙江湖州）。紹熙四年（西元一一九三年）進士。歷任吳縣尉、淮東宣撫等。寶慶二年（西元一二二六年）致仕，築室九里松，買舟西湖，會意處竟日忘返，以詩詞自適，號青松居士。有《青松居士集》，不傳。《全宋詞》錄其詞一首。

點絳脣

欲問東君❶，為誰重到江頭路？斷橋❷薄暮，香透溪雲渡。

細草平沙，愁入淩波步❸。今何許❹？怨春無語。片片隨流去。

【注釋】❶東君　司春之神。蘇軾〈玉樓春〉：「經旬未識東君信，一夕薰風來解慍。」❷斷橋　在西湖白堤上。周密《武林舊事・湖山勝概》：「斷橋，又名段家橋，萬柳如煙，望如裙帶。」❸淩波步　指女子步態輕盈如仙。曹植〈洛神賦〉：「凌波微步，羅襪生塵。」❹何許　何處。杜甫〈宿青溪驛奉懷張員外十五兄之緒〉：「我生本飄飄，今復在何許？」

【語　譯】想問東君，為誰重到江邊路？斷橋暮色朦朧，渡口芳香彌漫，溪雲飄浮。　細草平沙，悵然目送凌波去。如今人在何處？怨春不語，落紅片片送流水。

【研　析】這是一首傷春懷人詞作。首句言「東君」，點明春天。「重到」，是春重到，也是人重到；「問東君」，也是詞中人自問。「為誰」點出懷人。江頭、斷橋、津渡，別離情事隱於其中。一個春日黃昏，詞中人不由自主地來到江邊，眼見斷橋、津渡籠罩在薄暮中，水雲間芳香彌漫，彷彿回到了那無法忘懷的依依惜別場景。

詞作下片懷人。「細草平沙」二句，承前重溫與意中人悵然分別的情形。「愁入凌波步」，是言女子凌波遠去。此「愁」既言女子含愁離去，亦言詞中人悵然目送。「今何許」一問跳轉到眼前風景依舊，而凌波遠去之人已不知身在何方？當初離別在春天，春或知曉，然問春而春不語，便生怨恨。怨春固然無理，卻見出詞中人的思念之切和無奈之極。末以落花流水歸結全詞情境，令人想到落花有意，流水無情；想到流年似水，韶華易逝。可謂言盡意不盡。

潘　牥

潘牥（西元一二〇五－一二四六年），字庭堅，號紫巖。閩縣（治所在今福建福州）人。端平二年（西元一二三五年）進士。歷鎮南節度推官、衢州推官、浙西提舉常平司、太學正、潭州通判等。《全宋詞》錄其詞五首。

南鄉子

題劍南❶妓館

生怕倚闌干。閣下溪聲閣外山。空有舊時山共水，依然。暮雨朝雲❷去不還。

想見躡飛鸞。月下時時認佩環❸。月又漸低霜又下，更闌。折得梅花獨自看❹。

【注釋】❶劍南　唐十道之一，治所在益州（今四川成都）。此沿用唐代地名。❷暮雨朝雲　用巫山朝雲典故，代指所思女子。宋玉〈高唐賦序〉：「昔者先王嘗遊高唐，怠而晝寢。夢見一婦人，曰：『妾巫山之女也，為高唐之客。聞君遊高唐，願薦枕席。』王因幸之。去而辭曰：『妾在巫山之陽，高丘之阻，旦為朝雲，暮為行雨，朝朝暮暮，陽臺之下。』」❸想見躡飛鸞二句　意謂想像所思歌妓飄然歸來，月下時時見其佩環。此化用杜甫〈詠懷古跡五首〉詩句之意：「環佩空歸月夜魂。」❹月又漸低霜又下三句　言月落霜下，夜深更盡，獨自摘得梅花細看。此與姜夔詠梅之〈疏影〉構想相同：「想佩環、月夜歸來，化作此花幽獨。」

【語譯】深怕倚欄杆，樓閣下溪聲潺潺，樓閣外重山疊巒。徒有青山綠水依舊，那歡情相悅的人兒一去不還。

想像她乘鸞歸來，月下時時見佩環。月兒西斜霜露下，夜深更闌，摘取梅花獨細看。

【研析】此為相思懷人之詞。題作「題劍南妓館」，當為懷念某歌妓而作。

詞作上片以景切入，交代事由。寫實之景只「閣下溪聲閣外山」一句，簡筆勾畫，意境鮮明，以「閣」為中心，有山有水，有聲有色，本應是令人心曠神怡的山水美景，而詞人何以深怕倚欄觀景？「空有」三句道出原委：原來是怕觸景傷懷，舊時山水依然，而當初相伴共賞的女子一去不復返了。

下片抒寫對那女子的相思與懷念。過片以「想見」引起，當因相思之深切而生幻想：那女子月夜乘鸞歸來，環珮輝映。夜深更盡，月落霜降，女子又飄然而去，詞人「折得梅花獨自看」，彷彿女子之魂魄化作了眼前幽豔的梅花，如姜夔〈疏影〉所云：「想佩環、月夜歸來，化作此花幽獨。」相思孤寂而痴情入神之態浮現於字裡行間。

此詞格調清峻，語辭婉麗，情感真摯。

劉翰

劉翰（生卒年不詳），字武子。長沙縣（今屬湖南）人。吳琚之客，又與張孝祥、范成大交遊。以詩名世。有《小山集》。《全宋詞》錄其詞七首。

好事近

花底一聲鶯❶，花上半鉤斜月。月落烏啼❷何處？點飛英如雪。　東風吹盡去年愁，解放丁香結❸。驚動小亭紅雨❹，舞雙雙金蝶。

【注釋】❶花底一聲鶯　花間鶯啼。白居易〈琵琶行〉：「間關鶯語花底滑。」❷月落烏啼　指夜深。張繼〈楓橋夜泊〉：「月落烏啼霜滿天。」❸丁香結　丁香花蕾，詩詞中多喻愁情凝結不解。李商隱〈代贈二首〉之一：「芭蕉不展丁香結，同向春風各自愁。」❹紅雨　指落紅如雨。

【語譯】花下一聲鶯啼，花上一彎斜月。月落烏啼，人在何處？花飛片片如雪。　去年舊愁隨風散盡，丁香花蕾迎風綻放。小亭旁，風拂落花如雨，金色粉蝶舞雙雙。

【研　析】短短一首春詞，有淡淡的愁怨，也有萌動的喜悅，筆調清麗淡雅。起筆描繪春景，以花為中心，寫「花底」、「花上」，花叢中有黃鶯嬌軟啼鳴，花上有斜月半鉤，春日月夜圖景，好不清幽雅致。「月落」兩句，融情於景。「月落」照應「斜月」，夜深漸曉。「何處」之問以及月落烏啼、花飛如雪景象，則透露出相思別愁之情思。這景中之人或許是位有著淡淡愁怨的女子，嫻靜淡雅，於月下想起了遠行的遊子。

詞作下片四句都圍繞「東風」而展開：東風吹盡去年的愁思，吹開丁香花蕾，吹拂小亭旁落花如雨，驚起花叢中金蝶雙雙飛舞。這春日風動、花開花落、金蝶飛舞的景色足以令人心旌搖蕩。或許是東風吹來了佳音，所以才有愁盡，才有解結，才有雙蝶飛舞。東風吹拂著淡淡的喜悅。

小詞清麗流轉，融情於景。上片為夜景，淡雅中寄寓春愁；下片為晝景，疏快中透出欣悅。

蝶戀花

團扇題詩春又晚。小夢驚殘，碧草池塘滿❶。一曲銀鉤簾半捲。綠窗睡足鶯聲軟。

瘦損衣圍羅帶減❷。前度風流❸，陡覺心情懶。誰品新腔拈翠管❹。畫樓吹徹江南怨❺。

【注　釋】❶小夢驚殘二句　用謝靈運夢見謝惠連而得妙句「池塘生春草」之典事，見《南史・謝惠連傳》。❷瘦損衣圍羅帶減　言憔悴消瘦，衣帶寬鬆。《梁書・沈約傳》載沈約與徐勉書自謂老病，「百日數旬，革帶常應移孔，以手握臂，率計月小半分」。❸風流　指風雅之事。❹翠管　笙笛類管樂器之美稱。❺畫樓吹徹江南怨　言畫樓吹盡江南怨曲。李璟〈攤破浣溪沙〉：「細雨夢回雞塞遠，小樓吹徹玉笙寒。」

【語　譯】團扇題詩，又到晚春時。短夢驚醒，春草已滿芳池。銀鉤彎彎，珠簾半捲。綠紗窗下睡夢足，窗外鶯聲嬌軟。　憔悴瘦損，衣寬帶減。昔日風雅情事，如今頓覺意興慵懶。誰拈翠管，為奏新曲，倚樓吹盡江南怨。

【研　析】此詞抒寫傷春閨怨。上片寫暮春之景。首句「春又晚」點出時序。「團扇題詩」暗用班婕妤〈怨歌行〉「裁成合歡扇，團團似明月。出入君懷袖，動搖微風發。常恐秋節至，涼飆奪炎熱。棄捐篋笥中，恩情中道絕」之意，隱約流露出閨怨之情。「小夢」兩句，化用謝靈運夢得佳句典故，言綠草滿池塘，春將盡也。「一曲」兩句由半捲之簾寫到簾內綠窗下之女子，晝長春睡起，聽窗外鶯聲嬌軟，尚帶著夢初醒時的怔忡，不知是喜是憂。「鶯聲」照應「小夢驚殘」。

詞作下片筆調落到女子內心情思。過片「瘦損」句，以衣帶漸寬點出為情所困。「前度」兩句，以今昔之對比寫出心境變化之大，以往日之風雅歡賞反襯今日之孤寂傷懷。「瘦損」亦因「心情懶」，身心共憔悴，然何以如此？末尾「誰品」兩句點明原由：「江南怨」。滿懷愁怨，無以排遣，訴諸新腔，可誰來拈管奏曲，述盡心中幽怨？「新腔」呼應起句「團扇題詩」。

詞作情調隱而轉顯，緩而轉急。上片融情於敘事寫景之中，「春又晚」、「夢殘」、「簾半捲」、「鶯聲輭」等用筆溫婉；下片抒情，「瘦損」、「陡覺」、「誰品」、「吹徹」等用語滯重。

清平樂

玉簫

萋萋芳草。怨得王孫老❶。瘦損腰圍羅帶小❷。長是錦書❸來少。

吹落梅花❹。曉寒猶透輕紗。驚起半簾幽夢，小窗淡月啼鴉。

【注　釋】❶萋萋芳草二句　意謂春草萋萋，遊子不歸，思婦愁怨衰頹。萋萋，原作「淒淒」，據毛本校改。淮南小山〈招隱士〉：「王孫游兮不歸，春草生兮萋萋。」曹丕〈短歌行〉：「人亦有言，憂令人老。」❷瘦損腰圍羅帶小　言憔悴消瘦，衣寬帶減。《梁書・沈約傳》載沈約與徐勉書，自謂老病，「百日數旬，革帶常應移孔，以手握臂，率計月小半分」。❸錦書　原指前秦蘇蕙寄給遠方丈夫的織錦回文詩，後泛指書信。❹玉簫吹落梅花　指玉簫奏曲。漢橫吹曲有〈梅花落〉，唐大角曲有〈大梅花〉、〈小梅花〉。

【語　譯】芳草萋萋，心怨王孫久遊不歸，容顏衰頹。憔悴消瘦，衣帶寬鬆腰圍小。書信總是很少。　玉簫吹奏〈梅花落〉，曉寒猶侵薄羅紗。幽夢驚斷簾半捲，淡月臨窗，聲聲啼鴉。

【研　析】這是一首閨怨詞作。起筆入題，化用〈招隱士〉「王孫游兮不歸，春草生兮萋萋」句意，點明傷春懷人之情。「怨」字可為詞情之眼目。「瘦損」句言思念之苦，所謂「相去日已遠，衣帶日已緩」（〈古詩十九首〉）。「錦書」句再進一層，別後若時有書信傳來，相思之苦或有所緩解，然而「長是錦書來少」，則相思別怨日積月累，無以排解，身心怎不憔悴瘦損！

詞作下片截取閨中場景來展現閨中人的幽怨情懷。簫聲悠悠，曉寒透過輕紗侵入閨閣，幽夢驚斷，簾幕半捲，窗外月淡鴉啼。「幽夢」中有何情事？何以「驚起」？是因那簫聲還是曉寒？抑或是那啼鴉？也許都不是，而是為夢中情形所驚醒。這一切不可亦不必去推究，而可以確定的是，一個因相思怨別而憔悴瘦損的閨中人幽夢驚醒之時，面對曉寒侵襲，淡月映窗，鴉啼哀怨，簫聲如訴，其幽怨淒涼之情可以想見。

詞作上片直述別怨，下片融情於境，章法別致。「怨得」、「瘦損」、「長是」、「吹落」、「猶透」、「驚起」等用語著力，情調悲怨跌宕。

劉子寰

劉子寰（生卒年不詳），字圻夫，號篁㟤。建陽縣（今屬福建）人。嘉定十年（西元一二一七年）進士。官至觀文殿學士。早登朱子之門。能詩文。有《篁㟤集》，不傳。《全宋詞》錄其詞十九首。

霜天曉角

橫陰漠漠❶。似覺羅衣薄。正是海棠時候，紗窗外，東風惡。　惜春春寂寞。尋花花冷落。不會這些情味，元不是，念離索❷。

【注釋】❶橫陰漠漠　陰雲密布。漠漠，彌漫。❷離索　離別索居。陸游〈釵頭鳳〉（紅酥手）：「一懷愁緒，幾年離索。」

【語譯】陰雲密布，似覺羅衣單薄。正是海棠花開時候，紗窗外，東風呼嘯。　惜春才覺春寂寞，尋花才見花零落。不懂此番情味，便非傷離歎蕭索。

【研析】此詞寫春怨，簡潔流麗。首句「橫陰漠漠」，言天氣，也映襯心境；「似覺羅衣薄」，天陰而覺得春寒衣薄，心裡的冷寂也蘊含其中。海棠花開，乃春色深濃時節，卻見不到明媚的春光，見不到爛漫的春意，見到的是陰雲漠漠，春風狂吹，落花紛紛。詞中人的情懷在「東風惡」三字中展露無遺。

眼見春天即將在東風的無情狂吹中消逝，惜春之情、尋花之意湧上心頭。因惜春而尋花，尋花則感歎花之零落冷寂，花之凋零則春歸寂寞，春之寂寞更增惜春之情，寂寞冷落之感也隨之加深，無盡亦無奈。結末點明此番傷春歎花情懷，更多地源自別離索居，句式上的雙重否定（不會、不是）則強化了離索之苦。

張良臣

張良臣（生卒年不詳），原作張景臣，誤。字武子，一字漢卿，號雪窗。襄邑縣（治所在今河南睢縣）人，寓居四明（今浙江寧波）。隆興元年（西元一一六三年）進士及第。官止監左藏庫。《全宋詞》錄其詞三首。

西江月

四壁空圍恨玉❶，十香淺捻啼綃❷。殷雲度雨井桐凋❸。雁雁無書又到。

別後釵分燕尾❹，病餘鏡減鸞腰❺。蠻江豆蔻影連梢❻。不道參橫易曉❼。

【注釋】❶恨玉　指幽怨之女子。❷十香淺捻啼綃　言女子手持羅帕輕拭淚痕。十香，指女子纖纖十指。❸殷雲度雨井桐凋　言烏雲帶來秋雨，梧桐葉落。白居易〈長恨歌〉：「秋雨梧桐葉落時。」吳文英〈鷓鴣天〉（池上紅衣伴倚闌）：「殷雲度雨疏桐落，明月生涼寶扇閒。」❹別後釵分燕尾　言分釵贈別。釵之雙股如燕尾。白居易〈長恨歌〉：「惟將舊物表深情，鈿合金釵寄將去。釵留一股合一扇，釵擘黃金合分鈿。但令心似金鈿堅，天上人間會相見。」❺鏡減鸞腰　言鏡中自見腰圍瘦損。此合用鸞鏡、沈腰典事。劉敬叔《異苑》卷三載罽賓國王買得一鸞，三年不鳴，「其夫人曰：『嘗聞鸞見類則鳴，何不懸鏡照之。』王從其言。鸞覩影悲鳴，冲霄一奮而絕。」《梁書・沈約傳》載：沈約與徐勉素善，以書陳情，言己老病，「百日數旬，革帶常應移孔。以手握臂，率計月小半分。以此推算，豈能支久？」❻鑾江豆蔻影連梢　言佳人對鏡如江邊荳蔻之倒影。此化用杜牧〈贈別〉之「荳蔻梢頭二月初」及韓偓〈六言三首〉之「鑾江荳蔻連生」。鑾江，泛指南方江流。古時稱南方少數民族曰鑾，《禮記・王制》：「南方曰鑾，雕題交趾，有不火食者。」❼參橫易曉　參星斜落，天將破曉。

【語譯】四壁空圍，佳人愁恨，十指輕撚羅帕拭淚痕。烏雲密布，秋雨淅瀝，井邊梧桐凋零。又到雁南飛，依舊杳無音信。　釵如燕尾，別後雙股分離。病未痊愈，鸞鏡相對，瘦減腰圍。如江邊荳蔻倒影，不覺參星斜落，天色將明。

【研析】此詞言閨怨。起筆即呈現出空閨佳人默默淚垂情狀，總攝全詞幽怨情調。「殷雲」兩句，筆調轉寫室外，陰雲彌漫，秋雨淅瀝，梧桐葉落，鴻雁飛過卻無書信。蕭瑟的秋日景象襯托出女子的淒涼心境。

過片「別後」一句呼應起句「四壁空圍」，點明閨怨來自別離。別後釵留一股，相思哀怨，憂愁成病，對鏡自憐，憔悴瘦損。「鑾江」一句，由佳人對鏡而聯想到江邊荳蔻之倒影，化用杜牧〈贈別〉之「荳蔻梢頭二月初」及韓偓〈六言三首〉之「鑾江荳蔻連生」，筆調跳躍靈動。末句詞筆回到閨怨，佳人相思淒苦，通宵無寐。

本詞所寫為傳統的閨怨題材，但語言雕琢生新，如「恨玉」、「十香」、「釵分燕尾」、「鏡減鸞腰」等，有夢窗之風。張良臣有云「吾寧僻無俗，寧怪無凡」（樓鑰〈書張武子詩集後〉），其詞作亦有所體現。

卷二

姜夔

姜夔（約西元一一五五—一二〇九年），字堯章，號白石道人。鄱陽縣（今屬江西）人。父噩知漢陽，卒於官。夔早歲孤貧。二十歲後，北遊淮楚，南歷瀟湘。淳熙十三年（西元一一八六年）客長沙，詩人蕭德藻愛其詩，以侄女嫁之。次年依蕭德藻寓居湖州，往來蘇、杭間。自紹熙四年（西元一一九三年）依貴胄張鑒居十年，情同骨肉。晚居西湖，卒葬西馬塍。夔終身未仕，然才學人品為當世名流如朱熹、范成大、楊萬里、辛棄疾等所推重。有《白石道人詩集》、《白石道人歌曲》。《全宋詞》錄其詞八十七首。

暗香

梅

舊時月色，算幾番照我，梅邊吹笛。喚起玉人❶，不管清寒與攀摘。何遜❷而今漸老，都忘卻、春風詞筆。但怪得、竹外疏花❸，香冷入瑤席❹。江國❺。正寂寂。歎寄與路遙，夜雪初積❻。翠樽易泣，紅萼無言耿相憶❼。長記曾攜手處，千樹壓、西湖寒碧❽。又片片、吹盡也，幾時見得？

【注釋】❶玉人　佳人。❷何遜　字仲言，東海郯（今山東郯城）人。南朝梁詩人，有詠梅詩〈揚州法曹梅花盛開〉（又題〈詠早梅〉）云：「應知早飄落，故逐上春來。」❸竹外疏花　蘇軾〈和秦太虛梅花〉：「江頭千樹春欲闇，竹外一枝斜更好。」❹香冷入瑤席　謂梅花的幽冷清香飄入宴席。瑤席，精美的宴席。❺江國　水鄉澤國。❻歎寄與路遙二句　反用南朝宋陸凱梅花贈友典事，謂欲以梅花寄遠，無奈夜雪迷路。《太平御覽》卷十九引《荊州記》載陸凱在江南給長安好友范曄寄梅花一枝，並贈詩云：「折梅逢驛使，寄與隴頭人。江南無所有，聊贈一枝春。」❼翠樽易泣二句　意謂把酒對花懷人，感傷悲戚，耿耿難忘。❽千樹壓西湖寒碧　言西湖孤山梅林繁花壓枝，湖水翠綠，寒氣瑟瑟。

【語譯】月色依舊，算來不知多少次照臨我傍梅吹笛。喚醒佳人，不顧清寒，攜手把梅花攀摘。我如何遜，如今年華已漸老去，全然忘卻往昔春風般飛揚的文采詞筆。只驚怪那竹林外疏疏點點的梅花，幽冷清香飄滿這精美的宴席。　水鄉澤國，一片沉寂淒涼。多想摘梅寄贈遠方的人兒，只怨一夜間積雪迷茫。酒杯翠綠，梅花紅豔，相對頓感悲戚，默默無語，耿耿難忘。永遠記得當年在那寒氣瑟瑟、碧波漣漣的西湖畔，攜手共賞千萬樹梅花壓枝綻放。又見梅花片片凋零，不知何時才能再次觀賞？

【研析】詞作原序云：「辛亥之冬，予載雪詣石湖，止既月。授簡索句，且征新聲。作此兩曲。石湖把玩不已，使妓肄習之，音節諧婉。乃命之曰〈暗香〉、〈疏影〉。」知〈暗香〉、〈疏影〉二詞乃於辛亥（西元一一九一年）冬應范成大之求而作，為自度曲，題詠梅花，曲名取自宋初詩人林逋詠梅名句「疏影橫斜水清淺，暗香浮動月黃昏」（〈山園小梅〉）。

上片起筆「舊時月色」五句突入追憶，重現與「玉人」月下賞梅情事，情境美妙：月色笛聲，美人與共，攀摘梅花，此何等情致也。「何遜」四句筆鋒陡轉，感慨今日年華漸老，意興寥落，對疏花冷香竟生驚疑，又不禁惹起往日之幽思，此又何等衰煞也。感今追昔，盛衰對比，極為沉痛。

下片由今日境況入筆，言寂寥江國，雪迷路斷，錦書難託，只有對花垂淚，相思之情耿耿難忘，意極悲苦。「長記」句，追憶起當年西子湖畔與佳人冒寒賞梅情景。而「盛」之極似乎隱含「衰」之將至。末二句自然轉入而今之衰境：「又片片、吹盡也，幾時見得」，意謂當年之情景終不能再現了。情極沉痛！

詞作詠梅不重在色貌，而重在梅花所象徵、所興發的情思，以「舊時」之盛、「而今」之衰為脈絡，在盛衰對比、撫今追昔中抒寫人生情懷，筆調流轉自如，情韻悠長。

疏影

梅

苔枝綴玉❶。有翠禽小小，枝上同宿❷。客裏相逢，籬角黃昏，無言自倚修竹❸。昭君不慣胡沙遠，但暗憶、江南江北。想佩環、月夜歸來，化作此花幽獨❹。

猶記深宮舊事，那人正睡裏，飛近蛾綠❺。莫似春風，不管盈盈，早與安排金屋❻。還教一片隨波去，又卻怨、玉龍哀曲❼。等恁時❽、重覓幽香，已入小窗橫幅❾。

【注釋】❶苔枝綴玉　苔梅枝上梅花如玉。苔枝，指苔梅枝條。姜夔〈項里〉詩序云「予近得苔梅一株，古怪特甚，為作七言」，詩云：「枝上年年長綠苔。」❷有翠禽小小二句　言梅枝上有翠鳥雙雙棲宿。此暗用隋趙師雄梅樹下夢遇仙女典事。舊題柳宗元《龍城錄》載隋開皇間，趙師雄至羅浮，一日醉臥松林間，夢與一淡妝素服女子歡飲，「有一綠衣童來笑歌戲舞」，醒來「乃在大梅花樹下，上有翠羽，啾嘈相顧」。❸籬角黃昏二句　言月色黃昏，籬角梅花默默依偎竹枝。此二句字面上化用杜甫〈佳人〉詩句「日暮倚修竹」和林逋〈梅花〉詩句「水邊籬落忽橫枝」、〈山園小梅〉詩句「暗香浮動月黃昏」。❹昭君不慣胡沙遠四句　言王昭君不習慣遙遠的塞外生活，思念江南江北，身佩玉環，月夜魂歸，化為幽獨的梅花。此用昭君出塞典故及杜甫〈詠懷古跡〉詩句「環佩空歸月夜魂」。❺猶記深宮舊事三句　用梅花妝典故。《太平御覽》卷三十引《雜五行書》載南朝宋武帝女壽陽公主人日（正月初七）臥於含章殿簷下，梅花飄落於額上，拂之不去。宮女效之，後遂有梅花妝。蛾綠，一種畫眉顏料，或謂即石墨。此指眉額。《東坡志林》卷五：「《大業拾遺記》：宮人以蛾綠畫眉。」❻莫似春風三

句　意謂別像春風那樣不憐惜美好的梅花，儘早為梅花準備好金屋養護。李白〈宮中行樂詞〉：「小小生金屋，盈盈在紫微。」金屋，用漢武帝金屋藏嬌典故。《漢武故事》載漢武帝幼時對其伯母說：若得表妹阿嬌為妻，「當作金屋貯之」。❼玉龍哀曲　指哀怨的笛曲〈梅花落〉。《樂府詩集》卷二十四〈漢橫吹曲〉：「〈梅花落〉，本笛中曲也。」玉龍，指玉笛。❽恁時　那時。❾橫幅　指畫幅。

【語　譯】苔梅枝上花如玉，上有翠鳥同宿。客地賞梅，月色昏黃，那籬角梅花，如佳人默默傍依修竹。彷彿那昭君不堪遠居塞外，暗自思念江南江北，身佩玉環，月夜魂歸，化作梅花幽冷孤獨。　還記得宮中往事，壽陽公主正酣眠，梅花飛落蛾眉。莫學那春風全無憐香惜花心，趁早準備金屋護寒梅。依然是落花片片隨波去，又飄來玉笛哀曲述幽怨。待那時重覓幽香，梅花已入畫圖掛窗間。

【研　析】這首詞和〈暗香〉同為辛亥（西元一一九一年）冬應范成大之求而作的詠梅詞作，在構思和手法上則有所不同。〈暗香〉的詞情主調是追昔懷人，起結均出以追憶筆調，用典不多。本詞融貫諸多與梅花相關的典故，以佳人喻梅花，寄寓漂泊幽居、遠別思歸、年華飄零等幽怨之情。

詞作起筆三句呈現出梅花如玉、翠鳥同宿的美妙溫情畫面，以樂景反襯下文哀怨之情。上片言昏黃的月光下，籬角梅花的幽潔、孤寂和悲怨，手法上則展開想像，以美人為喻，化用杜甫題詠空谷幽居之佳人的詩句「天寒翠袖薄，日暮倚修竹」（〈佳人〉）和題詠王昭君的詩句「環佩空歸月夜魂」（〈詠懷古跡〉），畫面幽豔而情韻淒怨。

下片詞筆轉寫梅花飄零。過片用梅花妝之典故，細筆還原典故本事，呈現梅花零落之情態。「莫似春風」三句，用漢武帝金屋藏嬌典故，一抑一揚，表露對梅花的深深憐惜之情。然而梅花的凋謝無可奈何，「一片隨波去」，人們只有在笛曲〈梅花落〉中寄託哀婉之情，在繪畫中追尋梅花之幽香。樂曲和繪畫，是梅花留在人間永不凋謝的美妙情韻和風姿。題詠梅花之凋零而以此作結，手法堪稱精妙。

揚州慢

淮左名都❶，竹西❷佳處，解鞍小駐初程。過春風十里❸，盡薺麥青青。自胡馬窺江去後❹，廢池喬木，猶厭言兵。漸黃昏、清角吹寒，都在空城。

杜郎俊賞，算而今、重到須驚。縱豆蔻詞工，青樓夢好，難賦深情❺。二十四橋❻仍在，波心蕩、冷月無聲。念橋邊紅藥❼，年年知為誰生。

【注釋】❶淮左名都　指揚州，為南宋淮南東路治所。❷竹西　亭名，在揚州城北門外。❸春風十里　喻指揚州城。杜牧〈贈別〉：「春風十里揚州路，捲上珠簾總不如。」❹自胡馬窺江去後　指紹興三十一年（西元一一六一年），金兵南侵攻占揚州，欲渡長江，為宋將虞允文所敗。後金主完顏亮被部將所殺，金兵北去。❺杜郎俊賞五句　意謂杜牧風流倜儻，若如今重到定當驚歎揚州的破敗，縱然才華不減當年，也難以賦詠心中深深的感慨之情。杜郎，指晚唐詩人杜牧，其〈贈別〉詩以「荳蔻梢頭二月初」比喻妙齡少女；其〈遣懷〉詩有云：「十年一覺揚州夢，贏得青樓薄倖名。」❻二十四橋　唐時揚州城有二十四橋，少數橋梁宋時尚存（參見沈括《夢溪筆談・補筆談》卷下）。杜牧〈寄揚州韓綽判官〉：「二十四橋明月夜，玉人何處教吹簫。」❼紅藥　芍藥。蘇軾《東坡志林》卷五：「揚州芍藥為天下冠。」

【語譯】路過淮東名城揚州，在風景優美的竹西亭，解下馬鞍稍作停留。十里春風路，一片薺麥青青。金兵戰馬踐踏後，荒池喬木都已厭惡論戰談兵。漸近黃昏，角聲清寒，飄蕩在空城。　杜牧風流俊賞，若而今重遊定當深感震驚。縱然依舊如當年賦詠「荳蔻梢頭二月初」、「十年一覺揚州夢，贏得青樓薄倖名」那般才華飛揚，也難以抒寫心中的歎惋深情。二十四橋依然在，波心蕩漾明月，冷寂無聲。想那橋邊芍藥，不知年年為誰而生。

【研 析】這首詞原有題序云：「淳熙丙申至日，予過維揚，夜雪初霽，薺麥彌望。入其城，則四顧蕭條，寒水自碧。暮色漸起，戍角悲吟。予懷愴然，感慨今昔，因自度此曲。千巖老人以為有〈黍離〉之感也。」據此可知，本詞作於淳熙丙申至日，即淳熙三年（西元一一七六年）冬至。詞人路經揚州，見其破敗荒寂景象而情懷愴然，撫今追昔，訴諸詞筆，盛衰滄桑之感充溢於字裡行間。千巖老人（蕭德藻，字東夫。以詩名於時。）遂以《詩經》中感傷故國破敗的詩篇〈黍離〉為比。

首三句敘事，言路經揚州，稍作停留。「名都」、「佳處」二語，為下文感慨揚州的荒寂作反襯，同時也暗示出停留的原由。「過春風十里」句以下全為揚州城中所見、所聞、所感，杜牧當年在揚州的漫浪歡賞情形則令詞人生發深深的盛衰感愴之悲。「薺麥青青」、「廢池喬木」為所見之荒涼景象；「清角吹寒」為所聞之淒清氛圍。「空城」即今日之揚州，可與起筆「淮左名都」形成鮮明對比，這一切的變故乃緣於「胡馬窺江」，戰亂將繁華的名城變成了荒寂的空城。

下片主要抒寫置身昔日名都、今日空城的感慨。言當年風流俊賞的杜牧「重到須驚」、「難賦深情」，實則曲筆表達詞人因未曾想到的揚州荒涼景象而震驚，心中充滿難以言盡的悲慨。二十四橋為揚州名勝，紅藥（即芍藥）為揚州名花，如今物是人非：橋下水波蕩月，冷寂無聲；橋邊芍藥綻放，寂寞無主。

全詞以敘事引入，融情於景，詞境清空；撫今追昔，感慨悲傷，堪當張炎《詞源》所謂「清空而騷雅」。

玲瓏四犯

疊鼓夜寒，垂燈春淺，匆匆時事如許。倦游歡意少，俯仰悲今古❶。江淹又吟〈恨賦〉❷。記當年、送君南浦❸。萬里乾坤，百年身世，惟有此情苦。

揚州柳，垂官路❹。有輕盈換馬，端正窺戶❺。酒醒明月下，夢逐潮聲去。文章信❻美知何用，漫贏得、天涯羈旅。教說與。春來要尋花伴侶。

【注釋】❶俯仰悲今古　俯仰之間便成今古，令人悲慨。王羲之〈蘭亭集序〉：「向之所欣，俛仰之間已為陳迹，猶不能不以之興懷。」蘇軾〈中秋月三首寄子由〉其三：「明年各相望，俯仰今古情。」陸游〈綿州錄參廳觀姜楚公畫鷹少陵為作詩者〉：「越王高樓亦已換，俯仰今古堪悲辛。」❷江淹又吟恨賦　南朝江淹（西元四四四—五〇五年），字文通，濟陽考城（今河南蘭考）人，以所作〈別賦〉、〈恨賦〉聞名於世。❸送君南浦　《楚辭・九歌・河伯》：「送美人兮南浦。」南浦，南邊水濱。後借以代指送別之地。江淹〈別賦〉：「送君南浦，傷如之何。」❹官路　官修大道。周瑀〈送潘三入京〉：「柳色分官路，荷香入水亭。」❺有輕盈換馬二句　喻指歡遊俊爽、風流情遇之事。輕盈、端正，形容女子體態、容貌之美。《樂府詩集》卷七十三〈雜曲歌辭〉錄有〈愛妾換馬〉，題解引《樂府解題》曰：「〈愛妾換馬〉，舊說淮南王所作。」《獨異志》載三國時曹操之子曹彰愛馬，曾以美妾換駿馬。《太平廣記》卷三百四十九引《纂異記》載鮑生多聲妓，韋生好乘駿馬。一日相遇對飲，互以女妓換駿馬。周邦彥〈瑞龍吟〉（章臺路）：「因記箇人癡小，乍窺門戶。」❻信　確實。

【語譯】寒夜鼓聲陣陣，燈燭如豆，春意淺淡，世事匆匆如許。倦於遊歷，少有歡意，悲慨俯仰即成今古。江淹曾吟〈恨賦〉。記得當年送君南浦。天長地遠，人生百年，惟有別情最苦。　揚州城，大道傍，柳絲垂拂。歡遊俊爽，有盈盈佳人，倚門注目。酒醒時分，明月相照，夢隨潮聲逝去。文章美妙有何用，空落得天涯漂泊孤旅。請相告：春已歸來，當尋花為侶。

【研析】此詞原有題曰：「越中歲暮，聞簫鼓感懷。」越中，指今浙江紹興。夏承燾先生《姜白石詞編年箋校》繫於紹熙四年（西元一一九三年）。

起筆三句切題而入，言歲暮客居越中，孤燈夜寒，聞簫鼓陣陣，歎世事匆匆。「倦游」句言自身漂泊，倦怠無歡，上承「疊鼓」二句；「俯仰」句悲慨人世滄桑，上承「匆匆」句。此五句為題中「感懷」之總筆，以下轉入人生別離之恨。「記當年」三字點明昔日別離情事，同時又借江淹〈恨賦〉、〈別賦〉深化具體情事所蘊含的人生感慨。「送君南浦」即〈別賦〉「送君南浦，傷如之何」之意；「萬里乾坤」三句亦即〈別賦〉「黯然銷魂者，唯別而已矣」之意，乃悲歎人生天地間，最苦莫過於離情別怨。

上片「記當年」句點到別離情事而未細述，過片承此而追憶當年揚州歡賞情遇及折柳分別情形。「酒醒」二句言別後情境，歡情如醉似夢，酒醒夢斷，一切煙消雲散。月下聽潮，深感身世漂泊之愁，遂悵歎：「文章信美知何用，謾贏得、天涯羈旅。」此言「文章信美」，《齊東野語》卷十二所錄姜夔自述可作說明：「內翰梁公於某為鄉曲，愛其詩似唐人，謂長短句妙天下。樞使鄭公愛其文，使坐上為之，因擊節稱賞。……待制楊公以為於文無所不工，甚似陸天隨，於是為忘年友。復州蕭公，世所謂千巖先生者也，以為四十年作詩始得此友。待制朱公既愛其文，又愛其深於禮樂。丞相京公不獨稱其禮樂之書，又愛其駢儷之文。……稼軒辛公深服其長短句。」可見詞人對自身才華的自信，然而平生漂泊東西，嘗盡羈旅之苦，如今孤旅迎春，情懷抑鬱中激蕩出尋花遺賞之豪興：「春來要尋花伴侶。」寄沉摯於豪宕。「教說與」，乃與別後所念之人遙相安慰共勉。

琵琶仙

吳興❶春遊

雙槳來時，有人似、舊曲桃根桃葉❷。歌扇輕約飛花❸，蛾眉正奇絕。春漸遠、汀洲自綠，更添了、幾聲啼鴂❹。十里揚州❺，三生杜牧❻，前事休說。

又還是、宮燭分煙❼，奈愁裏、匆匆換時節。都把一襟芳思，與空階榆莢❽。千萬縷、藏鴉細柳❾，為玉樽、起舞回雪❿。想見西出陽關，故人初別⓫。

【注釋】❶吳興　今浙江湖州。❷舊曲桃根桃葉　指昔日所遇坊曲姐妹。曲，倡家所居之處。東晉王獻之有愛妾桃葉，為作〈桃葉歌〉云：「桃葉復桃葉，渡江不用檝。但渡無所苦，我自迎接汝。」「桃葉復桃葉，桃樹連桃根。相憐兩樂事，獨使我殷勤。」桃根、桃葉為姐妹，李商隱〈燕臺〉：「當時歡向掌中銷，桃葉桃根雙姊妹。」❸歌扇輕約飛花　意謂用歌扇輕輕拂弄飛花。❹啼鴂　杜鵑啼鳴。鴂，杜鵑，又名子規，暮春時啼鳴。《楚辭・離騷》：「恐鵜鴂之先鳴兮，使夫百草為之不芳。」❺十里揚州　指揚州歡遊情事。杜牧〈贈別〉：「春風十里揚州路，捲上珠簾總不如。」❻三生杜牧　猶言今世杜牧。此乃詞人自比杜牧。黃庭堅〈揚州戲題〉：「春風十里珠簾捲，髣髴三生杜牧之。」❼宮燭分煙　指寒食節候。舊俗，寒食節禁火，節後，宮中取火燭分賜群臣。韓翃〈寒食〉：「春城無處不飛花，寒食東風御柳斜。日莫漢宮傳蠟燭，青煙散入五侯家。」❽卻把一襟芳思二句　意謂把一腔美好情思付與階前無情的榆莢。榆莢，榆樹果實，狀如錢，結成串，又稱榆錢。韓愈〈晚春〉：「楊花榆莢無才思，惟解漫天作雪飛。」❾千萬縷藏鴉細柳　言柳枝茂密可遮蔽棲息的烏鴉。周邦彥〈渡江雲〉（晴嵐低楚甸）：「千萬絲、陌頭楊柳，漸漸可藏鴉。」❿為玉樽起舞回雪　言把酒歡賞，柳絲起舞，柳絮飄飛。顧況〈舞〉：「落花遶樹疑無影，回雪從風暗有情。」⓫想見西出陽關二句　言想起故人初別，深情為歌別曲。唐王維〈送元二使安西〉：「渭城朝雨浥輕塵，客舍青青柳色新。勸君更盡一杯酒，西出陽關無故人。」此詩後譜成別曲〈渭城曲〉，又名〈陽關三疊〉。

【語　譯】小船雙雙蕩來，佳人似昔日所遇坊曲姐妹。手持歌扇輕弄飛花，蛾眉正絕美。春天漸行漸遠，水邊沙洲綠草如茵，還有幾聲杜鵑啼。十里揚州城中，曾縱情歡遊如當年杜牧，往事如煙休要說起。　又到了宮中分賜燭火的寒食，惆悵無奈，歎匆匆換了時節。滿腔春思，只能付與階前榆莢。翠柳千萬縷，茂密可藏鴉，把酒歡賞，風舞絮飄如雪。想起故人初別，深情為唱〈陽關三疊〉。

【研　析】此詞，《白石道人歌曲》題云：「〈吳都賦〉云：『戶藏烟浦，家具畫船。』惟吳興為然。春遊之盛，西湖未能過也。己酉歲，予與蕭時父載酒南郭，感遇成歌。」《唐文粹》卷二錄李庾〈西都賦〉：「戶閉煙浦，家藏畫舟。」白石誤作〈吳都賦〉。吳興，今浙江湖州。己酉歲，為宋孝宗淳熙十六年（西元一一八九年）。蕭時父，據夏承燾先生《姜白石詞編年箋注》所附〈行實考〉，為蕭德藻子侄輩，即姜夔妻之兄弟或堂兄弟。南郭，即城南。據此可知，淳熙十六年春，詞人與蕭時父載酒往吳興城南春遊，感遇而作此詞。

「感遇」二字為其題旨所在。上引夏承燾先生〈行實考〉稱白石早年往來江淮間，於合肥曾情遇勾闌中姐妹二人。本詞起筆云「雙槳來時，有人似、舊曲桃根桃葉」，即因所遇令詞人想起合肥情遇之事，有感而發。「歌扇」二句，一寫女子舉止，呈現出女子的細膩多情；一言女子貌美奇絕，「正」字見出女子正當青春妙齡。此為眼前所見，同時又映現出詞人合肥情遇之事。「春漸遠」二句為眼前暮春景象，其傷春情調中亦蘊含對合肥情人的深深思念，故而下文遂以既歡賞「春風十里揚州路」又慨歎「十年一覺揚州夢」的杜牧自喻，悵歎「前事休說」！

上片因所見遊春女子而觸發對昔日情遇的追想，下片筆調回到現實景象，感慨時節匆匆變換。一春將盡，一腔芳思無處傾訴，面對空階榆莢、藏鴉細柳，把酒遣懷。柳絲起舞，柳絮飄飛，又令詞人想起那難以忘懷的故人依依惜別情形。詞作以追憶中的別離情形結筆，餘韻不盡。

法曲獻仙音

虛閣籠寒，小簾通月，暮色偏憐高處。樹隔離宮❶，水平馳道❷，湖山盡入樽俎❸。奈楚客、淹留久，砧聲帶愁去。

屢回顧。過秋風、未成歸計。誰念我、重見冷楓紅舞。喚起淡妝人❹，問逋仙❺、今在何許？象筆鸞牋❻，甚如今、不道秀句。怕平生幽恨，化作沙邊煙雨。

【注釋】❶離宮　古代皇帝正式宮殿之外的宮室。此指聚景園，在杭州清波門外，宋孝宗晚年曾居此。❷馳道　皇帝車馬所行之道。❸樽俎　酒食器具，代指宴席。❹淡妝人　指梅花。❺逋仙　指林逋（西元九六八－一〇二八年），錢塘縣（今浙江杭州）人，字君復。不娶不仕，隱居西湖孤山二十年，種梅養鶴為樂，人稱其「梅妻鶴子」。善詩，尤以詠梅著稱。❻象筆鸞牋　指精美的紙筆。

【語　譯】樓閣空曠，寒意籠罩，明月透簾窗。暮色茫茫，高處好觀賞。遠樹掩映離宮，水面馳道齊平，湖光山色盡入歌筵酒觴。怎奈我客居久滯留，愁緒在搗衣聲中飄蕩。　多少次回望故土。秋風吹過，未能歸去。誰能想到我，又見楓葉在冷風中飄舞。喚起梅花仙子，問林逋今在何處？精美的紙筆，如今怎寫不出美妙的詩句。恐怕平生幽恨，化成了沙洲煙雨。

【研　析】此詞，《白石道人歌曲》有題序云：「張彥功官舍在鐵冶嶺上，即昔之教坊使宅。高齋下瞰湖山，光景奇絕。予數過之，為賦此。」（張彥功，不詳。鐵冶嶺，在杭州雲居山下。教坊使，唐宋時掌管女樂機構教坊的官員。）可見詞乃為張彥功鐵冶嶺官舍「下瞰湖山，光景奇絕」而作。上片以寫景為主，由近及遠，起筆三句言官舍樓閣秋寒籠罩，暮色環抱，秋月臨窗。「樹隔離宮」三句為臨高下瞰之遠景：樹叢掩映離宮，馳道與水面齊平。把酒臨風，湖光山色盡收眼底。然而如王粲〈登樓賦〉所言「雖信美而非吾土兮，曾何足以少留！」眼前的美景更增添了詞人的羈旅之愁，無奈悵歎：「奈楚客、淹留久，砧聲帶愁去。」客居思鄉之情在搗衣聲中飄蕩。

下片承「楚客、淹留久」，抒寫客居之愁。「屢回顧」三句直筆傾訴，情調沉重。「喚起淡妝人」一句，筆調轉而蕩開，引入梅花及以愛梅、詠梅聞名的詩人隱士林逋。「今在何許」、「甚如今、不道秀句」兩句問詰，寄寓詞人的世事感慨，「如今」二字即可見出。結末二句，在筆脈上乃承「甚如今」一問而作答，「平生幽恨」指逋仙而言，實亦詞人自言情懷。以「沙邊煙雨」喻幽恨，情韻綿邈。

念奴嬌

鬧紅一舸❶，記來時、長與鴛鴦為侶。三十六陂❷人未到，水佩風裳❸無數。
翠葉吹涼，玉容❹消酒，更灑菰蒲❺雨。嫣然搖動，冷香飛上詩句。　日暮。

青蓋亭亭❻，情人不見，爭忍淩波去❼。只恐舞衣寒易落，愁入西風南浦❽。高柳垂陰，老魚吹浪❾，留我花間住。田田❿多少，幾回沙際歸路。

【注釋】❶鬧紅一舸　言蕩舟於盛開的荷花叢中。❷三十六陂　言許多池塘。三十六，泛言其多。王安石〈題西太一宮壁〉：「柳葉鳴蜩綠暗，荷花落日紅酣。三十六陂春水，白頭想見江南。」❸水佩風裳　以仙女比喻荷花。李賀〈蘇小小墓〉：「風為裳，水為珮。」❹玉容　指荷花。❺菰蒲　兩種水草。菰，俗稱茭白。蒲，菖蒲。唐李中〈書蔡隱士壁〉：「池暗菰蒲雨，徑香蘭蕙風。」❻青蓋亭亭　言荷葉亭亭玉立。曹丕〈雜詩〉：「西北有浮雲，亭亭如車蓋。」❼淩波去　乘波離去。曹植〈洛神賦〉：「淩波微步，羅韈生塵。」❽南浦　泛指送別之地。《楚辭・九歌・河伯》：「送美人兮南浦。」❾老魚吹浪　李賀〈李憑箜篌引〉：「夢入神山教神嫗，老魚跳波瘦蛟舞。」❿田田　指荷葉。漢樂府〈江南曲〉：「江南可採蓮，蓮葉何田田。」

【語譯】記得來時，蕩一葉小舟，穿行於盛開的荷花叢中，常有鴛鴦相伴。片片池塘寂靜無人，水面荷花漫無邊。翠綠的荷葉上，涼風吹拂；荷花如醉酒玉顏，細雨飄灑菰蒲。嫣然搖曳，淡淡的荷香飄來清詩妙句。

時已日暮。荷葉亭亭玉立，未見心中戀人，怎忍淩波離去。只怕天氣轉寒，荷葉容易凋敗，愁緒隨秋風彌漫南浦。高高的柳樹垂下一片陰涼，池中老魚吹水成浪，留我在花間駐足。荷葉田田無際，多少回漫步沙堤歸路。

【研析】此詞《白石道人歌曲》有序云：「予客武陵，湖北憲治在焉。古城野水，喬木參天。予與二三友日蕩舟其間，薄荷花而飲，意象幽閒，不類人境。秋水且涸，荷葉出地尋丈。因列坐其下，上不見日，清風徐來，綠雲自動，間于疎處窺見遊人畫船，亦一樂也。朅來吳興，數得相羊荷花中。又夜泛西湖，光影奇絕，故以此句寫之。」宋武陵郡在今湖南常德市，為湖北提點刑獄治所。姜夔早年客居湖北，後移居吳興（今浙江湖州）、杭州，往來蘇、杭間。客武陵、居吳興，都曾有過難忘的賞荷經歷。如今「夜泛西湖，光影奇絕」，記憶中的荷塘遊賞情境與眼前的西湖光影相映照，令其意興飛揚，欣然賦詠。

詞作首言「記來時」，末言「歸路」，結構上呈現出完整的遊歷過程。過片言「日暮」，與詞序所言「夜泛西湖」相照應。全詞詠荷而擬人，起筆即描狀荷花，先勢奪人，「鬧紅」一語凸顯大片荷花綻放之盛勢。「記來時」句，乃補述之筆，「與鴛鴦為侶」則反襯下文「人未到」、「情人不見」。上片「水佩風裳」句以下為正筆題詠荷花，亦花亦仙，盡顯風拂雨灑中的荷花韻致。「水佩風裳」、「玉容」、「嫣然」等用語流露出仙女之形態神情。

下片承前筆脈，以仙女比荷花，立意似乎從「日暮碧雲合，佳人殊未來」（江淹〈擬休上人怨別〉）化出。「青蓋亭亭」，彷彿佇立待情人，未見情人故而不忍凌波離去。然而天氣轉寒，荷葉未免凋敗。去而不忍，留則凋零，秋風又臨南浦，怎不令人黯然神傷！「高柳」三句跳出對荷花的賦詠，轉言岸邊垂柳、水中游魚「留我花間住」。詞人在側筆渲染中現身，「花間住」，遂有上述對荷花細膩傳情的描述。結末言賞荷歸去，「田田」襯托荷花，「幾回」則融合多次荷塘遊賞經歷，照應序中所述武陵、吳興賞荷情境。

一萼紅

人日登定王臺❶

古城陰。有官梅❷幾許，紅萼未宜簪。池面冰膠，墻腰雪老，雲意還又沈沈。翠藤共、閒穿徑竹，漸笑語、驚起臥沙禽。野老林泉，故王臺榭，呼喚登臨。

南去北來何事，蕩湘雲楚水，極目傷心。朱戶黏雞❸，金盤簇燕❹，空歎時序侵尋❺。記曾共、西園雅集，想垂柳、還裊萬絲金。待得歸鞍到時，只怕春深。

【注釋】❶人日登定王臺　人日，指正月初七。宗懍《荊楚歲時記》：「正月七日為人日。」定王臺，在長沙城東北。相傳為漢代定王劉發所建，以登臺望母。❷官梅　官府所種梅花。亦泛指梅花。南朝何遜為揚州法曹，官舍內梅花盛開，遜常吟於梅下。此為後世詠梅常用之典事。杜甫〈和裴迪登蜀州東亭送客逢早梅相憶見寄〉：「東閣官梅動詩興，還如何遜在揚州。」❸朱戶黏雞　舊俗，正月初一，畫雞貼於門。宗懍《荊楚歲時記》：「正旦畫雞於門。」❹金盤簇燕　宋時風俗，立春日，後苑供春盤，有「翠縷紅絲，金雞玉燕，備極精巧」。(《武林舊事》卷二) ❺侵尋　漸進。

【語譯】古城之北，有幾樹官梅，紅紅的花蕾尚不宜簪戴。池面冰凍，牆腰積雪，陰雲沉沉。悠然穿行於綠藤纏繞的竹林曲徑，聲聲笑語驚起沙邊棲息的水禽。彷彿林泉野老，相喚同登定王樓臺。　為何南北漂泊？湘雲楚水蕩漾，傷心滿目。又見門貼畫雞，金盤玉燕，徒自感歎時光流逝。記得曾聚宴歡賞的西樓，料想那裊裊垂柳如萬縷金絲。待到策馬歸去，只怕春已暮。

【研析】此詞，《白石道人歌曲》有序云：「丙午人日，予客長沙別駕之觀政堂。堂下曲沼，沼西負古垣，有盧橘、幽篁，一逕深曲。穿逕而南，官梅數十株，如椒如菽，或紅破白露，枝影扶疎。著屐蒼苔細石間，野興橫生。亟命駕登定王臺，亂湘流入麓山，湘雲低昂，湘波容與。興盡悲來，醉吟成調。」丙午，即淳熙十三年(西元一一八六年)。長沙別駕，指湖南通判蕭德藻。序中所述景致情懷可與詞作相照應。詞作上片所寫即序中「堂下曲沼」至「亟命駕登定王臺」一段所述情形，但筆調不同。序在紀遊中融貫寫景：「穿逕而南，官梅數十株，如椒如菽，或紅破白露，枝影扶疎。」詞則於景象描繪中融貫遊歷：「古城陰」至「雲意還又沉沉」為靜景描狀，透出幾許荒寒野興，人則隱於景外；「翠藤共、閒穿徑竹」至「呼喚登臨」呈現出人、景相融互動之境，景中之人「野興橫生」，登臨嘯詠。

詞作下片抒寫登臨興懷，可照應序中「亂湘流入麓山，湘雲低昂，湘波容與。興盡悲來」。「南去北來何事」三句，因登臨所見「湘雲楚水」而感慨身世飄零；「朱戶黏雞」三句，因時序臨春而感歎光陰虛度。「記曾共、西樓雅集」二句為追憶，「待得歸鞍到時」二句為預想，寄寓對往日雅集的懷想和對他日重聚的期待，也是對眼前「興盡悲來」的自我寬解，其筆脈則承前「時序侵尋」之意，亦關合登臨之事。

齊天樂

蟋蟀

庾郎先自吟〈愁賦〉❶。淒淒更聞私語。露溼銅鋪❷，苔侵石井，都是曾聽伊處。哀音似訴。正思婦無眠，起尋機杼❸。曲曲屏山，夜涼獨自甚情緒？

西窗又吹暗雨。為誰頻斷續？相和砧杵❹。候館❺迎秋，離宮❻弔月，別有傷心無數。豳詩漫與❼。笑籬落呼燈，世間兒女。寫入琴絲，一聲聲更苦❽。

【注　釋】❶庾郎先自吟愁賦　言庾信早已吟詠〈愁賦〉。庾郎，指庾信（西元五一三－五八一年），字子山，南陽新野（今屬河南）人。其〈愁賦〉不見於今存《庾子山集》，葉廷珪《海錄碎事》卷九下〈愁樂門〉有引錄。❷銅鋪　銅質鋪首。鋪首，門上銜環的獸形底座。❸機杼　織布機。❹砧杵　擣衣石和擣衣槌。此指擣衣。❺候館　客館。歐陽脩〈踏莎行〉：「候館梅殘，溪橋柳細。」❻離宮　古代帝王為出行遊處而建的宮舍。❼豳詩漫與　言《詩・豳風・七月》賦詠蟋蟀，率意灑落。《詩・豳風・七月》云：「七月在野，八月在宇，九月在戶，十月蟋蟀入我牀下。」漫與，隨意灑落。杜甫〈江上值水如海勢聊短述〉：「老去詩篇渾漫與，春來花鳥莫深愁。」❽寫入琴絲二句　詞人自注：「宣政間，有士大夫製〈蟋蟀吟〉。」

【語　譯】庾信早已題詠〈愁賦〉。又傳來蟋蟀的淒淒低語。露水霑溼的門窗旁，青苔覆蓋的石井邊，都是曾聞聽蟋蟀啼吟的地方。啼聲哀怨如訴，閨婦正愁思無眠，起身傍依機杼。曲屏如山，夜涼獨處情何堪？西窗又是夜雨飄零。蟋蟀聲為何斷斷續續？擣衣聲相和相應。客舍中迎秋悲吟，離宮前對月哀弔，別有無限傷心。〈豳風・七月〉詠蟋蟀，筆調灑落。世間兒女笑喚燈火，籬落邊尋覓捕捉。譜入琴曲，一聲聲更覺淒苦。

【研　析】此詞，《白石道人歌曲》有序云：「丙辰歲，與張功父會飲張達可之堂，聞屋壁間蟋蟀有聲。功父約予同賦，以授歌者。功父先成，辭甚美。予徘徊茉莉花間，仰見秋月，頓起幽思，尋亦得此。蟋蟀，中都呼為促織，善鬭，好事者或以二三十萬錢致一枚，鏤象齒為樓觀以貯之。」丙辰歲，即宋寧宗慶元二年（西元一一九六年）。張功父，名鎡，一字時可。張達可，不詳，疑為張鎡兄弟。中都，即京城，此指臨安（今浙江杭州）。

據題序可知，此詞為酒席間聞蟋蟀聲，應約而作。「聞屋壁間蟋蟀有聲」以及「仰見秋月，頓起幽思」，為詞人創作情思之來源，自然也是解讀詞情之關鍵。起句總攝全詞情調，同時又照應序中「功父先成」。下文「淒淒私語」、「哀音似訴」，直承「吟愁」；「露溼」二句，以場景氛圍映襯蟋蟀之淒淒哀訴；「正思婦」四句，以思婦無眠，對屏山，弄機杼，暗寓「蟋蟀，中都呼為促織」之意，渲染蟋蟀聲之淒苦，詞情筆脈亦緊承「哀音似訴」。

詞作下片仍緊扣蟋蟀聲，以秋夜為時間背景。此與上片結末相承。寫西窗夜雨、砧杵相和，為旁筆烘托；候館秋吟、離宮弔月，為正筆抒寫「傷心無數」；「豳詩」三句，筆調突轉，以《詩經・豳風・七月》敘述蟋蟀的灑落筆調、世間兒女呼燈捕捉蟋蟀的歡樂情景，反襯蟋蟀聲之淒苦。結末「寫入琴絲」二句轉歸正筆，以〈蟋蟀吟〉關合詞情主調。

全詞章法上首尾呼應，詞情筆脈相貫，筆法則變化有致。

淡黃柳

空城曉角，吹入垂楊陌。馬上單衣寒惻惻❶。看盡鵝黃嫩綠，都是江南舊相識。正岑寂❷。明朝又寒食❸。強攜酒、小橋宅。怕梨花、落盡成秋色❹。

燕燕飛來❺，問春何在，惟有池塘自碧❻。

【注　釋】❶寒惻惻　冷颼颼。周邦彥〈漁家傲〉：「幾日輕陰寒惻惻。」❷岑寂　寂靜。❸寒食　節令名，舊時指清明前一二日。舊俗，此日禁火，冷食，故名寒食。❹怕梨花落盡成秋色　色，原作「苑」，據項絪群玉書堂本（以下簡稱項本）校改。李賀〈河南府試十二月樂詞〉之〈三月〉：「梨花落盡成秋苑。」❺燕燕飛來　《詩經・邶風・燕燕》：「燕燕于飛，差池其羽。」❻池塘自碧　謝靈運〈登池上樓〉：「池塘生春草，園柳變鳴禽。」

【語　譯】空城清曉，角聲飄入道旁垂柳。馬上遊子衣衫單薄，春寒料峭。看遍淡黃嫩綠的楊柳，都是江南曾熟識的故舊。　天色正寂靜，明朝又是寒食。勉強攜酒，來到小橋客舍。深怕梨花落盡，便成一派秋色。燕子飛來，相問春在何處，只有池塘春草自綠。

【研　析】此詞為白石自度曲，《白石道人歌曲》有序云：「客居合肥南城赤闌橋之西，巷陌淒涼，與江左異。唯柳色夾道，依依可憐，因度此曲，以紓客懷。」合肥，今屬安徽。江左，即江南。寒食時節，客居異鄉，巷陌淒涼，夾道柳色則有似江南，因度曲填詞，題名〈淡黃柳〉，以遣羈旅客懷。

詞作上片寫陌上觀柳。詞人身處春寒料峭、空城曉角聲中，覽盡依依楊柳之「鵝黃嫩綠」，追想起昔日江南賞柳之情形，頓生他鄉逢故舊之感，心中客居淒涼之情略有緩解。筆法上，敘寫連貫推進：空城角聲飄到「垂楊陌」，陌上之人騎馬觀賞柳色，憶想江南。

下片寫客舍愁懷。異鄉遇寒食，客裡光陰流逝，尤感淒涼，借酒澆愁亦屬勉強無奈。「怕梨花」以下數句，轉為以情馭景筆調，抒寫惜春、傷春情懷。結末「燕燕飛來」三句，以燕子「問春何在」、「池塘自碧」寄託春歸無奈之情，筆致靈動而韻味悠然。

小重山

湘梅

人繞湘皋❶月墜時。斜橫花樹小，浸愁漪❷。一春幽事有誰知？東風冷，香遠茜裙歸❸。

鷗去昔游非。遙憐花可可，夢依依。九疑雲杳斷魂啼。相思血，都沁綠筠枝❹。

【注釋】❶湘皋　湘水岸邊。❷斜橫花樹小二句　意謂橫斜疏落的梅花倒映在愁波裡。林逋〈山園小梅〉：「疏影橫斜水清淺，暗香浮動月黃昏。」❸茜裙歸　意謂紅梅凋落。茜裙，絳色裙子。❹九疑雲杳斷魂啼三句　用舜帝及其二妃典故。據任昉《述異記》，傳說舜帝南巡，死於九疑山（又名蒼梧山，在今湖南寧遠）。其二妃娥皇、女英聞訊而來，傷悲痛哭，淚灑竹枝成斑，投湘水而死，為湘水之神。劉禹錫〈瀟湘神〉：「湘水流，湘水流。九疑雲物至今愁。」「斑竹枝，斑竹枝。淚痕點點寄相思。」

【語譯】月落時分，有人環繞湘江岸。梅枝橫斜花兒小，倒映愁波間。春來心事深隱無人知，春風料峭，紅梅零落，幽香飄散。

白鷗飛去，昔日風光今已非。遙想梅花盈盈惹人憐，如夢依依。九疑山，雲霧幽邈；傷心人，魂斷悲啼。相思泣血，血淚浸染翠竹枝。

【研析】此詞，《白石道人歌曲》題為「賦潭州紅梅」。潭州，治所在今湖南長沙。紅梅為湖湘特產，樓鑰〈謝潘端叔惠紅梅序〉云：「潘端叔惠紅梅一本，全體皆江梅也，香亦如之，但色紅爾，來自湖湘，非他種比。」色紅及產地湖湘為詞人賦詠的構思立意點。詞作將湘靈（湘水之神）傳說與紅梅相融，起句即於湘月斜墜時分呈現出湘靈。「斜橫」二句寫梅花，「浸愁漪」三字既關聯湘水，又融入湘靈之情。「一春」三句，湘靈、紅梅融為一體：「一春幽事」，承前「愁」字，寓託湘靈情事；「香遠茜裙歸」以湘靈喻紅梅，言花落香消。

下片承「香遠茜裙歸」之意脈。紅梅凋落亦如仙人歸去，只有「遙憐」，追想其幽約可愛之態，依依如夢之韻。「九疑」三句直筆化用舜妃傳說。梅、竹相映之境，宋人詩詞中屢見，如蘇軾〈和秦太虛梅花〉：「江頭千樹春欲闇，竹外一枝斜更好。」晁叔用〈漢宮春〉：「瀟灑江梅，向竹梢踈處，橫兩三枝。」王之道〈點絳脣〉：「竹外梅花，檀心玉頰春初透。」尤袤〈梅花〉：「竹外籬邊一樹斜，可憐芳意自萌芽。」范成大〈嶺上紅梅〉：「霧雨臙脂照松竹，江南春風一枝足。」白石則並非凸顯梅、竹相映之美，而是巧妙地貼合紅梅，融入斑竹傳說，突出幽怨之情：舜妃相思泣血，血淚染竹成斑。

點絳脣

過松江❶

燕雁❷無心，太湖❸西畔隨雲去。數峰清苦，商略❹黃昏雨。　第四橋❺邊，擬共天隨❻住。今何許？憑闌懷古。殘柳參差舞。

【注釋】❶松江　即吳淞江，太湖支流之一，在今江蘇吳江市。范成大《吳郡志》卷十八：「松江南與太湖接，吳江縣在江濆，垂虹跨其上，天下絕景也。」❷燕雁　北雁。燕，指北方。❸太湖　即今江蘇太湖。❹商略　商量；醞釀。盧祖皋〈摸魚兒〉（怪西風）：「但衰草寒煙，商略愁時候。」❺第四橋　指吳江甘泉橋。《江南通志》卷二十五：「甘泉橋，（吳江）縣東境，一名第四橋，以泉品居第四也。」❻天隨　指晚唐文人陸龜蒙，號魯望，自號天隨子、江湖散人、甫里先生，長洲縣（治所在今江蘇蘇州）人。長期隱居吳江甫里（今蘇州甪直）。

【語譯】北雁飄然西飛，隨雲掠過太湖。群峰蕭瑟淒清，在黃昏中醞釀山雨。　甘泉橋邊，擬伴天隨子同住。如今人在何處？依欄懷古，柳絲凋殘，搖曳飄拂。

【研析】此詞，《白石道人歌曲》題作「丁未冬過吳松作」。丁未，即宋孝宗淳熙十四年（西元一一八七年）。

詞作上片寫景，展現出兩幅畫面：太湖之上，北雁隨雲西飛；黃昏中清寒的群峰，隱現於氤氳水霧中，似乎在醞釀山雨。言北雁之「無心」，見其飄然瀟落之態，與清苦之群峰，相映成趣。

下片懷古。前二句因第四橋追想起曾隱居此地自號天隨子的陸龜蒙，心神與之同遊，遂心生「共住」之念。「今何許」一問則轉回現實，古人不可見，眼前只見凋敗的柳枝在寒風中飛舞，撩起無限懷古幽情。

惜紅衣

吳興❶荷花

簟枕邀涼❷，琴書換日，睡餘無力。細灑冰泉❸，并刀破甘碧❹。牆頭喚酒，誰問訊、城南詩客❺？岑寂❻。高柳晚蟬，報西風消息。

虹梁水陌。魚浪吹香，紅衣半狼藉。維舟試望故國❼。渺天北。可惜柳邊沙外，不共美人游歷。問甚時同賦，三十六陂❽秋色。

【注釋】❶吳興　即湖州（今屬浙江），唐時曾稱吳興郡。❷簟枕邀涼　意謂躺在竹席上納涼。柳宗元〈茆簷下始栽竹〉：「東鄰幸導我，樹竹邀涼颸。」❸細灑冰泉　用泉水灑洗以解暑。晁補之〈生查子・夏日即事〉：「鮮井出冰泉，洗瀹煩襟了。」❹并刀破甘碧　用刀切瓜果。并刀，指鋒利的刀。并州（治所在今山西太原）所產刀具以鋒利著稱，杜甫〈戲題王宰畫山水圖歌〉：「焉得并州快剪刀，剪取吳松半江水。」周邦彥〈少年遊〉：「并刀如水，吳鹽勝雪，纖指破新橙。」甘碧，指瓜果。陸游〈六月十四日微雨極涼〉：「蓮小紅衣溼，瓜甘碧玉涼。」❺牆頭喚酒二句　言隔牆喚酒，獨居城南無人問。此反用杜甫〈夏日李公見訪〉詩意：「隔屋喚西家，借問有酒不。牆頭過濁醪，展席俯長流。」❻岑寂　寂靜淒涼。周邦彥〈蘭陵王〉（柳陰直）：「漸別浦縈迴，津堠岑寂。」❼故國　指淪陷的北宋故都汴京（今河南開封）。❽三十六陂　泛言許多池塘。

【語　譯】閒臥枕簟納涼，彈琴讀書度日，睡餘慵懶無力。冰泉灑洗，并刀切瓜爽利。隔牆喚酒，有誰問訊城南詩客？淒清寂寞，高柳蟬鳴，傳來秋風消息。　溪上拱橋，湖畔阡陌。池魚吹浪飄花香，紅花凋敗半狼藉。停舟遙望故國，天北渺茫無際。湖岸沙堤，柳絲垂拂，惜無美人共遊歷。水鄉荷塘遍布，試問何日同遊賦秋色。

【研　析】此詞為白石自度曲，〈白石道人歌曲序〉云：「吳興號水晶宮，荷花盛麗。陳簡齋云：『今年何以報君恩，一路荷花相送到青墩。』亦可見矣。丁未之夏，予遊千巖，數往來紅香中，自度此曲，以無射宮歌之。」吳興號水晶宮，源自唐代楊漢公守湖州時所作〈明月樓〉詩：「溪上玉樓樓上月，清光合作水晶宮。」（參見吳曾《能改齋漫錄》卷十九）陳簡齋，即陳與義（西元一〇九〇—一一三八年），字去非，號簡齋。宋高宗紹興五年（西元一一三五年）以病得請奉祠，卜居湖州青墩鎮，作詞〈虞美人〉（扁舟三日秋塘路）題詠湖州荷花有云：「今年何以報君恩，一路繁花相送到青墩。」丁未，即宋孝宗淳熙十四年（西元一一八七年）。千巖，在湖州弁山。白石妻之叔父蕭德藻居此，號千巖老人。無射宮，宋時樂律七宮十二調之一，俗名黃鐘宮。

詞序謂吳興「荷花盛麗」，「丁未之夏，予遊千巖，數往來紅香中，自度此曲」，則詞作本當賦詠吳興夏日荷花之勝景，然而詞人另闢蹊徑，轉而抒寫夏日寂寥落寞情懷。上片敘述夏日城南閒居無人問的寂寥生活：或彈琴，或讀書，倦臥枕簟，睡起而無力，灑冰泉、破甘瓜以解暑，隔牆喚酒以釋悶。以四言句為主的舒緩節奏中蘊含寂寞無聊之情，至「誰問訊」二句則重筆直言，前以反問句激蕩而起，接以二言短句沉悶墜落，詞情力透紙背。「高柳」二句蕩開一筆，轉寫室外蟬鳴聲中透露秋風消息，章法上開啟下片筆路。

下片「虹梁水陌」三句即應合詞序所言「數往來紅香中」，「魚浪吹香」二句貼合「紅香」二字，亦為調名寓意所在，而所寫荷花凋敗之狀亦隱含其盛麗之美。荷花之盛而衰，觸發詞人家國身世之慨，遂有「維舟試望故國」之舉，天北故國渺茫，悵然無奈之情溢於言外。故國渺遠不可見，所見柳岸沙洲，但無佳人相伴遊歷。即將來臨的水鄉秋色，亦不知能否與詩友一同賞覽賦詠。

詞作上片以敘述為主，筆脈連貫；下片情景兼融，筆脈跳轉靈動。詞情上，寂寥惆悵這一基調貫穿全篇。

劉仙倫

劉仙倫（生卒年不詳），一名儗，字叔擬，號招山。廬陵郡（治所在今江西吉安）人。淳熙間（西元一一七四—一一八九年）江湖遊士，終老布衣，與劉過並稱為「廬陵二劉」。有《招山小集》一卷。《全宋詞》錄其詞三十餘首。

江神子

東風吹夢落巫山❶。整雲鬟❷。卻霜紈❸。雪貌冰膚❹，曾共控雙鸞❺。吹罷玉簫香霧溼，殘月墮，亂峰寒❻。

解璫回首憶前歡❼。見無緣。恨無端。憔悴蕭郎，贏得帶圍寬❽。紅葉不傳天上信，空流水，到人間❾。

【注釋】❶東風吹夢落巫山　意謂夢隨東風飛到巫山。此用楚懷王夢巫山神女典故。宋玉〈高唐賦序〉：「昔者先王嘗遊高唐，怠而晝寢。夢見一婦人，曰：『妾巫山之女也，為高唐之客。聞君遊高唐，願薦枕席。』王因幸之。去而辭曰：『妾在巫山之陽，高丘之阻，旦為朝雲，暮為行雨，朝朝暮暮，陽臺之下。』」謝逸〈江神子・情別〉：「擬倩東風，吹夢到長安。」❷雲鬟　如雲的髮髻。杜甫〈月夜〉：「香霧雲鬟溼，清輝玉臂寒。」❸卻霜紈　移去白紈扇。霜紈，潔白如霜的團扇。班婕妤〈怨歌行〉：「新裂齊紈素，皎絜如霜雪。裁為合歡扇，團團似明月。」劉禹錫〈送韋秀才道沖赴制舉〉：「秋扇一離手，流塵蔽霜紈。」卻扇，移開遮擋的團扇。文同〈秦王卷衣〉：「美人卻扇坐，羞落庭下花。」❹雪貌冰膚　肌膚容貌潔白如冰雪。《莊子・逍遙遊》：「藐姑射之山，有神人居焉，肌膚若冰雪，綽約若處子。」❺曾共控雙鸞　謂一同乘鸞仙去。鸞，鳳類神鳥。此用蕭史、弄玉夫婦乘鳳昇仙典故。舊題劉向《列仙傳》載蕭史善吹簫，與秦穆公之女弄玉結為夫妻，教弄玉吹簫作鳳鳴，後來雙雙乘鳳仙去。❻吹罷玉簫香霧溼三句　言仙女夜深吹罷玉簫，露溼雲鬟，月落峰寒。錢起〈湘靈鼓瑟〉：「曲終人不見，江上數峰青。」杜牧〈寄揚州韓綽判官〉：「二十四橋明月夜，玉人何處教吹簫。」❼解璫回首憶前歡　追憶昔日解珮相贈之歡情。璫，古代女子耳垂飾品。此化鄭交甫遇漢江神女典故。舊題劉向《列仙傳》載鄭交甫於漢水之濱遇二女。二女解珮相贈。交甫受珮而去，行數十步，懷中無珮，女亦不見。❽憔悴蕭郎二句　言男子因相思而憔悴瘦損。蕭郎，一說原指梁武帝蕭衍，一說原指蕭史。後泛指相戀中的男子。帶圍寬，指憔悴消瘦致使衣帶寬鬆。柳永〈蝶戀花〉：「衣帶漸寬終不悔，為伊消得人憔悴。」❾紅葉不傳天上信三句　意謂天上仙女音信傳不到人間。此反用「紅葉題詩」典故。范攄《雲谿友議》卷下載舉子盧渥於御溝拾得一紅葉，藏之，上有題詩云：「水流何太急，深宮盡日閒。慇懃謝紅葉，好去到人間。」後題詩宮女被放出宮，與盧渥巧遇，睹紅葉而嗟歎，二人結為夫妻。

【語　譯】夢裡東風吹我飛巫山。巫山神女梳理雲鬟，撤去遮掩的潔白團扇。雪貌冰膚，曾與我一同乘鳳駕鸞。玉簫吹罷，霧溼香鬟，缺月西沉，亂峰清寒。　追憶昔時贈珮歡情，如今相見無緣，愁恨綿綿。蕭郎憔悴，落得帶圍漸寬。紅葉不能傳遞天上音信，空隨流水到人間。

【研　析】這是一首懷人詞作。上片以夢境寄託相思。起筆「夢落巫山」即以楚王巫山遇神女典故，點出夢見所思之人。「整雲鬟」句以下均為夢中情事，筆調承「夢落巫山」，所狀皆為仙女之舉止容貌。「共控雙鸞」暗用蕭史、弄玉典故，喻示曾經的兩情相悅。「吹罷」三句，筆法、境界極妙，既承前蕭史、弄玉吹簫典事，又化用杜牧詩句「二十四橋明月夜，玉人何處教吹簫」（〈寄揚州韓綽判官〉）及錢起詩句「曲終人不見，江上數峰青」（〈湘靈鼓瑟〉）之意境，曲終人散，清寒幽怨中回到別離之現實。

下片言別離之苦。過片化用漢皋解珮典故，承上啟下，舊歡如夢，轉眼無處尋覓蹤跡，於是有「見無緣，恨無端」之深深悵歎。相見無緣，相思無盡，憔悴瘦損，衣帶漸寬。不能相見，能聊以慰藉相思之苦的是音信，然而天上、人間，音信阻絕，紅葉能傳宮女之怨，卻「不傳天上信」，徒喚奈何！

本詞構思、筆法頗為精妙。上片相思入夢，下片夢後相思。筆法上或許為應合調名「江神」，化用諸多神靈仙女典故，極言夢境之美，夢中人之美，夢中情事之美，則夢後相思之苦何以堪！

菩薩蠻

效唐人閨怨

吹簫人去行雲杳❶。香篝❷繡被都閒了。疊損縷金衣❸，伊家渾不知❹。

冷煙寒食❺夜。淡月梨花下❻。猶有軟心腸，為他燒夜香。

【注　釋】❶吹簫人去行雲杳　言郎君一去杳無蹤跡。吹簫人，用蕭史、弄玉典故（參見舊題劉向《列仙傳》）。行雲，喻遊蕩不歸之人。歐陽脩〈蝶戀花〉：「幾日行雲何處去？忘了歸來，不道春將暮。」❷香篝　薰籠。周邦彥〈花犯・梅花〉：「更可惜，雪中高樹，香篝熏素被。」❸疊損縷金衣　指金縷衣因折疊而皺損。縷金衣，金縷裝飾的舞衣。晏幾道〈清平樂〉（笙歌宛轉）：「宮女如花倚春殿，舞綻縷金衣綫。」❹伊家渾不知　你全然不知。伊家，你。渾，完全。黃庭堅〈點絳脣〉：「聞道伊家，終日眉兒皺。」❺寒食　節令名，在農曆清明節前一日或二日。相傳春秋時晉文公負其功臣介之推。介之推憤而隱於綿山。文公悔悟，燒山逼其出仕。介之推抱樹焚死。後人相約於其忌日禁火冷食，以為悼念。以後相沿成俗，謂之寒食。❻淡月梨花下　晏殊〈無題〉：「梨花院落溶溶月，柳絮池塘淡淡風。」

【語　譯】吹簫人遠去，如行雲杳無蹤跡。薰籠繡被冷冷清清，縷金舞衣久疊受損，你卻全然不知。　煙冷寒食之夜，淡月淺照梨花。猶懷軟心腸，夜來為他祈願燒香。

【研　析】詞題「效唐人閨怨」，大概效仿溫庭筠〈菩薩蠻〉一類閨怨詞作，抒寫獨守空閨女子的相思別怨。詞作起筆點明夫婿遠別，杳無音信。「香篝」二句，以閨中之物象冷寂映襯閨婦愁苦慵怠情懷，筆調細膩中蘊含別怨深愁，至「伊家」一句迸發而出，傾吐內心對所思之人的嗔怒，亦如韋莊〈菩薩蠻〉（洛陽城裡春光好）所云「憶君君不知」。

下片言淒清的寒食之夜，窗外梨花院落，溶溶淡月映照。此番情境有似溫庭筠〈菩薩蠻〉中「心事竟誰知，月明花滿枝」、「滿宮明月梨花白，故人萬里關山隔」，但筆調更淡雅，可謂筆淡而情深。思之切乃源自愛之深，出於對所思之人的深切愛戀之情，相思之苦痛中的女子猶自對月焚香，為遠方的夫君祈願求福。一個痴情守望、期盼夫婿平安歸來的閨婦形象躍然紙上，令人感動！

蝶戀花

小立東風誰共語❶？碧盡行雲，依約蘭皋暮。誰問離懷知幾許？一溪流水和煙雨❷。
媚蕩楊花無著處。纔伴春來，忙底隨春去。只恐游蜂黏得住❸。斜陽芳草江頭路。

【注　釋】❶小立東風誰共語　柳永〈兩同心〉：「佇立東風，斷魂南國。」小立，短時站立。此指日暮時分悄立遠望。❷碧盡行雲四句　蘭皋，長滿蘭草的溼地。賀鑄〈青玉案〉：「碧雲冉冉蘅皋暮，彩筆新題斷腸句。試問閒愁都幾許？一川煙草，滿城風絮，梅子黃時雨。」❸只恐游蜂黏得住　只怕飛來飛去的蜜蜂能黏住楊花。高觀國〈解連環・柳〉（露條煙葉）：「縈絆遊蜂，絮飛晴雪。」

【語　譯】悄立東風，誰與共語？碧天行雲散盡，蘭皋迷濛籠薄暮。有誰相問：離愁有幾許？便如那一溪流水，濛濛煙雨。　楊花嫵媚，飄浮遊蕩無定處。才伴春來，又匆匆隨春離去。怕只有遊蜂能把柳絮纏住。斜陽下，芳草綿延江頭路。

【研　析】這是一首閨怨詞，筆調委婉。詞作構思頗似柳永〈蝶戀花〉：「獨倚危樓風細細，望極離愁，黯黯生天際。草色煙光殘照裏，無人會得憑闌意。」起筆即呈現出東風裡獨立望遠的思婦形象，「誰共語」之反問，凸顯寂寞思念情懷。全詞意境由首句引發，為「小立東風」者所見所感。上片展現思婦眼中碧雲飛盡、蘭皋日暮、溪流潺潺、煙雨濛濛景象，無盡的離愁別怨彌漫其中，有似賀鑄〈青玉案〉詞境：「碧雲冉冉蘅皋暮，彩筆新題斷腸句。試問閒愁都幾許？一川煙草，滿城風絮，梅子黃時雨。」

詞作下片擇取思婦眼中的楊花、遊蜂兩種意象，婉轉流露出內心的幽怨之情。隨風飄飛、逐流飄浮的「媚蕩楊花」，喻指性情輕浮的歌姬舞女；遊戲於花叢的「游蜂」，與戲蝶相類，喻指那些風流冶遊之士。「只恐游蜂黏得住」，吐露出閨中思婦對夫婿久遊不歸的憂慮。結句「斜陽芳草江頭路」，與起句佇立望遠相呼應，以景結情，韻味悠長：日暮時分，萬物歸息，但人未歸來；佇立遠望，芳草無際路不盡，所謂「王孫游兮不歸，春草生兮萋萋」（《楚辭・招隱士》）、「青青河畔草，綿綿思遠道」（樂府古辭〈飲馬長城窟行〉），無盡的惆悵念遠之情溢於言外。

一翦梅

唱到〈陽關〉第四聲❶，香帶輕分。羅帶輕分❷。杏花時節雨紛紛❸。山繞孤村，水繞孤村❹。

更沒心情共酒樽。春衫香滿，空有啼痕。一般離思兩消魂❺。馬上黃昏。樓上黃昏。

【注　釋】❶陽關第四聲　指送別之曲。王維〈送元二使安西〉：「渭城朝雨浥輕塵，客舍青青柳色新。勸君更盡一杯酒，西出陽關無故人。」時人譜曲用以送別，名〈陽關曲〉，又稱〈渭城曲〉。白居易〈對酒〉：「相逢且莫推辭醉，聽唱陽關第四聲。」自注：「第四聲：勸君更盡一杯酒，西出陽關無故人。」❷羅帶輕分　秦觀〈滿庭芳〉（山抹微雲）：「銷魂。當此際，香囊暗解，羅帶輕分。」❸杏花時節雨紛紛　杜牧〈清明〉：「清明時節雨紛紛，路上行人欲斷魂。借問酒家何處有，牧童遙指杏花村。」❹水繞孤村　秦觀〈滿庭芳〉（山抹微雲）：「斜陽外，寒鴉數點，流水繞孤村。」❺一般離思兩消魂　言別離雙方承受同樣的離愁。此猶李清照〈一翦梅〉（紅藕香殘玉簟秋）所云：「一種相思，兩處閒愁。」

【語　譯】唱到〈陽關〉第四聲，輕解香帶相贈，輕解羅帶相贈。杏花綻放時節，春雨紛紛。山繞孤村，水繞孤村。　更無心情把杯共飲。春衫浸染粉香，空留啼痕。一種離思別愁，兩人斷腸銷魂。一人馬上對黃昏，一人樓上對黃昏。

【研　析】這是一首惜別詞作。上片起句「〈陽關〉第四聲」、「香帶輕分」二句，直筆點明離別場景，重疊句式增強依依惜別氛圍。「杏花」句化用杜牧〈清明〉詩意，點出別離時節，同時渲染別離愁緒，景中寓情。「山繞孤村」兩疊句，展現出別離之人前路山長水遠，亦寄寓離別雙方銷魂斷腸、依依難捨之情。

下片直白抒寫別後相思。「共酒樽」暗合首句「〈陽關〉第四聲」，即「勸君更盡一杯酒」，即將離別，已無心情「更盡一杯酒」。「春衫」兩句言別後女子衣衫空留下斑斑淚痕及脂粉芳香。結末三句綰合雙方別後相思愁苦之情，融情於境，兩幅畫面觸目傷懷，雖屬化用李清照〈一翦梅〉「一種相思，兩處閒愁」之意，但情韻更為深婉悠長。

此詞多處熔煉前人詞句，又能自成風格，言簡意豐，又以詞句重疊形成獨特的唱歎韻律與節奏，切合別離情境，格調婉約雅正。

霜天曉角　蛾眉亭❶

倚空絕壁，直下江千尺。天際兩蛾凝黛，愁與恨、幾時極❷。

暮潮風正急。酒醒聞塞笛❸。試問謫仙❹何處？青山❺外、遠煙碧。

【注　釋】❶蛾眉亭　在當塗縣（今屬安徽）北三十里之牛渚山上，望見天門山（又名蛾眉山，在縣西南三十里。夾大江，東曰博望，西曰梁山）。楊萬里〈題東西二梁山序〉云：「發蕪湖舟過東梁、西梁二山，皆石峰，夾大江對立兩涯，即采石蛾眉亭所望見如雙眉者。」❷天際兩蛾凝黛二句　言蛾眉亭所對之蛾眉山夾江雙峰，如天際兩彎黛眉凝聚，愁恨無盡。沈括〈蛾眉亭〉：「雙峰秀出兩眉彎，翠黛依然鑑影間。終日含顰緣底事，祇應長對望夫山。」楊萬里〈題東西二梁山〉：「二梁雙黛點東西。」❸塞笛　羌笛，原出邊塞古羌族。杜甫〈一室〉：「正愁聞塞笛，獨立見江船。」❹謫仙　指唐代詩人李白。李白〈對酒憶賀監序〉云：「太子賓客賀公於長安紫極宮一見余，呼余為謫仙人。」❺青山　在當塗縣東南三十里。祝穆《方輿勝覽》卷十五：「郡志：李白初葬采石，後遷青山，去舊墳六里。」

【語　譯】峭壁凌空，千尺懸崖直插江中。天際雙峰如兩彎黛眉凝皺，不知愁恨何時到盡頭。　日暮潮湧風正急。酒醒又聞笛聲起。試問謫仙如今在何處？青山外，渺渺煙霧蕩碧。

【研　析】詞題「蛾眉亭」，為登高懷古之作。上片描寫登上蛾眉亭遙望蛾眉山（即天門山）之景象。亭因望見蛾眉山而得名，故詞筆落在蛾眉山。「倚空」兩句，極言其險峻之勢，峭壁千尺，夾大江而凌空聳立，如直插江中。「天際」兩句，筆調由剛轉柔，扣合「蛾眉」二字，以擬人化想像之筆，傳達出蛾眉雙峰之風貌情態，格調上與前兩句形成剛柔互補，其柔婉情調則與下片懷古幽思相貫通。

過片暮潮風急渲染出不平靜氛圍，為懷古之情作鋪墊。酒醒時聽到的悠遠笛聲，更直接勾起詞人心中的懷古思緒。身處當塗，最令人感慨萬千的，自然是曾以其生花妙筆繪盡當塗山水且埋骨青山的一代詩仙李白。青山猶在，詩仙何處？那山水間彌漫繚繞的碧煙青靄，飄蕩著綿綿不盡的人世滄桑。

孫惟信

孫惟信（西元一一七九—一二四三年），字季蕃，號花翁。開封府（今屬河南）人，居婺州（治所在今浙江金華）。早年即棄官不仕。生平廣交前輩，多聞舊事，善雅談，享譽江湖。有《花翁集》一卷。《全宋詞》錄其詞十一首。

晝錦堂

薄袖禁寒❶，輕妝媚晚❷。落梅庭院春妍。映戶盈盈❸，回倩笑、整花鈿❹。柳裁雲翦腰肢小❺，鳳盤鴉聳髻鬟偏❻。東風裏，香步翠搖❼，藍橋❽那日因緣。

嬋娟❾。流慧眄❿，渾當了、怱怱密愛深憐。夢過闌干，猶認冷月秋千。杏梢空鬧相思眼⓫，燕翎難繫斷腸牋。銀屏下，爭信⓬有人，真箇病也天天。

【注釋】❶薄袖禁寒　意謂單薄衣衫抵禦春寒。杜甫〈佳人〉：「天寒翠袖薄，日暮倚修竹。」葛立方〈風流子〉（細草芳南苑）：「淡妝宜瘦，玉骨禁寒。」❷輕妝媚晚　言晚妝淡雅嫵媚。❸映戶盈盈　言窗前女子風姿美妙。盈盈，形容風姿儀態美好。〈古詩十九首・青青河畔草〉：「盈盈樓上女，皎皎當窗牖。」❹回倩笑整花鈿　言女子含笑顧盼，整理花釵。倩，形容笑容美好。花鈿，花釵。《詩經・衛風・碩人》：「巧笑倩兮，美目盼兮。」柳永〈促拍滿路花〉（香靨融春雪）：「只恁殘卻黛眉，不整花鈿。」❺柳裁雲翦腰肢小　言女子服飾體態之美。柳裁雲翦，蓋指衣裙飄拂如雲，金縷配飾如柳絲。❻鳳盤鴉聳髻鬟偏　言女子髮式。蓋指鳳釵盤髮，鴉髻偏墜。李行中〈賦佳人鶗梅圖〉：「蠶眉鴉髻縷金衣，折得梅花第幾枝。」鴉髻，亦稱丫髻。兩髻聳立如丫。❼香步翠搖　言女子步行時香風飄拂，翠玉首飾輕搖。步搖，一種女子首飾。《釋名・釋首飾》：「步搖，上有垂珠，步則搖也。」白居易〈長恨歌〉：「雲鬢花顏金步搖。」❽藍橋　在陝西藍田東南藍溪上，相傳唐代裴航遇仙女雲英於此。事見唐裴鉶《傳奇・裴航》。❾嬋娟　姿態美好的樣子。此代指美人。❿流慧眄　指女子顧盼目光中充滿靈慧之氣。⓫杏梢空鬧相思眼　意謂相思人空對杏花盛開。宋祁〈玉樓春〉（東城漸覺風光好）：「紅杏枝頭春意鬧。」⓬爭信　怎信。

【語　譯】薄薄衣衫抵禦春寒，晚妝輕描，嫵媚雅淡。庭院梅花飄飛，春色明妍。佳人臨窗，風姿盈盈，含笑顧盼，輕整花鈿。衣裙飄飄似柳如雲，細腰裊裊，鳳釵盤髮，鴉髻聳立斜偏。東風裡，緩步飄香，頭上翠珠輕搖，那日有緣相遇藍橋邊。　綽約美妙如仙。美目流盼顯靈慧，全當是，匆匆傳遞密愛深憐。夢魂飛過欄杆，猶認得冷月映秋千。空對杏花盛開，相思淚眼。春燕羽翎，離恨音書難傳。怎相信，銀屏下，真有個人兒日日病懨懨。

【研　析】這是一首敘寫男女偶遇後的相思詞作。上片以大量筆墨描狀女子之美妙風姿儀態，從衣裙服飾、晚妝髮飾之美，到臨窗倩笑、輕整花釵、緩步春風、香飄釵搖之神情風韻之美，細膩而傳神地展現出一位美若天仙的女子形象。偶遇如此美妙佳人，遂令人有如裴航藍橋遇仙女之感，所謂「藍橋那日因緣」。

下片「嬋娟」三句承上「藍橋」偶遇，言女子風韻綽約，流盼中流露靈慧之氣。男子則全然視作美目傳情，因而相思入夢，月下痴望女子曾搖蕩的秋千。相思而不得相見，杏花盛開，無心觀賞；春燕飛來，卻不能為之傳書一表衷腸。此乃男子對佳人的深切思念。結末「銀屏下」三句，詞筆跳轉，寫佳人之相思入病。此一結筆將詞情歸宿於兩情相悅相思。

夜合花

風葉敲窗，露蛩吟甃❶，謝娘❷庭院秋宵。鳳屏❸半掩，釵花映燭紅搖。潤玉暖，膩雲❹嬌。染芳情❺、香透鮫綃❻。斷魂留夢，煙迷楚驛❼，月冷藍橋❽。

誰念賣藥文簫❾。望仙城路杳，鶯燕迢迢。羅衫暗摺，蘭痕粉跡都消。流水遠，亂花飄。苦相思、寬盡香腰❿。幾時重恁，玉驄過處，小袖輕招⓫。

【注釋】❶露蛩吟甃　言秋露中的蟋蟀在井邊鳴叫。蛩，蟋蟀。甃，井壁。❷謝娘　原指唐代李德裕家妓謝秋娘，後泛指歌妓。❸鳳屏　指繪有鳳凰圖案的屏風。❹膩雲　比喻女子潤澤的髮髻。宋祁〈蝶戀花〉（繡幕茫茫羅帳捲）：「膩雲斜溜釵頭燕。」❺芳情　春意；春天的氣息。此指女子春情。❻鮫綃　傳說中鮫人所織綃帛，亦泛指輕紗或巾帕。陸游〈釵頭鳳〉：「春如舊，人空瘦，淚痕紅浥鮫綃透。」❼楚驛　楚地驛亭。姚合〈送劉詹事赴壽州〉：「隋堤傍楊柳，楚驛在波濤。」❽藍橋　在陝西藍田東南藍溪上，相傳唐時裴航遇仙女雲英於此。事見裴鉶《傳奇・裴航》。❾文簫　傳說唐大和年間，書生文簫中秋日遊鍾陵西山，遇仙女吳彩鸞，結為夫婦，後雙雙騎虎仙去。見裴鉶《傳奇・文簫》。❿苦相思寬盡香腰　言相思愁苦而憔悴消瘦。⓫幾時重恁三句　恁，如此；這麼。玉驄，即玉花驄，指駿馬。韋莊〈菩薩蠻〉（如今卻憶江南樂）：「騎馬倚斜橋，滿樓紅袖招。」

【語譯】秋風裡落葉敲窗櫺，秋露中蟋蟀井邊吟。謝娘庭院，寂寞秋宵。鳳屏半掩，簪花映燭光，紅影搖搖。肌膚溫潤如玉，髮髻似雲嬌柔。春情洋溢，香淚沁透鮫綃。夢餘魂斷，煙霧彌漫楚驛，冷月淡照藍橋。

誰念那賣藥的文簫？遙望仙境，路途邈遠，鶯鶯燕燕，千里迢迢。羅衫暗折疊，蘭香粉跡盡消。流水遠去亂花飄。苦苦相思，瘦盡香腰。何時能重見，你騎馬經過，我揮袖相招。

【研　析】此詞抒寫相思之情。上片以景切入，「風葉敲窗，露蛩吟甃」，寥寥八字，便渲染出一片秋夜淒涼氛圍，然後點出秋夜相思之人謝娘。詞筆從庭院轉到閨中，細筆描繪閨中人相思情境：銀屏半掩，燭影搖紅，其境淒清；膚如潤玉，髮如膩雲，其人美矣；春情盈懷，香淚沁透鮫綃，其心傷矣。美人何以如此悲傷？「斷魂」三句點明緣由：「煙迷楚驛」，離人遠去，迷茫無覓，猶如柳永〈雨霖鈴〉中「念去去，千里煙波，暮靄沉沉楚天闊」；「月冷藍橋」，曾經的歡會已成過往，如今唯有冷月臨照。「煙迷」與「月冷」渲染出如夢似幻之境，與前句「斷魂留夢」相切合。

下片「誰念」三句順承「藍橋」寓意，呈現文簫、彩鸞雙飛仙情形，而「誰念」之反詰語氣以及「路杳」、「迢迢」用語，則見出攜手仙去之難成，而詞中人對此亦無羨慕期盼之意，言外之意即只願在人間兩情相守。令人傷悲的是人間多別離、難相守：羅衫暗折，粉跡盡消，流水無情，落花空飛，相思太苦，瘦盡沈腰。唯一的念想，便是能重新擁有那相見時刻的美好：「玉驄過處，小袖輕招」。人生若只如初見，該有多好！

燭影搖紅

牡丹

一朵鞓紅❶，寶釵壓髻東風溜❷。年時❸也是牡丹時，相見花邊酒。初試夾紗半袖。與花枝、盈盈鬬秀。對花臨景，為景牽情，因花感舊。

題葉❹無憑，曲溝流水空回首。夢雲❺不到小山屏，真箇歡難偶❻。別後知他安否。軟紅❼街、清明還又。絮飛春盡，天遠書沈，日長人瘦。

【注　釋】❶鞓紅　牡丹的一種。歐陽脩《洛陽牡丹記・花釋名》：「鞓紅者，單葉，深紅花，出青州，亦曰青州紅……其色類腰帶鞓，故謂之鞓紅。」鞓，皮腰帶。❷寶釵壓髻東風溜　牡丹插戴在髮髻上，迎風搖顫。周邦彥〈六醜〉（正單衣試酒）：「終不似、一朵釵頭顫裊，向人欹側。」❸年時　那年。晏幾道〈採桑子〉：「年時此夕東城見，歡意匆匆。」❹題葉　用「紅葉題詩」典故。范攄《雲谿友議》卷下載舉子盧渥於御溝拾得一紅葉，藏之，上有題詩云：「水流何太急，深宮盡日閒。慇懃謝紅葉，好去到人間。」後題詩宮女被放出宮，與盧渥巧遇，睹紅葉而嗟歎，二人結為夫妻。❺夢雲　用楚懷王夢見巫山神女典故。宋玉〈高唐賦序〉稱楚懷王嘗遊高唐而晝寢，夢見巫山神女，自云：「妾在巫山之陽，高丘之阻，旦為朝雲，暮為行雨，朝朝暮暮，陽臺之下。」❻歡難偶　指相戀之人難成雙。歡，相愛男女間的互稱。晏幾道〈秋蕊香〉（池苑清陰欲就）：「眼前人去歡難偶，誰共一杯芳酒。」❼軟紅　猶言軟紅塵，指繁華熱鬧。

【語譯】一朵鞓紅牡丹，寶釵簪戴髮髻上，迎風輕輕搖顫。那年也是牡丹綻放，花叢相見共醉歡。初試春衫，夾紗半袖。風姿美妙，與花枝爭妍鬥秀。身臨此花此境，觸景生情，因花懷舊。　紅葉題詩無憑信，空回首，潺潺曲水流。夢中人不到屏風下，有情人真的難成偶。別後不知那人可安好。繁華長街，又到清明時候。柳絮飄飛春將盡，天遠地闊音信杳，晝日漸長，人自消瘦。

【研析】詞題「牡丹」，實則如詞中所言「對花臨景，為景牽情，因花感舊」，乃相思懷人之作。起筆兩句即牡丹、美人兼涉，見美人牡丹簪髮之風姿，從而回憶起心中所戀佳人，於是有「年時」四句：那年也是牡丹花開時節，與她在花叢邊初遇歡飲。還記得她春衫新試，美豔勝過牡丹花枝。「對花」三句則為此番追憶情思的緣由總結：「為景牽情，因花感舊。」因此花此景而牽情感舊，勾起對故人的相思，亦引發下片所言情懷。

「題葉」兩句用「紅葉題詩」典故，表明如今天各一方，音信無憑。相思入夢，然而夢中之人並不能伴我守銀屏，只能悵歎「真個歡難偶」。悵歎之餘，仍在遙念所思之人：別後是否安好？時光流逝，節序變換，轉眼又到清明，絮飛春盡，天涯依舊音信杳無，空留相思之人度日如年，日漸消瘦。結末三句，融時序風物、人事情懷於一體，「春盡」而傷春，「書沈」而傷別，終致「人瘦」。語詞簡煉，筆脈環環相扣，情蘊沉鬱綿婉。

醉思凡

吹簫跨鸞❶。香消夜闌❷。杏花樓上春殘。繡羅衾半閒。衣寬帶寬❸。
千山萬山。斷腸十二闌干❹。更斜陽暮寒。

【注釋】❶吹簫跨鸞　用蕭史、弄玉成仙典故，喻指情人離去。舊題劉向《列仙傳》載春秋時人蕭史善吹簫，與秦穆公之女弄玉結為夫妻，教弄玉吹簫作鳳鳴，後雙雙乘鳳仙去。鸞，鳳類神鳥。❷夜闌　夜將盡時。杜甫〈羌村〉：「夜闌更秉燭，相對如夢寐。」❸衣寬帶寬　言憔悴消瘦。《梁書・沈約傳》載：沈約與徐勉書，自言老病，「百日數旬，革帶常應移孔，以手握臂，率計月小半分。」❹十二闌干　極言欄杆之多。盧祖皋〈菩薩蠻〉：「翠樓十二闌干曲。」

【語譯】吹簫人乘鸞飛仙。夜將盡，爐香煙消散。春已殘，杏花樓上，繡花羅衾半置閒。　憔悴瘦損衣帶寬，相隔千山萬山。斷腸人欄杆倚遍，更那堪斜陽西下暮色寒。

【研　析】這是一首抒寫女子別怨之作。詞作起句即以吹簫人跨鸞昇仙，點明情人一去無蹤。「香消」三句相承，描寫別後深閨女子的寂寞情懷。爐香消散夜將盡，杏花飄零春已殘，一派淒涼之中，女子獨守空閨，孤枕難眠，憂傷何堪！

詞作下片著重抒寫相思之苦。「衣寬帶寬」言日漸憔悴；「千山萬山」言相距之遙，隔阻重重，正是憔悴之緣由。疊詞句式強化情感力度，且別具一種音韻之美，猶如〈古詩十九首・行行重行行〉：「相去日已遠，衣帶日已緩。」「斷腸十二闌干」，言斷腸人憑欄遠望，可謂逆承前句，「千山萬山」正是憑欄遠望所見。「斷腸」二字為詞情焦點，最後「斜陽暮寒」之景再為「斷腸」人增添幾分「斷腸」之色。以景結情，餘韻不盡。

南鄉子

璧月小紅樓❶。聽得吹簫憶舊游❷。霜冷闌干天似水❸，揚州。薄倖聲名總是愁❹。

塵暗鷫鸘裘❺。裁剪曾勞玉指柔。一夢覺來三十載，風流。空對梅花白了頭。

【注　釋】❶璧月小紅樓　言明月映照閨樓。璧月，指圓月。紅樓，指女子樓閣。江總〈長相思〉：「紅樓千愁色，玉筋兩行垂。」❷聽得吹簫憶舊游　意謂聽得簫聲便回想起往日歡遊。此暗用蕭史、弄玉吹簫典故。見舊題劉向《列仙傳》。❸霜冷闌干天似水　言霜寒時節，憑欄望天，清澈如水。李賀〈十二月樂詞・九月〉：「離宮散螢天似水。」❹揚州二句　意謂揚州冶遊贏得薄倖聲名，愁緒縈懷。薄倖，薄情。杜牧〈遣懷〉：「十年一覺揚州夢，贏得青樓薄倖名。」❺鷫鸘裘　以鷫鸘鳥羽製成的裘衣。相傳司馬相如與卓文君曾因貧困而以鷫鸘裘貰酒為歡。見《西京雜記》卷二。

【語　譯】圓月朗照小閨樓。聽得簫聲起，不禁憶舊遊。霜冷憑欄，遙夜天似水，贏得揚州薄幸名，總是令人愁。

塵滿鷫鸘裘。那纖纖玉指，曾為我裁剪辛勞。三十年來如一夢，遊樂風流。梅花相對，徒自白髮滿頭。

【研　析】這首詞彌漫著濃濃的遲暮傷感。上片起筆兩句，觸景生情，望見紅樓月圓簫聲起，不禁想起往日的歡遊。「霜冷」句所狀為自身處境，與「璧月小紅樓」相對襯，寄寓撫今追昔之悵然感慨。「揚州」兩句承前筆脈，化用杜牧〈遣懷〉中「十年一覺揚州夢，贏得青樓薄倖名」之詩意，對年少時的風流冶遊作自嘲式的概括，「總是愁」是遺留下來的今日感受。

詞作下片，因憶舊而傷今，自傷遲暮之悲。「塵暗」句用司馬相如以鷫鸘裘貰酒醉歡的典故，自言今日之落魄。「裁翦」句承「鷫鸘裘」，又呼應篇首「憶舊游」，追想起佳人裁剪鷫鸘裘的辛勞情狀。末尾「一夢」三句再跳出追憶，歸結三十年來風流生涯，恍若一夢，昔日之風流俊爽，轉眼已落得白髮蒼蒼，對梅花徒自神傷。

此詞筆調往復於撫今追昔間，情味纏綿，感慨淒婉。

史達祖

史達祖（生卒年不詳），字邦卿，號梅溪。開封府（今屬河南）人。曾為韓侂胄堂吏，掌文書。開禧北伐失敗，韓侂胄被誅，史達祖被貶謫而死。有《梅溪詞》一卷。《全宋詞》錄其詞一百一十二首。

綺羅香

春雨

做冷欺花，將煙困柳，千里偷催春暮。盡日冥迷，愁裏欲飛還住❶。驚粉重、蝶宿西園❷，喜泥潤、燕歸南浦❸。最妨他、佳約風流，鈿車不到杜陵路❹。

沈沈江上望極，還被春潮晚急，難尋官渡❺。隱約遙峰，和淚謝娘❻眉嫵。臨斷岸、新綠生時，是落紅、帶愁流去。記當日、門掩梨花❼，翦燈❽夜語。

【注釋】❶愁裏欲飛還住　言春雨或飛或止，綿綿如愁。秦觀〈浣溪沙〉（漠漠輕寒上小樓）：「無邊絲雨細如愁。」❷驚

粉重蝴宿西園　意謂蝴蝶粉翅溼重難飛，在林園棲息。西園，泛指文人雅士遊賞之林園。曹植〈公讌〉：「清夜遊西園，飛蓋相追隨。」❸南浦　泛指送別之地。《楚辭・九歌・河伯》：「送美人兮南浦。」❹鈿車不到杜陵路　意謂華美的車馬因下雨到不了遊樂勝地。鈿車，飾以金花之車。杜陵，在今陝西西安市東南，漢宣帝陵墓所在地，又名樂遊原，地勢高平，唐時為京城登望遊覽勝地。❺還被春潮晚急二句　意謂晚來春潮暴漲，官渡淹沒難尋。韋應物〈滁州西澗〉：「春潮帶雨晚來急，野渡無人舟自橫。」官渡，官置渡口。❻謝娘　原指唐李德裕家妓謝秋娘，後泛指歌妓。❼門掩梨花　梨花院落門庭掩閉。李之儀〈如夢令〉（回首蕪城舊苑）：「門掩落花庭院。」❽翦燈　剪去燈花。李商隱〈夜雨寄北〉：「何當共剪西窗燭，卻話巴山夜雨時。」李清照〈蝶戀花〉（暖雨和風初破凍）：「夜闌猶翦燈花弄。」

【語　譯】春雨帶寒欺淩百花，雨霧困擾垂柳，彌漫千里，暗暗催促春歸去。整日陰暗迷濛，春雨綿綿如愁，或飛或住。粉翅溼重蝴蝶驚，西園棲宿。喜愛春泥潤澤，燕子飛歸南浦。甚是妨礙冶遊佳約，車馬華美，到不了遊樂處。

遙望江上煙水沉沉，晚來春潮暴漲，官渡淹沒難尋。遠山峰巒隱約，如謝娘淚盈眉睫，嫵媚楚楚。斷岸邊，綠草新生；落花飛愁，隨流飄去。記得那日，門外梨花零落，深夜剪燈低語。

【研　析】這首詞題詠春雨。起筆三句以擬人筆法切題而入，展現春雨對花、柳的摧損，迫促春天歸去，流露出對春雨的怨情。「盡日」二句進而深入春雨之心情，迷濛細雨，飄飄停停，若有難言之愁。「驚粉重」以下數句，轉而以側筆呈現春雨景象：蝴蝶因粉翅溼重難飛而棲宿西園，春燕為啄取潤澤的芳泥而飛歸南浦，風流冶遊之士因春雨而耽誤了佳約。或無奈，或欣喜，頗顯春雨之趣。

下片拓展視野，描寫春雨中的江潮、遠山以及斷岸新綠、落花流水。過片句「望極」二字總領「沉沉」五句：江山雨霧沉沉，春潮暴漲，官渡淹沒；春雨中的遠山，或隱或現，如謝娘和淚之遠山眉，別具嫵媚。此為遠望中的江面、遠山景象，一則浩浩淼淼，一則隱約嫵媚，壯闊優柔各具其美。「臨斷岸」二句為近景：新綠展露生機，落紅流逝絢麗，一喜一愁中蘊含理趣。末尾「記當日」二句，以敘述筆調收束全詞，詞中所寫得以落實，即均為「當日」所經歷。「門掩梨花，翦燈深夜語」，也是時間上的自然結筆。

本詞構思精巧，筆調生動多變，工筆描繪，擬人傳情，或粗筆或細筆，或正筆或側筆，將春雨中的景致情韻、人事理趣展露筆端，確屬詠物之佳構。

雙雙燕

過春社❶了，度簾幕中間，去年塵冷。差池❷欲住，試入舊巢相並。還相雕梁藻井❸。又軟語、商量不定。飄然快拂花梢，翠尾分開紅影。　芳徑。芹泥❹雨潤。愛貼地爭飛，競誇輕俊。紅樓❺歸晚，看足柳昏花暝。應自棲香正穩。便忘了、天涯芳信❻。愁損玉人❼，日日畫闌獨凭。

【注　釋】❶春社　祭祀名，舊時於農曆立春後第五個戊日祭祀土地，以祈豐收。❷差池　不齊。此謂上下展翅的樣子。《詩經・邶風・燕燕》：「燕燕于飛，差池其羽。」鄭箋：「差池其羽，謂張舒其尾翼。」❸藻井　又稱綺井，繪有圖飾狀如井字的天花板。❹芹泥　燕子築巢之泥。杜甫〈徐步〉：「芹泥隨燕觜，花蘂上蜂鬚。」❺紅樓　女子閨樓。❻應自棲香正穩二句　言燕子定然是甜美酣睡，因而忘了傳遞天涯相思之書信。江淹〈李都尉從軍〉：「袖中有短書，願寄雙飛燕。」《文選》李善注引虞羲〈送別〉詩曰：「唯有一字書，寄之南飛燕。」❼玉人　佳人。溫庭筠〈楊柳枝〉：「正是玉人腸絕處，一渠春水赤闌橋。」

【語　譯】春社已過，料想簾幕中間，去年的泥巢已淒冷。展翅徘徊，嘗試飛入舊巢同宿，又細細端詳雕梁藻井。呢喃軟語，商量不定。飄然飛掠花梢，翠尾穿過花影。　芬芳小徑，春泥雨潤。偏愛貼地競飛，爭誇輕靈。傍晚才歸紅樓，飽覽柳昏花暝。定然是酣睡正美，便忘了傳遞天涯芳信。佳人愁損柔腸，日日憑欄痴望。

【研　析】這是一首題詠春燕的詞作。全詞主要筆墨用於描述春燕。起句點明春燕歸來時節。燕子春社歸來，秋社歸去，又稱社燕。春社已過，燕子歸來尋舊巢，「度簾幕中間」至「商量不定」，以擬人筆法，細緻描述雙燕商定同棲舊巢前的舉止神態：「度」、「欲住」、「試入」、「還相」、「又軟語商量」等用語，生動刻畫出雙燕對舊巢的試探考察和商討過程。「簾幕」與下文之「紅樓」相呼應，「相並」二字則與簾幕中思婦獨居暗相對襯。「飄然」句至下片「競誇輕俊」，展現出雙燕白日在花紅柳綠間輕快競飛、在田野芳徑上喜啄春泥的活潑歡樂場景。「紅樓」二句言雙燕飽覽春光後歸宿紅樓。此時，紅樓之中，雙燕酣睡甜美，閨婦則相思無眠。兩者如何關聯？詞人巧妙化用飛燕傳書之典故，揣度雙燕因「棲香正穩」而忘了為天涯別離之人傳遞書信，致使佳人相思憔悴，日日倚欄愁望。

全詞構思精巧，筆法細膩生動，詠物言情融合無間。

夜行船

不翦春衫愁意態。過收燈❶、有些寒在。小雨空簾，無人深巷，已早杏花先賣。

白髮潘郎寬沈帶❷。怕看山、憶他眉黛❸。草色拖裙，煙光惹鬢，常記故園挑菜❹。

【注釋】❶收燈　指農曆正月十八日元宵節收燈。宋時節日風俗，元宵節放燈五日，正月十八日收燈。周密《武林舊事》卷三：「都城自過收燈，貴遊巨室皆爭先出郊，謂之探春。」❷白髮潘郎寬沈帶　言鬢髮斑白，憔悴消瘦。晉潘岳〈秋興賦序〉：「余春秋三十有二，始見二毛。」二毛，指鬢髮呈黑白二色。《梁書・沈約傳》載沈約與徐勉書自謂老病：「百日數旬，革帶常應移孔，以手握臂，率計月小半分。」❸怕看山憶他眉黛　言害怕見遠山而想到她的眉黛。舊題葛洪《西京雜記》卷二稱卓文君「姣好，眉色如望遠山」。後世女子有所謂遠山眉。❹挑菜　唐宋風俗，農曆二月初二為挑菜節，仕女群至郊外踏青遊樂。

【語　譯】意態憂愁，無人裁剪春衫。元宵已收燈，天氣仍輕寒。簾幕寂靜，簾外細雨綿綿。深巷無人，杏花早開，有人已爭先叫賣。　憔悴瘦損，鬢髮斑白。怕見遠山，怕想起伊人眉黛。草色映襯衣裙，煙光飄拂鬢雲，時常追憶故園挑菜節的歡欣。

【研　析】此詞，《梅溪詞》有題曰：「正月十八日聞賣杏花有感。」詞中「已早杏花先賣」呼應「聞賣杏花」，但詞作立意在「有感」二字，因聞聽杏花叫賣聲而意識到春已來臨，想到春衫無人剪裁而情懷惆悵，詞筆即由此切入。接下「過收燈」四句乃是對詞題的場景再現：春寒料峭，春雨綿綿，簾幕獨處，聞聽寂靜深巷傳來賣花聲聲。

上片所呈現的「聞賣杏花」情境中已蘊含深深的傷感意緒。下片則承前意脈而抒寫內心愁情。過片自我亮相：鬢髮斑斑，身心憔悴。何以如此？只緣別離相思。思念之深以至於害怕看山，因山如佳人之眉。同樣，草色、煙光亦令其想到佳人的衣裙鬢髮，想起故園挑菜節與佳人相伴遊賞的美好情景。詞作在追憶中結筆，言盡而意不盡。

東風第一枝　春雪

巧翦蘭心❶，偷黏草甲❷，東風欲障新暖。漫疑碧瓦難留，信知暮寒較淺。行天入鏡❸，做弄出、輕鬆纖軟。料故園、不捲重簾。誤了乍來雙燕。　青未了、柳回白眼。紅不斷、杏開素面。舊游憶著山陰，厚盟遂妨上苑❹。寒爐重暖，且放慢、春衫鍼綫。恐鳳鞾挑菜歸來❺，萬一灞橋❻相見。

【注釋】❶巧翦蘭心　意謂雪花凝結在蘭草上如蘭心。此句，《梅溪詞》作「巧沁蘭心」。❷草甲　小草萌芽。❸行天入鏡　言春雪飄飛，灑落在如鏡的水面。韓愈〈春雪〉：「入鏡鸞窺沼，行天馬度橋。」❹舊游憶著山陰二句　意謂因想念拜訪舊友而沒有去林園賞雪。山陰，今浙江紹興。上苑，原指漢代上林苑，後泛指林園。《世說新語・任誕》載晉人王子猷居山陰，夜雪憶戴安道，乘興而往，造門興盡而返。謝惠連〈雪賦〉：「梁王不悅，游於兔園。迺置旨酒，命賓友，召鄒生，延枚叟，相如末至，居客之右。」❺恐鳳鞾挑菜歸來　言佳人遊春歸來。鳳鞾，指女子繡靴。挑菜，指農曆二月二日挑菜節。❻灞橋　舊址在今陝西西安東郊。漢唐時為京城送別之地。孫光憲《北夢瑣言》卷七載鄭綮語：「詩思在灞橋風雪中驢子上。」

【語　譯】巧妙剪出蘭心，偷偷黏上小草嫩芽，試圖阻擋春風送暖。無疑碧瓦積雪難，確知餘寒輕淡。飄飛在空中，灑落在如鏡的水面，舞弄風姿，輕柔綿婉。料想故園重簾未捲，妨礙了新來欲歸舊巢的雙燕。　青青的柳林點綴著星星白眼，紅紅的杏花展現出白潔的容顏。山陰王子猷雪夜憶舊遊，司馬相如遲誤了兔園賞雪盛宴。重燃爐火取暖，暫且推後裁剪春衫。怕佳人挑菜節春遊歸來，萬一在灞橋與風雪相見。

【研　析】這首詞作題詠春雪。不同於冬雪，春雪難以形成大面積長時間的凝結，一般只有植物表面有局部短時的積雪，其造成的寒冷亦非嚴寒，而是輕寒。本詞頗能展現出春雪的特點。上片起筆二句，以擬人筆法描寫春蘭、春草上的積雪。「巧翦蘭心」，謂蘭葉的夾心處有些許積雪，猶如蘭心。此「翦」字與賀知章〈詠柳〉「不知細葉誰裁出，二月春風似剪刀」同一用法。「偷黏草甲」，「黏」字見出只有小草的芽尖上黏有雪花，並非草地被雪覆蓋。「東風」句扣合「春」，春雪「欲障」東風送暖，「欲」字引發下文：「欲障」而難成，「謾疑」二句即可見出。「碧瓦難留」、「暮寒較淺」，春雪難以凍結久留，其帶來的寒冷也是輕微的。「行天」正面描繪春雪飄飛之態，「輕鬆纖軟」，所狀也切合春雪之品性。「料故園」二句轉以側筆襯托春雪之輕寒：簾幕重重未捲，誤了雙燕歸巢，因飛雪飄寒。而雙燕歸來，則雪為春雪，寒乃輕寒。

過片二句與起筆二句呼應，前言蘭、草，此言柳、杏，均為春雪點綴之物。柳枝「青未了」，杏花「紅不斷」，只因春雪之點綴而「回白眼」、「開素面」。接下轉言春雪中的人事。「舊游」二句合用山陰王子猷雪夜訪戴安道、司馬相如遲誤了梁孝王兔園賞雪之約兩則典故，意謂因「憶著舊游」而耽誤了「上苑厚盟」。此當為戲筆，而非寫實。兩則典故僅與雪相關，「寒爐」四句則補入「春」字。春來了，爐已擱置，故為「寒爐」；下雪了，帶來倒春寒，故重燃寒爐。春來了，當縫製春衫；下雪了，春衫暫且推後裁剪。末二句順承此意，謂挑菜節不能穿春衫出行，怕遇有風雪。此二句收束全詞，構思甚妙：扣合「春雪」二字作結，題中之意已足，此其一；以擬人筆調化用灞橋風雪之語典，灞橋為送別之地，謂「灞橋相見」，則寓有送別春雪之意，亦切合春雪之難久留，此其二；相見即相別，當有諸多話語，「相見」當有下文，就此戛然而止，意猶未盡。此其三。黃昇《中興以來絕妙詞選》卷七云：「結句尤為姜堯章拈出。」其緣由大概在此。

又

燈夕❶

酒館歌雲❷，燈街舞繡，笑聲喧似簫鼓。太平京國❸多歡，大酺❹綺羅幾處。東風不動，照花影、一天春聚。耀翠光、金縷相交，苒苒細吹香霧。

嗟醉玉❺、少年丰度。懷豔雪❻、舊家伴侶。閉門明月關心，倚窗小梅索句。吟情欲斷，念嬌俊、知人無據。想袖寒、珠絡藏香，夜久帶愁歸去。

【注釋】❶燈夕　指農曆正月十五日元宵夜。舊俗，此夕放燈，故稱燈夕。毛幵〈念奴嬌〉（麗譙春晚）：「時節初過燈夕。」❷歌雲　歌聲入雲。《列子・湯問》載秦國歌者秦青「撫節悲歌，聲振林木，響遏行雲」。❸京國　京城。此指臨安（今浙江杭州）。❹大酺　朝廷為歡慶而特許民間舉行的大會飲。《史記・秦始皇本紀》：始皇二十五年，「五月，天下大酺。」正義：「天下歡樂，大飲酒也。秦既平韓、趙、魏、燕、楚五國，故天下大酺也。」❺醉玉　醉態如玉。《世說新語・容止》載山簡謂嵇康之醉態「傀俄若玉山之將崩」。❻豔雪　指佳人美態。

【語　譯】酒樓歌聲入雲，燈街綵繡炫舞，笑聲喧鬧似簫鼓。京城太平多歡慶，酒筵歌席處處。東風靜，燈照花影，滿天春色集聚。珠光耀翠，金縷輝映，裊裊飄拂香霧。　歎賞少年醉態如玉，懷想昔日嬌美伴侶。閉門獨居，明月相憐，梅花倚窗，盈盈似索佳句。欲吟情腸斷，念那嬌美佳人知我落寞無依；想她身佩珠絡藏香，夜深袖寒，帶愁歸去。

【研　析】此詞，《梅溪詞》題作「燈夕清坐」，上片展現燈夕之歌舞喧鬧、光影絢爛；下片為清坐懷人，深情幽邈。

起筆三句呈現歌舞歡鬧場景，可謂先聲奪人。接下「太平」二句才點明此為京城歡慶之夜。「東風」二句描寫燈光花影之盛況，景象與辛稼軒〈青玉案・元夕〉「東風夜放花千樹，更吹落、星如雨」相似，筆法上則有動、靜之別。「耀翠光」二句寫遊賞觀燈女子，情形亦如稼軒詞中「蛾兒雪柳黃金縷，笑語盈盈暗香去」，均有對女子妝飾及其芳香的描寫，但梅溪著筆於金碧輝映、香霧飄浮的氛圍渲染，稼軒則細筆描繪女子外飾及其「笑語盈盈」之神情，因而更生動，更有情趣。

下片因見一少年醉態如玉而歎賞，並觸發回憶，想起早年的美豔情侶。如今掩門獨處，明月相憐，梅花相伴。明月、梅花之神情再次觸發詞人對「舊時伴侶」的思念，筆法上以「小梅索句」導入：念那嬌美佳人亦知我寂寥無依，想她今夜盛裝出遊，直到夜深袖寒，帶愁歸去，怎不情腸欲斷！此即所謂「吟情欲斷」。

黃鐘❶喜遷鶯　元宵

月波凝滴。望玉壺天❷近，了無塵隔。翠眼圈花❸，冰絲織練，黃道❹寶光相直。自憐詩酒瘦，難應接、許多春色。最無賴❺，是隨香趁燭，曾伴狂客。

蹤跡。漫記憶。老了杜郎，忍聽東風笛❻。柳院燈疏，梅廳雪在，誰與細傾春碧❼。舊情拘未定，猶自學、當年游歷。怕萬一，誤玉人、夜寒簾隙❽。

【注釋】❶黃鐘　宮調名，即黃鐘宮。❷玉壺天　指月夜清澈的天空。壺天，道家所稱仙境。張君房《雲笈七籤》卷二十八引《雲臺治中錄》載雲臺治官張申「常懸一壺，如五升器大，變化為天地，中有日月如世間。夜宿其內，自號壺天，人謂曰壺公」。❸翠眼句　指花燈。周密《武林舊事》卷二：「珠子燈則以五色珠為網，下垂流蘇。……羅帛燈之類尤多，或為百花，或細眼，間以紅白，號萬眼羅者。」❹黃道　原指宋高宗臨安出行之道，此泛指臨安街道。陸游《老學菴筆記》卷七：「高廟駐蹕臨安，艱難中每出猶鋪沙籍路，謂之黃道，以三衙兵為之。紹興末內禪，駕過新宮，猶設黃道如平時。明日壽皇出，即撤去，遂不復用。」❺無賴　無奈。周邦彥〈江南好〉：「歌席上，無賴是橫波。」❻老了杜郎二句　以杜牧自喻，謂身心衰老，不堪聞笛。杜郎，指晚唐詩人杜牧。其〈題元處士高亭〉云：「何人教我吹長笛，與倚春風弄月明。」❼春碧　酒名。范成大〈七夕至敘州登鎖江亭〉：「我來但醉春碧酒，星橋脈脈向三更。」自注：「郡醞舊名『重碧』，取杜子美〈東樓〉詩『重碧酤春酒』之句。余更其名『春碧』，語意便勝。」❽怕萬一二句　意謂怕萬一辜負了佳人深夜簾隙痴望之心。玉人，佳人。高觀國〈燭影搖紅〉（別浦潮平）：「寥落年華將盡，誤玉人高樓凝恨。」

【語譯】月光如水，波凝欲滴。仰望月空皎潔，身臨似仙境，了無塵世阻隔。燈光閃爍如翠眼，輝映花環，流蘇瑩澈如冰，街道寶光相射。自歎吟詩病酒，身心憔悴，難應接華麗春光。最無奈！曾伴狂朋狎客，一同賞燈追香。　昔日遊蹤，徒自追憶。身心衰老，怎忍聽東風吹笛！柳院燈影疏落，梅廳餘雪尚存，有誰陪我細酌春碧。舊日情懷難拘束，猶自效仿當年遊歷，怕萬一佳人寒夜簾底痴望，怎忍辜負！

【研析】這首詞與〈東風第一枝〉（酒館歌雲）同為題詠元宵之作，且旨趣亦同為撫今追昔、觸景懷人，但章法筆調有所不同。此詞較多筆墨用於自歎遲暮、追憶昔歡以及舊情不拘，對元宵燈景的描繪只有上片前六句，渲染氛圍背景：月光蕩漾如水波，月空皎潔如仙境；彩燈閃耀，花環流蘇輝映，街道珠光寶氣絢爛。「自憐」句以下跌入自歎、追憶、希冀的情感交織之中，筆調上則遞轉層深。

「自憐」二句自歎身心憔悴，難以適應眼前的華麗盛景，「許多春色」承前。「最無賴」三句為一轉，追憶曾經的賞燈逐香之冶遊狂歡，撫今追昔，甚感無奈。過片二句承前之追憶筆脈，「老了杜郎」五句為二轉，回到眼前落寞寂寥境況，「東風笛」、「柳院」、「梅廳」，或許都與昔日的歡賞相伴，如今遲暮寥落，樽酒獨酌，悵惘淒涼之情充溢其間。然而心有未甘，希冀尚存，「舊情」句以下為三轉。舊情未泯，猶學當年那般遊歷歡賞，期盼能與佳人重逢。筆法上，「舊情」二句為直筆；「怕萬一」二句則直中寓曲，「怕」、「誤」二字承前自述語調，但不直言自身希冀重逢，而揣度玉人夜深簾底痴盼。此為曲筆，詞情上則由單向思念而歸結於兩相思念。

清商怨

春愁遠。春夢亂。鳳釵一股輕塵滿❶。江煙白。江波碧。柳戶清明，燕簾寒食❷。憶憶。鶯聲晚。簫聲短❸。落花不許春拘管。新相識。休相失❹。翠陌吹衣。畫橋橫笛。得得❺。

【注　釋】❶鳳釵一股輕塵滿　言相別時所贈的一股鳳釵布滿輕塵。古時男女間有分釵贈別之俗。晏幾道〈風入松〉（心心念念憶相逢）：「就中懊惱難拚處，是擘釵分鈿匆匆。」❷柳戶清明二句　言寒食清明時節，柳綠燕歸。清明，節令名，陽曆四月五日或六日。寒食，節日名，清明前一日或二日。舊俗，此日禁火冷食，故名寒食。❸簫聲短　用蕭史、弄玉典故（參見舊題劉向《列仙傳》），喻指兩情相聚之短暫。❹新相識二句　言新交知己，莫要相忘。《楚辭・九歌・少司命》：「悲莫悲兮生別離，樂莫樂兮新相知。」❺得得　特地。王建〈洛中張籍新居〉：「雲山且喜重重見，親故應須得得來。」

【語　譯】春愁悠悠，春夢紛紜。一股鳳釵，布滿輕塵。江上白霧，碧波粼粼。寒食清明，門前柳綠，簾幕燕歸，回憶無盡。鶯聲遲暮，簫聲短促。落花飄零，不受春拘束。新相知，莫相忘。柳陌春風拂衣裳。畫橋橫笛，特地吹別曲。

【研析】此詞，《梅溪詞》作〈釵頭鳳・寒食飲綠亭〉。〈釵頭鳳〉、〈清商怨〉為同調異名。飲綠亭，在杭州西湖上。范成大有詩〈李翬知縣作亭西湖上余用東坡語名之曰飲綠遂為勝概〉。據《梅溪詞》，此詞題「飲綠亭」，是一首觸景懷人之作。

起筆即切入閨婦相思之愁、相思之夢。「春」字關合時節；愁之遠，暗示遠隔天涯；夢之亂，暗示夢未如願。「鳳釵一股」為別時所贈，如白居易〈長恨歌〉所云「釵留一股合一扇」，晏殊〈定風波〉（海上蟠桃易熟）有云：「惟有擘釵分鈿侶，離別長多會面難。」贈別信物布滿塵埃，見出別離之久。「江煙白」四句描寫眼前春景，前兩句為遠景，後兩句為近景。江上煙波亦與首二句之「春愁」、「春夢」情景相映。寒食清明，點出春暮時節，春將歸而人未歸，懷人思歸之心尤切。又據下片所憶，相別正在寒食清明時節，遂觸景而「憶憶」。

下片承「憶憶」，追憶分別情形。「簫聲短」，用蕭史、弄玉夫妻吹簫典故，暗示相聚短暫，與下文「新相識」呼應。鶯老花落之時，相知相別，深情相囑：莫相忘！那柳陌送別的情景猶在眼前，那畫橋吹奏的別曲猶在耳邊。詞作在追憶的畫面曲調中結束，情韻幽邈。

蝶戀花

二月東風吹客袂。蘇小❶門前，楊柳如腰細。蝴蝶識人游冶地。舊曾來處花開未？

幾夜湖山生夢寐。評泊❷尋芳，只怕春寒裏❸。今歲清明逢上巳❹。

相思先到濺裙❺水。

【注　釋】❶蘇小　南齊時錢塘名妓蘇小小。此泛指歌妓。❷評泊　評說；思量。張炎〈摸魚兒〉（步高寒下觀浮遠）：「評泊《水經》《茶譜》。」❸裏　語助詞，猶「哩」。❹今歲清明逢上巳　謂今年清明節正逢上巳節。清明，陽曆四月五日或六日。上巳節，原指農曆三月上旬巳日，後一般定為農曆三月初三。❺濺裙　古俗，農曆正月初一至月末，士女於水邊斟酒，濺洗衣裙，以袚除不祥，亦稱濺裳、濺衫。《藝文類聚》卷四引《玉燭寶典》曰：「元日至月晦，人並為酺食，士女悉濺裳斟酒於水湄，以為度厄。」宋時亦於上巳節濺衫。穆修〈清明連上巳〉：「改火清明度，濺衫上巳連。」范成大〈晚春田園雜興〉：「濺裙水滿綠蘋洲，上巳微寒懶出遊。」

【語　譯】二月春風，吹拂遊客衣。歌女門前，楊柳婀娜如腰細。蝴蝶熟知遊人歡樂地。昔日遊賞處，不知花開未？

　幾夜夢縈湖山美，思量尋芳，只怕春寒未退。今年清明逢上巳，先到濺裙水邊覓相思。

【研　析】這是一首初春懷人之作。早春二月，風吹衣袂，歌樓前楊柳搖曳，恍如歌女之細腰婀娜，令詞人想起昔日遊冶情事，欲往重遊，不知如今情景若何，遂問取熟知這一切的蝴蝶。「舊曾來處花開未」一問，似乎暗示出「舊曾來」時所遇，有如唐人崔護〈題都城南莊〉所云「去年今日此門中，人面桃花相映紅」，則崔詩所歎「人面不知何處去，桃花依舊笑春風」，亦隱含於「花開未」之關切憂慮中。

　上片筆調間已透露出憶舊遊、懷舊情之意。過片承此意脈，自述幾日來夢縈湖山，思量著尋芳，又擔心春寒。「夢寐」因憶舊遊而生，「湖山」與「尋芳」相呼應，「怕春寒」又遙應上片「二月」、「花開未」。詞筆與上片同樣隱約流露出憶舊懷人之情，至末二句則歸於直言相思情懷：今年上巳清明相逢之佳日，去往水邊尋覓所念之人。

玉樓春

社❶前一日

游人等得春晴也。處處旗亭❷咸繫馬。雨前穠杏尚娉婷❸，風裏殘梅無顧藉。忌拈鍼指還逢社❹。鬬草贏多裙欲卸❺。明朝新燕定歸來，叮囑重簾休放下。

【注釋】❶社　指春社，農曆立春後第五個戊日。舊俗，此日祭祀土地以祈豐收。❷旗亭　酒樓。❸雨前穠杏尚娉婷　意謂雨前杏花穠豔，雨後尚風姿可愛。娉婷，姿態美好。原作「稱停」，據《梅溪詞》校改。晏殊〈蝶戀花〉（六曲闌干偎碧樹）：「紅杏開時，一霎清明雨。」《歲時廣記》卷一云：「杏花開時正值清明前後，必有雨也，謂之杏花雨。」❹忌拈鍼指還逢社　言社日女子停針線。唐宋時，春秋社日，女子忌用針線。張籍〈吳楚歌詞〉：「今朝社日停針線，起向朱櫻樹下行。」周邦彥〈秋蕊香〉（乳鴨池塘水暖）：「聞知社日停針線。」《墨莊漫錄》卷九：「今人家閨房遇春秋社日不作組紃，謂之忌作。」❺鬬草贏多裙欲卸　謂鬥草遊戲中採了很多草，衣裙包裹不了。鬬草，古代婦女兒童玩的一種遊戲，春日競採百草，以多者為勝。

【語譯】遊人等來了春晴，歌館酒樓前，處處繫玉驄。雨前杏花盛開，雨後風姿尚娉婷。落梅紛紛，拂蕩春風。

又逢春社，忌做針線活。鬥草贏，採得百草衣裙難盛裹。明朝新燕定然歸，叮囑莫把簾幕垂。

【研析】這是一首題詠春晴遊樂之作。起句言遊人終於等來了晴好的春日，則其出遊歡賞情形已呼之欲出。下文勢必應展現遊人遊樂之盛況，但詞人並沒有作正面描寫，而取側面襯托之法，不寫人而寫馬，以靜襯動：處處酒樓前栓繫的馬在靜靜地等待，襯托出馬之主人在酒樓上的縱情狂歡。「雨前」二句轉而描繪春晴遊賞的另一場景：紅杏風姿綽約，殘梅紛紛飄落。這畫面與酒樓縱歡形成對襯，而其「娉婷」、「無顧藉」之用語，又與酒樓歌女之風姿、遊人之豪蕩暗自相通。

過片照應詞題「社前一日」，言女子禁拈針線，便相約出門鬥草遊樂。「贏多裙欲卸」，筆調細膩，言鬥草大贏，採了很多草用衣裙盛裹，致使「裙欲卸」。鬥草而歸，想到社燕亦將歸來，遂有末句「叮囑重簾休放下」。

本詞章法頗具特色，起句「春晴」總領全詞，上片寫遊人賞春晴，兩幅畫面：酒樓遊樂為虛筆，借「旗亭咸繫馬」暗示其場景；紅杏落梅為實筆，或「娉婷」，或「無顧藉」，其情狀與酒樓歌舞宴樂隱約相映。下片寫女子春晴遊樂，亦呈現兩幅畫面：鬥草贏為實筆；新燕歸來為虛筆，為料想明朝情景。二者均應合春社，且意脈相通，鬥草女子想到「明朝新燕定歸來」，遂相互「叮囑重簾休放下」。

青玉案

蕙花老盡〈離騷〉句❶。綠染遍、江頭樹。日暝酒消聽驟雨。青榆錢❷小，碧苔錢❸古。難買東君❹住。

官河不礙遺鞭路❺。被芳草、將愁去❻。多定❼紅樓簾影暮。蘭燈❽初上，夜香初炷。猶自聽鸚鵡。

【注釋】❶蕙花老盡離騷句　意謂〈離騷〉中題詠的蕙蘭凋落殆盡。蕙花，指蕙蘭花。《楚辭・離騷》中多次提及，如：「余既滋蘭之九畹兮，又樹蕙之百畝。」「矯菌桂以紉蕙兮，索胡繩之纚纚。」「既替余以蕙纕兮，又申之以攬茝。」「攬茹蕙以掩涕兮，霑余襟之浪浪。」❷榆錢　榆莢，榆樹果實，形似錢，聯綴成串，故又名榆錢。施肩吾〈戲詠榆莢〉：「風吹榆錢落如雨，繞林繞屋來不住。」❸苔錢　青苔。苔點形圓似錢，故稱。李賀〈巫山高〉：「楚魂尋夢風颸然，曉風飛雨生苔錢。」❹東君　司春之神，代指春天。❺遺鞭路　指冶遊之路。白行簡《李娃傳》載鄭生馬上初見李娃「妖姿要妙，絕代未有」，「不覺停驂久之，徘徊不能去，乃詐墜鞭于地，候其從者，勅取之。」❻被芳草將愁去　言愁隨芳草綿綿無盡。漢樂府古辭〈飲馬長城窟行〉：「青青河邊草，綿綿思遠道。」❼多定　一定。張炎〈清平樂・別苗仲通〉：「先泛扁舟煙水，西湖多定相逢。」❽蘭燈　亦稱蘭釭，用蘭膏點的燈。

【語　譯】蕙花凋盡，曾入〈離騷〉句。春來綠遍江邊樹。日暮酒醒，靜聽驟雨。青青小榆錢，蒼翠老苔錢，難買春天久駐。　官河無礙冶遊路。芳草萋萋，綿延無盡愁緒。料定閨中黃昏，簾幕垂，人影孤。蘭燈初上，夜香初燃，猶聽鸚鵡低語。

【研　析】這是一首遊子春暮懷人之作。上片描寫暮春景象，寄寓遊子傷春之情。起筆二句言花謝綠遍，寫蕙花而提及〈離騷〉，言樹綠而謂「染遍」，有化實為虛之效。「日暝」四句言風雨聲中春歸去，筆調寓莊於諧。榆錢、苔錢均與春雨相關聯，所謂「風吹榆錢落如雨」（施肩吾〈戲詠榆莢〉）、「雨後無端滿窮巷」（鄭谷〈苔錢〉）。

過片二句言遊歷之愁。水流不斷、路途迢迢、芳草綿綿，均似離愁無盡，有若「青青河畔草，綿綿思遠道」（樂府古辭〈飲馬長城窟行〉）之境，又如歐陽脩〈踏莎行〉（候館梅殘）所云：「草熏風暖搖征轡。離愁漸遠漸無窮，迢迢不斷如春水。」「多定」四句筆調轉到所思之人，料想閨中佳人相思情形，細筆描述的情境中既見出閨中人的孤寂愁苦，也映襯出遊子的深情繫念。末句「猶自聽鸚鵡」之畫面則留給讀者諸多體味：或以鸚鵡為知己，如馮延巳〈採桑子〉（畫堂昨夜愁無睡）所云「玉筋雙垂，祇是金籠鸚武知」；或與鸚鵡同病相憐，如韋莊〈歸國遙〉（春欲暮）所云「惆悵玉籠鸚鵡，單栖無伴侶」；或伴鸚鵡共念郎君，如柳永〈甘草子〉（秋暮）所云「卻傍金籠共鸚鵡，念粉郎言語」。

高觀國

高觀國（生卒年不詳），字賓王，號竹屋。山陰縣（治所在今浙江紹興）人。與史達祖交善唱和。有《竹屋癡語》一卷。《全宋詞》錄其詞一百零八首。

齊天樂

碧雲缺處無多雨❶，愁與去帆俱遠。倒葦沙閒，枯蘭溆❷冷，寥落寒江秋晚。樓陰❸縱覽。正魂怯清吟，病多依黯❹。怕挹西風，袖羅香自去年減❺。風流江左❻久客，舊游得意處，珠簾曾捲❼。載酒春情，吹簫夜約，猶憶玉嬌香怨❽。塵棲故苑，歎碧月空檐，夢雲飛觀❾。送絕征鴻，楚峰煙數點。

【注釋】❶碧雲缺處無多雨　意謂晴空無雨。此句反用李賀〈李憑箜篌引〉詩句：「女媧鍊石補天處，石破天驚逗秋雨。」❷溆　水邊。何遜〈贈江長史別〉：「長飆落江樹，秋月照沙溆。」❸樓陰　樓之背陽處。❹依黯　惆悵傷別。王沂孫〈醉蓬萊〉（掃西風門逕）：「試引芳尊，不知消得幾多依黯。」❺怕挹西風二句　意謂去年別離以來，憔悴瘦損，衣寬帶減，害怕西風吹拂。挹，通「揖」。作揖。李山甫〈答劉書記見贈〉：「月上開襟當北戶，竹邊回首揖西風。」❻江左　江東，指長江下游以東地區，今江蘇一帶。❼舊游得意處二句　意謂昔日歡遊得意之時，贏得佳人青睞，為之高捲珠簾。杜牧〈贈別〉：「春風十里揚州路，捲上珠簾總不如。」❽載酒春情三句 意謂曾與佳人暢飲歡賞，夜約吹簫，其嬌媚玉態至今不忘。吹簫，暗用蕭史、弄玉典故喻男女約會。杜牧〈遣懷〉：「落魄江南載酒行，楚腰腸斷掌中輕。」〈寄揚州韓綽判官〉：「二十四橋明月夜，玉人何處教吹簫。」❾夢雲飛觀 浮雲若夢，飛臨樓觀。此又暗用楚王遊高唐夢朝雲典事，意謂往日歡遊如夢幻。

【語　譯】碧空雲散無雨，愁隨帆影悠悠去。蘆葦倒伏，沙際荒涼；蘭草枯萎，漵浦冷寂，一派寥落，晚秋寒江。倚樓縱目遠望，正魂斷怕吟詩，多病黯然神傷。怕迎西風，去年離別後，憂傷憔悴，帶減羅裳。久客江左風流地，昔日遊冶得意處，曾贏得美人捲簾看。春日載酒盡歡，夜約月下吹簫，難忘那嬌美如玉，幽香含怨。想如今苑囿樓臺塵封，明月空照簷。浮雲如夢，飛臨樓觀。目送征鴻飛盡，煙霧彌漫，楚峰數點。

【研　析】這是一首懷人之作，上片有言「袖羅香自去年減」，乃從佳人角度抒寫別後相思之苦。起筆五句展現佳人「樓陰縱覽」所見景象：碧空無雲，江帆遠去，水邊沙際，蘭枯葦倒。其情境有如溫庭筠〈夢江南〉：「梳洗罷，獨倚望江樓。過盡千帆皆不是，斜暉脈脈水悠悠。腸斷白蘋洲。」「正魂怯清吟」四句抒寫佳人心境：愁病神傷，怕清吟勾起傷心事；憔悴瘦損，怕秋風瑟瑟吹骨寒。「去年」一語點明分別之時，似乎也暗示出「正是去年今日，別君時」（韋莊〈女冠子〉）。

詞作下片，詞人因「去年」之別而追憶分別前的相遇歡遊情事：江左舊遊，風流得意，贏得佳人青睞，相攜載酒賞春，夜約月下吹簫。那美妙時光的點點滴滴至今難忘，那佳人的嬌媚玉態、一顰一笑猶在眼前。料想那舊遊之地，如今定然是樓臺淒清，夜來明月空照。想來歡樂一時，轉眼便成追憶，真如楚王遊高唐遇朝雲，只是一場夢而已！回到現實，只能目送征鴻飛盡，音信杳無，唯見楚山數峰點綴於彌漫的煙霧中。「夢雲飛觀」四字甚妙，其所狀景致與「塵棲故苑」、「璧月空檐」相協調，其暗用楚王遊高唐觀夢朝雲之典事，寓意切合對冶遊風流情事的追憶情懷，又與結末二句形成虛實相映，情韻幽邈無盡。

此詞清婉綿麗，情感深摯，且字句琢煉頗見特色，如「倒葦」兩句屬對精工，「碧雲」句、「袖羅」句、「夢雲」句等皆琢句生新，誠如前人所謂「不經人道語」（黃昇《中興以來絕妙詞選》卷六引陳造語）。

玉樓春

宮詞❶

幾雙海燕來金屋❷。春滿離宮三十六❸。春風翦草碧纖纖❹，春雨浥花紅撲撲❺。

衛姬鄭女腰如束❻。齊唱陽關❼新製曲。曲終移宴起笙簫，花下晚寒生翠縠❽。

【注　釋】❶宮詞　以宮中生活為題材的詩詞。中唐王建始以〈宮詞〉為題作詩百首。❷幾雙海燕來金屋　化用沈佺期〈古意〉：「盧家少婦鬱金堂，海燕雙棲玳瑁梁。」海燕，燕子的別稱。古人認為燕子產於南方，須渡海而至，故名。❸離宮三十六　泛言離宮之多。班固〈西都賦〉：「離宮別館，三十六所。」駱賓王〈帝京篇〉：「漢家離宮三十六。」離宮，帝王正式宮殿之外的宮室。❹春風翦草碧纖纖　言草在春風中長出纖細的綠芽。纖纖，柔細的樣子。賀知章〈詠柳〉：「不知細葉誰裁出，二月春風似剪刀。」❺春雨浥花紅撲撲　言春雨浸潤，春花盛豔。浥，沾溼；浸漬。撲撲，繁盛豔麗的樣子。白居易〈山石榴寄元九〉：「山石榴，一名山躑躅，一名杜鵑花，杜鵑啼時花撲撲。」❻衛姬鄭女腰如束　言宮女細腰如束。衛姬鄭女，泛指宮女。宋玉〈登徒子好色賦〉：「腰如束素。」❼陽關　原指〈陽關曲〉，此泛指樂曲。❽翠縠　指翠色縐紗舞衣。此代指舞蹈。范純仁〈和仲庶江瀆避暑〉：「烏紗傾側朋簪樂，翠縠翩翻舞袖長。」

【語　譯】燕子雙雙來金屋，三十六宮春色滿。春風似剪，裁出碧草纖纖。春雨浸潤，春花繁茂紅豔。宮女婀娜，纖腰如束，齊聲唱美妙新曲。曲罷移地重開宴，笙簫又起，花下夜寒，翠衫翩翩舞。

【研　析】詞題「宮詞」，描寫春日宮中女子情事，沒有凸顯宮詞常見的聲色富貴或宮女的淒苦幽怨，而是展現出宮中明媚的春日景象以及宮女在美麗春景中的歌舞歡賞。詞作上片描寫「春滿離宮」。起句言春燕雙雙飛歸金屋，即點出春到離宮，同時也烘托出宮女的歡悅情懷。接下句句寫春，「春滿」句總寫春色彌漫；「春風」二句承「春滿」而細描春風春雨、春草春花：春風似剪，裁出纖柔的嫩草；春雨如酥，滋潤得春花濃豔。和風細雨中，碧草、紅花輝映出濃濃的春色。

下片描述美麗春色中的美人歌宴歡賞：窈窕婀娜的宮女們齊聲吟唱美妙的新曲，歌席曲罷，舞宴又起，笙簫合奏，花月春風之中，舞曲回蕩，宮女曼妙起舞，直至夜深花冷，絲絲輕寒襲上飄拂的衣衫。一派春夜宮中歌舞行樂圖景歷歷在目。

此詞筆調輕快流暢，尤其是上片「春」字的重複出現，以及下片「齊唱」二句連珠格句法，增強了詞作的流轉氣勢。

金人捧露盤

水仙

夢湘雲，吟湘月，弔湘靈❶。有誰見、羅韈塵生。凌波步弱❷，背人羞整六銖❸輕。娉娉裊裊❹，暈嬌黃、玉色輕明。

香心靜。波心冷。琴心怨，客心驚❺。怕佩解、卻返瑤京❻。杯擎清露❼，醉春蘭友與梅兄❽。暮煙萬頃，斷腸是、雪冷江清。

【注　釋】❶湘靈　古代傳說中的湘水之神。《楚辭・遠遊》：「使湘靈鼓瑟兮，令海若舞馮夷。」❷有誰見羅韈塵生二句　此乃質疑曹植〈洛神賦〉「羅韈生塵」語，意謂神女飄忽絕塵，怎會「羅韈塵生」。❸六銖　六銖衣，此指仙衣。銖，古重量單位，二十四銖為一兩，六銖即四分之一兩。❹娉娉裊裊　形容女子姿態美好。杜牧〈贈別〉：「娉娉裊裊十三餘，荳蔻梢頭二月初。」❺琴心怨二句　言琴曲聲情哀怨，感動聽琴之心。此用琴曲〈水仙操〉之典故。相傳伯牙在東海邊「聞海水洞滑崩折之聲，山林窅寞，群鳥悲號，愴然而嘆」，乃援琴而歌，作〈水仙操〉（參見《太平御覽》卷五百七十八〈樂部・琴〉

引《樂府解題》。琴心，指琴曲聲情。《史記・司馬相如列傳》載卓文君「新寡，好音」。司馬相如「以琴心挑之」。❻怕佩解卻返瑤京　怕仙女返回仙宮。此用漢皋解佩的典故。舊題劉向《列仙傳》載鄭交甫於漢水之濱遇二女。二女解珮相贈。交甫受珮而去，行數十步，懷中無珮，女亦不見。瑤京，即玉京，天宮。李白〈廬山謠〉：「遙見仙人綵雲裏，手把芙蓉朝玉京。」❼杯擎清露　指水仙花如承露杯盤。擎，托承。此暗用漢武帝承露盤典故。史載漢武帝造金銅仙人掌捧銅盤玉杯以承雲表之露，以露和玉屑服之，以求仙道（參見《三輔黃圖》卷三）。❽醉春蘭友與梅兄　指水仙與蘭、梅共醉清露。唐人呼酒為春，後沿用之。李白〈哭宣城善釀紀叟〉：「紀叟黃泉裏，還應釀老春。」

【語譯】夢見湘雲，吟詠湘月，憑弔湘靈。誰曾見她腳下塵生？波上步履，柔弱輕盈。背過人，含羞輕理仙衣。娉娉裊裊，明潤如玉，淡黃嬌媚。　芳香幽靜，水波清冷，琴曲哀怨，客心驚動。怕她解佩相贈，回首便返仙宮。玉杯承清露，相伴蘭友梅兄共歡醉。日暮煙靄萬頃，最斷腸處，是那清江寒雪飄飛。

【研析】這是一首題詠水仙的詞作。詞調名來自漢武帝所造金銅仙人承露盤典故（參見《三輔黃圖》卷三）。以此調詠水仙花，詞人構思即從「仙」字切入，起筆三句以湘水神女喻水仙，湘雲、湘月為湘靈的出現渲染氛圍。「有誰見」四句描寫湘靈煙波微步、羞整仙衣、婀娜輕柔之仙姿情態及其暈黃嬌美之妝飾、明潤如玉之容顏。「有誰見」之反詰，意即無人見其「羅襪塵生」，實乃質疑曹植〈洛神賦〉所謂「羅襪生塵」。神女超絕塵凡，飄然飛行，怎會「羅襪塵生」？此意及「步弱」語均切合清水中生長的水仙，清雅而柔弱。

上片筆調主要描寫水仙花之喻體，即湘靈，「暈嬌黃」一句兼及水仙花之色澤。過片承此筆路而寫水仙之心：「香心靜」二句，水仙花亭亭玉立於水波之中，散發出幽香冷韻。「琴心怨」，暗用琴曲〈水仙操〉典故，曲調哀怨遂令「客心驚」。同時，「琴心怨」亦呼應「弔湘靈」。《楚辭・遠遊》有云「使湘靈鼓瑟」，錢起〈省試湘靈鼓瑟〉云：「馮夷空自舞，楚客不堪聽。苦調淒金石，清音入杳冥。……曲終人不見，江上數峰青。」前四句即如本詞「琴心怨」二句，「曲終人不見」亦與本詞「怕佩解」句同一思路，而表達不同。錢詩直述曲終人去，本詞則化用另一個水仙典故——江妃解佩，又承前句之「驚」字而著一「怕」字，既寫出仙女飄然無定之風姿，又顯露「客心」對水仙之留戀。「杯擎」二句，筆調回落到水仙花，上句狀其形，暗用本詞調名

「金人捧露盤」典故；下句言其品格兼具蘭之高雅芳潔和梅之凌寒傲骨。末二句以暮靄茫茫、雪冷江清之斷腸情境作結，與起筆「湘靈」之喻，首尾呼應，情韻回蕩。

又

梅

念瑤姬，翻瑤佩，下瑤池❶。冷香夢，吹上南枝。羅浮路杳，憶曾清晚見仙姿❷。天寒翠袖，可憐是、倚竹依依❸。溪痕淺，雲痕凍，月痕淡，粉痕微。江樓怨、一笛休吹❹。芳香待寄，玉堂煙驛雨淒迷❺。新愁萬斛❻，為春瘦、卻怕春知。

【注釋】❶念瑤姬三句　言仙女自仙宮飄然飛降。瑤姬，亦作「姚姬」，傳說中的赤帝之女，即巫山神女。此泛指仙女。《文選》卷十九宋玉〈高唐賦〉李善注引《襄陽耆舊傳》曰：「赤帝女曰媱姬，未行而卒，葬於巫山之陽，故曰巫山之女。」瑤池，神話傳說中的崑崙山仙池，為西王母居所（參見《穆天子傳》卷三）。此泛指仙宮。❷冷香夢四句　意謂枝上早梅冷香幽韻，恍如有人在羅浮曾夢見的梅花仙女。南枝，指早梅。《白孔六帖》卷九十九〈梅〉「南枝」條：「大庾嶺上梅，南枝落，北枝開。」李嶠〈梅〉云：「大庾斂寒光，南枝獨早芳。」羅浮，山名，在今廣東省。相傳為葛洪得仙之地。舊題柳宗元《龍城錄》卷上載隋開皇年間，趙師雄遷羅浮，一日天寒日暮，醉憩大梅花樹下，夢見一素服女子，「與之語，但覺芳香襲人，語言極清麗。因與之扣酒家門，得數盃相與飲。少頃，有一綠衣童來，笑歌戲舞，亦自可觀。」醒來見梅花樹上「有翠羽啾嘈相顧。月落參橫，但惆悵而爾。」❸天寒翠袖二句　言天寒時節，梅花倚竹如翠袖佳人，楚楚可憐。杜甫〈佳人〉：「天寒翠袖薄，日暮倚修竹。」❹江樓怨一笛休吹　意謂莫在江樓吹奏哀怨的笛曲。按笛曲有〈梅花落〉，《樂府詩集》卷二十四〈漢橫吹曲〉：「〈梅花落〉，本笛中曲也。」黃大輿《梅苑》卷九錄無名氏〈河傳〉（香苞素質）：「說與高樓，休更吹羌笛。」❺芳香待寄二句　言欲以梅花寄玉堂，無奈驛路煙雨淒迷。玉堂，宮殿的美稱，亦泛指富貴之宅。此化用南朝宋陸凱梅花贈友典事。《太平御覽》卷十九引《荊州記》載陸凱在江南給長安好友范曄寄梅花一枝，並贈詩云：「折梅逢驛使，寄與隴頭人。江南無所有，聊贈一枝春。」❻新愁萬斛　極言愁多。斛，器量名。古代以十斗為一斛。庾信〈愁賦〉：「誰知一寸心，乃有萬斛愁。」

【語　譯】想那仙女自仙宮飛降，珮環飄飄。枝頭早梅，冷香幽邈。在那遙遠的羅浮，記得有人曾清夜夢見梅仙。天寒時節，翠袖佳人倚修竹，楚楚可憐。　清溪疏影，冷雲凝凍，淡月映照，粉色輕微。江樓幽怨，莫要吹笛。欲寄芳香到玉堂，驛路煙雨淒迷。新愁萬斛，為春憔悴，卻怕春知。

【研　析】這首詠梅詞作，上片描狀梅花仙姿，下片抒寫梅花幽怨。詞以「念」字引入，起筆即想像出仙女飛降、仙衣飄拂、環佩翻舞畫面。「冷香夢」，由仙女轉到梅花，「夢」字則引出下文「羅浮」二句所用典故。「上南枝」與前面「下瑤池」呼應，亦仙亦花。羅浮山相傳為葛洪得仙之處，又有隋代趙師雄梅花樹下夢見仙女之傳說。詞作用此典故，筆法上以「路杳」、「憶曾」、「見」數語，將羅浮清夜夢中的梅花仙女化為眼前的南枝梅花，「仙姿」與「冷香」相融一體。「天寒」二句，由仙女轉到世間佳人，化用杜甫〈佳人〉詩句「天寒翠袖薄，日暮倚修竹」，描繪出倚竹梅花的清雅多情之態，同時隱約透露出幾許淒清幽怨，為下片情調作鋪墊。

過片四句呈現的境界有似林逋〈山園小梅〉名聯：「疏影橫斜水清淺，暗香浮動月黃昏。」淡月、微雲、梅影在溪水中蕩漾，月色、花色相輝映，冷香飄浮。詞中四個「痕」字，則暗示出哀怨之情，接下便全在抒寫怨懷愁緒。「江樓怨」，乃江樓懷人之怨。「一笛休吹」，暗用笛曲〈梅花落〉，言「休吹」，因笛曲更添悲傷，亦如舒亶〈蝶戀花〉（雪後江城紅日晚）所云：「手把北枝多少怨，小樓橫笛休腸斷。」「芳香」二句化用驛使寄梅典故，筆脈仍承「江樓怨」，倚樓懷遠，遂有寄梅之念。然而驛路煙雨淒迷，欲寄而不能，相思愁苦，鬱積心懷，便成「新愁萬斛」。自「江樓怨」句至此，實由寄梅典故演繹出人間離愁別怨，筆調落在人之怨。末句「為春瘦、卻怕春知」，筆調回到梅花，筆法之擬人化則又兼融人情。梅花凌寒盼春歸，盼到春歸卻凋零，可謂「為春瘦」；春來則退，亦可謂「卻怕春知」。此般情懷亦如世間兒女相思怨別之情狀：為他（她）

憔悴，卻又怕他（她）知我憔悴而擔憂。

祝英臺近

一窗寒，孤燼❶冷，獨自箇春睡。繡被熏香，不是舊風味。靜聽滴滴簷聲，驚愁攪夢，更不管、庾郎❷心碎。

念芳意。一併十日春風，梅花煞❸憔悴。嬾做新詞，春在可憐❹裏。幾時挑菜踏青❺，雲沈雨斷❻，盡分付❼、楚天之外。

【注釋】❶孤燼　孤燈。燼，燈花；燭花。❷庾郎　指庾信（西元五一三—五八一年），作有〈愁賦〉。❸煞　極；甚。辛棄疾〈清平樂〉（雲煙草樹）：「門前萬斛春寒，梅花可煞摧殘。」❹可憐　可惜。李清照〈蝶戀花〉（永夜厭厭歡意少）：「可憐春似人將老。」❺挑菜踏青　古時春日郊野遊樂活動。挑菜，指舊俗農曆二月初二日挑菜節。此日仕女出郊拾菜，士民遊觀其間。踏青，春日郊遊。舊時多以清明節出遊為踏青。❻雲沈雨斷　化用巫山雲雨典故，指相戀之人不能歡聚。宋玉〈高唐賦序〉謂楚懷王遊高唐，夢幸巫山神女。神女云：「妾在巫山之陽，高丘之阻，旦為朝雲，暮為行雨，朝朝暮暮，陽臺之下。」❼分付　交付。毛滂〈惜分飛〉（淚濕闌干花著露）：「今夜山深處，斷魂分付潮回去。」

【語譯】孤窗清寒，孤燈燼冷，孤枕春睡。繡被染熏香，卻非舊時情味。靜聽簷雨聲淅瀝，驚斷夢魂，攪亂愁緒，全不管庾郎腸斷心碎。

想那春來，一連十日東風吹，梅花凋零太憔悴。懶得賦新詞，一番春色令人惜。挑菜踏青待何時？雲沈雨斷音信杳，一切全付與茫茫楚天外。

【研析】這是一首傷春懷人之作。起筆三句呈現春夜孤眠情景，「一」、「孤」、「獨」、「寒」、「冷」等字眼渲染出淒清孤冷氛圍。「繡被」二句承「春睡」，「繡被」之「熏香」依舊，而其境況亦非舊時情味。「靜聽」三句承「不是舊風味」，描述今日「獨自箇春睡」之況味：孤枕難眠，已是斷腸心碎，偏又春雨淅淅瀝瀝，聽那簷間雨滴聲聲，夢不成，愁更濃。「驚」、「攪」、「不管」等用語見出對春雨無情之深深怨意，而此番無理之怨折射出孤眠之人的深切而無奈的愁苦之情。

詞作下片拓開筆調，描寫春日景象，但展現的並非柳綠花紅、鶯歌燕舞，而是春風連日吹拂，梅花凋零憔悴，即「春在可憐裏」，令人歎惜！傷別之人對春傷懷，便無興致吟詠春詞。想到挑菜、踏青，曾經的攜手春遊情形又在心頭引發些許期盼，「幾時挑菜踏青」一問隱含希冀，然而佳人音信杳無，一切的思念期待只能交付眼前的茫茫楚天。

思佳客

翦翠衫兒穩四停❶。最憐一曲鳳簫❷吟。同心羅帕輕藏素❸，合字香囊半影金❹。

春思悄，畫窗深。誰能拘束少年心。鶯來驚碎風流膽，踏動櫻桃葉底鈴❺。

【注釋】❶穩四停　指四邊勻稱妥貼。❷鳳簫　即排簫。比竹為之，參差如鳳翼，故名。此亦暗寓蕭史、弄玉吹簫引鳳故事（參見舊題劉向《列仙傳》）。❸同心羅帕輕藏素　指素絹羅帕綰成的同心結。❹合字香囊半影金　指香囊上貼金繡出雙合字。蔡伸〈感皇恩〉（酒暈襯橫波）：「撚金雙合字，無心繡。」趙長卿〈蝶戀花〉（一夢十年勞憶記）：「襯粉泥書雙合字。鸞鳳鴛鴦，總是雙雙意。」❺櫻桃葉底鈴　櫻桃將熟時，為防鳥兒啄食，常於葉底設鈴以驚之。

【語譯】裁剪翠衫穩稱身，鳳簫一曲最動聽。素絹羅帕綰成同心結，香囊合字透金影。　春晝情思悄悄，瑣窗幽深。誰能束縛少年心？黃鶯飛來踏響櫻桃葉底的防護鈴，嚇得那風流少年膽破心驚。

【研析】這是一首描寫春日男女幽約的詞作。上片寫兩情相悅，為下片之幽會作鋪墊。「翦翠衫兒」是春衫新試，「穩四停」言衣衫稱身合體，如杜甫〈麗人行〉中「珠壓腰衱穩稱身」之「穩稱身」。佳人亭亭玉立，一曲鳳簫動人心。「鳳簫吟」暗用蕭史、弄玉吹簫引鳳故事，冠以「最憐」二字，見出知音相戀之情。「同心」兩句承上明言兩情相悅：羅帕結同心，香囊繡合字。兩件小女兒物什，訴說著濃濃愛意。

過片言「春思」，指春日情懷，點出少女之春懷。「悄」字、「深」字營造出春日深閨晝長人靜之氛圍，反襯出狂放熱切而無法拘束的少年春心：「誰能拘束少年心。」於是有下句之「風流膽」。少年情切，不管不顧與戀人相約。不料黃鶯忽地飛來，踏響了櫻桃葉底的防護鈴，嚇得少年驚魂不定。情景描寫生動逼真，令人忍俊不禁。

霜天曉角

春雲粉色，春水和雲溼。試問西湖楊柳，東風外，幾絲碧。

望極連翠陌，蘭橈❶雙槳急。欲訪莫愁❷何處？旗亭❸在、畫橋側。

【注釋】❶蘭橈　小舟的美稱。秦觀〈臨江仙〉：「千里瀟湘挼藍浦，蘭橈昔日曾經。」❷莫愁　古樂府中傳說的女子。一為洛陽人。梁武帝〈河中之水歌〉：「河中之水向東流，洛陽女兒名莫愁。」一為石城（在今湖北鍾祥）人。《舊唐書・音樂志二》：「〈莫愁樂〉出於〈石城樂〉。石城有女子名莫愁，善歌謠。〈石城樂〉和中復有『莫愁』聲，故歌云：『莫愁在何處，莫愁石城西。艇子打兩槳，催送莫愁來。』」❸旗亭　酒樓。古時酒樓懸旗為招，故稱。

【語譯】春空彩雲飄浮，水雲蕩漾潤溼。試問西湖楊柳，幾絲迎風搖碧？　望盡陌頭青翠，小船急如箭。何處尋訪莫愁女？酒樓就在畫橋邊。

【研析】這是一首西湖賞春、酒樓遣興之作。上片描繪春日景色，天上是淡淡的粉色雲彩，倒映在湖水中，雲水蕩漾潤溼。湖邊楊柳在東風吹拂中，絲絲蕩碧。此番春景如水彩畫般明麗而又柔和，且彌漫著淡淡的溫馨。

過片「翠陌」承上片春景，「望極」則暗示若有所待。所待為何人？「蘭橈」二句中「莫愁」二字給出答案。古樂府〈莫愁樂〉云：「莫愁在何處，莫愁石城西。艇子打兩槳，催送莫愁來。」本詞下片構思蓋由此變化而出：「望極」句由「莫愁石城西」引申而來；「蘭橈」句融合「艇子」二句之意；「欲訪」句借用「莫愁在何處」之成句，冠以「欲訪」二字則透露出歌酒歡賞之意念。末句承「何處」之問，點出畫橋邊的旗亭，亦回應「欲訪」之念。詞筆至此戛然而止，可謂引而不發，酒樓聽歌歡賞情形盡在言外。

風入松

捲簾日日恨春陰。寒食❶新晴。馬蹄只向南山❷去，長橋❸愛、花柳多情。
紅外風嬌日暖，翠邊水秀山明。杜郎❹歌酒過平生。到處蓬瀛❺。醉魂不入
重城❻晚，穠歡寄、桃葉桃根❼。繡被嫩寒清曉。鶯聲喚起春酲❽。

【注釋】❶寒食　節令名。在清明前一日或二日，此日禁火冷食，故稱。❷南山　指西湖南屏山，在西湖南邊。❸長橋　在西湖南屏山北。❹杜郎　指晚唐詩人杜牧（西元八〇三—八五二年），其〈遣懷〉云：「落魄江湖載酒行，楚腰纖細掌中輕。十年一覺揚州夢，贏得青樓薄倖名。」❺蓬瀛　蓬萊、瀛洲。傳說中的海上仙山。❻重城　此指南宋京城臨安（今浙江杭州）。❼桃葉桃根　晉王獻之有寵妾桃葉，其妹名桃根。此代指歌妓。❽春酲　春日醉酒。

【語譯】日日捲簾，怨恨春來天陰沉。寒食迎新晴。馬蹄直往南屏山，最愛那長橋花柳多風情。風嬌日暖百花開，水秀山明草木青。

恰似杜郎歌酒遣平生，處處如仙境。夜深醉酒，不入重城，歡情寄予桃葉桃根。

清曉微寒襲繡被，鶯啼聲聲，喚我春醉醒。

【研　析】這是一首描寫西湖春晴遊樂的詞作。上片寫春日出遊。首句「日日恨春陰」點明出遊心切。盼春晴而終於迎來「寒食新晴」，且寒食清明正是春意深濃之時，則其欣喜之情可以想見，於是躍馬揮鞭直往南屏、長橋賞美景。「馬蹄」句似有「春風得意馬蹄疾」（孟郊〈登科後〉）之意。「只向南山」，亦見出念想已久，迫不及待。「花柳多情」四字下啟「紅外」兩句。此二句互文見義，以色彩領起，生動而鮮明地勾勒出一副明麗的湖光春色圖：春風吹拂，翠柳嬌柔，春日臨照，花紅欲燃，山水相映，明媚秀潤。明亮的色調，正映襯出詞人愉悅的心情。

上片言遊賞自然風景，下片寫歌酒遊樂。過片二句以風流倜儻的杜牧自比，在歌酒歡宴中遣懷賞樂，超然灑脫，處處皆是蓬萊仙境。此為總筆。「醉魂」四句細述歌酒歡醉情形：歌酒流連至深夜不歸，醉宿於桃根桃葉處，直到清曉微寒襲繡被，鶯聲窗外起，醉夢方醒。此恰似「十年一覺揚州夢，贏得青樓薄倖名」的「杜郎」生涯。

此詞以時間為線，從白晝到深夜再到次日清曉，以一晝夜的遊樂生活映射出「歌酒過平生」。

謁金門

煙墅暝❶。隔斷仙源芳徑❷。雨歇花梢魂未醒。溼紅如有恨。　別後香車❸

誰整？怪得畫橋春靜。碧漲平湖❹三十頃。歸雲❺何處問？

【注　釋】❶煙墅暝　林野屋舍煙霧彌漫。墅，田廬或園林別館。梅堯臣〈蘇幕遮〉：「露堤平，煙墅杳。亂碧萋萋，雨後江天曉。」❷隔斷句　言隔斷通往仙境之路。此用陶淵明〈桃花源記〉典故。王維〈桃源行〉：「春來遍是桃花水，不辨仙源何處尋。」❸香車　指華美的車。李清照〈永遇樂〉（落日鎔金）：「來相召、香車寶馬，謝他酒朋詩侶。」❹平湖　指西湖。❺歸雲　用巫山神女典故，指所戀之人。晏幾道〈鷓鴣天〉（題破香箋小研紅）：「憑誰問取歸雲信，今在巫山第幾峰？」

【語　譯】林野屋舍迷煙霧，隔斷桃源芬芳路。雨後花梢如夢魂未醒，潤溼紅豔似含愁帶恨。　別後香車有誰整？驚怪畫橋春寂靜。碧湖波蕩三十頃，試問：雲歸何處尋？

【研　析】這是一首西湖春遊懷人詞作。首二句呈現出煙霧彌漫、仙源路斷景象，其境略似秦觀〈踏莎行〉之「霧失樓臺，月迷津渡，桃源望斷無尋處」，虛實相融，透露出欲尋所思而煙暝路斷的茫然無奈之情。「煙」、「暝」兩字渲染出迷茫黯淡情調；「隔斷」句，暗喻所戀之人無處尋覓。「雨歇」兩句筆路承「仙源芳徑」，描狀雨後花梢景象：靜無聲息的花枝如夢魂未醒，雨水浸潤的花朵似紅顏粉淚，含怨帶恨。花之魂、花之恨，實乃看花人想像所戀之人的別魂離恨。

上片末二句筆調已暗轉到所思之人，過片承此意脈，因眼前畫橋春景無人遊賞而料想佳人別後無心遊春，香車閒置。面對寂靜的畫橋春光，放眼碧波蕩漾的浩渺湖光，那飄浮的行雲觸發其內心思念尋覓所戀之人而茫然不知所從的悵惘困惑：「歸雲何處問？」此問亦如晏幾道〈鷓鴣天〉（題破香箋小研紅）：「憑誰問取歸雲信，今在巫山第幾峰？」巫山神女辭別楚王時自稱「旦為朝雲」，「歸雲」即借巫山神女指所戀女子。

劉　鎮

劉鎮（生卒年不詳），字叔安，號隨如。南海縣（治所在今廣州）人。嘉泰二年（西元一二〇二年）進士。有《隨如百詠》，今不傳。《全宋詞》錄其詞二十六首。

玉樓春

東山❶探梅

泠泠❷水向樓東去。漠漠❸雲歸溪上住。疏風淡月有來時，流水行雲無覓處。

佳人獨立相思苦。薄袖欺寒修竹暮❹。白頭空負雪邊春，著意問春春不語。

【注釋】❶東山　指臨安東山，在今浙江臨安。潛說友《咸淳臨安志》卷二十五：「東山，在（臨安）縣西三里，相傳謝安石高臥之地。」❷泠泠　形容聲音清脆悠揚。杜甫〈奉贈薛十二丈判官見贈〉：「老夫自汲澗，野水日泠泠。」❸漠漠　彌漫的樣子。劉長卿〈硤石遇雨宴前主簿從兄子英宅〉：「硤石雲漠漠，東風吹雨來。」❹佳人二句　言佳人日暮倚竹相思，天寒袖薄。欺寒，禦寒。杜甫〈佳人〉：「天寒翠袖薄，日暮倚修竹。」

【語譯】溪水潺潺橋東流，白雲漠漠籠溪頭。疏風淡月來有時，流水行雲無覓處。　佳人佇立相思苦。薄袖禦寒，日暮倚修竹。憂思頭白，空辜負雪邊春色，殷切問春春不語。

【研析】這首詞題詠東山之梅。題曰「探梅」，一則梅花須探尋而得，再則探尋所得當為幽獨之梅，非如姜夔筆下的「千樹壓西湖寒碧」（〈暗香〉）。詞作上片描寫山水環境，落實「探」字。溪水泠泠，行雲漠漠，雲水相映間，時有疏風淡月。如此清幽淡雅之境中，那臨溪疏影清淺、映月幽香飄浮的梅花已隱約可見，呼之欲出。

下片詞筆落到梅花，擇取竹邊梅、雪中梅兩幅圖景，以佳人為喻，展現梅花之神情。「佳人」二句化用杜甫〈佳人〉詩句「天寒翠袖薄，日暮倚修竹」，更增添「獨立相思苦」之情態，便呈現出孤寂清高、相思幽怨的佳人形象，寄寓傍竹梅花之情韻。結末兩句寫雪中梅花，仍承前「佳人」之喻，以春色相襯。從事理而言，「白頭」指雪壓梅枝，春已到來，梅花亦將凋謝，故曰「空負雪邊春」。從詞情脈絡看，「白頭」乃承「佳人獨立相思苦」而來，所謂「思君令人老」（〈古詩十九首〉），相思愁苦便無心賞春，遂空負了雪邊春色。其「著意問春」，亦「相思苦」所致，此問有期待，有尋問，有訴說。然而「春不語」，則一切歸於茫然無奈，相思依舊。

張　輯

張輯（生卒年不詳），字宗瑞，號東澤。鄱陽縣（今屬江西）人。宋理宗紹定、端平年間在世。有《東澤綺語債》二卷。詞作常取篇末語句另立調名。《全宋詞》錄其詞四十四首。

桂枝香❶

梧桐雨細，漸滴作秋聲，被風驚碎。潤逼衣篝❷，綫裊蕙爐沈水❸。悠悠歲月天涯醉。一分秋、一分憔悴。紫簫❹吹斷，素箋❺恨切，夜寒鴻起。又何苦、淒涼客裏。負草堂春綠，竹溪空翠❻。落葉西風，吹老幾番塵世。從前諳❼盡江湖味。聽商歌、歸興千里❽。露侵宿酒，疏簾淡月，照人無寐。

【注釋】❶桂枝香　柯本調作「疏簾淡月」。❷衣篝　薰衣用的竹籠。周邦彥〈浣溪沙〉（雨過殘紅濕未飛）：「金屋無人風竹亂，衣篝盡日水沉微。」❸綫裊句　指香爐中焚著沉水香，煙霧裊裊如絲縷。蕙爐，香爐。沈水，沉水香，一種名貴香料。❹紫簾　紫竹簾。趙長卿〈清平樂〉：「紫簾聲斷，窗底春愁亂。」❺素牋　白色箋紙。此代指書信。❻負草堂二句　意謂未能退居林泉，心有所愧。草堂、竹溪，均指隱居之地。杜甫有浣花草堂，李白曾與孔巢父等隱居於山東徂徠山，號「竹溪六逸」。空翠，指山間霧氣。王維〈山中〉：「山路元無雨，空翠濕人衣。」❼諳　熟知。范仲淹〈御街行〉（紛紛墜葉飄香砌）：「諳盡孤眠滋味。」❽聽商歌句　意謂聽到秋聲，心生歸鄉之念。此暗用晉張翰典故。《世說新語・識鑒》載張翰在洛陽為官，「見秋風起，因思吳中菰菜羹、鱸魚膾，曰：『人生貴得適意爾，何能羈宦數千里以要名爵？』遂命駕便歸。」商歌，悲涼之歌。陰陽五行之說，五音配四時，商配秋，商音淒涼悲切，與秋天肅殺之氣相應。錢起〈秋夜作〉：「商歌向秋月，哀韻兼浩歎。」

【語　譯】梧桐細雨，漸漸滴落作秋聲，又被風驚碎。溼氣侵潤衣篝，爐煙裊裊，香名沉水。歲月悠悠去，天涯人醉。一分秋色，一分憔悴。紫簾聲斷，書信凝恨，秋夜寒，鴻雁驚飛。　何苦淒涼客異地，辜負草堂春綠，竹溪氤氳飄翠。西風吹拂，落葉飄飛，塵世幾番盛而衰。平生嘗盡江湖況味。靜聽秋聲，心懷千里歸思。秋露滴破醉夢，淡月透疏簾，照人無眠。

【研　析】這是一首羈旅悲秋之作，詞中「天涯醉」、「淒涼客裏」、「諳盡江湖味」等點出羈旅之境，「一分秋、一分憔悴」、「落葉西風，吹老幾番塵世」等顯露悲秋之情。

詞從秋聲切入，起筆三句描寫秋雨秋風之聲，與溫庭筠〈更漏子〉之「梧桐樹，三更雨，不道離情正苦。一葉葉，一聲聲，空階滴到明」、李清照〈聲聲慢〉之「梧桐更兼細雨，到黃昏、點點滴滴」相較，於淒涼冷寂之外更添一層肅殺氛圍。「潤逼」兩句轉寫室內，意脈承「細雨」，秋雨致使衣潤，爐煙亦顯溼重。「潤逼衣篝」四字或許脫胎於周邦彥〈滿庭芳〉（風老鶯雛）之「衣潤費爐煙」，「逼」字生新，不及周詞之自然妥貼，但流露出詞中人的淒切心境：秋夜，室外風雨蕭瑟，天涯羈旅之人獨對裊裊爐煙，感慨淒楚，悵歎「一分秋、一分憔悴」。深切的悲秋怨別之情無以消融，遂託諸簾聲、書信、鴻雁，「吹斷」、「恨切」二語力透紙背。

過片上承「悠悠歲月天涯醉」數句筆意，但情調轉趨舒緩。「何苦」一語有自問、自怨、自悔之意味。「負草堂」二句順承此意，表露對林泉閒居的欣羨之情。「落葉西風」以下承「淒涼客裏」而發：「落葉」二句言客裡見秋風落葉之淒涼，亦呼應上片「被風驚碎」；「從前」二句言嘗盡客裡淒涼滋味，聞秋聲而興千里歸思；「露侵」三句言客裡秋月之淒涼，秋露侵宿酒，淡月照無眠，清冷之景蘊含綿綿不盡之情韻。

詞以秋雨秋風起筆，以秋露秋月結筆，在肅殺淒清的秋夜氛圍中抒寫天涯倦客的悲秋歎世、自憐自怨、漂泊思歸之情。筆調沉重，詞情深切，章法交錯呼應。

長相思❶

山無情。水無情。楊柳飛花春雨晴。征衫長短亭❷。　擬行行。重行行❸。

吟到江南第幾程。江南山漸青。

【注釋】❶長相思　柯本調作「山漸青」。❷長短亭　長亭、短亭，古代道邊供行旅停息所建之亭舍。大約十里一長亭，五里一短亭。庾信〈哀江南賦〉：「十里五里，長亭短亭。」❸擬行行二句　言行旅不止。〈古詩十九首〉：「行行重行行，與君生別離。」

【語譯】山無情，水無情。楊花飄飛，雨過迎春晴。塵染征衫，長亭連短亭。　整裝起，不斷前行。行吟到江南，不知歷經多少程。江南山更青。

【研　析】這是一首惜別詞作。上片描寫送別場景：春雨新晴，山潤水秀，楊花飄飛，長亭送別，行裝待發。山、水之間亦如別離雙方，一住一行，言山水之「無情」則反襯出人之多情，依依惜別。雨後春晴之美景亦反襯別離之悲愁。「楊柳」、「征衫長短亭」等用語點明送別情事。

下片言別後行程，當為料想之詞。過片承上片結句，言征程不斷。筆法上化用〈古詩十九首〉「行行重行行，與君生別離」詩意，又暗寓行吟之情態，彷彿行旅之人且行且吟，離情別緒一路隨行，因而下句云「吟到江南第幾程」。山一程，水一程，待到江南亦不知第幾程，可以想見的是山色更青，春色更深。

此詞筆調流快，語詞重複疊唱，韻味悠揚，頗有民歌情致。

謁金門

前度蘭舟❷

花半溼。睡起一簾晴色。千里江南真咫尺。醉中歸夢直❶。

送客，雙鯉沈沈消息❸。樓外垂楊如此碧。問春來幾日。

【注　釋】❶千里二句　意謂醉夢中，千里江南近在咫尺，瞬間即歸。岑參〈春夢〉：「枕上片時春夢中，行盡江南數千里。」釋行肇〈送惟鳳〉：「遙山去意長，大江歸夢直。」❷蘭舟　原指木蘭舟，即用木蘭樹製造的船，後為船的美稱。❸雙鯉句　指音信杳無。漢樂府〈飲馬長城窟行〉：「客從遠方來，遺我雙鯉魚。呼兒烹鯉魚，中有尺素書。」

【語　譯】花兒半溼。睡起時，簾外一片晴色。咫尺千里江南，醉夢歸路直。　那回蘭舟送客去，從此音書沉沉無消息。樓外垂楊這般綠，問春歸來有幾日。

【研　析】此詞抒寫春日別怨。上片寫遊子夢歸江南，其意趣頗似唐代岑參〈春夢〉：「洞房昨夜春風起，遙憶美人湘江水。枕上片時春夢中，行盡江南數千里。」筆調有別：岑詩為順敘，昨夜春風觸發思念美人，因思如夢，夢歸江南；本詞則取倒敘，先描寫夢醒後所見景色，然後追述夢歸江南。夜來春雨曉來晴，花瓣上的雨水尚未全乾，非如周邦彥〈蘇幕遮〉之「葉上初陽乾宿雨」，故曰「半溼」。「一簾晴色」，即開簾一望，滿眼春光。明麗春色映襯出詞中人的舒快心情，此乃源於昨夜夢歸江南：「千里江南真咫尺，醉中歸夢直。」此二句所言即如岑詩之「枕上片時春夢中，行盡江南數千里」。「歸夢直」，言夢歸之迅捷直達，用語生新而貼切，宋初僧人行肇〈送惟鳳〉亦有云：「遙山去意長，大江歸夢直。」

下片承上片夢歸江南，筆調轉到江南佳人之別怨。過片追述「前度蘭舟送客」後的音信杳無。別後相思，音書沉沉則思念更切。如今見證了送別的樓外垂柳已拂翠蕩碧，春歸已多日，而所思之人不知何日能歸。期盼而茫然之情全在「問春」聲中。

念奴嬌

嫩涼生曉，怪今朝湖上，秋風無跡。古寺桂香山色外，腸斷幽叢金碧❶。聚雨俄來，蒼煙不見，苔徑孤吟屐。繫船高柳，晚蟬嘶破愁寂。　　且約攜酒高歌，與鷗相好❷，分坐漁磯石❸。算只藕花知我意，猶把紅芳留客。樓閣空濛❹，管絃清潤，一水盈盈隔❺。不如休去，月懸良夜千尺。

【注　釋】❶幽叢金碧　指桂樹綠葉叢中的金色桂花。❷與鷗相好　與鷗鳥為友，比喻隱退。《列子・黃帝》載海邊有人好鷗鳥而無捕捉之機心，鷗鳥紛紛與之遊。❸漁磯石　即釣磯，可供垂釣的水邊岩石。代指隱居之地。《後漢書・嚴光傳》載嚴光（字子陵）隱居不仕，耕釣於富春山，「後人名其釣處為嚴陵瀨焉」。李賢注：「引顧野王《輿地志》曰：七里灘在東陽江，下與嚴陵瀨相接，有嚴山，桐廬縣南，有嚴子陵漁釣處。今山邊有石，上平，可坐十人，臨水，名為嚴陵釣壇也。」❹空濛　迷茫縹緲。蘇軾〈飲湖上初晴後雨〉：「水光瀲灩晴方好，山色空濛雨亦奇。」❺一水句　盈盈，清澈的樣子。〈古詩十九首・迢迢牽牛星〉：「盈盈一水間，脈脈不得語。」

【語　譯】曉來微涼，驚怪今日湖上，不見秋風蹤跡。古寺桂香，山色邈遠，綠葉幽深映金蕊，觸目斷腸。驟雨忽來遽止，蒼煙散盡，青苔小徑，唯我木屐孤吟。繫船高柳，秋蟬嘶鳴，驚破一片寂寞愁。　且相約攜酒高歌，交遊鷗鳥，列坐釣磯石。想來唯有荷花知我意，尚以紅花芳香留客。樓閣縹緲，管絃聲曲清潤，盈盈一水相隔。不如不歸，良夜明月掛千尺。

【研　析】這首詞描寫秋日遊湖。上片描述遊湖情形，以寫景為主。秋晨微涼，湖面竟無一絲風色。寂靜中桂香飄浮，古寺依傍碧叢，幽深茂密的枝葉間金蕊點綴，遠處山色蒼茫。置身其境，心生莫名的惆悵，故曰「腸斷」，即下文所言「愁寂」。「驟雨」句言陣雨驟至，則此前之「怪今朝湖上，秋風無跡」正是驟雨來臨之預兆。雨過煙霧散去，繫船於湖岸高柳，獨自在青苔小路上漫步，腳下木屐孤吟，柳枝上秋蟬嘶鳴。所謂「嘶破愁寂」，實則更增愁寂。

置身於一片愁寂，遂欲「攜酒高歌」以遣愁。詞作過片即言此意，謂「且約」，但無人可約，只有「與鷗相好，分坐漁磯石」。盟鷗垂釣，寄寓湖上隱居之願，即下句之「我意」。「算只藕花知我意」二句言荷花「知我意」而留我。「樓閣空濛」句以下言我為良夜美景而欲留，即「不如休去」。盈盈水波相隔，遙望樓閣縹緲，耳旁飄拂清潤的管絃聲曲，明月懸空朗照，可謂美如仙境，怎忍離去？

祝英臺近

竹間棋❶，池上字❷，風日❸共清美。誰道春深，湘綠漲沙觜❹。更添楊柳無情，恨煙顰雨，卻不把、扁舟偷繫。去千里。明日知幾重山，後朝幾重水。

對酒相思，爭似❺且留醉。奈何琴劍❻匆匆，而今心事，在月夜、杜鵑聲裏❼。

【注　釋】❶竹間棋　竹下對弈。李商隱〈即日〉：「小鼎煎茶面曲池，白鬚道士竹間棋。」❷池上字　臨池習字。❸風日　指天氣。張九齡〈東湖臨泛餞王司馬〉：「聊乘風日好，來泛芰荷香。」❹湘綠句　言春水上漲淹沒山嘴。湘綠，指春水碧波。瀟湘水以綠聞名，故被用以代指春水。晁補之〈題惠崇畫〉：「瀟湘綠水春迢迢。」沙觜，與岸相連而突入水中的帶狀沙灘。觜，同「嘴」。楊萬里〈蠶戶〉：「夜來春漲吞沙嘴，急遣兒童斸荻芽。」❺爭似　怎似。歐陽脩〈青玉案〉（一年春事都來幾）：「買花載酒長安市，又爭似家山見桃李。」❻琴劍　琴與劍，為古時文人隨身之物，代指行裝。薛能〈送馮溫往河外〉：「琴劍事行裝，河關出北方。」❼而今二句　意謂如今思念之苦如月夜杜鵑悲啼。陸佃《埤雅》卷九：「杜鵑一名子規，苦啼，啼血不止，一名怨鳥。夜啼達旦，血漬草木。」相傳古蜀國望帝杜宇禪位後化為杜鵑鳥，至春則晝夜悲啼不止（參見《太平御覽》卷一百六十六引《十三洲志》）。李白〈蜀道難〉：「又聞子規啼夜月，愁空山。」

【語　譯】竹間對弈，臨池習字，風日融和清美。誰說春色已深，碧波漲沒沙嘴。更有那楊柳無情，拂蕩煙雨惹愁緒，卻不能偷把行舟繫。

一去千里。不知明日相隔幾重山，後日又隔幾重水。對酒相思，怎如相留歡醉。奈何攜琴帶劍去匆匆，如今心事都在月夜杜鵑悲啼中。

【研　析】這是一首惜別詞作。首三句描述分別之前的歡聚情形，反襯別離之愁。風和日暖，竹間對弈，池邊習字，閒適愜意。「誰道」句突轉，恍若風波平地起，打破了此前的平靜閒逸。春深水漲，相伴對弈之人竟要乘船離開，離愁別恨湧上心頭，不僅埋怨春深水漲，更責怪楊柳無情，沒能把行舟繫住。「誰道」、「更添」、「卻不」等用語清晰傳達出別離情懷的跌宕頓挫。

過片「去千里」點明遠別情事。「明日」二句互文見義，謂明日後日，不知已隔幾重山幾重水。此亦順承「去千里」之意，千里之遙更添重重阻隔。「對酒」句以下言別後相思之苦。別後把酒相思，怎如相留共醉？相留而不能，匆匆離去，徒喚奈何！別離之悲苦盡在月夜杜鵑哀啼聲中。

李　石

李石（西元一一〇八—？年），字知幾，號方舟。資州銀山（今四川資中銀山鎮）人。紹興二十一年（西元一一五一年）進士及第。歷仕太學博士、都官員外郎，知合州、眉州，除成都路轉運判官。有《方舟集》。《全宋詞》錄其詞三十九首。

木蘭花令

轆轤❶軋軋門前井。不道隔窗人睡醒。柔絲無力玉琴寒，殘麝徹心金鴨❷冷。

一鶯啼破簾櫳靜。紅日漸高花轉影。起來情緒寄游絲❸，飛絆翠翹❹風不定。

【注　釋】❶轆轤　利用輪軸原理製成的井上汲水裝置。❷金鴨　鴨形銅香爐。戴叔倫〈春怨〉：「金鴨香消欲斷魂，梨花春雨掩重門。」❸游絲　春天蜘蛛等昆蟲吐出飄於空中的細絲。盧照鄰〈春晚山莊率題〉：「游絲橫惹樹，戲蝶亂依蘩。」❹翠翹　古代女子首飾，狀似翠鳥尾之長羽，故名。韋應物〈長安道〉：「麗人綺閣情飄颻，頭上鴛釵雙翠翹。」

【語　譯】門前井邊，轆轤軋軋響，不顧窗裡人未醒。絲絃無力玉琴寒，麝香燃盡香爐冷。　一聲鶯啼，打破閨閣寧靜。紅日漸高，花轉倩影。起來情緒如游絲，飛絆翠翹，隨風飄拂不定。

【研　析】這首詞抒寫春日閨怨。上片渲染閨中淒清氛圍，蘊含閨中人之幽怨。起筆從門前井上轆轤聲切入，實乃落筆於「隔窗人」之所聞。「不道」一語流露出對「轆轤軋軋」埋怨，透露出空閨難眠之人的怨惱心態。「柔絲」兩句描寫玉琴、香爐這兩種閨中物象。玉琴寒，香爐冷，烘托出淒涼冷寂氣氛，映襯出閨中人的孤寂冷落情懷。

過片以鶯啼驚破閨中靜寂，筆調亦由室內轉向室外：紅日漸高，花影隨轉，遊絲飄浮，一派春日美景。然而閨中人無心觀賞，其繚繞心間的愁緒正如眼前飄飛的遊絲被翠翹縈絆，在風中飄拂不定而又難以解脫。

本詞敘寫脈絡清晰，時間上從清曉到紅日漸高，空間上由室內到室外。融情於境，筆調含蓄。

李泳

李泳（生卒年不詳），字子永，號蘭澤。揚州（今屬江蘇）人，一說廬陵郡（治所在今江西吉安）人。紹興末任比部員外郎，淳熙間提點阬冶司幹辦公事，與辛棄疾有交遊。官終溧水令。兄弟五人皆能詩詞，有《李氏華萼集》五卷。《全宋詞》錄其詞二首。

定風波

點點行人趁落暉。搖搖煙艇出漁扉❶。一路水香流不斷。零亂。春潮綠浸野薔薇。

南去北來愁幾許，登臨懷古欲沾衣。試問越王歌舞地。佳麗。只今惟有鷓鴣啼❷。

【注　釋】❶搖搖句　言漁船搖蕩著離開漁村。煙艇，漁船。漁扉，漁家屋舍。陸龜蒙〈篛笠〉：「朝攜下楓浦，晚戴出煙艇。」陸游〈蔬圃〉：「蔬圃依山腳，漁扉並水涯。」❷試問三句　意謂昔日越王歌舞繁華之地，如今惟聞鷓鴣啼鳴。劉希夷〈代悲白頭翁〉：「但看舊來歌舞地，惟有黃昏鳥雀悲。」李白〈越中覽古〉：「越王勾踐破吳歸，戰士還家盡錦衣。宮女如花滿春殿，只今惟有鷓鴣飛。」

【語　譯】行人身影點點，追趕落日餘暉。漁船駛離漁舍，搖蕩煙霏。一路飄香，流水不斷。落花零亂。春潮漲綠，浸潤岸邊野薔薇。

南去北來愁幾許，登臨懷古淚沾衣。試問越王歌舞故地，昔時繁華美麗，只今唯有鷓鴣悲啼。

【研析】這是一首登臨懷古詞作。詞云「越王歌舞地」，當作於春秋時越國都城會稽，即今浙江紹興。

詞作上片描寫登臨所見景象：暮春的落日餘暉下，路上行人匆匆，遠望身影點點。江上煙波飄渺間，漁船搖蕩而去。江岸薔薇落花零亂，流水不斷，花香悠悠，春潮漲綠，浸潤著茂密的薔薇枝葉。一幅水鄉暮春落日時分的風情圖景中，已蘊含幾許滄桑感慨。

詞作下片觸景感懷。過片「南去北來」為自歎身世漂泊，其筆脈亦呼應上片「點點行人」、「搖搖煙艇」，天地如逆旅，世人皆漂泊。感慨悲愁的不僅是空間上的「南去北來」，更是時間上的「登臨懷古」：曾經的越王歌舞繁華之地，如今唯有鷓鴣聲聲哀啼。時移世易、盛衰變遷之慨溢於言外。

李鼐

李鼐（生卒年不詳），字仲鎮，號嬾窩。宣城（今屬安徽）人。隆興初官溧陽令，累官迪功郎、淮西安撫司準備差遣。工詞章。《全宋詞》錄其詞一首。

清平樂

亂雲將❶雨。飛過鴛鴦浦❷。人在小樓空翠❸處。分得一襟離緒。片帆隱隱歸舟。天邊雪捲雲游。今夜夢魂何處？青山不隔人愁。

【注釋】❶將　攜帶。唐李群玉〈湖寺清明夜遣懷〉：「野雲將雨渡微月，沙鳥帶聲飛遠天。」❷鴛鴦浦　鴛鴦棲息的水濱。亦為津浦之美稱。柳永〈甘草子〉（秋暮亂灑衰荷）：「雨過月華生，冷徹鴛鴦浦。」❸空翠　青翠而潮溼的霧氣。王維〈山中〉：「山路元無雨，空翠濕人衣。」

【語譯】亂雲帶雨，飛過鴛鴦浦。人在小樓，翠霧繚繞，滿懷離愁別緒。　隱隱望見歸帆一片，天邊浪翻雲遊。不知今夜夢歸何處？青山隔不斷離愁。

【研析】這是一首思婦怨別詞作。詞筆以寫景切入，烘托離別思念氛圍。「亂雲將雨」，映襯別離之黯然情懷；「鴛鴦」一語反襯獨守空閨之怨。思念盼歸而倚樓眺望，江上霧靄茫茫，更添滿懷愁緒。

過片描寫眺望所見：天邊浪湧雲飛間，一片歸帆或隱或現。其境略似謝朓〈之宣城郡出新林浦向板橋〉之「天際識歸舟，雲中辨江樹」，但情調憂慮不安，有別於謝詩之恬淡自然。天邊歸帆卻非所思之人的歸帆，則更增相思別怨，今夜又將魂牽夢縈，山水阻隔，夢魂亦不知往何處追尋，隔不斷的唯有綿綿無盡的離愁。末句怨青山「不隔人愁」，青山隔阻離人，卻隔不斷離愁。無理之責怪，思之令人倍覺無奈神傷。

鄭域

鄭域（生卒年不詳），字中卿，號松窗。福州（今屬福建）人。淳熙十一年（西元一一八四年）進士。曾倅池陽郡（治所在今安徽貴池）。慶元二年（西元一一九六年）隨張貴謨使金。嘉定十三年（西元一二二〇年）任行在諸司糧料院幹辦。有《燕谷剽聞》二卷，不傳。《全宋詞》錄其詞十一首。

昭君怨

梅

道是花來春未。道是雪來香異。水外一枝斜❶。野人家。冷落竹籬茅舍❷。富貴玉堂瓊榭❸。兩地不同栽。一般開。

【注　釋】❶水外句　梅花一枝臨水橫斜。林逋〈山園小梅〉：「疏影橫斜水清淺，暗香浮動月黃昏。」❷竹籬茅舍　泛指簡陋的鄉村屋舍。❸玉堂瓊榭　泛指華貴的樓堂亭榭。

【語　譯】若說是花，春還未到。若說是雪，卻有香飄。水邊一枝橫斜，鄉野人家。　竹籬茅舍冷落荒涼，瓊樓玉閣富貴堂皇。兩地截然不同，栽梅一樣綻放。

【研　析】這首詠梅詞作構思獨到，具體描寫梅花的只有「水外一枝斜」兩句，而以主要筆墨抒寫梅花觸發的理趣。

詞以評梅起筆，從形色芳香角度以春花、冬雪擬比，寫出梅花凌寒獨放，是花而非春花，潔白如雪而有芳香，似雪而勝雪。評梅為虛筆，「水外」二句轉而寫實，呈現出一幅鄉野梅枝臨水橫斜圖景，雖有承襲林逋詠梅名句「疏影橫斜水清淺」之嫌，但仍不失其獨有的疏淡和野趣。

詞作過片「竹籬茅舍」之筆脈承前「野人家」，而立意則深入一層，從梅花生長環境引發思理：無論是冷落簡陋的竹籬茅舍，還是富貴華麗的瓊樓玉宇，梅花都同樣綻放飄香。這寄寓一種獨守芳潔本性而不為富貴貧賤所移的高尚堅貞品格。

王嵎

王嵎（西元？—一一八二年），字季夷，號貴英。北海（治所在今山東濰坊）人。紹興、淳熙間名士。寓居吳興。與陸游交善。有《北海集》，今不傳。《全宋詞》錄其詞兩首。

祝英臺近

柳煙濃，花露重，合❶是醉時候。樓倚花梢，長記〈小垂手〉❷。誰教釵燕輕分❸，鏡鸞慵舞❹，是孤負❺、幾番晴晝。

自別後。聞道花底花前，多是兩眉皺。又說新來，比似舊時瘦。須知兩意常存，相逢終有。莫漫被、春光僝僽❻。

【注釋】❶合　應該；應當。❷小垂手　舞曲名。郭茂倩《樂府詩集》卷七十六〈雜曲歌辭・大垂手〉題解：「《樂府題解》曰：〈大垂手〉、〈小垂手〉，皆言舞而垂其手也。」❸釵燕輕分　指分釵贈別。釵燕，即金釵，釵之雙股如燕尾，故稱。晏幾道〈更漏子〉（柳間眠）：「釵燕重，鬢蟬輕，一雙梅子青。」賀鑄〈好女兒〉（車馬匆匆）：「但憑占鏡鵲，悔分釵燕，長望書鴻。」❹鏡鸞句　喻孤寂慵倦。晏幾道〈何滿子〉（綠綺琴中心事）：「歸雁行邊遠字，驚鸞舞處離腸。」南朝范泰〈鸞鳥詩序〉：罽賓王獲一鸞鳥，「欲其鳴而不能致也。乃飾以金樊，饗以珍羞。對之愈戚，三年不鳴。其夫人曰：『嘗聞鳥見其類而後鳴，何不懸鏡以映之？』」王從其言。鸞睹形感契，慨然悲鳴，哀響中霄，一奮而絕。」後常以鏡鸞比喻分離之夫妻。❺孤負　同「辜負」。❻莫漫被句　不要徒然被春光折磨。漫，徒然。僝僽，折磨。黃庭堅〈宴桃源・書趙伯充家小姬領巾〉：「天氣把人僝僽，落絮遊絲時候。」

【語譯】綠柳煙濃，繁花露重，當是歡醉時候。長記得樓傍花枝，佳人曼舞〈小垂手〉。為何叙燕輕分生別離，孤鸞對鏡慵倦不舞，辜負幾番春日晴晝。自別後，聽說花底花前，常常雙眉緊皺。又聽說近來比往日更消瘦。須知兩情若常存，終有相逢時候。切莫被春光折磨，徒自煩憂。

【研析】此詞抒寫離別相思，其筆調語氣頗似寄給所思之人的一封書信，有對歡聚的回想、分別的無奈、別後的繫念和殷殷囑咐。起筆「柳煙濃」五句回想相聚情形：綠柳如煙，繁花露濃，兩情相聚，歡賞沉醉。花枝掩映小樓，樓上佳人曼舞飄飄。「長記」兩字，既點明相聚之甜蜜沉醉已成美好回憶，又在筆路上照應下文敘寫別離。「誰教」句顯露輕別之無奈和憂怨；「鏡鸞」二句道出別後之孤獨慵懶，頻頻辜負了良辰美景。

詞作下片抒寫別後對佳人的深切繫念和殷切囑託。「聞道」二句、「又說」二句，遞進之筆調表達出別離雙方思念之悲苦，尤能見出對佳人愁苦的深切繫懷。聞聽佳人傷春怨別，愁眉不開，日漸消瘦，遂殷切勸慰：須知兩情若是久長，相逢終有時。切莫為春所困，徒自憔悴！詞人以其美好而樂觀的願望慰解佳人的離愁別怨，也是自我寬慰。

夜行船

曲水濺裙三月二❶。馬如龍，鈿車如水❷。風颺游絲，日烘晴晝❸，人共海棠俱醉。客裏光陰難可意❹。掃芳塵、舊游誰記❺。午夢醒來，不覺小窗人靜，春在賣花聲裏❻。

【注　釋】❶曲水句　言三月二日水邊遊樂。晏幾道〈玉樓春〉（小顰若解愁春暮）：「湔裙曲水曾相遇，挽斷羅巾容易去。」舊俗農曆三月三日為上巳節，往水邊宴飲遊樂，祛除不祥，後又有曲水流觴之習，即引水環流，流觴取飲為樂。❷馬如龍二句　言車馬往來不絕。鈿車，華美之車。《後漢書・明德馬皇后紀》：「前過濯龍門上，見外家問起居者，車如流水，馬如游龍。」白居易〈春來〉：「金谷蹋花香騎入，曲江碾草鈿車行。」❸日烘句　言春晴日煖。張元幹〈一斛珠〉（綠枝紅蕚）：「晴日烘香，的皪疎籬落。」❹可意　適意；如意。張孝祥〈鷓鴣天〉：「可意黃花人不知，黃花標格世間稀。」❺掃芳塵句　意謂掃去門徑落花，亦無故友來訪。杜甫〈客至〉：「花徑不曾緣客掃，蓬門今始為君開。」司空曙〈送高勝重謁曹王〉：「想君登舊榭，重喜掃芳塵。」❻春在句　意謂賣花聲傳揚春意。張樞〈瑞鶴仙〉（捲簾人睡起）：「減芳菲，都在賣花聲裏。」

【語　譯】三月二日曲水遊，衣裙濺溼。馬如游龍，車如流水。風飄游絲，春晴日暖，人與海棠共醉。　客居生涯難適意。掃淨門前落花，舊友誰能把我惦記。午夢醒來，不覺小窗寂靜，賣花聲裡傳春意。

【研　析】這是一首客裡追憶舊遊之作。時序當在三月初，或即詞中所言「三月二」，撫今追昔，上片即追述難以忘懷的上巳節遊樂情形：曲水濺裙，車水馬龍，風和日暖，人花共醉。

下片筆調回落到眼前客居境遇。過片總述情懷寂寥。周邦彥〈六醜・薔薇謝後作〉云：「悵客裏、光陰虛擲。」悵歎光陰虛度，筆觸沉重有力。此言「客裏光陰難可意」，歎惋諸事不如意，筆調含蓄婉轉。「掃芳塵」一句蓋化用杜甫〈客至〉詩句「花徑不曾緣客掃」之意，芳塵即落花。客居寥落，無人來訪，掃去門徑落花，亦無舊交相念來訪。孤寂無友，此為「難可意」之一。「午夢」三句情境略似北宋呂夏卿〈春陰〉之「春夢醒來能記否，賣花聲過忽開門」。「午夢」或夢回舊遊，歡夢初醒，遂「不覺小窗人靜」。然而定下神來，靜守窗下，聽窗外賣花聲喧，令人想到李清照之「不如向、簾兒底下，聽人笑語」（〈永遇樂〉「落日鎔金」），寥落淒清況味溢於言外。

蔡松年

蔡松年（西元一一〇七—一一五九年），字伯堅，自號蕭閑老人，諡文簡。真定（治所在今河北正定）人。父靖宣和末守燕山，降金。松年仕金，官至尚書右丞相。封衛國公。工樂府，與吳彥高齊名，號吳蔡體。有《蕭閑公集》六卷，不傳。今存《明秀集》。《全金元詞》錄其詞八十五首。

鷓鴣天 賞荷

秀樾橫塘十里香❶。水光晚色靜年芳。胭脂膚瘦熏沈水❷，翡翠盤高走夜光❸。

山黛遠❹，月波長。暮雲秋影照瀟湘❺。醉魂應逐凌波夢❻，分付❼西風此夜涼。

【注釋】❶秀樾句　樹蔭清秀，荷塘十里飄香。樾，樹蔭。橫塘，古地名，一在今江蘇南京市，一在今江蘇蘇州。後泛指荷塘。周邦彥〈浣溪沙〉：「自翦柳枝明畫閣，戲抛蓮菂種橫塘。」❷胭脂句　言荷花如清瘦佳人膚染胭脂，熏香飄散。胭脂，亦作「燕支」。沈水，指沉水香。❸翡翠句　言荷葉上水珠流轉，如高高的翡翠盤上滾動的夜光珠。夜光，指夜明珠。❹山黛遠　青山遠。黛，青黑色。❺瀟湘　瀟水、湘水，在今湖南。❻醉魂句　意謂夢逐仙女般的荷花。凌波，波上飄飛。曹植〈洛神賦〉：「凌波微步。」❼分付　託付。周邦彥〈蝶戀花〉（酒熟微紅生眼尾）：「無限柔情，分付西流水。」

【語　譯】樹蔭清秀，荷塘十里飄香。傍晚荷花映水，靜沐霞光。似窈窕佳人，膚染胭脂飄熏香。葉上水珠，如高高的翡翠盤上，夜明珠流轉閃亮。　蒼山遙遠，月波悠長。暮雲秋影倒映瀟湘。醉賞入夢，當魂逐神女淩波飛揚。託付西風今夜送清涼。

【研　析】這是一首題詠荷花之作。上片描寫傍晚之荷花。起筆二句寫荷塘，樹蔭掩映，十里荷香，霞光映水，荷花靜靜沐浴在水光晚霞中。「胭脂」二句展開聯想，以清瘦窈窕之佳人、翡翠盤中夜明珠擬比荷花及葉上水珠，不僅生動形象地描寫出其形色香，尤能傳達出其清雅高貴之情態品性。王若虛評曰：「蓮體實肥，不宜言瘦。予友彭子升嘗易膩字，此似差勝。」（《滹南集》卷四十〈詩話〉）實則「瘦」字乃著筆於荷花之神情，可謂捨形取神，亦為詞人「賞荷」之感受。

下片寫秋夜月下荷花。「山黛遠」三句為背景描寫：遠山蒼蒼，月波茫茫，荷塘雲影月色恍如秋夜瀟湘。其「山黛遠」、「月波」、「瀟湘」等用語相融則隱約浮現出瀟湘神女形象。「醉魂」句即承此意脈，想像沉醉此境，今夜一定會夢逐神女淩波飄飛，便囑託西風送來清涼。

詞題「賞荷」，詠荷花而筆調側重於主觀欣賞，多想像之筆，別具一格。

尉遲杯

紫雲❶暖，恨翠雛、珠樹雙棲晚❷。小花靜院逢迎，的的風流心眼❸。紅潮照玉椀❹。午香重、草綠宮羅淡❺。喜銀屏小語，私分麝月❻，春心一點。

華年共有好願。何時定妝鬟，暮雨零亂。夢似花飛，人歸月冷❼，一夜曉山新怨❽。劉郎輿、尋常不淺。況不似、桃花春溪遠❾。覺情隨、曉馬東風❿，病酒餘香相伴。

【注　釋】❶紫雲　指春花。元稹〈西明寺牡丹〉：「花向琉璃地上生，光風炫轉紫雲英。」❷恨翠雛句　言樹上翠鳥雙棲恨晚，比喻有情人相見恨晚。珠樹，又稱三株樹，原指神話傳說中的樹名，樹葉如珠，故稱。此蓋指結滿花蕾之樹。張九齡〈感遇〉：「側見雙翠鳥，巢在三珠樹。」❸的的句　意謂目光含情灼灼，神態嫵媚。韓偓〈無題〉：「手持雙荳蔻，的的為東鄰。」的的，明亮的樣子。❹紅潮句　臉頰紅暈映照玉碗。張元幹〈怨王孫〉（小院）：「紅潮醉臉，半掩花底重門，怨黃昏。」❺午香句　言午香濃郁，淺綠羅衣輕薄。午香，午時燃香。元馬臻〈睡起〉：「紅葵遶砌竹風涼，睡起呼童上午香。」宮羅，輕薄的羅紗。盧祖皋〈西江月〉（燕掠晴絲裊裊）：「漫著宮羅試暖，閒呼社酒酬春。」❻私分句　指分茶。麝月，茶餅。麝言其香，月言其圓。蘇軾〈行香子·茶〉（綺席纔終）：「看分香餅，黃金縷，密雲龍。」❼夢似二句　言夢魂輕飄似飛花，夢醒人歸，月色清冷。秦觀〈浣溪沙〉（漠漠輕寒上小樓）：「自在飛花輕似夢。」姜夔〈踏莎行〉（燕燕輕盈）：「離魂暗逐郎行遠。淮南皓月冷千山，冥冥歸去無人管。」❽一夜句　意謂一夜愁眉幽怨。曉山，喻遠山眉。❾劉郎二句　用劉晨桃溪遇仙典故，意謂常夢見佳人，興味如劉晨遇仙女，且非如桃溪那麼遙遠。《太平御覽》卷四十一引《幽明錄》載東漢剡縣劉晨、阮肇入天台山採藥，迷不得歸，見有大桃樹，以桃充饑，飲溪水，循溪而行，遇二仙女，留住半年而返。❿覺情隨句　言曉來行馬東風裡，思念相隨。王安石〈將至丹陽寄表民〉：「曉馬駸駸路阻脩，春風漠漠上衣裘。」

【語　譯】春暖花如雲，玉樹翠鳥雙棲恨晚。嬌如小花，靜院相迎，目光灼灼，風情婉孌。臉頰暈紅映玉碗。午香濃郁，綠羅衣衫淺淡。銀屏下歡欣低語，暗分香茶，春情一片。　青春華年共許好心願。何時梳妝理鬢鬟，黃昏風雨零亂。夢魂飄飄似飛花，夢醒人歸，月色清冷，一夜愁眉凝新怨。夢中尋常見，如劉晨遇仙，興味不淺。更何況非如天台山桃花春溪那般遙遠。曉來馬行春風裡，相思情長，餘醉脂香相伴。

【研　析】這是一首兩情相歡別怨之作。上片敘述春日相遇之歡。比興起筆，言春暖花繁時節，兩情相遇如翠鳥雙棲珠樹，且有相見恨晚之憾。此為總筆，下文細述相見之歡。「小花」二句描述靜院初遇情景：佳人嬌如小花，風姿嫵媚，目光含情灼灼。「紅潮」句蓋言相見之初，佳人手捧玉碗敬茶時，臉頰嬌羞紅暈。「玉椀」

當指茶碗。「午香」四句言相處之歡洽。閨中午香彌漫，佳人身穿淺綠羅衣，兩人傍倚銀屏，柔情細語，暗分香茶。

過片承上言兩人青春華年，共許美好心願。兩心有願，相知相守，別後遂相思夢相隨。「何時」句以下以深情細膩之筆調，敘寫相思入夢及夢後相思情形。黃昏更添風雨，別離中的情人尤感相思之苦，想像佳人該梳妝準備夢中相見。「夢似花飛」，言夢魂如飛花，美妙而飄忽不定；「人歸月冷」，言夢醒人歸，月色清冷，透出幾許淒涼無奈，情境頗似姜夔「江上感夢而作」之〈踏莎行〉中「淮南皓月冷千山，冥冥歸去無人管」。「一夜曉山新怨」，料想佳人夢中相見相別，又添一夜新怨。「劉郎」二句為夢後感觸，擬比劉晨遇仙，同其美妙，亦同其虛幻。言「尋常」，則常常夢見。尋常夢見，故曰「不似桃花春溪遠」。結末二句言清曉出行，馬踏春風，昨夜夢中之情、夢醒之餘醉、佳人之餘香，相伴隨行。

韓嘐

韓嘐（生卒年不詳），字子耕，號蕭閒。有《蕭閒詞》一卷，不傳。《全宋詞》錄其詞六首。

高陽臺

除夕

頻聽銀籤❶，重然❷絳蠟，年華袞袞❸驚心。餞舊迎新，能消幾刻光陰。老來可慣通宵飲，待不眠、還怕寒侵。掩清樽。多謝梅花，伴我微吟。鄰娃已試春妝了❹，更蜂枝簇翠，燕股橫金❺。勾引春風，也知芳意難禁。朱顏那有年年好，逞豔游、贏取如今。恣登臨。殘雪樓臺，遲日園林❻。

【注　釋】❶銀籤　亦稱銀箭，刻漏之箭，古代計時器。李甲〈夢玉人引〉（漸東風暖）：「乍促銀籤，便篆香紋蠟有餘跡。」❷然　通「燃」。❸袞袞　猶滾滾，連續不斷。❹鄰娃句　鄰居女孩已嘗試完成了春妝。王維〈扶南曲歌詞〉：「同心勿遽遊，幸待春妝竟。」陸龜蒙〈陌上桑〉：「鄰娃盡著繡襠襦，獨自提筐採蠶葉。」❺更蜂枝二句　言髮鬢簪花，狀如蜂簇翠枝，金釵橫插。燕股，指金釵，釵之雙股如燕尾，故稱。❻遲日園林　春日園林。《詩經・豳風・七月》：「春日遲遲，采蘩祁祁。」遲遲，陽光和融。杜審言〈渡湘江〉：「遲日園林悲昔遊，今春花鳥作邊愁。」

【語　譯】頻頻聽到刻漏聲，重又點燃紅蠟燭，年光流逝驚人心。辭舊迎新，能剩多少光陰。老來怎能通宵飲，守歲不眠，還怕寒氣襲侵。掩蓋清樽。多謝梅花伴我低吟。　鄰家女孩已化好春妝，更似蜂簇翠枝，金釵斜簪。逗引春風，也知芳意漸去難禁。紅顏那能年年好，盡情歡遊，珍惜當今。狂放登臨，殘雪映樓臺，春日照園林。

【研　析】詞題「除夕」，實則抒寫除夕辭舊之悵落和次日迎新之放曠。上片細述通宵守歲情形及感觸。起筆三句從時間角度敘述除夕之夜，時光在不斷的滴漏聲和續燃的燭光中流逝。置身其境，驚心於年華滾滾而去。「頻聽」、「重然」、「袞袞驚心」等用語滯重，與下文「能消幾刻光陰」之反詰語氣，情調相貫，激蕩出沉重的年華遲暮之慨。「餞舊」句點明除夕。「老來」句點出自身年歲老大，亦應合上文「年華袞袞驚心」之感。年老守歲，不比年輕，自不能「通宵飲」，故「掩清樽」；不飲不眠，則又難敵夜寒侵襲。悵然淒苦之狀可以想見，好在尚有梅花相伴清吟，遂有「多謝」之語。

上片為除夕守歲，亦即詞中「餞舊」，慨歎良多；下片轉寫「迎新」，情調則跳出悲慨，轉歸放曠。過片引入鄰家女孩春妝迎新，金釵斜簪，髮飾如蜂簇翠枝，逗引春風。青春活潑氣息洋溢於字裡行間。「也知」句為作者對「鄰娃」的心理揣度，謂其因知「芳意難禁」，故細理春妝，「勾引春風」。「朱顏」二句乃順承前意，勸勉女孩珍惜青春，珍惜當今，盡情歡遊。「贏取如今」語亦寓有自勉之意，末三句即承此意，恣意登臨，盡賞樓臺雪景、園林春光。

浪淘沙

莫上玉樓❶看。花雨斑斑。四垂羅幕護朝寒。燕子不知春去也，飛認闌干。

回首幾關山❷。後會應難。相逢只有夢魂間❸。可奈夢隨春漏短❹，不到江南。

【注　釋】❶玉樓　原指傳說中仙人居處。後借指華麗的樓閣。溫庭筠〈菩薩蠻〉：「玉樓明月長相憶。」❷回首句　回望關山重重。蘇軾〈南鄉子〉：「回首亂山橫。不見居人只見城。」❸後會二句　言別後應難相見，要相會只能在夢中。晏幾道〈鷓鴣天〉（彩袖殷勤捧玉鐘）：「從別後，憶相逢。幾回魂夢與君同。」❹可奈句　意謂無奈春漏滴破短夢。張先〈浣溪沙〉（水滿池塘花滿枝）：「日正長時春夢短。」

【語　譯】莫上玉樓遙望，春雨落花斑斑。羅幕四垂禦朝寒。燕子不知春已去，飛來識得舊欄杆。　回望關山重重。別後應難相會，相逢只盼在夢中。怎奈漏滴春夢短，不能到江南。

【研　析】這是一首別怨詞作。上片寫思婦倚樓所見，融情於景。詞中有云「朝寒」，時在清晨，則首句「莫」字不可解作「暮」。蓋一夜相思無眠，清曉即倚欄眺望，然而春雨落花，觸目更添傷懷，故以勸阻語切入，先屈後伸，強化所見景象的傷心色彩。「花雨」句言雨中落花，如斑斑胭脂淚。此較吳文英〈浣溪沙〉（門隔花深夢舊遊）之「落絮無聲春墮淚」，深婉不及，而淒楚過之。春雨曉寒，簾幕四垂，燕子飛來不能入簾，只能在欄杆上停歇。「四垂」句見閨中冷寂。「燕子」二句反襯人之傷春怨別：燕子不知而人則深知，燕子飛來而人未歸來。此番情境略似晏幾道〈臨江仙〉之「夢後樓臺高鎖，酒醒簾幕低垂。去年春恨卻來時，落花人獨立，微雨燕雙飛。」

過片言「回首」，當從離人角度說。關山重重隔阻，別後應難相會。念此已是黯然神傷。「相逢」句稍作緩解，不能真實相見尚可夢中相逢。「可奈」二句急轉。晏幾道〈臨江仙〉云：「夢入江南烟水路。行盡江南，不與離人遇。」此則春漏夢短，連「夢入江南」都做不到，更見其別離之悲苦何堪！

又

豐樂樓❶

裙色草初青❷。鴨鴨波輕❸。試花❹霏雨溼春晴。三十六梯❺人不到，獨喚瑤箏。

艇子❻憶逢迎。依舊多情。朱門只合鎖娉婷❼。卻逐彩鸞❽歸去路，香陌春城。

【注釋】❶豐樂樓　舊名聳翠樓，在臨安（今杭州）湧金門外。潛說友《咸淳臨安志》卷三十二：「〈豐樂〉樓據西湖之會，千峰連環，一碧萬頃，柳汀花塢，歷歷檻欄間。」❷裙色句　言春草初青似裙色。江總妻〈賦庭草〉：「雨過草芊芊，連雲鎖南陌。門前君試看，似妾羅裙色。」❸鴨鴨波輕　群鴨嬉水，微波輕漾。陳師道〈擬李義山柳枝詞〉：「鴨鴨橫波去，嗝嗝呼不得。」❹試花　初次開花。張籍〈新桃〉：「植之三年餘，今年初試花。」❺三十六梯　極言其高。王翰〈賦得明星玉女壇送廉察尉華陰〉：「三十六梯入河漢，樵人往往見蛾眉。」❻艇子　輕便小船。樂府古辭〈莫愁樂〉：「艇子打兩槳，催送莫愁來。」❼朱門句　言富貴佳人只應守深閨。孔平仲〈和蕭十六人名〉：「綠楊朱戶鎖娉婷，燕趙一笑誰相視。」❽彩鸞　傳說中的仙女吳彩鸞。裴鉶《傳奇》載中秋之夜，文簫與仙女吳彩鸞在鍾陵西山士女歌舞盛會中相遇，兩情相悅，結為夫妻。劉辰翁〈寶鼎現〉（紅妝春騎）：「簫聲斷、約彩鸞歸去。」

【語　譯】春草初青，裙衫相映。群鴨嬉水，微波盈盈。春花吐蕾，細雨霏霏弄春晴。梯多樓高人不到，喚取玉箏訴衷情。　追憶艇子相迎，回想依舊動情。富貴佳人只應守深閨，卻追隨仙女彩鸞，攜手情人同歸。一路芬芳，春色滿城。

【研　析】詞題「豐樂樓」，據潛說友《咸淳臨安志》卷二十二所載，此樓淳祐九年（西元一二四九年）重修之後，「瑰麗宏特，高切雲漢，遂為西湖之壯」。本詞有云「三十六梯」，極言其高，當作於豐樂樓重修之後。

詞作敘寫了豐樂樓春日遊樂中發生的一段兒女情事。上片寫佳人登樓，獨對春景，彈箏遣懷。起筆三句描寫春景，渲染氛圍：春草初青，群鴨嬉水，微波蕩漾，花蕾初吐，霏雨潤溼，春日輝映。「裙色」一語暗示出佳人身影；「溼」字透露出佳人之幽怨。此番情境可謂清新和融、生機洋溢而又隱含淒婉春情。「三十六梯」極言豐樂樓之高；「人不到」謂所念之人不到。獨倚高樓，眼前美景無人共賞，正所謂「良辰好景虛設。縱有千種風情，更與何人說？」（柳永〈雨霖鈴〉）無奈之中只有喚取玉箏訴心聲。

下片追憶相逢相悅情形。「艇子」二句言回想起湖上相逢相識，至今依然動情。「朱門」三句言兩情相歡，筆調先折後轉：大家閨秀本應守身玉樓，卻效仿仙女吳彩鸞，留戀聲色，與所鍾情之人攜手歸去。此化用唐裴鉶《傳奇》所載文簫與仙女吳彩鸞在士女歌舞歡樂場中相遇相戀故事，亦應合豐樂樓遊樂之盛：「樓據西湖之會，千峰連環，一碧萬頃，柳汀花塢，歷歷檻欄間，而遊橈畫舫，櫂歌隄唱，往往會合於樓下。」（《咸淳臨安志》卷二十二）

卷三

劉克莊

劉克莊（西元一一八七—一二六九年），初名灼，字潛夫，號後村居士。莆田縣（今屬福建）人。嘉定二年（西元一二〇九年）以蔭補將作郎，歷任潮州通判、樞密院編修、江東提刑、祕書少監兼中書舍人、工部尚書兼侍講等，以煥章閣學士致仕。有《後村先生大全集》一百九十六卷。《全宋詞》錄其詞二百六十四首，《全宋詞補輯》錄五首。

摸魚兒

海棠

甚❶春來、冷煙淒雨，朝朝遲了芳信❷。驀然❸作暖晴三日，又覺萬姝❹嬌困。天怎忍。潘令老❺，不成❻也沒看花分？才情減盡。悵玉局飛仙❼，石湖❽絕筆，孤負❾這風韻。

傾城色❿，懊惱佳人薄命。墻頭岑寂⓫誰問。東風日暮無聊賴，吹得胭脂成粉⓬。君細認。花共酒，古來二事天尤吝。年光去迅。漫綠葉成陰⓭。青苔滿地，做取異時恨⓮。

【注釋】❶甚 是。❷芳信 花開的訊息，猶花期。❸驀然 突然；忽然。❹姝 美女。此喻海棠。❺潘令老 以西晉潘岳歎老自比。潘岳曾任河陽令、懷縣令，後世稱潘令。其〈秋興賦序〉自述三十二歲即鬢髮斑白。❻不成 難道。辛棄疾〈鷓鴣天〉（困不成眠奈夜何）：「些底事，誤人多。不成真箇不思家？」❼玉局飛仙 言蘇軾已仙逝。蘇軾曾任玉局觀提舉，後世稱蘇玉局。其〈海棠〉詩有名句曰：「只恐夜深花睡去，故燒高燭照紅妝」。❽石湖 指石湖居士范成大（西元一一二六－一一九三年），南宋著名詩人。其〈錦亭燃燭觀海棠〉詩曰：「銀燭光中萬綺霞，醉紅堆上缺蟾斜。從今勝絕西園夜，壓盡錦官城裏花。」❾孤負 亦作「辜負」。❿傾城色 以女子傾城美貌喻海棠。《漢書・外戚傳上》載李延年歌曰：「北方有佳人，絕世而獨立。一顧傾人城，再顧傾人國。」⓫岑寂 冷清；寂靜。周邦彥〈六醜〉（單衣試酒）：「東園沉寂。」⓬東風二句 言日暮時分，東風勁吹，海棠紛紛飄零，心情惆悵失落。無聊賴，無寄託。胭脂，也作「燕支」，可作紅色顏料，女子用以染粉潤面。此指海棠花。⓭漫綠葉成陰 綠葉徒自茂盛。杜牧〈歎花〉：「自是尋春去較遲，不須惆悵怨芳時。狂風落盡深紅色，綠葉成陰子滿枝。」⓮做取句 意謂心中只落得錯失花期的遺憾。做取，猶贏得；落得。異時，他日。恨，遺憾。

【語譯】春天到了，是那朝朝煙雨淒冷，延誤了芳菲音信。突然回暖放晴三日，又感覺繁花嬌懶困頓。上天怎麼忍心，我已年華漸老如潘令，難道也無賞花福分？才情衰盡。悵歎東坡早仙逝，石湖已絕筆，辜負了海棠這般風姿神韻。　花容傾城，可惜也似佳人薄命。悄然在牆頭開放，寂寞有誰相問？日暮時分，東風吹拂，花似胭脂，飄零紛紛，令人失落悵然。君請細細體認：好花、美酒二事，自古上天最吝惜。光陰飛逝，綠葉徒自茂密成蔭。青苔滿地，花期已過空悵恨。

【研析】這是一首題詠海棠之作。詞中「潘令老」乃自比三十二歲即歎老的潘岳，或作於詞人三十二歲，即嘉定十一年（西元一二一八年）前後。又據程章燦《劉克莊年譜》，嘉定十三年（西元一二二〇年）三月，克莊得謗，自請祠南嶽歸里。本詞或許為此時所作，因自身境遇而想到蘇軾提舉玉局觀以及范成大奉祠退居故里石湖。

海棠為唐宋詠物詩詞乃至花鳥繪畫中的常見物象，如詞中提到的蘇軾、范成大都有詠海棠之佳作，李清照〈如夢令〉之名句「綠肥紅瘦」說的也是海棠。劉克莊這首海棠詞，構思立意堪稱別具一格，其筆調主要從「賞花人」情思的百轉千回中加以側面烘托。上片「才情減盡」句之前寫盼花，但不直說，而是在對「天不作美」的埋怨中體現盼花心切。先指責「冷煙淒雨」延誤了花信，再怨歎「暖晴」又使海棠嬌困，於是總而詰問：「天怎忍。」天公怎忍心令年華老去、鬱鬱不得志的「我」連花兒也賞不成！「朝朝」是因為等待而度日如年，「驀然」、「又覺」是盼花心切而帶來的患得患失。「才情減盡」句之後寫賞花，也未正面描繪花之美麗，而是自歎沒有才情，而有才情的人又已不在，以至不得不「孤負」了海棠。深深的悵歎令人感受到海棠的絕世風姿與神韻。

過片「傾城色」一句以傾城佳人比喻海棠之美，一則總結上片之賞花，又自然轉入對海棠之「薄命」的惋惜。「墻頭」三句即寫海棠「薄命」：美而不遇，美而易損。「無聊賴」承「懊惱」，均是對海棠花寂寞凋零的悵恨。如此妍麗而又如此薄命，怎不令人倍增憐惜！「君細認」句頓筆以引發惜花之情：把酒賞花之願，因天之吝嗇而難成。年華流逝，面對花落葉茂、青苔滿地，只能歎惋悵恨。

綜觀全詞，筆調婉轉曲折，情思纏綿幽怨。或謂此詞有寄託，乃託花言志，借海棠自喻懷才不遇，也不無道理。

卜算子

海棠為風雨所損

片片蜨衣❶輕，點點猩紅❷小。道是天工❸不惜花，百種千般巧。

朝見樹頭繁，暮見枝頭少。道是天工果惜花，雨洗風吹了。

【注釋】❶蜨衣　蝶翅，比喻海棠花瓣。❷猩紅　猩猩血似的紅色。陸游〈花下小酌〉：「柳色初深燕子回，猩紅千點海棠開。」❸天工 猶天公。

【語 譯】花瓣輕盈如蝶翅片片，花朵小巧似猩紅點點。若說天公不惜花，卻又造出這般百媚千嬌。朝見樹上花繁茂，暮見枝頭花稀少。若說天公真惜花，卻又一任風吹雨打落花飄。

【研 析】劉克莊有七首〈卜算子〉詠海棠，本詞為其中第二首，專取「海棠為風雨所損」這一景象觸發思理，採用設問筆法，問而不答，不答亦答，構思別致。

上片先描繪了海棠的千嬌百媚，「片片」句是近看，「點點」句是遠看，但無論近看還是遠看，都是「百種千般巧」，然後對「天工不惜花」的說法提出質疑，其答案自然是否定的。下片先描繪的是海棠慘遭「雨洗風吹」之情景。「朝」繁而「暮」少，極言花兒零落之速之多，然後又對「天工惜花」的說法也提出質疑，答案自然也是否定的。

上片之問與下片之問針鋒相對，而又都予以否定。「天工」造物毀物，真讓人愛也不是恨也不是。看起來自相矛盾，其中卻頗含一種理趣，即「天工」無所謂「惜」與「不惜」，花開花落都是自然規律。所以對於「天工」，不必愛，也無須恨。

詞作短小而精緻，筆調活潑而略帶詼諧，又能於平凡之景中發掘深意，興味不盡。

清平樂

頃在維揚❶，陳師文參議❷家舞姬絕妙，為賦此詞。

宮腰束素❸。只怕能輕舉❹。好築避風臺護取❺。莫遣驚鴻❻飛去。

一團香玉❼溫柔。笑顰俱有風流❽。貪與蕭郎眉語❾，不知舞錯〈伊州〉❿。

【注 釋】❶頃在維揚 不久前在揚州（今屬江蘇）。頃，不久前。維揚，揚州的別稱，取自「淮海維揚州」（《尚書・禹貢》)。❷陳師文參議　生平不詳。參議，制置使、安撫使之幕官。❸宮腰束素　言腰肢柔細。《韓非子・二柄》：「楚靈王好細腰，而國中多餓人。」束素，一束絹帛，常用於形容女子腰肢細柔，語出宋玉〈登徒子好色賦〉：「腰如束素。」❹輕舉　飛昇。❺好築句　好好建座避風臺來庇護。護取，保護。取，語助詞。《三輔黃圖》卷四載漢成帝「常以秋日與趙飛燕戲於太液池。……每輕風時至，飛燕殆欲隨風入水。帝以翠纓結飛燕之裾。……今太液池尚有避風臺，即飛燕結裾之處。」❻驚鴻　驚飛的鴻雁。此喻女子體態輕盈婀娜。曹植〈洛神賦〉：「翩若驚鴻，婉若游龍。」❼香玉　比喻美女體膚。溫庭筠〈晚歸曲〉：「彎堤楊柳遙相囑，雀扇團圓掩香玉。」❽笑顰句　一笑一顰都嫵媚動人。顰，皺眉。❾貪與句　沉溺於和情郎眉目傳情。蕭郎，蕭史，借指情郎。相傳蕭史善吹簫，與秦穆公之女弄玉結為夫妻，後雙雙乘鳳凰登仙（參見舊題劉向《列仙傳》）。眉語，以眉之舒斂傳情達意。李白〈上元夫人〉：「眉語兩自笑，忽然隨風飄。」❿伊州　舞曲名。《新唐書・禮樂志十二》：「天寶樂曲，皆以邊地名，若〈涼州〉、〈伊州〉、〈甘州〉類。」

【語　譯】纖腰一束，只怕身輕能飛舉。最好築臺避風來護住，莫讓她如驚鴻翩然飛去。　粉香嬌柔，溫潤似玉。一笑一顰，嫵媚動人。一心與郎眉目傳情，竟不知舞錯〈伊州〉曲。

【研　析】這首詞題詠一位絕妙舞姬。《玉臺新詠》、《花間集》中此類作品不少，多涉香豔。本詞卻能著眼於風采神韻，令詞中舞姬呼之欲出。

上片從舞姬之「宮腰」入筆，極言其體態輕盈。「飛舉」之「怕」引出「避風臺」之遐想，於是把舞姬擬比趙飛燕，既形容舞姬身輕如燕，也暗示出其舞姿之美，相傳趙飛燕體輕盈，能為掌上舞。「驚鴻飛去」用曹植〈洛神賦〉「翩若驚鴻」之意，言舞姬身形曼妙、婀娜多姿。

過片以「香玉」狀其肌膚，略涉香豔，但下句即轉寫其風韻：一笑一顰間都自然流露出嫵媚動人之風姿流韻。如此溫柔多情之女子，一旦見其鍾情之人，其痴醉之態則可想見，末二句即描狀此態：只顧與情郎眉目傳情，竟不知舞錯了曲調。此一細節描寫捕捉到了這位舞姬最生動的小女兒情態，令其躍然紙上，生氣勃勃。

詞作上片描寫體態風姿，用典渾然無跡；下片描寫風韻神采，筆調輕快流轉。

生查子

燈夕❶戲陳敬叟❷

繁燈奪霽華❸，戲鼓侵明滅❹。物色舊時同，情味中年別❺。

淺畫鏡中眉，深拜樓中月。人散市聲❻收，漸入愁時節。

【注釋】❶燈夕　舊俗農曆正月十五日元宵夜張燈遊樂，故稱燈夕。❷陳敬叟　名以莊，號月溪。建陽（今屬福建省）人。劉克莊友人，有詞作〈賀新郎・和劉潛夫韻〉（曉夢鶯呼起）。❸霽華　指清朗的月色。❹戲鼓句　言鼓聲在燈光閃爍中傳揚。明滅，指閃爍的燈光。❺物色二句　意謂景象依舊，人到中年，情懷有別。《世說新語・言語》：「謝太傅（安）語王右軍（羲之）曰：『中年傷於哀樂，與親友別，輒作數日惡。』」❻市聲　街市喧鬧聲。

【語譯】燈火輝煌，朗月黯然失色。戲鼓聲聲，燈光閃爍明滅。景色一如往昔，人到中年情懷別。　對鏡淡掃蛾眉，樓前敬拜明月。待到街市人散去，喧譁停歇，漸入憂愁時刻。

【研析】劉克莊〈陳敬叟集序〉云：「寶慶初元（西元一二二五年），余有民社之寄，平生嗜好一切禁止，專習為吏。勤苦三年，邑無闕事，而吾成俗人矣。然少走四方，狂名已出。邑中騷人墨客如陳敬叟、劉圻父、游季僊輩，往往辱與之游。」此為知建陽縣之事，本詞蓋作於此數年間，時年四十左右，與詞中「情味中年別」亦相稱。

詞作起筆二句極言燈夕之熱鬧，前一句寫燈光絢爛，後一句寫鼓聲喧囂。一片歡樂喧譁中，似乎容不下些許憂愁。然而詞人筆調突轉，抒發物是人非之慨。「物色舊時同」句承前啟後，「物色」之「同」為承前作結，又引發下句「情味」之「別」，景如舊，情有別。上片前兩句與後兩句之間，以樂景反襯悲情，但所言悲慨之情點到即止，筆調蘊藉。

下片應合序中「戲」字，大概關涉陳敬叟之情事。「淺畫」二句言樓上佳人描眉拜月，「深拜」一語暗示出其內心深深期盼和祝願。末二句言人散聲靜，佳人又漸入寂寞之境。絢麗喧鬧充斥耳目，可以暫時淡化心中的愁思，熱鬧之後則倍感淒涼，心中的愁苦便無以排遣。

詞作以「樂」始而以「愁」收，以元宵之歡反襯內心之悲，以樂寫愁，倍增其愁。

吳潛

吳潛（西元一一九六—一二六二年），字毅夫，號履齋。建康溧水縣（今屬江蘇）人，居德清縣（今屬浙江）。嘉定十年（西元一二一七年）進士第一。歷官江東安撫留守、淮東總領、兵部尚書、浙東安撫使等。淳祐七年（西元一二四七年）簽書樞密院事兼參知政事。後兩度入相。元兵渡江，上書論丁大全等誤國，被劾貶謫，卒於循州（治所在今廣東龍川）貶所。有《履齋詩餘》。《全宋詞》錄其詞二百五十六首。

滿江紅

金陵烏衣園❶

柳帶榆錢❷，又還過、清明寒食❸。天一笑❹、滿園羅綺。滿城簫笛。花樹得晴紅欲染，遠山過雨青如滴。問江南、池館有誰來？江南客。

烏衣巷❺，今猶昔。烏衣事，今難覓。但年年燕子，晚煙斜日❻。抖擻一春塵土債❼，悲涼萬古英雄跡。且芳樽、隨分趁芳時，休虛擲❽。

【注 釋】❶金陵烏衣園 在金陵（今江蘇南京）烏衣巷之東。❷榆錢 榆莢，形狀似錢而小，色白成串。❸寒食 節日名，在清明前一日或二日。❹天一笑 指天晴。杜甫〈能畫〉：「每蒙天一笑，復似物皆春。」❺烏衣巷 在今南京市秦淮河南。三國吳時在此置烏衣營，以士兵皆穿烏衣而得名。東晉時王、謝等望族居此，遂著聞。❻但年年二句 化用劉禹錫〈烏衣巷〉詩意：「朱雀橋邊野草花，烏衣巷口夕陽斜。舊時王謝堂前燕，飛入尋常百姓家。」❼抖擻句 意謂擺脫俗世煩惱。抖擻，抖卻；擺脫。王炎〈夜半聞雨〉：「抖擻胸中三斗塵，強欲哦吟無好語。」❽且芳樽二句 意謂要珍惜芳春，盡情飲酒歡賞，不要白白浪費這美好時光。隨分，隨意；任意。虛擲，虛度。李清照〈鷓鴣天〉：「不如隨分尊前醉，莫負東籬菊蕊黃。」周邦彥〈六醜〉：「正單衣試酒，悵客裏、光陰虛擲。」

【語 譯】柳絲如帶，榆莢串串，轉眼又到清明寒食節。天一放晴，滿園綺麗遊人，滿城簫笛聲曲。花樹映日，紅豔似染；遠山經雨，青翠欲滴。若問江南池館有誰來？江南遊客。　烏衣巷，風景如昔；烏衣巷，往事難覓。唯有年年歸燕，在斜陽晚煙中飛來飛去。拋卻一春塵世俗務。萬古悲涼，英雄遺跡。且惜芳時，盡情醉賞，休將春光虛度。

【研 析】這首詞寫於理宗端平元年（西元一二三四年），當時作者在建康任淮東財賦總領。建康，即金陵，作為六朝古都，其盛衰變遷，向來特別能引發文人墨客的懷古傷今之情。

詞作上片寫景，清明寒食時節，楊柳如帶，榆錢成串。及至雨後天晴，遊人如織，簫笛聲聲。近看春花綻放，如火如荼；遠看群山連綿，青翠欲滴。只是一片繁華美景之中，卻有人黯然神傷，首句「又」字已暗寓感慨，而「江南客」三字則直接點出羈旅之愁。

客居古都名城，空間隔阻引發的羈旅之愁外，更有時代遷變所觸發的懷古之情，下片即轉入此境。自唐劉禹錫題詠烏衣巷等古跡之後，朱雀橋、烏衣巷、夕陽及堂前燕等都成了後人金陵懷古詩詞中的常見物象。

本詞雖不能免俗，卻有其超脫處，即從物是人非之歷史滄桑中感悟到人生短暫虛幻，萬古英雄終歸悲涼，塵世俗務微不足道，於是超然於塵俗之外，珍惜良辰美景，把酒醉歡，免使光陰虛度。

詞作上片寫景，工麗流暢；下片懷古，不失灑脫。

南柯子

池水凝新碧，闌花駐老紅❶。有人獨倚畫橋❷東。手把一枝楊柳繫春風。

鵲伴游絲墜❸，蜂黏落蕊空。秋千庭院小簾櫳❹。多少閒情閒緒雨聲中。

【注釋】❶闌花句　欄外花留殘紅。老紅，殘紅。杜安世〈菊花新〉（怎奈花殘又鶯老）：「亭闌花綻顏色好。」楊萬里〈又和風雨〉：「拚卻老紅一萬點，換將新綠百千重。」❷畫橋　雕飾華麗的橋梁。❸鵲伴句　言鳥鵲伴隨空中游絲而飛墜。鵲伴，《履齋遺稿》及查為仁、厲鶚《絕妙好詞箋》作「鵲絆」，《歷代詩餘》作「蝶絆」。游絲，指春天空中飄浮的蜘蛛等昆蟲所吐之絲。❹簾櫳　窗簾，代指閨閣。崔顥〈長門怨〉：「夜愁生枕席，春意罷簾櫳。」

【語譯】池水凝聚新綠，欄外花留殘紅。有人獨倚畫橋東，手撚一枝楊柳，挽繫春風。　鵲隨游絲飛墜，蜂黏落蕊花空。庭院秋千，小窗簾櫳。多少閒情愁緒，都在風雨聲中。

【研　析】這大概是一首女子傷春怨別之作。

詞作上片前兩句寫春景，筆下卻沒有春日應有的勃勃生機，「凝」與「駐」二字，全從靜態著眼。景出於心，靜景映襯出詞中人心緒凝重。而這種情懷，從後兩句看，當與離別相關。「有人」二句呈現出女子獨倚畫橋，手撚柳枝的畫面。「畫橋」當是送別之地，「倚」字可見佇立之久，「楊柳」點出送別之事，「繫春風」三字暗示出極力挽留之心志。此一畫面或許是女子獨倚畫橋，目送離人遠去，則「繫春風」有挽留行人之意。然而如晏殊〈踏莎行〉所謂「垂楊只解惹春風，何曾繫得行人住」，楊柳繫不住春風，要走的人亦留不住。此一畫面或許是女子思念遠行之人，來到曾經的分別之地，獨倚畫橋，痴望盼歸。手撚楊柳繫春風，惜春留春與思念懷遠之情融於其中。

下片前兩句也是寫景，但與上片的靜景不同，而是動景描寫，且頗有深意。首先是以動襯靜，映襯出詞中人的內心之靜，也許還有些許百無聊賴，於是鳥雀、遊絲、蜂蝶、落蕊等都成了其靜觀之物。其次，「鵲」之「墜」與「花」之「空」則不無引人遐想處：愁思如游絲，縈繞心間，令人情懷低落；「花落枝空」則更令女子悵歎青春易逝。結末兩句如一個遠景拉開，以秋千、庭院、小簾櫳三個名詞連用點出女子居所，因為沒有動詞，顯得無比寂寞，而「雨聲」更於寂寞中平添許多淒涼，故曰：「多少閒情閒緒雨聲中。」靜靜的庭院，淅瀝的雨聲，無盡的悵惘，誠可謂言有盡而意無窮。

全詞隱約含蓄，看似輕描淡寫，短小清麗，卻情蘊其中，頗耐咀嚼。

尹煥

尹煥（生卒年不詳），字惟曉，號梅津山人。長溪縣（今屬福建）人，寄居山陰縣（今浙江紹興）。嘉定十年（西元一二一七年）進士，自畿漕除右司郎官。淳祐六年（西元一二四六年）任兩浙轉運判官，七年除左司郎中，十年任江西轉運判官。有《梅津集》，不傳。《全宋詞》錄其詞三首。

霓裳中序第一　茉莉

青顰粲素靨❶。海國仙人偏耐熱❷。餐盡香風露屑。便萬里淩空，肯憑蓮葉❸。盈盈步月❹。悄似憐、輕去瑤闕❺。人何在，憶渠癡小❻，點點愛輕擷❼。

愁絕。舊游輕別。忍重看、鎖香金篋❽。淒涼今夜簟席，杳杳❾詩魂，真化風蝶。冷香清到骨。夢十里、梅花霽雪❿。歸來也，厭厭⓫心事，自共素娥⓬說。

【注釋】❶青顰句　形容潔白的茉莉花開在綠葉叢中。青顰，比喻綠葉。顰，皺眉。粲，開口笑的樣子，形容茉莉花綻開。素靨，比喻白花。靨，酒窩。❷海國句　言茉莉花特別能抵抗炎熱。相傳茉莉花出自波斯，移植南海，故稱海國仙人。❸肯憑蓮葉　言茉莉花不願學蓮花依附蓮葉。茉莉花可入茶，泡於水中如小小蓮花浮於水面，故宋人稱其「小蓮」。施岳〈步月・茉莉〉（玉宇薰風）：「采珠蓓、綠萼露滋，嗅銀豔、小蓮冰潔。」❹盈盈句　言月下散步，姿態美妙。樂府古辭〈日出東南隅行〉：「盈盈公府步，冉冉府中趨。」杜甫〈恨別〉：「思家步月清宵立，憶弟看雲白日眠。」❺瑤闕　傳說中的仙宮。❻憶渠句　念她幼小。渠，第三人稱代詞。癡小，幼稚；幼弱。周邦彥〈瑞龍吟〉（章臺路）：「因記箇人癡小，乍窺門戶。」❼點點句　意謂喜歡輕輕摘下一朵朵茉莉花。擷，折斷；拗折。❽鎖香金篋　香篋，雜置香料以收藏珍物的小箱子。❾杳杳　猶渺茫。許渾〈韶州驛樓宴罷〉：「簷外千帆背夕陽，歸心杳杳鬢蒼蒼。」❿夢十里句　言夢中雪晴，梅花十里飄香。霽雪，雪止放晴。趙以夫〈木蘭花慢〉：「玉梅吹霽雪，覺和氣滿南州。」張炎〈木蘭花慢〉（錦街穿戲鼓）：「十里梅香霽雪，水邊樓觀先登。」⓫厭厭　綿長貌。顧夐〈酒泉子〉（掩却菱花）：「金蟲玉燕鎖香奩，恨厭厭。」⓬素娥　即嫦娥，代指月亮。

【語譯】綠葉如蛾眉微皺，白花似燦爛笑靨，這海國仙人偏能耐熱。吸風飲露，凌空萬里，豈肯憑依蓮葉。月光下輕盈漫步，悄然若有依戀，飄然飛往仙宮瓊闕。如今那人何在？記得她當年小小身影，愛把點點花朵輕輕攀折。

愁悶欲絕。往日歡遊，輕易作別。怎忍重看那香奩金篋！今夜竹席孤眠淒涼，詩魂縹緲，真化作風中蝶。冷香沁骨，夢中十里梅花映晴雪。歸來吧，心事重重，只能獨自對月訴說。

【研析】這首題詠茉莉的詞作，花與人交融一體，詠花亦懷人。

上片描述茉莉花開花落，以仙女為喻。起句描狀茉莉花綻放之容顏，葉如眉皺，花似笑靨，兼及佳人一顰一笑之態。起筆即兼融花貌與人情。茉莉花開在夏季，故曰「偏耐熱」；以「海國仙人」稱花，雖有其緣由，意趣更在視花為仙。「餐盡」以下五句寫茉莉花在風露中凋謝飛落。筆調承前「仙人」之喻，言其餐盡香風玉露便凌空飛歸月宮，而不肯成為茉莉花茶如蓮花漂浮水中。以「盈盈步月」、「輕去瑤闕」描寫花落花飛，「悄似憐」又蘊含依依離別之情，於是緊接一句「人何在」，直接從花轉到懷人，所思之人或許是個像茉莉花一般清純秀氣的女子。「憶」字回到當初歡聚共賞茉莉花情形，天真幼稚的她，總愛輕輕摘下一朵朵茉莉花。

過片「愁絕」二字回到現實，相思怨別之情迸發而出。「舊游輕別」為今日「愁絕」之來源，「輕」字道出心中無盡的憾恨。「金篋」應是女子所贈，珍藏在裡面的也許是當年一起摘下的茉莉花，餘香尚在，故曰「鎖香」。花香猶存而佳人邈遠，睹物思人，怎忍重看！淒涼孤眠，相思入夢，思念之魂化為風中彩蝶，尋香而去，冷香沁骨，夢見的卻不是茉莉花，而是十里梅花在霽雪中綻放。夢中未能見到佳人，醒來後惆悵煩悶更添幾重，四處悄然，唯有天上一輪明月清冷相照，滿懷心事只能對月傾訴。

全詞上片詠花，以人喻花；下片懷人，因花思人。花即是人，人即是花，一片思念之情，委婉纏綿，曲折動人。

眼兒媚

柳

垂楊裊裊蘸❶清漪。明綠染春絲❷。市橋繫馬，旗亭❸沽酒，無限相思。

雲梳雨洗風前舞，一好百般宜。不知為甚，落花時節，都是顰眉❹。

【注釋】❶蘸　浸入水中。劉禹錫〈楊柳枝〉：「嵯峨猶有當時色，半蘸波中水鳥棲。」❷春絲　春日柳條。歐陽脩

〈柳〉：「綠樹低昂不自持，河橋風雨弄春絲。」❸旗亭　酒樓。因懸旗為招，故稱。❹顰眉　皺眉，比喻柳葉。

【語　譯】垂楊婀娜搖曳，點蘸粼粼碧波，絲絲鮮亮綠如染。街市橋邊繫馬，旗亭去買酒，相思情無限。雲梳雨洗，楊柳迎風起舞，一切相宜完美。不知為何，落花紛飛時節，柳葉都似愁眉。

【研　析】詠柳詞作，多與離別相關，本詞亦然。起筆切題而入，描寫池邊綠柳吹拂之狀，筆調輕快。「婀娜」見出垂柳之細柔搖曳，「明綠」呈現出鮮亮的綠意生機，一切沐浴在春風春光之中，散發出春天的美好氣息。「市橋」三句點出景中之人，「繫馬」、「沽酒」、「相思」等用語，展現出餞別或客地相思場景，別離之人置身於美妙的春景之中，倍感相思愁苦。

詞作過片仍從柳絲著筆，寫雨中柳絲煙霧繚繞，隨風翩翩起舞，百般相宜。「不知為甚」句以下，筆調突轉，言落花時節，柳葉不知為何都布滿愁容。境由心生，視柳葉如「顰眉」，實則透露出詞人內心之愁結。回看「一好百般宜」，則又可反過來理解：「一不好則百般不宜。」「百般宜」或「百般不宜」，取決於觀者心境之好或不好。此即可解釋「不知為甚」之疑惑。

全詞以樂景襯哀情，讓人掩卷而歎，悵惘不已。

糖多令

苕溪❶有牧之之感❷

蘋末轉清商❸。溪聲供夕涼。緩傳杯、催喚紅妝❹。慢綰烏雲❺新浴罷，裙拂地、水沈香❻。

歌短舊情長。重來驚鬢霜。悵綠陰、青子成雙❼。說著前歡佯不保❽，颺❾蓮子、打鴛鴦。

【注　釋】❶苕溪　水名，在浙江湖州。源出浙江天目山，流入太湖。夾岸多苕，故名。❷牧之之感　唐代詩人杜牧（西元八〇三—八五二年），字牧之。相傳杜牧在湖州喜歡一少女，相約十年後迎娶。十三年後，杜牧為湖州刺史，女子已嫁人生子。杜牧感而賦詩〈歎花〉云：「自是尋春去較遲，不須惆悵怨芳時。狂風落盡深紅色，綠葉成陰子滿枝。」❸蘋末句　意謂秋風吹起。蘋，水草名。宋玉〈風賦〉：「夫風生於地，起於青蘋之末。」後以蘋末代指風。清商，指秋天。古時以五音（宮商角徵羽）配四季，商屬秋。❹紅妝　指佳人。❺烏雲　比喻女子黑髮。❻水沈香　即沉香。入水能沉，故稱。❼悵綠陰句　見注❷。❽倸　同「睬」。理睬。❾颺　拋；扔。

【語譯】秋風已吹起，傍晚溪流潺潺，更添幾分清涼。緩緩傳杯換盞，催喚佳人出場。佳人新沐浴，精心綰髮髻，長裙拂地，飄送淡淡沉香。　歌曲短小，舊情綿長。今日重逢，驚見我兩鬢蒼蒼。悵歎綠葉成陰，青子成雙。說起往日歡情，佯裝不理不睬，拋擲蓮子打鴛鴦。

【研析】詞題云「苕溪有牧之之感」。杜牧當年在湖州鍾情一少女，約定十年後迎娶，十三年後再到湖州，女子已結婚生子。杜牧為之悵然。此即詞人所言「牧之之感」，而本詞創作緣由確與杜牧所遇情事相似，周密《齊東野語》卷十載：「梅津尹煥惟曉未第時，嘗薄遊苕溪，籍中適有所盼。後十年，自吳來霅，艤舟碧瀾，問訊舊遊，則久為一宗子所據，已育子，而猶挂名籍中。於是假之郡將，久而始來，顏色瘁赧，不足膏沐。相對若不勝情。梅津為賦〈糖多令〉云。」

詞作上片回憶昔日相遇之歡，即下片所言「前歡」。一個初秋清涼之夜，詞人與歌女初逢於熱鬧的酒筵歌席之上。「緩傳杯」句為歌女出場作鋪墊，「緩傳」與「催喚」對襯，見出宴歡者之樂趣更在「紅妝」，也襯托出歌女之紅極一時。「慢綰」二句描寫歌女出場情形：上句言其沐浴梳妝，「慢綰」見其精心妝飾，愛美自賞，同時與「催喚」相對，又不無自矜身貴之意。下句狀其珊珊而來，黑髮如漆，長裙曳地，香風襲人。

下片感歎今日重逢，情懷悵然。過片「歌短舊情長」，既歸結上片所述昔日初遇之歡，可謂「歌短情長」；又轉到今日重逢之感慨，言「舊情長」即至今舊情難忘，然而又能如何？時光流逝，物是人非：「我」已鬢髮如霜，令她驚異！她已結婚生子，令「我」悵然！如此境遇也只能作杜牧之歎：「自是尋春去較遲，不須惆悵怨芳時。狂風落盡深紅色，綠葉成陰子滿枝。」悵歎之餘，似乎仍難捨舊情，便與她「說著前歡」。

但情隨境遷，歌女佯裝不理睬，只是拋擲蓮子打鴛鴦。言「佯不保」，則並非忘懷舊情，實屬無奈。末句以「蓮子」（「蓮」諧音「憐」）「鴛鴦」為喻，知兩人心念舊情，「拋」、「打」二字則暗示出兩情離散，迫於無奈。

全詞描寫了今昔兩個截然不同的相逢場景，對比映襯中流露出無盡的感慨悵落，含蓄蘊藉。

趙以夫

趙以夫（西元一一八九－一二五六年），字用父，號虛齋，又號芝山老人。宗室子，居長樂郡（今屬福建）。嘉定十年（西元一二一七年）進士。歷知邵武軍、漳州。嘉熙元年（西元一二三七年）為樞密都承旨。二年，除沿海制置副使兼知慶元府、同知樞密院事。淳祐元年（西元一二四一年）出知建寧府，後進吏部尚書兼侍讀，與劉克莊同修國史。有《虛齋樂府》。《全宋詞》錄其詞六十八首。

憶舊遊慢

荷花

望紅蕖❶影裏，冉冉❷斜陽，十里沙平。喚起江湖夢。向沙鷗住處，細說前盟❸。水鄉六月無暑，寒玉散清冰❹。笑老去心情，也將醉眼，鎮為花青❺。

亭亭。步明鏡，似月浸華清，人在秋庭。照夜銀河落，想粉香溼露，恩澤親承❻。十洲縹緲何許❼，風引綵舟行。尚憶得西施❽，餘情裊裊煙水汀。

【注釋】❶紅蕖　紅荷花。❷冉冉　光亮柔弱的樣子。周邦彥〈蘭陵王〉（柳陰直）：「斜陽冉冉春無極。」❸喚起三句　意謂觸發江湖歸隱之念。《列子・黃帝》：「海上之人有好鷗者，每旦之海上，從鷗鳥遊，鷗之至者百往而不止。」❹寒玉句　言清澈如冰的池面上漂浮潤澤如玉的荷葉。❺也將二句　意謂醉眼垂青荷花。《晉書・阮籍傳》：「籍又能青白眼，見禮俗之士，以白眼對之。及嵇喜來弔，籍作白眼，喜不懌而退。喜弟康聞之，乃齎酒挾琴造焉。籍大悅，乃見青眼。」鎮，經常。❻亭亭七句　以楊貴妃沐浴華清池，比喻月夜荷花。白居易〈長恨歌〉：「春寒賜浴華清池，溫泉水滑洗凝脂。侍兒扶起嬌無力，始是新承恩澤時。」❼十洲句　傳說中的海上仙境，縹緲不知多遠。十洲，道教所稱海中神仙居住的十處名山勝境，泛指仙境。何許，多遠。❽西施　春秋時越國美人，助越王句踐滅吳後，隨范蠡泛舟五湖以隱。

【語譯】遙望落日餘暉，映照紅荷倩影，十里沙洲平。喚醒我歸隱江湖之夢，去往沙鷗棲息處，細說舊盟。水鄉六月無酷暑，水面清冷，荷花潤澤似玉，漂浮如冰。自笑老來情懷，醉眼朦朧，常為荷花垂青。　亭亭玉立，池面如鏡。彷彿月光灑照華清池，佳人佇立秋庭。月空銀河斜落，料粉荷帶露飄香，似楊妃承恩獲寵幸。縹緲十洲何邈遠，彩舟隨風前行。尚記得西施，餘情遺韻繚繞於煙水沙汀。

【研析】這首詞題詠荷花，構思上擇取了夕陽落照和荷塘月色兩幅場景。起筆以「望」字引出冉冉斜陽映照紅荷倩影的美麗景象，且以「十里沙平」延展背景，引發詞人江湖歸隱之嚮往，又從側面烘托了荷塘境界之美。「水鄉」二句筆調又回到荷花之環境，但角度有變，描寫荷塘涼意沁人，池水清冷似冰，荷花潤澤如玉，令人心醉。「笑老去心情」三句筆意承前，筆法轉從側面襯托，看似自嘲，實則以退為進，從「醉眼」轉為「青眼」，凸顯荷花之魅力。

下片描寫月下荷花之亭亭風姿。「亭亭」二句直筆描畫：月下荷花亭亭玉立在明澈如鏡的水面。「似月浸華清」至「恩澤親承」，觸景聯想，以楊貴妃華清池沐浴為喻，表現出月色中荷花之嬌美以及露濕荷花之楚楚動人，新穎而傳神。「十洲」二句轉言仙境邈遠，彩舟駕風追尋。此意乃暗取白居易〈長恨歌〉中臨邛道士於海上仙山尋得楊太真之傳說，由華清賜浴之人境升華到虛無縹緲之仙境，則所喻之月夜荷花荷塘也便美妙有如仙女仙境。然而仙境終不可尋，可以追尋乃至效仿的是西施伴范蠡泛舟五湖之飄然風姿，其遺韻餘情似乎仍彌漫於煙水沙際。結末「憶得西施」既呼應上片「江湖夢」，亦切合荷花之神韻。

詞作詠物而不滯於物象，以境襯物，觸景聯想，荷花與佳人，荷塘與華清池乃至五湖煙水、縹緲仙境，交相輝映，筆調婉麗而又不失清雋。

姚鏞

姚鏞（生卒年不詳），字希聲，一字敬庵，號雪篷。嵊縣（治所在今浙江嵊州）人。嘉定十年（西元一二一七年）進士。歷官吉州通判、贛州知州，端平初坐事貶衡陽。有《雪篷集》一卷。《全宋詞》錄其詞一首。

謁金門

吟院靜。遲日❶自行花影。熏透水沉雲滿鼎❷。晚妝窺露井❸。　飛絮游絲無定。誤了鶯鶯❹相等。欲喚海棠教睡醒❺。奈何春不肯。

【注釋】❶遲日　和暖的春日。《詩・豳風・七月》：「春日遲遲。」❷熏透句　言香爐裡沉香煙霧熏染。水沈，沉香。鼎，指香爐。❸露井　露天之井，指井口無蓋。陸龜蒙〈野芹井〉：「朱閣前頭露井多，碧梧桐下美人過。」❹鶯鶯　黃鶯。此喻指佳人。❺欲喚句　意欲喚醒睡夢中的海棠花。釋惠洪《冷齋夜話》卷一引《太真外傳》載唐玄宗稱「妃子醉」為

「海棠睡未足」。蘇軾《海棠》：「只恐夜深花睡去，故燒高燭照紅妝。」

【語　譯】小院低吟，一片寂靜。春日遲遲，花隨日光緩移倩影。沉香熏透，香爐煙霧繚繞。晚妝梳罷，偷窺露井臨照。　身似柳絮游絲飄無定，空負佳人痴情相等。想喚醒海棠來相伴，無奈春天不答應。

【研　析】這首詞抒寫佳人別怨。上片前兩句寫白天，後兩句寫夜晚。春日遲遲，女子獨自在寂靜的庭院相思低吟，伴守花影隨日光而漸移——就這樣在百無聊賴中等待了一個漫長的白晝。挨到天黑，室內沉香熏透，女子仍心存期待，梳罷晚妝，來到庭院，情不自禁地在露井邊臨水照影。「晚妝窺露井」這一細節描寫透露出女子內心的期盼、自賞和自憐。

詞作下片轉到「誤」字，寫等待而無果。「飛絮」二句歸結上片，女子所待之人如柳絮游絲飄忽不定，辜負了女子的痴情等待。「欲喚」二句承前「相等」之「誤」，言女子為緩解失望之苦，欲喚醒海棠花來相伴，傾訴情懷，無奈春天不肯應允。此「海棠」當即上片「遲日自行花影」所言庭院之花，女子已與之相伴整日，視為知己，故而所待未歸、相思無眠之時便想到了海棠。末句言春天不許喚醒海棠，則女子只能獨自承受相思別怨之苦。同時也見出海棠為春所主宰，春且無情，似乎又暗示出海棠隨春歸而凋零之命運，花落春去又觸發女子韶華易逝之傷悲。如此，則「誤」字更意味深長了。

羅　椅

羅椅（西元一二〇四—一二七六年），字子遠，號澗谷。廬陵郡（治所在今江西吉安）人。寶祐四年（西元一二五六年）進士及第。歷官江陵教授、潭州教授、信豐知縣等。《全宋詞》錄其詞三首。

柳梢青

蕚綠華❶身，小桃花扇，安石榴❷裙。子野❸聞歌，周郎顧曲❹，曾惱夫君。

悠悠羇旅愁人。似零落、青天斷雲。何處消魂？初三夜月❺，第四橋❻春。

【注　釋】❶蕚綠華　傳說中的仙女名，見晉陶弘景《真誥・運象》。❷安石榴　即石榴，因產自安息國，故稱。❸子野　師曠，字子野，春秋時晉國樂師。目盲，能琴善聽。李白〈雪讒詩贈友人〉：「子野善聽，離婁至明。」❹周郎顧曲　三國時周瑜（西元一七五－二一〇年），字公瑾。少時吳中呼為周郎，精音樂，時人傳云：「曲有誤，周郎顧。」（《三國志・吳書・周瑜傳》）❺初三夜月　化用唐白居易〈暮江吟〉：「可憐九月初三夜，露似珍珠月似弓。」❻第四橋　即甘泉橋，在吳江（今屬江蘇），因其泉品居第四而得名。

【語　譯】身似仙女蕚綠華，手持小小桃花扇，輕拂石榴紅舞裙。聽歌辨曲，精如師曠、周瑜，曾深深撩動夫君心。

漂泊異鄉，愁緒滿懷，像那天邊飄浮的一片孤雲。何處最令人愁？初三之夜新月如弓，第四橋邊春色惱人。

【研　析】這是一首羈旅懷人詞作。上片描寫所懷之人。前五句細述女子「曾惱夫君」之種種美妙：仙女般的身材，配以美麗的歌扇舞裙，此為外在形貌之美；聽歌辨曲，精審微妙，此為內在才華之美。如此才貌兼美之佳人，怎不令其夫君心動神醉！又怎不令其夫君別後相思銷魂！

下片轉寫別後思念之苦。過片「悠悠羇旅愁人」為總筆，「悠悠羇旅」言其境遇，「愁人」言其情懷。「似零落」一句承「悠悠羇旅」，以天邊飄浮的孤雲自喻，見其孤零而漂泊不定，沉浮不能自主。結尾三句承「愁人」，其筆調有柳永〈雨霖鈴〉「今宵酒醒何處？楊柳岸、曉風殘月」之妙，以問句導出「消魂」之境地——

天上一彎新月，橋邊滿目春色。良夜美景在異鄉孤旅者眼中，徒增羈旅之淒涼。

詞作上片憶昔，色澤穠麗，語句工整；下片歎今，形容慘澹，筆調疏闊跌宕。前後一成對比，倍增羈旅愁情。

方岳

方岳（西元一一九九—一二六二年），字巨山，號秋崖。祁門縣（今屬安徽）人。紹定五年（西元一二三二年）進士。調南康軍、滁州教授，除淮東安撫司幹官。後歷知邵武軍、袁州，官至吏部尚書左郎官。有《秋崖先生小稿》。《全宋詞》錄其詞七十五首，《全宋詞補輯》錄四首。

江神子

牡丹

窗綃深掩護芳塵❶。翠眉顰。越精神。幾雨幾晴，做得這些春。切莫近前輕著語，題品錯，怕花嗔❷。

碧壺難貯玉粼粼❸。碎香茵❹，晚風頻。吹得酒痕，如洗一番新❺。只恨謫仙渾懶事，辜負卻，倚闌人❻。

【注釋】❶窗綃句　意謂窗紗重重遮護以避芳塵。芳塵，花落為塵，亦指落花。毛滂〈鵲橋仙〉：「水精簾下，沉香閣畔，新下紅油畫幕。百花何處避芳塵，便獨自將春占卻。」❷切莫三句　意謂莫要靠近牡丹評論，怕品題錯了，惹花嗔怒。

杜甫〈麗人行〉：「慎莫近前丞相嗔。」❸碧壺句　意謂花瓣零落，彷彿粼粼玉屑從碧壺灑落。❹碎香茵　如茵的草地上落花飄香。❺吹得二句　意謂風吹酒醒，清新如洗。❻只恨三句　意謂可惜詩仙意懶無題詠，辜負了賞花佳人。此反用李白題詠沉香亭牡丹典故。李濬《松窗雜錄》載開元中，唐玄宗攜楊貴妃沉香亭賞牡丹。李白奉旨賦〈清平調詞三首〉，其三云：「名花傾國兩相歡，長得君王帶笑看。解釋春風無限恨，沉香亭北倚闌干。」謫仙，指李白，賀知章稱其為謫仙人。渾，全然。

【語譯】窗紗重重遮護避芳塵。綠葉如眉微皺，花兒越顯精神。幾番雨潤幾番晴，才造就這般美好芳春。切莫近前隨意多語，品評不當，怕惹花兒惱嗔。　綠萼似碧壺，難承載如玉花瓣。芳草地上，落花斑斑。晚風頻拂，風吹酒醒，一番清新如洗。只可惜詩仙倦怠無興致，辜負了這倚欄佳麗。

【研析】這首詞詠牡丹，構思獨特，似從沉香亭牡丹及楊貴妃故事演繹而來。李濬《松窗雜錄》載唐玄宗在宮中沉香亭前種植牡丹，每當花繁時節，攜楊貴妃乘月賞花。李白曾奉旨賦〈清平調詞三首〉云：「名花傾國兩相歡，長得君王帶笑看。解釋春風無限恨，沉香亭北倚闌干。」本詞末三句即反用李白賦詩之事。「切莫近前輕著語」三句，似化用杜甫描述楊貴妃之姐妹兄弟曲江行樂的〈麗人行〉詩句「炙手可熱勢絕倫，慎莫近前丞相嗔」之意。詞作起筆即展現出牡丹深受庇護景象，料想沉香亭前牡丹或當如此，毛滂〈鵲橋仙〉題詠牡丹即云：「水精簾下，沉香閣畔，新下紅油畫幕。百花何處避芳塵，便獨自將春占卻。」

詞作上片寫花開，但正面描寫只有「翠眉顰」二句，而主要筆墨用於描述護花、春雨春光之育花以及花之令人生畏、不可親近。筆調意趣真可謂「似花還似非花」，隱約透露出一位倍受寵幸恩澤而性情乖戾的女子形象。

下片轉寫花落，正筆描寫也只有「碧壺難貯玉粼粼」二句，其「玉粼粼」、「碎香」字眼令人生發香消玉殞之感，意蘊與上片相通。「晚風頻」三句筆意曲折：風吹花落，落花添愁，以酒消愁，風吹酒醒，清新如洗。同時，「如洗一番新」亦可狀花落如洗，一番清新。花已落盡，詩仙全無興致題詠，遂令倚欄賞花之人遺憾悵然。

全詞題詠的重點不在牡丹的形色物象，而在其身世性情，或有寓意，或為遊戲之筆。

楊伯嵒

楊伯嵒（西元？—一二五四年），字彥瞻，號泳齋。自稱代郡（治所在今山西大同）人，居臨安縣（今浙江杭州）。楊沂中諸孫，周密外舅。嘉熙三年（西元一二三九年）以朝請郎知臨江軍事。淳祐間以工部郎官出守衢州，以吏部郎除浙東提刑、除樞密院檢詳諸房文字。有《六帖補》二十卷、《九經補韻》一卷。《全宋詞》錄其詞一首。

踏莎行

雪中疏寮❶借閣帖❷，更以薇露❸送之。

梅觀初花，蕙庭殘葉。當時慣聽山陰雪❹。東風吹夢到清都❺，今年雪比前年別。

重釀宮醪，雙鉤❻官帖。伴翁一笑成三絕。夜深何用對青藜❼，窗前一片蓬萊❽月。

【注釋】❶疏寮　高似孫，字續古，號疏寮，鄞（今浙江鄞縣）人。淳熙十一年（西元一一八四年）進士，歷任會稽縣主簿、館閣郎官、處州知州等。❷閣帖　指《淳化秘閣法帖》。葉夢得《石林燕語》卷三：「太宗留意字書。淳化中，嘗出內府及士大夫家所藏漢晉以下古帖，集為十卷，刻石于秘閣，世傳為《閣帖》是也。」❸薇露　薔薇露，酒名。周密《武林舊事》卷六〈諸色名酒〉：「薔薇露、流香，並御庫。」❹當時句　言當時常相來往。《世說新語・任誕》：「王子猷居山陰，夜大雪……忽憶戴安道，時戴在剡，即便乘一小船就之，經宿方至。」❺清都　傳說中天帝所居之宮闕。此指京城。❻雙鉤　一種摹寫方法，用線條沿所摹字的筆劃邊緣鉤出空心筆劃，使不失真。❼青藜　指燈燭。《三輔黃圖・閣》載：「劉向於成帝之末校書天祿閣，專精覃思。夜有老人，著黃衣，植青藜杖，叩閣而進。見向暗中獨坐誦書，老父乃吹杖端，煙然，因以見向，授五行洪範之文。」❽蓬萊　傳說中的海上神山，為仙府，藏有幽經祕錄。此借指祕閣。

【語　譯】觀裡梅花初綻，庭中蘭蕙凋殘。當年來往，慣聽山陰飛雪聲。東風吹夢到京城。今年相逢，雪與前年別。

精釀之宮酒，雙鉤之官帖，伴翁笑容，堪稱「三絕」。夜深何用燈燭，祕閣窗前一片朗月。

【研　析】如小序所言，這首詞為友人高似孫雪中前來借閣帖而詞人又以薔薇露相贈一事而作。詞作末句「蓬萊」指祕閣，據《南宋館閣錄續錄》卷八，高似孫先後於慶元五年（西元一一九九年）十月至六年正月、嘉定十六年（西元一二二三年）五月至寶慶元年（西元一二二五年）八月兩度任館閣郎官。詞稱高氏為「翁」，蓋作於嘉定十六年或十七年冬。

詞作上片點明時地及兩人交情。起筆二句既點出時令，也見出二人情趣清雅，與下句「慣聽山陰雪」用王徽之（字子猷）雪夜訪戴典故追憶往日交情，意趣相貫。高氏家居鄞縣，曾任紹興府會稽縣主簿，又於嘉定七年（西元一二一四年）撰成《剡錄》，自序云：「山陰蘭亭禊、剡雪舟，一時清風，萬古冰雪。」則「山陰雪」之典事切合高氏經歷之外，更應合其雅趣。「慣」字有一字千鈞之妙，既寫出交往之密，又見出交情之厚。「東風」二句寫今日京城相聚。以「東風吹夢」狀友人入京任職館閣，可見詞人之驚喜莫名，遂云「今年雪比前年別」，雖同為雪中相訪，卻與當年山陰情形迥別。

上片落實友人雪中來訪，下片述及友人「借閣帖，更以薇露送之」。閣帖、薇露、友人一笑，相伴成「三絕」，筆調戲謔，然寓意清雅，宮醪、官帖、館閣郎官，三者適相匹配，「伴翁一笑」則又暗示友人欣然把酒賞帖之畫面。結末二句遂呈現出料想中的友人深夜在祕閣臨窗對月觀帖景象，反用劉向天祿閣遇青藜杖老人典故，代以蓬萊朗月，更添清韻雅興。

全詞清新流暢，用典自然，色調清淡而又充溢溫馨之友情。

周晉

周晉（生卒年不詳），字明叔，號嘯齋。周密之父。濟南府（今屬山東）人，居吳興郡（治所在今浙江湖州）。紹定四年（西元一二三一年）知富陽，淳祐五年（西元一二四五年）通判衢州，寶祐三年（西元一二五五年）知汀州。《全宋詞》錄其詞三首。

點絳脣

訪牟存叟❶南漪釣隱❷

草夢初回，捲簾盡放春愁去。晝長無侶。自對黃鸝語。　絮影蘋香，春在無人處。移舟去。未成新句。一研梨花雨❸。

【注釋】❶牟存叟　名子才，字存叟。井研（今屬四川）人，寓居湖州。❷南漪釣隱　指牟存叟之園。周密《癸辛雜識》前集「吳興園圃」：「牟端明園，本《郡志》『南園』，後歸李寶謨，其後又歸牟存齋。園中有碩果軒、元祐學堂、芳菲二亭、萬鶴亭、雙杏亭、桴舫齋、岷峨一畝宮，宅前枕大溪，曰南漪小隱。」❸一研句　意謂提筆臨硯，窗外梨花飄落如雨。韋莊〈清平樂〉：「瑣牕春暮，滿地梨花雨。」研，通「硯」。

【語譯】午睡醒來，捲上珠簾，盡遣春愁去。白晝漫長，無人陪伴，獨對黃鸝自語。　飛絮留影，蘋花飄香，春在寂靜無人處。蕩舟離去。臨硯未成新句，梨花飄零如雨。

【研析】這是一首簡約清麗的小詞，彌漫著一種悠閒情調，雖略帶寂寞，卻也頗享受那無人相擾的寧靜。

上片從午睡初醒入筆，先言「盡放春愁去」，是要刻意擺脫閒愁所困，實則難以如願，接下「晝長」二句就見出寂寞無聊賴之感。「晝長」或許也暗示春已將暮，白天漸長，但更重要的原因是「無侶」。無人相伴，姑且與黃鸝鳥交流細語一番，不無寂寥，亦不無悠閒自適之感。

過片言「絮影蘋香」，細緻入微，映襯出詞人心境之寧靜以及環境之幽靜，所謂「春在無人處」。獨享寂靜春景，移舟離去，詩興頓起，新句未成，提筆臨硯，窗外梨花飄零如雨，或有幾瓣梨花飛落硯臺，妙句襲來：「一研梨花雨。」一幅落花飄飛、臨窗賦詩圖景浮現於字裡行間。

全詞意境清新，閒雅疏淡，有一種「心遠地自偏」的山水隱逸之致。

清平樂

圖書一室。香暖垂簾密。花滿翠壺熏研席❶。睡覺❷滿窗晴日。　手寒不了殘棋。篝❸香細勘唐碑。無酒無詩情緒，欲梅欲雪天時。

【注釋】❶研席　硯臺與坐席。研，通「硯」。❷睡覺　睡醒。❸篝　熏籠，有籠覆蓋的香爐，可用以熏烤衣服。

【語譯】一室圖書，溫暖馨香，簾幕密密低垂。翠瓶插滿鮮花，芬芳瀰漫硯席。一覺醒來，滿窗映照晴日。天寒手冷，殘棋未了結。傍熏籠，細勘唐碑帖。沒有詩酒興致，梅欲綻放，天將飛雪。

【研析】這首詞抒寫閒適自得的書齋生活情趣。上片是室內環境的描寫，圖書滿室，簾幕低垂，屋內香暖——有熏香，也有花香。溫馨中讀書品畫，倦而小睡，醒來時，晴朗的陽光映滿窗，一片明麗寧靜。

下片從靜態環境轉到境中人的舉止情態。琴棋書畫、飲酒賦詩為文人雅士日常興致所寄。詞中提及下棋，所言「殘棋」當指棋譜中的殘局，但因天寒手冷而不便；提及飲酒賦詩，又因無此意興情致而不想。在這寧靜的晴好冬日，傍依熏籠，細細校勘唐碑，不失為清雅之事。

詞人有藏書四萬二千餘卷及三代以來金石之刻一千五百餘種，日事校讎，樂此不疲（參見周密《齊東野語》卷十二）。本詞展現出其日事校勘之片段場景，筆調淡雅，意境幽靜，別具情趣。

柳梢青

楊花

似霧中花，似風前雪，似雨餘雲。本自無情，點萍成綠❶，卻又多情。西湖南陌東城。甚管定❷、年年送春。薄倖❸東風，薄情游子，薄命佳人。

【注釋】❶點萍句　言楊花散落水面化成綠萍。相傳楊花入水，經宿化為浮萍。❷甚管定　為何准定。❸薄倖　薄情。

【語譯】像霧裡飛花，像風前舞雪，像雨後浮雲。本為無情物，飄落水中成綠萍，卻又那般多情。西湖南陌東城外，為何年年篤定楊花送春歸？東風無情，遊子薄情，佳人薄命。

【研析】詞詠楊花，起筆連用三個比喻描寫楊花之飄飛情狀：「霧中花」狀其似花非花，「風前雪」狀其飛舞之勢，「雨餘雲」狀其黏附之態。排比博喻，語勢層進，形象貼切。「本自」三句欲揚先抑，以「無情」反襯其「多情」。「點萍成綠」化用楊花入水化萍之傳說。萍為漂浮水中的無根之物，稱其「多情」，或許是暗用「落花有意，流水無情」之意。

下片寫楊花之「送春」，寄寓佳人傷春怨別之情。「西湖」二句即言處處楊柳飛絮，送春歸去，而以「甚管定」作問詰筆調，則透露出柳絮飄飛所觸發的傷悲情懷。「薄倖」三句承上意趣，一組排比短句歸結出佳人無盡而無奈之悲怨：怨東風之無情——風吹柳絮送春歸，怨遊子之薄情——春歸而遊子不歸。怨而無奈，只能自怨薄命。

全詞詠物言情，簡約有致。上、下片各三個排比短句，比擬新穎而生動，述情言直而韻味不盡。

楊纘

楊纘（西元？—一二六五年），字繼翁，號守齋，又號紫霞。桐廬縣（今屬浙江）人，居錢塘縣（治所在今浙江杭州）。寧宗楊后兄次山之孫，其女為度宗淑妃。淳祐八年（西元一二四八年）知江陰軍，後歷臨安通判、太舍令、司農卿、浙東帥，贈少師。好古博雅，知音善琴，有《紫霞洞譜》傳世。《全宋詞》錄其詞三首。

八六子

牡丹次白雲韻❶

怨殘紅。夜來無賴❷，雨催春去匆匆。但暗水新流芳恨，蝶❸淒蜂慘，千林嫩綠迷空。

那知國色❹還逢。柔弱華清扶倦❺，輕盈洛浦臨風❻。細認得凝妝❼，點脂勻粉，露蟬聳翠❽，蕊金團玉❾成叢。幾許愁隨笑解，一聲歌轉春融❿。眼朦朧。凭闌半醒醉中。

【注釋】❶次白雲韻　次韻白雲詞。次韻，亦稱步韻，依照原作韻腳字及其先後次序創作。白雲，趙崇嶓（西元一一九八—？年），字漢宗，號白雲。南豐縣（今屬江西）人。❷無賴　無奈；無可如何。陸游〈桃源憶故人〉（城南載酒行歌路〉：「鶯聲無賴催春去。那更兼旬風雨。」❸蜨　同「蝶」。❹國色　指牡丹。羅隱〈牡丹〉：「當庭始覺春風貴，帶雨方知國色寒。」❺華清扶倦　以楊貴妃華清池浴罷之嬌柔比喻牡丹。白居易〈長恨歌〉：「春寒賜浴華清池，溫泉水滑洗凝脂。侍兒扶起嬌無力，始是新承恩澤時。」❻洛浦臨風　以洛神臨風翩翩之態比喻牡丹。曹植〈洛神賦〉：「其形也，翩若驚鴻，婉若遊龍……髣髴兮若輕雲之蔽月，飄颻兮若流風之迴雪。」❼凝妝　盛妝。王昌齡〈閨怨〉：「閨中少婦不知愁，春日凝妝上翠樓。」❽露蟬句　形容如蟬紋的綠萼托起牡丹花冠。方干〈題睦州郡中千峰榭〉：「曳響露蟬穿樹去，斜行沙鳥向池來。」❾蕊金團玉　指牡丹如玉的花瓣環抱金黃的花蕊。❿一聲句　歌聲婉轉，春光融融。轉，通「囀」。沈佺期〈過蜀龍門〉：「我行當季月，煙景共春融。」

【語　譯】怨落紅。無奈夜來風雨，催春歸去匆匆。只有水流落花默默，新添春恨無窮。蜂蝶淒涼，萬樹千林，一片嫩綠迷空。

　怎料還能遇見，國色天香之牡丹。似楊妃華清出浴，嬌弱要人扶；如洛神臨風，輕盈翩翩舞。細看來，有似美女盛妝，脂粉勻塗點。綠萼似露蟬，高聳花冠。花蕊似金，花瓣如玉環抱重重。幾多愁緒，消逝在歡笑中。一聲清歌宛轉，春光融融。雙眼朦朧，斜倚欄杆，半醉半醒中。

【研　析】這首題詠牡丹的詞作，構思別具一格。上片無一語提及牡丹，而是「怨殘紅」，悵歎風雨催春，落花流水，蜂蝶淒楚，綠林迷空。筆調上，起句總攝上片情調。下文之「無賴」、「恨」、「淒」、「慘」等字眼均承「怨」；「雨催春去忽忽」、「暗水流芳」、「蜨淒蜂慘」、「千林嫩綠迷空」，均承「殘紅」。

　過片詞筆轉到牡丹花開，「那知」一語，承上而轉，顯露出意料之外的欣喜。隨後便細筆描繪牡丹之神韻風姿、形貌色澤，亦見出詞人歎賞之情。「柔弱」兩句概寫牡丹嬌柔輕盈之情態韻致，以楊妃、洛神為比，嬌豔而脫俗。「細認得」四句為重彩細描，為特寫鏡頭，從花萼到花冠，從花瓣到花蕊，如佳人盛妝，雍容華貴，美豔無匹。對此好花，把酒聽歌，春愁在笑容裡消解，春光在歌聲中蕩漾。

　全詞章法，上片描述落花，為下片牡丹盛開作鋪墊，可謂無中生有。詞作情調，上片寫「怨」，下片寫「喜」，以悲襯樂，更顯其樂。筆調舒緩婉轉，語詞工麗華美。

一枝春

除夕

竹爆驚春，競喧填❶、夜起千門簫鼓。流蘇❷帳暖，翠鼎❸緩騰香霧。停杯未舉。奈剛要❹、送年新句。應自有、歌字清圓，未誇上林❺鶯語。

從他歲窮日暮。縱閒愁、怎減劉郎❻風度？屠蘇❼辦了，迤邐柳欺梅妬❽。宮壺❾未曉，早驕馬、繡車盈路。還又把、月夜花朝❿，自今細數。

【注　釋】❶喧填　即喧闐。喧譁；熱鬧。元稹〈賽神〉：「喧闐里閭隘，兇醞日夜頻。」❷流蘇　用絲線或彩色羽毛做成的穗狀垂飾物。❸翠鼎　指香爐。❹剛要　猶硬要，偏要。李覯〈馬嵬驛〉：「六軍剛要罪楊妃，空使君王血淚垂。」❺上林　苑名。秦、漢及南朝都城均有上林苑，後泛指京城園林。❻劉郎　指東漢劉晨。相傳劉晨、阮肇入天台山採藥，遇仙女，留半年而返，人間已過七世。參見《太平御覽》卷四十一引《幽明錄》。❼屠蘇　亦作屠酥，藥酒名。舊俗於農曆正月初一飲屠蘇酒。蘇軾〈除日〉：「年年最後飲屠蘇，不覺年來七十餘。」❽迤邐句　意謂漸次柳綠梅謝，冬去春來。迤邐，漸次；逐漸。❾宮壺　即宮漏，宮中計時器。此代指時刻。❿月夜花朝　猶言良辰美景。

【語　譯】爆竹聲聲驚動春。除夕夜，千門萬戶，簫鼓競喧闐。流蘇帳裡暖融融，爐香煙霧迷漫。暫停杯酒，無奈偏要賦詠新句送舊年。定然有清歌圓潤，不必誇上林苑裡鶯聲囀。　任他日暮歲盡，縱有閒愁，怎能減損我似劉郎入仙之灑脫風度？屠蘇酒已備好，漸次柳綠梅謝，春來冬去。天未破曉，香車寶馬已滿路。從今要把良宵佳辰細數。

【研　析】除夕是一個特別的夜晚。辭舊歲，迎新年，站在歲月的交界處，自然感慨良多。但詞人立意在於展現辭舊迎新氣象，其感慨也不在歎惋歲月流逝，而在樂觀迎新。

上片描寫除夕景象。冬天的夜往往靜寂，而除夕之夜卻熱鬧非凡。千門萬戶，爆竹聲聲，簫鼓喧闐。「驚春」，透出除夕之迎春氣息；「競」字見出家家辭舊迎新的興高采烈。「流蘇」二句轉到室內描寫，室外喧譁鼎沸，室內卻寧靜溫馨：流蘇帳擋住了冬夜的寒氣，香爐裡香霧緩騰。置身其境，飲酒賦詩，為文人守歲迎新之雅事。詞人停杯，醞釀「送年新句」。謂「奈剛要」，許是一時靈感未至，新句尚未吟成，但自信會有清詞麗句付諸歌兒吟唱，堪比上林黃鶯。

下片抒發新年所感。「從他」二句承前過渡，「歲窮日暮」四字切合「除夕」，歲時感慨寓於其中，與下句「閒愁」相通。言「從他」則決意擺落歲暮閒愁，要學劉晨入仙境那般超然瀟灑。「屠蘇」句以下展現新年氣象：一過除夕，春天在望，梅謝柳綠即可預見。此言自然節候之新。新年之黎明尚未到來，路上已是車水馬龍。此言人們迎新之熱鬧場景。這也激發出詞人對新春的美好展望：「還又把、月夜花朝，自今細數。」意謂從今將迎來一個個「月夜花朝」，堪當珍惜！

詞作描述除夕氣氛景象，令人有身臨其境之感。筆調生動流轉，情調樂觀灑落。

被花惱

自度腔❶

疏疏宿雨釀寒輕，簾幕靜垂清曉。寶鴨❷微溫瑞煙少。檐聲不動，春禽對語，夢怯頻驚覺。欹珀枕❸，倚銀牀❹，半窗花影明東照。惆悵夜來風，生怕嬌香混瑤草❺。披衣便起，小徑回廊，處處都行到。正千紅萬紫競芳妍，又還似、年時被花惱。驀忽地❻，省得❼而今雙鬢老。

【注釋】❶自度腔　自製的曲調。❷寶鴨　指鴨狀香爐。韓滮〈浣溪沙〉：「寶鴨香銷酒未醒。」❸欹珀枕　指斜靠著琥珀枕。李商隱〈偶題〉：「水文簟上琥珀枕，傍有墮釵雙翠翹。」❹銀牀　銀飾之床。溫庭筠〈瑤瑟怨〉：「冰簟銀牀夢不成，碧天如水夜雲輕。」❺生怕句　意謂怕花兒零落於草中。嬌香，花香。瑤草，仙草。此為草之美稱。❻驀忽地　忽然。史達祖〈祝英臺近〉（綰流蘇）：「匆匆欲去，驀忽地、罥留芳袖。」❼省得　意識到。許渾〈聽唱山鷓鴣〉：「夜來省得曾聞處，萬里月明湘水秋。」

【語　譯】一夜疏雨釀輕寒，簾幕靜靜低垂，天已拂曉。香爐微溫，香霧稀少。屋簷雨聲歇，春鳥相呼，頻把幽夢驚覺。斜倚珀枕銀床，半窗花影，旭日映照。　惆悵夜來風雨，深怕花兒嬌弱，零落芳草間。便披衣起床，小徑回廊，處處走走看看。正當萬紫千紅，百花爭妍，又還一如往年，為花煩憂。忽然自省，如今雙鬢斑白年已老。

【研　析】這首自度曲，截取詞中「被花惱」為調名，已顯示出詞情中的春愁意緒。上片描述一夜疏雨，清曉夢覺時的情形感受：雨送輕寒，簾幕低垂，爐香燃盡，只留餘溫和稀少的香霧。詞中人倚床靠枕，聽窗外春鳥對語，看晨光映照半窗花影。「夢怯頻驚覺」透露出其心中幽怨之情。

下片抒寫惆悵情懷，承上片從「宿雨」切入，意趣類似於孟浩然的〈春曉〉：「春眠不覺曉，處處聞啼鳥。夜來風雨聲，花落知多少。」憂心風雨落花，遂披衣去回廊探視，見花兒依然紅紫爭豔，卻又心生愁思，當是因花盛而想到花敗，花開縱然好，明媚能幾時！瞬間又因花而觸發人生之感，頓然意識到自己雙鬢斑白已入老境。惜花傷春而歸結於人生遲暮，筆調含蓄深婉，情韻不盡。

翁孟寅

翁孟寅（生卒年不詳），字賓暘，號五峰。錢塘縣（今浙江杭州）人。登臨安鄉試，曾為賈似道幕客。與吳文英交遊。淳祐六年（西元一二四六年）在世。《全宋詞》錄其詞五首。

齊天樂

元夕

紅香十里銅駝夢❶，如今舊游重省。節序飄零，歡娛老大❷，慵立燈光蟾影❸。傷心對景。怕回首東風，雨晴難準。曲巷幽坊，管絃一片笑相近。

飛棚浮動翠葆❹，看金釵半溜，春妒紅粉。鳳輦鼇山❺，雲收霧斂，迤邐銅壺漏迥❻。霜風漸緊❼。展一幅青綃❽，淨懸孤鏡❾。帶醉扶歸，曉酲❿春夢穩。

【注釋】❶紅香句　意謂往日京城元夕的熱鬧情景，恍如夢中。銅駝，即銅駝街，在河南洛陽。後借指鬧市。此指南宋都城臨安。❷節序二句　意謂雖逢佳節而客居飄零，雖有歡娛而年華老去。❸蟾影　指月光。蟾，代指月。傳說月中有蟾蜍，故稱。❹飛棚句　言富家貴戚棚車出遊觀燈，車蓋翠羽飾物飄拂。飛棚，指棚車。翠葆，指車蓋翠羽飾物。張孝祥〈六州歌頭〉（長淮望斷）：「聞道中原遺老，常南望、翠葆霓旌。」❺鳳輦句　言皇帝車駕出遊觀燈。鳳輦，帝王車駕。鼇山，指巨鼇形狀的燈山。周密《武林舊事》卷二〈元夕〉：「至二鼓，上乘小輦，幸宣德門觀鼇山。擎輦者皆倒行，以便觀燈。金爐腦麝如祥雲五色，熒煌炫轉，照耀天地。山燈凡數千百種。」❻迤邐句　言漸次夜深漏永。銅壺漏，即銅漏，古代計時器。❼霜風句　寒風漸吹漸急。柳永〈八聲甘州〉：「漸霜風淒緊。」霜風，刺骨的寒風。❽青綃　青紗。此喻藍天。❾孤鏡　喻指明月。❿酲　酒醉後的迷糊狀態。

【語譯】昔日京城元夕，十里長街燈紅香飄，恍然如夢，如今重憶舊遊。佳節歡娛，飄零客地，年華老去，燈影月色下蕭然佇立，觸景傷心不已。回望東風，只怕難料晴雨。深巷幽坊，聲聲管絃，歡歌笑語近在耳邊。

富家豪門棚車出遊，車蓋翠羽飄拂。佳人貴婦金釵欲墜，美豔粉香，春為嫉妒。御駕觀燈山，雲霧消散，漏聲悠悠夜闌。寒風漸吹漸緊，藍天似一幅青紗鋪展，孤月明淨高懸。扶醉而歸，清曉酒意未消，春夢猶酣。

【研　析】這首詞抒寫重溫京城元夕歡娛盛況之感，即詞中所謂「如今舊游重省」。起句簡述昔日京城元夕之盛況，以虛映實，引發今日重逢之感。舊遊似夢，如今重溫，物是人非，依然「紅香十里」，依然一派佳節歡娛氣象，但人已是「老大飄零」，置身於燈光月影、歡鬧場景，慵自佇立傷心而已！「怕回首」兩句筆調跳出眼前之景，情調則緊承「傷心」，流露出內心的隱憂，如李清照元夕詞〈永遇樂〉所云：「元宵佳節，融和天氣，次第豈無風雨？」然而曲巷幽坊間，管絃聲聲，歡歌笑語相逐，一派升平享樂氣象，真如林升〈題臨安邸〉所謂「直把杭州作汴州」。

詞作下片描寫今日京城元宵的繁華熱鬧。「飛棚」三句描述豪門貴戚棚車出遊，佳人貴婦之美豔令春天遜色。「鳳輦」三句描述皇帝出駕觀賞燈山，燈火輝煌，雲霧消散，夜深漏永。「霜風」三句展筆描畫夜空，寒風漸吹漸急，潔淨的藍天一輪明月高懸。末二句歸結元夕歡遊，上句言歡樂盡興的遊人們扶醉而歸，下句料想清曉定然酒意未消，春夢正酣。

翁孟寅為憂國志士，有志於功名，周端臣〈送翁賓暘之荊湖〉云：「君今去去幾千里，匣劍囊書赴知己。知己從來素有情，投機之會趨功名。」吳文英〈沁園春・送翁賓暘游鄂渚〉云：「賈傅才高，岳家軍壯，好勒燕然石上文。」本詞樂景寓哀情，措辭隱約，當蘊含時局悲慨。

燭影搖紅

樓倚春城，瑣窗❶曾共巢春燕。人生好夢逐春風，不似楊花健❷。舊事如天漸遠，奈晴絲❸、牽愁未斷。鏡塵埋恨，帶粉棲香，曲屏寒淺。

環佩空歸❹，

故園羞見桃花面❺。輕煙殘照下闌干，獨自疏簾捲。一信❻狂風又晚。海棠花、隨風滿院。亂鴉歸後，杜宇❼啼時，一聲聲怨。

【注釋】❶瑣窗 雕有連瑣圖案的窗櫺。❷不似句 意謂不能如楊花年年長伴春風。蘇軾〈水龍吟〉（似花還似非花）：「夢隨風萬里。」周紫芝〈千秋歲〉（送春歸去）：「夢隨風絮。」❸晴絲 即游絲，春日空中飄拂的蜘蛛等昆蟲所吐之絲。此亦諧音「情思」。❹環佩句 言佳人空自魂歸。此化用杜甫〈詠懷古跡〉：「畫圖省識春風面，環佩空歸月夜魂。」❺桃花面 泛指美人容貌。崔護〈題都城南莊〉：「去年今日此門中，人面桃花相映紅。」韋莊〈女冠子〉：「依舊桃花面，頻低柳葉眉。」❻一信 一任。林逋〈和安秀才次晉昌居士留題壁石〉：「湖濱佇立應相望，一信樵風晚未歸。」王沂孫〈三姝媚〉（蘭缸方半綻）：「一信東風，再約看、紅腮青眼。」❼杜宇 指杜鵑鳥，又稱子規。傳說古蜀國望帝杜宇精魄化為子規，至春則哀啼。

【語譯】高樓斜倚春滿城，瑣窗下，曾與春燕相伴。人生好夢，追逐春風，不如楊花隨風長健。往事如天漸悠遠，無奈晴絲牽愁綿綿不斷。鸞鏡蒙塵藏幽怨，衣帶染脂留餘香，曲屏掩映，淺淺春寒。　佳人魂歸故園亦徒然，我自愧見如花容顏。輕煙幾縷，夕陽照欄杆，獨自高捲疏簾。一任晚風狂吹，海棠花飄零滿院。亂鴉歸後，杜鵑啼血，聲聲淒怨。

【研析】這大概是一首懷念亡故侍妾的詞作。

詞作起筆觸春懷人，當有諸多美好往事發生在春天。「樓倚春城」點出時序地點，融貫今昔；「春燕」比喻佳人，「曾」字點明追憶往昔。「人生」二句，承前憶昔情懷，謂往日的美好時光如夢逐春風，且不及楊花能年年伴隨春風。夢隨風，夢似風絮，前人已有描述，此則變化筆調，別出新意。王闓運《湘綺樓評詞》云：『「健」字險妙。無限傷心，卻不做態。』所謂「無限傷心」，當指對人生短暫無常的深切悵惘之情。往事如夢，逐春風而遠去天外，然而追念往事的情思愁緒卻綿綿無盡，布滿塵埃的鸞鏡、殘留粉香的衣帶、春夜輕寒中的曲屏，無不令作者睹物思人，悵歎物是人非。

過片承上追念情思而想到佳人魂歸故園，化用杜甫〈詠懷古跡〉題詠王昭君的名句：「畫圖省識春風面，環佩空歸月夜魂。」言「空歸」，因「我」之「羞見桃花面」。何以「羞見」？遲暮衰顏不忍令佳人見而傷悲。追思佳人又兼自傷身世，獨自捲簾凝望：輕煙幾縷，斜陽映照欄杆；傍晚狂風吹拂，滿院海棠花飛；亂鴉歸棲，杜鵑聲聲悲啼。真可謂目擊心傷，情何以堪！

詞作融情於景，寄情於物，目之所及，莫非情之所繫，感慨之所由發。筆調沉鬱深婉。

阮郎歸

月高樓外柳花❶明。單衣怯露零❷。小橋燈影落殘星。寒煙❸蘸水萍。

歌袖窄，舞環輕。梨花夢滿城❹。落紅啼鳥兩無情。春愁添曉酲❺。

【注　釋】❶柳花　言柳與花。❷單衣句　單衣怕寒。零，落。晏殊〈踏莎行〉：「細草愁煙，幽花怯露。」❸寒煙　寒冷的煙霧。范仲淹〈蘇幕遮〉（碧雲天）：「秋色連波，波上寒煙翠。」❹梨花句　言梨花如夢，滿城飄飛。蘇軾〈西江月・梅花〉（玉骨那愁瘴霧）：「高情已逐曉雲空，不與梨花同夢。」張邦基《墨莊漫錄》卷六：「東坡作〈梅花詞〉云：『高情已逐曉雲空，不與梨花同夢。』注云：『唐王建有〈夢看梨花雲〉詩。』」引唐王建〈夢看梨花雲歌〉云：「薄薄落落霧不分，夢中喚作梨花雲。……落英散粉飄滿空，梨花顏色同不同。眼穿臂短取不得，取得亦如從夢中。無人為我解此夢，梨花一曲心珍重。」❺酲　酒醉後的迷糊狀態。

【語　譯】月兒高懸，樓外柳綠花明豔。身著單衣，怕夜露零落輕寒。小橋下，燈影閃爍，殘星倒映。波上寒煙侵染浮萍。

歌袖窄小，舞環輕盈，梨花如夢飄滿城。落花啼鳥都無情。清曉春愁，又兼宿醉未醒。

【研　析】此詞抒寫春夜羈旅相思之情，飄零江湖間，春歸人未歸，於是悵惘感歎，徹夜無眠。

詞作從明月高樓入筆，總攝相思情調。筆法上虛實相映，融情於景：月、樓、柳花等均為羈旅者眼中之物，此為實景；言「月高樓外柳花明」，令人想起前人筆下的相類境界：「明月照高樓，流光正徘徊。上有愁思婦，悲歎有餘哀。」（曹植〈七哀詩〉）「玉樓明月長相憶。」（溫庭筠〈菩薩蠻〉）境中隱約浮現出思婦臨窗痴望畫面，此為虛像。「單衣」三句自述飄零境況：或許夜泊小橋邊，更深露重，單衣怯寒。燈影搖搖，殘星倒映，江面寒煙綠萍共浮蕩。其漂泊淒涼之情難以言表。

過片轉而回想歡聚場景以自尋慰藉。歌聲清圓，舞姿曼妙，袖香鬢影恍然飄拂在眼前。「梨花」一句亦實亦虛，滿城梨花似夢，或許是往日歡聚時的景象，或許是今日所見景象，而更有情味的解讀是風景依舊而情境迥別。「夢」字又蘊含昔日歡聚如夢之意味，回首徒增惆悵。花落鳥啼，春歸無情，傷春怨別，借酒澆愁，酒入愁腸更添愁。

詞作言簡情深，情景相融，筆調清麗而韻味悠長。

趙汝茪

趙汝茪（生卒年不詳），字參晦，號霞山，又號退齋。宋宗室後裔。光宗、寧宗間人。《全宋詞》錄其詞九首。

梅花引

對花時節不曾忺❶。見花殘。任花殘。小約簾櫳，一面受春寒❷。題破玉牋雙喜鵲❸，香燼冷，繞雲屏，渾是山❹。待眠。未眠。事萬千。也問天。也恨天。髻兒半偏。繡裙兒、寬了還寬。自取紅氈，重坐暖金船❺。惟有月知君去處，今夜月，照秦樓❻，第幾間。

【注　釋】❶忺　高興。❷小約二句　言東起一面窗簾感受春寒。約，束。❸題破句　指在繪有雙喜鵲的信箋上題寫。晏幾道〈鷓鴣天〉：「題破香箋小研紅，詩多遠寄舊相逢。」❹繞雲屏二句　言雲屏曲折環繞如山。雲屏，雲母屏風。渾，全。❺金船　酒器。葉廷珪《海錄碎事》卷六「金船」：「酒器中大者呼為船。」庾信〈北園新齋成應趙王教〉：「玉節調笙管，金船代酒卮。」❻秦樓　指歌樓。古樂府〈日出東南隅行〉：「日出東南隅，照我秦氏樓。秦氏有好女，自言名羅敷。」後以秦樓代指閨樓或歌樓妓館。

【語　譯】春花時節不曾歡欣，見花凋殘，任其凋殘。輕輕東起一面窗簾，感受春寒。提筆書箋，玉箋上喜鵲成雙，香燼爐冷，雲屏環繞如山。　待欲睡，又無眠。心事萬千。也問天，也恨天。髮髻兒半偏，繡裙兒寬了又寬。自取紅氈墊，重坐溫酒盞。只有月兒知君去處，今夜明月，不知臨照歌樓第幾間。

【研　析】這是一首閨怨詞作。起筆點明春花時節，「不曾忺」見出已慣於愁對花時節，見花凋零便任其凋零，似乎是慣見而淡漠，實則為無奈之灑落，言語間蘊含深切的悲怨。春寒料峭，卻把窗簾束起，或許想讓寒風吹散內心的煩憂，同時也透露出深藏心底的期盼之情。相盼相思，提筆致書，玉箋上喜鵲成雙。別離中人見此不免黯然神傷。香燼爐冷，夜深淒清；雲屏環立如山，隱然暗示出相隔山重重，書信何以達！

下片描述女子心事滿腹、無法成眠情狀。怨苦無奈而問蒼天，蒼天無語則恨天，恨蒼天不讓有情人相守相聚。此恨可謂莫名而無理，但深切感人，如周邦彥〈風流子〉（新綠小池塘）所云：「天便教人，霎時廝見何妨。」孤寂思念，無心梳妝，髮髻兒半偏欲墜；憔悴瘦損，繡裙兒日漸寬鬆。愁思難遣，春寒難擋，於是取來紅氈，重坐案前，溫酒自酌。然而淒涼春夜獨把杯酒，又怎能排遣內心的無盡憂思！末四句便直述憂心之所向：今夜「君」在何處？會流連於哪家秦樓楚館？只有天上的明月知曉，閨中人只能望月相思而已。

詞作上片以背景氛圍描寫為主，下片以描述詞中人舉止心境為主，筆調冷靜含蓄，詞情綿邈深婉。

夢江南

簾不捲，細雨熟櫻桃。數點霽霞❶天又曉。一痕涼月酒初消。風急絮花高。

蕭閒處❷，磨盡少年豪。昨夢醉來騎白鹿❸，滿湖春水段家橋❹。濯髮❺聽吹簫。

【注釋】❶霽霞 雨後天空中出現的彩霞。霽，雨後天晴。❷蕭閒句 蕭散悠閒。此句原作「閒處□」，今據柯本校改。❸騎白鹿 指仙遊。《楚辭・哀時命》：「浮雲霧而入冥兮，騎白鹿而容與。」王逸章句：「言己與仙人俱出，則山神先道，乘雲霧，騎白鹿而游戲也。」李白〈酬殷佐明見贈五雲裘歌〉：「身騎白鹿行飄颻，手翳紫芝笑披拂。」❹段家橋 即杭州西湖斷橋。周密《武林舊事》卷五：「斷橋，又名段家橋。萬柳如雲，望如裙帶。」❺濯髮 洗髮。喻超然灑落。濯，洗。《孟子・離婁上》：「有孺子歌曰：『滄浪之水清兮，可以濯我纓。滄浪之水濁兮，可以濯我足。』」

【語譯】簾幕未捲，綿綿細雨，櫻桃已熟。雨過天明，朝霞數點，天上一痕淡月，宿醉初醒。曉風急吹，柳絮高飛。

蕭散悠閒，少年豪情盡消。昨夜醉夢中，身騎白鹿仙遊。西湖斷橋，春水漫漫，濯髮聽吹簫。

【研　析】這首詞抒發詞人的閒適情懷，即詞中所謂「蕭閒」，但筆調間又透出些許難以言表的感慨。起筆二句言春夜簾幕低垂，簾外細雨潤物，想著雨中櫻桃更顯成熟紅透。「數點」三句描繪春曉景象：雨後彩霞點點，殘月如痕，冷冷地掛在天邊。曉風急吹，柳絮飄飛。宿醉初醒之人對此當然不無傷感。

過片情調承上，觸景感慨自身境遇，蕭散悠閒中消磨少年豪情。其反思自省中見出幾許豪氣消盡而無所成就之感喟。末三句承「蕭閒處」，追述昨夜醉夢情境：騎白鹿遊西湖，濯髮聽吹簫。可謂寄情山水，蕭散自適。然而有此前的「磨盡少年豪」之語，則其醉夢蕭閒中又隱含幾分淡淡的無奈。

詞作意境閒雅淡遠，情寓景中，韻味悠長。

戀繡衾

柳絲空有萬千條。繫不住、溪頭畫橈❶。想今宵、也對新月，過輕寒、何處小橋？

玉簫臺榭春多少❷。溜啼痕、盈臉未消。怪別來、胭脂慵傅❸，被東風、偷在杏梢。

【注　釋】❶畫橈　畫船。橈，船槳。此代指船。❷玉簫句　言春光無限，臺榭簫聲悠揚。此暗用蕭史、弄玉夫妻鳳臺吹簫典故。參見舊題劉向《列仙傳》。❸胭脂慵傅　慵懶無心妝飾。胭脂，可作染紅顏料，也作「燕支」。傅，塗抹。

【語　譯】空有柳絲萬千，繫不住溪頭遠行的畫船。想今宵也將共對新月，卻不知漠漠輕寒，行船會在何處小橋邊。

臺榭簫聲悠揚，春光無限。淚痕滿臉。別後無心抹胭脂，驚怪被春風偷去塗染杏花枝。

【研　析】這是一首春日送別詞作。上片敘述女子送別戀人。起筆「柳絲」一語即切入別離情事，「萬千條」喻相留情意之深重綿長，「空」字與下句「繫不住」呼應，點明送別。「想今宵」二句遙想別後今夜月下戀人畫船之行程。「也對新月」則隱含昨夜今宵之別：昨夜月下兩情相守，今宵也將共對明月，而人則相隔兩地。其情境頗似柳永〈雨霖鈴〉：「今宵酒醒何處？楊柳岸，曉風殘月。」

下片抒發女子別後相思之情。過片描述臺榭吹簫，春意無盡。此可解讀為女子眼前實景，也可解讀為其近在眼前但已成回憶的歡聚場景。其情境則與蕭史、弄玉夫妻鳳臺吹簫典故相融，令別離之女子傷悲不已，終日以淚洗面。末二句筆意承別怨而來，言女子別後孤寂慵倦，無心梳妝。其筆法則獨具妙趣，將杏花與女子胭脂相連，謂春風把女子的胭脂偷去塗染杏花。人與花形成鮮明對比：一面是女子怨別淒苦，淚痕盈臉倦梳妝；一面是春風和暢，杏花明妍如染脂粉。「怪」字顯露出女子愁苦中見到杏花綻放時的驚異情態，其深深的自歎自憐之情亦在不言中。

詞作流美婉轉，首尾均構思精巧，妙趣中寄寓深婉情韻。

漢宮春

著破荷衣❶，笑西風吹我，又落西湖。湖間舊時飲者，今與誰俱。山山映帶❷，似攜來、畫卷重舒。三十里、芙蓉步障❸，依然紅翠相扶❹。　一目❺清無留處。任屋浮天上❻，身集空虛❼。殘煙夕陽過雁，點點疏疏。故人❽老大，好襟懷、消減全無。漫贏得、秋聲兩耳，冷泉亭下騎驢❾。

【注　釋】❶著破荷衣　穿破荷衣。此喻久居林泉。荷衣，用荷葉製成的衣裳，指高人隱士之服。屈原〈離騷〉：「制芰荷以為衣兮，集芙蓉以為裳。」❷映帶　映襯。王羲之〈蘭亭集序〉：「又有清流激湍，映帶左右。」❸步障　用以遮避風塵或障蔽內外的屏幕。❹紅翠相扶　指荷花與荷葉相依相襯。❺一目　猶滿目。❻屋浮天上　指船行水上。古人稱水上生涯為浮家泛宅，故船行亦可稱屋浮。❼身集句　水天相映，船行水上宛如置身空中。空虛，天空。❽故人　舊交。此謂自己與西湖為舊相識。❾冷泉亭句　言冷泉亭下騎驢吟詩。冷泉亭，在杭州靈隱寺前飛來峰下。白居易有〈冷泉亭記〉。孫光憲《北夢瑣言》卷七：「唐相國鄭綮雖有詩名，本無廊廟之望……或曰：『相國近有新詩否？』對曰：『詩思在灞橋雪中驢子上，此處何以得之？』」蓋言平生苦心也。」

【語　譯】身著荷衣破，笑秋風又把我吹到西湖。往日湖上同飲者，如今與誰相聚？青山疊映蜿蜒，如攜來畫卷重展開。三十里荷花似錦繡屏障，紅花綠葉依然相映生輝。　滿目清波蕩漾，一覽無遺。任小船在湖上漂浮，置身於水天相融之際。夕陽映照，幾縷殘煙，數點歸雁。故友我已年華老去，昔日豪情雅興全然消盡。空落得滿耳秋聲，冷泉亭下騎驢低吟。

【研　析】這首詞抒寫重遊西湖之感。上片寫重遊西湖，景如舊而人已非。起句點明自身久居林泉，疏離世俗。如今重遊西湖，昔日同遊之人不知何處。人事已非舊時，風景依然如故：重山疊映綿延如畫卷徐展，紅荷翠葉相映似錦繡屏障。

下片寫泛舟湖上，感懷身世。清澈的湖水一望無際，舟行水上，彷彿置身於茫茫虛空。夕陽西下，幾縷孤煙，數點飛雁。其境頗似秦觀〈滿庭芳〉：「斜陽外，寒鴉數點，流水繞孤村。」觸景感懷，「故人」句以下轉入身世感慨：年華老去，少年豪興消磨已盡。滿耳秋聲，徒自冷泉亭下騎驢低吟。

詞作在寫景紀遊中寄寓身世感慨，語言清麗淡雅，詞情邈遠，頗堪回味。

如夢令

小砑紅綾箋紙❶。一字一行春淚。封了更親題，題了又還拆起❷。歸未。歸未。好箇瘦人天氣。

【注　釋】❶小研句　輕輕以石磨光的紅帛箋紙。研，以石碾物使之光滑。秦觀〈和王通叟琵琶夢〉：「庾郎江令費珠璧，小研紅牋揮兔毫。」❷封了二句　言題封後又拆封。張籍〈秋思〉：「復恐匆匆說不盡，行人臨發又開封。」

【語　譯】鋪開研光紅箋紙，寫一字，落一行淚。寫完封好後，親筆再題封，題好又拆封。歸來不？歸來不？好一個惱人天氣，令人憔悴。

【研　析】這首詞描述一位女子給遠方郎君寫信的過程和心理。事屬平常，但筆調堪稱生動傳神，細膩深切。精美的信箋，見其用心之鄭重；提筆書寫，書一字，一行淚，見其思念之悲苦；封了又拆，見其滿腹心事難以盡言而又想說盡的煩憂心態。書不盡言，言不盡意，反復增補修改亦難說盡相思之情意，無限相思歸於一念，即盼歸。詞作遂以此意作結，末三句前兩句疊用問詰語「歸未」，重筆傳達出思婦內心最深切的渴望。殷切盼歸而人未歸，美好的春天亦令人感傷瘦損，悵歎：「好箇瘦人天氣。」詞作融情於敘述之中，筆調流轉跌宕，情調深切動人。

馮去非

馮去非（西元一一九二－？年），字可遷，號深居。南康都昌縣（今屬江西）人。淳祐元年（西元一二四一年）進士。幹辦淮東轉運司。寶祐四年（西元一二五六年）召為宗學諭，後罷歸。卒年八十餘。《全宋詞》錄其詞三首。

喜遷鶯

涼生遙渚❶。正綠芰擎霜，黃花招雨❷。雁外漁燈，蛩邊蟹舍❸，絳葉表秋來路。世事不離雙鬢，遠夢偏欺孤旅❹。送望眼，但憑舷微笑，書空無語❺。

慵看清鏡裏，十載征塵，長把朱顏污。借筯青油❻，揮毫紫塞❼，舊事不堪重舉。閒闊故山猿鶴，冷落同盟鷗鷺❽。倦遊也，便檣雲柂月❾，浩歌歸去。

【注　釋】❶渚　水邊。❷正綠芰二句　意謂霜敗綠荷，雨打菊花。❸蛩邊句　漁家屋舍邊蟋蟀啼鳴。蛩，蟋蟀。蟹舍，漁家；漁村。張志和〈漁父詞〉：「松江蟹舍主人歡。」❹世事二句　意謂歷經世事鬢如霜，孤旅之人常夢歸家鄉。李白〈憶襄陽舊遊〉：「歸心結遠夢，落日懸春愁。」❺書空句　默默在空中書寫，指無奈徒然之舉。《晉書・殷浩傳》：「浩雖被黜放，口無怨言，夷神委命，談詠不輟。雖家人不見其有流放之慼。但終日書空，作『咄咄怪事』四字而已。」❻借筯句　指運籌帷幄。《史記・留侯世家》：「張良對曰：『臣請藉前箸為大王籌之。』」箸同「筯」，筷子。清油，指幕府。油，指油布帳幕。❼紫塞　邊塞。崔豹《古今注・都邑》：「秦築長城，土皆紫色，漢塞亦然，故稱紫塞焉。」❽閒闊二句　指出山後久未歸隱。閒闊，久別。孔稚珪〈北山移文〉：「蕙帳空兮夜鶴怨，山人去兮曉猿驚。」同盟鷗鷺，與鷗鷺結盟，喻隱退。❾檣雲柂月　以雲為桅，以月為舵。指泛舟江湖。檣，桅杆。柂，通「舵」。

【語　譯】秋涼瀰漫遠水沙渚。綠荷染霜，菊花搖曳招雨。雁聲外漁燈點點，漁村邊蟋蟀鳴唱，霜葉標示秋已來臨。斑斑鬢髮顯露世事滄桑，歸鄉夢偏偏困擾孤旅人。舉首遠目，只能傍舷微笑，茫然無語。　江水清明如鏡，慵倦無意照臨。十年世事風塵，早把青春容顏汙損。帷幄運籌，邊塞揮毫，往事不堪回首。闊別了故山猿鶴，冷落了盟友鷗鷺。厭倦了遊宦生涯，便泛舟江湖，伴雲帶月，高歌歸去。

【研析】這首詞作抒寫十年遊宦、倦怠而歸的身世感慨。詞作背景為秋夜歸途。上片前六句描寫秋夜水鄉蕭瑟景象。起句點出綿長的水濱，秋涼來襲。此為總攝氣氛，以下細描種種物象：綠菱已染霜色，菊花搖曳似在召喚秋雨，大雁歸飛，江上漁火點綴，江岸漁村蟋蟀啼鳴，那紅紅的霜葉則醒目地標誌著秋天的到來。自然節序之秋令詞人感受到生命之秋，「世事」句轉而感慨自身生涯。飽經世事，兩鬢顯風霜，是為人生之秋。年華漸老，卻仍孤身飄泊在外，更讓人不堪的是，思鄉懷遠之夢時常來襲。舉目遠眺，無奈苦笑，茫然無語。「送望眼」承「遠夢」而來，表露思歸之情；「書空」句則透露出對身世遭際的疑惑、悵歎和無奈。

詞作下片「慵看」三句承前「世事不離雙鬢」，感慨十載宦遊，歷盡艱辛，青春不再，身心倦怠。「借箸」三句撫今追昔，回想自己曾經的幕府籌謀、邊塞揮毫生涯，言辭間不無自豪之情。然而「舊事不堪重舉」一句掃空，無限感慨溢於言外。超脫仕宦舊事，想到闊別已久的故山猿鶴、故友鷗鷺，重歸林泉則是其身心最佳歸宿。結末三句遂直抒倦宦歸隱情懷：攜雲將月，泛舟放歌歸去。

詞作情調略可歸屬志士悲秋。筆調流快，寫景細緻，情景相生，感慨深沉而出語豪曠。

許棐

許棐（西元？—一二四九年），字忱夫，號梅屋。海鹽縣（今屬浙江）人。嘉熙中隱居秦溪（在海鹽縣西南），藏書廣博，室中懸白居易、蘇軾二像事之。有《獻醜集》、《梅屋詩稿》、《梅屋詩餘》。《全宋詞》錄其詞二十首。

鷓鴣天

翠鳳金鸞繡欲成。沈香亭下款新晴❶。綠隨楊柳陰邊去，紅踏桃花片上行❷。鶯意緒，蝶心情❸。一時分付❹小銀箏。歸來玉醉花柔困❺，月濾❻紗窗約半更。

【注釋】❶沈香亭句　言亭下款步賞新晴。沈香亭，唐代宮中亭名，在南內興化池東。此泛指亭閣。李濬《松窗雜錄》載開元中，唐玄宗與楊貴妃月夜在沉香亭前賞牡丹。李白奉詔進〈清平調詞三首〉，有云：「解釋春風無限恨，沉香亭北倚闌干。」❷綠隨二句　意謂柳蔭綿延，桃花飄飛。❸鶯意緒二句　此為互文，言春情蕩漾如鶯飛蝶舞。❹分付　寄託；託付。❺歸來句　言遊春女子歸來時困倦如醉。玉、花，均喻女子貌美。❻濾　透過。

【語譯】金鸞翠鳳就要繡成，緩步亭前賞覽麗日春景。楊柳桃花傍我行，綠蔭綿延，落紅片片。鶯飛蝶舞，無限春情，一時付諸小銀箏。歸來嬌柔困倦如玉醉，月透紗窗，時近三更。

【研析】本詞描寫女子春思。起筆呈現女子刺繡畫面。「翠鳳金鸞」暗示出女子心中所思。「繡欲成」，快要繡好，卻擱下來到亭前賞新晴，當因春晴所動而難以專心刺繡，再則鸞鳳繡成而人尚孤零，相對徒增傷心，故而不如放下繡針，且去賞覽春日美景。「沈香亭」三句描繪晴日下的花紅柳綠、春色飄飛景象。「沈香亭」句暗用李白〈清平調詞三首〉「解釋春風無限恨，沉香亭北倚闌干」之詩意，寄寓春日之憾恨無限。「綠隨」二句描寫綠柳成蔭綿延，桃花片片飛紅，句法工巧，展現出春色之動態。

詞作下片轉入春思。過片二句觸景生情，鶯、蝶為所見之景，「意緒」、「心情」指女子情懷。景、情之關聯，或許是女子春思拂蕩似鶯飛蝶舞，或許是柳蔭裡黃鶯和鳴，花叢中彩蝶雙飛，觸發女子青春孤寂之悲。

滿腹情思愁緒無處訴說，只能緩撥銀箏，訴諸絲絃。踏春歸來，困倦如醉，夜深人靜，月透紗窗，寂寥何堪！

詞作短小清雋，色彩明麗，以春景反襯春愁，懷春之女子形象躍然紙上。

琴調相思引

組繡盈箱錦滿機❶。倩人❷縫作護花衣。恐花飛去，無復上芳枝。

已恨遠山迷望眼，不須更畫遠山眉❸。正無聊賴❹，雨外一鳩❺啼。

【注　釋】❶組繡句　言織就滿箱錦繡。❷倩人　請人。❸遠山眉　古時女子一種畫眉樣式，相傳始於卓文君，《西京雜記》卷二：「文君姣好，眉色如望遠山。」❹無聊賴　指精神情懷無寄託。❺鳩　斑鳩，常鳴於雨中，俗以鳩鳴為雨候。

【語　譯】錦繡盈箱滿機，請人縫作護花衣。害怕繁花飄飛，不能再返芳枝。　已恨遠山遮擋眺望的目光，不要再畫遠山眉。正百無聊賴時，細雨中傳來聲聲鳩啼。

【研　析】這是一首閨怨詞作。起句言織就滿箱錦繡，如此多的錦繡當用於富麗盛事，卻被拿來縫製護花衣。出乎意料之舉止，見出女子惜花護花之心切。「恐花飛去」二句補足護花之原由：怕花被春風吹落，不能返回枝頭。繁花易謝，容顏易老，護花亦是自護青春，惜花亦是自憐紅顏易逝。

過片「望眼」見出女子內心的期盼，意脈承上片隱含的惜春自憐情懷。一連兩個「遠山」可謂神來之筆：前者為樓頭所見之遠山，「恨」遠山遮住了「望眼」，強烈表達出心願被阻的遺憾；後者為梳妝所畫之遠山眉，望眼所盼，重山隔阻，思念愁苦，懶畫娥眉。百無聊賴之際，簾外細雨中傳來斑鳩的聲聲啼鳴，預示著綿綿不絕的雨季已來臨，「無邊絲雨細如愁」（秦觀〈浣溪沙〉），獨守空閨之人對此何以自遣愁懷！

詞作言簡意明，構思巧妙，清晰地刻畫出閨中怨女對芳華易逝的深切憂慮以及懷遠盼歸心境。末句以雨外鳩啼之意境作結，含蓄而令人玩味。

後庭花

一春不識西湖面❶。翠羞紅倦❷。雨窗和淚搖湘管❸。意長牋短。知心
惟有雕梁燕。自來相伴。東風不管琵琶怨❹。落花吹遍。

【注釋】❶一春句　言一春未曾遊西湖。杜甫〈詠懷古跡〉：「畫圖省識春風面。」❷翠羞紅倦　指春將老，綠色漸深，花將凋謝。❸搖湘管　指揮動毛筆。毛筆管多用湘竹製作，故稱。❹琵琶怨　指別離愁怨。杜甫〈詠懷古跡〉：「千載琵琶作胡語，分明怨恨曲中論。」

【語譯】一春將過，未見西湖容顏。葉漸綠暗，花欲凋殘。冷雨窗前，和淚揮筆展箋，情意深長，箋紙太短。

知我心者唯有梁間燕，自行飛來相伴。東風不顧人愁怨，吹拂落花滿地飛遍。

【研析】這是一首傷春別怨詞作。一春獨守閨中，堪比西施的西湖春景亦未能動其遊興。一春的孤居，一春的等待，一春的淒苦，待到綠暗紅倦，風雨之中，春將歸而人尚未歸，滿腹情思，提筆欲書，只覺「意長箋短」，書不盡言，言不盡意。

上片言一春孤寂愁思，過片轉言燕來相伴，實則以轉為合，「知心惟有雕梁燕」，依然是無人知我心的孤寂情懷。末二句筆調再轉，言東風不如春燕知心，而是「不管琵琶怨」，吹得落花紛紛。此景與上片「翠羞紅倦」相呼應，為暮春景象。春燕之「知心」，東風之無情，其情景其理趣頗似晏殊〈浣溪沙〉名句：「無可奈何花落去，似曾相識燕歸來。」但本詞別離愁怨更重，非如晏詞愁緒和婉悠然。

陸叡

陸叡（西元？—一二六六年），字景思，號雲西。會稽（治所在今浙江紹興）人。紹定五年（西元一二三二年）進士。歷任沿江制置使參議、禮部員外郎、祕書少監、起居舍人、江南東路計度轉運副使兼淮西總領等。《全宋詞》錄其詞三首。

瑞鶴仙

溼雲黏雁影。望征路愁迷，離緒難整。千金買光景❶。但疏鐘催曉，亂鴉啼暝。花悰暗省❷。許多情、相逢夢境。便行雲❸、都不歸來，也合寄將音信。

孤迥❹。盟鸞❺心在，跨鶴❻程高，後期無準。情絲待翦，翻惹得，舊時恨。怕天教何處，參差❼雙燕，還染殘朱賸粉❽。對菱花❾、與說相思，看誰瘦損。

【注釋】❶千金句　光陰值千金。光景，時光。蘇軾〈春夜〉：「春宵一刻值千金，花有清香月有陰。」❷花悰句　暗自回想花前歡賞。悰，歡欣。❸行雲　指遊子。李白〈久別離〉：「去年寄書報陽臺，今年寄書重相催。東風兮東風，為我吹行雲，使西來。」歐陽脩〈蝶戀花〉：「幾日行雲何處去？忘了歸來，不道春將暮。」❹孤迥　孤寂。杜牧〈南陵道中〉：「正是客心孤迥處，誰家紅袖倚江樓。」❺盟鸞　指佳偶之盟。❻跨鶴　指仙遊。舊題劉向《列仙傳》卷上載王子喬得道成仙，乘白鶴，謝時人而去。❼參差　指上下展翅。《詩・邶風・燕燕》：「燕燕于飛，差池其羽。」差池，猶參差。❽殘朱牋粉　指凋零未盡之梅花。❾菱花　指菱花鏡。

【語　譯】浮雲溼重，黏附大雁身影。遙望征途漫漫，惆悵迷茫，難遣離情。光陰值千金。鐘聲疏落，催促天色破曉；亂鴉啼鳴，喚來夜色降臨。暗自回想花間歡悰，情意綿綿，相逢在夢中。即便一去不返如行雲，也該寄封書信。　孤寂愁深。心期兩情相守，無奈跨鶴仙遊路高遠，後會無憑準。待要翦斷情絲，反牽惹往事舊恨。怕天教何處雙燕歸來，尚沾染梅花殘瓣。對妝鏡，伴殘梅，相訴離思，相歎瘦損。

【研　析】此詞，陳景沂《全芳備祖》前集卷一歸入「梅花」類。詞中「花悰」句為暗憶相聚賞梅之歡，「殘朱牋粉」指凋落未盡之梅花。此外則遺形攝神，取古人折梅寄相思之意，全從離情別思落筆。起句「溼雲」，天陰雲沉，與下文「愁迷」、「離緒」，情景相映。「黏雁影」，透出雁難歸，音書無傳，與「便行雲」二句呼應。「望征路」二句，「望」字引出境中人，與下文「都不歸來」參讀，當指守望之佳人；若指羈旅之人，則「便行雲」二句當解作夢中相逢時佳人之怨語，轉筆略顯突兀。

首三句點明離愁難遣。「千金」三句，轉憶往日歡聚之美好時光匆匆流逝。「千金」句用蘇軾〈春宵一刻值千金〉之意，極言相聚之美妙；「但疏鐘」二句言相聚之短暫。「花悰」二句收束承轉，如今別離之中，只能暗自回想昔日花間歡悰，夢中相逢，傾訴綿綿深情。多少相思，多少離恨，化作二句「便行雲、都不歸來，也合寄將音信」，點出別後音書杳無，筆調愁怨。

過片「孤迥」二字可狀「行雲不歸」之孤獨幽渺，又可狀獨望「行雲不歸」者之孤寂幽愁。「盟鸞」三句堪作仰望「行雲不歸」之歎惋：有心成佳偶，無奈他跨鶴仙遊路高遠，後會無期，心願成真太渺茫！兩情既不能相守，不如翦斷情絲兩相忘。然而翦不斷，理還亂，反牽惹起往事舊恨無限，真可謂情到深處難自禁！決絕又轉為憶舊，與上片「暗省」呼應。情絲難斷，別恨無盡，更難堪天教雙燕歸來人未歸！梅花凋未盡，故歸燕「還染殘朱牋粉」。結末「對菱花」二句為愁極生痴，與「殘朱牋粉」之梅花訴說相思，相歎憔悴。筆致深曲，淒苦情狀令人動容。

詞作脈絡轉折深婉，用語滯重，情境悲怨。

蕭泰來

蕭泰來（生卒年不詳），字則陽，號小山。臨江軍（治所在今江西樟樹）人。紹定二年（西元一二二九年）進士。淳祐末任監察御史，寶祐元年（西元一二五三年）以起居郎出知隆興府。有《小山集》。《全宋詞》錄其詞二首。

霜天曉角　梅

千霜萬雪。受盡寒磨折。賴是❶生來瘦硬，渾不怕、角吹徹❷。

清絕。影也別。知心惟有月。原沒春風情性，如何共、海棠說❸。

【注釋】❶賴是　幸虧。毛滂〈虞美人〉（游人莫笑東園小）：「二分春去知何處，賴是無風雨。」❷渾不怕句　全不怕寒角勁吹。渾，全。郭茂倩《樂府詩集》卷二十四〈漢橫吹曲‧梅花落〉題解云：「〈梅花落〉，本笛中曲也。按唐大角曲亦有〈大單于〉、〈小單于〉、〈大梅花〉、〈小梅花〉等曲。今其聲猶有存者。」角，古樂器名，出西北遊牧民族。❸原沒二句　言梅花本無春風柔情，怎能和海棠共語。陳景沂《全芳備祖》前集卷七〈花部‧海棠〉引《金城記》：「以梅聘海棠，但恨不同時耳。」

【語　譯】一層層霜，一場場雪。受盡嚴寒磨折。幸虧生來瘦硬，全不怕寒角吹徹。　清峻孤絕。倩影也與眾芳別。知心唯有天上月。本無春風性情，怎能和海棠話心聲。

【研　析】這是一首清雋短小的詠梅詞。上片言梅花生性「瘦硬」，經歷霜雪嚴寒之磨礪，在清角吹寒中傲然無懼。筆調勁健有力，以環境氛圍之嚴酷襯托出梅花之瘦硬氣骨。言「角吹徹」，一則大角曲有〈大梅花〉、〈小梅花〉，與梅花相關；再則角聲清幽，如周邦彥〈燕歸梁〉（簾底新霜一夜濃）：「吹清角，寄玲瓏。」姜夔〈揚州慢〉（淮左名都）：「漸黃昏、清角吹寒，都在空城。」此與梅花品性相合。

下片言梅花之「清絕」——其形清峻，其神孤絕，姿影傲世無雙。「影也別」之「也」字以影襯形，連影也特別，何況其真身！情懷如此高潔孤清，知其心者便只有同樣孤高清絕的明月。此以明月映襯梅花之清絕，其旨趣與林逋詠梅名句「踈影橫斜水清淺，暗香浮動月黃昏」（〈山園小梅〉）相通。末二句則以春風海棠反襯梅花之清絕：梅花本無春風之嫵媚柔情，怎能與海棠相伴共語？《金城記》云：「以梅聘海棠，但恨不同時耳。」本詞用此話頭而轉出深意，謂不能「以梅聘海棠」，根源在於梅花之性情迥別於海棠。

詞作短小精悍，立意簡明顯豁，筆致清勁爽利，入聲韻增添了聲情上的鏗鏘力度。

趙希邁

趙希邁（生卒年不詳），字端行，號西里。永嘉縣（治所在今浙江溫州）人。宋宗室後裔。理宗朝曾知武岡軍。有《西里稿》，不傳。《全宋詞》錄其詞二首。

八聲甘州

竹西❶懷古

寒雲飛萬里，一番秋，一番攪離懷。向隋隄躍馬，前時柳色，今度蒿萊❷。錦纜❸殘香在否，枉被白鷗猜❹。千古揚州夢，一覺庭槐❺。
歌吹竹西難問。拚菊邊醉著，吟寄天涯。任紅樓蹤跡，茅舍染蒼苔。幾傷心、橋東片月，趁夜潮、流恨入秦淮。潮回處、引西風恨，又渡江來。

【注　釋】❶竹西　在揚州城東北，禪智寺旁。杜牧〈題揚州禪智寺〉：「誰知竹西路，歌吹是揚州。」後人於其處築竹西亭，後又名歌吹亭。❷向隋隄三句　言走馬隋堤，當年綠柳飄拂，如今雜草叢生。隋隄，隋煬帝大業元年開渠貫通黃河、淮河、長江，堤築御道，旁植柳樹。❸錦纜　指隋煬帝幸江都之龍舟鳳舸。《大業拾遺記》：「煬帝幸江都至汴，帝御龍舟，蕭妃乘鳳舸，錦帆彩纜，窮極侈靡。」❹枉被句　謂枉費心機，被鷗鳥猜疑。《列子・黃帝》：「海上之人有好鷗鳥者，每旦之海上，從鷗鳥遊，鷗鳥之至者，百住而不止。其父曰：『吾聞鷗鳥皆從汝遊，汝取來，吾玩之。』明日之海上，鷗鳥舞而不下也。」❺千古二句　意謂世事繁華如夢。「揚州夢」用唐杜牧〈遣懷〉詩句「十年一覺揚州夢」。「一覺庭槐」用「南柯一夢」的典故。李公佐《南柯太守傳》載淳于棼醉臥大槐樹下，夢入大槐安國，被招為駙馬，任南柯郡太守，享盡富貴榮華。夢醒見槐樹下有大蟻穴，即大槐安國。南枝上另有一穴，即南柯郡。

【語　譯】萬里寒雲飄飛，一番秋色，撩起一番離懷。縱馬上隋堤，曾經柳色青青，如今一片蒿萊。當年錦帆彩纜殘留遺香否？枉費心機，被白鷗猜疑。揚州千古繁華，恍如淳于棼醉夢古槐樹下。　竹西歌吹之歡場已難尋覓，叢菊邊盡情痛飲，吟詠天涯羈旅愁懷。任那紅樓遺跡，已成茅屋布蒼苔。多少傷心悵恨，隨那橋東片月，趁夜潮流入秦淮。潮水退落，秋風又帶愁恨渡江來。

【研　析】這首揚州懷古詞作，上片落筆於隋煬帝開渠築堤幸江都之史蹟，即隋堤，下片為「竹西懷古」，且連帶隔江金陵秦淮。

起筆以萬里寒秋雲飛牽動一懷離緒，為懷古作情調鋪墊。「向隋隄躍馬」一句，承前「寒雲飛萬里」、「攬離懷」之筆力，以馳騁之勢轉入撫今追昔：堤岸曾經是綠柳飄拂，如今是雜草叢生；江上曾經是龍舟鳳舸，錦帆綵纜，如今是秋風拂水，白鷗上下。「枉被白鷗猜」，乃見江上白鷗而聯想當年隋煬帝幸江都，費盡心機，令白鷗猜疑，如今一切已成過往，故曰「枉」。「隋隄」之今昔令人感慨繁華如夢總成空。「千古」二句承此而結束上片，揚州即隋之江都，筆脈上亦自然承接上文之隋堤懷古。

過片意脈承「千古揚州夢」二句，化用杜牧〈題揚州禪智寺〉詩句「誰知竹西路，歌吹是揚州」。言「難問」，即謂曾經的歌舞繁華如夢似幻，無處尋覓。歌舞樓臺已成布滿青苔的茅舍，天涯羈旅之人對此愁懷難遣，只有傍菊痛飲，孤吟悵歎。數十年前金兵曾踐踏揚州，留下了滿目瘡痍，姜夔〈揚州慢〉概歎：「廢池喬木，猶厭言兵！」作為皇室後裔，詞人之愁懷當非止於羈旅之愁及盛衰之慨，更有深廣的家國之恨，遂有下文「幾傷心」數句極言愁恨之茫茫無盡：潮湧冷月帶恨入秦淮，潮退則伴西風攜恨渡江來。此恨此愁彌漫於江潮月色間，飄蕩於蕭瑟秋風中，令人何堪！

詞作筆調疏蕩而情韻悲慨，懷古兼融感時，用典而不滯，意境鮮明，堪稱懷古詞佳作。

趙崇璠

趙崇璠（西元一一九八—？年），璠，一作嶓。字漢宗，號白雲。南豐縣（今屬江西）人。宋室後裔。嘉定十六年（西元一二二三年）進士，授石城令，改淳安。官至大宗丞。卒於寶祐四年（西元一二五六年）之前。有《白雲稿》。《全宋詞》錄其詞二十首。

蝶戀花

一翦微寒禁翠袂❶。花下重開，舊燕添新壘。風旋落紅香帀地❷。海棠枝上鶯飛起。

薄霧籠春天欲醉。碧草澄波，的的❸情如水。料想紅樓挑錦字❹。輕雲淡月人憔悴。

【注釋】❶一翦句　言一陣輕寒襲衣襟。一翦，猶言一陣。禁，禁受；耐。❷帀地　滿地。帀，同「匝」。布滿；遍及。❸的的　明澈貌。❹挑錦字　繡織錦字書。《晉書・列女傳・竇滔妻蘇氏》載前秦竇滔為秦州刺史，被徙流沙。其妻蘇蕙織錦為回文旋圖詩以贈滔，詞甚悽惋。

【語譯】一陣輕寒侵翠袂。春花重開，舊時燕子築新壘。風吹落花香滿地。黃鶯飛離海棠枝。　薄霧籠罩春色，天空朦朧似醉。波澄草綠，情懷明澈如春水。料想閨樓佳人挑針繡錦字。輕雲淡月，伊人獨憔悴。

【研析】這是一首女子傷春怨別詞作。上片呈現出女子承受著春寒侵襲，靜靜看著春花重開，又隨風飄落，花香彌漫。去年的燕子銜來春泥添新巢，黃鶯在海棠花叢中穿飛。冷靜的描述中隱含景中人之情懷：花落花重開，燕去燕重來，為何人不能隨春歸來？「重開」、「舊燕」二語透露心緒。寫景之細緻，氛圍之靜謐，映襯出女子的長日寂聊。

下片以情馭景，抒情筆調顯豁。輕霧籠罩，春色迷濛如醉——「天欲醉」，實乃思念之情痴如醉。此言情之痴迷狀態。草色青翠，春波澄澈，春情如水。此言情之明潔品性。末二句以料想中的畫面作結，情韻深長：閨樓女子挑針繡錦文寄相思，輕雲淡月映照憔悴身影。

全詞情景交融，筆調清麗典雅，婉約含蓄。

菩薩蠻

桃花相向東風笑。桃花忍放東風老。靜草碧❶如煙。薄寒輕暖天。　折釵鸞作股❷。鏡裏參差舞❸。破碎玉連環❹，捲簾春睡殘。

【注　釋】❶靜草碧　原作「□靜草」，據柯本校改。❷折釵句　言分釵贈別。白居易〈長恨歌〉曰：「釵留一股合一扇，釵擘黃金合分鈿。」陸游〈風流子〉（佳人多命薄）：「向寶鏡鸞釵，臨妝當晚，繡茵牙板，催舞還慵。」鸞釵，釵頭為鸞狀。❸鏡裏句　言孤鸞對鏡起舞。此句用鸞鏡典故。劉敬叔《異苑》卷三載罽賓國王買得一鸞，三年不鳴，「其夫人曰：『嘗聞鸞見類則鳴，何不懸鏡照之。』王從其言。鸞覩影悲鳴，沖霄一奮而絕。」❹破碎句　指情人或夫妻別離。朱敦儒〈浣溪沙〉（才子佳人相見難）：「結子同心香佩帶，帕兒雙字玉連環。酒醒燈暗忍重看。」《戰國策・齊策六》載秦昭王派使者贈齊君王后玉連環，曰：「齊多智，而解此環不？」君王后以錐破之。

【語　譯】桃花迎著春風笑，桃花怎忍春風逝？草色幽靜碧如煙，乍暖還寒天氣。　鸞釵分離留一股，孤鸞對鏡飛舞。玉連環已破碎，春睡夢殘，慢捲珠簾。

【研　析】這是一首傷春怨別詞作。起筆意趣或源自崔護〈題都城南莊〉詩句「人面桃花相映紅」、「桃花依舊笑春風」，但更進一層，由春來花笑想到春去花落，言桃花怎忍教東風老去。「東風老」則桃花謝，此句寓有自傷韶華易老之意。二句筆勢連貫疏快，下句「忍放」之反詰語氣則形成提頓。「靜草」二句轉而平緩，描繪初春景象，碧草如煙，乍暖還寒。景語中透著淡淡的愁緒。

下片點破主題，轉入抒情。「折釵」二句傷離怨別，筆調意脈以「孤鸞」貫通一體：前句言分釵贈別，如

〈長恨歌〉中「釵留一股合一扇，釵擘黃金合分鈿」；後句暗用「鸞鏡」典故，言孤鸞對鏡而舞。閨婦亦如孤鸞失侶，對鏡自傷。「破碎玉連環」句為重筆喻示勞燕分飛之悲苦，末句以春睡夢殘、捲簾憑窗畫面作結，傷悲愁苦之情溢於言外。

詞作欲抑先揚，由樂景轉入愁情，筆調輕重錯落，緩急相襯，情韻跌宕。

趙希彰

趙希彰（西元一二〇五—一二六六年），字清中，號十洲。四明（今浙江寧波）人。宋宗室後裔。寶慶二年（西元一二二六年）進士。除南雄守，不赴。《全宋詞》錄其詞二首。

霜天曉角　桂

姮娥戲劇。手種長生粒❶。寶幹婆娑❷千古，飄芳吹、滿虛碧❸。

韻色。檀露❹滴。人間秋第一。金粟如來❺境界，誰移在、小亭側。

【注　釋】❶姮娥二句　言嫦娥戲玩，種下一顆長生不死藥粒。姮娥，傳說中的月中女神。相傳為后羿之妻。羿向西王母求得不死之藥，姮娥竊以奔月。姮，本作「恒」，俗作「姮」，後避漢文帝劉恒諱，改成常娥，俗作嫦娥。戲劇，耍玩；遊戲。❷婆娑　扶疏，紛披貌。❸虛碧　指碧空。❹檀露　香露。❺金粟如來　佛名，即維摩詰大士。金粟又為桂花別名，因其色黃如金，花小如粟。

【語　譯】嫦娥一時嬉戲，種下長生藥粒。長出桂花樹，枝繁葉茂千年，芳香飄滿天宇。　韻幽色美，芳露輕滴。人間秋色，桂花第一。這金粟如來境界，是誰移到小亭側？

【研　析】這首詠桂詞，上片意趣從傳說中的月宮桂樹而來，頗有幾分仙氣。傳說月中有桂，此桂何人所種？詞人由此想到月中女神嫦娥，又從嫦娥竊得長生藥而奔月之傳說，想像出月宮桂樹乃嫦娥玩樂，隨手將長生藥粒種於廣寒宮中，遂長出桂樹，千百年來枝葉婆娑，花香飄滿碧藍空。詞筆化用嫦娥、月桂神話故事，顯得空靈飄逸。

下片寫人間秋桂，其幽韻色澤，芳露垂滴，一如月宮仙桂，故為人間秋色之冠。末二句落筆於亭邊桂花，再發妙想，因桂花之別名金粟聯想到佛名金粟如來。金粟如來即與佛祖釋迦同時的維摩詰大士。詞人以佛家境界比喻桂花之清韻脫俗、幽靜芳潔，可謂神韻相契。

詞作構思別具匠心，筆觸從天上到人間，從道家仙說切入，以佛家境界歸結，充分展現出桂花的清韻幽香、高潔脫俗品性。

秋蕊香

髻穩冠宜翡翠❶。壓鬢綵絲金蕊❷。遠山碧淺蘸秋水❸。香暖榴裙襯地。

寧寧❹二八餘年紀。惱春意。玉雲❺凝重步塵細❻。獨立花陰寶砌。

【注　釋】❶翡翠　指翡翠玉簪。❷金蕊　指花鈿。女子貼在鬢際的髮飾。❸遠山句　言眉目如遠山浸潤秋水。❹寧寧　安靜的樣子，猶靜靜。楊無咎〈柳梢青〉（茆舍疎籬）：「寧寧佇立移時。」又，「寧寧」也可能為「亭亭」之誤。❺玉雲　喻女子雲髮。❻步塵細　指步履細緩。

【語　譯】翡翠玉簪穩束髮髻，彩絲金鈿貼壓鬢際。眉目相映，如淡綠遠山浸潤盈盈秋水。暖香襲人，石榴裙拂地。　年當二八餘，靜靜佇立。春惹情思。雲髮玉潤凝重，緩步輕履。悄然獨立於花陰玉梯。

【研　析】這首詞堪當一幅芳年二八之少女懷春工筆畫。上片以細緻的筆觸、華麗的詞藻，依次描繪佳人髮飾、眉目、衣裙，呈現出一位華貴明麗而清純柔婉的少女形象。「遠山」一句比喻傳神，既描寫出其眉黛如遠山淺碧、眼波似秋水盈盈，更以一「蘸」字刻畫出眉目相映、純情柔婉之神態。

下片表現少女惱春之內心情懷，筆法落在其舉止步態上，主要以冷靜的描述透露其懷春情思，只有「惱春意」一句直述情懷。「二八餘年紀」點出佳人已到婚嫁之年齡，遂引出下句直陳懷春之情。末二句畫出惱春佳人之身影情態：雲髮潤澤而凝重，步履輕緩，黯然獨立於花陰玉階。其內心之愁緒彌漫於神態步履間，聚結在那個凝然佇立之倩影上，可謂無聲勝有聲。

王　澡

王澡（西元一一六六—？年），字身甫，號瓦全。四明（治所在今浙江寧波）人。一說初名津，字子知。寧海（今屬浙江）人。紹熙元年（西元一一九〇年）進士。嘉定十二年（西元一二一九年）監都進奏院。十三年，任國子博士。有《瓦全居士詩詞》，不傳。《全宋詞》錄其詞二首。

霜天曉角

梅

疏明瘦直。不受東皇識❶。留與伴春應肯，千紅底、怎著得。　夜色。何處笛❷。曉寒無奈力❸。飛入壽陽宮裏❹，一點點、有人惜。

【注　釋】❶不受句　言梅花不受春神賞識。東皇，東方司春之神。❷何處笛　何處傳來笛聲。笛曲中有〈梅花落〉。此借指梅花零落。❸曉寒句　言梅花無力承受曉寒。奈，通「耐」。禁得起；受得住。❹飛入句　言梅花飛入壽陽宮。此用梅花妝典故，相傳南朝宋武帝女壽陽公主曾臥於含章殿簷下，梅花飛落在公主額上，成五出之花，拂之不去。皇后留之，宮女效之，後遂有梅花妝。參見《太平御覽》卷三十引《雜五行書》。

【語　譯】清疏明朗，瘦硬耿直。不受春神賞識。當願留下陪伴春，萬紫千紅怎容身。　茫茫夜色。何處吹玉笛？無力耐曉寒，飛入壽陽宮裡。點點作梅妝，有人憐惜。

【研　析】這首詠梅詞構思獨闢蹊徑，起句正筆立意之外，皆從梅花凋謝角度著筆。上片從「東皇」及梅花兩端陳述何以春來梅退。前兩句從「東皇」立言，謂其不賞識梅花清疏明朗、峻潔耿直之品性；後兩句從梅花立言，謂其或願與春相伴，可又怎忍置身於嬌豔媚俗的百花叢中？此即蕭泰來詠梅詞〈霜天曉角〉所云「原沒春風情性」，故而不為春神所容，亦不願與春花共處。寥寥數語，卻深切襯托出梅花之清峻高潔。

下片意脈承前，描述梅花零落情境：茫茫春寒之夜，笛聲悠悠，梅花在曉風吹寒中飄零。笛曲有〈梅花落〉，夜深聞笛，暗示梅花零落，寄寓歎惋之情。末二句言梅花飛落，用壽陽公主梅花妝典故，抒發惜梅之情，也表現出梅花的獨特風情。

此詞筆墨簡潔而有韻致，其言辭之外或許不無身世感遇之慨。

趙與鉚

趙與鉚（生卒年不詳），字慶御，號崑崙。宋室後裔。《全宋詞》錄其詞一首。

謁金門

歸去去。風急蘭舟❶不住。夢裏海棠花下語。醒來無覓處。　薄倖❷心情似絮。長是輕分輕聚。待得來時春幾許。綠陰三月暮❸。

【注釋】❶蘭舟　木蘭舟，亦用作小舟的美稱。❷薄倖　薄情。杜牧〈遣懷〉：「十年一覺揚州夢，贏得青樓薄倖名。」❸待得二句　意謂待到歸來春已暮。此用杜牧〈歎花〉詩意：「自是尋春去較遲，不須惆悵怨芳時。狂風落盡深紅色，綠葉成陰子滿枝。」

【語譯】歸去，歸去，風急船行不停息。夢裡歡語在海棠花下，醒來無處覓。　薄情郎心如無根絮，總是輕易分離，輕視相聚。待到歸來，春天能剩幾許？定然是綠葉成陰，三月春暮。

【研析】這是一首女子送別遊子歸去的詞作。首句點出遊子歸去，「去去」傳達出目送者依依惜別神情。「風急」句承「去去」，為送別者眼中情形。此二句描述別時之悵然無奈情境。「夢裏」二句敘述別後相思之苦。「夢」與「醒」對比反襯：夢中相聚，海棠花下歡聲笑語；夢醒獨居，寂寞閨中前歡無覓。夢中之歡更增夢醒之悲，且此番情境在別後的日子裡不斷重複，無盡的淒苦何以排遣？

下片因相思之悲苦而心生怨情，怨那薄情之人不知相惜，輕浮如無根之柳絮，聚聚分分太隨意。怨其薄情，仍盼其歸來，末二句以盼歸結束全詞，而料想中的歸來暮春景象，透露出女子對芳華空自萎謝的深深歎惋。其意趣又與杜牧〈歎花〉相類，則言語間又不無怨惱地料定遊子日後將悔恨當初輕易分離。詞作哀而不傷，怨而不怒，筆意連貫，一氣呵成，語淺而情深。

樓槃

樓槃（生卒年不詳），字考甫，號曲澗。鄞縣（治所在今浙江寧波）人。紹定初曾官慶元府學教諭。《全宋詞》錄其詞兩首。

霜天曉角　梅

月淡風輕。黃昏未是清❶。吟到十分清處，也不啻❷、二三更。

曉鐘天未明，曉霜人未行。只有城頭殘角，說得盡、我平生❸。

【注釋】❶月淡二句　言輕風淡月之黃昏，未能映襯梅花之清韻。林逋〈山園小梅〉：「暗香浮動月黃昏。」❷不啻　不但；不止。❸只有二句　言城頭角聲傳達出梅花之清寂孤韻。郭茂倩《樂府詩集》卷二十四〈橫吹曲辭・梅花落〉題解云：「唐大角曲亦有〈大單于〉、〈小單于〉、〈大梅花〉、〈小梅花〉等曲。今其聲猶有存者。」

【語譯】輕風淡月黃昏時，梅花未顯其清。吟味梅韻十分清，也不止在夜半三更。　曉鐘響起天未明，路結曉霜無人行。惟有城頭殘角聲，說盡梅花平生。

【研析】這首詠梅詞以夜月、霜、鐘、殘角為背景，著力襯托出梅花之清韻幽怨。

詞作以時間為脈絡，起筆二句言「黃昏」之輕風淡月下的梅花「未是清」。此乃反用林逋詠梅名句「暗香浮動月黃昏」（〈山園小梅〉）之意趣。「吟到」二句言梅花之「十分清處」也不僅在「三更」。「未是」、「不啻」兩重否定，非直述梅花之清韻，卻又令讀者感受到梅花之清韻無可比擬。

上片言黃昏、夜深之梅花，下片言拂曉之梅花。寒夜將盡，天色未明而曉鐘響起，路無行人而曉霜凝結，日夜之間最淒寒的時分，傲然歷經一夜清寒的梅花孤芳獨妍，在城頭殘角聲中說盡平生意緒，孤傲清峻中不無淒涼幽怨。

詞作構思獨特，上片筆意落在「清」字，下片筆意落在「平生」，見出寒梅之清韻中蘊涵風霜。脈絡連貫而筆法多變，流轉錯落，跌宕而有韻致。

又

翦雪裁冰❶。有人嫌太清。又有人嫌太瘦。都不是、我知音。　誰是我知音？孤山人姓林❷。一自西湖別後，孤負我、到如今。

【注釋】❶翦雪裁冰　言梅花似冰雪裁剪而成。❷孤山句　孤山隱士林逋。林逋（西元九六八—一〇二八年），字君復。杭州錢塘（今浙江杭州）人。隱居西湖孤山二十年，植梅養鶴，終身不娶，號稱「梅妻鶴子」。其詠梅佳句有「疏影橫斜水清淺，暗香浮動月黃昏」（〈山園小梅〉）、「雪後園林纔半樹，水邊籬落忽橫枝」（〈梅花〉）等。

【語　譯】似裁冰剪雪而成。有人嫌太孤清，又有人嫌太瘦硬，都不是我的知音。　誰是我的知音?孤山隱士名逋姓林。自從西湖分別後，辜負我直到如今。

【研　析】這首詠梅詞採取擬人手法，以梅花自述口吻著筆，意旨落在「知音」二字。

上片起句「翦雪裁冰」為正筆描繪梅花晶瑩明潔之狀。接下三句為反筆，敘述不是梅花知音者對梅花的種種非議：「有人嫌太清。又有人嫌太瘦。」清言其神情，瘦言其形貌。所評不誣，只是不知「清」、「瘦」之美，故而「嫌」之。梅花對此亦不予置辯，而以「都不是、我知音」應之，清高自信而又合情合理，所謂道不合不相為謀。

下片承前筆脈，一問一答，道出「我知音」為孤山隱士林逋。北宋詩人林逋隱居西湖孤山二十年，植梅養鶴，終身不娶，號稱梅妻鶴子，堪稱梅之知音，亦即深知梅花清瘦之品性韻味，其詠梅名句「疏影橫斜水清淺」，堪稱對梅花清瘦之韻的妙解。然而林逋之後，梅花再也沒有遇到知音，因而不無遺憾的追念：「一自西湖別後，孤負我、到如今。」

詞作筆調簡潔通俗，意脈流暢。詠物言志，意餘言外。

鍾　過

鍾過（生卒年不詳），字改之，號梅心。廬陵郡（治所在今江西吉安）人。中寶祐三年（西元一二五五年）解試。《全宋詞》錄其詞一首。

步蟾宮

東風又送酴醿信❶。早吹得、愁成潘鬢❷。花開猶似十年前，人不似、十年前俊。　水邊珠翠香成陣❸。也消得、燕窺鶯認❹。歸來沈醉月朦朧，覺花氣、滿襟猶潤。

【注釋】❶東風句　東風又吹來酴醿花開的消息。酴醿，花名，因顏色似酴醿酒，故稱。暮春開花，在二十四番花信風中列倒數第二。❷潘鬢　指鬢髮斑白。晉潘岳〈秋興賦序〉云：「余春秋三十有二，始見二毛。」二毛，指鬢髮顯露黑白二色。❸水邊句　指水邊遊賞之麗人眾多。❹也消得句　意謂也消受鶯燕歡賞。消得，消受；享受。燕、鶯，喻佳人。

【語譯】東風又送來酴醿花信，早已吹得我愁凝霜鬢。花開依舊，人已不如十年前清俊。　水邊佳麗成群，香風陣陣。也同佳人歡賞傾心。沉醉歸來，月色朦朧，花氣浸潤滿衣襟。

【研析】這是一首暮春感懷詞作，卻生動描畫出人到中年時的微妙心態。

上片起筆以「酴醿」點明暮春時節。酴醿信風居二十四番花信風之二十三，花開意味著春光將盡，於是傷春情緒自然而然地彌漫開來。「愁成潘鬢」既寫春愁之深，又借潘鬢點出自己的青春也正如這美好的春光即將逝去。「花開」句承「潘鬢」而展開，以「花」與「人」對比，進一步深化物是人非、韶華逝去的哀傷與歎惋，真乃「年年歲歲花相似，歲歲年年人不同」！

下片詞筆轉到水邊佳麗遊賞場景，情調亦由傷感轉為歡欣。大概是上巳節，景象亦如杜甫〈麗人行〉所述：「三月三日天氣新，長安水邊多麗人。」詞中「水邊珠翠香成陣」，詞約而意豐，儼然一幅成群佳麗水邊嬉戲的美好圖景，珠翠與春色相輝映，粉香花香隨風飄。更為美妙的是詞人並非冷眼旁觀，而能融入其間，同歡共賞。「燕窺鶯認」即暗喻自己尚得麗人垂青。「也消得」，則自言尚有青春歡賞之興致，於是花前月下，沉醉而歸。結句「歸來」，寫月色朦朧、花氣滿襟，貌似寫景，實則為陶醉於花香裡的心境描寫。其「潤」字，既寫花氣之「潤」，又點出心情之「潤」，這「花氣」，為水邊之花香，也融有水邊佳麗之芳韻。

詞作上片對花歎惋，下片賞花醉歡，情調反差中顯露詞人傷感而未消沉、悵歎華年不再而歡賞意興不減的複雜心境。筆調清麗而雋秀。

李從周

李從周（生卒年不詳），字肩吾（一說名肩吾，字子我），號蟫洲。眉州（今屬四川）人。精六書之學，嘗著《字通》，為魏了翁之客。《全宋詞》錄其詞十首。

擷球樂

風罥蔫紅❶雨易晴。病花中酒過清明❷。綺窗幽夢亂於柳，羅袖淚痕凝似餳❸。冷地❹思量著，春色三停早二停❺。

【注釋】❶風罥蔫紅　風吹花落。罥，纏繞。蔫，通「嫣」。杜牧〈春晚題韋家亭子〉：「蔫紅半落平池晚，曲渚飄成錦一張。」❷病花句　謂清明時節傷春醉飲。病花，對花傷愁。中酒，醉酒。此反用王禹偁〈清明〉詩句「無花無酒過清明」。❸餳　用麥芽或穀芽熬成的飴糖。❹冷地　猶言「驀地」，突然。❺春色句　言三分春色已過了兩分。停，等分。沈遘〈清明〉：「春色三停驀兩停，五陽充滿發精英。」

【語　譯】風吹花落雨轉晴，傷春醉飲過清明。綺窗一簾幽夢，繚亂似柳絮飛舞，淚痕凝袖如錫。驀然想起，春色三分，二分早消逝。

【研　析】這首詞作抒寫閨怨春愁。首句寫景，一個「罥」字寫出風之於花的糾纏，含蓄道出花落的命運。「雨易晴」，通常冷風冷雨令人愁緒滿懷的清明節，如今迎來雨後春晴，本當令人歡欣，但雨停而風不止，落花紛紛。落花令人傷愁，因傷愁而醉飲，遂「病花中酒過清明」。此與「無花無酒過清明」同其淒涼。「綺窗」句承「中酒」，醉臥綺窗，一簾幽夢。夢境若何？繚亂飄忽如風中柳絮，無以慰藉幽怨情懷，夢後淚溼羅袖。以「凝似錫」狀淚痕，見出傷悲之凝重且難以排遣。凝淚怨別中，驀然想到春色將盡，人猶未歸，如張若虛〈春江花月夜〉中「昨夜閑潭夢落花，可憐春半不還家」，其怨別傷春之情彌漫於落花飄零中。章法上，結句與起句相呼應。

風流子

雙燕立虹梁❶。東風外、煙雨溼流光❷。望芳草雲連❸，怕經南浦❹，葡萄波漲，怎博西涼❺。空記省，殘妝眉暈斂，罥袖唾痕香❻。春滿綺羅，小鶯捎蝶❼，夜留絃索❽，幺鳳求凰❾。

江湖飄零久，頻回首、無奈觸緒❿難忘。誰信溫柔牢落⓫，翻墮愁鄉。便玉戕銅爵⓬，花間陶寫⓭，瑤釵金鏡，月底平章⓮。十二主家樓苑⓯，應念蕭郎⓰。

【注　釋】❶虹梁　形狀如虹的拱梁。梁簡文帝蕭綱〈雙燕詩〉：「桂棟本曾宿，虹梁早自窺。」❷煙雨中春光瀅潤流動。馮延巳〈南鄉子〉：「細雨濕流光，芳草年年與恨長。」❸望芳草句　放眼芳草連綿如雲。此寄寓別愁。《楚辭・招隱士》：「王孫游兮不歸，春草生兮萋萋。」❹南浦　泛指送別之地。《楚辭・九歌・河伯》：「送美人兮南浦。」❺葡萄二句　言綠波湧漲不如別曲情深。葡萄波，指綠波。李白〈襄陽歌〉：「遙看漢水鴨頭綠，恰似葡萄初醱醅。」葉夢得〈賀新郎〉(睡起流鶯語)：「浪黏天，葡萄漲綠。」博，敵。西涼，地名，今甘肅酒泉一帶。此指西涼曲。《舊唐書・音樂志二》：「自周隋已來，管絃雜曲將數百曲，多用西涼樂。」❻罥袖句　言拂揚美麗的衣袖，飄送芳香。唾痕，指花紋。《趙飛燕外傳》云：「后與婕妤坐。后誤唾婕妤袖。婕妤曰：『姊唾染人紺袖，正似石上華。假令尚方為之，未必能若此衣之華。』以為石華廣袖。」❼小鶯句　黃鶯追逐蝴蝶。杜甫〈重過何氏五首〉其一：「花妥鶯捎蝶，溪喧獺趁魚。」❽絃索　指絃樂。此指琴聲。❾幺鳳求凰　指男女情愛之琴曲。幺鳳，又稱桐花鳳，羽毛五色，比燕子稍小。《玉臺新詠》卷九錄司馬相如〈琴歌〉：「司馬相如遊臨邛。富人卓王孫有女文君新寡，竊於壁間窺之。相如鼓〈琴歌〉挑之曰：『鳳兮鳳兮歸故鄉，遨遊四海求其皇。時未通遇無所將，何悟今夕昇斯堂。有豔淑女在此方，室邇人遐獨我傷，何緣交頸為鴛鴦。』」❿觸緒　指動心之情思。⓫牢落　寥落。⓬玉巵銅爵　指飲酒賦詩。爵，一種雀形酒器。⓭陶寫　陶醉排遣。⓮平章　品評。⓯十二句　指佳人之夫家樓閣華麗。相傳西王母所居「有城千里，玉樓十二，瓊華之闕，光碧之堂，九層玄室，紫翠丹房，左帶瑤池，右環翠水」(桓驎《西王母傳》)。陳師道〈妾薄命〉：「主家十二樓，一身當三千。古來妾薄命，事主不盡年。」劉克莊〈賀新郎〉(妾出於微賤)：「主家十二樓連苑。」⓰蕭郎　原指梁武帝蕭衍，後為對蕭姓男子的美稱，亦泛指女子意中人。范攄《雲谿友議》卷上載崔郊與其姑之女婢相戀。後女婢被賣給連帥，寒食節相遇，郊贈詩云：「公子王孫逐後塵，綠珠垂淚滴羅巾。侯門一入深似海，從此蕭郎是路人。」

【語　譯】雙燕棲雕梁。東風吹拂，濛濛煙雨潤春光。抬望眼，芳草連天，害怕重過那分別的津浦，綠波漲，怎敵過別曲情深意長。徒然記得她妝殘眉淡，美麗的衣袖飄拂清香。春色映羅裙，鶯飛蝶忙。夜來相伴撫瑤琴，聲聲傾訴愛戀衷腸。　江湖久飄零，頻回首，無奈動心情思難忘。誰料孤寂寥落中回想溫柔，反墮入無盡的惆悵。只得飲酒賦詩，花間陶醉排遣；把所贈玉釵金鏡，對月細細品賞。想她身居主家重樓高閣，也定然思念心中的蕭郎。

【研析】這是一首懷人詞作。據結末二句，所懷之人身在「主家樓苑」，情事當與所傳唐人崔郊故事相類。

詞作起筆呈現彩虹般的雕梁上雙燕並棲畫面，反襯人之煢煢孑立。「東風外」句進入觸景傷別。春風吹拂，煙雨濛濛中的春色溼潤浮動，芳草綿綿，一派令離別之人黯然神傷的景象。「怕經南浦」三句乃「望芳草」而回想南浦分別情景：春波浩蕩，別曲情深。言「怎博」，意趣有如李白〈贈汪倫〉：「李白乘舟將欲行，忽聞岸上踏歌聲。桃花潭水深千尺，不及汪倫送我情」。分別之深情依依，源自相聚之歡情融融，「空記省」以下數句乃追憶歡聚情形：「殘妝」二句言清曉佳人睡起之態，妝殘眉淡，衣袖拂香；「春滿」二句言春日佳人賞覽之樂，春色輝映羅綺，黃鶯綵蝶飛舞；「夜留」二句言夜來相伴撫琴，聲聲訴衷情。然而難忘的日夜歡情，如美夢一場，如今只有「空記省」。

下片筆調回到現實，抒寫思念之情。江湖飄零多年，羈旅愁思中難忘那段深情，時時想起，無可奈何。孤寂寥落中回想曾經的溫柔，心間卻彌漫無盡的愁緒。愁懷難遣，只能把酒賦詩，陶醉排遣，把佳人留贈的玉釵金鏡對月細細品賞，聊以慰藉相思之苦。睹物思人，遙想身居主家重樓高閣的佳人也定然在思念心中的蕭郎。

詞作上片觸景傷別，追憶分別及相聚情境，筆調細膩而動人；下片感慨思念，筆調跌宕，詞情沉鬱深婉。起、結落筆於別後之男、女居所，章法上相呼應。

清平樂

美人嬌小。鏡裏容顏好。秀色侵人春帳曉。郎去幾時重到。　叮嚀記取兒家❶。碧雲隱映紅霞❷。直下小橋流水，門前一樹桃花。

【注　釋】❶兒家　女子自稱，猶言我家。❷碧雲句　言綠樹紅花隱映。

【語　譯】美人玲瓏嬌小，菱花鏡裡朱顏姣好。秀色逼人，春眠天曉。郎君離去，何時重來到？　殷勤相囑：記住我家。綠樹紅花，隱映如雲霞。過了小橋，順流直下，門前一樹桃花。

【研　析】這是一首男女相別詞作。上片敘述春曉時分情郎離別，前三句筆墨鋪墊頗為香豔，筆法取倒敘，先言晨起對鏡梳妝，嬌柔婀娜，容貌姣好；再言「芙蓉帳暖度春宵」。筆調間透露出一段旖旎情事及其親昵情狀，因而依依難別，美人深情相詢：「郎去幾時重到」？

下片承前筆意，細述女子對情郎臨別時的殷殷相囑。其意即：記住我家，定當再來。筆法上則繪景、敘述相融合，既敘述「兒家」所在，又以美景映襯美人，有「人面桃花相映紅」之意味，再則「碧雲」、「紅霞」、「小橋流水」、「一樹桃花」等自然景象也消釋了上片的香膩色調。

詞作色澤豔麗而不失清新，筆調疏快，言辭淺易而情感真切，有南朝樂府之韻味。

風入松

冬至❶

霜風連夜做冬晴。曉日千門。香葭暖透黃鐘管❷，正玉臺、彩筆書雲❸。竹外南枝❹意早，數花開對清樽。

香閨女伴笑輕盈。倦繡停鍼。花甎一綫添紅景❺，看從今、迤邐❻新春。寒食相逢何處，百單五箇黃昏❼。

【注　釋】❶冬至　節氣名，在陽曆十二月二十二日或二十三日。❷香葭句　指時至冬至。古人燒葦膜成灰，置十二律管中，閉於密室，以占節候。某節候至，則相應管中葭灰飛出。參見《後漢書・律曆志》。香葭，蘆葦。黃鐘，十二律之一，冬至則黃鐘管灰動。❸正玉臺句　指朝堂記錄冬至雲象。玉臺，傳說為天帝居處。此指掌管觀測天象、考定曆數的司天臺。宋人多以「書雲」指冬至，參見洪邁《容齋四筆·用書雲之誤》。❹南枝　指早梅。《白孔六帖》卷九十九〈梅〉「南枝」條：「大庾嶺上梅，南枝落，北枝開。」李嶠〈梅〉云：「大庾斂寒光，南枝獨早芳。」❺花甎句　意謂冬至後白晝漸長。花甎，指宮中。唐時內閣北廳前階有花磚道，冬季日至五磚，學士當值。參見李肇《翰林志》。白居易〈待漏入閣書事奉贈元九學士閣老〉：「彩筆停書命，花磚趁立班。」一綫添紅景，指日影添長。景，日影。宗懍《荊楚歲時記》：「晉魏間宮中以紅線量日影，冬至後日影添長一線。」❻迤邐　綿延。❼寒食二句　意謂冬至後第一百零五日為寒食節。

【語　譯】連夜霜風吹來冬晴。清晨陽光照耀萬戶千門。黃鐘管中葭灰飛動，司天臺記錄下天象風雲。竹外寒梅芳意早，花開數枝對清樽。　香閨女伴淺笑輕盈，刺繡倦怠停繡針。花磚道上又添一線日影，從今可望新春漸漸臨近。若問何時到寒食。再過一百零五個黃昏。

【研　析】題詠節令的詞作，點明節候及描述特色景象，為題中之意。本詞題詠冬至，「香葭」二句以及結末「寒食」二句均點明冬至節令，「竹外」二句所寫則為特色景象。但詞作之妙處不在此，而在於筆調間充溢著冬晴的和暖氣韻，展露出春漸臨近帶來的欣喜情韻。上片起筆即呈現冬晴曉日照臨千門景象，有「千門萬戶曈曈日」（王安石〈元日〉）之氣象，為全詞奠定了和暖色調。「香葭」二句中「香」、「暖」、「玉」、「彩」等字眼透露出溫暖美好氣息，意趣上承前啟後：竹外早梅吐芳，把酒對花清賞，何其風雅！

下片筆調轉到香閨佳人，描述其相伴刺繡，淺笑輕盈，停針賞晴，展望新春，期待寒食踏青歡遊。筆調疏快，色澤明麗，情調欣然。

詞作上片概寫，下片特寫，情調貫通，筆調明快。

烏夜啼

徑蘚痕沿碧甃❶，檐花影壓紅闌。今年春事渾無幾，游冶懶情慳❷。舊夢鶯鶯沁水，新愁燕燕長干❸。重門十二簾休捲❹，三月尚春寒。

【注釋】❶甃　井壁。❷慳　稀少。❸舊夢二句　意謂曾經的林園歡賞，里巷冶遊，如今已成舊夢，更添新愁。鶯鶯、燕燕，指歌姬。姜夔〈踏莎行〉：「燕燕輕盈，鶯鶯嬌軟，分明又向華胥見。」沁水，水名，黃河支流，源出山西沁源。此指園林。漢明帝女沁水公主有名園，後以沁水或沁園指園林。李適〈侍宴長寧公主東莊應制〉：「歌舞平陽第，園亭沁水林。」長干，金陵里巷名，故址在今江蘇省南京市南。李白〈長干行〉：「同居長干里，兩小無嫌猜。」❹重門句　言樓閣門簾重重。傳說道家仙宮有「金樓玉室，十二重門」（參見張君房《雲笈七籤》卷十六〈三洞經教部〉）。

【語譯】小徑青苔連碧井，簷下花影壓紅欄。今年春事已無多，意懶遊興淺淡。　園林里巷，歡賞冶遊，鶯鶯燕燕成舊夢，平添新愁。重門緊閉，重簾不捲，暮春三月天尚寒。

【研析】這首詞作抒寫暮春意興慵懶情懷，即詞中所云「游冶懶情慳」。

上片前兩句寫景，色澤豔麗而境界淒清：香徑苔深，井沿蘚碧，朱紅的欄杆花影幢幢。「今年」二句抒懷，春事將盡，本該及時遊賞，無奈「游冶懶情慳」，意懶情慵，遊興淺淡。此句也透露出曾經遊冶歡賞，而今「懶情慳」。何以如此？下片「舊夢」二句道出原委。其意趣頗似柳永〈戚氏〉所述：「帝里風光好。當年少日，暮宴朝歡。況有狂朋怪侶，遇當歌對酒競留連。別來迅景如梭，舊遊似夢，煙水程何限。」當年的園林遊賞，里巷歡歌，鶯鶯燕燕，都成舊夢新愁，鬱積心懷，狎興全無，只能重門深鎖，簾幕低垂，獨守淒涼。三月春光明媚，尚覺春寒料峭。境由心生，寒由心起，「春寒」實為心境之淒寒。

清平樂

東風無用。吹得愁眉重。有意迎春無意送。門外溼雲如夢。　韶光九十慳慳❶。俊游❷回首關山。燕子可憐人去，海棠不分❸春寒。

【注釋】❶慳慳　甚少；短暫。❷俊游　快意的遊賞。秦觀〈望海潮〉：「金谷俊遊，銅駝巷陌，新晴細履平沙。」❸不分　不管。賀鑄〈萬年歡〉（淑質柔情）：「不分雲朝雨暮，向西樓南館留連。」

【語譯】東風何用？只吹得人愁眉深重。有意迎春來，春去無心送。門外溼雲沉沉如夢。春光九十日，轉眼即消逝。回首俊遊，關山渺渺。燕子憐惜人離去，海棠不管春寒料峭。

【研析】這是一首女子傷春傷別詞作，筆調頓挫有力而詞情含蓄沉鬱。

起筆無端責怨「東風無用」，頗為突兀。緊接「吹得愁眉重」，申明原由：春風化雨破冰，吹綠大地，卻吹不開深鎖的愁眉，豈非「無用」？抱怨東風終歸無理，但展現出詞中人愁怨無奈之情。春來春去，東風迎送，春來令人喜，春去令人悲。「愁眉重」乃春歸所致，故而「有意迎春無意送」。此情有如現代作家梁實秋先生《槐園夢憶》所言：「你走，我不送你；你來，再大風雨，我都接你。」雖說「無意送」，「門外溼雲如夢」實可謂送春歸之情境，寄情於景，傷春怨別，夢斷淚凝，與溼雲沉沉何其相似。

上片之「愁眉重」、「溼雲如夢」等色澤濃重的抒情筆調，已暗示出詞中人之愁怨不止於傷春。過片「韶光」一句承前春去之意，「俊游」句則轉到「人去」。往日相聚歡遊之人，今已關山重隔，怎堪回首！別離思念之深情蓄而不發，詞筆轉而寫燕子、海棠，以擬人筆法託物言情：燕子尚知悲憫人之離別，則別離之人其情何堪！春寒料峭，海棠花不管不顧，依然綻放。與燕子有情相對，海棠似乎並未顧及別離中人觸景傷懷，傷別之人亦無心賞覽海棠之美。實則海棠與佳人，同處孤寂，而心境各異。孤寂中傷春怨別的佳人面對孤寂中「不分春寒」而綻放的海棠，或許更添自愧而又無奈之情。

鷓鴣天

綠色吳牋覆古笞❶。濡毫❷重擬賦幽懷。杏花簾外鶯將老，楊柳樓前燕不來。

倚玉枕，墜瑤釵。午窗輕夢繞秦淮❸。玉鞭何處貪游冶，尋遍春風十二街❹。

【注　釋】❶吳牋覆古笞　指吳地所產苔箋，即以苔紙製成。笞，疑為「苔」之訛。蘇易簡《文房四譜》卷四：「《本草》云：『陟釐，……生江南池澤。』陶隱居云：『此即南人用作紙者。』唐本注云：『此物乃水中苔，今取為紙，名為苔紙。青黃色，味澀。』」❷濡毫　毛筆浸墨。濡，浸漬。毫，毛筆。❸秦淮　秦淮河，在金陵（今南京），為煙花繁華之地。此代指歌舞遊樂之地。❹春風十二街　指都城繁花街道。杜牧〈贈別〉：「春風十里揚州路。」唐長安城南北七街，東西五街，凡十二街。後泛指京城街道。

【語　譯】綠色吳箋，古樸似青苔覆蓋。蘸墨揮毫，重欲賦詩訴幽懷。簾外杏花灼灼，鶯聲漸老；樓前楊柳依依，燕子不見歸來。

斜倚玉枕，傾墜瑤釵。窗下午睡，淺夢繞秦淮。那人在何處沉迷遊冶，春風裡，我尋遍都城巷陌市街。

【研　析】這是一首閨怨詞。構思頗為精妙，上、下片分別呈現兩個畫面情境，寄寓相思別怨，生動而深切。

上片描述閨中佳人展箋濡毫，「擬賦幽懷」場景。起句對紙箋的細緻描繪，暗示出佳人對箋凝思之狀。「重擬」二字透露出其內心的糾結、一次次的擬賦而又止。何以如此？或因幽懷難以言表而無從落筆，或因無處相寄而提筆猶豫，其相思煩憂之情態則已躍然紙上。幽懷難言，詞筆轉以景物映襯：簾外杏花明媚，樓前楊柳青青，然而「鶯將老」，「燕不來」。好花不常開，好景不常在，春光易逝，容顏易老。春將歸去而人未歸來，無限思念盡在不言中。

詞作下片展現午夢情境，「夢繞秦淮」，夢中「尋遍春風十二街」。「倚玉枕」二句描狀佳人窗下午睡之態，為入夢作鋪墊。「午窗」句轉入夢境。晏幾道〈蝶戀花〉云：「夢入江南烟水路。行盡江南，不與離人遇。」此則夢入秦淮煙花地，尋遍街市巷陌，不知「玉鞭何處貪游冶」。秦淮，與「十二街」相應，當借指西湖，周密《武林舊事》卷三云：「西湖天下景，朝昏晴雨，四序總宜。杭人亦無時而不遊。……大賈豪民，買笑千金，呼盧百萬，以至癡兒騃子，密約幽期，無不在焉。日縻金錢，靡有紀極。故杭諺有『銷金鍋兒』之號。」

詞作展現的兩種情境，虛實互補，時序上沒有特定不變的先後：可作順敘解讀，即展箋擬賦幽懷，困倦而午睡入夢；也可作倒敘解讀，即午夢醒來，幽怨鬱積，展箋擬賦。其情韻則融貫一體，色澤較穠麗，有《花間》之風。

黃簡

黃簡（生卒年不詳），一名居簡，字元易，號東浦。建安縣（治所在今福建建甌）人。工詩。隱居吳郡光福山。嘉熙中卒，通判翁逢龍葬之虎邱。《全宋詞》錄其詞三首。

柳梢青

病酒心情。喚愁無限，可奈❶流鶯。又是一年，花驚寒食，柳認清明❷。

天涯翠巘❸層層。是多少、長亭短亭❹。倦倚東風，只憑好夢，飛到銀屏。

【注釋】❶可奈　怎奈。李煜〈採桑子〉：「可奈情懷，欲睡朦朧入夢來。」❷花驚二句　因花開柳綠而驚覺又是寒食清明時節。清明節在陽曆四月五日或六日，寒食在清明前一日或兩日。❸翠巘　青山。巘，山；山頂。❹長亭短亭　指道旁供行人休憩或送行餞別的亭閣。庾信〈哀江南賦〉：「十里五里，長亭短亭。」

【語譯】醉酒遣懷，怎奈流鶯聲聲，喚起心中無限愁情。匆匆又是一年，看花紅柳綠，驚覺又到寒食清明。

遙望天涯歸路，只見重巒疊翠，不知有多少長亭短亭。東風拂面人慵倦，唯託好夢，飛往閨閣銀屏。

【研析】這是一首天涯遊子清明時節思鄉懷人之作。

起筆抒懷，即為全詞情調定色：愁苦。欲遣愁而醉酒，然而借酒澆愁愁更愁。此般心情，流鶯聲聲入耳，撩惹無限煩憂。黃鶯無辜而受責怨，見出詞中人愁懷難遣而致怨憤莫名。鶯穿花柳，聲聲流響，「又是一年」三句筆路承「流鶯」，點出時令，以情馭景：「花驚寒食，柳認清明。」看到花開柳綠，鶯飛草長，恍然驚覺又是一年。筆調中有驚歎，歎時光流逝太匆匆；有悵歎，歎經年虛度，一事無成。

過片點明天涯漂泊境遇，上片之愁情遂有著落。清明時節，遊子思鄉更切，天涯望歸，重巒疊障層層隔阻，長亭短亭綿延無際。現實之身無法歸鄉，只能期盼夢魂駕東風飛入閨閣，銀屏下對佳人傾訴衷腸。結末臨風遐思，寄情夢境，韻味幽邈。

玉樓春

龜紋曉扇堆雲母❶。日上彩闌新過雨。眉心猶帶寶觥酲❷，耳性已通銀字譜❸。

密匳緘索看看午❹。暈素分紅能幾許。妝成挼❺鏡問春風，比似庭花誰解語❻？

【注　釋】❶龜紋句　指龜紋雲母扇。此扇當為閨中類似屏風之飾物。雲母，一種礦石，可飾扇。《西京雜記》卷一載趙飛燕為皇后，其女弟贈以雲母扇為賀。王翰〈飛燕篇〉：「紅妝寶鏡珊瑚臺，青瑣銀簧雲母扇。」❷眉心句　眉宇間猶顯醉態。航，酒器。酲，酒醉後神志不清之態。❸耳性句　意謂能記住樂譜。耳性，聽記能力。劉攽〈次韻韓康公〉：「剩得新聲夸耳性，傳將佳句愈頭風。」銀字譜，指樂譜。銀字，指管笛之屬，因管上用銀作字以示音色高低。白居易〈南園試小樂〉：「高調管色吹銀字，慢拽歌詞唱〈渭城〉。」❹密奩句　意謂開始梳妝，時近中午。奩，梳妝盒。綵索，奩盒飾物。看看，眼看著。劉禹錫〈酬楊侍郎憑見寄〉：「看看瓜時欲到，故侯也好歸來。」❺挼　摩挲。❻比似句　意謂相比庭花誰更美。此句用唐玄宗稱賞楊貴妃典事。王仁裕《開元天寶遺事》載玄宗秋八月與貴戚共賞太液池千葉白蓮。左右皆歎羨，玄宗指貴妃示於左右，曰：「爭如我解語花？」

【語　譯】龜紋屏扇上，雲母光閃閃。雨後新晴，春日照臨彩色欄杆。眉心猶帶宿醉氤氳，管笛曲譜已聽記在心。

開奩梳妝，眼看日近中午。塗粉描紅能幾許？妝成撫鏡問春風，相比庭花，誰能通情解人語？

【研　析】本詞描述一位女子晚起梳妝的場景。

詞中女子亦如柳永〈定風波〉（自春來）所狀：「日上花梢，鶯穿柳帶，猶壓香衾臥。」彷彿是剛剛睜眼醒來，首句是第一眼看見的東西，一架擋在床前的屏扇。天光已大亮，屏扇上的龜背紋理清晰可見，上面鑲嵌的雲母更是閃閃發光。第二句才轉而寫天色，這是一個雨後新晴的好天氣，日影已爬上欄杆，色彩明亮鮮豔。後兩句寫女子形貌，亦交待遲起的理由：眉間猶有醉意，耳邊猶有樂聲。想來前一晚笙歌不歇，與人把酒言歡，一醉方休。

已是晚起，但還是要細細梳妝。撲點白粉，再暈上胭脂。看天色已將要近中午，所幸顏色天成，無需幾多妝扮。梳妝完畢，攬鏡自照，人比花嬌。於是有這樣一問：「比似庭花誰解語？」與庭中花相比，到底誰更美麗呢？當然，這是反問，不是疑問。詞中女子問的是「春風」，也許是問身邊人。所謂女為悅己者容，詞中女子有美麗的容貌，又有妝扮的心情，尾句俏言相問，滿溢著愉悅之意，實不難想像其心上人也許便陪伴在身側。

全詞側重描繪，濃墨重彩，詞藻穠麗，具有鮮明的場景感。

陳策

陳策（西元一二〇〇—一二七四年），字次賈，號南墅。上虞縣（今屬浙江）人。以功授武階，官至訓武郎。《全宋詞》錄其詞二首。

摸魚兒　仲宣樓❶賦

倚危梯、酹春❷懷古，輕寒纔轉花信❸。江城望極多愁思，前事惱人方寸。湖海興，算合付元龍❹，舉白澆談吻❺。凭高試問。問舊日王郎，依劉有地，何事賦幽憤❻。

沙頭路，休記家山遠近。賓鴻一去無信。滄波渺渺空歸夢，門外北風淒緊。烏帽整。便做得功名，難綠星星鬢❼。敲吟未穩❽。又白鷺飛來，垂楊自舞，誰與寄離恨。

【注釋】❶仲宣樓　故址在今湖北荊門。漢末王粲（字仲宣）避亂荊州依劉表，登當陽縣城樓，作〈登樓賦〉。後世稱此樓為仲宣樓。❷酹春　祭春。翁元龍〈瑞龍吟〉（清明近）：「半晴半雨，酹春未準。」酹，以酒澆地，表示祭奠。❸花信　即花信風。風應花期，其來有信，故名。《歲時廣記》卷一引《東皐雜錄》云：「江南自初春至初夏，五日一番風候，謂之花信風。梅花風最先，楝花風最後，凡二十四番，以為寒絕也。」❹元龍　陳登，字元龍。東漢下邳（治所在今江蘇邳州）人。深沉有大略，名重天下。《三國志・魏書・陳登傳》載：「許汜與劉備並在荊州牧劉表坐。表與備共論天下人。汜曰：『陳元龍湖海之士，豪氣不除。』……備問汜：『君言豪，寧有事邪？』汜曰：『昔遭亂過下邳，見元龍。元龍無客主之意，久不相與語，自上大牀臥，使客臥下牀。』備曰：『君有國士之名。今天下大亂，帝主失所，望君憂國忘家，有救世之意。而君求田問舍，言無可采，是元龍所諱也，何緣當與君語。如小人，欲臥百尺樓上，臥君於地，何但上下牀之間邪。』」表大笑。」❺舉白句　指飲酒談論。舉白，舉杯。白，酒杯。劉向《說苑・善說》：「魏文侯與大夫飲酒，使公乘不仁為觴政，曰：『飲不嚼者浮以大白。』文侯飲而不盡嚼。公乘不仁舉白浮君……君曰：『善。』舉白而飲。」左思〈吳都賦〉：「里讌巷飲，飛觴舉白。」談吻，談吐；談論。❻問舊日三句　問王粲當年依附劉表，有寄身之地，為何登樓作賦，一抒幽憤。王郎，指王粲。其〈登樓賦〉首云：「登茲樓以四望兮，聊暇日以銷憂。」末云：「心悽愴以感發兮，意忉怛而憯惻。循堦除而下降兮，氣交憤於胸臆。夜參半而不寐兮，悵盤桓以反側。」❼難綠星星鬢　指斑白的鬢髮難變黑。綠鬢，黑亮的鬢髮。李白〈怨歌行〉：「沉憂能傷人，綠鬢成霜蓬。」❽敲吟句　吟詩未定。敲吟，斟酌吟詠。此用賈島吟詩「推敲」典故。

【語　譯】佇倚高樓，懷古祭春。惻惻輕寒，初轉花信。遠眺江城，愁思紛紛，前事惱人心亂。湖海豪興，想來當交付元龍把酒暢談。憑高試問王粲：當年依附劉表已有一席之地，為何要作賦發幽憤？　路傍沙際，莫念故鄉遠近。鴻雁一去無音信。煙波渺渺，空有歸夢，門外北風淒緊。整理官帽，即便成就功名，白髮難轉綠鬢。吟詩未穩，白鷺又翩翩飛來，垂楊隨風起舞。一腔離恨，向誰寄與？

【研　析】淳祐十年（西元一二五〇年），李曾伯帥荊州，重建仲宣樓，臘月二十五日告成，集賓客僚屬置酒為賀（參見其〈重建仲宣樓記〉）。時陳策在其幕，李有〈陳次賈歸以二詩言別和韻送之〉云：「百尺樓前艤去桅，元龍豪氣肯低徊。昔從桂嶺訪梅去，今自荊江載月回。」本詞題「仲宣樓賦」，或即為仲宣樓重建落成而作。

詞題「仲宣樓賦」，起筆「倚危梯」、「懷古」扣題，「酹春」點明時節。「輕寒」句承「酹春」；「江城」

句以下承倚樓懷古。脈絡分明，而上片主旨在懷古。「江城」句彷彿重現當年仲宣登樓「賦幽憤」之情形，有古今疊映之效，「前事」句切入懷古之情，但接筆並未言仲宣，而以劉備、許汜在荊州劉表坐席上論天下士談及的陳元龍作對墊。許汜謂「陳元龍湖海之士，豪氣不除」，有責怨之意。本詞用其語而歎賞元龍把酒論天下之豪興，「算合付」三字則暗示出詞人自己不能如元龍暢飲豪論天下事，同時下文要說到的王粲亦然。漢末戰亂，王粲避亂依附荊州劉表十餘年，可謂有了安身之處，即詞中所言「依劉有地」，然而「何事賦幽憤」？王粲〈登樓賦〉云：「心悽愴以感發兮，意忉怛而憯惻。循堦除而下降兮，氣交憤於胸臆。」李曾伯〈重建仲宣樓記〉對王粲之幽憤有所解析：「仲宣側翅依人，遭時多難，能不動懷土之想？豈信美非美歟？」此為感時傷世、憂念故土之情。「仲宣有志于王室者，景升（劉表）不武。君子悲之。」此為宏圖難展之悲。詞人恐非不解王粲憂憤之原由，而是質疑其何不超然退歸？此意在下片自抒情懷中可得參證。

上片懷古，下片對景抒懷，均在仲宣樓上，其情亦如〈登樓賦〉之「情眷眷而懷歸」。筆法上，詞人欲揚先抑，先言「休記家山遠近」，家山怎能忘懷？而此言「休記」，乃思歸而難歸之怨激語。賓鴻無信，思歸更切；「滄波渺渺」、「北風淒緊」，欲歸難成，故而「空歸夢」。其實，這些都是應景託詞，羈留他鄉的真正原因是功名之心。「烏帽整」三句轉而就此反思自嘲：縱然成就功名，但人已鬢髮斑白，青春不再，徒然悵歎，更何況功名亦難成。沉吟愁思中，見白鷺之自由飛翔，垂楊之隨風自舞，心頭之悲陡增，筆法上則出以反詰，戛然而止，情韻回蕩不盡。

詞作上片懷古為鋪墊襯托，沒有元龍之湖海豪興，亦無意學王粲登樓賦幽憤，其意趣即指向退歸，下片遂抒發離恨之深、思歸之切。筆調頓挫有力，跌宕有韻致。

滿江紅

楊花

倦繡人間❶，恨春去、淺顰輕掠。章臺路，雪黏飛燕❷，帶芹穿幕❸。委地❹身如游子倦，隨風命似佳人薄。歎此花、飛後更無花，情懷惡。
心下事，誰堪託？憐老大，傷飄泊。把前回離恨，暗中描摸❺。又趁扁舟低欲去，可憐世事今非昨。看等閒❻飛過女墻❼來，秋千索。

【注釋】❶倦繡句　指人倦停繡。間，疑為「閒」之訛。閒，安靜。又，倦繡，亦解作倦倚繡床。趙與虤《娛書堂詩話》：「白樂天詩云：『倦倚綉牀愁不動，緩垂綠帶髻鬟低。遼陽春盡無消息，夜合花前日又西。』好事者畫之為倦綉圖。」按所引白詩題作〈閨婦〉。綉，同「繡」。❷章臺二句　言章臺柳絮如雪飛黏春燕。章臺路，即章臺街，漢代長安街名，在章臺宮下。故址均在今陝西西安市。後泛指京城繁華遊冶之地。盧照鄰〈還赴蜀中貽示京邑遊好〉：「籞宿花初滿，章臺柳尚飛。」❸帶芹句　燕子銜著芹泥飛入簾幕。芹，指芹泥，燕子築巢所用的春泥。❹委地　散落於地。❺描摸　捉摸。劉克莊〈憶秦娥・感舊〉：「古來成敗難描摸，而今卻悔當初錯。」❻等閒　輕易；隨便。❼女墻　城牆上凹凸形的矮牆。

【語譯】倦停刺繡無聊賴，恨春歸去，蛾眉輕顰。章臺路，楊花如雪黏飛燕，燕帶芹泥穿簾幕。委落在地，身倦如遊子；隨風浮蕩，命薄似佳人。歎此花飄零更無花，情懷愁苦。　心中事，誰可相託？哀憐年歲老大，感傷身世飄泊。把前愁舊恨，暗自琢磨。又逐扁舟低回欲去，可歎世事變幻今非昨。看楊花隨意飛過女牆來，飄落秋千索。

【研析】這首題詠楊花的詞作，以情馭物，上片展現閨中倦繡佳人眼中飄零的楊花，寄寓傷春別怨。起筆二句即描繪出閨中佳人寂寞傷春神情：刺繡倦怠，停針又覺百無聊賴，見春歸去，愁緒拂掠眉間心上。「章臺路」五句呈現佳人眼中的楊花。「雪黏飛燕」、「委地」、「隨風」等用語，細筆描寫出楊花飄零黏附之態，顯露其不可自主之身世：「委地身如游子倦，隨風命似佳人薄。」此二句亦透露出女子內心的身世感傷和別怨離愁。「歎此花」二句進而由柳絮飄飛想到百花凋零，內心又添傷春之悲。自憐命薄，思念遊子，歎惋春歸，悲愁鬱積而逼出「情懷惡」三字，筆力滯重，情韻振蕩。

下片抒寫遊子漂泊之悲，上承「委地身如游子倦」，與楊花亦相關聯。過片直訴重重心事無人相託，只有獨自承受。「憐老大」以下為孤旅傷懷心緒之展現：年歲老大，飄泊依舊，傷心自憐；往日離恨，今猶繫念，舊恨新愁重疊；如今扁舟又將離去，世事變幻今非昔，煙波前程難料。客中離別之孤寂淒涼況味溢於言外。末尾以景作結，回歸詞題。柳絮隨風飛過女牆來，飄落於秋千索。此為遊子眼中實景，而「秋千索」或許又令其追憶往日與佳人的歡聚情形，想像如今別離中佳人的孤寂境況。「看」之神情頗耐尋味，令詞作言盡而情韻無盡。

詞作詠物言情融為一體，佳人之傷春別怨、遊子之漂泊離恨與楊花之飄零無主相融相映，其中「委地身如游子倦，隨風命似佳人薄」二句堪稱全詞之眼目，物象之神理與人情契合，總攝詞情意趣。

黃昇

黃昇（生卒年不詳），字叔暘，號玉林，又稱花菴詞客。建安縣（今屬福建）人。理宗淳祐間在世。早棄科舉，雅意讀書，吟詠自適。編有《唐宋諸賢絕妙詞選》、《中興以來絕妙詞選》（後合稱《花菴絕妙詞選》或《花菴詞選》）。詞集名《玉林詞》，或稱《散花菴詞》。《全宋詞》錄其詞三十九首。

清平樂　宮詞❶

珠簾寂寂。愁背銀釭❷泣。記得少年初選入。三十六宮❸第一。　當時掌上承恩❹。而今冷落長門❺。又是羊車❻過也，月明花落黃昏。

【注釋】❶宮詞　以宮中生活為題材的詩詞。中唐王建始以〈宮詞〉為題作詩百首。❷銀釭　銀燈。晏幾道〈鷓鴣天〉（彩袖殷勤捧玉鐘）：「今宵剩把銀釭照，猶恐相逢是夢中。」❸三十六宮　極言宮殿之多。班固〈西都賦〉：「離宮別館，三十六所。」❹當時句　言當初窈窕善舞，承受恩寵。相傳漢成帝之后趙飛燕體態輕盈，能為掌上舞。❺而今句　言如今失寵居冷宮。長門，漢宮名。司馬相如〈長門賦序〉：「孝武皇帝陳皇后時得幸，頗妒，別在長門宮，愁悶悲思。」後以「長門」借指冷宮。❻羊車　宮中羊拉的小車。《晉書・后妃傳上・胡貴嬪》：「（晉武帝）常乘羊車，恣其所之，至便宴寢。宮人乃取竹葉插戶，以鹽汁灑地，而引帝車。」後以羊車降臨指宮人得寵。

【語譯】珠簾寂靜無聲，愁眉背燈暗泣。記得年少初選入，宮中稱第一。　當年妙舞承恩寵，而今冷落居長門。又見羊車經過，月明花落送黃昏。

【研析】詞題「宮詞」，抒寫後宮女子寂寞幽怨之情。

詞作入筆即呈現出珠簾下背燈掩泣的女子形象，淒寂中彌漫無限幽怨，暗示出女子境遇堪悲。「記得」二句道出女子身世際遇，扣合「宮詞」。回想年少入宮時美貌冠絕六宮情形，有如白居易筆下的楊貴妃：「六宮粉黛無顏色。」（〈長恨歌〉）然而一切都成過往，如今追想徒增悲傷，故而筆調輕淡且不無感慨。

過片承「三十六宮第一」，用趙飛燕典故言當年承恩專寵；「而今冷落長門」用陳阿嬌典故，言今日之失寵淒怨，呼應起首「珠簾」二句。結末兩句承前描狀「冷落長門」之日常情景：一次又一次心懷期待卻黯然失望地目送「羊車」過門而不入，淒涼孤寂中日復一日迎送黃昏，伴守月明花落，可謂哀怨憂傷無盡時。詞作章法清晰，首尾寫實呼應，中間虛筆追想，虛實相襯，今昔對比，詞情含蓄而深切，人物情態鮮明。

李振祖

李振祖（西元一二一一—？年），字起翁，號中山。閩縣（治所在今福建福州）人。寶祐四年（西元一二五六年）登第。《全宋詞》錄其詞一首。

浪淘沙

春在畫橋❶西。畫舫❷輕移。粉香何處度漣漪。認得一船楊柳外，簾影垂垂。
誰倚碧闌低。酒暈❸雙眉。鴛鴦並浴燕交飛❹。一片閒情春水隔，斜日人歸。

【注釋】❶畫橋　橋之美稱。❷畫舫　裝飾華美的遊船，亦作船之美稱。❸酒暈　酒後臉上泛起的紅暈。蘇軾〈紅梅〉：「寒心未肯隨春態，酒暈無端上玉肌。」❹交飛　齊飛。歐陽脩〈初夏西湖〉：「萍匝汀洲魚自躍，日長欄檻燕交飛。」

【語譯】春在畫橋西。畫舫輕漾，何處粉香飄過漣漪。楊柳外，見有一船，船上簾影低垂。

是誰低倚碧欄杆？酒暈泛雙眉。鴛鴦並浴，雙燕齊飛。一片愁情隔春水，夕陽下，遊人歸。

【研析】這是一首清麗而略顯香豔的春遊小詞。

首句點明時令及地點。然而春到人間處處春，何以言「春在畫橋西」？且隨詞筆賞覽「畫橋西」之春：橋西湖面上畫舫輕輕搖蕩，微風吹拂，漣漪蕩漾，不知何處飄來淡淡的粉香。不遠處，楊柳青青，依稀見有一船，船上簾幕低垂。

上片所寫如一組湖上春遊鏡頭緩緩搖過，定格在楊柳掩映中的一艘遊船。過片描繪船上風光，彷彿將鏡頭推近，清晰可見一女子斜倚低矮的碧欄杆，酒暈映襯雙眉，嬌美如畫。船上佳人是誰？為何酒後獨倚碧欄？情餘言外，接以景語「鴛鴦並浴燕交飛」，為佳人眼中之景。鴛鴦春燕之歡好令佳人悵然：「一片閒情春水隔。」「閒情」指愁情，如馮延巳〈鵲踏枝〉：「誰道閒情拋擲久？每到春來，惆悵還依舊。」「春水隔」則見出「一片閒情」為別怨離愁。漫漫春水阻隔，佳人黯然遠望，直到「斜日人歸」。

全詞意脈流暢，筆調輕快，詞情蘊藉。

薛夢桂

薛夢桂（生卒年不詳），字叔載，號梯飆。永嘉縣（治所在今浙江溫州）人。寶祐元年（西元一二五三年）進士及第。官至平江倅。《全宋詞》錄其詞四首。

醉落魄

單衣乍著。滯寒❶更傍東風作。珠簾壓定銀鉤索❷。雨弄新晴，輕旋玉塵❸

落。花唇巧借妝紅約❹。嬌羞纔放三分萼。樽前不用多評泊❺。春淺春深，都向杏梢覺。

【注　釋】❶滯寒　餘寒；殘寒。❷珠簾句　銀鉤幔索穩壓珠簾。庾信〈夢入堂內〉：「幔繩金麥穗，簾鉤銀蒜條。」倪璠注：「言金繩如麥穗，銀鉤若蒜條，象其形也。」蘇軾〈哨遍〉：「睡起畫堂，銀蒜押簾，珠幙雲垂地。」❸玉塵　喻細雨。楊萬里〈觀荷上雨〉：「細雨沾荷散玉塵，聚成顆顆小珠新。」❹花唇句　言花瓣初綻，如巧手塗飾唇紅。約，塗飾。梁簡文帝蕭綱〈美女篇〉：「約黃能效月，裁金巧作星。」❺評泊　評說；評論。

【語　譯】初換單衣，殘寒更伴東風吹。銀鉤幔索，垂壓珠簾穩。細雨撩弄新晴，雨絲輕旋，飄落似玉塵。

花蕾微吐，如巧手塗點紅唇。嬌羞綻放才三分。且舉杯，勿多評論。春色深或淺，都在杏花梢頭見。

【研　析】這是一首題詠早春的詞作。

上片首二句點明初春：單衣初試，東風吹拂，殘寒未盡。「珠簾」句言室內，承「滯寒」句，因風起寒襲，故而壓定珠簾以擋風避寒。「雨弄新晴」二句描寫室外景象：春雨新晴，亦雨亦晴，風吹雨絲，晴光輝映，飄落如玉塵。筆調簡明貼切，形象生動。

下片筆墨凝聚於含苞初放的杏花。前兩句正筆描狀，以擬人筆法呈現一荳蔻少女巧手塗點唇紅，神情嬌羞，風姿才露三分。對此美妙風光，只當把酒靜賞，不容「多評泊」。春色淡而濃，春意淺而深，一切都在杏花枝頭。賞杏花而知三春，亦無需「多評泊」。「樽前」三句乃為側筆烘托。

詞作脈絡清晰，描寫細膩傳神，點面結合，情調欣悅明快。

眼兒媚　綠牋

碧筒新展綠蕉芽❶。黃露灑榴花❷。蘸煙染就❸，和雲捲送，秋水人家❹。

只因一朵芙蓉月❺，生怕黛簾遮❻。燕銜不去，雁飛難到❼，愁滿天涯。

【注釋】❶碧筒句　言鋪開綠箋如芭蕉初展新葉。碧筒，指未展開的芭蕉新葉，喻綠箋捲筒。❷黃露句　指綠箋底紋圖案。《初學記》卷二〈天部・露〉：「露之異者有朱露、丹露、玄露、青露、黃露。」❸蘸煙句　指染墨作書。煙，指煙墨。梁簡文帝蕭綱〈與湘東王書〉：「徒以煙墨不言，受其驅染；紙札無情，任其搖襞。」❹和雲二句　言收捲雲箋寄予秋水人家。賀鑄〈夏夜懷寄傳道〉：「雲牋儻寫寄，珍重未相忘。」❺芙蓉月　喻佳人貌美若月下芙蓉。《西京雜記》卷二：「文君姣好，眉色如望遠山，臉際常若芙蓉。」❻黛簾遮　指女子愁眉不展。黛，青黑色的顏料，古時女子用於畫眉。❼燕銜二句　指書信無法傳遞。李白〈擣衣篇〉：「忽逢江上春歸燕，銜得雲中尺素書。」

【語譯】鋪開綠箋，如芭蕉展新芽，榴花點點黃露灑。染墨作書，收捲雲箋，欲寄秋水人家。　只為花容月貌，深怕愁眉垂掛。春燕銜書飛不去，鴻雁傳信難到達，愁緒彌漫天涯。

【研析】這首題詠「綠牋」的詞作，實則敘寫了一段展箋作書寄佳人之情事。起句切題而入，但並非靜態描繪，而是描述鋪展綠箋之動態，為作書之前奏。其「新展綠蕉芽」之喻當從「蕉葉題詩」而來，如白居易〈春至〉云「閒拈蕉葉題詩詠」、方干〈題越州袁秀才〉云「坐牽蕉葉題詩句」。「黃露」句順承描寫展開的綠箋底紋圖案：榴花點點似黃露灑落。此句為全詞僅有的描狀綠箋之筆。「蘸煙」三句敘述作書、收捲、欲寄之過程。筆調簡潔而詩情畫意充溢其中。

下片承「秋水人家」，抒寫對秋水伊人的思念之情。「只因」二句從佳人著筆，點出作書欲寄之原由：深怕佳人之花容月貌因愁眉不展而傷損。「芙蓉月」喻佳人美如月下芙蓉，「黛簾遮」狀佳人眉睫低垂之愁容。分而言之，比喻描狀均稱貼切，但合而言之，謂「一朵芙蓉月」怕被「黛簾遮」，則似通非通，失之生澀。意欲寄書以解佳人別怨，然而「燕銜不去，雁飛難到」，書信無由寄達，思念之愁緒彌漫天涯。

詞作構思立意在綠箋之功用，描述書箋傳情，寄寓遊子佳人相思別愁。筆調清麗，情韻深婉。

三姝媚

薔薇花謝去。更無情、連夜送春風雨。燕子呢喃，似念人憔悴，往來朱戶。漲綠煙深，早零落、點池萍絮❶。暗憶年華，羅帳分釵❷，又驚春暮。

芳草淒迷征路❸。待去也，還將畫輪留住。縱使重來，怕粉容消膩，卻羞郎覷。細數盟言猶在，悵青樓何處。綰盡垂楊，爭似相思寸縷❹。

【注釋】❶早零落句　言柳絮早已飄落池中，化作浮萍點點。相傳柳絮入水化作浮萍。蘇軾〈水龍吟・次韻章質夫楊花詞〉：「曉來雨過，遺蹤何在，一池萍碎。」❷分釵　喻夫妻別離。梁陸罩〈閨怨〉：「自憐斷帶日，偏恨分釵時。」❸芳草句　芳草萋萋，遊子未歸。《楚辭・招隱士》：「王孫游兮不歸，芳草生兮萋萋。」❹綰盡二句　意謂絲絲垂柳不及寸心縷縷相思。劉禹錫〈楊柳枝詞〉：「長安陌上無窮樹，唯有垂楊綰別離。」歐陽脩〈蝶戀花〉（遙夜亭皐閑信步）：「一寸相思千萬緒，人間沒箇安排處。」綰，牽繞。爭似，怎如。

【語譯】薔薇已凋謝，更有無情風雨，連夜送春歸去。燕語呢喃，似顧念伊人憔悴，往來穿飛朱門玉戶。春水漲，波上翠煙彌漫。柳絮早已飄零入池，化為浮萍點點。暗自追憶似水華年。羅帳分釵別後，驀然驚覺，又到春暮。

萋萋芳草，迢迢征途。那時離去，曾將車馬留住。縱然歸來重逢，怕是玉容愁損，羞見郎君。

細想海誓山盟猶在，悵然不知那人何處冶遊。垂柳絲絲牽繞，怎比寸心縷縷別愁！

【研　析】這是一首傷春懷人詞作。

上片傷春為主。起筆二句即言春去：薔薇花謝，又連夜風雨，送春歸去。此為總筆。「燕子」三句描寫春燕在朱門玉戶間呢喃穿飛畫面，同時以擬人筆法託燕子傳達閨中人之憂傷憔悴。「漲綠」二句描畫春池景象：綠波漫漲，翠煙飄蕩，片片落絮化作點點浮萍。「零落」二字融情於景，與下句「暗憶年華」意脈相連。春華凋零觸發閨婦黯然悵歎韶華漸逝，傷春怨別之愁襲上心頭。「羅帳分釵」句點出別離，導引下文。

下片怨別為主。過片展現芳草萋萋路茫茫之畫面，暗示遊子遠行未歸。「待去也」二句為逆筆，回想當初離去時曾極力挽留。「縱使重來」句以下，回到別離現實，直抒內心重重憂慮愁苦：久別盼重逢，然又怕重逢時玉容憔悴，無顏相見；思念中重溫兩情盟誓，卻又疑心那人留戀青樓不歸。眼前風拂柳絲，牽繞萬端，猶不及心中相思迷亂。

詞作立意脈絡清晰，筆調婉曲，詞情深切。

浣溪沙

柳映疏簾花映林。春光一半幾消魂。新詩未了枕先溫❶。燕子說將❷千萬恨。海棠開到二三分。小窗銀燭又黃昏。

【注　釋】❶枕先溫　指淚溼枕。馮子振〈十八公賦〉：「或悲歌而鉛漬溫枕，或醉舞而袖黏溢觥。」❷說將　訴說。將，語助詞，用於動詞之後。白居易〈賣炭翁〉：「一車炭重千餘斤，宮使驅將惜不得。」

【語　譯】垂柳掩映疏簾，春花輝映柳林。一半春光已逝，令人悵然銷魂。新詩未成，淚已溼枕。　燕子呢喃，訴說千愁萬恨。海棠花開二三分。小窗燭光，又到黃昏。

【研　析】這是一首傷春小詞。起句寫景如畫：綠柳，疏簾，春花，相映成輝，明麗的春色中透出寂靜氛圍，「疏簾」則暗示出簾下之人。「春光」二句抒寫簾下人之傷春情懷。「春光一半」承前而轉，「一半」謂春光已逝去一半，春光僅剩下一半，傷春惜春之情寓於其中，遂有「幾消魂」之感愴。觸景傷懷，吟詩遣愁，詩未成，淚已千行。「新詩」句承「消魂」而來，「枕先溫」之「溫」字，含蓄生新而不晦澀。

下片一句一畫面，融情於景，或顯或隱。過片承前，借燕語傾訴千愁萬恨，可謂以情馭景，寄情顯豁。接下兩幅畫面，蘊情隱幽：海棠花開二三分，則時在春分前後，與上片「春光一半」呼應，隱含傷春之情；小窗燭光映黃昏，則窗下獨伴銀燭對黃昏之人呼之欲出，淒涼憂傷之情溢於言外，「又黃昏」見出詞中人對時光流逝的歎惋和無奈。

曾　揆

曾揆（生卒年不詳），字舜卿，號懶翁。南豐縣（今屬江西）人。《全宋詞》錄其詞五首。

西江月

檐雨輕敲夜夜，墻雲低度朝朝。日長天氣已無聊。何況洞房❶人悄。　眉共新荷不展，心隨垂柳頻搖。午眠彷彿見金翹❷。驚覺數聲啼鳥。

【注　釋】❶洞房　指深閨。溫庭筠〈酒泉子〉（花映柳條）：「近來音信兩疏索，洞房空寂寞。」❷金翹　指鳥尾。宋庠〈鸂鶒〉：「露溽金翹潤，菰香錦臆肥。」

【語　譯】夜夜細雨輕敲屋簷，朝朝低雲飄浮牆頭。白日漸長，已覺百無聊賴，何況深閨人靜聲悄。眉似新荷未展，心隨垂柳搖曳不定。午睡彷彿見春鳥，數聲啼鳴驚夢。

【研　析】這是一首閨怨詞作。起筆二句描寫夜夜春雨淅瀝，朝朝低雲飄浮。工整的對偶句式傳達出沉鬱滯重情致：夜夜無眠，靜聽簷雨輕滴；朝朝憑欄，凝望雲霧度牆。可見鎮日百無聊賴之境況，接下「日長」二句即直言此番悵落孤寂情境。

上片渲染情境，下片進而展露境中人之情懷。前兩句分別描述愁眉不展、心神不寧，一如未展之「新荷」，一如頻搖之「垂柳」，以景喻情，信手拈來，渾然天成。末兩句言啼鳥驚破午夢：日長無聊，慵睏午眠，卻被數聲啼鳥驚醒。「彷彿見金翹」乃因啼鳥驚夢而揣度或許夢見春鳥，想像有新意，與前二句相貫，花柳春鳥，意象協調。

卷四

吳文英

吳文英（生卒年不詳），字君特，號夢窗，晚號覺翁。四明（今浙江寧波）人。與翁元龍、逢龍為親伯仲。曾為蘇州倉臺幕僚，與榮嗣王趙與芮、吳潛、尹煥等交遊，約卒於宋理宗景定年間（西元一二六〇—一二六四年）。知音律，能自度曲。有《夢窗甲乙丙丁稿》。《全宋詞》錄其詞三百四十一首。

八聲甘州

陪庾幕諸公秋登靈巖❶

渺空煙四遠，是何年、青天墜長星❷。幻蒼崖雲樹，名娃金屋❸，殘霸宮城❹。箭徑酸風射眼❺，膩水染花腥❻。時靸雙鴛響，廊葉秋聲❼。

宮裏吳王沈醉❽，倩五湖倦客，獨釣醒醒❾。問蒼波無語，華髮奈山青。水涵空❿、闌干高處，送亂鴉、斜日落漁汀。連呼酒，上琴臺⓫去，秋與雲平。

【注釋】❶陪庾幕句　庾幕，即倉幕。此指蘇州提舉常平司（簡稱倉臺）幕府。據夏承燾《吳夢窗繫年》，夢窗三十歲左右曾在蘇州為倉臺幕僚。靈巖，山名，在今江蘇省蘇州市。范成大《吳郡志》卷十五：「靈巖山即古石鼓山，又名硯石山。

……今按《吳越春秋》、《吳地記》等書云：闔閭城西有山號硯石山，高三百六十丈，去人烟三里，在吳縣西三十里。上有吳館娃宮、琴臺、響屧廊。山上有西施洞、硯池、翫月池。山頂之池有葵蒓，夏能去熱，秋則去寒。」❷青天墜長星　謂靈巖乃青天之墜星。長星，彗星。此泛指巨星。❸名娃金屋　指吳王夫差為西施所築館娃宮。名娃，指西施。金屋，用漢武帝「金屋藏嬌」典故。❹殘霸宮城　指吳王夫差宮苑。殘霸，指吳王夫差，曾稱霸諸侯而終為越王句踐所滅。❺箭徑句　言採香徑上秋風勁吹。箭徑，採香徑。范成大《吳郡志》卷八：「採香逕在香山之傍小溪也。吳王種香於香山，使美人泛舟於溪以採香。今自靈巖山望之，一水直如矢，故俗又名箭涇。」酸風，秋風。李賀〈金銅仙人辭漢歌〉：「東關酸風射眸子。」❻膩水句　言香水溪浸染脂粉。范成大《吳郡志》卷八：「香水溪在吳故宮中，俗云西施浴處，人呼為脂粉塘。吳王宮人濯粧於此，溪上源至今馨香。」杜牧〈阿房宮賦〉：「渭流漲膩，棄脂水也。」❼時靸二句　言西施在響屧廊行走，與秋聲相諧。靸，穿（拖鞋）。雙鴛，指女鞋，鴛鴦形或繡有鴛鴦圖案。范成大《吳郡志》卷八：「響屧廊在靈巖山寺。相傳吳王令西施輩步屧，廊虛而響，故名。」❽宮裏句　言吳王夫差與西施在宮中歡醉。李白〈烏棲曲〉：「吳王宮裏醉西施。」❾倩五湖二句　意謂讓范蠡清醒地獨釣五湖。五湖倦客，指范蠡。《國語・越語下》載范蠡輔佐越王句踐滅吳後，「乘輕舟以浮於五湖，莫知其所終極。」范蠡意識到越王句踐「可與共患難，不可與共樂」，功能身退，垂釣自樂，得以保身。《楚辭・漁父》：「舉世皆濁我獨清，眾人皆醉我獨醒。」❿水涵空　水天相融。孟浩然〈臨洞庭贈張丞相〉：「八月湖水平，涵虛渾太清。」⓫琴臺　在靈巖山上，相傳為西施彈琴之處。

【語　譯】長空無際，雲煙浩渺，何年青天落下這顆巨星？山崖蒼蒼，古木森森，奇景如幻，有西子金屋，吳王宮城。採香徑上秋風刺眼，溪水漲膩，飄浮花香。秋葉飄墜，時有踏廊聲響。　宮裡吳王歡醉，范蠡得以泛舟五湖，煙波垂釣，一人獨醒。試問蒼波無語，奈何鬢髮花白，山色青青？秋水長天相融，高閣憑欄，目送亂鴉紛紛，夕陽灑落漁汀。連聲呼酒，登上琴臺，天曠秋高雲平。

【研　析】這是一首登臨懷古詞作。

上片以「渺」字領起寫景，以「幻」字引入懷古。此二字實為詞中所展現的古與今、景與情之交匯點。長空煙渺，往事如夢似幻，秋日登臨，情何以堪！夢窗擅詞藻，重典故。靈巖山為當年吳王夫差與西施行樂之處，上有館娃宮、琴臺、響屧廊、採香徑等古跡。詞中幾乎將這些古跡一一點到，然而又融入深深的懷古之意。那館娃宮，「名娃金屋」，曾是吳王藏嬌之金屋，如今只餘斷井頹垣；那採香徑，曾經水漲脂膩，花染粉香，如今亦只餘「酸風射眼」；還有那響屧廊，曾有美人木屐環響，如今只見廊前木葉飄零，颯然蕭瑟。

過片轉入抒發感慨。「沉醉」的吳王，「獨醒」的范蠡，醉、醒成鮮明對比，「倩」字則透露出兩者之間深長的因果意味：吳王之歡醉，致使范蠡乘機輔佐越王復仇滅吳，功成身退，獨釣五湖。昔人往矣，世事變幻，蒼波見證了一切，問之則無語。此「問」流露出深深的歷史滄桑感慨；「華髮」句則悵歎年華流逝，人生遲暮。登臨古跡，面對沉默無情之山水，憑欄遠眺，又見漁汀落日，亂鴉歸飛，詞人愁情鬱積，終歸遣懷於豪放之舉：「連呼酒，上琴臺去，秋與雲平」。其情境令人想到李白〈宣州謝脁樓餞別校書叔雲〉：「棄我去者昨日之日不可留，亂我心者今日之日多煩憂。長風萬里送秋雁，對此可以酣高樓。」雖說遠不及其筆力之雄健、氣勢之雄渾，但情勢頗為相近。

聲聲慢

閏重九飲郭園❶

檀欒金碧❷，婀娜蓬萊❸，游雲不蘸芳洲❹。露柳霜蓮，十分點綴殘秋。新彎畫眉未穩❺，似含羞、低度墻頭。愁送遠，駐西臺❻車馬，共惜臨流。知道池亭多宴，掩庭花、長是驚落秦謳❼。膩粉闌干，猶聞憑袖香留❽。輸他翠漣拍甃❾。瞰新妝、時浸明眸。簾半捲，帶黃花、人在小樓❿。

【注釋】❶閏重九飲郭園　詞題一作「陪幕中餞孫無懷於郭希道池亭，閏重九前一日」。郭園，即郭希道池亭。夏承燾《吳夢窗繫年》考定此詞作於理宗紹定五年（西元一二三二年）。當時詞人為蘇州倉臺幕僚。❷檀欒句　指修竹掩映金碧樓臺。檀欒，美好的樣子。此代指竹。語出枚乘〈梁王菟園賦〉：「修竹檀欒夾池水。」❸婀娜句　指池岸楊柳垂拂。婀娜，垂柳搖曳的樣子。蓬萊，指池沼。唐代禁苑有蓬萊池。❹游雲句　言俗塵不到芳園。游雲，指俗塵。❺新彎句　言新月如尚未畫好的蛾眉。❻西臺　指蘇州倉臺。❼秦謳　指優美動聽的歌聲。《列子・湯問》：「薛譚學謳于秦青，未窮青之技，自謂盡之，遂辭歸。秦青弗止，餞於郊衢，撫節悲歌，聲振林木，響遏行雲。」❽膩粉二句　言欄杆留有衣袖粉香。❾翠漣拍甃　指碧波蕩擊池壁。甃，井壁。此指池壁。❿簾半捲二句　簾幕半捲，黃花映帶，人依小樓。李清照〈醉花陰〉：「莫道不消魂，簾卷西風，人比黃花瘦。」姜夔〈滿江紅〉(仙姥來時)：「又怎知、人在小紅樓，簾影間。」

【語　譯】修竹青青，掩映金碧樓臺，池邊楊柳婀娜拂蕩，芳園未沾一絲塵埃。翠柳綠荷染霜露，點綴滿園殘秋。新月一彎掛牆頭，似佳人畫眉未就，含羞低首。遠別惆悵相送，車馬西臺暫駐，臨流惜別，共話依依離愁。

聞知池亭多歡宴，歌聲嘹亮。庭花常驚落，憑欄拂袖留粉香。不如那樓前碧波蕩漾，時常窺見美人新妝，映照倩影凝眸。珠簾半捲，黃花映帶，人依小樓。

【研　析】這是一首餞別詞作，時為閏重九，乃晚秋時節，地點在「郭園」。秋日園林景象以及離情別緒為題中之意。詞作上片寫景為主。起筆「檀欒」三句為總體描畫：翠竹掩映，樓臺金碧，楊柳婀娜，池水清澈，美如仙境，不染一絲塵埃。句法上，前兩句精煉工穩，後一句疏放流動，疏密相間，節奏錯落，韻致跌宕。用語典麗，「檀欒」(語出枚乘〈梁王菟園賦〉之「修竹檀欒夾池水」)、「金碧」、「婀娜」，均以狀詞代指物象，則失之隱晦，張炎《詞源》謂其「太澀」。「露柳」二句拈出霜露中的園柳、池荷，點綴滿園殘秋之色。「新彎」二句描寫牆頭一彎新月臨照，似佳人畫眉未就，含羞低首。以上均為郭園餞別鋪墊背景氛圍，「愁送遠」三句描述送別場景：車馬暫駐，臨流話別。筆調簡括，而「送遠」、「共惜」二語則見出深深別情。

詞作下片撇開眼前別宴，轉而描述郭氏池亭時常之歌宴情形，以「知道」二字領起，意謂「池亭多宴」之盛況早已耳聞。「掩庭花」句以下為虛筆，乃身處其地之想像場景：歌聲嘹亮，驚落庭院之花；欄檻留香，想見佳人憑欄飄袖之風姿；樓前池水蕩擊，想見佳人新妝，波映明眸。「猶聞」、「輸他」二語流露出詞中人臨別心有所念，末尾亮出所念之人：人倚小樓，珠簾半捲，黃花映帶。其情境頗似李清照〈醉花陰〉(薄霧濃雰愁永晝)：「莫道不消魂，簾卷西風，人比黃花瘦。」寂寞淒涼之情溢於字裡行間。

詞作色調富麗，雕詞鏤句不無晦澀之嫌，但意脈貫通，上片實筆繪景，下片虛筆傳情，虛實相承，情景相映，情韻幽隱。

青玉案

短亭芳草長亭柳❶。記桃葉❷、煙江口。今日江村重載酒。殘杯不到，亂紅青塚❸，滿地閒春繡❹。

翠陰曾摘梅枝嗅❺。還憶秋千玉葱手。紅索捲將春去後。薔薇花落，故園蝴蝶，粉薄殘香瘦。

【注　釋】❶短亭句　言送別之處芳草淒迷，楊柳垂拂。長亭短亭，古代道邊供行旅停息所建之亭舍。大約十里一長亭，五里一短亭。庾信〈哀江南賦〉：「十里五里，長亭短亭。」❷桃葉　東晉王獻之愛妾。此借指侍妾。❸青塚　原指漢王昭君墓，傳說當地多白草而此塚草獨青，故名。後泛指墳墓。❹春繡　春色如繡。曹勛〈西江月〉：「春繡東風疑早，映簷翠箔低籠。」辛棄疾〈粉蝶兒〉：「昨日春如，十三女兒學繡。」❺翠陰句　曾於綠蔭下摘梅聞香。李清照〈點絳脣〉（蹴罷秋千）：「和羞走。倚門回首，卻把青梅嗅。」

【語　譯】長亭短亭，芳草萋萋，垂柳依依。難忘懷，佳人相別，煙迷江口。今日攜酒，江村重遊。杯盡人不到，落紅映青塚，春光閒逸，滿地花草如錦繡。　綠蔭下，曾折梅花輕嗅。秋千上，還記得纖纖玉蔥手。紅索悠悠蕩春歸。薔薇花謝，故園蝴蝶，粉褪香殘自憔悴。

【研　析】這大概是一首傷悼佳人的詞作。上片抒寫「今日江村重載酒」之傷感，逆筆而入，首二句追想昔日與佳人長亭相別情事。長亭、短亭、芳草、楊柳、煙江口等一連串意象，渲染出無盡的別離愁緒，「桃葉」之稱則見出兩人愛戀情深。愛之愈深，傷之愈切，如今攜酒重遊，落紅紛紛，春色如錦，然而物是人非，香銷玉殞，獨把殘杯對青塚，何其傷悲！「亂紅青塚」之畫面，麗景含深悲，觸目傷心。「滿地閒春繡」，佳人已逝，春色依舊，草木之無情反襯人之傷悲，有似「人面不知何處去，桃花依舊笑春風」，樂景寫悲情，更顯其悲。

詞作下片前兩句追憶歡聚時光，呈現出兩個佳人遊樂畫面：綠蔭下攀摘梅枝輕嗅；秋千上纖纖玉手輕蕩。深情追懷，傷悲無盡。「紅索」句從追憶回到現實，人逝春歸，薔薇凋零，蝴蝶在寂靜中飛舞；故園獨步，粉褪香殘人憔悴。「春去」、「花落」、「粉薄殘香瘦」等用語，描述春歸花殘景象，映襯出詞中人難以言表的深深傷悼情懷。

本詞狀景華麗，寄情蘊藉，脈絡清晰，絢美流暢，無晦澀之嫌。

又

新腔一唱雙金斗❶。正霜落、分甘手❷。已是紅窗人倦繡❸。春詞裁燭，夜香溫被，怕減銀壺漏❹。

吳天雁曉雲飛後❺。百感情懷頓疏酒。綵扇何時翻翠袖。歌邊拚取❻，醉魂和夢，化作梅花瘦。

【注釋】❶金斗　指酒杯。曾覿〈點絳脣〉（璧月香風）：「滿斟金斗，且醉厭厭酒。」❷分甘手　指纖手分柑。此化用周邦彥〈少年遊〉（并刀如水）：「纖指破新橙。」甘，通「柑」。柑橘。《藝文類聚》卷八十六〈菓部·甘〉：「《風土記》曰：甘，橘之屬，滋味甜美特異者也。有黃者，有赬者，謂之胡甘。」❸倦繡　指人倦停繡。陳策〈滿江紅〉：「倦繡人間，恨春去、淺顰輕掠。」❹銀壺漏　銀製漏壺，又稱銀漏，古代計時器。秦觀〈阮郎歸〉：「碧天如水月如眉，城頭銀漏遲。」❺吳天句　曉雁伴雲飛吳天，喻佳人歸吳。劉長卿〈吳中聞潼關失守因奉寄淮南蕭判官〉：「一雁飛吳天，羈人傷暮律。」❻歌邊句　意謂歌酒盡情歡醉。拚取，盡情不顧。晏幾道〈鷓鴣天〉：「彩袖殷勤捧玉鐘，當年拚卻醉顏紅。」

【語　譯】唱罷新曲，雙雙把杯醉歡。時值霜降，纖纖玉手分柑。紅窗佳人，停針罷繡身慵倦。裁燭賦春詞，夜香暖鴛被，只恐銀漏聲聲良夜短。　雁歸吳天曉雲飛。愁懷萬端，杯酒頓疏離。彩扇翻翠袖，重見知何日。歌酒盡歡，醉魂隨幽夢，化作憔悴身影對梅枝。

【研　析】這是一首思念佳人的詞作。上片重現歡聚場景：佳人歌罷新曲，與「我」把杯歡飲，纖纖玉手為「我」分柑破橙。夜闌人倦，佳人停針罷繡，「我」則裁燭賦春詞。香暖鴛被，銀漏聲聲，良宵苦短。筆調明快，歡情充溢。「怕減銀壺漏」則流露出對美好時光難久長的憂慮，暗示出別離情事。

下片抒寫別後相思之苦。佳人歸吳去後，心中愁緒萬端，頓然疏離酒盞。別離苦，盼重逢：「綵扇何時翻翠袖。」何日能再見佳人曼妙歌舞？再相見，未有期，只願夢相隨，結末三句言不惜一切歌筵求醉，離魂入夢，憔悴對梅枝。其思念之悲苦、愛戀之堅毅有似「衣帶漸寬終不悔，為伊消得人憔悴」（柳永〈鳳棲梧〉）。「醉魂和夢，化作梅花瘦」，幽邈淒清中蘊含無限傷悲。

詞作脈絡清晰。上片追述相聚情境，筆調疏快，歡欣之情融於其間；下片傾訴別情，筆致跌宕，愁懷沉鬱，虛筆夢境作結，韻味雋永。

好事近

飛露灑銀牀❶，葉葉怨梧啼碧❷。蘄竹❸粉連香汗，是秋來陳跡。藕絲空纜宿湖船，夢闊水雲窄。還繫鴛鴦不住，老紅❹香月白。

【注　釋】❶銀牀　銀飾井架。梁庾肩吾〈侍宴九日〉：「玉醴吹巖菊，銀床落井桐。」❷葉葉句　言秋風中梧桐碧葉似怨啼。啼，原作「題」，據柯本校改。❸蘄竹　湖北蘄州所產之竹。此代指簟席。白居易〈病中逢秋招客夜酌〉：「臥簟蘄竹涼，風襟邛葛疎。」❹老紅　指行將委謝的荷花。李賀〈昌谷詩〉：「層圍爛洞曲，芳徑老紅醉。」

【語譯】秋露灑落銀色井床，碧梧枝葉在風中怨啼。簟席上脂粉香汗，秋來都成往日陳跡。　夜宿湖船，藕絲空縈繞，夢闊千里水雲窄。鴛鴦分飛留不住，花老香殘秋月白。

【研析】這是一首秋日懷人詞作。上片前兩句狀景，為實筆，描繪秋日淒怨景象：「露灑銀牀」，已見幾分淒清；「怨梧啼碧」，尤顯深深秋怨。景中映現出沉默幽怨之人影。「蘄竹」二句展露景中人之思緒，為虛筆，追想佳人夏日簟席納涼、脂粉香汗和融情形，如今秋來，一切都成過往陳跡。睹跡思人，黯然神傷。

上片場景在庭院室內，下片轉到湖上。獨宿湖船，自會想起往日攜手遊湖賞荷之歡，而今蓮藕徒然繫住行船，卻不能留住佳人，所謂「還繫鴛鴦不住」。其思路筆趣與詞人〈糖多令〉（何處合成愁）相類：「垂柳不縈裙帶住，漫長是、繫行舟。」相思入夢，夢飛浩闊千里，覺來依然身困一方水雲之間，荷花老去，殘香空留，冷月映照，令人無限傷悲。

詞作怨別情深，筆調幽邃，用語琢煉，如「怨梧啼碧」、「藕絲纜船」、「夢闊水雲窄」、「老紅香月白」等頗見爐錘之功。

糖多令

何處合成愁。離人心上秋❶。縱芭蕉、不雨也颼颼。都道晚涼天氣好，有明月、怕❷登樓。

年事❸夢中休。花❹空煙水流。燕辭歸、客尚淹留❺。垂柳不縈裙帶❻住，漫長是、繫行舟。

【注　釋】❶何處二句　意謂別離中人感秋悲愁。句中暗用拆字法，把「愁」字拆為「心」、「秋」二字。❷怕　原作「倦」，據柯本校改。❸年事　經年往事。❹花　原作「波」，據柯本校改。❺燕辭歸句　言歌姬辭歸，己尚滯留。此句化用曹丕〈燕歌行〉：「群燕辭歸雁南翔，念君客遊思斷腸。慊慊思歸戀故鄉，何為淹留寄他方。」❻裙帶　代指歌姬。

【語　譯】何處生成愁？離別情懷又悲秋。即便無雨，芭蕉隨風聲颼颼。都說秋晚清涼天氣好，明月當空，我卻怕登樓。　經年往事夢中休，花落空寂煙水流。佳人辭歸，我尚客地淹留。垂柳不把佳人留，徒然繫住我的行舟。

【研　析】黃昇《花菴詞選》錄此詞題作「惜別」，詞作抒寫秋日惜別佳人之愁，「離人心上秋」為總攝詞情之句。

詞作以一問一答切入，巧用拆字法，將「愁」解為「離人心上秋」，字形、時令、情事三者俱合，可謂形神兼妙。「縱芭蕉」句反用「雨打芭蕉」之淒涼意象，跌宕中凸顯秋之悲涼。李光〈寄內〉云：「梟梟秋風度泬寥，臥聞微雨打芭蕉。」雨打芭蕉，不勝愁苦。然而即便無雨，那蕉葉在秋風中颼颼作響，亦如宋玉〈九辯〉所云「悲哉秋之為氣也，蕭瑟兮草木搖落而變衰」，何其肅殺淒涼！「都道」三句欲抑先揚，先借眾言稱揚秋高氣爽天氣好，晚來清涼，朗月當空，正是登高賞月好時節，然後突轉急墜：「怕登樓。」「怕」字包蘊離人心中無限傷悲：登樓望遠，不見其人，對月相思，其情何堪！

詞作下片呼應上片「離人」，抒寫別後愁苦情懷。「年事」二句悵歎經年歡聚之事，如春夢消逝，如花落水流，杳無尋處。幽豔淒迷之境映襯出詞中人對美好情事的留戀和憶念心境，導引出對佳人離去的反復歎惋：「燕辭歸」句以燕代指佳人，直述燕歸客留之境況，言語間充溢深深的傷別之情；「垂柳」二句則為傷離怨別之極的無理責怨，無理而合情，其思路與晏殊〈踏莎行〉（細草愁烟）之「垂楊只解惹春風，何曾繫得行人住」相同。

本詞筆調清麗流暢，誠如張炎《詞源》所評：「此詞疏快，卻不質實。」然而陳廷焯《白雨齋詞話》斥其「幾於油腔滑調」，大概指其首二句用拆字法以及「垂柳不縈裙帶住」。此類筆墨自非典雅，「柳縈裙帶」之語略顯淺俗，然謂之「油腔滑調」則過當。

高陽臺　落梅

宮粉雕痕，仙雲墮影❶，無人野水荒灣。古石埋香❷，金沙鎖骨連環❸。南樓不恨吹橫笛，恨曉風、千里關山❹。半飄零、庭院黃昏，月冷闌干❺。壽陽宮裏愁鸞鏡❻，問誰調玉髓，暗補香瘢❼。細雨歸鴻，孤山❽無限春寒。離魂難倩招清些❾，夢縞衣、解佩溪邊❿。最愁人、啼鳥清明，葉底清圓。

【注釋】❶宮粉二句　形容梅花飄零之態。宮粉，脂粉。雕，通「凋」。凋零。劉辰翁〈掃花遊〉（春臺路古）：「漫宮粉堆黃，髻粧啼舊。」❷古石句　指梅花凋落泥石中。《海錄碎事》卷二十一「葬玉埋香」：「《玉溪編事》：王蜀時，秦州節度使王承儉築城，獲瓦棺，中有石刻，曰隋開皇二年渭州刺史張崇妻王氏銘文，有『深深葬玉，鬱鬱埋香』之語。」❸金沙句　以鎖骨菩薩喻泥石中之落梅。《錦繡萬花谷》前集卷二十八「鎖骨菩薩馬郎婦」：「僧問風穴：如何是佛？穴曰：金沙灘頭馬郎婦。世言觀音化身。《續玄語錄》：延州有婦人，甚有姿色。少年子悉與狎。數歲而沒，人葬之道左。大歷中，有胡僧敬禮其墓，曰：『斯乃大慈悲喜捨，俗之欲，無不狥焉。』此即鎖骨菩薩，順緣已盡。眾人開墓，視其骨鉤結皆如鎖狀。遂與起塔。馬郎婦事大率類此。」黃庭堅〈戲答陳季常寄黃州山中連理松枝〉：「金沙灘頭鎖子骨，不妨隨俗暫嬋娟。」❹南樓二句　意謂歎恨的不是樓上笛曲，而是千里關山，曉風落梅紛飛。南樓，原指武昌南樓，晉庾亮曾與僚屬登樓賞月宴樂（參見《世說新語・容止》）。此泛指樓閣。吹橫笛，指吹奏笛曲〈梅花落〉。高適〈塞上聽吹笛〉：「雪淨胡天牧馬還，月明羌笛戍樓間。借問梅花何處落，風吹一夜滿關山。」蘇軾〈水龍吟〉（似花還似非花）：「不恨此花飛盡，恨西園、落紅難綴。」高觀國〈聲聲慢〉（壺天不夜）：「乍醉醒，怕南樓、吹斷曉笛。」❺半飄零二句　言庭院梅花半已凋零，冷月昏黃，映照欄杆。林逋〈山園小梅〉：「暗香浮動月黃昏。」庭院，原作「庭上」，據柯本校改。❻壽陽句　意謂壽陽公主為額上落梅拂之不去而對鏡發愁。鸞鏡，鸞鳥圖案裝飾的妝鏡。《太平御覽》卷三十引《雜五行書》：「宋武帝女壽陽公主人日臥於含章殿簷下，梅花落公主額上，成五出花，拂之不去。……宮女奇其異，竟效之。今梅花粧是也。」愁鸞鏡，原作「愁鸞」，據柯本校改。❼問誰調玉髓二句　《拾遺記》卷八載三國時孫和月下舞水精如意，誤傷夫人面頰。太醫以白獺髓雜玉與琥珀屑，治愈無瘢痕。❽孤山　在杭州西湖裡外二湖之間。宋初林逋隱居此山，養鶴種梅。❾離魂句　意謂落梅離魂難以招返。倩，請。些，語氣助詞。黃庭堅〈虞美人〉（平生本愛江湖住）：「慚愧詩翁清些與招魂。」❿夢縞衣句　夢見溪邊仙女解佩。此喻梅花飄零。縞衣，白衣，代指仙女。舊題劉向《列仙傳・江妃二女》載鄭交甫江漢遇神女，請其佩。神女解佩相贈。交甫行數十步，佩與神女皆不見。

【語　譯】梅花凋零，如仙女雲影，飄落在寂靜無人的野水荒灣。古石葬花，似金沙灘頭鎖骨連環。不恨高樓吹橫笛，但恨曉風吹拂，落梅紛飛千里關山。庭院梅花半飄零，冷月昏黃，映照欄杆。　壽陽公主愁對鸞鏡，問何人能調製玉髓，愈合香瘢。鴻雁歸飛細雨中，孤山無限春寒。離魂清幽難招返，夢仙衣飄飄，解佩溪邊。最令人愁，鳥鳴聲聲清亮，葉底青梅潤圓。

【研　析】這是一首題詠落梅的詞作，詞中「古石」二句、「離魂」句語意悲怨，或謂借詠物寄託悼亡之情。

詞筆切題而入，首三句描繪野水荒灣梅花飄零之境。「宮粉」狀其色澤，「雕痕」語含傷怨。起句即顯露香消玉殞情韻。「仙雲」二句烘托落梅之飄渺清寂氛圍。「古石」四句順承而出：前二句承「宮粉」句，言古石葬花；後二句承「仙雲」二句，化用高適詩意，渲染千里關山落梅紛飛景象。「半凋零」二句筆調由動轉靜，落到昏黃冷月下的庭院梅花。「半凋零」三字結上，「庭院黃昏，月冷闌干」之淒清冷寂，可與「仙雲」二句互映，有似林逋「疏影橫斜水清淺，暗香浮動月黃昏」（〈山園小梅〉）。

過片糅合兩則典故，色調與起句遙相呼應，筆調則頗為生新。壽陽梅妝為詠梅常用典故，玉髓補瘢則與落梅本不相干。詞人以「問」字將二者貫通一體，意謂壽陽公主因額上落梅拂之不去而愁對鸞鏡，尋問何人能調製玉髓消除額頭香瘢。此就壽陽而言，「香瘢」指其額上落梅。若對梅花而言，「香瘢」當指枝頭花謝後留下的瘢痕。「香瘢」可兩指，但均為落梅所致。如落梅能返故枝，壽陽額頭抑或梅枝上之「香瘢」均可「暗補」。故而其旨趣實為悵歎落梅難返故枝。下文承此筆意而作三層渲染：「細雨」二句寫景，梅花飄零之後的淒涼清寒中充溢幽怨之情，「歸鴻」、「孤山」二語既承落梅之意，又似別有怨懷。「離魂」二句言招魂、入夢，梅花之清魂難招，化仙入夢。「夢縞衣」句用江妃解佩典故，旨趣在其玉佩仙影終歸虛無。結末「最愁人」二句言葉底青梅圓潤，鳥鳴清亮，可謂生機盎然，而梅花則無處追尋，亦無人追惜，遂令詞人悵然悲歎「最愁人」。此乃以樂景寓悲情，與上文「細語」二句景象相反而相成。

全詞意脈貫通，可謂句句未離「落梅」，筆法上點、染映襯（如「宮粉」句為點，「仙雲」二句為染；「半凋零」為點，「庭院黃昏」二句為染；「最愁人」為點，「啼鳥清明」二句為染），虛、實結合（繪景狀物為實，言情用典為虛）。詞境清幽冷寂，情韻淒怨悵惘。

杏花天

重午❶

幽歡一夢成炊黍❷。知綠暗、汀菰幾度。竹西歌斷芳塵去❸。寬盡經年臂縷❹。

梅黃後、林梢更雨❺。小池面、啼紅怨暮。當時明月重生處。樓上宮眉❻在否。

【注釋】❶重午　農曆五月初五，即端午節。❷幽歡句　言幽歡如黃粱一夢。此用黃粱夢典故。沈既濟《枕中記》載盧生在邯鄲客店中自歎窮困。道士呂翁授其枕。盧生就枕入夢，歷數十年富貴榮華。及醒，店主炊黃粱未熟。黍，糯米。端午習俗，以箬葉或菰葉裹糯米成角形，謂之「角黍」，即粽子。《太平御覽》卷八百五十一〈飲食部‧糉〉引《風土記》曰：「俗以菰葉裹黍米，以淳濃灰汁煮之令爛熟，於五月五日及夏至啖之。一名糉，一名角黍，蓋取陰陽尚相裹未分散之時像也。」❸竹西句　言歌罷佳人離去。竹西，揚州城中地名。此代指揚州。杜牧〈題揚州禪智寺〉：「誰知竹西路，歌吹是揚州。」

芳塵，指佳人步塵。賀鑄〈青玉案〉：「淩波不過橫塘路。但目送、芳塵去。」❹臂縷　指舊時端午節繫於臂以辟邪驅病的五色絲。《荊楚歲時記》載五月五日「以五綵絲繫臂，名曰辟兵，令人不病瘟」。周必大〈太上皇后閤〉：「丹篆釵符小，朱絲臂縷鮮。都無邪可辟，祇有壽方延。」❺梅黃後句　言黃梅雨。陸佃《埤雅》卷十三「梅」：「今江湘二浙四五月之間，梅欲黃落則水潤土溽，礎壁皆汗，蒸鬱成雨，其霏如霧，謂之梅雨。」賀鑄〈青玉案〉（淩波不過橫塘路）：「試問閒愁都幾許？一川煙草，滿城風絮，梅子黃時雨。」❻宮眉　原指宮中流行的畫眉式樣，亦泛指女子畫眉。此代指所戀佳人。歐陽脩〈鷓鴣天〉：「學畫宮眉細細長，芙蓉出水鬭新粧。」

【語　譯】幽情歡娛似黃粱一夢，不知汀洲菰葉幾度繁茂翠綠？竹西歌盡，佳人離去。年年瘦損，寬盡臂縷。梅子黃熟後，林梢又經風雨。池上黃昏，落紅啼泣怨苦。當年明月重出相臨照，樓上佳人還在否？

【研　析】這是一首重午懷人詞作。據詞中「竹西歌斷」、「樓上宮眉」等詞句，所懷之人當為一歌姬。

詞作上片撫今追昔。起句追憶昔日幽鬟如夢，「知綠暗」句感慨今日汀菰不知幾度衰而盛；「竹西」句承起句「幽歡」，回想昔日佳人歌罷飄然離去；「寬盡」句言相思瘦損，如今衣帶寬盡。「經年」與上文「幾度」相呼應。章法上今、昔情景交相映襯，情思悵惘。「炊黍」、「汀菰」、「臂縷」等用語則切合重午節令。

詞作下片融情於景。林梢梅雨飄灑，池面落紅泣怨，暮色迷濛。情境有似賀鑄〈青玉案〉之「試問閒愁都幾許？一川煙草，滿城風絮，梅子黃時雨」，令人無限惆悵！「啼紅怨暮」四字透出紅顏別怨情事，筆調轉而思念佳人：池月東上，映照樓臺，場景恍如當年，而當年之佳人不知在否？言「明月重生」，即指新月，貼合端午夜之月。「明月」為當時之月，新月為今夜之月，「重生處」三字則融貫當時、今夜之情景。「樓上宮眉」為當時之人，今夜則不知在否。物是人非之悵歎、對月相思之愁苦溢於言表。

全詞從追憶舊歡入筆，以追想佳人結筆，句句染情，筆調沉鬱。

風入松

聽風聽雨過清明❶。愁草瘞花銘❷。樓前綠暗分攜路，一絲柳、一寸柔情。料峭春寒中酒❸，交加❹曉夢啼鶯。

西園日日掃林亭。依舊賞新晴。黃蜂頻撲秋千索，有當時、纖手香凝。惆悵雙鴛❺不到，幽階一夜苔生。

【注　釋】❶聽風句　言風雨聲中過清明。周紫芝〈再酬得臣〉：「豈料從遊如夢寐，不知風雨過清明。」清明，節氣名，陽曆四月五日或六日。❷瘞花銘　指葬花詞。瘞，葬。銘，銘文。庾信有〈瘞花銘〉。❸中酒　醉酒；病酒。❹交加　錯雜。秦觀〈望海潮〉（梅英疎淡）：「正絮翻蝶舞，芳思交加。」❺雙鴛　女子繡鞋。形似鴛鴦或有鴛鴦圖飾，故稱。

【語　譯】聽風聽雨過清明，愁緒滿懷擬寫葬花銘。樓前分別之路綠蔭遮掩，那絲絲楊柳，飄拂寸寸柔情。春寒料峭，醉酒入眠，清晨的鶯啼驚破迷亂夢境。

西園林亭，日日清掃，依舊遊賞雨後新晴。黃蜂頻頻飛撲秋千索，想是其上凝留當日纖纖玉手之芳馨。悵歎那雙鴛繡鞋再不能踏入此園，幽寂的石階一夜間長滿苔蘚。

【研　析】這是一首傷悼佳人之詞。佳人蓋別後不久病逝，故詞中「樓前」二句深情追念別離情形。

詞從清明風雨切入，連用兩個「聽」字，見出詞人寂寥愁苦情懷。「瘞花」（葬花）語，筆意承清明風雨而來，風吹雨打，落花飄零，遂有葬花之念，而言「愁草瘞花銘」，筆調莊重沉痛，則非止於傷春惜花之情，當有悼念佳人之意，下文即進入追想、醉夢。「樓前」二句追憶樓前分別情景，融情入景，「分攜」、「柔情」二語點明別情，「綠暗」、「絲柳」為渲染。「料峭」二句言中酒入夢。料峭春寒，更是心寒；醉酒驅寒，更是澆愁。愁思醉酒入夢，曉夢迷亂，啼鶯驚破，悵惘之情可以想見。

下片言雨後新晴，遊賞西園情形。西園當為昔日攜手歡遊之地，如今「日日掃林亭。依舊賞新晴」，為的是重溫昔日留下的美好記憶，「依舊」二字別有一番酸楚情味。下文所言「黃蜂頻撲秋千索」、「幽階苔生」為西園之景，承「賞新晴」而來，但詞人之心思不在賞景，而是置身其境以追念佳人，見黃蜂頻頻飛撲秋千索遂想到「有當時、纖手香凝」，見幽階苔生遂悵歎佳人不能再來。前者暗憶佳人之歡，後者傷悼佳人之亡，悲苦之情充溢其間。意脈旨趣上，首尾呼應，「苔生」照應風雨，花落、人亡相譬喻，「瘞花銘」亦即悼亡詞。

全詞以「情」勝，不雕琢，不用典，細膩深婉，情真意切。

朝中措

晚妝慵理瑞雲盤❶。鍼線傍燈前。燕子不歸簾捲，海棠一夜孤眠❷。　踏青人散，遺鈿❸滿路，雨打秋千。尚有落花寒在，綠楊未褪青綿❹。

【注　釋】❶瑞雲盤　指女子髮式。周密〈杏花天〉：「瑞雲盤翠侵宮額。」❷海棠句　釋惠洪《冷齋夜話》卷一：「東坡作〈海棠〉詩曰：『只恐夜深花睡去，高燒銀燭照紅粧。』事見《太真外傳》曰：上皇登沈香亭，詔太真妃子。妃子時卯醉未醒。命力士從侍兒扶掖而至。妃子醉顏殘粧，鬢亂釵橫，不能再拜。上皇笑曰：『豈是妃子醉，真海棠睡未足耳。』」❸鈿　花鈿，女子首飾。❹青綿　指柳絮。蘇軾〈蝶戀花〉（花褪殘紅青杏了）：「枝上柳綿吹又少。」

【語　譯】慵理晚妝，雲髮盤髻，取來針線坐燈前。燕子不歸，簾幕高捲。海棠一夜孤眠。　踏青人已散去，釵鈿遺落滿路，風雨吹打秋千。落花紛紛春寒，楊柳青青飄綿。

【研　析】這是一首閨怨詞作。上片落筆閨中孤寂之夜。前兩句描述閨婦舉止情態：女為悅己者容，「晚妝慵理」，梳妝而神態慵懶，見出獨守空閨之愁苦情懷；「鍼線傍燈前」，或為遊子縫製衣衫，寄託相思，亦消遣寂寥。後兩句借「燕子」、「海棠」寓託閨婦對遊子歸來的期盼及其長夜孤眠之淒苦。「簾捲」二字為筆脈關節，場景承前，又連貫「燕子」、「海棠」兩種物象：燕子不歸，故而捲簾相待；夜深簾捲，遂見院中海棠孤眠。言「不歸」，有責怨之意，不歸之燕喻指不歸之遊子；言「孤眠」，有寄情於物之意，孤眠之海棠喻指孤眠之閨婦。

下片詞筆轉而描述室外踏青人歸之後的淒涼黃昏。「踏青」二句暗示出白日士女成群春遊之盛況，反襯出閨婦獨守寂寞、聽人笑語之淒苦。捱到黃昏，「笙歌散盡遊人去，始覺春空。」（歐陽脩〈採桑子〉）遊人盡興而歸，閨婦獨對「春空」：默默承受風吹雨打的秋千，春寒中隨風飄零的落花、柳絮，映襯出閨婦內心無盡的淒寒孤怨。

詞作抒寫閨婦日夜孤寂幽怨境況，而筆墨重點落在長夜、黃昏兩個最令空閨少婦傷離怨別的時段，漫漫白日之愁思則於「踏青人散」二句曲折透出，其構思及筆法均堪稱道。

西江月

青梅枝上晚花❶

枝裊一痕雪❷在，葉藏幾豆❸春濃。玉奴❹最晚嫁東風❺。來結梨花幽夢❻。

香力添熏羅被，瘦肌猶怯冰綃❼。綠陰青子老溪橋。羞見東鄰❽嬌小。

【注釋】❶青梅枝上晚花　詞題一作「賦瑤圃青梅枝上晚花」。瑤圃，嗣榮王趙與芮園林，在紹興。❷一痕雪　指梅花。楊萬里〈郡齋梅花〉：「月朵千痕雪半梢，便無雪月更飄蕭。」❸豆　指梅子。歐陽脩〈漁家傲〉（四月園林春去後）：「葉間梅子青如豆。」❹玉奴　指南朝齊東昏侯妃潘氏，小名玉兒，詩詞中多稱玉奴。此喻梅花。蘇軾〈次韻楊公濟奉議梅花〉：「月地雲階漫一樽，玉奴終不負東昏。」❺嫁東風　在春風中飄零而去。李賀〈南園〉：「可憐日暮嫣香落，嫁與春風不用媒。」張先〈一叢花令〉（傷高懷遠幾時窮）：「沉思細恨，不如桃杏，猶解嫁東風。」❻來結句　言晚梅與梨花同入人間幽夢。張邦基《墨莊漫錄》卷六引王建〈夢看梨花雲歌〉：「薄薄落落霧不分，夢中喚作梨花雲。」蘇軾〈西江月・梅花〉（玉骨那愁瘴霧）：「高情已逐曉雲空，不與梨花同夢。」❼冰綃　冰潔的薄絲綢。曹勛〈題禁中黃石榴〉：「上林別有嬌黃貴，如剪冰綃襯玉肌。」❽東鄰　原指美女，此喻晚梅所結之子。宋玉〈登徒子好色賦〉：「天下之佳人莫若楚國，楚國之麗者莫若臣里，臣里之美者莫若臣東家之子。……然此女登牆闚臣三年，至今未許也。」

【語　譯】枝頭晚梅顫裊，如一痕殘雪，綠葉叢中青梅如豆，春意正濃。春風裡，晚梅最後飄零，結伴梨花同入人間幽夢。　　花香熏羅被，添芳馨，玉肌瘦弱，尚怯寒怕冰綃。溪橋綠陰下梅子已老，愧見晚梅青子身姿嬌小。

【研　析】這是一首題詠晚梅的詞作。起筆入題，首句狀「梅」：枝頭晚開的梅花顫裊，似一痕殘雪。次句點出「晚」：綠暗春濃，青梅如豆。「玉奴」二句承「晚」字，不言其晚開，而言其在春風中最晚飄零，可伴隨梨花同入人間幽夢。此為料想之境，構思上或受蘇軾同調詠梅名句「高情已逐曉雲空，不與梨花同夢」（〈西江月〉）之啟發，反用其意。以「嫁東風」喻花之飄零，此亦承襲前人，而以「玉奴」代指梅花，則與「嫁」字更貼合。

詞作過片「香力」句承「幽夢」之境，言梅花入夢，熏染羅被添芳香。「瘦肌」句承佳人之喻，言晚梅之風姿似冰綃美人，瘦弱怯寒。前者言晚梅之馨香，後者言晚梅之風韻，均可謂想像入妙。結末兩句回歸到「晚」字，遙承上片「葉藏幾豆」，言溪橋梅子已黃熟，晚梅青子尚嬌小。「羞見東鄰」，用宋玉「東家之子」典故，與上文「玉奴」之喻相呼應，「羞見」二字以人之性情賦予物象，借黃熟之梅子襯托晚梅青子之嬌小可愛，筆含諧趣。

全詞首尾照應切題，中間筆墨渲染，以佳人幽夢映現梅花之冷韻芳馨、冰清玉潔。章法井然，詞境清幽。

浪淘沙

燈火雨中船。客思綿綿。離亭❶春草又秋煙。似與輕鷗盟未了，來去年年❷。
往事一潸然。莫過西園。凌波香斷綠苔錢❸。燕子不知春事改，時立秋千。

【注釋】❶離亭　即驛亭。❷似與二句　意謂年年往來江湖，與鷗鳥為盟。❸凌波句　意謂佳人已去，綠苔滿徑。凌波，指佳人足跡。曹植〈洛神賦〉：「凌波微步，羅襪生塵。」綠苔錢，指綠苔。苔點形圓如錢，故稱。

【語譯】夜雨行船，燈火點點，客思綿綿。春去秋來，離亭芳草變秋煙。似與鷗鳥盟約未盡，江湖來往年年。

悲往事，淚潸然。莫到西園。佳人足跡已斷，綠苔斑斑如錢。燕子不知春去人事變，不時飛來棲立秋千。

【研析】這是一首傷悼亡姬之詞，其「凌波香斷」語可以見出。

詞作起筆二句敘寫夜雨行船，燈火相映，愁思綿綿。燈火、夜雨、客船三物象組合勾勒出充溢羈旅淒苦的畫面，其視覺效果有似長焦鏡頭由雨夜一點燭火拉近到江上一葉孤舟，再拉近到舟中不眠之人，綿綿客愁盡在其中。同時，「客思」二字又引出「離亭」三句對年年來往江湖生涯的追述和感慨：春去秋來，離亭芳草變秋煙，江湖漂泊，鷗鳥相伴年年。

下片以「往事」領起，轉入傷逝，「潸然」二字總攝悲苦情調。「莫過西園」句乃重到西園觸景傷懷後的怨激語，筆調逆入，「凌波」三句描述「過西園」所見景象，與〈風入松〉（聽風聽雨過清明）下片所狀情景相近：「凌波」句即「惆悵雙鴛不到，幽階一夜苔生」之意，均以幽寂之蒼苔寄託傷悼情懷；「燕子」二句與「黃蜂頻撲秋千索，有當時、纖手香凝」亦相類，均因秋千而追悼佳人，燕子不知春去人亡，仍不時棲立秋千若有所待。此景較黃蜂頻撲秋千，畫面更疏淡，韻味更悠長。

本詞情調風格與〈風入松〉相近，不事雕琢，筆調疏婉，情深意切。

高陽臺

豐樂樓❶分韻得「如」字

修竹凝妝❷，垂楊駐馬，凭闌淺畫成圖。山色誰題，樓前有雁斜書。東風緊送斜陽下，弄舊寒、晚酒醒餘。自消凝❸，幾許花前，頓老相如❹。　傷春不在歌樓上，在燈前欹枕，雨外熏爐。怕有游船，臨流可奈清臞❺。飛紅若到西湖底，攪翠瀾、總是愁魚❻。莫重來、吹盡香綿，淚滿平蕪❼。

【注　釋】❶豐樂樓　在杭州豐豫門外，舊名聳翠樓。「樓據西湖之會，千峰連環，一碧萬頃。柳汀花塢，歷歷檻欄間，而遊橈畫艗，櫂歌隄唱，往往會合於樓下，為遊覽最顧。」（《咸淳臨安志》卷三十二）❷修竹凝妝　以佳人盛妝喻綠竹。此化用杜甫〈佳人〉詩句：「天寒翠袖薄，日暮倚修竹。」❸消凝　銷魂凝愁。柳永〈夜半樂〉（豔陽天氣）：「對此嘉景，頓覺銷凝，惹成愁緒。」❹相如　以西漢辭賦家司馬相如自喻。劉辰翁〈水龍吟〉（何須銀燭紅粧）：「但相如老去，江淹才盡，有何人賦。」❺清臞　清瘦。❻攪翠瀾句　言魚見落花而生愁，翻攪碧波。❼平蕪　草木叢生的平曠原野。

【語　譯】修竹凝翠，似佳人盛妝，馬繫垂楊，憑欄便可繪景成圖。山色美妙誰題賦？樓前群雁斜飛成書。東風緊，吹送夕陽西下，拂弄去冬餘寒，晚來酒醒。獨自凝愁，花前能幾回，頓覺老倦似相如。　傷春不在歌樓，在燈前倚枕，雨夜傍薰爐。怕上游船，臨流自照，奈何憔悴清臞！落花如能沉到西湖底，翻攪碧波，盡是愁魚。舊地莫重遊，風吹柳絮飛盡，春淚灑滿平蕪。

【研　析】這是一首豐樂樓聚遊時的分韻應景之作。

豐樂樓為杭州湖山勝概，周密《武林舊事》卷五載：「（豐樂樓）宏麗為湖山冠。又甃月池，立秋千、梭門，植花木，構數亭。春時游人繁盛。……吳夢窗嘗大書所賦〈鶯啼序〉於壁，一時為人傳誦。」可見此樓景觀之美、遊人之盛，亦為詞人愛賞常遊之地。詞作上片前五句繪景。「凭闌」句為關紐，點出觀景視角，總括風景如畫。「修竹」二句為俯視之近景：翠竹婀娜，楊柳垂拂。「凝妝」、「駐馬」則暗示出佳人遊客歡賞場景。「山色」二句為平視之遠景：遠山如黛，雁飛成字，可謂渾然天成之題寫。「東風」句，詞筆在東風緊吹、夕陽西下中轉入身世感慨。春風吹送夕陽，吹來去冬餘寒。晚醉初醒，獨自凝愁，頓覺身老心倦，尚能幾回花前醉賞！

上片結末花前歎老，下片則因歎老而更傷春。「歌樓」指眼前豐樂樓之歡遊，為實筆；「燈前」二句為追憶或設想之情境，為虛筆。「不在」與「在」，抑實揚虛，以實襯虛，凸顯傷春之情：夜雨淅瀝，對燈傍爐，孤枕難眠，淒楚何堪！「怕有游船」兩句言身心憔悴，怕臨流照影。傷春、歎老融於其中。「飛紅」兩句仍承傷春之筆，觸景而生妙想，言落花如能沉到湖底，湖中游魚亦當見花落春逝而傷愁，攪亂一湖碧波。移情於物，筆涉物趣。末二句以「莫重來」之斷然勸阻語，激蕩出「落絮無聲春墮淚」（吳文英〈浣溪沙〉「門隔花深夢舊遊」）之情景，筆致跌宕，情韻沉鬱。

詞題所示，此類詞之立意、用韻均有所限制。本詞立足「豐樂樓」，從所見寫到所感，且首尾均落筆憑欄觀景，不出詞題所限。同時，抒寫所感又能虛筆渲染，妙想入奇，不為詞題所限。詞作景語入畫，情感深摯，遣詞工麗，堪稱分韻應景詞之佳作。

思佳客

迷蜨無蹤曉夢沈❶。寒香深閉小庭心❷。欲知湖上春多少，但看樓前柳淺深。

愁自遣，酒孤斟。一簾芳景燕同吟。杏花宜帶斜陽看，幾陣東風晚又陰。

【注　釋】❶迷蝶句　言夢覺蝶去無蹤。《莊子・齊物論》載莊周夢蝴蝶，夢醒，「不知周之夢為胡蝶與？胡蝶之夢為周與？」李商隱〈錦瑟〉詩：「莊生曉夢迷蝴蝶。」❷小庭心　小庭中央。

【語　譯】曉夢迷蝶，夢醒蝶影無覓。冷香飄渺，小庭深閉。欲知湖上春色幾許，只須看看樓前深淺柳綠。獨斟杯酒解惆悵。一簾明媚春光，只能與燕共吟賞。最美是，杏花映斜陽。東風陣陣，天陰暮色臨降。

【研　析】這首詞抒寫從曉夢到斜陽晚陰一整日獨守深庭之寂寥情懷。起筆從曉夢迷蝶切入，時間上為漫長無聊春晝之起點，其虛幻迷茫、杳然無蹤之境則暗示出往事如夢、欲尋無跡之悵然情懷。「寒香」句展現出寂靜小庭寒香飄渺之境，為承前渲染，亦映襯出「曉夢」者之心境。閉守深庭，或許有過瞬間的遊賞湖光春色之念，然終歸情懷悵落，意興闌珊，無心出門，樓前柳色深淺便已告知湖上春色幾許。「欲知」、「但看」呼應，其語調可作兩層解讀：一則意謂不必親臨湖上賞春。此可作獨守小庭之託辭或自我寬慰。一則意謂料知湖上春色無限，卻無遊覽之心境。此以美景反襯情懷之孤寂，所謂「良辰好景虛設。便總有千種風情，更與何人說！」（柳永〈雨霖鈴〉）

詞作下片敘寫春日愁居獨守情形，突出一個「孤」字。長日漫漫，以酒遣愁，只能自斟自酌；簾外春光好，也只能與飛燕共吟賞。把酒臨窗，愁對一簾芳景，日漸西斜，夕陽映照下的杏花分外美麗。晚風陣陣，暮色臨近，又將迎來一個愁苦難眠之夜。冷靜疏緩的敘述寫景中充溢無盡的孤愁寂寥。

本詞彷彿為詞人愁緒無以排遣之際信筆而成，不事雕琢，筆調疏落而情蘊其中。

采桑子慢　九日❶

桐敲露井❷，殘照西窗人起。悵玉手、曾攜烏紗，笑整風欹❸。水葉沉紅❹，翠微❺雲冷雁慵飛。樓高莫上，魂消正在，搖落江蘺❻。

走馬斷橋❼，玉臺妝榭❽，羅帕香遺。歎人老、長安❾燈外，愁換秋衣。醉把茱萸，細看清淚溼芳枝❿。重陽重處，寒花怨蝶，新月東籬⓫。

【注釋】❶九日　農曆九月九日重陽節。❷露井　露天無蓋之井。❸悵玉手二句　意謂悵然回想佳人曾為笑整落帽。此用龍山落帽典故。《晉書・孟嘉傳》載嘉為桓溫參軍。「九月九日，溫燕龍山，寮佐畢集。時佐吏並著戎服，有風至，吹嘉帽墮落。嘉不之覺。溫使左右勿言，欲觀其舉止。嘉良久如廁。溫令取還之，命孫盛作文嘲嘉，著嘉坐處。嘉還見，即答之。其文甚美，四坐嗟歎。」❹水葉句　言紅葉映水。此亦暗用紅葉題詩典故，意謂欲題詩紅葉而葉沉水中。范攄《雲谿友議》卷下載唐代盧渥在御溝拾得宮女題詩之紅葉。後題詩宮女被放出宮，與盧渥巧遇，結為夫妻。❺翠微　山色之輕淡蒼翠。杜牧〈九日齊山登高〉：「江涵秋影雁初飛，與客攜壺上翠微。」❻江蘺　香草名，又名「蘼蕪」。《楚辭・離騷》：「扈江離與辟芷兮，紉秋蘭以為佩。」❼斷橋　在杭州西湖白堤上。周密《武林舊事・湖山勝概》：「斷橋，又名段家橋。萬柳如雲，望如裙帶。」❽玉臺妝榭　指女子居住的樓閣。玉臺，鏡臺之美稱。妝榭，猶妝樓。❾長安　代指南宋都城臨安。❿醉把二句　把酒細看茱萸，清淚灑落芳枝。茱萸，植物名。舊俗，陰曆九月九日重陽節，佩茱萸以袪邪避災。杜甫〈九日藍田崔氏莊〉：「明年此會知誰健，醉把茱萸仔細看。」⓫寒花二句　蝶怨花寒，月上東籬。陶淵明〈飲酒〉：「採菊東籬下，悠然見南山。」蘇軾〈南鄉子・重九涵輝樓呈徐君猷〉：「明日黃花蝶也愁。」

【語譯】梧桐葉落露井臺，夕陽殘照，西窗人睡起。悵然回想那佳人玉手纖纖，曾為我風中笑整斜冠。紅葉映水，蒼山雲冷，鴻雁慵飛。莫上高樓，那江蘺搖落處，正是傷心地。　斷橋跑馬，鏡臺妝樓，尚留羅帕粉香。歎斯人已老，對都城燈火，黯然更換秋裳。醉把茱萸細看，清淚灑落芳枝。再度重陽，花寒蝶怨，新月照東籬。

【研　析】詞題「九日」，此中所用孟嘉落帽典事、「茱萸」、「重陽」、「東籬」等語均關合詞題，而詞情則為懷人，「悵玉手」二句可以見出。

起筆二句言斜陽映照西窗，露井桐葉鏗然飄落，窗下夢覺人起。其情境有似蘇軾「夜宿燕子樓，夢盼盼」所作〈永遇樂〉：「紞如三鼓，鏗然一葉，黯黯夢雲驚斷。」殘照人起之前的長日寂寥、懨懨入夢情形盡在不言中。夢醒後悵然回想起往年的九日與佳人攜手歡遊情景：玉人風中笑為整冠。此既反用龍山落帽典故，切合「九日」，又以清晰的畫面展現出佳人的溫情體貼，反襯今日追憶之惆悵情懷。「水葉」句以下承此情調，抒寫如今九日獨處之觸景傷懷。紅葉倒映湖中而曰「水葉沉紅」、大雁南歸而曰「雁慵飛」，暗示出佳人音信難通，蒼山雲冷，江蘺凋零，令孤寂相思之人無限神傷。言「魂消正在，搖落江蘺」，亦如溫庭筠〈夢江南〉（梳洗罷）之「腸斷白蘋洲」，或為倚樓遙見傷心別離之地，頓覺魂銷腸斷。

過片「走馬斷橋」，為倚樓所見，亦暗示昔日同遊情形。今日獨對「玉臺妝榭」，人去樓空，「羅帕香遺」，黯然悲傷。「歎人老」二句感慨年華老去，客居京華，孤燈相伴，夜寒侵襲，換穿秋衣。言「長安燈外」，即孤燈之外為繁華都市，亦可解讀為孤身置於都市燦爛燈火之外。兩種解讀均以都城之盛景反襯自身之孤寂。言「愁換秋衣」，許是想起佳人曾為整秋衣而悵然悲愁。「醉把茱萸」句以下，詞筆收歸「九日」之題，「茱萸」、「重陽」、「寒花」、「東籬」等均屬切題之語。言「醉」、「清淚」、「寒花怨蝶」，情調與上文相承，情境淒涼！末句「新月東籬」，以景結情，淒清之境彌漫無限愁緒。

本詞情境構思上頗為獨到，題詠九日重陽而隱去白晝，擇取「殘照西窗」至「新月東籬」時段，融追憶、寫景、傷懷為一體，化用典故詩句渾然無跡。筆調婉曲，詞情沉鬱。

三姝媚

過都城❶舊居有感

湖山經醉慣。漬❷春衫、啼痕酒痕無限。久客長安，歎斷襟零袂❸。涴塵❹誰浣。紫曲❺門荒，沿敗井、風搖青蔓。對語東鄰❻，猶是曾巢，謝堂雙燕❼。

春夢人間須斷。但怪得、當時夢緣能短❽。繡屋秦箏❾，傍海棠偏愛，夜深開宴。舞歇歌沉，花未減、紅顏先變。佇久河橋欲去，斜陽淚滿。

【注　釋】❶都城　指臨安，今杭州。詞中「長安」亦借指臨安。❷漬　沾染；浸潤。❸斷襟零袂　指衣服破爛。襟，衣服交領。袂，衣袖。❹涴塵　沾汙泥塵。韓愈〈合江亭〉：「願書巖上石，勿使泥塵涴。」❺紫曲　都城曲巷。張炎〈燭影搖紅〉（舟檥鷗波）：「紫曲門荒，當年遊慣。」❻東鄰　指美女。宋玉〈登徒子好色賦〉：「楚國之麗者，莫若臣里，臣里之美者，莫若臣東家之子。」❼謝堂雙燕　指巢棲富貴人家的春燕。謝堂，指南朝貴族謝家。劉禹錫〈烏衣巷〉：「舊時王謝堂前燕，飛入尋常百姓家。」❽但怪得句　只是驚怪當時夢緣如此短暫。怪得，驚疑。能，這般；如許。辛棄疾〈水調歌頭〉（淵明最愛菊）：「卻怪青山能巧，政爾橫看成嶺，轉面已成峰。」❾秦箏　一種絃樂器。相傳為秦國蒙恬所造，故稱。

【語　譯】慣於湖山醉遊，春衫沾染淚斑酒痕無限。久客都城，歎衣衫破敗，塵汙誰浣？曲巷故居，門庭荒蕪，青蔓隨風搖曳，環繞斷井頹垣。東鄰對語，卻是曾經巢居豪門之雙燕。

人間春夢終須斷，只驚疑當年夢緣竟那般短暫。華屋秦箏，偏愛傍依海棠，深夜歡宴。舞罷歌歇，花未凋謝，容顏先衰變。久立河橋，夕陽西下，欲去淚潸潸。

【研　析】詞題「過都城舊居有感」，上片寫都城舊居之凋敗。起筆二句未言敗而先言盛，概述昔日湖山歌酒醉遊，悲歡離合。「久客長安」三句轉筆自傷今日客居都城之落魄無依，衣衫破敗無人縫，泥汙無人洗。言語間透露出對侍妾的追念，陸機〈為顧彥先贈婦〉有云：「京洛多風塵，素衣化為緇。」「紫曲門荒」兩句直筆描寫舊居之敗落景象：門荒井廢，雜草叢生。「對語東鄰」三句化用劉禹錫〈烏衣巷〉之「舊時王謝堂前燕，飛入尋常百姓家」，以東鄰雙燕對語渲染盛衰興廢之氣韻，寄寓深深的世事滄桑感慨，其「東鄰」、「雙燕」之用語似又隱含對舊居昔日歡情的追憶，與上文「歎斷襟」二句情調相應。

詞作下片切合題中「有感」二字，抒寫重過舊居之感慨。「春夢」二句悵歎往日歡情恍如一夢，筆調直往而復折，「須斷」為直述客觀情形，語氣無奈而斷然；「但怪得」為折筆抒發對「當時夢緣」的懷念和不捨。「繡屋」三句承前展現「春夢」之片斷場景，「繡屋」，言樓閣之美；「秦箏」，言歌舞之美；「海棠」、「夜深」，言花前月下；「開宴」，末語點明歡宴。「舞歌歌沉」二句，盛歡轉而衰歌，歌舞沉寂，春花未謝而人之朱顏先衰，可謂物是人非事事休。無限傷悲蓄而未發，接下「竚久」句仍冷靜敘述舉止，末句以「斜陽」引發內心鬱積之悲，潸然淚滿衣襟，有似稼軒〈摸魚兒〉（更能消幾番風雨）之「斜陽正在烟柳斷腸處」。

林升〈題臨安邸〉云：「山外青山樓外樓，西湖歌舞幾時休。暖風熏得遊人醉，直把杭州作汴州。」本詞雖抒寫詞人一己之盛衰傷悲，亦可見出或預示西湖歌沉舞歇後的荒敗淒涼境況，感時傷世之情融於其中。筆調舒緩跌宕，情調沉鬱悲切。

翁元龍

翁元龍（生卒年不詳），字時可，號處靜。四明（今浙江寧波）人。吳文英親伯仲，曾為宋末名公杜範（西元一一八二—一二四五年）門客。《全宋詞》錄其詞二十首。

水龍吟

雪霽❶登吳山見滄閣❷聞城中簫鼓聲

畫樓紅溼斜陽，素妝褪出山眉翠。街聲暮起，塵侵燈戶，月來舞地。官柳❸招鶯，水葒❹飄雁，隔年春意。黯梨雲、散作人間好夢❺，瓊簫❻在、錦屏底。

樂事輕隨流水。暗蘭消、作花心計❼。情絲萬軸，因春織就，愁羅恨綺。呢枕迷香，占簾看夜，舊游經醉。任孤山❽、賸雪殘梅，漸嬾跨、東風騎。

【注釋】❶雪霽　雪止。❷吳山見滄閣　吳山在臨安城中（今杭州城南），春秋時為吳國南界，故稱。吳人祠伍子胥於山上，又名胥山。見滄閣，在吳山寶奎寺。明吳之鯨《武林梵志》卷一：「寶奎寺，在吳山之陽，宋丞相喬行簡故第。奇石峭拔，東望海門，如在咫尺。紹定間理宗幸其第，書『見滄』二字，又書『雙現樓』『孔山』二軸五大字賜之。勒之厓石，遂捨宅為寺，以『寶奎』請額。詔從之。」❸官柳　原指官府所種之柳，後泛指道邊楊柳。❹水葒　水蓼。生長於水邊，紅花。❺黯梨雲句　意謂昏暗雪景如人間夢中梨花雲。張邦基《墨莊漫錄》卷六引王建〈夢看梨花雲歌〉：「薄薄落落霧不分，夢中喚作梨花雲。」❻瓊簫　玉簫，玉質或玉飾之簫。❼暗蘭句　意謂蘭燈暗淡，已無綻放燈花之意。蘭，指蘭燈，以蘭膏為燈油。花，指燈花。古以燈花為吉兆。《西京雜記》卷三引陸賈稱「目瞤得酒食，燈火花得錢財」。杜甫〈獨酌成詩〉：「燈花何太喜，酒綠正相親。」❽孤山　山名，在杭州西湖裡外二湖之間。宋初林逋隱居此山，養鶴種梅。

【語譯】夕陽斜照，畫樓紅光潤溼；雪妝消褪，遠山青翠如眉。街市簫鼓聲響，暮色降臨，飛塵映燈窗，月臨歌舞地。道旁楊柳可棲鶯，湖邊水葒堪宿雁，初顯來年春意。雪迷濛，恍如梨花雲，飄入人間好夢。錦屏繡閣，玉簫聲動。

賞心樂事，輕飄易逝如流水。蘭燈暗淡，泯滅燈花心計。萬軸情絲，春來織就愁恨羅綺。爐香繚繞，倚枕無眠，起傍簾櫳看夜景，追憶舊遊沉醉。任憑孤山梅謝雪消融，意興漸疏，懶跨遊騎踏東風。

【研　析】這是一首雪後登臨抒懷詞作。據詞題，登臨所見雪景、所聞城中簫鼓之樂為題中之意，上片即落筆於此。起筆兩句描繪斜陽映照下的雪後畫樓、遠山景象：畫樓紅光潤溼，樓外遠山如雪妝半褪，露出翠眉般的山色。「街聲」三句應合詞題之「城中簫鼓聲」，寫臨安城中歌舞之樂，以氛圍渲染映襯聲色之歡。「暮」、「月來」，時間脈絡上與起句「斜陽」貫通，亦為背景烘托。「街聲」、「塵侵燈戶」、「舞地」等用語則令人想見其熱鬧歡賞景象。「官柳」三句轉筆勾畫與街市歌舞相對襯的另一幅自然圖景：道旁楊柳搖曳，似招引黃鶯；湖畔水葒茂密，可留宿飛雁。生機興發，透露出來年新春氣象。「黯梨雲」二句以好夢梨花雲、錦屏玉簫聲關合題中「雪霽」、「簫鼓聲」，升華歌舞之樂，情境美妙。

詞作下片觸景感懷。過片「樂事」一句，結上啟下，樂去悲生。「暗蘭消」句以擬人筆調言蘭燈漸暗，無心綻放燈花。傳言燈花為吉兆，今對暗淡漸熄之蘭燈則無望矣。此句情調意脈與上句相承，同時又烘托出黯然傷感氣氛，為下文傾訴悲慨作鋪墊。「情絲」三句總言心中萬千悲愁，筆調遒勁沉重，譬喻精妙，從「絲」字引發妙想，「萬軸」、「織就」、「羅」、「綺」均切合「絲」，將無形之春恨、春愁具象化為「愁羅恨綺」，有形有色，可觸可見。「昵枕」三句承「暗蘭」，言室內香霧繚繞，輾轉難眠，起身依簾觀賞夜景，觸發對昔日歡賞醉遊的追憶。結末二句因舊遊想到孤山，感慨如今身心倦怠，已無興致前往孤山觀梅賞雪。言「賸雪殘梅」，則可供觀賞之時日已無多，詞人仍無遊興，更見其情懷之淒涼低落，亦如李清照〈永遇樂〉（落日鎔金）所歎：「如今憔悴，風鬟霧鬢，怕見夜間出去。不如向簾兒底下，聽人笑語。」末句「跨東風騎」則又暗示出昔日馬踏春風之遊賞豪興，「漸嬾」二字感慨無盡。

全詞寫景述懷，意脈筆路之承轉斷續，無虛字調度，字斟句酌，用語華麗，頗近吳文英詞風。

風流子

聞桂花懷西湖

天闊玉屏❶空。輕陰弄、淡墨畫秋容。正涼掛半蟾❷，酒醒窗下，露催新雁，人在山中。又一片❸、好秋花占了，香換卻西風。蕭女夜歸，帳棲青鳳❹。鏡娥妝冷，釵墜金蟲❺。

西湖花深窈，閒庭砌、曾占席地歌鐘❻。載取斷雲歸去❼，幾處房櫳❽。恨小簾燈暗，粟肌❾消瘦，薰爐❿煙滅，珠鈿玲瓏。三十六宮⓫清夢，還與誰同？

【注釋】❶玉屏　指天幕。杭州有玉屏山。吳文英〈柳梢青〉詞：「玉屏風冷愁人，醉爛熳梅花翠雲。」❷半蟾　半月。傳說月中有蟾蜍，故稱。李白〈雨後望月〉：「四郊陰靄散，開戶半蟾生。」❸又一片　原無「又」字，據柯本校補。❹蕭女二句　謂仙女夜歸宿鳳帳。此用蕭史、弄玉夫妻吹簫引鳳昇仙典故（參見舊題劉向《列仙傳》）。❺鏡娥二句　意謂清冷月宮，嫦娥玉釵斜墜掛金蟲。此用月宮嫦娥、桂樹傳說。金蟲，女子首飾。此喻桂花。顧敻〈酒泉子〉（掩却菱花）：「金蟲玉燕鎖香奩。」吳文英〈江神子・送桂花吳憲時已有檢詳之命未赴闕〉：「釵列吳娃，腰裊帶金蟲。」❻閒庭砌句　言閒靜庭院，曾為歌舞歡宴之地。柳永〈金蕉葉〉（厭厭夜飲平陽第）：「豔歌無間聲相繼。準擬幕天席地。」庭砌，庭階。顧敻〈玉樓春〉：「月照玉樓春漏促，颯颯風搖庭砌竹。」歌鐘，歌聲器樂。李白〈魏郡別蘇明府因北遊〉：「青樓夾兩岸，萬家喧歌鐘。」❼載取句　指歌兒舞女歸去。斷雲，喻歌女。此暗用巫山神女「旦為朝雲」典故（參見宋玉〈高唐賦〉）。李白〈宮中行樂詞〉：「只愁歌舞散，化作綵雲飛。」❽房櫳　窗櫺。韋莊〈荷葉杯〉（絕代佳人難得）：「碧天無路信難通，惆悵舊房櫳。」❾粟肌　肌膚。因肌膚觸寒收縮起粒如粟狀，故稱。楊萬里〈初秋戲作山居雜興排體十二解〉：「月色如霜不粟肌，月光如水不沾衣。」❿薰爐　原作「帶爐」，據柯本校改。⓫三十六宮　極言宮殿之多。班固〈兩都賦〉：「離宮別館，三十六所。」

【語　譯】天幕空闊似玉屏，輕雲拂弄，如淡墨描畫清秋姿容。夜涼半月懸空，窗下酒醒，秋露催雁南飛，人居山中。一片好秋光，桂花占盡，飄送芳香，卻是西風。仙女夜歸宿鳳帳，嫦娥晚妝清冷，玉釵斜墜掛金蟲。西湖叢桂芳香幽邈，閒靜庭院，曾席地歡歌樂動。歌樂隨雲歸去，幾處月映窗櫳。悵歎簾下燈暗，怯寒玉肌憔悴，薰爐香霧漸消，珠鈿瑩澈玲瓏。深閨清寂，幽夢能與誰同？

【研　析】詞題「聞桂花懷西湖」，上片描述「聞桂花」，下片抒寫「懷西湖」，章法層次分明。

詞作起筆至「人在山中」，描繪山中之人酒醒臨窗所見景象，為「聞桂花」鋪墊背景氣氛，點明聞花之人、時、地：清涼秋夜，半月懸空，天高雲淡，似玉屏風上淡墨秋容。風露催送大雁南歸。「又一片」句承前啟後：「又一片好秋」歸結上文，「花占了」轉言桂花。好秋迎來桂花飄香，吹送花香卻非春風，而是秋風，「卻西風」三字流露出對秋風的愛賞。「蕭女」四句，以仙女譬喻桂花，形神兼具：桂花之芳潔幽韻可與仙女相媲美；「帳棲青鳳」可狀桂花藏身枝繁葉茂中，「釵墜金蟲」可狀桂花壓枝低垂之態。

下片「懷西湖」，追懷西湖叢桂芬芳，歡歌遊賞。「西湖」二句，想起往日西湖邊，桂花叢中，幽深庭院，一片歌舞笙簫場景。「載取」句以下言舞罷歌歇後的淒清冷韻。「斷雲歸去」取李白〈宮中行樂詞〉「只愁歌舞散，化作綵雲飛」之意。歡會散罷，窗下燈暗，爐香漸消，佳人憔悴怯寒，珠鈿玲瓏泛光。此或為詞人昔日西湖遊樂之記憶，亦可謂對淡月叢桂的擬人化描繪，如上片「蕭女」、「鏡娥」之喻。結末二句從回憶中跳出，遙想深閨佳人，清夜獨處，離恨重重，魂夢孤寂。其情境可泛指都城佳人深閨（兼喻西湖叢桂），亦可指月宮仙子仙桂（如吳文英〈江神子・送桂花吳憲時將赴闕〉之「三十六宮蟾觀冷，留不住，佩丁東」），清怨悠悠。

本詞因山中聞桂花而追懷西湖花香歡賞，脈絡清晰。筆法上，以仙女佳人擬比桂花神韻，色澤華麗，意境迷離。

醉桃源

柳

千絲風雨萬絲晴。年年長短亭❶。暗黃看到綠成陰。春由他送迎。鶯思重，燕愁輕。如人離別情。繞湖煙冷罩波明。畫船移玉笙❷。

【注釋】❶長短亭 驛亭，古時道邊供行旅休息之亭閣。十里一長亭，五里一短亭。❷畫船句 言遊船蕩漾，笙歌隨行。歐陽脩〈採桑子〉（輕舟短棹西湖好）：「隱隱笙歌處處隨。」玉笙，笙之美稱。笙，一種管樂器。

【語譯】無論風雨或天晴，柳絲千萬條，年年垂立長短亭。看那淡黃柳芽長到綠葉成蔭，春去春來柳送迎。黃鶯情思重，春燕愁緒輕，正如人間離別情。繞湖翠柳，煙冷輕籠波光明。畫船輕移，笙歌隨行。

【研析】這是一首詠柳言別詞作。詠物言情雖無新意，但狀物取境頗有特色。起筆二句言長短亭垂柳迎送行人。「千絲」、「萬絲」既言柳絲，亦指別情，且「晴」與「情」諧音雙關。風雨無阻，年年傍依長短亭，迎送行人，見出楊柳之多情久長。「暗黃」二句言楊柳迎送春來春去，迎送之間，嫩黃柳芽長到綠葉成陰。「看到」二字則融入人對自然界之物候變化、送往迎來的感慨情懷。

上片正筆詠柳，切合離別情事。過片轉以側筆描寫柳林間鶯啼燕語，情調仍歸於「離別情」，筆觸則深入生新：以「鶯思」、「燕愁」擬比人間離情不足為生新，而謂之或輕或重則不無新意，稱人間離情有輕重之別，較泛言離愁別怨更深入一層，亦契合情理。結末二句承「離別情」而描述湖上別離場景。湖光煙柳，畫船笙歌，「煙冷罩波明」透出景中情事之清冷氣韻。美景反襯別情，含蓄深永。

全詞詠柳而緊扣別離，展現出長短亭垂柳送行人、春來春去柳送迎、翠柳鶯燕話別情、湖光煙柳送行船四幅場景畫面，各具情韻。構思精巧，筆調明快。

謁金門

鶯樹暖❶。弱絮欲成芳繭❷。流水惜花流不遠❸，小橋紅欲滿。

原上草迷離苑❹。金勒❺晚風嘶斷。等得日長春又短。愁深山翠淺❻。

【注　釋】❶鶯樹暖　言春暖樹棲鶯。此化用白居易〈錢塘湖春行〉詩句：「幾處早鶯爭暖樹。」❷弱絮句　言柳絮成團如蠶繭。❸流水句　言流水憐惜落花而不流遠。此反用「流水無情」之意。《五燈會元》卷二十〈南嶽下十五世・龍門遠禪師法嗣〉載溫州龍翔竹庵士珪禪師語：「落花有意隨流水，流水無情戀落花。」❹原上句　言芳草淒迷連離苑。離苑，指皇帝正式宮殿之外的宮苑。白居易〈賦得古原草送別〉：「離離原上草。」吳文英〈三姝媚〉（酣春清鏡裏）：「離苑幽芳深閉。」❺金勒　帶嚼口的金飾馬絡頭。此代指馬。❻山翠淺　言眉黛淺。

【語　譯】春暖鶯棲樹，柳飛芳絮，團團似蠶繭。流水惜花不遠流，小橋落花紅遍。　芳草淒迷連別苑。晚風吹拂，馬嘶聲斷。待到白晝轉長，春天又變短。愁深眉黛淺。

【研　析】這是一首傷春怨別詞作。上片描繪柳絮飄飛、花落水流，寄寓傷春惜春之情。起句化用白居易〈錢塘湖春行〉詩句「幾處早鶯爭暖樹」，但「鶯樹暖」三字簡括，「暖」指春暖，「鶯樹」可指樹間鶯棲、鶯飛、鶯啼，決非「幾處早鶯」之初春景象。「弱絮」句狀柳絮，上承「鶯樹」。「弱」、「芳」二字細膩傳神。以蠶繭擬比風吹柳絮成團，形似之外又隱含盤繞自縛之意，暗合傷春愁緒。「流水」二句言花落水流。筆脈上承柳絮：落花承飛絮，溪橋承垂柳。筆法上反用「落花有意，流水無情」之意，謂流水有情而不忍將落花流走，則小橋上下落花紅遍。詞中人之惜春深情，寄託於「流水惜花」之語，亦融注於落紅紛紛之境。

詞作下片抒寫別怨。「王孫游兮不歸，春草生兮萋萋」（《楚辭・招隱士》），「青青河邊草，綿綿思遠道」

〈樂府古辭〈飲馬長城窟行〉〉，「離恨恰如春草，更行更遠還生」（李煜〈清平樂〉）。淒迷芳草觸發無盡的離思別情，晚風中的馬嘶聲斷更令人黯然神傷。末二句歸結惜春怨別，離別中的等待，白晝漸長，春將歸去，人未歸來，傷春念遠之深愁彌漫於心上眉間。

絳都春

秋晚海棠與黃菊盛開

花嬌半面。記蜜燭夜闌，同醉深院❶。衣袖粉香，猶未經年如年遠❷。玉顏不趁秋容換❸。但換卻、春游同伴。夢回前度，郵亭❹倦客，又拈牋管❺。

慵按。〈梁州〉舊曲❻，怕離柱斷絃，驚破金雁❼。霜被睡濃❽，不比花時良宵短。秋娘羞占東籬畔❾。待說與、深宮幽怨。恨他情淡陶郎❿，舊緣較淺。

【注釋】❶花嬌三句　意謂深院海棠半開時，曾深夜燃燭醉賞。此化用蘇軾〈海棠〉詩意：「只恐夜深花睡去，故燒高燭照紅妝。」蜜燭，即蠟燭。夜闌，夜深；夜將盡時。❷猶未句　言未及一年又見海棠綻放，恍如隔年之久。海棠有春、秋兩次開花者。❸玉顏句　言海棠不隨秋來改換玉容，仍綻放嬌豔。❹郵亭　驛館；行旅止息之所。❺牋管　紙筆。❻梁州舊曲　指唐教坊曲〈涼州〉。洪邁《容齋隨筆》卷十四：「今樂府所傳大曲皆出於唐，而以州名者五：伊、涼、熙、石、渭也。〈涼州〉今轉為〈梁州〉，唐人已多誤用，其實從西涼府來也。」白居易〈宅西流水牆下小樓五絕〉其四：「〈霓裳〉奏罷唱〈梁州〉，紅袖斜翻翠黛愁。」❼驚破句　言絃柱斷裂。金雁，喻指箏柱。因其斜列似雁陣，故稱。歐陽脩〈生查子〉（含羞整翠鬟）：「雁柱十三絃，一一春鶯語。」晏幾道〈蝶戀花〉（夢入江南煙水路）：「卻倚緩絃歌別緒，斷腸移破秦箏柱。」❽霜被句　言秋海棠披霜酣睡。❾秋娘句　言海棠慚愧傍菊占據東籬畔。秋娘，原指歌姬佳人，此喻秋海棠。東籬，指菊花之地。陶潛〈飲酒〉：「採菊東籬下，悠然見南山。」❿陶郎　指陶淵明，酷愛菊花。

【語　譯】海棠嬌容半綻，記得曾夜深燃燭，醉賞於深院。衣袖間花香猶在，未及一年卻似隔年久遠。秋來海棠嬌顏未變，只換了春遊同伴。夢回往事，驛亭倦遊行客，又不禁提筆展箋。　不想彈奏〈梁州〉舊曲，愁懷深重只怕絃柱斷。海棠花披霜酣睡，不比春花時節良宵苦短。海棠慚愧傍菊占據東籬畔，待要傾訴深宮幽怨，只恨那陶潛情懷澹泊，與海棠舊緣較淺。

【研　析】詞題「秋晚海棠與黃菊盛開」，但以題詠海棠為主。詞人春日曾醉賞海棠，如今秋晚海棠再次盛開，遂觸發追憶，起筆化用蘇軾〈海棠〉詩意，重溫春夜燃燭賞海棠、人與花深院同醉場景。「衣袖」二句從追憶轉言如今時隔不及一年，衣袖尚存花香，然而海棠再次綻放，花謝花開又似隔年之久，「猶未經年如年遠」，筆觸細膩真切，隱然寓託物是人非之感。「玉顏」句描述秋日海棠，言其較比春日海棠，玉顏依舊，此可謂之「物是」；「但換卻」句言昔日春遊同伴今已變換，此可謂之「人非」。如今倦宿驛館，夢回往事，感慨萬端，不禁又提筆展箋，一吐情懷。

過片承上撫今追昔情調，紙筆書情未盡，想到箏曲寄情，卻又怕情到深處，絃斷柱折，故而「慵按」。言「舊曲」，暗示出追懷深情。筆調欲揚先抑，以退為進，凸顯愁懷之深重。「霜被」二句回到眼前之秋海棠，仍牽合春日海棠，言今夜同樣秉燭賞花，然而海棠披霜酣睡，遠非春花時節良宵苦短情景。「良宵短」反襯秋夜漫長。言花亦言賞花之人。昔日春夜秉燭醉賞，自覺良宵苦短；如今身為「郵亭倦客」，深感秋夜漫漫。結末「秋娘」三句呼應詞題，以菊花陪襯，抒寫秋日海棠之幽怨。海棠玉容嬌豔，可喻深宮美人，唐玄宗曾稱楊貴妃醉態為「海棠睡未足」（見《冷齋夜話》卷一引《太真外傳》）。海棠寄身東籬畔，彷彿宮人流落鄉野，心感慚愧，滿腹幽怨，待欲傾訴，卻無知音。「東籬」、「陶郎」二語隱含反襯意味：東籬畔為秋菊之樂土，而非海棠棲身之地；秋菊有陶潛相知相伴，海棠則有怨無處訴說，乃至怨激而「恨他情淡陶郎，舊緣較淺」。

全詞詠花、抒情融為一體，用語典麗，情味深長。

鄭楷

鄭楷（生卒年不詳），字持正，號眉齋。三山（今福建福州）人。《全宋詞》錄其詞一首。

訴衷情

酒旗搖曳柳花天。鶯語軟於綿。碎綠未盈芳沼，倒影蘸秋千❶。　奩玉燕，套金蟬❷。負華年❸。試問歸期，是酴醾後，是牡丹前❹。

【注　釋】❶碎綠二句　言池沼綠萍未滿，秋千倒映水中。碎綠，指浮萍。蘸，浸入水中。❷奩玉燕二句　意謂無心妝飾，把玉釵、金蟬等首飾收入妝匣中。奩，妝匣。玉燕，指燕狀玉釵。金蟬，蟬形首飾。韓偓〈春閨偶成〉：「醉後金蟬重，歡餘玉燕敧。」❸負華年　指虛度青春年華。❹是酴醾二句　是酴醾花開之後，還是牡丹花開之前。按，古時有二十四番花信風之說，從小寒到穀雨八個節氣，分屬二十四種花，風應花期。酴醾、牡丹為倒數第二、第三種。

【語　譯】酒旗搖曳，柳絮漫天。鶯聲嬌軟勝柳綿。碎萍未滿池沼，水中倒映秋千。　玉釵金蟬入妝奩，虛度青春華年。試問遊子何時歸，是酴醾花開後，還是牡丹花開前？

【研　析】這是一首春日閨怨詞作。上片描寫春日景色：春風中，酒旗搖曳，柳絮飄飛，鶯語嬌軟。春池浮萍未滿，秋千倒映水中。俗傳楊花入水化為浮萍，則「碎綠」與「柳花」相呼應，柳絮遂為詞中春景之主體。

其隨風飄飛，或逐波漂浮，伴以綿軟鶯語，冷清秋千，映襯出觀景之人內心深深的傷感，為下片述情作鋪墊。過片「匳玉燕」二句以閨中人舉止透露其孤寂憂傷、無心妝飾之心境，「負華年」則直抒青春傷悲之情。何以悵歎華年虛度？結末「試問」三句點明緣由：遊子不歸，空閨獨守。筆法上出以盼歸之問，「酴醿後」、「牡丹前」為閨婦心中揣度遊子歸期。「開到酴醿花事了」（王淇〈春暮遊小園〉），「酴醿不爭春，寂寞開最晚」（蘇軾〈杜沂遊武昌以酴醿花菩薩泉見餉〉）。牡丹花信鄰接酴醿，花前花後之問，意即遙問遊子能否在春歸之前回來？此問見出閨婦之期盼，然而實則無人可問，更無從知曉遊子歸期。閨婦「試問歸期」，只能問而無答，重歸於茫然期待中。

本詞清雋秀麗。下片連用排比句式，流暢疏快。

黃孝邁

黃孝邁（生卒年不詳），字德文，號雪舟。與劉克莊交遊。有《雪舟長短句》，不傳。《全宋詞》錄其詞四首。

湘春夜月[1]

近清明，翠禽[2]枝上消魂。可惜一片清歌，都付與黃昏。欲共柳花低訴，怕柳花輕薄，不解傷春。念楚鄉[3]旅宿，柔情別緒，誰與溫存？

空樽夜泣[4]，

青山不語，殘月當門。翠玉樓❺前，惟是有、一波湘水，搖蕩湘雲❻。天長夢短，問甚時、重見桃根❼？這次第❽，算人間沒箇、并刀❾翦斷，心上愁痕。

【注　釋】❶湘春夜月　此調為作者自度曲。萬樹《詞律》卷十七錄此詞注云：「此調他無作者，想雪舟自度。風度婉秀，真佳詞也。或謂首句『明』字起韻，非也。如此佳詞，豈有借韻之理。」❷翠禽　翠鳥。姜夔〈疏影〉：「苔枝綴玉，有翠禽小小，枝上同宿。」❸楚鄉　楚地，泛指今湖南、湖北、江西、江蘇一帶。此指今湖南。❹空樽夜泣　夜飲獨泣。姜夔〈暗香〉：「翠樽易泣，紅萼無言耿相憶。」❺翠玉樓　蓋臨湘樓閣之美稱。張孝祥〈憶秦娥〉（雲垂幕）：「楚溪山水碧，湘樓閣。」❻惟是有二句　惟有湘水波蕩雲影。姜夔〈一萼紅〉（古城陰）：「南去北來何事，蕩湘雲楚水，目極傷心。」❼桃根　晉王獻之愛妾桃葉之妹。此代指所戀女子。❽這次第　這光景；這情形。李清照〈聲聲慢〉（尋尋覓覓）：「梧桐更兼細雨，到黃昏、點點滴滴。這次第，怎一個愁字了得。」❾并刀　并州刀，以鋒利著稱。杜甫〈戲題王宰畫山水圖歌〉：「焉得并州快剪刀，剪取吳松半江水。」并州，治所在今山西太原。

【語　譯】時近清明，翠鳥在枝頭歡樂啼鳴。可惜一片清脆歌聲，都融入了黃昏。欲向柳絮低訴，又怕柳絮輕佻薄情，不懂我傷春情深。念我楚鄉客居，一腔柔情別緒，有誰相伴共溫存？　夜飲獨泣，青山相對無語，殘月映窗臨門。翠玉樓前，唯有一江湘水，波光明滅，搖蕩白雲。天遠夢短，何時才能重見佳人？此情此境，想來人間沒有并州快剪刀，能剪去心頭愁痕。

【研　析】這是一首清明時節羈旅傷春懷人詞作。上片言黃昏時傷春懷人，下片言夜飲對月懷人，脈絡分明。

首句點出時序「近清明」，接下擇取翠禽清歌、柳絮飄飛兩種景象，以情馭景：前者先揚後抑，以樂景襯哀情，言枝頭翠鳥之歡歌回蕩於天地黃昏間，「可惜」二字悵歎，顯露聽歌人之傷愁。後者承此情調，言欲向柳絮低訴愁懷，又怕這輕薄柳絮不能理解，筆調進退間抒寫出深切的孤寂傷悲情懷。翠禽、柳花均不解傷春，詞中人只有自憐自歎：「念楚鄉旅宿，柔情別緒，誰與溫存？」

詞作下片承「楚鄉旅宿」，抒寫旅夜懷人之情。過片「空樽夜泣」四字凝重簡煉，把酒獨飲，相思淚流，真所謂「酒入愁腸，化作相思淚」（范仲淹〈蘇幕遮〉），無限傷悲溢於言表。青山、殘月之冷漠無情，襯托出淒涼無助之孤旅心境；湘水、湘雲之水雲蕩漾，映襯出柔婉深長之相思情懷。山、月、水、雲，天闊地遠，旅宿相思無眠，則夢中相見亦成空，不禁悵歎：「天長夢短。」問天地：「甚時重見桃根？」問而無答，天地寂靜，依然是青山不語，殘月冷照，湘水波蕩雲影。對此光景，詞人滿懷愁苦歸結於無奈的喟歎：「算人間沒箇、并刀翦斷，心上愁痕。」其情調與李清照〈聲聲慢〉之「這次第，怎一個愁字了得」異曲同工。

本詞情景交融，以景襯情，以情馭景。筆調婉曲，用語清秀，情致深切。

水龍吟

閒情小院沈吟，草深柳密簾空翠。風檐夜響❶，殘燈慵剔，寒輕怯睡。店舍無煙❷，關山有月❸，梨花滿地❹。二十年好夢，不曾圓合，而今老、都休矣。誰共題詩秉燭，兩厭厭、天涯別袂❺。柔腸一寸，七分是恨，三分是淚。芳信不來，玉簫塵染，粉衣香退。待問春，怎把千紅，換得一池綠水。

【注釋】❶風檐句　簷下風鈴作響。風檐，簷下風鈴，又稱鐵馬、檐馬、風馬兒。李商隱〈二月二日〉詩：「新灘莫悟遊人意，更作風檐雨夜聲。」❷店舍句　言旅舍寂寥。范成大〈暮春上塘道中〉：「店舍無煙野水寒，競船人醉鼓闌珊。」❸關山句　關山月明，寄寓別離之情。此化用漢樂府橫吹曲名。《樂府詩集》卷二十三〈漢橫吹曲〉錄此曲引《樂府題解》曰：「〈關山月〉，傷別離也。」❹梨花句　梨花飄零滿地。劉方平〈春怨〉：「寂寞空庭春欲晚，梨花滿地不開門。」❺兩厭厭句　言天涯分別，兩情愁苦。厭厭，通「懨懨」。精神不振的樣子。顧敻〈酒泉子〉（掩却菱花）：「金蟲玉燕鎖香奩，恨厭厭。」別袂，猶分袂，舉手道別。王勃〈餞韋兵曹〉：「征驂臨野次，別袂慘江垂。」

【語　譯】閒愁繚繞，小院低吟，萋萋芳草，鬱鬱垂柳，空翠映簾。簷下風鈴響，慵倦剔殘燈，輕寒籠罩難入眠。店舍無煙，關山月明，梨花飄零滿地。二十年好夢不曾圓，而今年華老去，萬事休矣。誰伴我秉燭題詩？相隔天涯，各自憂傷萎靡。一寸柔腸，七分離別恨，三分相思淚。芳信杳無，玉簫塵滿，粉衣脂香消退。試問春天：為何把萬紫千紅，變換成一池碧水？

【研　析】這是一首暮春羈旅懷人詞作。起句「閒情」、「沈吟」二語總攝全詞情境。「閒情」指愁情，猶如馮延巳〈蝶戀花〉之「誰道閒情拋擲久？每到春來，惆悵還依舊。」「小院」引出「草深柳密」之春深景象。「簾空翠」，從簾外轉入簾裡，「風檐」三句描述室內淒涼情狀：殘燈昏暗，夜寒輕襲，簷下風鈴聲聲敲擊著愁思無眠之心懷。筆調間蘊含無盡的淒苦。「店舍」三句跳出室內，展現浩闊天地間三幅畫面，句句寫景，筆筆傳情：「店舍無煙」，天地一片寂寥；「關山有月」，千里關山隔阻，明月寄相思；「梨花滿地」，梨花院落，傷春幽怨。店舍、關山與梨花院落，隱然透露出遊子、佳人之相思別怨。「二十年」三句點明情事，慨歎二十年相別相思、好夢成空。

上片寫景敘事，筆調平緩，詞情內斂。下片情溢筆端，抒寫天涯傷春別怨，筆致跌宕沉重。過片反詰句引入孤寂思念之悲苦情境，筆勢振蕩。「兩厭厭」句以下順勢傾訴天涯相隔、音信杳無、睹物思人、柔腸寸斷之傷悲情懷。「柔腸一寸」三句，即李清照〈點絳唇〉（寂寞深閨）「柔腸一寸愁千縷」之意，句法則承襲葉清臣〈賀聖朝〉之「三分春色二分愁，更一分風雨」、蘇軾〈水龍吟〉之「春色三分，二分塵土，一分流水」，細述心頭之離別恨、相思淚。「芳信」三句承別離再進一層，別後之音信尚可緩解相思之苦，然而「芳信不來」，勾起美好回憶的「玉簫」、「粉衣」，或布滿塵埃，或香消色褪，無法消解且愈積愈重的是相思別恨。「待問春」三句，從怨別歸結於傷春，既呼應上片「草深柳密」、「梨花滿地」，又在「問春」聲中寄寓華年流逝、傷怨無盡之悵然情懷。

全詞情、事、景相融一體，筆調婉麗，詞情深切。

江開

江開（生卒年不詳），字開之，號月湖。生平籍貫無考。《全宋詞》錄其詞四首。

浣溪沙

手撚花枝憶小蘋❶。綠窗❷空鎖舊時春。滿樓飛絮一箏塵。　素約未傳雙燕語❸，離愁還入賣花聲。十分春事倩行雲❹。

【注釋】❶手撚句　小蘋，歌妓名。此或借晏幾道〈臨江仙〉詞中「小蘋」（「記得小蘋初見，兩重心字羅衣」），代指所戀歌妓。秦觀〈畫堂春〉（落紅鋪徑水平池）：「柳外畫樓獨上，凭闌手撚花枝。」❷綠窗　指女子閨閣。韋莊〈菩薩蠻〉：「勸我早還家，綠窗人似花。」❸素約句　言雙燕未傳舊約芳信。素約，舊約。江淹〈李都尉從軍〉：「袖中有短書，願寄雙飛燕。」❹十分句　意謂只望佳人如行雲入夢，共敘一春情事。此暗用巫山行雲典故（參見宋玉〈高唐賦〉）。倩，請。

【語譯】手拈花枝，心憶小蘋。綠窗空鎖，舊時芳春。柳絮飄滿樓，秦箏布滿塵。　雙燕軟語呢喃，舊約芳信未傳。離愁別緒，彌漫賣花聲中。一春情事，唯託行雲入夢。

【研析】這是一首春日思念佳人之作。首句「憶小蘋」三字點明題旨，「手撚花枝」為沉浸於思念追憶之態，似乎又暗示出昔日與佳人把玩花枝情景。「綠窗」兩句承「憶小蘋」，遙想佳人如今獨守空閨，春光如舊，柳絮飄飛，那曾經彈奏出美妙樂曲、見證過兩情歡聚的鈿箏，當已布滿塵埃。言「空鎖舊時春」，既有春如舊而人非昨之感慨，又因今春而重憶舊時春日歡賞情事。「一箏塵」與「綠窗空鎖」相照應，又隱含曾經的歡樂美好場景。

詞作下片從遙想「綠窗」回到現實，抒寫離愁。或許兩人曾相約今春相聚，如賀鑄〈綠頭鴨〉（玉人家）之「記取明年，薔薇謝後，佳期應未誤行雲」，然而春歸來而人失約，春燕雙飛，呢喃軟語，卻未傳芳信，賣花聲中飄蕩離愁別怨。「雙燕語」、「賣花聲」之春日樂景，反襯詞中人內心之愁懷鬱結。相思怨別中獨對這春色十分，滿腔情事無處傾訴，只有寄託行雲入夢。末句化用楚王夢巫山神女典故，寄希望於渺茫夢境，悵然無奈之情見於言外。

本詞筆調婉切，情調幽怨，頗似秦觀詞風。

杏花天

謝娘❶庭院通芳徑。四無人、花梢轉影。幾番心事無憑準❷。等得青春過盡。

秋千下、佳期又近。算畢竟、沈吟未穩❸。不成❹又是教人恨。待倩楊花去問。

【注釋】❶謝娘　原指唐代宰相李德裕家姬謝秋娘。後泛指歌妓。❷憑準　準信。高觀國〈燭影搖紅〉（別浦潮平）：「試將心事卜歸期，終是無憑準。」❸穩　安心。❹不成　反詰助詞，用於句首，猶難道。陳允平〈清平樂〉（鳳城春淺）：「誤了海棠時候，不成直待花殘？」

【語譯】謝娘庭院，芳徑通幽。四顧無人，日影轉花梢。幾番心事，音信無準，等得花落春盡。秋千下，佳期又臨近。想來終究憂心不安穩。難道又教我空添愁恨？待請楊花前去探問。

【研析】 這是一首佳人春日待情人之作。

上片展現佳人庭院場景：芳徑相通，寂靜無人，花梢日影漸轉。「花梢轉影」四字以細膩筆觸寫出靜中之動，見出等待中時光之流逝以及等待者內心隱伏的焦慮。「幾番」二句順承抒發等待者之憂慮、茫然、哀怨、無奈。「青春過盡」，既言花謝春盡，亦暗喻佳人華年流逝。

上片以庭院為背景，下片聚焦到「秋千下」。佳人傍依秋千，想到約定的佳期臨近，可內心憂慮不安。大概有過佳期爽約，如今「佳期又近」，便擔憂再次失約，心生猶疑，所謂「沈吟未穩」。佳期越近，憂慮越重，期待似乎又將成空，不禁悵然反問：「不成又是教人恨」？「又是」二字點出上一次失約之「恨」，更突出這一次等待的焦慮情狀。佳人預感到將再次失望，但心有不甘，故而「倩楊花去問」。楊花自無情，其境況亦如歐陽脩〈蝶戀花〉（庭院深深深幾許）之「淚眼問花花不語，亂紅飛過秋千去」，一腔怨情愁緒隨亂紅飛絮飄蕩紛紜。

本詞用語通俗淺易，筆調流轉疏快，情致真切動人，有樂府民歌風味。

譚宣子

譚宣子（生卒年不詳），字明之，號在菴。生平籍貫無考。《全宋詞》錄其詞十二首。

謁金門

人病酒❶。生怕日高催繡。昨夜新翻花樣❷瘦。旋❸描雙蝶湊。　閒憑繡牀❹呵手。卻說春愁還又❺。門外東風吹綻柳。海棠花廝句❻。

【注釋】❶病酒　醉酒。馮延巳〈蝶戀花〉(誰道閒情拋擲久):「日日花前常病酒,不辭鏡裏朱顏瘦。」❷花樣　繡花底樣。❸旋　漫然;隨意。歐陽脩〈漁家傲〉(花底忽聞敲兩槳):「酒盞旋將荷葉當。」❹繡牀　刺繡支架。白居易〈繡婦歎〉:「雖凭繡牀都不繡,同牀繡伴得知無。」❺春愁還又　春愁依舊。趙長卿〈燭影搖紅〉(梅雪飄香):「月滿南樓,相思還又。」❻廝句　相依相守。句,同「勾」。吳文英〈玲瓏四犯〉(波暖塵香):「燕歸時,海棠廝勾。」周密〈探春慢〉(綵勝宜春):「簫鼓動春城,競點綴、玉梅金柳廝勾。」

【語譯】佳人醉酒,旭日高照,深怕被催起床刺繡。昨夜新描的繡花圖樣稀疏清瘦,隨手添畫雙蝶相湊。

閒倚繡床,呵氣暖手,仍說春愁如舊。門外東風吹拂,柳絮飄飛,海棠花相依廝守。

【研析】這是一首春日閨怨詞作。起筆言閨中人「病酒」,暗示出醉酒消愁。因「病酒」而日高猶臥,精神不振,怕被催促起床刺繡。「昨夜」兩句承「催繡」言刺繡之事。刺繡先畫圖樣,昨夜新描的繡花圖樣不夠豐美圓滿,便漫然添畫雙蝶來補足。「旋」、「湊」二字見出女子興致黯然,與「病酒」相呼應;「雙蝶」則透露其隱伏內心的美好願望。

下片順承敘寫女子刺繡,但筆意卻在抒寫其心中的春愁,故而略去其飛針走線,選擇其停繡呵手之間隙,言其心頭又添春愁。所謂「每到春來,惆悵還依舊」(馮延巳〈蝶戀花〉〈誰道閒情拋擲久〉),「門外」二句便是「春來」景象:春風吹拂,柳花綻放,海棠花相依相守。以樂景反襯愁情,「廝句」一語尤為醒目,可與上片結句「雙蛺」語相呼應，流露出女子春愁之緣由。

本詞於情態、舉止描述以及春景映襯中展露閨中佳人之情懷，筆調細膩委婉，情調孤寂幽怨。

江城子

詠柳

嫩黃初染綠初描。倚春嬌。索春饒❶。燕外鶯邊，想見萬絲搖。便作無情終軟美，天賦與，眼眉腰❷。

短長亭❸外短長橋。駐金鑣❹。繫蘭橈❺。可愛風流，年紀可憐宵❻。辦得重來攀折後。煙雨暗，不辭遙❼。

【注釋】❶饒　通「嬈」。嫵媚。李商隱〈無題〉：「露花終裛濕，風蝶強嬌饒。」❷眼眉腰　柳眼柳眉柳腰。初生柳芽似人睡眼初醒，柳葉細長如眉，柳枝窈窕婀娜似女子腰身，故稱。❸短長亭　古代道傍供行旅休憩之驛亭。十里一長亭，五里一短亭。❹駐金鑣　駐馬。金鑣，馬嚼子。此代指馬。❺蘭橈　木蘭槳，代指船。蘭舟。船之美稱。❻可愛二句　言春宵楊柳，風姿可愛，似妙齡佳人。《南史・張緒傳》載：劉悛之為益州，獻蜀柳數株。武帝以植於太昌靈和殿前，賞玩咨嗟曰：「此楊柳風流可愛，似張緒當年時。」風流，風雅瀟灑。❼辦得三句　意謂不辭煙雨路遙，定將重來攀折楊柳。辦得，準備。後，語氣詞，猶啊。此暗用唐代韓翃、柳氏故事。孟棨《本事詩》載韓翃與名妓柳氏相悅，分別三年不見，韓寄詩曰：「章臺柳，章臺柳。往日青青今在否？縱使長條似舊垂，亦應攀折他人手。」柳氏答詩曰：「楊柳枝，芳菲節。可恨年年贈離別。一葉隨風忽報秋，縱使君來豈堪折。」

【語譯】嫩黃初染，綠妝初描。倚春風，獲取春天的妖嬈。鶯鶯燕燕相伴，想見那萬絲千縷隨風飄搖。即便不解人情，終究婀娜嬌美，天生就迷濛星眼，纖纖蛾眉，窈窕細腰。

長亭短亭邊，長橋短橋頭，柳下駐馬，柳岸繫蘭舟。春宵楊柳，風姿可愛，似佳人芳年美妙。臨別誓將重來攀折，不辭煙雨路遙。

【研析】這是一首詠柳詞作，構思立意上以佳人為喻，上片狀其風姿，下片傳其情事。

詞作起筆描繪初春柳芽嫩黃泛綠之色。「染」、「描」二字可解作天工之細描淡染，又可視如佳人之描眉化妝。「倚春嬌」二句言楊柳倚春風，顯妖嬈。「倚」、「索」二字以擬人筆法展現出春風楊柳間的親暱情狀。「燕外」兩句虛筆引入鶯飛燕舞，襯托萬絲垂柳隨風搖曳景象，勾勒出一幅充滿生機和情趣的美麗春景圖。「便作」三句總括楊柳之柔媚風姿，柳眼柳眉柳腰，宛如窈窕佳人。

上片落筆於外表之色貌體態以展現楊柳之嬌嬈婉美，下片轉而題詠楊柳之情事，即人間別離。折柳贈別為文化傳統習俗，別離情事為詠柳題中之意，「短長亭」三句概括性呈現別離場景：或在長亭短亭邊，駐馬餞別；或在長橋短橋頭，蘭舟待發。相別之人、別離之情隱於其中。「可愛」二句活用張緒典故，以柳喻佳人，暗示出風流年少良宵惜別佳人情形。結末三句暗用韓翃、柳氏典事，展露年少對佳人的不捨和深情。

本詞無一「柳」字，而句句言柳，形神兼攝，筆調婉麗，格調清疏。

陳逢辰

陳逢辰（生卒年不詳），字振祖，號存熙。生平籍貫無考。《全宋詞》錄其詞二首。

烏夜啼

月痕未到朱扉❶。送郎時。暗裏一汪兒淚、沒人知。　搵❷不住。收不聚❸。被風吹。吹作一天愁雨、損花枝。

【注釋】❶朱扉　紅漆門。多指閨門。柳永〈蝶戀花〉（蜀錦地衣絲步障）：「玉砌雕欄新月上，朱扉半掩人相望。」❷搵　揩拭；擦。❸收不聚　言淚珠不能收聚。《雲謠集雜曲子・天仙子》（燕語鶯啼三月半）：「淚珠若得似珍珠，拈不散，知何限，串向紅絲應百萬。」

【語譯】新月尚未照到窗扉。送郎離去，眼眶暗蓄一汪別淚，沒人知。　淚流止不住，難收聚，任風吹。化作滿天愁雨，折損嬌嫩花枝。

【研析】這首傷離怨別小詞，真切生動地展現出閨中女子送別郎君情形：郎前強忍淚花，別後淚流成河。

上片描述女子送郎出門。其情事類似韋莊〈菩薩蠻〉（紅樓別夜堪惆悵）：「殘月出門時，美人和淚辭。」「月痕」亦即「殘月」，用筆更細婉。言「未到朱扉」，則一痕淡月尚未照到門前，與下文「暗裏」二字相照應。「一汪兒淚」為別淚盈眶之狀。「沒人知」，一則因「暗裏」而無人覺察；二則因忍淚未落。

上片言「送郎時」，一汪別淚，幾多別情，強忍未發，如韋莊〈女冠子〉（四月十七）所狀：「忍淚佯低面。」下片言送郎走後，淚如決堤之水，奪眶而出，恣意橫流。筆脈承上片「一汪兒淚」：「搵不住」，言淚流不止，為實筆直承；「收不聚」言淚珠不可收聚，亦實亦虛；「被風吹」三句為虛筆誇飾，以漫天風雨折損花枝，喻女子別淚如雨，愁損容顏。

詞作構思巧妙，描述男女別離，以女子別淚為焦點，前蓄後發，切合女子送別郎君之情緒變化。下片描狀別淚肆流，虛實相融，生動形象，別情深切。

西江月

楊柳雪融滯雨❶，酴醾玉軟欺風❷。飛英簌簌扣雕櫳❸，殘蝶歸來粉重❹。

罨畫❺扇題塵掩，繡花紗帶寒籠。送春先自費啼紅。更結疏雲秋夢❻。

【注　釋】❶楊柳句　言柳絮在雨中黏滯消融。雪，喻柳絮。❷酴醾句　言酴醾花在風中嬌柔飄零。玉，喻酴醾花。❸雕櫳　指雕窗。櫳，窗櫺。康與之〈滿庭芳〉：「霜幕風簾，閒齋小戶，素蟾初上雕櫳。」❹粉重　謂蝶翅淋雨而變得溼重。❺罨畫　彩色繪畫。楊慎《丹鉛總錄》卷十三：「畫家有罨畫，雜彩色畫也。」❻更結句　意謂夢入素秋。杜甫〈雨晴〉：「天際秋雲薄，從西萬里風。」

【語　譯】飄飛似雪的楊柳絮，黏滯消融在雨中；潔白如玉的酴醾花，嬌柔飄零在風中。落花簌簌扣打瑣窗，殘蝶歸來粉翅溼重。

彩繪扇面塵埃掩蔽，繡花紗帶寒氣侵襲。送春歸已自啼淚對落紅，更何堪疏淡秋雲入夢。

【研　析】這首詞抒寫女子傷春情懷。上片描寫風雨春歸景象。起筆二句將風、雨拆開來作互文見義，言柳絮、酴醾花在風吹雨打中飄零。蘇軾有詩云：「酴醾不爭春，寂寞開最晚。」（〈杜沂遊武昌以酴醾花菩薩泉見餉〉）酴醾隨風飄零，則已是春盡。「飛英」句言落花扣擊雕窗，承風；「殘蝶」句言蝴蝶粉翅溼重，承雨，「殘」字切合春殘。風雨交加，花蝶相隨，意脈相貫。「雕櫳」一語暗示出傷春之人，為下片作伏筆。

下片筆調轉入「雕櫳」內之女子傷春。「罨畫」二句描寫歌扇、舞帶閒置冷落之狀，暗示出女子曾經的歌舞歡情，映襯出女子如今的孤寂淒涼、怨別追昔之感傷情懷，為送春傷春鋪墊心境。孤獨傷感中面對春歸花謝，傷春之外更添身世之悲。「綠窗人似花」（韋莊〈菩薩蠻〉「紅樓別夜堪惆悵」），「啼紅」亦即自傷青春流逝。末句虛筆作結，泣別芳春，又夢入素秋，悲秋接續傷春，可謂「此恨綿綿無盡期」。

詞作章法構思頗有特色，大量筆墨用於室外、室內背景描寫，筆調冷靜，色澤豔麗，暈染出淒涼氛圍，鋪墊情境，結末二句抒發境中人之情懷，取遞進筆法，虛實相融，傷春入夢又悲秋，愁恨無時休。

樓采

樓采（生卒年不詳），字君亮。鄞縣（治所在今浙江寧波）人。嘉定十年（西元一二一七年）進士及第。《全宋詞》錄其詞六首。

瑞鶴仙

凍痕消夢草❶。又招得春歸，舊家池沼。園扉掩寒峭。倩誰將花信，遍傳深窈。追游趁早。便裁卻、輕衫短帽❷。任殘梅、飛滿溪橋。和月醉眠清曉。

年少。青絲❸纖手，綵勝❹嬌鬟，賦情誰表。南樓❺信杳。江雲重，雁歸少。記銜香嘶馬❻，流紅回岸，幾度綠楊殘照。想暗黃❼、依舊東風，霸陵❽古道。

【注釋】❶夢草　池塘春草。相傳謝靈運〈登池上樓〉之名句「池塘生春草」乃夢見謝惠連而吟得（見鍾嶸《詩品》卷二引《謝氏家錄》）。❷輕衫短帽　指輕便衣裝。唐庚〈春日雜興〉：「短帽輕衫信馬行，郊原春色太牽情。」陸游〈湖上〉：

「寒食初過穀雨前，輕衫短帽影翩翩。」❸青絲 指黑髮。❹綵勝 又稱幡勝。唐宋立春風俗，以紙、絹等剪作小幡等飾物，戴在頭上或繫於花下以歡慶春日來臨。張繼〈人日代客子是日立春〉：「遙知雙綵勝，並在一金釵。」❺南樓 原指武昌南樓，西晉庾亮鎮武昌時曾秋夜與幕僚登樓賞月吟詠（見《世說新語・容止》），後泛指文人雅士登覽遊賞之樓閣。陸游〈蝶戀花〉（陌上簫聲寒食近）：「千里斜陽鐘欲暝，憑高望斷南樓信。」❻衝香嘶馬 即馬嘶芳徑，指春日離別。溫庭筠〈菩薩蠻〉（玉樓明月長相憶）：「門外草萋萋，送君聞馬嘶。」❼暗黃 指夕陽殘照中的楊柳，呈暗黃之色。❽霸陵 漢文帝陵墓，因霸水而名，在長安縣（今陝西西安市長安區）東，為東出長安相別之地，後以霸陵、霸橋代指分別之地。韓琮〈楊柳枝〉：「霸陵原上多離別，少有長條拂地垂。」

【語譯】冰凍消融，芳草漸長，又招得春歸舊家池塘。園門深掩，料峭春寒。請誰將花信傳遍深院？遊春須趁早，便備好輕衫短帽。任憑落梅飛滿溪橋，明月相伴，醉眠到清曉。 妙齡芳年，纖手弄青絲，彩勝簪鬟何嬌柔！欲賦深情向誰表？南樓音信杳杳，江雲溼重，歸雁寥寥。曾記得芳徑蕭蕭馬鳴，曲岸流水落花漂。別來幾度綠楊映殘照。遙想霸陵古道，東風依舊吹拂，昏黃楊柳。

【研析】這是一首題詠立春的詞作。上片言春歸池沼，趁早追遊。起句即點明冬去春來，暗用謝靈運詠春名句「池塘生春草」（〈登池上樓〉），透露出早春觸發的欣悅之情，筆脈上則貫通下文「池沼」。「招得」承「夢」，夢招春歸，言「舊家池沼」，乃以春擬人，意謂春歸故地。然而春寒料峭，林園庭院門窗深掩，花信何以遍傳？此似代春而憂慮，實則暗示出詞人內心繫念的深閨之人。以上言春意初興，「追游」數句轉言追尋早春，展露欣然迎春之情，溪橋落梅紛紛中透出早春氣象。

詞作下片抒寫深閨佳人立春懷思，承應上片「舊家池沼」、「園扉」、「深窈」等用語。「年少」四句描繪年少佳人立春之日簪戴綵勝情狀。「綵勝嬌鬟」見出美妙嬌俏之態。「賦情誰表」一問流露出寂寞相思之深情，引發下文。「南樓信杳」三句承「誰表」二字，言所念遊子音信杳無，且歸雁難覓，故而無人可表思念之情。相思無奈，不禁回想起那難忘的春日相別情形，馬嘶芳徑，曲岸流水，落紅飄逝，依依別情，無限哀怨。「幾度」句言別離之久，別怨之深。結末「想暗黃」二句料想昔日分別之地柳色嫩黃，東風依舊，春乍歸而人未歸。虛筆景語結情，餘韻不盡。

玉漏遲❶

絮花寒食❷路。晴絲罥日❸，綠陰吹霧。客帽欺風❹，愁滿畫船煙浦。綵柱秋千散後，悵塵鎖、燕簾鶯戶❺。從❻間阻。夢雲❼無準，鬢霜如許。夜永繡閣藏嬌❽，記掩扇傳歌，翦燈留語。月約星期❾，細把花鬚頻數❿。彈指⓫一襟幽恨，漫空趁、啼鵑聲訴⓬。深院宇。黃昏杏花微雨⓭。

【注釋】❶此詞柯本末注「一作吳夢窗詞」。❷寒食　節令名，在農曆冬至後一百五日，即清明前一、二日。舊俗，此日禁火冷食，故稱。《荊楚歲時記》：「去冬節一百五日，即有疾風甚雨，謂之寒食，禁火三日。」❸晴絲句　指日光照射，游絲飄拂。晴絲，即游絲，指晴日蜘蛛等昆蟲類所吐之絲。罥，纏掛。❹客帽句　客帽被風吹落。此用孟嘉落帽典故，見陶潛〈晉故征西大將軍長史孟府君傳〉。❺燕簾鶯戶　指女子閨閣。張炎〈朝中措〉（清明時節雨聲譁）：「燕簾鶯戶，雲窗霧閣，酒醒啼鴉。」❻從　任憑；聽任。❼夢雲　指男女相思之夢。此用楚王夢巫山神女典故，見宋玉〈高唐賦序〉。❽夜永句　言長夜與佳人相守繡閣。此用漢武帝「金屋藏嬌」典故，見舊題班固《漢武故事》。❾月約句　指七夕，即男女相會之約。王勃〈七夕賦〉：「佇靈匹於星期，眷神姿於月夕。」❿細把句　指細數花鬚以占卜相會佳期。辛棄疾〈祝英臺近〉（寶釵分）：「試把花卜歸期，才簪又重數。」⓫彈指　悵恨。佛家以拇指、食指撚彈作聲表示許諾、憤怒、驚歎等。孟郊〈借車〉：「借者莫彈指，貧窮何足嗟。」⓬漫空句　徒然付與杜鵑啼訴。漫空，空自；徒然。啼鵑，相傳古蜀王杜宇精魄化為杜鵑（亦名子規），至春則啼，哀怨淒惻。⓭杏花微雨　杏花綻放，細雨飄灑。馮延巳〈蝶戀花〉（六曲闌干偎碧樹）：「紅杏開時，一霎清明雨。」《歲時廣記》卷一「杏花雨」條：「《提要錄》：杏花開時正值清明前後，必有雨也，謂之杏花雨。」

【語　譯】寒食時節，柳絮飛滿路。日光下游絲拂蕩，林蔭間輕霧飄浮。風吹遊子衣帽，愁緒彌漫畫船煙浦。綵柱秋千，佳人散去，悵歎塵封繡戶。無奈山水隔阻。夢中相會無憑準，兩鬢斑白如許。　夜深繡閣佳人，記得綵扇掩映，歌聲清越，剪燈燭，依依話別留語。相約佳期，頻頻細數花鬚。轉瞬成別離，唯有滿懷幽愁暗恨，空託付杜鵑聲聲啼訴。庭院深深，黃昏裡，杏花幽豔，綿綿細雨。

【研　析】這是一首寒食懷人詞作。起筆三句描繪寒食景象：柳絮飄飛，晴日游絲拂蕩，林蔭輕霧繚繞。此境為下文抒寫客愁作鋪墊，情景相諧。「客帽」兩句點明異鄉漂泊，滿眼愁緒。緣何而「愁滿」？「綵柱」數句層層細述：佳人離去，閨閣塵鎖；兩情隔阻，相思而夢無準；思愁令人老，鬢髮如霜雪。「悵」字見出無限傷感，「從」字見出愁苦而無奈，「如許」之歎蘊含深深的自哀自憐。

下片「夜永」五句追憶往昔與佳人繡閣別夜情景：長夜無眠，佳人掩扇歌別曲，剪燈留別語，細數花鬚相約佳期，別情依依。「彈指」一語從追憶跳轉到現實，轉瞬間兩情相隔，一腔幽恨空付與杜鵑聲聲啼訴。幽懷別恨之人獨聽杜鵑啼怨，淒楚何堪！末二句以景作結。深院、黃昏、杏花、微雨，寂靜而淒清，美麗而又迷離，映襯出無盡的淒涼悵惘之情。

詞作用語華美，詞情幽怨，筆調沉婉，情景相映，韻味悠長。

法曲獻仙音

花匣么絃❶，象奩雙陸❷，舊日留歡情意。夢別❸銀屏，恨裁蘭燭，香篝❹夜闌鴛被。料燕子重來地。桐陰鎖窗綺。　倦梳洗。暈芳鈿、自羞鸞鏡❺，羅袖冷，煙柳畫闌半倚。淺雨壓酴醾，指東風、芳事❻餘幾。院落黃昏，怕春鶯、驚笑(ㄒㄧㄠˋ)憔(ㄑㄧㄠˊ)悴(ㄘㄨㄟˋ)。倩(ㄑㄧㄥˋ)柔(ㄖㄡˊ)紅(ㄏㄨㄥˊ)❼約(ㄩㄝ)定(ㄉㄧㄥˋ)，喚(ㄏㄨㄢˋ)取(ㄑㄩˇ)玉(ㄩˋ)簫(ㄒㄧㄠ)同(ㄊㄨㄥˊ)醉(ㄗㄨㄟˋ)❽。

【注　釋】❶花匣句　雕花匣中琵琶。么絃，琵琶第四絃，此代指琵琶。❷象奩句　象牙盒中雙陸。雙陸，一種博戲器具，對局雙方盤中前後各有六梁，故稱雙陸。❸夢別　柯本作「夢到」。❹香篝　薰籠。周邦彥〈花犯〉（粉牆低）：「更可惜，雪中高樹，香篝薰素被。」❺鸞鏡　飾有鸞鳥圖案的妝鏡。❻芳事　花事。蔣捷〈賀新郎〉（妾有琵琶譜）：「芳事往，蝶空訴。」❼柔紅　指春花。毛滂〈鵲橋仙〉（紅摧綠剉）：「柔紅不耐，暗香猶好，覷著翻成不忍。」❽喚取句　意謂兩情歡聚同醉。此用蕭史、弄玉夫婦吹簫成仙典故。參見舊題劉向《列仙傳》。

【語　譯】雕花匣中琵琶，象牙盒裡雙陸，留下多少往日相歡情意。夢回銀屏相別，悵然剪燭，夜深香薰鴛被。想如今燕子重歸，桐陰深掩，綺窗鎖閉。　慵倦懶梳洗。花鈿暈微光，羞愧臨照妝鏡；春寒羅袖薄，煙拂綠柳，畫欄半倚。酴醾花垂細雨中，問東風：花事還剩幾許？黃昏院落，怕春鶯驚笑容顏憔悴。懇請嬌花約定，喚來那人歡聚同醉。

【研　析】這是一首閨怨詞作。起筆三句觸物思人，因匣中琵琶、奩裡雙陸而追念昔日歡聚情意。「夢別」三句，因追念而入夢，實則假託夢境回想銀屏別夜情形：愁剪蘭燭，香薰鴛被，夜深無眠。靜默無言中彌漫無盡的傷離怨別之情。「料燕子」二句點出春日時節，借燕子歸來所見桐蔭深掩綺窗景象，間接抒寫別後寂寥淒涼境況。

上片言長夜相思情狀，下片敘述晨起到黃昏之長日愁思慵倦之態。「倦梳洗」二句言慵怠梳妝情態。「自羞鸞鏡」，乃因愁苦傷損而羞愧臨照，與下文「怕春鶯驚笑憔悴」相應。「羅袖冷」二句描寫半倚畫欄之狀。梳洗、倚欄兩個典型畫面，顯露出佳人整日惆悵怨別心境。「淺雨」四句為倚欄觸景傷懷：前兩句見雨中酴醾花垂而傷歎春事將盡，因酴醾花開在暮春，蘇軾有詩云：「酴醾不爭春，寂寞開最晚。」（〈杜沂遊武昌以酴醾花菩薩泉見餉〉）「院落」二句言日落黃昏，見春鶯而自憐憔悴。悵歎春事將盡，亦自歎韶華易逝，身心憔悴，更深感別離之悲苦，更期待別後之歡聚，結末二句即託請春花表達此願，筆調激蕩。然而「柔紅」易謝，又怎能代傳此意？「喚取玉簫同醉」只能是痴情虛願而已。

全詞敘寫脈絡清晰，從夜思入夢、晨起梳洗，直到倚欄對黃昏，細婉抒寫出佳人別離淒苦之情，華麗物象映襯深切幽怨，末筆振起，餘韻繚繞。

好事近

人去綠屏閒，逗曉❶柳絲風急。簾外杏花微雨❷，罥❸春紅愁溼。

單衣初試麴塵❹羅，中酒❺病無力。應是繡牀❻慵困，倚秋千斜立。

【注釋】❶逗曉　拂曉。周邦彥〈鳳來朝〉：「逗曉看嬌面。」❷微雨　原作「細雨」，據柯本校改。❸罥　纏掛。❹麴塵　淡黃色。酒麴所生菌，其色淡黃如塵，故稱。牛嶠〈楊柳枝〉：「裊翠籠烟拂暖波，舞裙新染麴塵羅。」❺中酒　醉酒。❻牀　原作「狀」，據柯本校改。

【語譯】那人離去，錦屏閒靜，曉來風急，柳絲飛舞。簾外微雨，杏花紅溼掛枝頭，惹人愁。

淡黃羅衣初試，醉酒如病無氣力。必是繡床人起尚慵困，傍倚秋千斜立。

【研　析】這是一首佳人怨別傷春詞作。起句點明男女別離情事，「玉屏閒」透出淒清境況。此為夜間閨中之寂寥，「逗曉」句為破曉簾外急風拂柳景象，閨中人長夜孤寂相思之愁亦隨之搖蕩胸懷。「簾外」二句亦承「逗曉」而來，言雨中杏花紅溼掛枝頭，著一「愁」字，情景交融，有似李璟〈攤破浣溪沙〉之「丁香空結雨中愁」。

上片以背景烘托為主，下片描寫佳人舉止情態，時間上一脈相貫，細述晨起後初試春衣、慵倚秋千之狀。「中酒」句言宿醉之身懨懨無力，「繡牀慵困」言夜思無眠故而神情慵困，情懷亦與昨夜愁思別怨相通。末句秋千慵倚之剪影中，渾然凝聚著佳人對往昔相歡遊樂的追憶留戀及其今日獨守寂寥的悲苦無奈。

詞作短小，章法構思頗為精巧。一是時空脈絡清晰。全詞時間上從夜深到拂曉，再到晨起之後；上、下片空間上均從室內到室外。二是以畫面映襯或透露情懷，上片「綠屏閒」、「柳絲風急」、「杏花微雨」三個畫面，下片羅衣初試無力、慵倚秋千斜立兩個畫面，鮮明而有味，耐人尋思。

二郎神

露牀轉玉❶，喚睡醒、綠雲❷梳曉。正倦立銀屏，新寬衣帶❸，生怯❹輕寒料峭。悶絕相思無人問，但怨入、墻陰啼鳥。嗟露屋鎖春，晴風暄晝，柳輕梅小。

人悄。日長漫憶，秋千嬉笑。悵燼冷爐熏，花深鶯靜，簾箔微紅醉裊❺。帶結留詩，粉痕消帕，情遠竊香年少❻。凝恨極，盡日憑高目斷，淡煙芳草。

【注　釋】❶露牀句　言佳人牀上翻轉。露牀，蓋指敞露之牀。吳融〈次韻和王員外雜遊四韻〉：「誰見玉郎腸斷處，露牀風簟半欹斜。」❷綠雲　指女子鬢髮。李端〈妾薄命〉：「憶妾初嫁君，花鬢如綠雲。」❸新寬句　言新近瘦損衣寬。❹生怯　深怕。李清照〈鳳凰臺上憶吹簫〉（香冷金猊）：「生怕離懷別苦，多少事，欲說還休。」❺簾箔句　意謂燈下竹簾微紅，佳人嬌慵如醉。簾箔，竹子或蘆葦編製的方簾。微，原作「薇」，據柯本校改。❻情遠句　意謂思念遠別情郎。溫庭筠〈河傳〉（同伴）：「天際雲鳥引情遠。」竊香，用韓壽典故。《世說新語・惑溺》載西晉賈充之女悅韓壽。賈充獲皇帝所賜異香，其女竊取贈予韓壽。

【語　譯】床上佳人轉輾，曉來睡醒，梳妝理雲鬟。正倦倚銀屏慵立，新近瘦損衣寬，深怕料峭輕寒。相思愁絕無人問，但對墻陰啼鳥訴幽怨。悵歎春日廊屋深鎖，晴晝東風暄囂，柳絲輕拂青梅小。　人寂寥。漫漫長日，空追憶往昔秋千院落嘻笑。悵然，燈暗燼冷，熏爐煙淡。花叢深處鶯寂寂。燈映簾箔微紅，嬌柔慵倦如醉。衣帶存留詩，絹帕粉痕消褪，情繫郎君遠離。別恨凝結，終日憑高眺望，目盡淡煙芳草茫茫。

【研析】這是一首閨怨傷別詞作。上片逐次描述佳人睡醒曉起梳妝、「倦立銀屏」、帶寬怯寒、孤寂愁悶情狀。「轉玉」、「綠雲」、「銀屏」等用語為《花間》色調，其情境頗似溫庭筠〈菩薩蠻〉之「小山重疊金明滅，鬢雲欲渡香腮雪。懶起畫蛾眉，弄妝梳洗遲」，冷豔背景及佳人情態舉止透出無限幽怨。下字亦見細琢之功，言衣帶寬而曰「新」，見出新近更加憔悴；言怯寒而曰「輕寒」，更見嬌弱不耐風寒之態。「但怨入」句以下轉以春日禽鳥風色襯托相思別怨，牆陰春鳥啼怨，春風拂蕩，楊柳輕舞，青梅嬌小，而佳人深鎖閨閣，其情懷之淒苦見於言外。

過片承前筆脈，展露佳人晝日寂寥中追憶相伴郎君秋千院落歡賞情形，「漫」字則透出歡聚成過往之無奈，與下文「悵」字相通。「燼冷爐熏」三句呈現長夜相思情狀。夜深人靜，花叢春鶯寂靜，閨中燈燭暗淡，熏爐香裊，簾箔映微光，佳人嬌慵如醉。「帶結留詩」三句點明兩情別離，見相聚時的留詩、粉帕而思念遠方的郎君。末三句承「情遠」，以佳人凝恨目斷芳草之畫面作結。「傷高懷遠幾時窮？無物似情濃。」（張先〈一叢花令〉）「平蕪盡處是春山，行人更在春山外。」（歐陽脩〈踏莎行〉「候館梅殘」）盡日憑高望遠，離愁別怨、相思相期之情彌漫天際。

全詞在描述佳人舉止情態、思緒活動及其閨閣內外背景中展現其別怨愁懷。時間脈絡上從睡醒「梳曉」到晝日「漫憶」，再到夜深念遠，形成晝夜怨別相思情狀，結末「盡日」則概言日日如此，將思念之情推向無盡時。詞中情事之表露上取由隱而顯、漸進漸明之法，前段筆墨緩緩敘寫，情景相映，僅以「相思」、「漫憶」二語流露別離情事，至「帶結留詩」句以下則點明兩情遠別，終日憑高目斷，情思茫茫。

玉樓春

東風破曉寒成陣。曲鎖沉香簧語嫩❶。鳳釵敲枕玉聲圓，羅袖拂屏金縷❷褪。

雲頭雁影占❸來信。歌底眉尖縈淺暈。淡煙疏柳一簾春，細雨遙山千疊恨。

【注釋】❶曲鎖句　言深閨沉香繚繞，窗外鶯聲嬌嫩。曲，指深院曲室。賀鑄〈鷓鴣天〉（惆悵離亭斷綵襟）：「遙夜半，曲房深。有時昵語話如今。」簧語，喻鶯聲。簧，樂器中用以振動發聲的彈性薄片。柳永〈黃鶯兒・詠鶯〉（園林晴晝誰為主）：「觀露濕縷金衣，葉映如簧語。曉來枝上綿蠻，似把芳心深意低訴。」❷金縷　指金縷衣，飾以金縷的舞衣。韓偓〈遙見〉：「悲歌淚溼澹胭脂，閒立風吹金縷衣。」❸占　預卜。曾鞏〈聽鵲寄家人〉：「鵲聲喳喳寧有知，家人聽鵲占歸期。」

【語譯】東風破曉，寒氣陣陣侵襲。曲房深鎖，沉香繚繞，如簧鶯語柔美。鳳釵敲枕，玉聲清圓。倚屏拂羅袖，舞衣金縷色褪。　雲邊雁影飛掠，預卜遠方來信。歌時眉間泛淺暈。疏柳淡煙飄浮，一簾春色。細雨飄灑，遠山重重，別恨千疊。

【研析】這是一首歌女懷人詞作。上片描述歌女曉來晨起，前二句鋪墊春曉背景，春風吹拂，輕寒陣陣，室內沉香繚繞，窗外早鶯細語。後二句言歌女晨起，以鳳釵、玉枕、羅袖、金縷、屏風等豔麗物象及「敲」、「拂」兩個動詞展現起床穿衣情形，「羅袖」句關合歌女身分，「褪」字言金縷舞衣色澤暗淡，暗示出歌女之黯然情懷。

詞作下片抒寫別恨。過片「雲頭」句道出離別後唯有寄思念於鴻雁傳書。言「占來信」，見雲中大雁而期待、揣度遠方來信。鴻雁實無憑，亦如曾鞏〈聽鵲寄家人〉所言：「鵲聲喳喳寧有知，家人聽鵲占歸期。」

「占」亦無果，相思別愁依然縈繞眉間心上，「歌底」句即言歌女吟唱間愁雲掛眉端。這大略是歌女別離生活之常態。結末二句融情於景。煙柳疏淡，一簾春色，對傷離怨別之人而言，可謂「好景虛設」，徒增悵然；春雨綿綿，遠山重重，對遙望盼歸之人而言，可謂絲雨如愁，疊山似恨。

奚漢

奚漢（生卒年不詳），字倬然，號秋崖。臨安府（治所在今浙江杭州）人。與楊纘、周密、施岳、李彭老等宋末詞壇名流交遊，曾作詞壽賈似道。《全宋詞》錄其詞十首。

芳草

南屏晚鐘❶

笑湖山、紛紛歌舞❷，花邊如夢如熏。響煙❸驚落日，長橋❹芳草外，客愁醒。天風送遠，向兩山❺、喚醒癡雲❻。猶自有、迷林去鳥，不信黃昏。

消凝❼。油車❽歸後，一眉新月，獨印湖心❾。蕊宮❿相答處，空巖虛谷應，猿語香林。正酣紅紫夢，便市朝、有聲誰聽⓫？怪玉兔、金烏不換⓬，只換游人。

【注釋】❶南屏晚鐘　杭州西湖南屏山下興教寺鐘聲，為西湖十景之一。參見吳自牧《夢粱錄》卷十二。南屏，山名，在杭州西湖南岸。《咸淳臨安志》卷二十三：「南屏山，在興教寺後。怪石聳秀，中穿一洞，上有石壁若屏障然。」❷笑湖山

句　指西湖歌舞。周密《武林舊事》卷三：「西湖天下景，朝昏晴雨，四序總宜。杭人亦無時而不游，而春游特盛焉。」林升《題臨安邸》：「山處青山樓外樓，西湖歌舞幾時休。」❸響煙　指暮靄鐘聲。❹長橋　在南屏山下東北西湖旁。❺兩山　指南屏山及其支脈雷峰。❻癡雲　凝雲。周紫芝〈虞美人〉：「癡雲壓地風塵捲。」❼消凝　凝神銷魂。柳永〈夜半樂〉：「對此佳景，頓覺銷凝，惹成愁緒。」❽油車　亦稱油壁車，女子出遊所乘油布帷幕小車。樂府古辭〈蘇小小歌〉：「我乘油壁車，郎乘青驄馬。何處結同心，西陵松柏下。」❾一眉二句　指西湖十景之一「三潭印月」。❿蕊宮　即蕊珠宮，道教所稱仙宮。此代指寺觀。⓫便市朝句　意謂市朝中無人聞聽南屏晚鐘。市朝，指名利場所。《戰國策・秦策一》：「臣聞爭名者於朝，爭利者於市。今三川、周室，天下之市朝也。」聲，原作「耳」，據毛本校改。⓬怪玉兔句　言日月不變。玉兔，指月亮。金烏，指太陽。神話傳說月宮有白兔，日中有三足烏。

【語譯】笑看湖山，歌舞紛紜，繁花似夢，芳香如熏。暮靄鐘聲驚落日，長橋邊，芳草外，客愁思。晚風吹送鐘聲遠，喚醒山中凝雲。尚有飛鳥迷戀芳林，不信黃昏已來臨。　凝神銷魂。油壁車已歸，一彎新月如眉，獨印湖心。寺觀鐘聲互答，空巖虛谷相應，芳林猿啼吟。市朝醉歡，燈紅酒綠，南屏晚鐘有誰聽？慨歎日月亙古不變，只是遊人換不停。

【研析】這首詞題詠西湖十景之一「南屏晚鐘」。詞寫晚鐘，而以晝日歡遊熱鬧景象作鋪墊，起筆二句呈現西湖春日歡賞總體場景，歌舞紛紜，繁花似錦，如夢如熏。「笑」字顯出超脫其境之旁觀姿態，亦總綰全詞。「響煙」句轉寫「晚鐘」，日落時分，歡鬧漸歸寧靜，而暮靄中響起的鐘聲驚破寧靜，驚醒客愁，隨風喚醒山中凝雲，也提醒迷戀芳林的飛鳥日夕歸巢。「客愁醒」之「醒」字頗為切當，晝日迷醉於湖山美景、歌舞歡賞的「客愁」，被暮靄中飄蕩的鐘聲、夕陽下的長橋芳草所喚醒，彌漫於湖山暮色之中。「天風」四句描寫鐘聲裡的山間雲氣、芳林飛鳥，或許想到陶淵明的「山氣日夕佳，飛鳥相與還」（〈飲酒〉），寫飛鳥則別出新意，謂春鳥迷戀芳林，不信黃昏來臨。鳥之遊興未盡而不願歸巢棲息，湖山春晝歌舞繁華之餘韻亦繚繞不盡。

過片「消凝」二字，以凝神銷魂之狀承前啟後，頗似柳永〈夜半樂〉之「對此佳景，頓覺銷凝，惹成愁緒」，美景映客愁，情懷實難言表。「油車歸後」一句掃盡晝日「紛紛歌舞」，「一眉新月」句以下描寫月夜湖山景象。「一眉」二句狀湖中月色：新月如眉，倒映湖中。「蕊宮」三句寫林寺聲響：鐘聲相應，空谷回蕩，林中清猿啼吟。寧靜的湖山月色，縹緲的寺廟鐘聲，清幽的林中猿吟，呈現出超脫塵雜俗世的清曠幽邈境界，非「酣紅紫夢」之「市朝」中人所能感受。「酣紅紫夢」反襯「蕊宮」三句，又與首句「紛紛歌舞」遙相呼應。結末從湖山晝日、月夜遊人之變換引發感慨，以天地日月之永恆不變，反襯「游人」之更迭無常，寄寓人世滄桑之感。

詞作主要取背景襯托手法展現「南屏晚鐘」之幽邈脫俗韻味，如斜陽暮靄、長橋芳草、山中浮雲、林間飛鳥、月印湖心、猿吟芳林等均為正面襯托，「紛紛歌舞」、「酣紅紫夢」則為反面襯托。「客愁」、「消凝」二語點出景中人，亦融情於景，與結末感慨一脈相通。

華胥引

中秋紫霞❶席上

澄空無際，一幅輕綃❷，素秋❸弄色。翦翦❹天風，飛飛萬里吹淨碧。遙想玉杵芒寒❺，聽佩環❻無迹。圓缺何心，有心偏向歌席。

多少情懷，甚❼年年、共憐今夕。蕊宮珠殿❽，還吟飄香秀筆。隱約〈霓裳〉聲度，認紫霞樓笛❾。獨鶴歸來，更無清夢堪覓❿。

【注釋】 ❶紫霞　楊纘，字繼翁，號守齋，又號紫霞。嚴州（治所在今浙江建德）人，居錢塘。好古博雅，善琴，精通音律。張炎《詞源》卷下云：「近代楊守齋精於琴，故深知音律，有《圈法周美成詞》。與之游者周草窗、施梅川、徐雪江、奚秋崖、李商隱，每一聚首，必分題賦曲。但守齋持律甚嚴，一字不苟作，遂有『作詞五要』。」❷輕綃　透明的輕紗薄絹。此喻月光。❸素秋　秋季。古代五行之說，秋屬金，其色白，故稱素秋。❹翦翦　形容風吹拂。韓偓〈寒食夜〉：「測測輕寒翦翦風，杏花飄雪小桃紅。」❺玉杵芒寒　指月輝清冷。傳說月中有白兔持杵搗藥，故稱。蘇軾〈牛口見月〉：「新月皎如畫，疎星弄寒芒。」❻佩環　代指月宮仙女。❼甚　正；是。吳文英〈探芳信〉（為春瘦）：「甚年年鬬草心期，探花時候。」❽蕊宮珠殿　仙宮玉殿。此喻指楊纘紫霞樓。❾隱約二句　以盛唐宮中名曲〈霓裳羽衣曲〉喻指楊纘席上笛曲。霓裳，指〈霓裳羽衣曲〉，鄭嵎〈津陽門〉詩注：「葉法善引上入月宮，時秋已深。上苦凄冷，不能久留，歸於天半，尚聞仙樂。及上歸，且記憶其半，遂於笛中寫之。會西涼都督楊敬述進〈婆羅門曲〉，與其聲調相符，遂以月中所聞為之散序，用敬述所進曲作其腔，而名〈霓裳羽衣法曲〉。」❿獨鶴二句　意謂孤鶴飛來，絕無清夢可入。此反用蘇軾〈後赤壁賦〉所述中秋之夜遊赤壁，見孤鶴而夜夢道士之事：「適有孤鶴橫江東來，翅如車輪，玄裳縞衣，戛然長鳴，掠予舟而西也。須臾客去。予亦就睡，夢一道士，羽衣翩躚，過臨皐之下。」

【語譯】長空澄澈，浩闊無際。月光如一幅輕紗，撩弄秋色。清風萬里吹拂，天淨雲碧。遙想月宮冷光清輝，仙人環佩靜無聲息。月圓月缺是何情懷？圓月偏愛臨照酒筵歌席。　多少深情厚意，年年共賞中秋良宵。仙宮玉殿，清詞飄香，歌吟繚繞。〈霓裳〉仙曲隱約飛揚，是那紫霞樓中笛聲縹渺。孤鶴飛來，絕無清夢可堪尋找。

【研析】這首詞描述楊纘紫霞樓中秋夜宴。周密《齊東野語》卷十八追憶楊纘宴客情形：「著唐衣，坐紫霞樓，調手製閒素琴，新製〈瓊林〉、〈玉樹〉二曲。供客以玻瓈瓶洛花，飲客以玉缸春酒，笑語竟夕不休。」本詞所述可相參證。

詞作上片描繪中秋月夜景象，實即詠月。明淨長空、萬里清風為月色之襯托，「一幅輕綃」二句正筆描寫月輝如輕紗飄拂，撩弄清秋夜色。「遙想」二句因月空而想像月宮清輝冷寂境況，化用月兔、嫦娥傳說。「圓缺」二句轉到人間歌席，仍未離月，以擬人筆調詢問明月何以或圓或缺？何以偏愛臨照歌席？石延年云：「月如無恨月長圓。」（司馬光《續詩話》）意謂月缺因其有恨。蘇軾〈水調歌頭〉（明月幾時有）反用其意，云：「不應有恨，何事長向別時圓？人有悲歡離合，月有陰晴圓缺，此事古難全。」意謂月有圓缺，自古如此，並非有恨，不然何以人間別離之時而月卻圓滿？本詞撇開月之有恨無恨，就圓月偏照歌席而揣度月之情懷，問其「圓缺何心」？筆調由月而轉向歌席，因月之「有心」而導向歌席情境。

詞作下片承前「歌席」，展現「中秋紫霞席上」情形。過片由年年中秋情思無限引入今夕歡賞情懷。「蕊宮」二句言紫霞樓中吟詠清詞，芳香飄拂。「隱約」二句言楊纘所製笛曲，飄渺悠揚，妙如仙樂。末二句反用蘇軾中秋月夜遊赤壁見孤鶴而夜夢道士之事（見蘇軾〈後赤壁賦〉），意謂今夕歌吟宴歡，如夢似仙，通宵無眠，「更無清夢堪覓」。

本詞上片渲染中秋月色，下片描述歌席歡賞，過度自然，意脈流暢。清麗雋秀，情韻幽邈。

趙聞禮

趙聞禮（生卒年不詳），字立之，一字粹夫，號釣月。臨濮縣（治所在今山東鄄城）人。曾官胥口監鎮。淳祐十年（西元一二五〇年）在世（據其所編《陽春白雪》卷八丁默〈齊天樂〉詞注）。有《釣月集》，不傳。《全宋詞》錄其詞十四首。

千秋歲

鶯啼晴晝。南國春如繡❶。飛絮眼❷，凭闌袖。日長花片落，睡起眉山鬬❸。無箇事❹，沈煙一縷騰金獸❺。

千里空回首。兩地厭厭❻瘦。春去也，歸來否。五更樓外月，雙燕門前柳。人不見，秋千院落清明後。

【注釋】❶春如繡　指春天美景如繡。❷飛絮眼　指眼前柳絮飄飛。❸眉山鬪　指雙眉對蹙。❹無箇事　一無所事。周邦彥〈望江南〉（歌席上）：「無箇事，因甚斂雙蛾。」❺金獸　指獸形香爐。❻厭厭　同「懨懨」，精神不振的樣子。

【語譯】晴日鶯鳥歡啼，南國春景如繡。眼前柳絮飄飛，佳人倚欄垂袖。日長落花片片，睡起雙眉微皺。百無聊賴，一縷沉香繚繞。

遠行千里空回首。兩地相隔，憂思倦怠容顏瘦。春已離去，人能歸來否？五更時分，樓外月西沉，雙燕棲息門前柳。清明已過，不見人歸，庭院秋千冷落。

【研析】這是一首佳人傷春懷遠詞作。上片以春日美景反襯空閨佳人之愁怨。晴好春晝，美景如繡，鶯鳥啼歡。佳人睡起，憑欄垂袖，眉山雙蹙，愁思倦怠，長日寂寥。眼前柳絮飄飛，落花片片，爐香裊裊升騰。

詞作過片點明佳人憂愁之緣由：千里相思，憔悴瘦損。「春去也」以下抒寫傷春懷人情懷。春去人未歸，愁思無眠。臨曉樓外斜月西沉，門前綠柳燕雙棲。相思一夜，又迎來晝日孤寂而漫長的期盼等待。結末「人不見」二句呈現出秋千院落的淒清景象，也暗示出佳人對往日秋千院落歡賞的追憶，觸景感懷，思念無盡。

本詞上片之「晴晝」、下片之「五更」，合成晝夜愁思怨別情境。筆調清麗幽約，情韻綿婉悠長。

魚游春水

青樓❶臨遠水。樓上東風飛燕子。玉鉤珠箔❷，密密鎖紅關翠。翦勝裁旛春日戲，簇柳簪花元夜醉❸。閒憶舊歡，漫撩新淚。羅帕啼痕未洗。愁見同心❹雙鳳翅。長安❺十日輕寒，春衫未試。過盡征鴻知幾許，不寄蕭郎❻書一紙。愁腸斷也，箇人知未？

【注　釋】❶青樓　青漆塗飾的樓閣。曹植〈美女篇〉：「借問女安居？乃在城南端。青樓臨大路，高門結重關。」❷珠箔　珠簾。李白〈陌上贈美人〉：「美人一笑褰珠箔，遙指紅樓是妾家。」❸翦勝二句　言春日元夕，裁剪旛勝，簪花戴柳，遊樂歡醉。旛勝，舊時立春日以紙、絹剪成的小旗、燕、蝶等裝飾物。柳、花，泛指女子頭飾。周密《武林舊事》卷一載元夕節女子頭飾有「雪柳」。❹同心　指同心結。舊時用錦帶編成的連環結，象徵愛情不渝。梁武帝蕭衍〈有所思〉：「腰中雙綺帶，夢為同心結。」❺長安　漢、唐都城，今陝西西安。此借指南宋都城臨安，今浙江杭州。❻蕭郎　指情郎。原指蕭史，秦穆公時人，善吹簫，娶穆公女。後夫妻乘鳳昇仙（參見舊題劉向《列仙傳》）。陳允平〈浣溪沙〉：「自別蕭郎錦帳寒，鳳樓日日望平安。」

【語　譯】閨樓臨近遠流水，樓上東風燕雙飛。玉鉤珠簾重重，掩映紅翠。春日元夕，剪勝裁旛，簇柳簪花，遊樂沉醉。閒來追憶舊歡，徒自擦拭新淚。　　羅帕淚痕未洗，愁見羅帶同心結，帕上雙鳳展翅。都城十日輕寒惻惻，春衫尚未試。多少鴻雁飛過，卻沒傳來郎君音書半紙。愁腸斷盡，郎君知不知？

【研　析】這是一首佳人元夕立春懷遠詞作。立春正逢元夕，上片以追述往昔立春、元夕歡賞沉醉為詞情焦點，前四句作鋪墊導入：「青樓」句點出佳人所居樓閣，「遠水」暗示出樓中人念遠之情。「樓上」句順承「青樓」，點明春來。流水遠去，「離愁漸遠漸無窮，迢迢不斷如春水」（歐陽脩〈踏莎行〉（候館梅殘））；春來燕歸人未歸。首二句即隱伏相思怨別之基調。「玉鉤」二句進而展現閨中背景：簾幕重重，紅翠輝映。元夜裝飾盛麗一如往昔，而歡賞已成過往，詞筆遂轉入對往昔立春、元夕歡賞情形的追憶：「翦勝」句言立春日之歡，「簇柳」句言元夜之樂。「閒憶」二句跳出追憶，結上啟下：今春元夕，獨守閨樓，追憶舊歡，徒自頻拭新淚。

下片抒寫別離相思深情。過片「羅帕」句緊承「新淚」，「啼痕」凝結別怨離愁，眼見同心結、雙鳳比翼，睹物思人，愁上添愁，不免又添新淚。「長安」兩句言都城輕寒滯留不退，未能試春衫。試春衫意謂著擺脫冬寒，迎來春暖，可以出遊賞春。這或許可以緩解空閨別怨，然而天意未如人願。「過盡」兩句言許多鴻雁飛過都未能捎來郎君片言音信以解相思。字面上似謂征鴻不解人情，實則責怨郎君不能體諒空閨相思之苦，結末二句遂直訴深切愁怨：「我」愁腸斷盡，那人可知否？

詞作上片以昔日之歡反襯今日之愁，筆調較疏快，末二句頓挫；下片抒寫今日相思之苦，筆調婉轉跌宕。

風入松

麴塵❶風雨亂春晴。花重❷寒輕。珠簾捲上還重下，怕東風、吹散歌聲。棋倦杯頻晝永，粉香花豔清明。

十分無處著❸閒情。來覓娉婷❹。薔薇誤罥❺尋春袖，倩柔荑、為補香痕❻。苦恨啼鵑驚夢，何時翦燭重盟❼？

【注釋】❶麴塵　原指酒麴上所生菌，淡黃如塵。後借指淡黃色。此指柳色淡黃。白居易〈種柳〉：「更想五年後，千千條麴塵。」❷花重　指雨中花色濃重。杜甫〈春夜喜雨〉：「曉看紅濕處，花重錦官城。」❸著　安置，此指排遣。李清臣〈謁金門〉（楊花落）：「苦恨春醪如水薄。閒愁無處著。」❹娉婷　美人；佳人。此指花。周邦彥〈採桑子〉（香梅開後風傳信）：「已恨來遲。不見娉婷帶雪時。」❺罥　纏掛。❻倩柔荑句　意謂請佳人纖手縫補薔薇花枝劃破的衣袖。倩，請。柔荑，茅草嫩芽，借指佳人纖手。《詩・衛風・碩人》：「手如柔荑，膚如凝脂。」姜夔〈月下笛〉（與客攜壺）：「春衣都是柔荑翦，尚沾惹、殘茸半縷。」香痕，指衣袖被薔薇花枝劃破的痕跡。❼何時句　言何時對燭重聚。此化用李商隱〈夜雨寄北〉：「何當共剪西窗燭，卻話巴山夜雨時。」

【語譯】風雨飄搖淡黃楊柳，攪亂晴好春日。花枝溼重，輕寒來襲。珠簾捲起又放下，怕東風把歌聲吹散。對弈倦怠，頻把杯酒，晝日漫漫。清明時候，粉香拂蕩，春花明豔。　十分閒愁無處遣，來尋芳春。薔薇枝條誤將尋春人衣袖纏掛，待請佳人玉指縫補襟袖裂痕。深怨杜鵑啼破相思夢，何時能對燭重續舊盟？

【研析】這是一首清明懷人詞作。上片言清明風雨，輕寒惻惻，垂下簾旌，歌聲中對弈把酒，消磨漫長晝日。起筆二句描寫窗外景象。「麴塵」、「花重」，色澤明豔；「風雨亂春晴」、「寒輕」，天氣惱人。「珠簾」句所述舉止承上啟下，筆觸從窗外轉到室內。「怕東風吹散歌聲」，構思新巧而頗耐尋味。別離之人面對風雨清明，歌聲或可疏解其內心深深的憂愁，故而生怕風吹歌散。垂下簾旌，歌聲飄蕩，「粉香花豔」，「棋倦杯頻」，日長無聊之愁緒依然拂之不去。

過片承上片情調，點明滿懷閒愁「無處著」，便來尋花遣愁。「娉婷」一語以美人喻花，亦透露出詞中人心念佳人，意不在花。心之所寄在佳人，衣袖被薔薇花枝劃破，遂想到佳人纖指為補香痕。周邦彥〈六醜·薔薇謝後作〉云：「長條故惹行客。似牽衣待話，別情無極。」「故惹」二字傳達出薔薇有意向行客傾訴別情之心。本詞所言薔薇「罥袖」並非有意為之，故曰「誤罥」，「誤」字顯露出詞中人對此不以為意，仍心繫佳人，見衣袖掛痕即想到佳人纖指縫補情狀。其痴幻之態頗似吳文英〈風入松〉（聽風聽雨過清明）之「黃蜂頻撲秋千索，有當時纖手香凝」。末二句從薔薇罥袖觸發的痴望中轉回現實，以「啼鵑驚夢」後相思苦恨中的悵然歎問作結，筆調深婉跌宕，情韻悠然。

水龍吟

水仙花

幾年埋玉藍田，綠雲翠水烘春暖❶。衣熏麝馥❷，韈羅塵沁，淩波步淺❸。鈿碧搔頭❹，膩黃冰腦❺，參差難翦。乍聲沈素瑟❻，天風佩冷，蹁躚舞、〈霓裳〉❼遍。

湘浦盈盈月滿。抱相思、夜寒腸斷。含香有恨，招魂無路，瑤琴寫怨❽。幽韻淒涼，暮江空渺，數峰清遠❾。粲❿迎風一笑，持花酹酒⓫，結南枝⓬伴。

【注　釋】❶幾年二句　以藍田玉喻水仙，化用李商隱〈錦瑟〉詩句「藍田日暖玉生煙」。藍田，山名，在陝西藍田東，出產美玉。❷麝馥　麝香。❸襪羅二句　以仙女凌波輕盈喻水仙風姿。此用曹植〈洛神賦〉語：「凌波微步，羅襪生塵。」❹鈿碧搔頭　喻水仙花。鈿，用金、銀、玉等製成的花狀首飾。此喻水仙花朵。搔頭，指玉簪。此喻水仙花幹。舊題劉歆《西京雜記》卷二：「武帝過李夫人，就取玉簪搔頭。自此後宮人搔頭皆用玉，玉價倍貴焉。」馮延巳〈謁金門〉（風乍起）：「碧玉搔頭斜墜。」❺膩黃冰腦　謂水仙花蕊色澤金黃，花瓣如冰腦。冰腦，一種香片。❻乍聲沈句　琴瑟乍歇。秦觀〈青門飲〉（風起雲間）：「湘瑟聲沉，庾梅信斷。」❼霓裳　指盛唐宮中舞曲〈霓裳羽衣曲〉。❽湘浦五句　用湘水之神傳說，寫水仙花之幽怨。相傳舜帝南巡，崩於蒼梧（在今湖南寧遠）。其二妃娥皇、女英哀之，投湘水而死，為湘水之神，即湘靈。湘浦，湘水之濱。招魂，召喚死者靈魂。此指湘靈招舜帝之魂。瑤琴寫怨，指湘靈鼓琴寄哀思。《楚辭・遠遊》：「使湘靈鼓瑟兮，令海若舞馮夷。」又，古琴曲有〈水仙操〉，相傳為伯牙所製。劉攽〈鄞冰詞〉：「憑君與製〈水仙操〉，傳入湘靈寶瑟彈。」❾幽韻三句　言湘靈琴聲幽怨，暮色中江天浩渺，遠峰清苦。此化用錢起〈省試湘靈鼓瑟〉詩境：「苦調淒金石，清音入杳冥。蒼梧來怨慕，白芷動芳馨。流水傳瀟浦，悲風過洞庭。曲終人不見，江上數峰青。」❿粲　笑貌。李白〈古風〉：「粲然啟玉齒，授以鍊藥說。」⓫酹酒　以酒灑地祭奠。⓬南枝　指梅花。葉夢得〈菩薩蠻〉（平波不盡蒹葭遠）：「梅花消息近，試向南枝問。」

【語　譯】水仙根球似玉埋藍田多年，春暖如烘，碧水浸潤，綠葉舒展如雲。花似仙女，衣袂飄香，凌波微步，羅襪生塵。花莖如玉簪，花蕊潤澤金黃，花瓣似冰腦香片，參差疊映，妙手難剪。琴瑟乍歇，天風拂佩清冷，〈霓裳〉舞翩翩。　湘水盈盈，月明夜寒，湘妃思念腸斷。含香蘊恨，招魂歸無路，瑤琴訴幽怨。琴韻淒涼，江天暮色浩渺，遠峰數點。迎風粲然一笑，持花灑酒祭奠，梅花結同伴。

【研　析】這是一首題詠水仙花的詞作。上片描狀水仙花之形貌風姿。詞從水仙根球落筆，以藍田埋玉為喻，「藍田日暖玉生煙」（李商隱〈錦瑟〉），碧水浸潤的水仙根球亦因春暖如烘而抽芽展葉，似綠雲飄浮。「衣熏」三句以洛神喻水仙風姿：仙衣飄香，凌波微步，羅襪生塵。「鈿碧」三句工筆描畫水仙花莖、花蕊、花瓣，比喻貼切。「乍聲沈」三句寫風拂水仙，以素瑟聲沉、〈霓裳〉仙舞為喻。花葉在風中搖曳，如素瑟乍歇，餘韻繚繞，〈霓裳〉舞翩翩。「聲沈素瑟」之喻則因古琴曲有〈水仙操〉而觸發。

詞作下片以擬人手法抒寫水仙情韻，演繹「湘靈鼓瑟」情事，筆脈則與上片之「素瑟」相貫。相傳舜帝南巡，崩於蒼梧（在今湖南寧遠）。其二妃娥皇、女英哀之，投湘水而死，為湘水之神，即湘靈。《楚辭・遠遊》有云「使湘靈鼓瑟」，後人以「湘靈鼓瑟」為二妃傾訴對舜帝之哀思，如錢起〈省試湘靈鼓瑟〉：「善鼓雲和瑟，常聞帝子靈。……苦調淒金石，清音入杳冥。蒼梧來怨慕，白芷動芳馨。流水傳瀟浦，悲風過洞庭。曲終人不見，江上數峰青。」本詞之水仙化作湘靈，在夜寒月明之湘浦，相思腸斷，招魂而魂歸無路，鼓琴寄哀思，幽怨淒涼之琴聲飄蕩於浩渺的江天暮色中。「含香有恨」四字關合水仙、湘靈。「幽韻」三句化用錢起詩境。末三句詞筆跳出「瑤琴寫怨」情境，詞人粲然迎風一笑，把酒持花，攬梅花同賞。「酹酒」，灑酒為祭，歸結水仙之幽怨。結伴梅花，則以梅花之幽韻冷香陪襯水仙之清香幽潔。

詞作設喻擬人、演繹典事、化用前人詩境，堪稱詠物之形神兼攝。用語華麗而詞境清幽。

隔浦蓮近

愁紅飛眩醉眼。日淡芭蕉捲。帳掩屏香潤，楊花撲，春雲暖。啼鳥驚夢遠❶。芳心亂。照影收奩晚。

畫眉懶。微醒帶困，離情中酒❷相半。裙腰粉瘦，怕按〈六幺〉❸歌板。簾捲層樓探舊燕。腸斷。花枝和悶重撚。

【注釋】❶啼鳥句　言啼鳥驚斷相思夢。金昌緒〈春怨〉：「打起黃鶯兒，莫教枝上啼。啼時驚妾夢，不得到遼西。」❷中酒　醉酒。❸六幺　唐琵琶曲名，又名〈綠腰〉。白居易〈琵琶行〉：「輕攏慢撚抹復挑，初為〈霓裳〉後〈六幺〉。」

【語譯】落花飛紅，眩亂愁心醉眼。日色淺淡，芭蕉輕捲。簾幕掩映玉屏，芳香溫潤，楊花飛撲，春雲晴暖。鳥啼驚遠夢，芳心迷亂。對鏡妝罷收匣晚。

慵懶畫眉，初醒猶存睏意，半是離情半酒醉。腰帶漸寬，玉體消瘦，怕執牙板歌〈六幺〉。高樓捲簾，探看舊時春燕。相思腸斷，愁把花枝重拈。

【研　析】這是一首女子傷春怨別詞作。上片主要描寫「啼鳥驚夢」、晨起所見春景。起筆即呈現落紅紛飛、醉眼愁迷畫面。宿醉未醒，故曰「醉眼」；昨夜因愁而醉，晨起醉未全醒，愁亦未醒，故曰「愁紅」。春日淡淡，芭蕉輕捲，令人想到李商隱〈代贈〉之「芭蕉不展丁香結，同向春風各自愁」，綿綿愁緒融於景中。「帳掩」句回筆交代醉眼觀景之人所處閨中背景：簾幕掩映玉屏，爐香溫潤。「楊花」二句再轉寫窗外柳絮飛撲，春雲晴暖。室內之「香潤」、室外之「雲暖」，或可撫慰愁心，而楊花飛撲窗櫳則又令愁心煩亂。「啼鳥」三句補述啼鳥驚斷相思夢，芳心迷亂，晚起梳妝。

下片描述女子情態舉止，抒寫相思別怨之情。過片承上片結句，言意興慵懶，無心細描蛾眉。「微醒」二句可與首句「愁」、「醉眼」呼應，亦與「啼鳥」二句意脈相承。遠夢驚斷、宿醉未醒，故而微醒猶睏，離愁病酒纏繞心懷。因相思愁苦而憔悴瘦損，既無精力亦無興致依曲歌舞，更不忍歌舞觸發對往昔歡聚的追憶，故而「怕按〈六幺〉歌板」。孤寂愁悶、百無聊賴中登樓捲簾，探看舊燕，或有遣愁解悶之願，然而目斷天際，舊燕歸來人未歸，更覺相思斷腸，無奈中重撚花枝，悵然無語。其情狀有似秦觀〈畫堂春〉（落紅鋪徑水平池）：「柳外畫樓獨上，凭闌手撚花枝。放花無語對斜暉，此恨誰知？」

賀新郎　螢

池館❶收新雨。耿❷幽叢、流光幾點，半侵疏戶❸。入夜涼風吹不滅，冷燄微茫暗度。碎影落、仙盤秋露❹。漏斷長門❺空照淚，袖紗寒、映竹無心顧❻。孤枕掩，殘燈炷❼。練囊不照詩人苦❽。夜沈沈、拍手相親，騃兒癡女❾。

闌外撲來羅扇小，誰在風廊笑語⑩？競戲踏、金釵雙股。故苑荒涼悲舊賞，悵寒蕪、衰草隋宮路⑪。同憐火⑫，遍秋圃⑬。

【注釋】❶池館　池苑館舍。江淹〈恨賦〉：「綺羅畢兮池館盡，琴瑟滅兮丘隴平。」❷耿　照明。王安石〈示張秘校〉：「佇子終不來，青燈耿林壑。」❸疏戶　有漏隙之門。韋應物〈送中弟〉：「秋風入疏戶，離人起晨朝。」蘇舜欽〈滄浪靜吟〉：「山蟬帶響穿疏戶，野蔓盤青入破窗。」❹仙盤秋露　漢武帝好仙，於建章宮前立銅仙承露盤，接甘露和玉屑飲之以延年。見《漢書・郊祀志》。❺長門　漢宮名。陳皇后失寵於漢武帝，別居此宮。❻袖紗寒句　言宮女翠袖寒，無心顧及螢火映竹。此化用杜甫〈佳人〉詩句：「天寒翠袖薄，日暮倚修竹。」❼殘燈炷　燈殘欲熄。炷，燈心。❽練囊句　此反用車胤囊螢夜讀事典，言詩人苦於囊無螢火照明。練囊，布袋。晉人車胤家貧，夏夜捕螢置囊中以照明讀書。見《晉書・車胤傳》。❾騃兒句　互文偏義，指少女。騃、癡，痴頑。❿闌外二句　言有人在欄外用輕羅小扇捕捉螢火蟲，有人在簷廊笑語。風廊，風涼簷廊。杜牧〈秋夕〉：「銀燭秋光冷畫屏，輕羅小扇撲流螢。」張耒〈飛螢詞〉：「避暑風廊人語笑，欄下撲來羅扇小。」⓫故苑二句　悵然悲歎隋煬帝之揚州行宮苑囿荒蕪淒涼。故苑、隋宮，指隋煬帝在揚州所建行宮苑囿。李商隱〈隋宮〉：「於今腐草無螢火，終古垂楊有暮鴉。」⓬燐火　夜間野外所見忽隱忽現的青色火焰，俗稱鬼火。⓭秋圃　秋日菜園。張耒〈秋圃〉：「秋圃寂無有，蕭條殘菊枝。」

【語譯】池館停新雨，幽暗草叢間，幾點螢光閃耀流動，微微映入門戶。夜來涼風吹不滅，清冷光焰靜靜飄浮，細碎光影灑落仙盤秋露。更深漏斷，空照長門，阿嬌淚落，夜寒袖薄，螢光映竹無心顧。孤枕掩面，殘燈漸熄炷。

囊無螢光照，詩人愁苦。秋夜沉沉，少女拍手歡娛。欄杆外，輕羅小扇撲流螢；風廊間，不知誰在歡聲笑語。競逐戲踏，頭上金釵雙股。悵然悲歎，昔日繁華隋宮，如今荒徑淒涼，一派衰草寒蕪。螢光伴燐火，遍及秋日園圃。

【研析】這是一首詠螢詞作。詞從池館秋螢入筆，描述雨後秋夜螢火流動景象，為寫實筆調，用語貼切生動，令人如臨其境。「耿幽叢」句，「耿」、「幽」對襯反差，凸顯螢光在夜色裡分外閃耀；「涼風吹不滅」、「冷燄微芒」，暗以燭光對比，顯露螢光特點，「涼」、「冷」二字貼合雨後秋夜氣氳。「碎影」句以下轉為虛筆幻象，想像螢火映照漢代銅仙承露盤、冷宮長門情形。「碎影落」之用語則與「冷燄」句相承。漢武帝為求長命而建承露盤，陳皇后因失寵於武帝而幽居長門宮，兩則典事均與漢武帝相關，但詞筆重在後者，借螢火空照長門渲染宮中幽怨：夜深漏斷，長門淒涼，殘燈欲滅，失寵阿嬌暗自落淚，翠袖怯寒，孤枕掩面，無心留意螢火映竹。此言「映竹無心顧」，與下片少女嬉笑撲流螢相對照，似亦暗示出宮中秋夜撲螢行樂情景，均凸顯長門之深怨。

過片反用車胤聚螢夜讀典故，言詩人為囊無螢火照明而苦惱，引出下文「騃兒癡女」嬉鬧撲流螢：天真痴頑的少女拍手相樂，或在欄外持扇撲流螢，或在風廊嬉笑歡語。「競戲踏」句為總括之筆。古有女子分釵贈戀人之俗，此特言「金釵雙股」則暗示出少女心無所戀。「故苑」句以下又轉入虛筆幻境，前兩語化用李商隱〈隋宮〉「於今腐草無螢火」之意，渲染隋宮「於今腐草」之境，「悲舊賞」寄寓滄桑盛衰之慨；末二句呈現螢火伴同燐火遍及秋圃之畫面，切題歸結，人世生死蒼茫之感迷漫其境。

詞作緊扣所詠之物，虛實結合，融化典故，先後描述池館、漢宮、閨院、隋宮之秋螢，用語工麗，情味豐厚。

施岳

施岳（生卒年不詳），字仲山，號梅川。吳縣（今江蘇蘇州）人。寓居臨安，與楊纘、李彭老、周密等交遊。精通音律，沈義甫《樂府指迷》稱其「音律有源流，故其聲無舛誤。讀唐詩多，故語雅澹」。《全宋詞》錄其詞六首。

水龍吟

翠鼇湧出滄溟❶，影橫棧壁迷煙墅❷。樓臺對起，闌干重凭，山川自古。梁苑❸平蕪，汴堤❹疏柳，幾番晴雨。看天低四遠，江空萬里，登臨處、分吳楚❺。

兩岸花飛絮舞。度春風、滿城簫鼓。英雄暗老，昏潮曉汐，歸帆過艣。淮水❻東流，塞雲北渡，夕陽西去。正淒涼望極，中原路杳，月來南浦。

【注釋】❶翠鼇句　言龜山如翠綠的巨鼇湧出滄海。翠鼇，喻龜山，在淮水之南盱眙縣（今屬江蘇）。祝穆《方輿勝覽》卷四十七「招信軍」：「龜山，在盱眙縣北三十里。其西南上有絕壁，下有重淵。」滄溟，大海。元稹〈俠客行〉：「此客此心師海鯨，海鯨露背橫滄溟。」❷影橫句　言龜山峭壁倒影橫江，煙迷樓閣。❸梁苑　又稱兔園，西漢梁孝王所建東苑，為遊賞馳獵之所。故址在今河南開封東南。❹汴堤　即隋堤，隋煬帝大業元年開通濟渠，自西苑引穀水、洛水入黃河，自板渚引黃河入汴水，經泗水達淮水，堤岸築御道，旁植楊柳。❺分吳楚　界分吳、楚兩地。盱眙龜山在春秋時吳、楚兩國交界處。❻淮水　即淮河，為宋、金分界線，南宋、蒙古合兵滅金後則為宋、蒙分界線。

【語譯】蒼翠龜山，似巨鼇湧出浩渺江面，峭壁棧道橫影，房舍迷漫煙霧。樓臺聳立對峙，危欄重倚，自古山川如故。梁苑雜草滿目，汴堤楊柳稀疏，幾經晴雨。遙望天幕低垂，四方曠遠，江空澄明萬里。登臨之處，界分吳楚。

淮水兩岸，落花柳絮飛舞。春風吹送，滿城簫鼓。英雄黯然老矣，晚潮朝汐，船帆來去。淮水東流，夕陽西下，塞雲渡淮北飄。極目遠眺，滿目淒涼，中原路邈邈。淮水之濱，明月臨照。

【研　析】這是一首登臨感時詞作。登臨之地為淮水南岸龜山。淮水為南宋北疆，原為宋、金分界，宋理宗端平元年（西元一二三四年）南宋與蒙古聯合滅金後，為蒙、宋分界，故詞中有云「淮水東流，塞雲北渡」。詞人登高北望，抒發中原淪陷之悲慨。

詞作起筆二句呈現登臨之處——龜山，上句狀其整體面貌，以巨鼇湧出海面為喻，「湧出」二字化靜為動，形象而有氣勢；下句描寫山中雲霧迷漫，峭壁、棧道、房舍，隱約可見。「樓臺」句以下為登臨龜山所見所聞所感。「重凭」見出詞人曾多次登臨寄慨。「山川」句言山川亙古不變，暗寓世事變幻無常之慨。「梁苑」三句即悵歎世事風雨盛衰，昔日王侯名苑如今一片荒蕪，昔日帝王御道如今楊柳蕭條。言「梁苑」、「汴堤」，乃詞人北望想像之景，意在寄託中原故國之思。「天低四遠」三句為舉目所見江天曠遠之實景。「登臨」句言所登之處，古時為吳、楚分界，此為字面含義，實則暗示所臨淮水為蒙、宋兩國分界，寄寓國土破裂之悲。

下片承「分吳楚」之寓意，亦登臨所見，筆調主要落在淮水：淮水兩岸「花飛絮舞」，春風拂蕩，「滿城簫鼓」，淮水江面潮漲潮落，船來船往。一派太平和樂景象，實則樂景寓悲情：南宋偏安，不思恢復，年深日久，百姓似已忘卻國仇家恨，英雄豪傑之士則壯志難酬，年華老去，無限悲慨！此情略似辛棄疾〈永遇樂〉（千古江山）：「可堪回首，佛貍祠下，一片神鴉社鼓。憑誰問，廉頗老矣，尚能飯否？」「淮水東流」三句，一句一景，無聲勝有聲，靜默無語之流水、塞雲、落日，蘊涵無盡的蕭瑟悲涼氣氛，逼出下句「淒涼望極」。「中原路杳」承「望極」二字，故國淪陷之悲慨溢於言表。末句「月來」承前「夕陽西去」，「南浦」結筆於淮水，其情境則應合「淒涼望極」，月下南浦，觸目悵然。

清平樂❶

水遙花暝。隔岸炊煙冷。十里垂楊搖嫩影。宿酒和愁都醒❷。

【注釋】❶此詞缺下片。原校注：「元本下缺三十二行，每行二十字。缺五首。」❷宿酒句　言宿醉醒來愁依舊。宿酒，即宿醉，隔夜酒醉。都醒，原缺，據柯本校補。張先〈天仙子〉（水調數聲持酒聽）：「午醉醒來愁未醒。」

【語　譯】水波渺遠，花色幽暝。隔岸幾縷炊煙冷。十里垂楊，搖曳嬌弱身影。宿醉伴愁同醒。

【研　析】本詞僅存上片，描寫宿醉醒來所見水鄉初春景色：遠水幽花，隔岸幾縷炊煙，春風十里，垂楊嫩影搖曳。一派清麗淡雅之境，隱約透露出觀景者眼中淡淡愁緒，呼出末句：「宿酒和愁都醒。」酒醉不知愁，酒醒愁亦醒，眼中之景未免映染愁色。

解語花

雲容冱雪❶，暮色添寒，樓臺共臨眺。翠叢深窅❷。無人處、數蕊弄春猶小。幽姿漫❸好。遙相望、含情一笑。花解語❹，因甚無言，心事應難表。　莫待牆陰暗老。稱琴邊月夜，笛裏霜曉❺。護香須早❻。東風度、咫尺畫闌瓊沼。歸來夢繞。歌雲❼墜、依然驚覺。想恁時、小几銀屏，冷□未了❽。

【注　釋】❶雲容句　凍雲凝雪。冱，凍結。❷翠叢句　言竹林幽深。深窅，幽深。❸漫　空；徒然。❹花解語　花能言語。此用唐玄宗稱楊貴妃為「解語花」之典事（見王仁裕《開元天寶遺事》）。❺稱琴邊二句　言梅花堪配月夜琴聲、霜曉笛曲。古笛曲有〈梅花落〉。❻護香句　言梅花須趁早照護。姜夔〈疏影〉（苔枝綴玉）：「莫似春風，不管盈盈，早與安排金屋。」❼歌雲　指歌聲。《列子・湯問》載秦青「撫節悲歌，聲振林木，響遏行雲」。張先〈行香子〉：「舞雪歌雲，閒淡妝勻。」❽想恁時二句　料想那時梅花已成几案畫屏中物，冷韻幽香未盡。姜夔〈疏影〉（苔枝綴玉）：「等恁時、再覓幽香，已入小窗橫幅。」

【語　譯】凍雲凝雪，暮色天更寒，共倚樓臺遠眺。翠竹幽深，寂無人處，幾朵梅花撩弄春色，身影嬌小。風姿雅靜空自好。遙相望，默默含情一笑。花能言語，為何無言，心事定然難言表。　牆陰梅花，莫空待暗自凋零，堪配琴聲笛曲，月夜霜曉。護梅須趁早，春風吹拂，咫尺畫欄池沼。歸來夢魂縈繞，歌聲飛散，依依驚覺。料想那時，梅入几案畫屏，冷香幽韻未了。

【研　析】這是一首詠梅詞作。詞從凍雪寒天入筆，切合梅花開放季節。「樓臺」句點出觀梅之地。「翠叢」三句描寫倚樓所見翠竹叢中，幾朵梅蕊撩弄春色，身姿嬌小幽約。「漫好」照應「無人處」，無人欣賞，故曰「幽姿漫好」。「遙相望」四句，以擬人手法與梅花相望傳情。前言「樓臺共臨眺」，故此為「遙相望」；「含情一笑」，言梅花，亦指詞人。「花解語」三句為詞人對梅花心事的揣度，筆法甚妙。因梅花「含情一笑」而料其當有許多心事，因其默無言語而疑問何以無言，此問乃預設梅花能言語，遂想到唐玄宗稱楊貴妃為「解語花」之典事，借以引發。梅花能言語，有心事而無言，定然是其心事難以言表。

上片賞梅，描狀梅花之弄春幽姿，含情無言。下片轉到惜梅護梅追梅。過片即想到梅花「暗老」，「莫待」二字見出深深的惜梅情懷。惜梅，一則當盡情欣賞梅花之清韻，月夜琴聲、霜曉笛曲堪與相稱；二則春風吹拂，梅花飄零，當儘早照護。惜花護香，花謝香消終難免。待他日歸來，梅花已凋零，只能夢魂縈繞，夢醒依依，面對几案銀屏畫中梅，猶覺冷香幽韻不盡。此云「歸來」，與詞首「樓臺共臨眺」呼應，當指他日再來樓臺。「歌雲墜」指歌舞散，亦暗示花凋謝。結末「想恁時」二句與姜夔詠梅名作〈疏影〉之「等恁時、再覓幽香，已入小窗橫幅」同一思路筆法。

蘭陵王

柳花白。飛入青煙巷陌。憑高處，愁鎖斷橋❶，十里東風正無力。西湖路咫尺。猶阻仙源❷信息。傷心事，還似去年，中酒懨懨❸度寒食。　閒窗掩春寂。

但粉指留紅，茸唾凝碧❹。歌塵不散蒙香澤❺。念鸞孤金鏡❻，雁空瑤瑟❼。芳時❽涼夜盡怨憶。夢魂省難覓。鱗鴻❾，渺蹤跡。縱羅帕親題，錦字誰織❿？緘情⓫欲寄重城隔。又流水斜照，倦簫殘笛。樓臺相望，對暮色，恨無極。

【注　釋】❶斷橋　指西湖斷橋，又名段家橋，在西湖孤山邊。❷仙源　指所戀佳人居所。此用劉晨、阮肇入天台山遇仙女典事，見《太平御覽》卷四十一引《幽明錄》。❸中酒懨懨　醉酒似病。❹茸唾句　言碧羅留有佳人之唾絨。茸，通「絨」。李煜〈一斛珠〉（曉粧初過）：「綉床斜凭嬌無那。爛嚼紅茸，笑向檀郎唾。」王沂孫〈露華〉（晚寒佇立）：「碧羅襯玉，猶凝茸唾香痕。」❺歌塵句　意謂佳人之美妙歌聲餘音不散，粉香迷濛。《藝文類聚》卷四十三引漢劉向《別錄》：「漢興以來，善雅歌者魯人虞公，發聲清哀，蓋動梁塵。」《列子・湯問》：「韓娥東之齊，匱糧，過雍門，鬻歌假食。既去，而餘音繞梁欐，三日不絕，左右以其人弗去。」❻鸞孤金鏡　喻佳人孤影臨妝鏡。南朝范泰〈鸞鳥詩序〉載罽賓王獲一鸞鳥，三年不鳴。後懸鏡臨照，「鸞睹形感契，慨然悲鳴，哀響中霄，一奮而絕」。❼雁空瑤瑟　指瑤瑟空置。雁，指雁柱。瑟柱排列似雁陣，故稱。賀鑄〈玉樓春〉：「銀箏雁柱香檀撥。」瑤瑟，瑟之美稱。❽芳時　花開時節。歐陽脩〈減字木蘭花〉（留春不住）：「愛惜芳時，莫待無花空折枝。」❾鱗鴻　指魚、雁。舊時有魚雁傳書之說。晏幾道〈蝶戀花〉（夢入江南煙水路）：「欲盡此情書尺素。浮雁沉魚，終了無憑據。」❿錦字句　意謂無人為織錦書以寄相思。《晉書・列女傳》載前秦竇滔被流放，其妻蘇蕙思念，「織錦為迴文旋圖詩以贈滔，宛轉循環以讀之，詞甚悽惋」。⓫緘情　含情。沈約〈江南曲〉：「楊柳垂地燕差池，緘情忍思落容儀。」

【語　譯】潔白的柳絮，飛入青煙飄浮的街巷阡陌。憑高佇望，愁情纏繞斷橋，十里春風輕拂無力。西湖路近在咫尺，依然阻斷佳人消息。情事傷懷似去年，醉酒懨懨度寒食。

閒靜窗櫳掩閉，春日寂寂。粉指留紅痕，唾絨凝碧羅，那美妙歌聲，彷彿餘音未絕，迷濛香澤。鸞鏡冷落，瑤瑟空置。芳春時節，美好夜色，無盡的怨愁追憶。夢魂醒來難尋覓。

傳書魚雁杳無蹤跡。即便親題羅帕，誰為織錦成字？含情欲寄，重城阻隔。又是斜陽映照，流水悠悠，簫笛聲欲斷。樓臺凝望，暮色相對，愁恨無限。

【研　析】這是一首西湖春日懷人詞作。詞分三疊，第一疊敘述寒食時節憑高望湖，思念愁苦。起筆二句寫景，鋪墊背景。柳絮飄飛，巷陌青煙迷濛，與懷人愁思之情相協調。「憑高處」句以下敘寫臨高佇望所見所感，「斷橋」、「十里東風」、「西湖路」為所見，「愁」、「無力」、「阻仙源信息」為所感。「斷橋」當為歡聚或分別之地，故有「愁鎖斷橋」之感。言「東風正無力」，亦如李商隱〈無題〉之「相見時難別亦難，東風無力百花殘」、溫庭筠〈菩薩蠻〉之「玉樓明月長相憶，柳絲裊娜春無力」，均融情於景，渲染別愁離恨。「西湖路」二句點出近在咫尺而消息隔阻，「傷心事」三句見出別離之久。相距咫尺而相別久長，相思之苦尤感深切，「傷心」、「中酒懨懨」見其傷愁醉酒似病之淒苦情態。

詞作第二疊承前「傷心事」，細述寂寞閒窗下，睹物思人，相思入夢，夢覺無覓。此番情境頗似唐代劉方平〈春怨〉所狀：「紗窗日落漸黃昏，金屋無人見淚痕。寂寞空庭春又晚，梨花滿地不開門。」「但粉指」二句即如「金屋無人見淚痕」，佳人留下的「粉指」、「茸唾」印痕勾起對昔日歡聚的追憶，耳旁彷彿飄來那芳香迷漫的美妙歌聲。「念鸞孤」二句，思緒回落眼前，鸞鏡孤寂，瑤瑟空置，淒涼之境流露思念之愁，「芳時」二句順承而直抒相思夢斷之悲怨。

第三疊承「夢魂省難覓」而欲託魚、雁傳書寄相思，但此願亦難成。魚、雁杳無蹤跡，此其一；羅帕題詩，卻無人為織錦字，此其二；重城隔阻，傳書難達，此其三。「縱羅帕」二句反用回文錦書典故，意謂佳人不在，無法織錦成書。其用典之法略顯迂曲。結末數句情景交融，餘韻無盡：夕陽殘照，流水潺潺，簫聲咽，笛聲殘。獨倚樓臺凝望，暮色茫茫，別恨無極。

詞作意脈清晰流暢，情感層層推進，深摯婉曲。

曲游春

清明湖上

畫舸西泠❶路，占柳陰花影，芳意如織❷。小楫❸衝波，度麴塵扇底，粉香簾隙❹。岸轉斜陽隔。又過盡、別船簫笛。傍斷橋❺、翠繞紅圍，相對半篙晴色❻。頃刻。千山暮碧。向沽酒樓前，猶繫金勒❼。乘月歸來，正梨花夜縞❽，海棠煙冪❾。院宇明寒食❿。醉乍醒、一庭春寂。任滿身、露溼東風，欲眠未得。

【注釋】❶西泠　橋名，在杭州西湖孤山西北。周密〈曲遊春．遊西湖〉（禁苑東風外）：「看畫船、盡入西泠，閒卻半湖春色。」周密《武林舊事》卷三〈西湖遊幸〉：「若遊之次第，則先南後北，至午則盡入西泠橋裏湖，其外無一舸矣。」❷芳意句　言春色似錦。溫庭筠〈堂堂曲〉：「錢塘岸上春如織，淼淼寒潮帶晴色。」❸小楫　代指小船。楫，船槳。❹度麴塵二句　言小船穿行於歌舞飛揚、簾幕飄香的畫舸間。麴塵，淺黃色。酒麴所生菌，其色淡黃如塵，故稱。此代指舞衣。牛嶠〈楊柳枝〉：「裊翠籠烟拂暖波，舞裙新染麴塵羅。」陸游〈鷓鴣天〉（梳髮金盤剩一窩）：「春衫初換麴塵羅。」❺斷橋　橋名，在杭州西湖孤山邊。周密《武林舊事》卷五〈西湖勝概〉「孤山路」：「斷橋，又名段家橋。萬柳如雲，望如裙帶。」❻半篙晴色　言半篙春水，晴光蕩漾。李郢〈山行〉：「自憶東吳榜舟日，蓼花溝水半篙強。」周邦彥〈蘭陵王〉（柳陰直）：「愁一箭風快，半篙波暖，回頭迢遞便數驛。」❼金勒　馬籠頭。此指馬。❽縞　細白的生絹，此用以比喻梨花。❾冪　覆蓋；遮蓋。❿寒食　節令名，清明前一日或二日。舊俗，此日禁火冷食，故稱。

【語譯】畫船雲集西泠，占盡柳蔭花影，春色如繡似錦。小船衝波穿行，舞衣飄拂，歌扇搖曳，簾幕飄粉香。堤岸繞轉，隔斷夕陽。遊船過盡，簫聲笛曲飄蕩。傍依斷橋，滿目紅翠環繞，半篙春水泛晴光。　頃刻間，千山蒼碧臨夜暮。猶向沽酒樓前，繫馬駐足。踏月歸來，梨花潔白如縞，海棠籠罩煙霧。寒食時節，院宇夜色清明。醉後初醒，寂寂春色滿庭。一任露溼衣襟，東風吹拂，欲眠無成。

【研　析】這是一首清明時節西湖紀遊詞作。周密《武林舊事》卷三：「若遊之次第，則先南而後北。至午則盡入西泠橋裏湖，其外幾無一舸矣。弁陽老人有詞云：『看畫船盡入西泠，閒卻半湖春色。』蓋紀實也。既而小泊斷橋，千舫駢集，歌管喧奏，粉黛羅列，最為繁盛。」本詞上片即描述西泠、斷橋之遊。「畫舸西泠」三句言畫船盡入西泠橋裡湖，柳蔭花影掩映，春色似錦。此為總攝西泠遊樂全景，「小楫」句以下，筆觸落在詞人所乘小船，細述其衝波穿行於歌舞飛揚、簾幕飄香的畫舸間，隨岸繞轉，山斷斜陽，來往遊船飄散一片簫聲笛曲。既而行至斷橋，紅翠環繞，半篙湖水，晴光蕩漾。

上片描述白日遊湖盛景，下片敘寫入夜酒樓醉歡、踏月歸來情形。周密《武林舊事》卷三載斷橋旁「有小酒肆，頗雅潔。中飾素屏風，書〈風入松〉一詞於上」。詞為太學生俞國寶醉後所作，有云：「一春長費買花錢，日日醉湖邊。玉驄慣識西湖路，驕嘶過、沽酒樓前。」此即本詞「向沽酒樓前」二句所述場景，歌酒醉樂之具體情景則隱於言外。扶醉踏月歸來，庭院月色清明，梨花潔白如縞，海棠沉睡於煙霧迷濛中，其境如夢如幻。夜風吹酒醒，露溼衣衫，寂靜淒涼之感充溢心間，通宵無眠。何以無眠？醉時貪歡醒時愁，熱鬧過後寂寞如影隨形。參讀作者〈水龍吟〉（翠鼇湧出滄溟），其淒清寂寥情懷中當不無感時傷世之悲。南宋偏安一隅，西湖日夜笙歌，如林升〈題臨安邸〉所狀：「山外青山樓外樓，西湖歌舞幾時休！暖風熏得遊人醉，直把杭州作汴州。」靜夜思之，怎不憂從中來？

本詞紀遊，時、空脈絡清晰。湖上盛景、酒樓醉歡反襯「乘月歸來」之庭院寂寂、淒涼無眠。筆調雅麗，結末餘韻不盡。

步月❶

茉莉

玉宇薰風，寶階明月。翠叢萬點晴雪。煉霜不就，散廣寒霏屑❷。采珠蓓、綠萼露滋，嗅銀豔、小蓮冰潔。花魂在，纖指嫩痕，素英重結。　枝頭香未絕。還是過中秋，丹桂時節。醉鄉冷境，怕翻成消歇。玩芳味、春焙旋熏❸，貯穠韻、水沈頻爇❹。堪憐處，輸與夜涼睡蜨。

【注　釋】❶此詞有周密尾注云：「茉莉，嶺表所產，古今詠者不甚多。文公曾詠二絕句，鄒道鄉亦曾題詠。此篇『小蓮冰潔』之句，狀茉莉最佳。此花四月開，直至桂花時尚有。『玩芳味』，古人用此花焙茶，故云。」文公，指朱熹，卒後追諡「文」。鄒道鄉，即鄒浩（西元一〇六〇－一一一一年），常州晉陵（今江蘇常州）人，字志完，自號道鄉居士。有詩〈聞茉莉香〉云：「日收炎照沉沉去，月放涼光冉冉回。茉莉一如知我意，併從軒外送香來。」❷煉霜二句　以月輝喻茉莉。相傳天神青女主霜雪，見《淮南子・天文訓》。此謂青女煉霜未成，嫦娥自月宮灑下霰雪般的月輝。廣寒，指月宮。霏屑，指月光。李商隱〈霜月〉：「青女素娥俱耐冷，月中霜裏鬪嬋娟。」❸春焙旋熏　茉莉花茶飄香。春焙，茉莉花烘製的春茶。旋，還；又。❹水沈頻爇　沉香不斷。水沈，沉水香。此指用茉莉花汁浸潤的沉香。明周嘉胄《香乘》卷十六載有南唐李主「花浸沉香」之法：「沉香不拘多少，剉碎，取有香花若酴醾、木犀、橘花或橘葉亦可、福建茉莉花之類，帶露水摘花一盌，以磁盒盛之，紙蓋入甑蒸食頃，取出，去花留汁，浸沉香，日中曝乾。如是者數次，以沉香透爛為度。」爇，燒。

【語　譯】殿宇飄薰香，玉階映明月。綠叢花萬點，似晴光凝雪。青女煉霜未成，月宮灑下玉屑銀光似霰雪。採一朵珍珠蓓蕾，露水滋潤綠色花萼。銀色花香撲鼻，似嬌小白蓮冰清玉潔。花魂猶在，纖手摘後留嫩痕，會有新蕾重結。　枝頭芳香不絕。剛過中秋，還是丹桂飄香時節。醉鄉清冷，怕花驟然凋謝。細品芳味，春茶茉莉飄芬芳；蘊蓄濃韻，頻頻點燃沉香。令人欣羨，涼夜蝴蝶與花共眠。

【研　析】這是一首題詠月下茉莉的詞作。起筆二句扣題而入，上句言茉莉花，下句言明月，筆法一隱一顯，「薰風」暗指風飄茉莉花香。「翠叢」三句順承描寫月下茉莉：綠葉叢中繁花點點，月光映照下似晴日凝雪，又似月宮灑下的晶瑩碎屑。「晴雪」之喻以月襯花，「散廣寒霏屑」之喻以花襯月，花、月相映，恍如仙境。「采珠蓓」、「嗅銀甌」，乃為花之魅力所吸引，摘花聞香，作近景描寫：秋露滋潤綠萼，珍珠般的花蕾似嬌小的蓮花，冰清玉潔，銀光閃耀。「花魂」三句，承摘花作補筆，花之形體被摘，花之魂尚留枝頭，會重結新蕾。構想新奇。

詞作上片，由遠及近，由粗到細，由形到神，多方位描寫茉莉花之綻放情形，言語間充溢賞花之情。下片則著眼於茉莉花香，言及花謝流芳，寄寓惜花戀香之情。過片承前「素英重結」，茉莉花期自春到秋，「丹桂時節」仍花香未絕，但已臨近凋謝，令人頓生惜花戀香之情：惜花而不敢酣醉入夢，怕醉鄉清冷，驟然間花謝香歇；戀香而品茶「玩芳味」、燃香「貯穠韻」。「春焙」，指茉莉花烘製的春茶；「水沈」，指茉莉花汁浸潤的沉水香。末二句因花香而想到蝴蝶，以反蕩筆致作結，言人之欣羨蝴蝶能酣睡花叢間。秋夜，惜花之人怕一夜花謝，不敢入醉鄉，品茶燃香，而蝴蝶則安然與花共眠，融入花間，怎不令人稱羨！

本詞意脈清晰，構思精巧有新意，詠物形神兼備，筆調清麗雅潔。

卷五

陳允平

陳允平（生卒年不詳），字君衡，一字衡仲，號西麓，自稱莆鄭澹室後人。四明（今浙江寧波）人。與楊纘、吳文英同時，宋末元初在世。淳祐三年（西元一二四三年）為餘姚令。德祐間，授沿海制置司參議官。有《西麓詩稿》一卷、《西麓繼周集》一卷、《日湖漁唱》一卷。《全宋詞》錄其詞二百零九首。

絳都春❶

秋千倦倚，正海棠半坼❷，不耐春寒。殢雨❸弄晴，飛梭❹庭院繡簾閒。梅妝❺欲試芳情嬾。翠顰愁入眉彎。霧蟬❻香冷，霞綃❼淚搵，恨襲湘蘭❽。悄悄池臺步晚，任紅醺杏靨❾，碧沁苔痕。燕子未來，東風無語又黃昏。琴心❿不度春雲遠。斷腸難託啼鵑⓫。夜深猶倚，垂楊二十四⓬闌。

【注釋】❶此詞《日湖漁唱》有自註云：「舊上聲韻，今改平聲。」然「嬾」字、「遠」字用上聲叶，萬樹釋云：「『嬾』字、『遠』字仍以仄叶，蓋此二句格宜叶韻，但一概用平則與上句相同，故不得不仄。人不可忽畧，謂其用平而于此二句失卻一韻也。若換頭『晚』字則可不必叶矣。」(《詞律》卷十六) ❷坼 綻開。張泌〈贊成功〉：「海棠未坼，萬點深紅。香包緘結一重重。」❸殢雨 久雨。韓淲〈百法菴次載叔韻〉：「平高一望多楊柳，殢雨霑風處處新。」殢，滯留。❹飛梭 喻陽光。張炎〈風入松〉：「小窗晴碧颭簾波。晝影舞飛梭。」❺梅妝 梅花妝。此泛指女子妝式。《太平御覽》卷三十引《雜五行書》：「宋武帝女壽陽公主人日臥於含章殿簷下。梅花落公主額上，成五出花，拂之不去。皇后留之，看得幾時。經三日，洗之乃落。宮女奇其異，竟效之。今梅花粧是也。」❻霧蟬 蟬鬢似霧，即雲鬢。古時女子兩鬢梳成薄翼狀，形似蟬翅，故稱。❼霞綃 粉紅色的細紗。此指手帕。❽恨襲句 湘蘭凝恨。胡宿〈送孫從事〉：「淮桂牽吟數，湘蘭寄恨多。」❾紅醺杏靨 紅杏似醉顏。靨，酒窩，亦泛指面頰。❿琴心 琴中心意。《史記・司馬相如列傳》：「是時，卓王孫有女文君新寡，好音，故相如繆與令相重，而以琴心挑之。」⓫斷腸句 無法託杜鵑啼訴斷腸之悲。相傳古蜀國望帝杜宇精魄化為杜鵑鳥，至春則晝夜悲啼不止（參見《太平御覽》卷一百六十六引《十三洲志》）。李商隱〈錦瑟〉：「望帝春心托杜鵑。」⓬二十四 泛言其多。周密〈江城子〉（羅窗曉色透花明）：「二十四闌憑玉暖，楊柳月，海棠陰。」〈西江月〉（花氣半侵雲閣）：「東風吹玉滿閒庭，二十四簾春靜。」

【語譯】倦倚秋千，正值海棠半開，難耐春寒。久雨初晴，繡簾閒捲，日光灑照庭院。欲理梅妝，春情慵懶，黛眉輕蹙，愁結眉彎。蟬鬢如霧粉香冷，綃帕似霞脂淚溼，別恨凝湘蘭。 默默漫步池臺間，一任杏紅似醉顏，碧染苔痕。燕子未歸，東風輕拂無語，又到黃昏。琴曲心聲不隨春雲遠傳，難託杜鵑訴悲怨。夜深無眠，楊柳垂拂，猶自獨倚欄。

【研析】這是一首閨怨詞作。詞以女子倦倚秋千之畫面起筆，直入題旨，奠定詞情基調，無盡的寂寥幽怨之情蘊於其中。「正海棠半坼」以下四句寫景，為場景烘托，融情於境。「海棠半坼」，點出時令；「不耐春寒」，以擬人筆法言海棠，亦折射出女子淒冷心境。「殢雨弄晴」，久雨乍晴，水氣、晴光交織纏繞，即所謂「弄」，頗似愁情縈懷難遣之狀。久違的陽光灑照庭院，當令人欣悅，而「繡簾閒」則透出冷清氣息，暗示此中人之孤寂情懷。「梅妝」句以下，詞中女子再露愁容：情致慵懶無意梳妝，蟬鬢如霧，眉彎凝愁，淚溼綃帕，恨結湘蘭。

下片敘寫女子傍晚走出閨閣，默默漫步於池臺間所見所感。杏紅苔碧，為所見明麗春景，「任」字則顯露出女子無心賞覽之情態。又到最令離人傷懷的黃昏時刻，「燕子未來」，「東風無語」，悄無音訊中隱約透露出女子的黯然愁苦，「琴心」二句則抒發愁苦難遣之無奈情懷。「琴心」句反用司馬相如以琴心挑卓文君之事，言心事難遠寄；「斷腸」句反用李商隱〈錦瑟〉「望帝春心托杜鵑」，言愁懷無處傾訴。怨懷無以排遣，只能獨自承受，夜深無眠，倚遍曲欄，垂楊依依相伴。末句以景結情，餘韻不盡。

詞作筆調柔婉，清調沉鬱，用語雅麗。章法上，以閨中人之舉止為脈絡，融貫其情。結末夜深倚欄，與起筆倦倚秋千相呼應，構成空閨女子日常生活的典型畫面，蘊含無限愁思。

瑞鶴仙

燕歸簾半捲。正漏約瓊籤❶，笙調玉琯❷。蛾眉畫來淺。甚春衫嬾試，夜燈慵翦。香溫夢暖❸。訴芳心、芭蕉未展❹。眇雙波❺，望極空江，二十四橋❻凭遍。

葱蒨❼。銀屏綵鳳，霧帳金蟬❽，舊家坊院。煙花弄晚。芳草恨、斷魂遠❾。對東風無語，綠陰深處，時見飛紅數片。算多情、尚有黃鸝，向人睍睆❿。

【注釋】❶瓊籤　玉製漏箭。古代計時器漏壺之部件。❷玉琯　玉管。玉製的古樂器，長一尺，六孔，用以定律。❸香溫句　言爐香溫潤和暖，佳人相思入夢。溫庭筠〈菩薩蠻〉：「水精簾裏頗黎枕。暖香惹夢鴛鴦錦。」❹訴芳心句　以芭蕉葉捲喻內心愁結。張說〈戲草樹〉：「戲問芭蕉葉，何愁心不開。」李商隱〈代贈〉：「芭蕉不展丁香結，同向春風各自愁。」❺眇雙波　雙眼遙望。眇，通「渺」。❻二十四橋　原指揚州二十四橋。此為泛稱。按，揚州二十四橋有二說，一說指二十四座橋。見沈括《夢溪筆談・補筆談》、祝穆《方輿勝覽》卷四十四；一說指吳家磚橋，因古有二十四美人吹簫於此，故稱。見李斗《揚州畫舫錄》。杜牧〈寄揚州韓綽判官〉：「二十四橋明月夜，玉人何處教吹簫。」姜夔〈揚州慢〉：「二十四橋仍在，波心蕩，冷月無聲。念橋邊紅藥，年年知為誰生。」❼葱蒨　亦作「葱倩」。原指草木青翠茂盛。此狀閨閣裝飾豔麗。❽金蟬　女子首飾。張泌〈浣溪沙〉(小市東門欲雪天)：「蕊黃香畫貼金蟬。」❾芳草句　言斷魂離恨如春草綿延遠道。《楚辭・招隱士》：「王孫游兮不歸，春草生兮萋萋。」李煜〈清平樂〉(別來春半)：「離恨恰如春草，更行更遠還生。」❿睍睆　形容鳥鳴清圓美好。《詩・邶風・凱風》：「睍睆黃鳥，載好其音。」韓愈〈贈張籍〉：「喜氣排寒冬，逼耳鳴睍睆。」梅堯臣〈寄題楊敏叔虢州吏隱亭〉：「花草發瑣細，禽鳥啼睍睆。」

【語譯】燕子歸來，簾兒半捲。正漏滴箭移，撫笙調玉管。淺畫蛾眉，懶試春衫，慵剪燈花，暖香遠夢相伴。欲訴芳心，愁思鬱結似芭蕉未展。眼波遠眺，望盡江天，二十四橋倚遍。　蒼翠豔麗，銀屏繪彩鳳，霧帳映金蟬，坊曲舊家庭院。傍晚春花撩弄暮靄，芳草萋萋，斷魂離恨綿遠。東風靜靜吹拂，綠蔭深處，時見落花飄飛翩翩。還有那多情黃鸝，對人啼鳴，聲聲清圓。

【研析】這是一首閨怨詞作。上片展現燕歸時節，空閨佳人寂寥慵懶、愁苦期盼、相思入夢情形。首句「燕歸」點出春歸，又暗示人未歸；「簾半捲」則透露出閨中人盼歸之情。「正漏約瓊籤」以下五句描述佳人夜深相伴漏聲，調笙寄愁思。淺畫蛾眉，懶試春衫，慵剪夜燈，見出寂寥愁苦、神情慵倦之態。「香溫夢暖」一句轉入夢境，猶如溫庭筠〈菩薩蠻〉(水精簾裏頗黎枕)之「暖香惹夢」，言相思入夢。「訴芳心」四句言夢中依然愁懷難展，望盡江空，悵惘無依。「眇雙波」三句化用杜牧「二十四橋明月夜，玉人何處教吹簫」(〈寄揚州韓綽判官〉)之詩境，亦上承「笙調玉琯」。

上片言夜深，以敘述佳人舉止為主。下片則言近晚，所謂「煙花弄晚」，筆法上轉以背景映襯為主，描述佳人眼中的室內、室外景象，以景襯情。過片「葱蒨」，總言閨中色澤穠麗。錦屏繪彩鳳，霧帳映金蟬，華美圖景反襯出空閨佳人之淒涼孤寂情懷，「舊家坊院」則又添物是人非之感，詞筆亦隨之轉到室外。「煙花」二句，言傍晚之春花拂弄暮靄，芳草淒迷，斷腸離恨彌漫天際。「對東風」句以下展現春風中兩種景象：落花靜靜飄飛，黃鸝宛轉啼鳴。落花傷春歸，「多情」之黃鸝則堪為佳人之知音。

詞作擇取日夜間令離人最傷感、最難捱的深夜及傍晚，描述空閨佳人孤寂愁思情境，首尾之歸燕、黃鸝亦有呼應之效，章法構思甚佳。筆調婉麗，情韻深長。

思佳客

錦幄沈沈寶篆殘❶。惜春無語倚闌干。庭前芳草空惆悵，簾外飛花自往還。

金屋靜，玉簫閒❷。一樽芳草駐紅顏。東風落盡酴醾雪❸，滿地清香夜不寒。

【注釋】❶錦幄句　簾幕寂寂，爐香漸盡。錦幄，錦繡帷帳。寶篆，指爐香。燃香煙霧彎曲如篆書，故稱。周邦彥〈少年遊〉（并刀如水）：「錦幄初溫，獸香不斷，相對坐吹笙。」秦觀〈畫堂春〉（東風吹柳日初長）：「寶篆煙銷龍鳳，畫屏雲鎖瀟湘。」❷金屋二句　言空閨寂靜，玉簫閒置。金屋，指閨閣，用漢武帝「金屋藏嬌」典故。見舊題班固《漢武故事》。玉簫，暗用蕭史、弄玉夫婦吹簫昇仙典故。見舊題劉向《列仙傳》。❸酴醾雪　指潔白如雪的酴醾花。

【語譯】錦帳靜靜低垂，篆香裊裊將殘。惜春無語，獨倚欄杆。庭前芳草萋萋，空自惆悵；簾外落花紛紛，自來自往。

閨中寂靜，玉簫置閒。一樽芳酒，暢飲駐醉顏。東風吹拂，酴醾花落似雪，滿地清香，春夜不覺寒。

【研析】這是一首佳人惜春傷別詞作。起句描述室內場景，簾幕靜寂，篆香將盡，寂寞佳人呼之欲出。「惜春」句即呈現出獨倚欄杆、默默傷春的佳人畫面。「倚闌干」之舉，透露出寂寥無奈、心有所盼之情。「庭前」兩句為倚欄所見所感。庭前芳草，簾外飛花，本為春日常見之景，而在惜春傷別之佳人眼中則別具意味，「空惆悵」言佳人見芳草而思遠人，空自悵然；「自往還」，以落花飄飛之自由自在，反襯佳人惜春傷春之自愁自苦。

上片蓋言晨起之後，下片則言春夜。「金屋」兩句描述室內淒清景象，「金屋」、「玉簫」之用語暗示出男女情事。「一樽芳草駐紅顏」，言佳人醉酒遣愁，不言醉顏，而言紅顏，點出佳人憂懼紅顏易逝。末尾「東風」二句為佳人眼前景，東風吹盡酴醾，花落似雪，滿地清香，夜色和暖。其氛圍與「芳草駐紅顏」相諧調，明豔中蘊含幽怨之情。

詞作上、下片章法上循環呼應，均從室內背景引出佳人舉止，再展現佳人所見所感，筆調含蓄，用語雅麗。

戀繡衾

多情無語斂黛眉。寄相思、偏仗柳枝。待折向、樽前唱，奈❶東風、吹作絮飛。

歸來醉抱琵琶睡，正酒醒、香盡漏移。無賴是、梨花夢，被月明、偏照翠幃❷。

【注釋】❶奈　無奈；怎奈。❷無賴二句　言夢後月照翠帷，情懷愁怨無奈。無賴，無可奈何。向子諲〈生查子〉(相思嬾下牀)：「無賴是黃鸝，喚起空愁絕。」梨花夢，指夢境。張邦基《墨莊漫錄》卷六引王建〈夢看梨花雲歌〉：「薄薄落落霧不分，夢中喚作梨花雲。」

【語譯】含情默默無語，緊蹙黛眉。偏託柳枝寄相思，待欲折柳樽前低唱，無奈東風吹拂，柳絮飄飛。扶醉歸來，懷抱琵琶睡。酒醒時分，爐香燃盡，漏箭暗移。愁懷無奈，一場幽夢醒來，明月皎皎照翠帷。

【研析】這是一首抒寫歌女相思別怨詞作。上片描述別宴情形。起筆呈現女子別情縈懷、無語斂眉之態，此當為無限別愁難以言表。折柳寄相思為贈別情理之常事，此則別出奇崛之筆云「偏仗」，有所託非物之怨悔情懷。「待折向」二句道出誤託之原由：擬待折柳樽前歌別曲，怎奈東風吹拂柳絮飛，徒增飄零之感。

下片寫別後醉歸夢醒。席散人去，女子扶醉歸來，琵琶伴眠。「醉抱琵琶睡」之畫面，蘊含琵琶歌女身世情懷之無限淒涼。「正酒醒」三句描述酒醒夢後情形：「香盡漏移」，淒清冷寂，明月皎皎照翠帷。「梨花夢」，美麗而虛幻，夢後寂寥悵然！「無賴」、「偏照」二語見出夢斷酒醒後的淒苦悲怨情懷，末句亦即晏殊〈蝶戀花〉（檻菊愁煙蘭泣露）之「明月不諳離恨苦，斜光到曉穿朱戶」，責怨明月，無理而切情。

詞作構思頗為精妙，上、下片均以詞中人之情態舉止起筆，以其眼中之景結筆，循環呼應。情事脈絡清晰，筆調簡潔而情致跌宕，「偏仗」、「奈」、「無賴」、「偏照」等用語有激蕩波瀾之效。

糖多令

休去采芙蓉❶。秋江煙水空。帶斜陽、一片征鴻❷。欲頓❸閒愁無頓處，都著在、兩眉峰。　心事寄題紅❹。畫橋流水東。斷腸人、無奈秋濃。回首層樓歸去懶，早新月、掛梧桐。

【注　釋】❶采芙蓉　採蓮。〈古詩十九首〉有〈涉江采芙蓉〉抒寫女子思念遊子之情：「涉江采芙蓉，蘭澤多芳草。采之欲遺誰，所思在遠道。」❷帶斜陽句　斜陽裡一片歸雁。韋莊〈汧陽間〉：「雁帶斜陽入渭城。」周邦彥〈玉樓春〉（桃溪不作從容住）：「雁背斜陽紅欲暮。」❸頓　安置。楊萬里〈和昌英叔久雨〉：「更著好風墮清句，不知何地頓閒愁。」❹題紅　題詩於紅葉。范攄《雲谿友議》卷十載盧渥於御溝中拾得紅葉，上有宮女題詩。後二人巧遇，結為夫妻。

【語　譯】莫去採芙蓉，秋江煙水空濛。一帶斜陽，一片歸鴻。閒愁無處可安頓，都聚在兩眉峰。　題詩紅葉寄相思，畫橋之下水流東。斷腸人怎奈秋色深濃！回望層樓，慵倦歸去，一彎新月，早已掛梧桐。

【研析】這是一首女子秋日懷人詞作。首句「休去采芙蓉」攝取〈古詩十九首〉之〈涉江采芙蓉〉中「采之欲遺誰，所思在遠道」之意，筆法則反用「涉江采芙蓉」之語，曲筆點出女子對遊子的思念情懷。「秋江」二句承「采芙蓉」，展現秋江煙水空濛、斜陽映照、群雁歸飛景象，映襯女子無盡的懷遠情思。「欲頓」兩句承前意境，直述景中人之愁懷難遣之狀，筆調回折凝重。

下片承上抒寫離愁別緒，筆調舒緩沉婉。題紅寄相思之念蓋因晝橋流水而生，然而流水只向東，怎知遊子漂泊在何方？題紅則無由寄達，思念斷腸，獨對深秋情何堪！正如吳文英〈糖多令〉所云：「何處合成愁？離人心上秋。」末二句以「歸去」關合晝日之期盼愁思，期盼而失望，愁思依舊，慵倦歸來，新月掛梧桐，又將迎來一個對月相思的無眠之夜。

滿江紅

和清真韻❶

目斷煙江，相思字、難憑雁足。從別後、翠眉慵嫵，素腰如束❷。困倚牙牀❸春繡懶，釧金❹斜隱香顋肉。晝漸長、誰與對文枰❺，翻新局。

枝上鵲，心期卜❻。芳草暗，西廂❼曲。謝多情海燕，伴愁華屋。明月空圓雙蝶夢❽，彩雲難駐孤鸞宿❾。任晝簾、不捲玉鉤閒，楊花撲。

【注釋】❶和清真韻　指和周邦彥〈滿江紅〉（晝日移陰）詞韻。清真，指北宋詞人周邦彥，號清真居士。❷素腰如束　即腰如束素，言細腰如束帛。宋玉〈登徒子好色賦〉：「眉如翠羽，肌如白雪，腰如束素，齒如含貝。」❸牙牀　象牙裝飾的睡床或坐榻。❹釧金　即金釧，手鐲。❺文枰　棋盤；棋局。❻枝上鵲二句　意謂見枝頭喜鵲，心念佳期。王仁裕《開元天寶遺事》卷四：「時人之家，聞鵲聲者皆為喜兆，故謂靈鵲報喜。」❼西廂　西側廂房，泛指女子閨閣。❽明月句　言明月空照相思夢。雙蝴夢，指夢成雙。蝴夢，用莊周夢蝶典故。《莊子・齊物論》：「昔者，莊周夢為蝴蝶，栩栩然蝴蝶也；自喻適志與，不知周也；俄然覺，則蘧蘧然周也。」❾彩雲句 言佳期如彩雲飛逝，獨守空閨。李白〈宮中行樂詞〉：「只愁歌舞散，化作彩雲飛。」晏幾道〈臨江仙〉（夢後樓臺高鎖）：「當時明月在，曾照彩雲歸。」孤鸞，此喻思婦。南朝范泰〈鸞鳥詩序〉稱罽賓王捕獲一鸞鳥。孤鸞三年不鳴。後懸鏡臨照，「鸞睹形感契，慨然悲鳴，哀響中霄，一奮而絕」。

【語　譯】極目望斷煙水寒江，書信寄相思，難託雁足。自別後，黛眉嫵媚，神情慵懶，憔悴細腰如束。春繡倦怠倚牙床，香腮遮隱金手鐲。白晝漸長，誰能與我對弈翻新局。　枝頭喜鵲啼鳴，心念佳期暗卜。芳草幽幽，西廂深曲。多謝海燕有情，飛來華屋伴愁婦。明月空照，美夢成虛，似彩雲歸去難留，身如孤鸞獨宿。任憑畫簾不捲，玉鉤閒垂，楊花飛撲。

【研　析】這是一首思婦別怨詞作。起筆二句呈現女子望極煙江、空中雁翔畫面，相思期盼之情融於其中。「難憑雁足」點出音信難通，則思念愁苦只有獨自承受。「從別後」二句勾畫出女子愁思憔悴之身形情態。「困倚」四句描述女子晝日寂寥慵懶情狀：春繡倦怠，困倚牙床；棋盤閒置，無人對弈。前二句細筆描畫，語涉香豔；後二句揭示心理，情含幽怨。

詞作過片借枝頭鵲啼引發女子期盼喜訊，暗卜佳期。「芳草」二句展現的幽暗深寂景象頗耐尋味，一則時間上標示入夜；二則暗示出久別淒寂；三則聞鵲心喜轉歸黯然低落。「謝多情海燕」四句抒寫深夜相思情狀。前兩句言愁思無眠，海燕相伴。謝海燕之多情伴愁，凸顯內心之孤寂無助。後兩句言相思入夢，佳夢似彩雲歸去，夢後如孤鸞獨宿，明月空照。末以盡日畫簾低垂、楊花飛撲之寂寞春深畫面作結，「任」字透出簾裡人愁苦無奈之情懷。

秋蕊香

晚酌宜城酒❶暖。玉輭嫩紅潮面❷。醉中窈窕度嬌眼❸。不識愁深愁淺。

繡窗一縷香絨綫❹。繫雙燕。海棠滿地夕陽遠。明月笙歌別院。

【注　釋】❶宜城酒　酒名，即宜城春，宜城（治所在今湖北宜城）所產美酒。《方輿勝覽》卷二十三載：「金沙泉在宜城縣東一里，造酒極美，世謂之宜城春，又名竹葉酒。」❷玉輭句　言女子酒後肌膚如玉，醉顏紅嫩。❸度嬌眼　傳遞嬌媚眼神。❹香絨綫　喻指綠芽初吐之柳條。

【語　譯】晚來獨酌宜城酒，酒暖身軟如玉，紅暈泛臉。醉態嫵媚，眼波嬌嬈，不知人間愁深淺。　窗前一枝春柳吐新綠，枝頭雙燕呢喃。海棠滿地，夕陽輝映天際遠。笙歌飄蕩，明月朗照別院。

【研　析】詞作抒寫佳人閨中不知愁，即詞中「不識愁深愁淺」。上片描述佳人晚酌美酒、醉態嬌媚。「玉輭」二句為醉態描畫，筆涉香豔。身姿軟媚，面泛紅暈，眼波嬌嬈。「不識」句點出佳人嫵媚醉態中不識愁滋味。

詞作下片描繪窗外圖景，呈現出三幅時間上前後相連貫的畫面：「繡窗」二句為晝日景象，新柳枝頭雙燕呢喃，春意盎然，「雙燕」或暗示出兩情歡聚；「海棠」句為日落時分景象，滿地海棠輝映天際夕陽；「明月」句為別院夜景，笙歌悠揚，皎月臨照。三幅畫面，三段情境，映襯出佳人春閨晝夜歡賞情形。景中含情，境中有人，含蓄雋永。

一落索

欲寄相思愁苦。倩流紅去❶。淚花寫❷不斷離懷，都化作、無情雨。渺渺暮雲江樹。淡煙橫素❸。六橋❹飛絮。夕陽西盡，總是❺春歸處。

【注釋】❶欲寄二句　欲託流水落花寄相思。流紅，水流落花。此用紅葉題詩典事。范攄《雲谿友議》卷十載盧渥於御溝中拾得紅葉，上有宮女題詩，後與此宮女巧遇，結為夫妻。❷寫　通「瀉」。❸素　白色生絹。此喻江水。謝朓〈晚登三山還望京邑〉：「餘霞散成綺，澄江靜如練。」練，猶此句之「素」。❹六橋　杭州西湖蘇公堤上六橋：映波、鎖瀾、望山、壓堤、東浦、跨虹。北宋蘇軾所建。潛說友《咸淳臨安志》卷三十二「蘇公堤」：「元祐中，東坡既奏開浚湖水，因以所積葑草築為長堤，起南迄北，橫截湖面，綿亙數里，夾道雜植花柳，中為六橋，行者便之。」❺總是　都是；全是。晏幾道〈生查子〉（紅塵陌上遊）：「風月有情時，總是相逢處。」

【語譯】欲寄遊子相思苦，題詩紅葉懇請隨流去。傾淚不斷，離情滿懷，都化作無情春雨。　暮雲渺渺江映樹，淡煙飄拂，清江如橫素。蘇堤六橋飛柳絮。夕陽西下，處處春歸去。

【研析】這是一首女子相思別怨詞作。上片展現的情境是春雨綿綿，水流落花，佳人對景懷遠，滿懷離恨欲訴。起筆二句直述思念遊子之愁苦，欲託落紅隨流寄相思。然而流紅又怎能寄相思？無盡的離愁化作不斷的淚花。言淚花「都化作、無情雨」，不僅以綿綿不斷之春雨比喻離愁別淚之無盡，更以春雨之無情反襯離情之淒苦。

上片重筆言情，下片轉以疏淡筆調描繪西湖春日暮景，情蘊其中。「渺渺」兩句為遠望江天景象，暮靄渺渺，江樹如煙，澄江似練。「六橋」句為近景，柳絮飄飛。末二句承上作結，「夕陽」句承「暮雲」，「春歸」

承「飛絮」。整體畫面透露出佳人日暮臨湖懷遠神情形象，怨別融貫傷春，結句重筆出之，悵然傷悲之情繚繞不盡。

垂楊❶

銀屏夢覺。漸淺黃嫩綠，一聲鶯小。細雨輕塵，建章❷初閉東風悄。依然千樹長安❸道。翠雲鎖、玉窗深窈❹。斷腸人、空倚斜陽，帶舊愁多少。還是清明❺過了。任煙縷露條，碧纖青裊❻。恨隔天涯，幾回惆悵蘇堤❼曉。飛花滿地誰為掃。甚薄倖❽、隨波縹緲。縱啼鵑、不喚春歸❾，人自老。

【注　釋】❶垂楊　原有題「懷古」，據柯本刪去。按，此調無他作，當為陳允平自度曲，詞賦調名本意。❷建章　建章宮，漢武帝所建。此借指臨安宮闕。❸長安　漢、唐都城，在今陝西西安。此借指臨安。❹翠雲句　綠樹掩映，閨閣幽深。❺清明　節氣名，陽曆四月五日或六日。❻任煙縷二句　言綠柳含煙帶露，婀娜搖曳。❼蘇堤　又名蘇公堤，杭州西湖堤名，北宋蘇軾所建。❽薄倖　薄情。杜牧〈遣懷〉：「十年一覺揚州夢，贏得青樓薄倖名。」❾縱啼鵑句　意謂縱然啼鵑聲中春未歸。原無「縱」字，據柯本校補。《楚辭・離騷》：「恐鵜鴂之先鳴兮，使夫百草為之不芳。」洪興祖補註：「《禽經》云：巂周，子規也。江介曰子規，蜀右曰杜宇，又曰鶗鴂，鳴而草衰。」李廌〈和李端叔大夫從參寥子游西湖〉：「幾處鞦韆愁日暮，一聲鶗鴂喚春歸。」

【語　譯】銀屏睡夢初醒，淡黃楊柳漸轉嫩綠，一聲鶯啼嬌柔。細雨洗輕塵，宮門初閉，東風靜悄悄。京城道，千樹排列依舊。綠柳掩映，玉窗寂靜深幽。斷腸人空自倚欄對斜陽，舊愁新恨知多少！　又過清明，一任翠柳含煙帶露，裊娜纖柔。只恨天涯相隔，多少回惆悵相迎蘇堤曉。滿地飛絮無人掃。太薄情！飄零隨波去邈邈。縱然聲聲啼鵑不喚春歸去，年華猶自衰老。

【研　析】這首詞題詠調名本意，即詠柳寓離情。上片「斷腸人空倚斜陽」之畫面點明場景在落日時分，則起筆「銀屏夢覺」為晝夢驚醒。「漸淺黄」二句轉筆描繪窗外景象，落到春柳，繪色細膩。「一聲鶯」亦暗示啼鶯驚夢。「細雨」三句順承展現京城宮殿、街道圖景。細雨洗輕塵，一片清新，東風無聲，宮殿門初閉，街道依然千柳吹拂。「翠雲」二句，詞筆回落到思婦閨閣。「斷腸人」二句呈現思婦愁情滿懷、倚欄對斜陽之神情姿態，「舊愁」二字蘊含無限舊愁新恨。

詞作下片抒寫「惆悵蘇堤曉」。清明過後，蘇堤春曉，煙柳垂露，綠絲搖曳，紛紛落絮，隨波流逝，聲聲啼鵑，喚春歸去。天涯相隔之人置身其境，傷春怨別，惆悵何堪！「還是」、「任」、「恨」、「幾回惆悵」、「誰為掃」、「甚薄倖」、「縱」、「人自老」等用語，展現出詞中人觸景傷別、愁苦無奈之情懷。

詞作上片寫景為主，筆調舒緩和婉；下片以情馭景，筆調跌宕頓挫。上、下片結末均以悵歎之筆相呼應，情韻蕩漾。

張榲

張榲（生卒年不詳），字斗南，一字雲窗，號寄閒。祖籍成紀（今甘肅天水市），寓居臨安。張炎（西元一二四八－一三二〇年）之父。精通音律，善詞名世。有《寄閒集》、《依聲集》，不傳。《全宋詞》錄其詞九首。

瑞鶴仙

捲簾人睡起。放燕子歸來，商量❶春事。風光又能幾。減芳菲❷、都在賣花聲裏。吟邊眼底。披嫩綠、移紅換紫❸。甚等閒❹、半委東風，半委小溪流水。

還是。苔痕湔雨❺，竹影留雲，待晴還未。蘭舟靜艤❻。西湖上、多少歌吹。粉蝶兒、守定落花不去，溼重尋香兩翅。怎知人、一點新愁，寸心萬里。

【注　釋】❶商量　談論。史達祖〈雙雙燕・詠燕〉：「還相雕梁藻井，又軟語商量不定。」❷減芳菲　春色減退。❸移紅換紫　指春花凋謝。❹等閒　輕易；隨便。晏殊〈少年遊〉（重陽過後）：「莫將瓊萼等閒分，留贈意中人。」❺苔痕句　雨洗苔痕。湔，洗滌。❻艤　船靠岸停泊。晏幾道〈浪淘沙〉（麗曲醉思仙）：「吳堤春水艤蘭船。」

【語　譯】睡起捲珠簾，迎來歸燕，呢喃細語話春事。春光能留幾時。芳事漸歇，都消逝在那賣花聲裡。吟詠觀賞，嫩葉披綠，千紅萬紫。如此易凋零，半隨東風，半隨小溪流水。　依舊是，春雨洗苔痕，春雲拂竹影，天色欲晴未晴。岸邊蘭舟靜泊，西湖上，多少管絃歌聲。粉蝶兒守護落花不去，尋覓芳香，溼重雙翅。怎知我新愁一縷，心繫萬里。

【研　析】這是一首傷春懷遠詞作。上片傷春，感慨春光之易逝。起筆以「捲簾」帶出「燕子」，因燕語落到「春事」。「風光」一句反詰，筆調突轉，引出「減芳菲」句悵然感歎花事易歇。聽賣花聲而感慨春花凋零，睹盛而預感衰歇。「吟邊」四句即描述花事盛而衰，前二句為萬紫千紅時節吟賞之盛，後二句為悵歎風吹花落、花漂水流。

上片泛筆抒寫傷春之感，下片則落筆於西湖雨後春景。過片「還是」二字流露出久未見晴之失落情緒。「苔痕」三句細筆繪景，雨水浸潤苔痕，雲霧彌漫竹林，晴光隱約而未現。「蘭舟」兩句展現西湖遊賞情景，「多少歌吹」四字則透露出幾許悵然。「粉蜨兒」兩句為近景特寫，粉蝶雙翅潮溼凝重，守定落花尋覓芳香。粉蝶戀花之執著，令詞中人深感兩情別離之愁苦，結末二句遂直抒萬里相思之情，筆調跌宕沉重。
全詞幾乎句句寫景，情蘊其中，末句重筆振起，呼應起筆「捲簾人睡起」，點醒傷春懷人之意。

風入松

春寒嬾下碧雲樓❶。花事等閒休。紅綿❷溼透秋千索，記伴仙、曾倚嬌柔❸。
重疊黃金約臂❹，玲瓏翠玉搔頭❺。
熏爐誰熨暖衣篝❻？消遣酒醒愁。舊巢
未著新來燕，任珠簾、不上瓊鉤。何處東風院宇，數聲揭調〈甘州〉❼。

【注釋】❶碧雲樓 指高樓。令狐楚〈宮中樂〉：「九重青瑣闥，百尺碧雲樓。」❷紅綿 紅色薄綢。此指秋千索之彩飾。周邦彥〈蝶戀花〉（月皎驚烏棲不定）：「喚起兩眸清炯炯，淚花落枕紅綿冷。」❸記伴仙句 記得曾與嬌柔似仙佳人相依相伴。❹約臂 臂環之類飾物。❺翠玉搔頭 玉簪。舊題葛洪《西京雜記》卷二載漢武帝曾取李夫人玉簪搔頭。後世遂有「玉搔頭」之稱。❻衣篝 薰衣竹籠。張孝祥〈木蘭花慢〉（送歸雲去雁）：「霜華夜永逼衾裯。喚誰護衣篝。」❼揭調甘州 高調〈甘州〉曲。揭調，高調。甘州，唐代大曲名。毛文錫〈甘州遍〉（春光好）：「美人唱，揭調是〈甘州〉。」

【語譯】春寒料峭，慵懶不下高樓。春花易謝，春去難留。秋千索上紅綿溼，猶記佳人如仙，相依嬌柔。臂腕金釧重疊輝映，鬢邊玉簪玲瓏剔透。
如今誰為熏衣熨裳？醉酒遣愁，酒醒復惆悵。舊巢未有新燕棲，任玉鉤閒置，珠簾低垂。不知東風吹過何處院宇，飄來數聲高調〈甘州〉曲。

【研 析】此為思念舊侶之作。上片描畫出一位寂寞春寒、花事凋零中慵倚高樓，注目秋千凝神追憶的離人形象。起句點出獨倚高樓之人，「春寒」為時節背景，「嬾」為神情狀態，為全詞情感定調，「嬾」之原由則引發下文。「花事」二句為眼中所見，前句為泛筆，意即春易去；後句為特寫，「秋千索」為思念舊侶之觸發點。「記伴仙」三句轉入美妙回憶，情境如畫，筆墨濃麗：仙侶相伴，嬌柔相依，佳人金釧疊映，玉簪玲瓏。

下片從追憶轉回現實，抒寫思念之情。過片睹物思人，熏爐猶在，衣篝猶在，佳人已去，無人為之熏衣熨裳。言語間則流露出對昔日佳人貼心關愛的深情戀念。「消遣」句直言寂寥相思之愁苦，筆調滯重。「舊巢」句以下融情入境，筆調疏蕩。前二句為室內場景，舊巢空無新燕，或有舊情難忘之寓意。末二句為室外景象，東風吹來數聲高亢的〈甘州〉樂曲，打破寂靜，或許觸發詞中人對昔日兩情歡賞的回憶，曲調情思相融飄蕩。

南歌子

柳戶朝雲溼，花窗午篆❶清。東風未放❷十分情。留戀海棠顏色過清明。

壘潤❸棲新燕，籠深鎖舊鶯。琵琶可是❹不堪聽。無奈愁人把做❺斷腸聲。

【注 釋】❶篆 篆香。爐香煙縷如篆書，故稱。❷未放 未教。晏幾道〈菩薩蠻〉：「春風未放花心吐。」❸壘潤 巢溼。毛文錫〈紗窗恨〉：「新春燕子還來至，一雙飛，壘巢泥濕時時墜，涴人衣。」❹可是 豈是。❺把做 當作。

【語 譯】門傍綠柳，清晨雲霧溼潤；窗映繁花，午時篆香輕漾。東風吹拂，天氣未能十分晴朗。清明時節，海棠花色令人留戀愛賞。

泥巢潤溼棲新燕，鳥籠深深鎖舊鶯。豈是琵琶聲曲不堪聽，無奈愁怨之人聽成斷腸聲。

【研 析】此詞抒寫閨怨。起筆二句描繪女子居所傍花依柳。上句言室外雲霧潤溼；下句言室內爐香輕漾，暗示出女子寂寥處境。「東風」二句承「柳」、「花」，描寫春景。天氣若陰若晴，與「朝雲溼」相應，當是雨後初晴景象。「海棠顏色」照應「花窗」。清明時節，東風輕拂，天色陰晴不定。獨自臨窗賞花，無限留戀。花將凋零，春將歸去，華年虛度，「留戀」一語透出幾許歎惋。

下片詞筆轉入閨中。前兩句言新燕、舊鶯，句式精穩。「壘潤」指築巢新泥潤溼。新巢新燕，與舊籠舊鶯相對，暗寓新人、舊人之歡悲，透露出寂寞佳人之幽怨。結末「琵琶」二句承「籠深鎖舊鶯」之寓意，琵琶聲中寄託斷腸之悲愁。筆調跌宕，情韻蕩漾。

謁金門

春夢怯。人靜玉閨平帖❶。睡起眉心端正貼。綽枝雙杏葉❷。　重整金泥蹀躞❸。紅皺石榴裙褶。款步花陰尋蛺蝶。玉纖❹和粉捻。

【注釋】❶平帖　平靜。周邦彥〈虞美人〉：「金閨平帖春雲暖，晝漏花前短。」❷綽枝句　蓋言手持一枝用以貼眉心的杏葉草狀飾物。綽，拿；持。杏葉，草名。又稱金盞草。蔓延籬下，葉葉相對。❸金泥蹀躞　金屑裝飾的佩帶。蹀躞，佩帶之飾物。此代指佩帶。孟浩然〈宴張記室宅〉：「玉指調箏柱，金泥飾舞羅。」陸游〈軍中雜歌〉：「名王金冠玉蹀躞，面縛纛下聲呱呱。」❹玉纖　指纖纖玉手。

【語譯】春夢驚醒，悄無人聲，玉閨清靜。睡起對鏡，手持一對杏葉飾物，端正貼上眉心。　重新整理鑲金佩帶，石榴裙皺起幾道紅褶。花陰下緩步尋蝴蝶，纖纖玉手連同蝶粉輕捏。

【研析】此詞描述一深閨女子春日閒靜無聊之日常生活圖景。起句「春夢」，春日美夢；「怯」言驚醒之態。美夢驚醒，玉閨寂靜，隱隱見出女子悵然神情。「睡起」兩字領起全詞，下文依次細述睡起之後的舉止：整整妝容，理理衣飾，去花園撲蝴蝶。筆致細膩，杏葉貼眉心，金泥飾衣帶，石榴裙上皺紅褶，均以工筆描畫，色彩豔麗，美人之妝貌衣飾躍然紙上。外貌服飾顯露靜態之美，結末「款步」二句則進而描述女子花陰緩步尋蝶，玉指輕輕捻蝶，呈現出舉止動態之美。

詞作以春夢暗示閨情，隱約流露於女子梳妝整衣、尋蝶捻蝶等舉止間。筆墨側重於形貌衣飾體態描寫，色彩明麗，頗有宮體遺韻。

慶宮春

斜日明霞，殘虹分雨❶，輭風淺掠蘋波❷。聲冷瑤笙，情疏寶扇❸，酒醒無奈秋何。彩雲輕散，漫敲缺、銅壺浩歌❹。眉痕留怨，依約遠峰，學斂雙蛾❺。

銀牀露洗涼柯❻，屏掩香消，忍掃裀羅❼。楚驛梅邊❽，吳江楓畔❾，庾郎❿從此愁多。草蛩喧砌，料催織、迴文鳳梭⓫。相思遙夜，簾捲翠樓，月冷星河。

【注釋】❶殘虹句　指雨後殘虹。❷蘋波　指蘋草飄浮水面。蘋，水草名，亦稱四葉菜、田字草。❸情疏寶扇　情愛疏離，似秋日寶扇被棄。班婕妤〈怨歌行〉：「新裂齊紈素，皎潔如霜雪。裁為合歡扇，團團似明月。出入君懷袖，動搖微風發。常恐秋節至，涼風奪炎熱。棄捐篋笥中，恩情中道絕。」❹漫敲缺句　徒自敲壺為節，感慨長歌。《晉書・王敦傳》載敦居功自傲，有問鼎之心。元帝畏而惡之。敦心不平，「每酒後輒詠魏武帝樂府歌曰：『老驥伏櫪，志在千里。烈士暮年，壯心不已。』以如意打唾壺為節，壺邊盡缺。」漫，徒然。❺眉痕三句　指雙眉緊蹙，愁怨凝結。遠峰、雙蛾，均指雙眉。❻銀牀句　指夜露溼井欄。銀牀，白色井欄。柯，指井欄之木。❼裀羅　夾衣。此泛指秋衣。原作「煙蘿」，據柯本校改。❽楚驛梅邊　指客地思念親友之情。《太平御覽》卷十九引《荊州記》載：「陸凱與范曄為友，在江南，寄梅花一枝詣長安與曄，并贈詩云：『折梅逢驛使，寄與隴頭人。江南無所有，聊贈一枝春。』」❾吳江楓畔　指客遊夜泊之愁。張繼〈楓橋夜泊〉：「月落烏啼霜滿天，江楓漁火對愁眠。姑蘇城外寒山寺，夜半鐘聲到客船。」❿庾郎　指庾信（西元五一三—五八一年），字子山。新野（今屬河南）人。曾作〈愁賦〉，有云「誰知一寸心，乃有萬斛愁」。見葉廷珪《海錄碎事》卷九。周邦彥〈宴清都〉（地僻無鐘鼓）：「始信得、庾信愁多，江淹恨極須賦。」⓫草蛩二句　意謂促織在階下啼鳴，想是催織回文寄相思。蛩，蟋蟀，又名促織。崔豹《古今注》：「促織，一名投機，謂其聲如急織也。」回文，指字句回旋往復均可成義成誦的詩詞。此用蘇蕙織錦回文典故。《晉書・列女傳》載：「竇滔妻蘇氏，始平人也。名蕙，字若蘭。善屬文。滔，苻堅時為秦州刺史，被徙流沙。蘇氏思之，織錦為迴文旋圖詩以贈滔，宛轉循環以讀之，詞甚悽惋。」

【語　譯】夕陽映照晚霞，雨後殘虹，微風輕拂，蘋動漣波。瑤笙聲冷，情懷疏落似秋日寶扇，酒醒悲秋無可奈何。彩雲輕輕散去，徒自擊壺高歌。眉間愁怨凝結，如遠峰隱約，似緊蹙雙蛾。　夜露溼井欄，屏風掩蔽，爐香消散，強忍愁苦理秋衣。楚驛旁梅花綻開，吳江畔楓葉瑟瑟，遊子從此多愁恨。階下草間，蟋蟀喧鳴，想是催促鳳梭織回文。長夜相思綿綿，翠樓珠簾高捲，月輝清冷，銀河低轉。

【研　析】此詞抒寫閨婦秋夜相思之愁。起筆三句描寫秋日雨後黃昏景象：天空斜日映晚霞，彩虹殘留，雨色消散；水面秋風輕拂，蘋波微蕩。景色明麗，氣韻清爽，「斜日」、「殘虹」二語則透出些許悵然無奈。「聲冷」三句轉述室內，點出閨中人。秋夜酒醒，玉笙聲冷，情人遠離，自覺如秋日被棄置之寶扇一般淒涼。「無奈秋何」四字情韻，亦如吳文英〈糖多令〉所云：「何處合成愁。離人心上秋。」「彩雲」二句承此情懷而發。白居易〈簡簡吟〉曰：「大都好物不堅牢，彩雲易散琉璃脆。」「彩雲輕散」正暗用此意，應「情疏寶扇」，言歡情易逝，兩情疏離。傷懷悲愁只能徒自敲壺長歌。「眉痕」三句特寫愁眉，凸顯雙眉緊蹙不勝悲愁之態。

下片進入到夜深。過片言庭院，井欄露溼，涼夜寂靜。「屏掩」二句言閨中，屏風深掩，離人愁整秋衣。秋來轉涼，不禁想到所思之人江南客遊之愁。「楚驛」句用陸凱、范曄典事，既言遊子之愁思，亦透露出閨婦對遊子音書之期盼。「草蛩」二句用蘇蕙織錦回文典故，寓託對遊子的無盡思念，亦流露欲書彩箋寄相思之念。末三句以情景交融之畫面作結：翠樓珠簾高捲，相思之人長夜無眠，凝愁望月。冷月映照，星河低轉。

全詞時間脈絡清晰，從黃昏經長夜到「耿耿星河欲曙天」（白居易〈長恨歌〉）。筆墨典麗凝重，詞情深婉。

壺中天

月夕❶登繪幅堂❷，與筼房❸各賦一解。

雁橫迥碧，漸煙收極浦，漁唱催晚。臨水樓臺乘醉倚，雲引吟情閒遠。露腳飛涼❹，山眉鎖暝❺，玉宇冰奩滿❻。平波不動，桂華低印清淺❼。

應是瓊斧修成❽，鉛霜搗就❾，舞〈霓裳曲〉❿遍。窈窕西窗誰弄影，紅冷芙蓉深苑。賦雪詞工⓫，留雲歌斷⓬。偏惹文簫⓭怨。人歸鶴唳，翠簾十二空捲⓮。

【注釋】❶月夕　指中秋月夜。吳自牧《夢粱錄》卷四：「八月十五日，中秋節。此夜月色倍明於常時，又謂之月夕。」❷繪幅堂　指張樞宅園群仙繪幅樓，為其祖父張鎡（號約齋）所建。周密《武林舊事》卷十上載「張約齋賞心樂事」有八月「群仙繪幅樓觀月」。❸筼房　即李彭老，字商隱，號筼房。德清（今屬浙江）人。❹露腳句　指涼夜霜露飛。張若虛〈春江花月夜〉：「空裏流霜不覺飛。」周邦彥〈早梅芳〉（繚牆深）：「河陰高轉，露腳斜飛夜將曉。」❺山眉句　夜色籠罩遠山。❻玉宇句　夜空皎潔，圓月如冰。❼平波二句　言月下水波清淺，桂花倒映。周密《武林舊事》卷十上載張鎡群仙繪幅樓「前後十一間，下臨丹桂五六十株，盡見江湖諸山」。❽瓊斧修成　玉斧修成圓月。傳說月由七寶合成，常有八萬二千戶以斧鑿修之。見《太平廣記》卷三百七十四引《酉陽雜俎》。❾鉛霜句　言月兔搗藥已成。鉛霜，指丹藥。傳玄〈擬天問〉曰：「月中何有？白兔搗藥。」周密〈夜合花〉（月地無塵）：「翠籠誰煉鉛霜。」傳說月宮有白兔搗藥。❿霓裳曲　指〈霓裳羽衣曲〉，盛唐舞曲名。傳說唐開元中，葉法善引玄宗入月宮，聞仙樂，歸而作〈霓裳羽衣曲〉。見鄭嵎〈津陽門詩〉注。⓫賦雪句　言詠物詞筆精工。《世說新語・言語》載謝安大雪日與子弟論文，曰：「白雪紛紛何所似？」兄子謝朗曰：「撒鹽空中差可擬。」兄女謝道韞曰：「未若柳絮因風起。」安欣然大笑。⓬留雲句　言美妙的歌聲停歇。《列子・湯問》載秦青「撫節悲歌，聲振林木，響遏行雲」。⓭文簫　唐傳奇中人物，中秋之夜與仙女吳彩鸞在鍾陵西山士女歌舞盛會中相遇，兩情相悅，結為夫妻，後雙雙騎虎仙去。見唐裴鉶《傳奇・文簫》。⓮翠簾句　言翠樓重重簾幕高捲。十二，以仙人所居十二樓喻繪幅堂。《漢書・郊祀志》：「方士有言：『黃帝時為五城十二樓。』」應劭注：「昆侖玄圃五城十二樓，仙人之所常居。」

【語　譯】雁陣橫列，碧空幽邈，遠浦煙靄漸散，漁歌唱晚。樓臺臨水，乘醉憑倚，詩興飄然隨雲遠。涼夜飛露，暝色籠山，玉宇冷月圓滿。波平浪靜，桂花倒映，水月清淺。　料是玉斧修月圓，仙藥擣就，舞盡〈霓裳曲〉。西窗誰弄窈窕影？芙蓉深苑，冷寂紅豔。賦詞詠物精工，歌曲遏雲聲斷，卻惹文簫愁怨。夜鶴飛鳴人歸去，仙樓翠簾高捲。

【研　析】這是一首中秋登樓賞月之作。「臨水樓臺」二句總綰全詞情境。上片描繪月夜醉倚樓臺所見所聞。起筆三句「迴碧」、「極浦」、「漁唱」，展現出湖天浩渺間漁歌飄蕩之境，引發詞人「閒遠」之「吟情」。碧空幽邈，雁陣橫列，遠浦煙散，漁歌唱晚，均襯托月夜之美妙。「露腳」句言夜涼露飛，其境有似張若虛〈春江花月夜〉之「空裏流霜不覺飛」；「山眉」句言遠山迷濛。以上詞筆從仰視、遠望、聞聽等角度渲染出月夜境界，至「玉宇」句則呈現出碧空皎潔如冰之圓月，接以「平波」二句描寫水月清淺、桂花倒映之美景，形成點、染之效。

上片描畫月夜景象，末尾點出一輪冰清玉潔之圓月。過片承前落筆月宮，化用神話傳說，想像玉斧修成圓月，玉兔擣就仙藥，仙娥舞遍〈霓裳〉。其意脈則呼應上片「吟情閒遠」。「窈窕」二句轉到眼前，言西窗月影窈窕，池苑芙蓉冷豔。「窈窕」、「弄影」又與上句筆路相通。「賦雪」二句化用謝女賦雪詞工、秦青歌響遏雲典故，應合詞題所言中秋月夜登樓吟賞之歡。此與下句「文簫」典事相融，以文簫在鍾陵西山中秋歌舞盛會間遇仙女吳彩鸞之情事，渲染繪幅堂歡賞之美妙氛圍。結末「人歸」二句收束全詞，言歡會散，人歸去，夜鶴鳴，樓堂空。「翠簾十二」，以仙人所居十二樓，暗合「群仙繪幅樓」之名。

李演

李演（生卒年不詳），字廣翁，號秋堂（一作秋田）。景定三年（西元一二六二年）曾任郴州推官。有《盟鷗集》，失傳。《全宋詞》錄其詞七首。

摸魚兒　太湖

又西風、四橋❶疏柳，驚蟬相對秋語。瓊荷萬笠花雲重，裊裊紅衣如舞。鴻北去。渺岸芷汀芳❷，幾點斜陽字❸，吳亭舊樹。又繫我扁舟，漁鄉釣里，秋色淡歸鷺。

長干路❹。草莽疏煙斷墅❺。商歌❻如寫羇旅。丹溪翠岫登臨事❼，苔屐尚黏蒼土。鷗且住。怕月冷吟魂，婉冉❽空江暮。明燈暗浦。更短笛銜風，長雲弄晚，天際畫秋句。

【注　釋】❶四橋　第四橋，又名甘泉橋，在今江蘇吳江市。范成大《吳郡志》卷二十九：「松江水，在水品第六。世傳第四橋下水是也。橋今名甘泉橋。」姜夔〈點絳脣〉（燕雁無心）：「第四橋邊，擬共天隨住。」❷岸芷汀芳　湖岸沙汀芳草綿延。范仲淹〈岳陽樓記〉：「岸芷汀蘭，郁郁青青。」❸幾點句　指斜陽下幾點飛雁。❹長干路　借指吳中古道。長干，建康（今江蘇南京）里巷名。❺墅　田廬；村舍。❻商歌　指蕭瑟秋聲。古代陰陽五行之說，商、秋均屬金，故稱秋為商。

❼丹溪句　指隱居林泉登山臨水之事。錢起〈過鳴皋隱者〉：「丹溪不可別，瓊草色芊芊。」❽婉冉　淒婉蕭疏。彭九萬〈淩波辭〉：「歲芳兮婉冉悲，江空兮蘭枻歸。」

【語譯】西風又起，第四橋邊楊柳零落，寒蟬驚秋，相對低語。荷葉田田如萬千箬笠，花融水雲，濃豔溼重，紅衣嫋嫋，似翩翩起舞。遠望湖岸汀州渺渺，芳草彌漫幽香，幾點飛雁背斜陽，亭前樹如故。我又繫舟漁鄉釣濱，淡淡秋色映歸鷺。

古道邊，荒草叢生，淡煙飄浮，村舍稀疏。悲涼秋聲，如訴羈旅愁緒。臨水登山，木屐苔痕尚黏蒼土。鷗鳥且停留，只怕秋月淒冷，詩興淒婉，空江籠夜幕。燈火明亮，江浦幽暗，更有風吹笛聲，長空雲弄夜色，天際描畫秋圖。

【研析】此詞題詠太湖秋景，寄寓羈旅淒涼之情，流露林泉歸隱之意。起筆「西風」點明時令，「又」字透出無奈低落之情。秋風瑟瑟，楊柳稀疏，亦如姜夔〈點絳脣〉（燕雁無心）所狀：「第四橋邊」，「殘柳參差舞」。「驚蟬」句即如柳永〈雨霖鈴〉之「寒蟬淒切」。「西風」、「疏柳」、「驚蟬」、「秋語」，渲染出淒涼秋韻，「瓊荷」兩句則描繪出濃豔秋色：荷葉似翠玉，荷花如雲霞，翠葉田田如萬千箬笠，紅花裊裊似翩翩舞女。「鴻北去」以下四句簡筆勾畫全景：夕陽映照，天空幾點飛雁，岸際汀州芳草綿遠，亭前柳樹如故。「樹」之「舊」暗示出故地重遊，下句「又」字承此意。「繫我扁舟」三句，詞人現身，繫舟漁鄉釣濱，淡淡秋空，隱隱歸鷺。圖景中透出扁舟漂泊之人心中的歸隱之情。

上片筆墨主要落在自然景象，「吳亭」、「漁鄉釣里」言及人間煙火，過片承此筆路，描寫古道田舍之荒涼。「草莽疏煙」，蕭瑟秋聲，尤增羈旅淒涼之感。「丹溪」兩句承「羇旅」二字，臨水登山，風塵僕僕，故曰「苔屐尚黏蒼土」。「丹溪翠岫」、「苔痕」等意象又與林泉隱居相關，與下句「鷗且住」相通。呼鷗相伴，「怕」字引出原由：害怕獨自面對江空月冷、燈明浦暗、夜風吹笛、雲弄天際之秋夜。前三句渲染淒清之境，後三句更添飄忽幽邈之韻，淒冷蕭疏中透出飄渺脫塵興味。「天際畫秋句」為全詞作結，有巧取天工之妙。

詞作繪景如畫，疏淡中點綴濃豔，寓情於境，沉鬱中蘊涵林泉之趣。

聲聲慢

問梅孤山❶

輕韉❷繡谷。柔屐煙隄，六年遺賞新續。小舫重來，惟有寒沙鷗熟。徘徊舊情易冷，但溶溶、翠波如縠❸。愁望遠，甚❹雲消月老，暮山自綠。

顰笑人生悲樂，且聽我樽前，漁歌樵曲。舊閣塵封，長得樹陰如屋❺。淒涼五橋❻歸路，載寒秀、一枝疏玉❼。翠袖薄，晚無言、空倚修竹❽。

【注釋】❶孤山　在杭州西湖中，北宋林逋隱居於此，養鶴種梅，後為賞梅勝地。❷韉　馬鞍。❸但溶溶句　言湖水浩闊，綠波蕩漾似縠紋。溶溶，水勢寬廣。縠，縐紗。宋祁〈玉樓春〉：「東城漸覺風光好。縠皺波紋迎客棹。」❹甚　正。吳文英〈探芳信〉（為春瘦）：「甚年年鬭草心期，探花時候。」❺屋　通「幄」。帷幕。❻五橋　指西湖蘇堤第五橋。何夢桂〈己卯春過西湖和諸公〉：「歸來第五橋邊路，半樹殘陽噪畢逋。」❼載寒秀句　指攜帶一枝寒梅。寒秀、疏玉，均指梅花。❽翠袖二句　以佳人倚竹喻梅花。此化用杜甫〈佳人〉詩句：「天寒翠袖薄，日暮倚修竹。」

【語譯】輕騎遊賞錦繡山谷，芒鞋漫步煙柳長堤，六年前的遊賞餘興今重續。小船重來，只有寒沙鷗鳥與我相熟。徘徊憶舊，情懷易冷，但見浩闊湖水，碧波蕩漾，如輕紗微皺。愁來遠望，正彩雲消散，月光淺淡，暮色迷漫，群山空自蒼綠。

一顰一笑，人生有悲有樂，且聽我把酒吟唱漁歌樵曲。舊時樓閣已塵封，終年樹蔭遮掩似幄。歸去途經第五橋，一路淒涼，寒香冷韻，一枝疏梅如玉。似佳人翠袖薄衫，日暮無言，空自獨倚修竹。

【研析】詞題「問梅孤山」，詞中云「六年遺賞新續」，知為六年後重遊孤山訪梅。筆調融紀遊、繪景、感慨為一體。上片「輕韉」二句、「小舫重來」，敘述騎馬穿行於錦繡山谷，芒鞋漫步於煙柳長堤，再蕩船來到孤山。「寒沙鷗熟」、「徘徊」句，承「六年遺賞」，感慨物是人非，情懷已非舊時，眼前之「溶溶翠波如縠」，遠望之「雲消月老，暮山自綠」，均透出清冷蒼涼氣韻。

過片從舊地重遊之慨，深入人生悲樂之感，進而又以把酒吟唱漁歌樵曲之風度，超然於世事悲歡之外，呈現林泉歸隱之意趣，與上片「鷗熟」遙相呼應。「舊閣」二句回到眼前舊閣，又一番撫今追昔之歎。折梅而歸，一路淒涼，所攜一枝寒梅如玉，又似翠袖佳人，天寒日暮，無言獨倚修竹。結末關合題中「問梅」，平添孤高清寒之韻致。

醉桃源

題小□扇

雙鴛初放步雲輕❶，香簾蒸❷未晴。杏鎔暗淚結紅冰❸。留春蝴蝶情。

寒薄薄，日陰陰。錦鳩❹花底鳴。春懷一似草無憑❺。東風吹又生❻。

【注　釋】❶雙鴛句　言女子步履輕盈。雙鴛，指女子繡鞋。步雲，猶雲步，形容步履輕飄。吳文英〈八聲甘州〉（渺空煙四遠）：「時靸雙鴛響，廊葉秋聲。」杜牧〈張好好詩〉：「絳唇漸輕巧，雲步轉虛徐。」❷蒸　指爐香煙霧升騰。❸杏鎔句　指杏花帶雨，雨結成冰。鎔，消融。❹錦鳩　顏色豔麗的鳩鳥。古時有鳩鳴喚雨之說。陸游〈喜晴〉：「正厭鳩呼雨，俄聞鵲噪晴。」❺無憑　沒有憑準。❻東風句　春風吹拂，春草復蘇。白居易〈賦得古原草送別〉：「野火燒不盡，春風吹又生。」

【語　譯】繡鞋初出深閨，步態似雲飄輕盈。簾內香騰如霧，天色尚未放晴。杏花含露結紅冰，戀春粉蝶，翩翩飛舞多情。

寒氣薄薄，日色陰陰，花底錦鳩啼鳴。春愁恰似春草無憑準，東風吹拂又萌生。

【研　析】這首題扇詞，想是題扇面小品畫之作。據詞中描述，畫面一簾為隔，簾底爐香裊裊升騰，簾外是早春而未晴。佳人初出香閨探春色，步履輕盈。「杏鎔」為簾外春景，亦即佳人眼中之景，「淚」、「情」二字寄寓佳人之情。

過片渲染春寒天陰氛圍，亦呼應上片「未晴」、「結紅冰」。「錦鳩」句與上片杏花相應，而鳩鳴喚雨，則又上承「日陰陰」。末二句情景交融，佳人之春愁隨春風拂蕩，似春草萌生。

詞作以文字述丹青，展現畫中景、景中人，同時化靜為動，融情於景，令畫面生動而有情韻。

南鄉子

夜飲燕子樓❶

芳水戲桃英。小滴胭脂浸綠雲❷。待覓瓊觚藏綵信，流春❸。不似題紅❹易得沈。

天上許飛瓊。吹下蓉笙染玉塵❺。可惜素鸞❻留不得，更深。誤翦燈花斷了心。

【注　釋】❶燕子樓　故址在今江蘇徐州。據白居易〈燕子樓序〉，徐州刺史張愔宅第有樓名燕子。張氏卒後，其愛妾關盼盼念舊而不嫁，獨居燕子樓十餘年。❷小滴句　言一點胭脂映襯如雲鬢髮。❸待覓二句　言擬將芳信藏入玉杯漂流。此暗用曲水流觴之事。古時風俗，陰曆三月上巳於水濱宴飲以祛不祥，引水環曲成渠，流觴取飲為樂。❹題紅　題詩紅葉。范攄《雲谿友議》卷下載舉子盧渥於御溝拾得一紅葉，上有宮女題詩云：「水流何太急，深宮盡日閒。殷勤謝紅葉，好去到人間。」❺天上二句　蓋言天仙吹笙降臨，身染飛花。許飛瓊，傳說為西王母侍女，舊題班固《漢武帝內傳》載其「鼓震靈之簧」。孟棨《本事詩》載許渾夢登崑崙，賦詩有云「坐中唯有許飛瓊」。他日復夢，「飛瓊曰：『子何故顯余姓名於人間？』」座上即改為『天風吹下步虛聲』。」蓉笙，亦稱芙蓉笙，蓋笙之美稱。明黃哲〈送道士蔣玉壺還茅山〉：「調笑芙蓉笙，聲飄凰凰吹。」清汪淵〈喝火令〉(碎步分花至)：「菊盞愁他勸，蓉笙懶自吹。」。玉塵，喻飛花。❻素鸞　仙人所乘神鳥，此代指仙人許飛瓊。陸游〈秋波媚〉(曾散天花蕊珠宮)：「東遊我醉騎鯨去，君駕素鸞從。」

【語　譯】桃花流水飄芬芳，一點胭脂映雲鬢。待尋玉杯藏芳信，伴春漂流，不似題詩紅葉易浮沉。天仙許飛瓊，吹笙飛降，身染飛花似玉塵。可惜仙女留不住，更深夜闌，剪燈花誤斷燈芯。

【研　析】這首詞作大概抒寫夜宴間對一位歌女的心儀及其離去之失望。歌酒宴歡，曲水流觴，一位歌女手持桃花戲弄春水，額頭胭脂映襯如雲鬢髮，彷彿桃溪仙女。詞人為之心動，擬託玉杯傳遞情書。此即上片所述情事。

過片描述歌女舞姿之美妙，似仙女吹笙散花，飄然飛降。結末三句言歌罷舞歇，歌女離去，夜深更盡，情懷悵然。末句似一歇後語：誤剪燈花——斷了心（芯）。比喻、諧音之筆調中透出諧趣，淡化了傷悲，增添了情趣。

八六子

次筤房❶韻

乍鷗邊，一番腴綠❷，流紅又怨蘋花。看晚吹、約晴歸路❸，夕陽分落漁家。

輕雲半遮。縈情芳草無涯。還報舞香一曲，玉瓢❹幾許春華。正細柳青煙，

舊時芳陌，小桃朱戶，去年人面❺，誰知此日重來繫馬，東風淡墨欹鴉❻。黯窗

紗。人歸綠陰自斜。

【注　釋】❶筤房　即李彭老，字商隱，號筤房。德清（今屬浙江）人。❷腴綠　翠綠潤澤。腴，豐美。❸看晚吹句　言歸路晚風吹拂晴光。晚吹，晚風。韋莊〈雨霽池上作呈侯學士〉：「鹿巾藜杖葛衣輕，雨歇池邊晚吹清。」呂濱老〈選冠子〉：「風約晴雲，花乾宿露。」❹玉瓢　比喻西湖。❺小桃二句　門傍桃花，去年曾遇佳人。此化用崔護〈題都城南莊〉：「去年今日此門中，人面桃花相映紅。人面不知何處去，桃花依舊笑春風。」❻欹鴉　斜飛的群鴉。欹，斜。

【語譯】鷗鳥正傍依，一番翠綠，落紅漂流，還抱怨水面蘋花。回望歸路，晚風吹拂晴光，夕陽半灑漁家，半為浮雲遮。　芳草綿綿，情思無涯。更添風舞落英飄香，留得幾許湖光芳華。細柳拂青煙，芳徑依然如故；桃花映朱門，去年人面何處？誰料今年此日，重來駐馬，春風裡，淡墨群鴉斜飛。窗紗幽暗，人已歸去，樹蔭空自橫斜。

【研析】這是一首暮春遊湖、感慨憶舊之作。上片寫景，呈現兩幅圖景：起筆三句描繪暮春湖景，鷗鳥傍依，綠肥紅瘦，落花漂流，蘋花點點。「流紅」暗用紅葉題詩寄情典事，流紅為水面蘋花所阻，寄情而不能暢達，故而「怨蘋花」。「看晚吹」三句描寫回望歸路景象，風拂晴光，夕陽透過浮雲，映照漁家。輕雲半遮夕陽亦透出些許茫然悵惘之情。

下片細數遊賞感舊之情。過片由綿綿芳草牽惹無限情思，融入下文所述遊歷憶舊之中。「還報」二句承「芳草無涯」再作全景式描寫：風舞落英繽紛，西湖春色無多。「幾許」有惜春意緒。「正細柳」句以下敘寫舊地重遊，芳陌煙柳依依，桃花掩映朱戶，一如去年今日之景象，然而「去年人面」已不知何處。駐馬徘徊於東風裡，仰望群鴉斜飛，凝目紗窗幽寂，樹蔭橫斜，追想去年今日所遇佳人，無限悵然！

祝英臺近

次篔房韻

采芳蘋，縈去艣。歸步翠微雨❶。柳色如波，縈恨滿煙浦。東君❷若是多情，未應花老，心已在、綠成陰❸處。

困無語。素被褰損梨雲❹，閒修牡丹譜。妒粉爭香，雙燕為誰舞。年年紅紫如塵，五橋❺流水，知送了、幾番愁去。

【注釋】❶翠微雨　指草木蔥郁，水氣迷漫。王維〈山中〉：「山路元無雨，空翠濕人衣。」❷東君　司春之神。❸綠

成陰　綠葉成蔭。杜牧〈歎花〉：「狂風落盡深紅色，綠葉成陰子滿枝。」❹素被句　意謂夢斷揭被起身。褰，撩起。梨雲，指夢境。張邦基《墨莊漫錄》卷六引唐王建〈夢看梨花雲歌〉云：「薄薄落落霧不分，夢中喚作梨花雲。」❺五橋　指西湖蘇堤第五橋。

【語譯】泛舟縈繞，採擷芳蘋，歸路翠嵐濛濛如雨。柳色蕩漾如波，愁緒繚繞滿煙浦。春神若是多情，不應任花凋零，傷春心在綠葉成蔭處。　困倦無語。夢破揭被起身，隨意編修牡丹譜。花叢競賞，雙燕為誰飛舞。年年紅花紫蕊零落如塵，第五橋下流水，不知多少次伴愁送春離去。

【研析】這是一首傷春詞作。上片描述泛舟採蘋歸來，一路綠翠雨霧濛濛，柳色拂蕩，煙籠汀浦，令人愁緒滿懷。「縈恨」二字點出傷春之情，引發「東君」三句悵然感慨春神無情，任花落綠葉成蔭。「若是」、「未應」二語，以假設筆調責怨「東君」之無情，「綠成陰」與「花老」相承，「心」則為詞人多情之心，與「東君」之無情相對。

下片抒寫傷怨愁悲之情狀。傷愁無語，慵倦入夢，所見梨花紛紛如雲；夢破而起，百無聊賴，漫修牡丹譜。夢裡夢外，心繫春花。見花叢雙燕穿飛競賞，謂之「妒粉爭香」，心生不解：「為誰舞」？即為何舞？意謂雙燕只知穿花飛舞，盡享芬芳，不知惜花傷春。結末三句便直抒花謝春歸之愁，總束全詞：年年花落成泥，流水漂紅，多少次愁送春去。

莫崙

莫崙（生卒年不詳），字子山，號兩山。江都（今江蘇揚州）人，寓居丹徒（今江蘇鎮江市）。咸淳四年（西元一二六八年）進士及第。《全宋詞》錄其詞五首。

水龍吟

鏡❶寒香歇江城路，今度見春全嬾。斷雲過雨，花前歌扇，梅邊酒琖❷。離思相欺❸，萬絲縈繞，一襟消黯❹。但年光暗換，人生易感，西歸水，南飛雁。

也擬與愁排遣。奈江山、遮攔不斷。嬌譌❺夢語，溼熒啼袖，迷心醉眼。繡轂華裀❻，錦屏羅薦❼。何時拘管❽。但良宵空有，亭亭❾霜月，作相思伴。

【注釋】❶鏡　指如鏡之湖面。❷琖　同「盞」。❸相欺　相襲；相逼。❹一襟消黯　滿懷傷愁。消黯，黯然銷魂。❺譌　同「訛」。謠言。此指迷亂之言。《爾雅．釋詁下》：「訛，言也。」郭璞注：「世以妖言為訛。」❻繡轂華裀　華麗的車子與坐墊。轂，車輪中心穿軸承輻之圓木。此代指車。裀，墊褥。❼羅薦　絲織的席墊。❽拘管　管束。柳永〈少年遊〉(日高花榭懶梳頭)：「似恁疏狂，費人拘管，怎似不風流。」❾亭亭　明亮美好的樣子。

【語譯】湖面清寒，花香消歇，江城路漫漫，如今見春意興慵懶。花前歌舞，梅邊醉歡，似雨過雲散。離愁來襲，千絲萬縷縈繞襟懷，魂銷腸斷。節序暗自更換，人生多感。流水西歸，大雁南飛。　也擬排遣愁懷，無奈江山重重遮攔。夢中佳人嬌言錯亂，淚光盈盈霑襟袖，為之神情迷惘悵然。華車美墊，錦屏繡席，何時相守不相離？佳辰良宵，空有明月皎皎，伴人相思。

【研析】這是一首羈旅相思之詞。時值暮春，江城分別，意興慵懶。「斷雲」三句追述今春之花前歌舞宴歡，轉眼如雨過雲散。歡聚已成過往，傷別近在眼前，「離思」三句抒寫別離之淒苦，筆墨濃重。「但」字所引四句，由傷離波及傷春，感慨節序更換，流光容易把人拋。水之「西歸」、雁之「南飛」，反襯人之漂泊不歸。

下片寫別後相思之愁苦。「也擬」二句言相隔千山萬水，思念之愁無以排解。此為實筆。「嬌謠」三句言相思入夢，夢見佳人嬌言囈語，淚溼襟袖，不禁為之神情悵惘！此為虛筆。現實之江山隔阻，相思而不得相見，但願夢中相見能緩解相思之苦，然而「嬌謠夢語，溼熒啼袖」之夢境只能令離人更覺相別相思之悲苦。夢醒重回現實，愁苦中期盼著相聚相守之日的到來，「繡轂華裀」三句即傾訴此願。「繡轂」句指遊子之車馬，「錦屏」句指佳人之閨閣。「何時拘管」，即不知何時才能兩情相守。結末二句面對別離現實，天各一方之人，良宵佳辰，只有明月伴相思，明月寄相思。

玉樓春

綠楊芳徑鶯聲小。簾幕烘香桃杏曉。餘寒猶峭雨疏疏，好夢自驚人悄悄。

憑❶君莫問情多少。門外江流羅帶繞❷。直饒❸明日便相逢，已是一春閒過了。

【注釋】❶憑　請求；煩勞。岑參〈逢入京使〉：「馬上相逢無紙筆，憑君傳語報平安。」❷門外句　言門外江流環繞似羅帶。❸直饒　縱使；即使。黃庭堅〈望江東〉：「燈前寫了書無數，算沒個人傳與。直饒尋得雁分付，又還是秋將暮。」

【語譯】綠楊垂拂芳徑，鶯聲嬌柔細小。簾幕爐香煙裊，桃杏迎清曉。春寒猶料峭，細雨淅瀝，好夢自驚醒，悄無聲息。

請君莫問情短長，門外江水似羅帶，環繞流淌。縱使明日便相逢，已是虛度了一春好時光。

【研析】這是一首春日閨怨詞作。上片描述清曉夢醒，前三句描繪春曉景象，鋪墊背景：庭院芳徑綠柳吹拂，鶯聲嬌柔，桃杏綻放，細雨綿綿，春寒料峭，簾內爐香烘煖。「好夢」句描述夢醒情狀，好夢驚斷，悄無人聲，女子悵然失落、淒清孤寂之感溢於言外。

下片承上「好夢」句，對剛剛夢見之人傾訴無盡的思念愁苦之情。「莫問情多少」，欲揚先抑，其意自是情深不可量，「江流」句即以環流之江水譬喻情思縈繞無盡。結末二句直抒相思情切，欲擒故縱：即使明日便相見，也已虛度一春！更何況相見不可期。怨激之筆調中回蕩著深深的別離相思之愁和華年易逝之悲。

生查子

三兩信❶涼風，七八分❷圓月。愁緒到今年，又與前年別。

衾單容易寒，燭暗相將❸滅。欲識此時情，聽取鳴蛩❹說。

【注釋】❶三兩信　疑指三兩陣。❷七八分　七八成。❸相將　行將。周邦彥〈花犯・梅花〉（粉牆低）：「相將見，脆圓薦酒，人正在、空江煙浪裏。」❹蛩　蟋蟀。

【語譯】涼風三兩陣，月圓七八成。愁緒綿延到今年，又與去年不一般。　衾薄寒易侵，燭暗行將滅。欲知此時何情懷，且聽蟋蟀來訴說。

【研析】此詞抒寫秋夜愁思。起筆兩句描述時序變化，秋來涼風颼颼，月已圓了七八成，臨近中秋月滿。下句「愁緒」當即月圓人未圓之別離相思，言愁「到今年」，「又與前年別」，見出別後年復一年，舊愁添新恨，愈積愈深。

上片後兩句言「今年」之愁，為總述筆調，下片落到今夜閨中之愁，遙承起首筆脈。「衾單」二句描述閨中情景：寒侵薄被，孤燈幽暗，一片淒涼。閨中人相思無眠，淒苦愁怨之情難以言表，遂託諸寒蛩啼鳴。結末二句所言即此情懷，前句「欲識」二字提引，為虛擬之筆，實則透露出女子欲向所思之人傾訴滿懷愁情，然而所思在遠方，淒涼秋夜，獨守空閨，聽蛩鳴幽咽，似代為訴說淒婉心聲。末句以情馭景，亦融情於景，餘韻不盡。

卜算子

紅底過絲明❶，綠外飛綿❷小。不道❸東風上海棠，白地❹春歸了。

月笛曲闌留，露舄❺芳池繞。爭得❻閒情似舊時，遍索檐花❼笑。

【注釋】❶紅底句　花底游絲明麗。❷飛綿　飛絮。❸不道　不覺。歐陽脩〈蝶戀花〉：「幾日行雲何處去？忘了歸來，不道春將暮。」❹白地　平白地；無緣無故地。李白〈越女詞〉：「相看月未墮，白地斷肝腸。」❺舄　鞋。韓愈〈贈張徹〉：「暄晨躡露舄，暑夕眠風櫺。」❻爭得　怎得。❼檐花　簷邊花。李白〈贈崔秋浦〉：「山鳥下廳事，檐花落酒中。」

【語譯】花叢中游絲明麗，綠柳邊飛絮飄渺。不覺東風吹綻海棠花，春便無端歸去了。　月映曲欄，笛聲迴旋，木屐沾露徘徊芳池邊。怎能意興閒逸似舊時，遍尋簷花，歡笑粲然。

【研析】這是一首春日憶舊詞作。上片前兩句描寫春色正濃：花叢間游絲飄拂，綠柳飛絮輕揚。後二句寫漸近春暮春歸：不知不覺中海棠綻放，春天無端歸去。海棠開放，春已過半，臨近春歸。「不道」、「白地」二語透出對春之匆匆歸去的歎惋之情。

上片從仲春寫到春歸，流露出悵然情緒。過片承此情調，細述春宵無眠情狀：月下吹笛，婉轉如訴。曲欄頻倚，芳池徘徊，夜露沾舄。淒清寂寥中想起舊時賞春興致，不禁感歎：「爭得閒情似舊時，遍索檐花笑。」舊日閒情不可再得，遍尋簷花，笑逐顏開之快樂時光已成過往，徒成追憶。詞以舊時歡賞場景作結，撫今追昔之情溢於言外。

丁宥

丁宥（生卒年不詳），字基仲（一作基重），號宏庵。錢塘（治所在今浙江杭州）人。與吳文英交善。《全宋詞》錄其詞一首，殘句三則。

水龍吟

雁風❶吹裂雲痕，小樓一綫斜陽影。殘蟬抱柳，寒蛩❷入戶，淒音忍聽。愁不禁秋，夢還驚客，青燈孤枕。未更深，早是梧桐泫露❸，那更❹度、蘭宵❺永。

空歎銀屏金井❻。醉鄉❼醒、溫柔鄉❽冷。征塵倦撲，閒花漫舞，何心管領❾。蔥指冰絃❿，蕙懷春錦⓫，楚梅⓬風韻。悵芙蓉城⓭杳，藍雲⓮依黯，鎖巫峰暝⓯。

【注釋】❶雁風　秋風。吳文英〈新雁過妝樓〉（閬苑高寒）：「雁風自勁，雲氣不上涼天。」❷蛩　蟋蟀。❸泫露　滴露。謝惠連〈泛湖歸出樓中翫月〉：「斐斐氣冪岫，泫泫露盈條。」❹那更　更何況。陸游〈桃源憶故人〉（城南載酒行歌路）：「鶯聲無賴催春去，那更兼旬風雨。」❺蘭宵　即蘭夜，指七夕之夜。謝朓〈七夕賦〉：「嗟蘭夜而難永，泣會促而怨長。」❻金井　原指雕飾的井欄。此指藻井，繪有圖飾狀如井字的天花板。❼醉鄉　酒醉神迷之境。劉禹錫〈閒坐憶樂天以詩問酒熟未〉：「君酒何時熟，相攜入醉鄉。」❽溫柔鄉　指美色迷人之境。舊題漢伶玄《飛燕外傳》：「是夜進合德，帝大悅，以輔屬體，無所不靡，謂為溫柔鄉。」❾管領　領略。史達祖〈惜奴嬌〉（香剝酥痕）：「吟鬢簪香，已斷了、多情病。年年待、將春管領。」❿葱指句　玉指撥琴絃。葱指，言女子手指纖細潔白如蔥根。漢樂府〈古詩為焦仲卿妻作〉：「指如削葱根，口如含朱丹。」⓫蕙懷句　蘭心蕙質，才華似錦。⓬楚梅　指江南梅花。梅堯臣〈山茶〉：「臘月冒寒開，楚梅猶不奈。」⓭芙蓉城　傳說中的仙境。歐陽脩《六一詩話》稱石延年死後，其故人見之，「言我今為鬼仙也，所主芙蓉城。」蘇軾〈芙蓉城序〉：「世傳王迥子高與仙人周瑤英游芙蓉城。」⓮藍雲　指藍橋仙雲。《太平廣記》卷五十錄裴鉶《傳奇》載裴航遇仙女雲英於藍橋（故址在今陝西藍田）。⓯鎖巫句　巫山雲鎖煙暝。此暗用巫山神女典故。宋玉〈高唐賦序〉稱楚懷王遊高唐，夢見巫山之女而幸之。神女辭別云：「妾在巫山之陽，高丘之阻，旦為朝雲，暮為行雨，朝朝暮暮，陽臺之下。」

【語　譯】秋風吹裂浮雲，一縷殘陽，映照小樓留斜影。秋蟬抱柳，寒蛩入室，鳴聲淒切不忍聽。愁懷不堪秋聲，羈旅夢斷心驚，孤枕伴青燈。夜未深，早已是梧桐露滴，更如何度過漫漫七夕。　空悵歎，銀屏藻井，醉鄉夢醒，溫柔香閨清冷。征塵滿面，慵倦懶拂拭，落花悠然飛舞，無心留意。指如蔥根，輕撥琴絃，蘭心蕙質，才華似錦，梅花一般風韻。悵歎芙蓉仙境邈遠，藍橋仙雲黯然飄浮，巫山雲鎖煙暝。

【研　析】吳文英〈高山流水序〉云：「丁基仲側室善絲桐賦詠，曉達音呂，備歌舞之妙。」詞有云「素弦一一起秋風，寫柔情、都在春葱」、「仙郎伴，新制還賡舊曲，映月簾櫳。似名花並蒂，日日醉春濃」、「蘭蕙滿襟懷」，與本詞「醉鄉」、「溫柔鄉」、「葱指冰絃，蕙懷春錦」等語句相應合。又據「蘭宵永」、「醉鄉醒、溫柔鄉冷」、「悵芙蓉城杳，藍雲依黯，鎖巫峰暝」等語意，本詞當為七夕悼念愛妾之作。

詞作上片描述黃昏漸至夜深之孤寂淒苦情狀。起筆言秋風吹裂浮雲，殘陽透過雲隙映照小樓，留下長長的斜影。此一畫面，靜默中透出秋風殘照之悲涼，接下「殘蟬」三句更添蟬鳴蛩響之「淒音」，遂令羈旅之人悵歎不忍卒聽、「愁不禁秋」！蟬、蛩兩種秋聲也暗示出黃昏漸入夜深之時間變化，「夢還」句以下即呈現夢醒情境：青燈如豆，孤枕相伴，聽窗外梧桐露滴聲聲，夜尚未深，如何能挨到天明？

下片承上續寫夢醒情懷，抒發悼亡之情。「空歎」二句悵歎兩情共處華屋之美妙時光（即所謂「醉鄉」、「溫柔鄉」），徒成悲涼之追憶。「醒」、「冷」二字透出悵惘淒涼之情，亦暗示出悼亡情事。「征塵」句自述滿面塵土、身心倦怠之狀，「閒花」二句承前筆意，搖曳生姿。「葱指」三句回想愛妾之才藝性情風韻，筆調中滿溢眷戀深情。此情驅遣詞人想像愛妾仙去之所，結末以「悵」字引出三個神仙典故，寄寓相思而無法再相見之綿綿長恨。

儲泳

儲泳（生卒年不詳），字文卿，號華谷。雲間（今上海松江區）人。工於吟詠，有詩見《江湖後集》、《詩家鼎臠》，著有《祛疑說》。《全宋詞》錄其詞一首。

齊天樂

東風一夜吹寒食❶，枝頭片紅猶戀。宿酒初醒，新吟未穩，凭久闌干留暖。將春買斷。恨苔徑榆階，翠錢❷難貫。陌上秋千，相逢難認舊時伴。　輕衫粉痕褪了，絲緣❸餘夢在，良宵偏短。柳綫穿煙，鶯梭織霧❹，一片舊愁新怨。慵拈象管❺。待寄與深情，怎憑雙燕❻。不似楊花，解隨人去遠。

【注　釋】❶寒食　節令名，清明前一日或二日。舊俗，此日禁火冷食，故稱。❷翠錢　指苔錢、榆錢。李賀〈巫山高〉：「楚魂尋夢風颸然，曉風飛雨生苔錢。」柳永〈訴衷情近〉（幽閨晝永）：「榆錢飄滿閒階。」❸絲緣　如絲情緣。張翥〈桂枝香〉（天香萬斛）：「寸夢絲緣，舊約尚堪重續。」❹柳綫二句　柳絲拂蕩煙霧，黃鶯穿飛如梭。❺象管　指毛筆。羅隱〈清溪江令公宅〉：「鑾牋象管夜深時，曾賦陳宮第一詩。」❻怎憑句　言雙燕傳書不可靠。江淹〈李都尉從軍〉：「袖中有短書，願寄雙飛燕。」

【語　譯】寒食一夜東風，枝頭一朵殘紅尚留戀。昨夜醉酒今初醒，新詩未吟妥，久依欄杆暖。欲將春天買斷，只恨芳徑苔錢、階邊榆錢，難以串連成貫。巷陌秋千，相逢也難識得舊夥伴。　輕衫粉痕消褪，夢餘情緣如絲，良宵苦短。柳絲拂蕩煙霧，黃鶯穿飛如梭，一片舊愁新怨。慵倦提筆欲書，待寄深情，又怎能憑信雙飛燕。不如楊花，猶能伴隨離人行遠。

【研　析】這是一首傷春懷人詞作。寒食時節，一夜東風，落花飄零，一朵殘紅尚戀枝頭，傷春惜春戀春之情蘊於其中，傷春之人呼之欲出。「宿酒」句以下落筆詞中人。「宿酒」已暗言愁緒，酒醒愁未醒，憑欄低吟未穩。戀戀不捨春歸，憑欄眼見「苔徑榆階」，觸景生發買斷芳春之念，然而芳徑苔錢、階邊榆錢「難貫」，買春無望，春歸無奈。痴想痴語，新穎別致，見出深切的惜春戀春之情。憑欄又見「陌上秋千」，想到別來獨守寂寞，意興慵懶，久未親近秋千，料其「相逢難認舊時伴」。「舊時伴」則暗示出舊時歡聚笑蕩秋千情景。擬人筆調，賦情於物，感慨悵然之神情見於言外。

上片詞筆偏重於觸景傷春，下片轉為怨別懷人。「輕衫」句言分別已久，羅衫別淚粉痕已消褪。「絲緣」句相聚緣淺，相思情深，夢魂相隨。然而春宵苦短，美夢易醒，不勝悵惘。又見煙柳拂蕩，鶯穿如梭，舊愁新怨充溢心間。愁思慵倦中提筆欲書，寄與相思深情，然而雙燕傳書不可憑信。其筆調如同晏幾道〈蝶戀花〉（夢入江南煙水路）所言：「欲盡此情書尺素。浮雁沉魚，終了無憑據。」末二句承前補述原由，言雙燕不能如楊花隨人遠行。此亦眼中之景，「隨人去遠」之楊花牽引著詞中人遙望遠方，相思之情彌漫天際。

趙汝迕

趙汝迕（生卒年不詳），字叔午（一作叔魯），號寒泉。樂清（今屬浙江）人。宋宗室。嘉定七年（西元一二一四年）進士及第。僉判雷州。賦詩觸怒時相，謫官而卒。《全宋詞》錄其詞一首。

清平樂

初鶯細雨。楊柳低愁縷。煙浦花橋❶如夢裏，猶記倚樓別語。

小屏依舊圍香。恨拋薄醉殘妝❷。判卻❸寸心雙淚，為他花月淒涼。

【注　釋】❶橋　原作「嬌」，據柯本校改。❷恨拋句　不顧餘醉，不理妝殘。恨拋，拋下不管。鄭谷〈自貽〉：「恨拋水國釣蓑雨，貧過長安櫻筍時。」❸判卻　亦作拚卻。甘願；不顧。晏幾道〈鷓鴣天〉：「彩袖殷勤捧玉鐘，當年拚卻醉顏紅。」

【語　譯】早鶯飛鳴，綿綿春雨。楊柳低垂，縷縷拂蕩愁緒。煙迷江浦，花映畫橋，恍然如夢，猶記樓前依依別語。

銀屏依舊漫幽香，不顧餘醉，不理殘妝。甘願寸心欲碎雙淚垂，為他花前月下獨淒涼。

【研　析】這是一首女子傷離怨別詞作。上片追憶分別情景：初春時節，鶯聲嬌嫩，細雨濛濛，煙柳拂愁，江浦霧迷，花映小橋。當時的別離場景恍然如夢，而當時的樓前別語，言猶在耳。「楊柳低愁縷」、「煙浦花橋」均顯露別離情事。「如夢裏」三字從追憶中跳出，「猶記」句又重憶殷勤話別，見出別後思念之恍惚而深切。

下片呈現兩段情境，抒寫獨守空閨之愁苦情懷。前兩句之「薄醉殘妝」，指宿酒餘醉，妝殘鬢亂，為拂曉情狀。銀屏依然繚繞爐香，昨夜醉酒消愁尚未全醒，無心顧及殘妝蓬髮。後兩句為長夜愁思情狀，花前月下獨守淒涼，寸心欲斷，雙淚暗垂。「判卻」一語見出情深不悔之心，亦如周邦彥〈解連環〉（怨懷無託）所言「拚今生對花對酒，為伊淚落」。

樓扶

樓扶（生卒年不詳），字叔茂，號梅麓。鄞（治所在今浙江寧波）人。端平三年（西元一二三六年），以宣教郎通判建康府，既而轉通直郎兼沿江制置司幹官。淳祐間，知泰州軍事。《全宋詞》錄其詞三首。

水龍吟

次清真梨花韻❶

素娥❷洗盡繁妝，夜深步月秋千地。輕顰暈玉，柔肌籠粉，緇塵斂避❸。霽
雪❹留香，晚雲同夢❺，昭陽❻空閉。悵仙園❼路杳，曲闌人寂。疏雨溼、盈盈
淚。未放❽游蜂葉底。怕春歸、不禁狂吹。象牀困倚，冰魂微醒，鶯聲喚

起。愁對黃昏，恨催寒食❾，滿襟離思。想千紅過盡，一枝獨冷，把梅花比。

【注　釋】❶次清真梨花韻　次韻周邦彥〈水龍吟・梨花〉(素肌應怯餘寒)。清真，周邦彥號清真居士。❷素娥　嫦娥。此喻梨花。❸輕顋三句　言梨花似女子玉腮生暈，柔肌傳粉，不染纖塵。緇，黑色。❹霽雪　晴日飛雪。蔣捷〈瑞鶴仙〉：「縞霜飛霽雪。」❺晚雲句　梨花如雲入夢。張邦基《墨莊漫錄》卷六引唐王建〈夢看梨花雲歌〉云：「薄薄落落霧不分，夢中喚作梨花雲。」❻昭陽　漢武帝時宮殿名，成帝時趙飛燕居之。後泛指皇后寵妃所居宮殿。❼仙園　仙境。宋祁〈桃〉：「不是仙園三食罷，何緣靈核到人間。」❽未放　未讓；未許。晏幾道〈菩薩蠻〉：「春風未放花心吐。」❾恨催句　意謂寒食逼近，令人傷感。寒食，節令名，清明前一日或二日。舊俗，此日禁火冷食，故稱。周邦彥〈蘭陵王〉(柳陰直)：「梨花榆火催寒食。」

【語　譯】彷彿仙娥洗盡鉛華，深夜踏月飄臨秋千庭院。玉頰泛紅暈，柔肌透粉色，纖塵不染。如晴光飛雪飄香，晚雲紛紛入夢，人去昭陽深閉。惆悵仙路迢迢，遍倚曲欄靜寂。細雨潤溼，盈盈淚垂。　遊蜂未許棲葉底，怕春歸時節，禁不住狂風勁吹。慵倦斜倚象床，夢魂如冰微醒，被鶯聲喚起。愁對黃昏，恨寒食逼近，滿懷別情離思。想來百花凋盡，梨花一枝孤冷，堪比梅花風姿。

【研　析】這是一首題詠梨花的詞作。晏殊〈無題〉有云「梨花院落溶溶月」，本詞亦從月下梨花切入，展開想像，起筆二句呈現出素妝嫦娥踏月飄然飛降秋千庭院畫面，以仙女喻花。「輕顋」三句描寫仙女容顏肌膚：白裡透粉，光澤如玉，纖塵不染。此亦暗合梨花色澤，為工筆細描。「霽雪」二句轉以暈染筆調描繪梨花映月景象：皎潔泛光似晴日飛雪，紛紜迷漫如夢中浮雲，更添清香沁人心脾。「昭陽」句以寂寥深宮襯托背景，轉筆略顯突兀，蓋從白居易〈長恨歌〉中「昭陽殿裏恩愛絕，蓬萊宮中日月長」、「玉容寂寞淚闌干，梨花一枝春帶雨」等詩句演繹而成，以楊貴妃喻梨花，謂其離開昭陽宮，飛升至邈遠的蓬萊宮為太真仙子，終日憑欄相思，寂寞落淚。

上片嫦娥、霽雪、夢雲之喻展現梨花之色澤風姿，楊妃之喻則轉入梨花神情。下片承此筆意，以傷春傷別抒寫梨花情懷。春將歸去，風狂花落，蜂蝶戀花。過片二句由此引入，構思生新，謂梨花未讓遊蜂盤旋花前葉底，怕其經不住狂風勁吹。為遊蜂擔憂，更為花落春歸傷懷，擬人情味寓於其中。「象牙」六句將梨花擬比佳人，抒寫傷春傷別情思。梨花綻放時春已過半，春歸時尚未凋謝，然歷盡春風，目送落花，亦已身心慵倦，似佳人困倚象床，傷春怨別，夢魂又被鶯聲驚醒，愁思終日，悵歎春暮，滿懷離情別緒。結末三句跳出擬人筆調，還原梨花本形，承前「催寒食」之時序，言待到百花凋盡，唯有梨花獨守清冷，風韻堪與梅花媲美。曲終凸顯梨花之幽潔雅韻，升華旨趣。

本詞構思新穎，想像奇妙，筆調婉麗，形神兼備，誠為詠物佳作。

菩薩蠻

絲絲楊柳鶯聲近。晚風吹過秋千影。寒色一簾輕。燈殘夢不成。耳邊

消息在。笑指花梢待。又是不歸來。滿庭花自開。

【語　譯】絲絲楊柳垂拂，耳邊鶯聲縈繞。晚風吹，秋千影搖。一簾輕寒，夢未成，殘燈映照。歸來消息傳入耳，笑指花梢等待。又是到期未歸來，滿院春花空自開。

【研　析】這是一首抒寫女子春日別怨詞作。起句楊柳、鶯聲點明春日，為晝日景象，亦暗示出別離情事。「晚風」句為入夜景象，「秋千影」又暗示出昔日相聚之樂、今日相別之愁。「寒色」二句為夜深無眠情狀：一簾輕寒，殘燈欲滅，孤眠好夢難成。若相思入夢，夢中相聚，尚可稍解別離之愁苦，然而「夢不成」，則日夜相思之切，無以緩解。

上片描述春來日夜思念之淒苦情形，下片特寫又一次違期不歸空歡喜。「耳邊」兩句，蓋言思婦聞聽遊子

花開時節即歸來之消息，喜不自禁，笑指花梢日夜等待。然而待到花滿庭院，人終未歸，又是一場空歡喜。「又是」見出遊子一次又一次的失約不歸，思婦一次又一次的空喜而悲。「花自開」，人未歸來，無心賞花，故謂花空自盛開。思婦之悵然神情見於言外。陸淞〈瑞鶴仙〉（臉霞紅印枕）之「待歸來，先指花梢教看，卻把心期細問。問因循、過了青春，怎生意穩」，或可補足本詞未盡之意。

詞作構思精當，上片為詞情之鋪墊，筆調平展；下片為詞情之承而轉，筆調跌宕。因日夜相思愁苦之深，故聞聽歸來音訊而欣喜期待甚切，進而歡喜成空則離愁別怨更深一層。

史介翁

史介翁（生卒年不詳），字吉父，號梅屋。生平籍貫無考。《全宋詞》錄其詞一首。

菩薩蠻

柳絲輕颺黃金縷。織成一片紗窗雨。鬬合❶做春愁。困慵熏玉篝❷。

暮寒羅袖薄。社雨❸催花落。先自❹為詩忙。薔薇一陣香。

【注釋】❶鬬合　湊合；聚集。秦觀〈河傳〉：「亂花飛絮。又望空鬬合，離人愁苦。」❷玉篝　熏籠之美稱。❸社雨　春社前後之雨。韋應物〈假中對雨〉：「殘鶯知夏淺，社雨報年登。」❹先自　先已；本已。姜夔〈齊天樂〉：「庾郎先自吟愁賦，淒淒更聞私語。」

【語　譯】縷縷金柳輕拂飄舞，織成窗前一片絲雨。金柳絲雨撩惹春愁，困倦慵伴熏篝。　天寒日暮翠袖薄，春社急雨催花落。本自吟詩忙，薔薇飄來一陣香。

【研　析】詞云「春愁」、「暮寒羅袖薄」，是一首閨中女子傷春之作。上片詞境如畫，描繪出一女子傍倚香篝，神情慵倦，滿面愁容地看著窗外金柳飄舞，春雨如織。章法上從外景轉入閨中，首兩句描寫金色柳絲在綿綿細雨中飄拂，言金柳編織絲雨，筆調生動有新意。後兩句落筆閨中人，由景入情，「鬬合」二字承前啟後。「春愁」、「困慵」為神情描述，香篝為閨中物品，沒有體貌服飾描寫，而閨中傷春女子之形象隱約可見。

下片承上細述「春愁」。「暮寒」句化用杜甫〈佳人〉詩句「天寒翠袖薄，日暮倚修竹」，補筆描寫女子服飾，春寒日暮，羅衣單薄，令人憐惜傷感。「社雨」句直述傷春之景，風雨落花，亦呼應起筆二句。暮寒侵襲薄袖，窗外雨打花落，佳人傷愁無限，吟詩遣愁，忽聞一陣薔薇花香，不覺驚喜，頓感春尚未歸去。然而春天終將歸去，薔薇亦將花謝香消，則佳人短暫欣喜後重入更為深長的悲愁，可以想見。末句以景結情，筆意反蕩，而意味曲折幽深。

周端臣

周端臣（生卒年不詳），字彥良，號葵窗。建業（今江蘇南京）人。曾任御前應制。卒宋理宗淳祐、寶祐間。有《葵窗稿》，失傳。陳起編《江湖後集》卷三錄其詩一百一十餘首。《全宋詞》錄其詞九首。

木蘭花慢

送人之官九華❶

靄芳陰未解，乍天氣、過元宵。訝客袖猶寒，吟窗易曉，春色無聊❷。梅梢。尚留顧藉❸，殢❹東風、未肯雪輕飄。知道詩翁欲去，遞香要送蘭橈❺。

清標❻。會上叢霄❼。千里阻、九華遙。料今朝別後，他時有夢，應夢今朝。河橋。柳愁未醒，贈行人、又恐越魂消❽。留取歸來繫馬，翠長千縷柔條。

【注釋】❶九華　九華山。在池州青陽縣（今屬安徽）。祝穆《方輿勝覽》卷十六「池州」：「九華山，在青陽縣界，舊名九子山，李白以有峯如蓮花改名九華。」❷無聊　情懷無寄託。❸顧藉　顧念；顧惜。史達祖〈玉樓春〉（遊人等得春晴也）：「雨前穠杏尚娉婷，風裏殘梅無顧藉。」❹殢　滯留；迷戀。原作「滯」，據項本校改。杜衍〈滿江紅〉（無名無利）：「待春來、攜酒殢東風，眠芳草。」❺蘭橈　木蘭船槳。此代指船。❻清標　俊逸風采。范成大〈次諸葛伯山贍軍贈別韻〉：「清標照人寒，玉筍森積雪。」❼叢霄　九霄仙宮。周紫芝〈送王天民歸雙泉〉：「仙人上叢霄，遺甃結飛閣。」❽越魂消　蓋言行人別後思鄉，黯然魂銷。〈古詩十九首〉其一：「行行重行行，與君生別離。相去萬餘里，各在天一涯。道路阻且長，會面安可知。胡馬依北風，越鳥巢南枝。」

【語譯】芳春天陰未明，正是元宵剛過。歎行客寒侵衣袖，窗下吟詠，不覺天已曉，春色惱人無寄託。枝頭梅花，留戀尚依依，沉醉東風，不肯似雪花般輕易飄零。知道詩翁將別離，傳來花香送船行。

風采俊逸，定當飛昇九霄。千里相隔，九華路遙。料想今朝別後，他日相思入夢，定會夢回今朝。河畔橋頭，煙柳蕩愁未醒，折柳贈別，又怕別後思鄉，黯然魂銷。留待友人歸來繫馬，翠柳垂拂千縷柔條。

【研析】這是一首送別友人赴任之作。上片抒寫依依別離深情。起筆二句點明熱鬧歡賞的元宵剛過，便要與友人分別，陰晦的天氣更添愁色。「訝」字引出行客（即友人），述其臨別之夜，吟詠達旦，寒侵衣袖，情懷寥落。此為離人之別情。「梅梢」句以下，以擬人筆調，借梅花寓託送別之深情。春來東風吹拂，枝頭梅花尚戀戀未肯飄零，殷勤傳遞幽香送別詩翁遠行。「詩翁」照應上文「吟窗」，亦與梅花雅韻相配。

下片料想別後思念情形。「清標」二句稱賞友人風度俊逸可入仙宮，委婉寬慰友人離別之情。「清標」二字亦暗承上片託梅送別之筆意，兼言寒梅、友人之風采；「叢霄」指九霄仙宮，此則應合九華山為道家修仙之地。「千里」四句預想別後遙隔千里，相思入夢，夢裡定會重溫今日之別離。「夢今朝」三字又將詞筆轉回今日送別，「河橋」句以下言折柳贈別，筆調抑揚婉曲：先描寫煙柳迷濛之景，「愁未醒」三字融情入景，襯托氛圍；「贈行人」句先揚後抑，言折柳贈別，又怕友人別後睹物思鄉，黯然魂銷。「越魂消」，蓋取〈古詩十九首・行行重行行〉之「越鳥巢南枝」詩意。「留取」二句承前而蕩開一筆，既不忍折柳贈別，那便待友人歸來後，千縷長柳繫其馬，也就不再有別離。此結筆寄託對友人早日歸朝的期待，也是對友人及自己別離情懷的安慰。

本詞送別友人而先言友人愁吟無眠，又言梅花戀戀不肯零落、深情飄香送行，詞人之惜別深情自在不言中。上片以不言言之，下片又多以別後相思、他日歸來映襯今日別離之愁苦。構思、筆法均別具一格，頗有新意。

玉樓春

華堂簾幕飄香霧。一搦楚腰輕束素❶。翩躚舞態燕還驚，綽約妝容花盡妒。

樽前漫詠〈高唐賦〉❷。巫峽雲深留不住。重來花畔倚闌干，愁滿闌干無倚處。

【注釋】❶一搦句　言細腰如一把束絹。搦，握；持。楚腰，泛稱女子細腰。束素，一束絹帛。《韓非子・二柄》：「楚靈王好細腰，而國中多餓人。」宋玉〈登徒子好色賦〉：「腰如束素，齒如含貝。」❷高唐賦　戰國時楚國宋玉所作，其序曰：「昔者先王嘗游高唐，怠而晝寢。夢見一婦人，曰：『妾巫山之女也，為高唐之客。聞君游高唐，願薦枕席。』王因幸之。去而辭曰：『妾在巫山之陽，高丘之阻，旦為朝雲，暮為行雨，朝朝暮暮，陽臺之下。』」

【語　譯】錦堂簾幕，香霧繚繞，一握細腰，輕盈如束素。翩翩舞姿令飛燕驚歎，綽約美貌惹百花嫉妒。把杯空吟〈高唐賦〉，巫峽行雲留不住。重來傍花倚欄杆，欄杆結滿愁，無倚處。

【研　析】這首詞抒寫對一位舞姬思戀之情。上片極言舞姬之美，為別後思戀作鋪墊。首句描寫華堂環境之美，簾幕重重，香霧繚繞，為背景映襯。「一搦」句，舞姬出場，腰如束素。詞筆凸顯作為舞女身材之優美特徵，即「楚腰」。「蹁躚」句承上，言女子舞姿輕盈曼妙。「燕」，既指春燕，又令人想到能作掌上舞的趙飛燕。「綽約」句描寫女子容貌之美。先言舞姿之美，後言容顏之美，體現出對舞女之美的欣賞特點；「燕還驚」、「花畫妬」，擬人兼對比，留給讀者豐富的想像空間。

詞作下片抒寫別離思戀之愁苦。「樽前」兩句用宋玉〈高唐賦序〉所述楚王夢巫山神女故事，「漫詠」、「留不住」，表達出對舞姬離去而無法挽留的悵然傷悲。「重來」兩句言別後重來傍花倚欄，滿目愁緒，心無安處。「倚闌干」、「闌干無倚處」，往復跌宕，沉鬱悵然。

楊子咸

楊子咸（生卒年不詳），號學舟。生平籍貫無考。《全宋詞》錄其詞一首。

木蘭花慢

雨中酴醾❶

紫凋紅落後，忽十丈、玉虬❷橫。望眾綠帷中，藍田璞碎❸，鮫室珠傾❹。柔條倚風無力，更不禁、連日峭寒清。空與蜨圓香夢，枉教鶯訴春情。　深深苔徑悄無人。闌檻溼香塵。歎寶髻鬖鬆❺，粉鉛狼藉，誰管飄零。不愁素雲易散，恨此花、開後更無春。安得胡牀❻月夜，玉醅滿蘸瑤英❼。

【注　釋】❶酴醾　花名。花色似酴醾酒，故稱。穀雨後開花，二十四番花信中列倒數第二。❷玉虬　玉龍。此喻屈曲盤繞的花枝。❸藍田句　言酴醾花似藍田碎玉。藍田，今陝西藍田，以產玉著稱。璞，未經雕琢的玉石。❹鮫室句　言酴醾花似珠玉傾灑。舊題任昉《述異記》卷下：「南海中有鮫人室，水居如魚，不廢機織。其眼泣則出珠。」❺寶髻鬖鬆　頭髮蓬亂。❻胡牀　又稱交床，一種折疊坐具。杜甫〈樹間〉：「幾回霑葉露，乘月坐胡牀。」❼玉醅句　以酴醾花浸酒。玉醅，美酒。蘇軾〈荼蘼洞〉：「分無素手簪羅髻，且折霜蕤浸玉醅。」

【語　譯】凋盡萬紫千紅，忽見十丈花枝橫斜若虬龍。望重重綠葉如幕，繁花閃爍似藍田碎玉，鮫室灑珠。柔條無力倚東風，更難耐連日春寒料峭。粉蝶空自圓香夢，黃鶯枉自訴春愁。　苔徑幽深，寂靜無人。欄外細雨溼香塵。似佳人髮髻蓬鬆，粉痕狼藉，誰惜落花飄零？不愁花似浮雲散，只恨此花過後再無春。怎得月夜坐胡床，杯中美酒漂瓊英。

【研　析】詞作題詠「雨中酴醾」，上片描寫酴醾花開風雨中。酴醾為暮春花事，蘇軾有詩云：「酴醾不爭春，寂寞開最晚。」（〈杜沂遊武昌以酴醾花菩薩泉見餉〉）詞作起句「紫凋紅落後」即點出酴醾花開時節，百花凋落。「忽十丈」四句筆調突起，重墨描繪萬綠叢中，酴醾花繁枝橫景象。「玉虬」喻花枝橫斜，「眾綠帷」喻萬綠之盛，「璞碎」、「珠傾」喻繁花閃耀，筆調生動。以上寫酴醾花，「柔條」二句則點出風雨，花枝柔弱，迎風無力，更難耐連日春雨清寒。此暗示出花將凋零，「空與」二句承此意推衍而出，搖曳多情。

下片前兩句鋪設酴醾花雨中飄零場景。「苔徑」、「闌檻」為場地；幽深寂靜，「溼香塵」為雨中花落香飄之寂寞景象。「歎寶髻」三句，以佳人喻花，狀其飄零敗落之態，「歎」字與「誰管飄零」呼應，寓託悵然惜花之情。「不愁」二句筆調有似蘇軾楊花詞〈水龍吟〉之「不恨此花飛盡，恨西園、落紅難綴」，言不為酴醾花落而愁，只恨此花過後更無春。此番轉折跌宕，以春恨凸顯落花之愁。結末二句化用杜甫、蘇軾詩句，以月下倚胡床，杯酒泛落英之願望烘托惜花之情，亦關合題旨。

詞作脈絡清晰，狀物生動，寓情深婉。筆路起伏轉折，上下片均以搖蕩筆法作結，情韻悠悠。

湯恢

湯恢（生卒年不詳），一作楊恢，疑誤。字充之，號西村。眉山（今屬四川）人。與謝方叔（嘉定十六年，即西元一二二三年進士）同時。《全宋詞》錄其詞七首，殘詞一首，斷句一則。

二郎神　用徐幹臣韻❶

瑣窗❷睡起，閒佇立、海棠花影。記翠楫銀塘❸，紅牙〈金縷〉❹，杯泛梨花□❺冷。燕子銜來相思字，道玉瘦、不禁春病。應蝶粉❻半消，鴉雲❼斜墜，暗塵侵鏡。

還省❽。香痕碧唾❾，春衫都凝。悄一似❿酴醾，玉肌翠被，消得⓫東風喚醒。青杏單衣，楊花小扇，閒卻晚春風景。最苦是、蝴蝶盈盈弄晚，一簾風靜。

【注　釋】❶徐幹臣韻　指徐伸〈二郎神〉（悶來彈鵲）詞韻。徐伸，字幹臣，三衢（今浙江衢州）人。王明清《揮麈餘話》卷二載：政和初，徐以知音律為太常典樂，出知常州，思念所出侍婢而自製〈轉調二郎神〉之詞云：「悶來彈鵲，又攪碎、一簾花影。謾試著春衫，還思纖手，薰徹金虬燼冷。動是愁端如何向，但怪得、新來多病。嗟舊日沈腰，如今潘鬢，怎堪臨鏡。　重省。別時淚滴，羅襟猶凝。為我厭厭，日高慵起，長託春酲未醒。鴈足不來，馬蹄難駐，門掩一亭芳景。空佇立、盡日闌干倚遍，晝長人靜。」❷瑣窗　刻有連瑣圖案的窗子。❸翠榻銀塘　言池塘蕩舟。❹紅牙金縷　指倚拍唱曲。紅牙，檀木拍板。金縷，本指曲調〈金縷衣〉，亦稱〈金縷曲〉，唐李錡妾杜秋娘所唱，有云「勸君莫惜金縷衣」。此泛指歌曲。蘇軾〈臺頭寺送宋希元〉：「入夜更歌〈金縷曲〉，他時莫忘〈角弓〉篇。」❺梨花□　梨花，指梨花春，酒名。白居易〈杭州春望〉「青旗沽酒趁梨花」自註：「其俗釀酒趁梨花時熟，號為梨花春。」□，朱祖謀校：「毛本元無。」按，他本皆無，朱氏當據徐伸原詞格律校補。又，《歷代詩餘》卷八十三、《詞律》卷十五錄此詞作「涷」。❻蛙粉　指妝粉。李商隱〈酬崔八早梅有贈兼示之作〉：「何處拂胸資蛙粉，幾時塗額藉蜂黃。」❼鴉雲　指如雲烏髮。此指髮髻。❽還省　還記得。❾香痕二句　言春衫凝留脂粉、唾絨痕跡。碧唾，指絨唾。古代女子刺繡，停針換線，咬斷繡線，口沾線絨，隨口吐出，俗謂絨唾，亦作茸唾。王沂孫〈露華〉（晚寒佇立）：「碧羅襯玉，猶凝茸唾香痕。」吳文英〈高山流水〉（素絃一一起秋風）：「蘭蕙滿襟懷，唾碧總噴花茸。」❿悄一似　全然似。劉過〈滿江紅・同襄陽帥遊湖〉（獵獵風蒲）：「悄一如人在水晶宮，消袢暑。」⓫消得　須得。

【語　譯】窗下人睡起，閒靜佇立，海棠花拂影。記得銀波碧舟輕漾，紅牙拍板唱〈金縷〉，杯中美酒飄香冷。燕子傳書說相思，道是玉人消瘦，受不住傷春愁病。應是粉妝半褪，雲髻斜墜，塵暗鸞鏡。　還記得粉痕茸唾，都在春衫霑凝。恰似一朵酴醾，玉肌隱翠被，須得東風喚醒。杏色單衣，楊花小扇，空度晚春風景。

最愁苦，暮色降臨，蝴蝶盈盈飛舞，簾幕低垂晚風靜。

【研析】此詞用徐伸〈二郎神〉（悶來彈鵲）之韻，詞情亦同為思念佳人，但構思及筆法有別。徐詞上片自述相思憔悴，下片料想佳人「為我厭厭」。本詞無一言直抒己懷，筆墨幾乎全在追憶相聚情形、揣度佳人相思情狀，這大概因佳人寄書道相思而引發。起筆二句展現詞中人凝思畫面：睡起依窗佇立，凝視海棠花影。「記」字便引出其思緒，回想與佳人歡遊場景：銀波蕩舟，把酒聽曲。「燕子」句以下跳出追憶，補述佳人來書傾訴傷春傷別之苦，進而料想佳人寂寥愁思情狀：殘妝不理，鸞鏡生塵。

「還省」遙承上片「記」字，筆調回到記憶中的佳人：春衫上霑凝著粉痕碧唾，肌膚如玉，披肩翠綠，恰似一朵待東風而綻放的酴醾花。「青杏」句以下轉而揣想佳人此時一身青杏單衣，手持楊花小扇，卻無心賞玩這晚春風景。「閒卻」二字似佳人之悵歎，末二句承此情調而振筆搖蕩：「最苦」二字重筆直抒愁懷；「蝴蝶盈盈弄晚，一簾風靜」，承上「晚春風景」，而「晚」字在時間上承應起首「睡起」，筆法上以景結情，景中人之愁思蕩漾其間。

詞作以細膩的追憶、揣想寄託深深的相思情懷，構思新穎，筆調婉曲，情韻雋永。

倦尋芳

餳簫吹暖❶，蠟燭分煙❷，春思無限。風到楝花，二十四番吹遍❸。煙溼濃堆楊柳色，晝長閒墜梨花片。悄簾櫳，聽幽禽對語，分明如翦❹。　記舊日、西湖行樂，載酒尋春，十里塵軟❺。背後腰肢，彷彿畫圖曾見。宿粉殘香隨夢冷，落花流水和天遠。但如今，病厭厭❻，海棠池館。

【注　釋】❶餳簫句　言春暖吹簫賣餳。餳，麥芽、糯米熬成的飴糖。賣餳人吹簫招徠顧客。《詩・周頌・有瞽》鄭玄箋：「簫，編小竹管，如今賣餳者所吹也。」宋祁〈寒食假中作〉：「草色引開盤馬地，簫聲催暖賣餳天。」❷蠟燭分煙　舊俗寒食禁火，節後以燭取新火炊食。韓翃〈寒食〉：「日暮漢宮傳蠟燭，青煙散入五侯家。」賀鑄〈沁園春〉：「宮燭分煙，禁池開鑰，鳳城暮春。」❸風到二句　指楝花開後，二十四番花信風便結束了。舊俗，小寒至穀雨共八個節氣分屬二十四種花，風應花期，稱「二十四番花信風」，楝花居最末。❹聽幽禽二句　此言鳥語輕快明利。❺塵軟　即軟塵，飛揚的塵土。謝逸〈西江月〉（青錦纏枝佩劍）：「金闕日高露泣，東華塵軟香紅。」❻厭厭　猶懨懨，精神不振的樣子。

【語　譯】餳簫吹得春暖，蠟燭分取新火，春日情思無限。風吹楝花，吹遍花信二十四番。煙柳溼潤疊翠，晝日漫長，片片梨花悠然飄墜。珠簾寂靜，耳邊鳥語明快，清脆如翦。

記得舊時西湖遊賞，載酒尋春，十里繁華塵土飛揚。背後倩影，纖腰裊娜，彷彿畫中曾見。昨夜粉痕殘妝，夢斷香冷，似花逐流水，遠去天邊。只如今，懨懨如病，獨居海棠池館。

【研　析】這是一首春日相思詞作，「春思無限」一句總攝全詞。章法上，上片寫景，下片懷人。起筆三句點明寒食春暖時節，觸景生情，思緒綿綿。「風到楝花」句以下描繪春景：楝花綻放，煙柳堆翠，片片梨花悠然飄墜，簾櫳寂靜，窗下鳥語明快如翦。「堆」字傳神，傳達出潤溼煙霧中柳色的質感；梨花飄落之悠然，反襯出看花人晝長無聊；春鳥對語之明快，反襯出簾下人之悄然無聲。春濃鳥歡之境中透出寂寥思念之人。

過片「記」字引出景中人之「春思」，即追憶往昔西湖春遊情事：春日西湖繁華熱鬧，載酒遊賞，一個曼妙背影彷彿從曾經見過的畫中走出，令人驚喜而念念不忘。「宿粉」兩句言相念入夢，夢斷香冷，感慨情緣如夢，轉眼成空，似落花流水杳然遠去。結末帶著無限感慨從追憶、夢境回到現實，身心懨懨，孤館獨處，淒涼何堪！

詞作脈絡清晰，用語明快，春景春思，相映相融，情韻拂蕩。

滿江紅

小院無人，正梅粉、一階狼藉。疏雨過、溶溶❶天氣，早如寒食。啼鳥驚回芳草夢❷，峭風❸吹淺桃花色。漫玉爐、沈水❹熨春衫，花痕碧。

綠縠❺水，紅香陌。紫桂棹❻，黃金勒❼。悵前歡如夢，後游何日。酒醒香消人自瘦，天空海闊春無極。又一林、新月照黃昏，梨花白。

【注釋】❶溶溶　和暖。蘇軾〈哨遍〉（睡起畫堂）：「正溶溶養花天氣。一霎暖風迴芳草，榮光浮動，卷皺銀塘水。」❷芳草夢　借謝靈運夢見謝惠連而得妙句「池塘生春草」之典事，指別離相思之夢。《楚辭・招隱士》：「王孫游兮不歸，春草生兮萋萋。」❸峭風　寒風。孟郊〈秋懷〉：「冷露滴夢破，峭風梳骨寒。」❹沈水　沉水香。以樹脂木材製成，入水能沉，故名。李清照〈浣溪沙〉：「淡蕩春光寒食天，玉爐沈水裊殘煙。」❺綠縠　指綠水。縠，有皺紋的紗。此喻水波。❻桂棹　桂木製成的船槳。此代指小舟。《楚辭・九歌・湘君》：「桂櫂兮蘭枻。」櫂，同「棹」。王勃〈採蓮曲〉：「桂棹蘭橈下長浦。」❼黃金勒　黃金製成的馬籠頭。此代指馬。樂府古辭〈陌上桑〉：「青絲繫馬尾，黃金絡馬頭。」

【語譯】小院寂靜無人，粉白梅花飄零，滿階狼藉。細雨過後，融和天氣，已如寒食時節。啼鳥驚斷芳草夢，料峭春風，吹淡桃花色。玉爐沉香，徒自熨春衫，花紋凝翠碧。　綠波蕩漾，阡陌紅塵飄香。紫桂小舟，黃金馬勒。惆悵前歡如夢，此後重遊知何日？酒醒香消，離人空自憔悴；海闊天遠，春色無邊無際。又到黃昏，新月冷照，一林梨花皎潔。

【研析】這是一首女子春日別怨詞作。上片描寫女子夢醒情境，詞筆從室外到室內。起筆二句呈現寂靜庭院落梅狼藉畫面，透露出落花飄零無人管之淒清無奈氛圍。「疏雨」二句言天氣融和似寒食，為渲染之筆，「疏雨」二字亦暗示落梅狼藉之緣由。「啼鳥」句由室外轉入室內，點出女子別夢驚斷。「峭風」句為女子夢醒後所見窗外景色；「漫玉爐」二句為女子夢醒後之舉止，「熨春衫」為女子春天日常之事。「漫」字見出女子惆悵低落情緒，視春衫花紋如「痕」，透出女子內心憂傷。

詞作下片「綠縠」四句追憶往昔相聚遊樂情形。筆法頗有新意，無一動詞敘述，而選取四個色彩鮮明的物象並列呈現，以靜蘊動，熱鬧歡遊場景隱伏其中。「悵前歡」二句從追憶中跳出，慨歎舊遊如夢，重遊無期，無限悵然。「酒醒」句以下回到眼前情境。酒醒妝殘，身心憔悴，此為相思之傷怨；海闊天遠，春意無盡，此為相思之浩渺。結末「新月照黃昏」、一林「梨花白」，如夢似幻、清冷幽潔之境透出淒涼愁思之情。「黃昏」又在時間上呼應上片啼鳥驚夢，見出女子朝暮孤寂怨別情狀。

祝英臺近

宿酲❶蘇，春夢醒，沈水冷金鴨❷。落盡桃花，無人掃紅雪。漸催煮酒園林，單衣庭院，春又到、斷腸時節❸。

恨離別。長憶人立酴醾，珠簾捲香月。幾度黃昏，瓊枝❹為誰折。都將千里芳心，十年幽夢，分付與、一聲啼鴂❺。

【注　釋】❶宿酲　宿醉。酲，病酒，指酒醉後神志不清。❷金鴨　鴨形香爐。❸漸催三句　言庭院園林又到春歸，單衣試酒，惆悵傷悲。歐陽脩〈浣溪沙〉：「青杏園林煮酒香，佳人初著薄羅裳。」❹瓊枝　花枝的美稱。❺鴂　杜鵑。春末夏初，晝夜啼鳴，其聲哀切。屈原〈離騷〉：「恐鵜鴂之先鳴兮，使夫百草為之不芳。」

【語　譯】宿醉消，春夢醒，金鴨爐裡沉香冷。桃花落盡無人掃，滿地紅雪。園林庭院，單衣煮酒，漸催春歸，又到斷腸時節。

長恨離別，難忘酴醾花下人佇立，芳香彌漫，珠簾拂明月。幾度黃昏，花枝為誰折？

千里相思芳心苦，十年相別夢魂悲，全交付杜鵑聲聲啼訴。

【研　析】這首詞抒寫傷春怨別之情。上片傷春中寄寓別恨。起筆三句敘述春日晨起，宿醉初消，春夢方醒，金爐香冷。「宿酲」、「春夢」以及酒醒夢回之淒清氛圍，透露出閨中人之幽怨愁思。「落盡桃花」二句為室外景象：桃花零落滿地如紅雪。「無人掃」，花自飄零無人管，惜花歎花中不無自憐自歎。「漸催」三句點明春來斷腸。「煮酒」、「單衣」為「春又到」之人事，如歐陽脩〈浣溪沙〉所云「青杏園林煮酒香，佳人初著薄羅裳」；「斷腸時節」之語則見出春來人之悲愁。

下片「恨離別」，過片直訴別怨。「長憶」二句追憶歡聚情景：相依酴醾花下，明月映照珠簾，芳香彌漫。記憶中溫馨美妙的畫面蘊含無盡的思念。「幾度」二句言別來多少次獨守黃昏，折取花枝而無人相贈，悵然愁苦之情溢於言外。無奈之中，千里思念之心，十年相思幽夢，只能託諸杜鵑聲聲悲訴。詞以「啼鴂」作結，哀怨不盡。

詞作脈絡清晰，以情馭景，傷春、怨別相映相襯，筆重情深。

又

中秋

月如冰，天似水，冷浸畫闌溼。桂樹風前，醲香❶半狼藉。此翁對此良宵，別無可恨，恨則恨、古人頭白❷。

洞庭窄。誰道臨水樓臺，清光最先得❸。萬里乾坤，元無片雲隔。不妨彩筆雲牋❹，翠尊冰醞❺，自管領❻、一庭秋色。

【注　釋】❶醲香　指桂花香。按，桂花可為釀酒之料。❷恨則恨句　悵恨古人歸老林泉。此用羅隱〈黃鶴驛偶題〉詩意：「車馬同歸莫同恨，古人頭白盡林泉。」❸誰道二句　誰說臨水樓臺最先得沐月光。祝穆《古今事文類聚》前集卷三十〈詩話〉載：「范文正知杭州，蘇麟為屬縣巡檢。城中兵官往往皆獲薦書，獨麟在外邑未見收錄，因公事入府，獻詩曰：『近水樓臺先得月，向陽花木易為春。』文正薦之。」❹彩筆雲箋　紙筆之美稱。《南史・江淹傳》載「淹少以文章顯，晚節才思微退。……又嘗宿於冶亭，夢一丈夫自稱郭璞，謂淹曰：『吾有筆在卿處多年，可以見還。』淹乃探懷中，得五色筆一，以授之。爾後為詩，絕無美句，時人謂之才盡」。雲箋，繪有雲紋之箋紙。晏幾道〈踏莎行〉（柳上煙歸）：「雲箋字字縈方寸。」❺冰醽　指美酒。❻管領　領受。白居易〈題小橋前新竹招客〉：「管領好風煙，輕欺凡草木。」

【語　譯】皎月如冰，清天似水，冷露浸潤畫欄溼。風拂桂枝，花瓣飄零半狼藉。老夫我對此良宵，別無可恨，恨只恨古人林泉歸老。　洞庭湖窄。誰說臨水樓臺，最先沐浴清明皓月？天地浩闊萬里，原無片雲阻隔。不妨展箋揮毫，翠樽美酒，盡自領略這滿庭秋色。

【研　析】此詞詠洞庭中秋，起筆即言月色。前人詩詞中不乏以水喻月之例，或狀月光明潔清澈如水，如杜甫〈江月〉之「江月光如水」、寇準〈岐下秋書〉之「西樓夜月明如水」、秦觀〈如夢令〉之「遙夜月明如水」、向子諲〈南歌子〉（病著連三月）之「秋月明如水」；或狀月輝映照如水之浸潤，如楊萬里〈七月十一夜月下獨酌〉之「月光如水澡吾體」、陸游〈江瀆池納涼〉之「月明如水浸胡牀」。本詞「月如冰」三句可謂兼備而生新：「如冰」，既言月之明潔、清冷，又狀月之形如一輪寒冰；「似水」喻月輝映照夜空；「冷」承「如冰」，「浸」、「溼」承「似水」，畫欄沐於月光下，便如浸於水中而潤溼。「畫闌溼」當為寫實，乃夜露所致，「如冰」、「似水」為虛擬，「冷侵」二字則化虛為實，似真似幻，別生新趣。中秋月明，玉桂飄香，「桂樹」二句即言桂香。秋風吹拂，桂花飄零中散發醉人的馨香。「醲香半狼藉」，有梅花「零落成泥碾作塵，只有香如故」（陸游〈卜算子・詠梅〉）之高格。「對此良宵」，「此翁別無可恨」，實則「半狼藉」，語含無奈之歎恨。花飄零，人成翁，尚不足為恨，「恨則恨、古人頭白」。此化用羅隱〈黃鶴驛偶題〉詩句「車馬同歸莫同恨，古人頭白盡林泉」，乃借古抒懷，為古人歸老林泉而悵恨，實則自歎一生無成，歸老林泉。

詞作過片轉筆落到眼前之「洞庭」。張孝祥〈念奴嬌〉對洞庭中秋有過精彩描述：「洞庭青草，近中秋、更無一點風色。玉界瓊田三萬頃，著我扁舟一葉。素月分輝，銀河共影，表裏俱澄澈。」彼乃「扁舟一葉」

置身其中，水天相融，表裡澄澈，浩渺無際，故曰「玉界瓊田三萬頃」；此則臨樓倚欄而望，且以皎潔無雲之「萬里乾坤」相映照，故曰「洞庭窄」。「誰道」二句筆調先抑，反用「近水樓臺先得月」之意；「萬里」二句筆調振起，展現出中秋之夜，萬里皓月，淨無雲影之境。此則與「素月分輝，銀河共影，表裏俱澄澈」異曲同工。然而細品其筆墨意味，言語間似別有寄寓。詞人或遭近臣讒言，落職退歸，心存憂憤，但堅信朗朗乾坤，片雲難遮掩，故而情懷歸於灑落：良辰美景若此，不妨把酒吟詩，盡情歡賞。盡顯瀟灑風雅之襟度。

詞作題詠中秋，寄寓身世感慨。繪景清冷明潔，筆調疏快；寓情曲折幽隱，筆調跌宕。

八聲甘州

摘青梅薦酒❶，甚殘寒、猶怯苧蘿衣❷。正柳腴花瘦，綠雲冉冉❸，紅雪霏霏❹。隔屋秦箏❺依約，誰品□春詞。回首繁華夢，流水斜暉。寄隱孤山❻山下，但一瓢飲水❼，深掩苔扉。羨青山有思❽，白鶴忘機❾。悵年華、不禁搔首❿，又天涯、彈淚送春歸。消魂遠，千山啼鴂⓫，十里酴醾。

【注釋】❶青梅薦酒　青梅佐酒。薦，陳列。戴復古〈沁園春〉（一曲狂歌）：「開懷抱，有青梅薦酒，綠樹啼鶯。」❷苧蘿衣　苧麻藤蘿所製之衣，一般為山野隱士之服。❸冉冉　緩緩移動或變化的樣子。賀鑄〈青玉案〉（淩波不過橫塘路）：「碧雲冉冉蘅皋暮。」❹霏霏　迷漫的樣子。《楚辭・九章・涉江》：「霰雪紛其無垠兮，雲霏霏而承宇。」❺秦箏　古代一種絃樂器，相傳為秦國蒙恬所造，故稱秦箏。❻孤山　山名，在西湖中，孤峰獨聳，秀麗清幽。宋初林逋隱居於此，種梅養鶴，世稱孤山處士。❼一瓢飲水　比喻生活儉樸。《論語・雍也》：「子曰：『賢哉回也！一簞食，一瓢飲，在陋巷，人不堪其憂，回也不改其樂。』」❽青山有思　青山有情。辛棄疾〈賀新郎〉（甚矣吾衰矣）：「我見青山多嫵媚。」❾忘機忘懷世俗名利機心。⑩搔首　搔頭。杜甫〈春望〉：「白頭搔更短，渾欲不勝簪。」⑪啼鴂　啼鶗。鴂，杜鵑。春末夏初，常晝夜啼鳴，其聲哀切。

【語　譯】摘取青梅佐酒，正殘寒猶侵苧蘿衣。柳枝豐茂花憔悴，綠葉如雲冉冉，落花似雪霏霏。隔屋箏聲飄渺，有誰品賞春詞情思？回首繁華如夢，流水脈脈映斜暉。　隱居孤山山下，簞食瓢飲生涯，柴門苔生深閉。欣羨青山多情，白鶴無心機。悵歎年華流逝，不禁感慨搔首，又是天涯相隔，揮淚送春歸。傷心懷遠，千山杜鵑悲啼，酴醾花開十里。

【研　析】這是一首傷春兼融身世感慨的詞作。上片傷春為主。起筆二句言青梅佐酒，殘寒侵襲，點出暮春時節，隱約呈現出詞中人傷愁情態。「青梅」、「苧蘿衣」均與過片「寄隱孤山」相應。「柳腴花瘦」三句為暮春景致，「綠雲冉冉」承「柳腴」，「紅雪霏霏」承「花瘦」。此為眼中所見，「隔屋」二句則為耳邊所聞，箏曲飄渺而無人品賞。「秦箏」、「春詞」又引發對往昔西湖春日歌舞繁華景象的追憶，恍如一夢，如今唯有「流水斜暉」。此由傷春轉入傷世。

過片自述隱居孤山境況：簞食瓢飲，柴門深掩。似乎與俗世隔絕，然而前言「回首繁華夢」，則內心難泯世事滄桑之慨，故而「羨青山有思，白鶴忘機」。蓋身隱孤山，卻未能超塵脫俗，未能心寄青山，情同白鶴。「悵年華」句以下便直抒悲愁情懷。以年華老去之身，處天涯之遠，在「千山啼鴂」聲中，相伴「十里酴醾」送春歸去，怎不「搔首」、「彈淚」、「消魂」！結末「啼鴂」、「酴醾」承「春歸」，「千山」、「十里」，重墨渲染傷春之悲，其悲怨之深重又令人感到傷春之外別有寄託。

何光大

何光大（生卒年不詳），字謙齋，號半湖。生平籍貫無考。《全宋詞》錄其詞一首。

謁金門

天似水。池上藕花風起。隔岸垂楊青到地。亂螢飛又止。　露溼玉闌閒倚。人靜自生涼意。泛碧沈朱❶供晚醉。月斜纔去睡。

【注釋】❶泛碧沈朱　將瓜果浸於水中。曹丕〈與朝歌令吳質書〉：「浮甘瓜于清泉，沈朱李于寒水。」

【語譯】天清似水。池上荷花迎風吹。隔岸翠柳垂拂地。螢火紛紛點點，忽飛忽止。　夜露潤溼，玉欄閒倚，心靜自生涼意。水中綠瓜紅果，佐酒供晚醉。月斜墜，興盡才入睡。

【研析】這是一首夏夜納涼小詞。上片描寫夏日夜景。「天似水」，夜空清澈如水，暗示出淡淡月色。「池上」句以下依次描繪月下荷塘、岸柳、螢火圖景：夜風輕拂，荷香陣陣，翠柳搖曳，螢火流光閃閃。夜色寧靜清婉，馨香怡人。

詞作下片轉寫納涼之人。「露溼玉闌」，則夜已深，「閒倚」、「人靜」，自覺涼意侵襲。然而酒可驅涼，瓜可消暑，瓜果供晚醉，直到月兒斜墜才帶著醉意入睡。

全詞筆調清麗淡雅，情境悠然閒適，韻味雋永。

趙溍

趙溍（生卒年不詳），字元晉，號冰壺。潭州衡山（今屬湖南）人。趙葵子。咸淳中知建寧府、鎮江府。德祐元年（西元一二七五年）為沿江制置使兼知建康府。景炎元年（西元一二七六年）為江西制置使。《全宋詞》錄其詞二首。

臨江仙

西湖春泛

隄曲朱墻近遠，山明碧瓦高低。好風二十四花期❶。驕驄❷穿柳去，文艋❸挾春飛。

簫鼓晴雷殷殷❹，笑歌香霧霏霏。閒情不受酒禁持❺。斷腸無立處，斜日❻欲歸時。

【注釋】❶好風句　指二十四番花信風。舊俗，小寒至穀雨共八個節氣，分屬二十四種花，風應花期，稱「二十四番花信風」。❷驕驄　駿馬。驄，青白雜毛馬。❸文艋　畫船。艋，也作「鷁」，船頭畫鷁形，故稱。❹殷殷　形容雷聲。《詩・召南・殷其靁》：「殷其雷，在南山之陽。」毛傳：「殷，雷聲也。」❺禁持　擺布。秦觀〈阮郎歸〉（褪花新綠漸團枝）：「日長早被酒禁持。那堪更別離。」❻日　原作「月」，據柯本校改。

【語　譯】曲堤紅牆交錯，或遠或近，青山碧瓦相映，或高或低。好風吹遍二十四番花期。駿馬穿柳奔馳，畫船挾春飛逝。簫鼓交響，如晴雷殷殷，歡歌笑語，香霧霏霏。閒愁不受酒驅遣，斷腸人身無安處，夕陽西下，冉冉欲歸。

【研　析】詞題「西湖春泛」，描述西湖春遊。上片繪景，首二句勾畫出靜態的西湖空間場景：彎彎的湖堤，紅色的牆壁，明麗的春山，翠碧的瓦屋，遠近高低錯落，青山綠水、紅牆碧瓦輝映。「驕驄」二句描繪西湖遊樂動景：柳下駿馬奔馳，湖上畫船飛逝。前後兩組對句，琢鍊精工。中間「好風」句言春風春花，「二十四花期」總述西湖三春之繁花美景，則詞中所繪圖景既是當日景象，也是西湖春日常景。

上片「驕驄」二句言及「春泛」，過片承此筆脈言簫鼓歡歌情事，渲染出西湖春日歌舞盛況，與林升〈題臨安邸〉之「山外青山樓外樓，西湖歌舞幾時休。暖風熏得遊人醉，直把杭州作汴州」相彷彿。然而眼前的歌舞宴歡並不能消解斷腸之愁，心中悵然悲苦，彷徨無主，遂覺身無安處。末句「斜日」更添愁緒，「欲歸」則反襯斷腸人身心無歸宿。

詞作景語以對句為主，場面盛況凸顯。畫面中物象布局錯落，動靜互襯，色澤交映，聲情交融。末三句抒情，奇偶結合，且以景結情，意餘言外。

吳山青　水仙

金璞明。玉璞明❶。小小杯柈翠袖擎❷。滿將春色盛。　仙佩鳴。玉佩鳴。雪月花中過洞庭❸。此時人獨清。

【注　釋】❶金璞二句　言水仙如玉。璞，未經琢磨之玉石。此喻水仙花。金璞指金色花蕊，玉璞指白色花瓣。❷小小句以翠袖佳人手托杯盤喻水仙。柈，同「盤」。翠袖，喻水仙花葉花莖。擎，托舉。《雲麓漫鈔》卷四云：「水仙花有單葉者，有千葉者。楊誠齋云：『世以水仙為金盞銀臺。』蓋單葉者，其中真有一酒盞，深黃而金色。」朱熹〈用子服韻謝水仙花〉：「水中仙子來何處，翠袖黃冠白玉英。」❸仙佩三句　言水仙隨風搖曳，似仙女雪月花中飄然過洞庭，環佩輕鳴。雪月花，喻良辰美景。白居易〈寄殷協律〉：「琴詩酒伴皆抛我，雪月花時最憶君。」

【語　譯】金蕊玉瓣明豔，如翠袖擎托小小杯盤，將春色盛滿。　風拂花葉，似仙女雪月花中飄然過洞庭，環佩輕鳴。人臨此境，氣爽神清。

【研　析】這首小詞題詠水仙花，可謂形色神韻兼備。上片描繪水仙之形色：花蕊金黃，花瓣潔白，花莖花葉翠綠，狀如小小杯盤。「璞」、「明」二字以玉為喻，言其潤澤明潔。「翠袖擎」，以佳人為喻，狀其飄逸亭立。「滿將春色盛」，承「小小杯柈」之喻而更進一層，春色本不可「盛」，然花似杯，花即春色，故言水仙如杯盛滿春色。酌句生新，氣象盎然。

詞作下片傳其神韻。花葉隨風拂蕩，水月輝映，恍若仙子飄然過洞庭。「仙佩鳴」二句，則屬曲喻，花本不「鳴」，花似仙女，進而想到仙女玉佩聲鳴，據無聲之形似而幻生有聲之境。雪、月、花三物象，可分可合，皆為美景佳境，且與洞庭仙女凌波微步畫面相融，超塵脫俗，清韻無限，猶如仙境。人臨此境，自覺神爽氣清。

趙淇

趙淇（西元一二三九－一三〇七年），字元建，一字元德，號平遠、太初、靜華翁。謚文惠。潭州衡山（今屬湖南）人。趙葵次子，趙溍兄弟。宋末直龍圖閣、廣南東路發運使，加右文殿修撰、尚書刑部侍郎。

入元，署廣東宣撫使，拜湖南道宣慰使。有文集二十卷，不傳。《全宋詞》錄其詞一首。

謁金門

吟望直❶。春在闌干咫尺。山插玉壺花倒立❷。雪明天混碧。

曉露絲絲瓊滴❸。虛揭❹一簾雲溼。猶有殘梅黃半壁❺。香隨流水急。

【注釋】❶吟望直　沉吟直望。周邦彥〈花犯·咏梅〉（粉牆低）：「吟望久，青苔上，旋看飛墜。」❷山插句　言山插碧湖，花枝倒映。❸瓊滴　言露滴似玉。❹虛揭　輕輕揭開。❺半壁　半邊。壁，原作「璧」，據柯本校改。黃滔〈秋夕貧居〉：「孤燈照獨吟，半壁秋花死。」

【語譯】沉吟直望，春在欄杆咫尺間。山插湖中，花枝倒映，明淨似雪，渾融碧天。

絲絲曉露滴如玉，輕揭薄簾，雲霧潤溼。尚有半壁黃梅堪賞，香漂流水急。

【研析】這大概是一首西湖感春小詞。筆調以寫景為主，起句「吟望」二字總攝全詞。上片由近而遠、小而大，畫面逐次展開：春色映欄杆；湖中青山春花倒映；花明似雪，輝映碧空。「玉壺」、「雪明天混碧」之語詞，呈現出高潔脫俗之境。

過片筆調回到近前，細筆描寫露滴如玉，雲溼簾幕。「曉」字點明時辰。結尾兩句又推出遠景，呼應起筆「吟望」，亦與上片「花倒立」相承。畫面為梅花半凋殘，流水漂香急逝，原本令人感傷，然而「猶有」、「黃半壁」用語傳達出的是欣然賞悅之情：梅花半未凋，尚可賞覽。

詞作筆調明快，意境清雅，映襯出詞人澹泊閒適情懷。

毛珝

毛珝（生卒年不詳），字元白，號吾竹，柯山（在今浙江衢州市）人。端平間（西元一二三四—一二三六年）聞名詩壇，淳祐九年（西元一二四九年）作詩〈己酉客淮〉。有《吾竹小稿》一卷。《全宋詞》錄其詞二首。

浣溪沙 桂❶

綠玉枝頭一粟黃❷。碧紗帳裏夢魂香❸。曉風和月步新涼。

吟倚畫闌懷李賀❹，笑持玉斧恨吳剛❺。素娥❻不嫁為誰妝。

【注　釋】❶桂　原無題，據柯本校補。❷綠玉句　言綠葉枝頭桂花金黃如粟。❸碧紗句　言綠葉叢中的桂花，似碧紗帳裡夢魂飄香的佳人。碧紗帳，喻桂叢。❹李賀　唐代詩人，有詩言及月宮仙桂：「玉輪軋露濕團光，鸞珮相逢桂香陌。」（〈夢天〉）「吳質不眠倚桂樹，露腳斜飛濕寒兔。」（〈李憑箜篌引〉）「玉宮桂樹花未落，仙妾採香垂珮纓。」（〈天上謠〉）❺吳剛　傳說為月宮伐桂之人。段成式《酉陽雜俎》卷一〈天咫〉：「舊言月中有桂，有蟾蜍。故異書言：月桂高五百丈，下有一人，常斫之。樹創隨合。人姓吳名剛，西河人，學仙有過，謫令伐樹。」❻素娥　月中嫦娥。月色白，故稱。謝莊〈月賦〉：「集素娥於后庭」。李商隱〈霜月〉：「青女素娥俱耐冷，月中霜裏鬥嬋娟。」

【語　譯】綠葉玉枝頭，桂花如粟金黃。似碧紗帳裡佳人，夢魂飄香。曉風輕拂，月下漫步，沐浴新涼。

倚畫欄，沉吟懷李賀，恨吳剛笑持玉斧狀。嫦娥不嫁，為誰來梳妝。

【研　析】這首詠桂小詞，切題而入，起筆即描繪出色澤鮮明的玉枝金桂畫面，形、色兼備。「碧紗帳」一句以佳人酣夢為喻，貼切入神，桂叢之形色、幽香、芳韻呈現筆端。「曉風」句點出詞中人漫步於曉風明月新涼中，清涼月夜，風飄桂香，何其愜意！

下片順承抒寫詞中人之思緒情懷，由倚欄懷李賀，將神思引入月宮傳說。李賀詩中言及月宮吳剛伐桂云「吳質不眠倚桂樹」（〈李憑箜篌引〉），言及嫦娥摘桂云「玉宮桂樹花未落，仙妾採香垂珮纓」（〈天上謠〉）。詞中「笑持」二句即從此申發：仙桂如此美好芬芳，吳剛卻持斧砍伐，且欣然而笑，令人痛恨！嫦娥愛美，摘花垂佩，卻獨守不嫁，何為妝飾？「笑」為擬想之筆，凸顯「恨」；「不嫁為誰妝」之疑問，亦立足「女為悅己者容」之意，「不嫁」則非「為悅己者」，「為誰」？只能是孤芳自賞。其獨守芳潔之品性亦與仙桂相契，暗合詠桂題旨。

潘希白

潘希白（生卒年不詳），字懷古，號漁莊。永嘉（今浙江溫州）人。寶祐元年（西元一二五三年）登第。幹辦臨安府節制司公事。德祐中，起史館檢校，不赴。《全宋詞》錄其詞一首。

大有　九日❶

戲馬臺❷前，採花籬❸下，問歲華、還是重九。恰歸來、南山翠色依舊。簾櫳昨夜聽風雨，都不似、登臨時候。一片宋玉情懷❹，十分衛郎❺清瘦。

紅萸❻佩，空對酒。砧杵❼動微寒，暗欺羅袖。秋已無多，早是敗荷衰柳。強整帽檐欹側❽，曾經向、天涯搔首。幾回憶、故國蓴鱸❾，霜前雁後。

【注釋】❶九日　指農曆九月九日重陽節，亦名重九。❷戲馬臺　一名掠馬臺，項羽所建。故址在今江蘇徐州市銅山區。晉義熙中，劉裕重陽節曾於此集會賓僚。《南齊書》卷九〈禮志〉：「宋武為宋公，在彭城，九日出項羽戲馬臺。至今相承以為舊准。」❸採花籬　指菊花竹籬。陶淵明〈飲酒〉：「採菊東籬下，悠然見南山。」❹宋玉情懷　指志士悲秋之情。宋玉，戰國時楚人，所作〈九辯〉有云：「悲哉秋之為氣也，蕭瑟兮草木搖落而變衰。憭慄兮若在遠行，登山臨水兮送將歸。」「坎廩兮貧士失職而志不平，廓落兮羇旅而無友生。」❺衛郎　指晉人衛玠，字叔寶，風神秀異，有玉人之稱。《世說新語・容止》：「衛玠從豫章至下都，人久聞其名，觀者如堵牆。玠先有羸疾，體不堪勞，遂成病而死。時人謂看殺衛玠。」❻紅萸　茱萸。《西京雜記》卷三：「九月九日，佩茱萸，食蓬餌，飲菊花酒，令人長壽。」王維〈九月九日憶山東兄弟〉：「遙知兄弟登高處，遍插茱萸少一人。」❼砧杵　擣衣之石砧、木棒。何遜〈贈族人秣陵兄弟〉：「蕭索高秋暮，砧杵鳴四鄰。」❽帽檐欹側　帽簷斜墜。此用孟嘉落帽典故。陶潛〈晉故西征大將軍長史孟府君傳〉載孟嘉為征西大將軍桓溫參軍。「九月九日，溫游龍山，參佐畢集，四弟二甥咸在坐。時佐吏並著戎服，有風吹君帽墮落。溫目左右及賓客勿言，以觀其舉止。君初不自覺，良久，如廁。溫命取以還之。廷尉太原孫盛為諮議參軍，時在坐。溫命紙筆令嘲之。文成示溫。溫以著坐處。君歸見嘲，笑而請筆作答，了不容思，文辭超卓。四座歎之。」❾故國蓴鱸　故鄉的蓴菜、鱸魚。此用西晉張翰辭官歸鄉典故。《世說新語・識鑒》載：「張季鷹（翰）辟齊王東曹掾，在洛，見秋風起，因思吳中菰菜羹、鱸魚膾，曰：『人生貴得適意爾，何能羈宦數千里以要名爵。』遂命駕便歸。」

【語　譯】彷彿佇立戲馬臺前，漫步菊花籬下，問年月，又到重九。剛剛歸來，南山翠色依舊。昨夜簾下聽風雨，全然不是登高時候。似宋玉一腔悲秋情懷，如衛郎十分憔悴清瘦。　身佩茱萸，空對樽酒。擣衣聲動秋夜，微寒侵襲羅袖。秋日所剩無幾，早已是敗荷衰柳。帽簷斜墜，強自整理，曾遙望天涯，惆悵搔首。多少回想起故鄉的蓴菜鱸魚，時在霜降前，雁歸後。

【研　析】這是一首重九抒懷詞作。起筆連用兩個相關典故點明重九時節。「恰歸來」句為詞人自述，而其語脈又與「採花籬下」相通，令人想到陶淵明〈飲酒〉詩中名句：「採菊東籬下，悠然見南山。」「南山」一語亦虛亦實，「翠色依舊」當為實景，言語間亦暗示堪當登覽，應合重陽登高之俗。「簾櫳」二句筆意逆轉，言昨夜聽風聽雨，今朝無法登臨賞覽。風雨過重陽，一片悲秋情懷，「宋玉情懷」、「衛郎清瘦」八字堪稱自題小像。

詞作下片承「宋玉情懷」展開。「紅萸佩」，應重九之景；「空對酒」，狀愁懷難遣之態。「砧杵」二句，聽砧聲而想像閨婦秋夜搗衣、寒侵羅袖，人間別離相思之情蘊於其中。此為秋聲之悲愁。「秋已無多」二句，悵歎秋之衰敗氣象。此為秋色之悲愁。「強整」一句再次照應重九，反用孟嘉落帽典故，筆調轉向自身。末三句追述歸來前的天涯悵望、頻憶故園情狀。此與上片所言「恰歸來」之「宋玉情懷」、「衛郎清瘦」相呼應，歸來之初的身心憔悴當與未歸之前的羈宦愁思不無關係。「故國蓴鱸」，用張翰典故亦與此次辭官歸鄉相合。

詞作筆調承轉頓挫，用典貼切自然，詞情沉鬱悲慨。

李珏

李珏（西元一二一九—一三〇七年），字元暉，號鶴田。吉水（今屬江西）人。年十二，通書經，召試館職，除祕書正字。批差充幹辦御前翰林司，主管御覽書籍，除閤門宣贊舍人。宋亡後不仕。著有《錢塘百咏》。《全宋詞》錄其詞二首。

擊梧桐

別西湖社友❶

楓葉濃於染。秋正老、江上征衫寒淺。又是秦鴻❷過，霽煙❸外，寫出離愁幾點。年來歲去，朝生暮落，人似吳潮❹展轉。怕聽〈陽關曲〉❺，奈短笛喚起，天涯情遠。

雙屐行春，扁舟嘯晚。憶著鷗湖鶯苑。鶴帳梅花屋❻，霜月後、記把山扉牢掩。惆悵明朝何處，故人相望，但碧雲半斂。定蘇隄❼、重來時候，芳草如翦❽。

【注釋】❶西湖社友　指西湖詩社之友。耐得翁《都城紀勝》「社會」：「文士則有西湖詩社。此社非其他社集之比，乃行都士夫及寓居詩人，舊多出名士。」❷秦鴻　即北雁。❸霽煙　雨後雲煙消散，天色放晴。❹吳潮　吳越江潮。此指錢塘江潮。❺陽關曲　指送別之曲。王維〈送元二使安西〉詩入樂，名〈渭城曲〉，亦稱〈陽關曲〉、〈陽關三疊〉，為送別名曲。

❻鶴帳梅花屋　指西湖隱居之所。北宋林逋曾隱居西湖孤山，不娶無子，養鶴植梅，有「梅妻鶴子」之稱。❼蘇隄　西湖之堤，蘇軾所建，故稱。❽芳草如翦　芳草齊平如翦。邵雍〈春游〉：「白馬蹄輕草如翦，爛遊於此十年強。」石孝友〈驀山溪〉（鶯鶯燕燕）：「花似染，草如翦，已是春強半。」

【語　譯】楓葉紅於染，時正晚秋，江上漂泊衣衫寒。又見霽色雲天，北雁南飛，寫出離愁點點。年復一年，朝起暮落，人似吳越江潮往來輾轉。怕聽〈陽關〉離曲，怎奈笛聲喚起別情，綿延天長地遠。木屐踏春，扁舟唱晚。難忘湖上鷗飛，林間鶯囀。帳前仙鶴，屋傍梅花，秋來霜後，記得把山門緊掩。惆悵明朝知何處，故人相望，但見碧雲半斂。待到重來時候，蘇堤定然是芳草齊平如翦。

【研　析】這是一首贈別西湖詩社友人之作。起筆寫景，點明時在深秋，霜葉如染。「秋正老」順承起句，「征衫」落筆到離別。「秦鴻」三句渲染離愁別緒，其境有似秦觀「斜陽外，寒鴉數點」（〈滿庭芳〉「山抹微雲」）。「年來」三句承「江上征衫」、「秦鴻過」之筆脈，感慨人生飄泊，送往迎來，聚散匆匆。「怕聽」二句筆調回到眼前別離場景，短笛吹別曲，離愁迷漫天際。「怕」、「奈」二字，抑揚呼應，情韻深婉悠長。

詞作過片重溫已成往事的歡遊情形，「憶」字導引其境：木屐踏春，扁舟唱晚，湖上鷗鳥相伴，林間鶯聲相應。此亦見出西湖社友日常遊樂唱和情景，其聚遊之歡則暗襯相別之悲。「鶴帳」句承前點出西湖社友相聚之所，暗示出隱居不仕之志，「記把山扉牢掩」一句乃離別囑託社友謹守高潔，莫染塵俗。「惆悵」三句亦如上片「怕聽」三句，筆調回落到離別情事，但筆法不同，撇開今日之別，料想別後之明朝情境：不知身將在何處，可料知的是，友人遙望，只能見到碧雲飄浮漸合。其構思與柳永〈雨霖鈴〉之「今宵酒醒何處？楊柳岸、曉風殘月」相類，而其境界則與秦觀〈千秋歲〉（水邊沙外）之「人不見，碧雲暮合空相對」相似。料想別後，情懷惆悵；然別後重聚可待，結末遂料定「重來時候」，湖堤又將一派春色，「雙屐行春，扁舟嘯晚」之樂亦在期待中。「芳草如翦」與起筆「楓葉濃於染」相呼應，今日深秋別離之愁亦在可預見的他日芳春重聚之歡中獲得慰藉。

詞作脈絡清晰嚴整，筆調雅麗婉轉，曲終轉愁為樂，詞情悲慨而不消沉。

木蘭花慢

寄豫章❶故人

故人知健否❷，又過了、一番秋。記十載心期❸，蒼苔茅屋，杜若芳洲❹。天遙夢飛不到，但滔滔、歲月水東流。南浦春波舊別，西山暮雨新愁❺。　吳鉤❻。光透黑貂裘❼。客思晚悠悠。更何處相逢，殘更聽雁，落日呼鷗。滄江白雲❽無數，約他年、攜手上扁舟。鴉陣不知人意，黃昏飛向城頭。

【注　釋】❶豫章　漢代郡名，南宋為隆興府，治所在今江西南昌。❷知健否　是否健在。杜甫〈九日藍田崔氏莊〉：「明年此會知誰健，醉把茱萸仔細看。」蘇軾〈東府雨中別子由〉：「重來知健否，莫忘此時情。」❸心期　期望。《南齊書・豫章王嶷傳》：「嶷臨終，召子子廉、子恪曰：『人生在世，本自非常。吾年已老，前路幾何。居今之地，非心期所及。』」❹杜若芳洲　芳草汀州。《楚辭・九歌・湘君》：「采芳洲兮杜若，將以遺兮下女。」杜若，香草名。❺南浦二句　言昔日豫章相別，春水碧波。秋來西山暮雨，又添新愁。江淹〈別賦〉：「春草碧色，春水綠波。送君南浦，傷如之何！」王勃〈滕王閣〉：「畫棟朝飛南浦雲，珠簾暮卷西山雨。」❻吳鉤　春秋時吳國所產的一種兵器，似劍而曲，後泛指寶刀利劍。此喻彎月。杜牧〈南園〉：「男兒何不帶吳鉤，收取關山五十州。」❼黑貂裘　黑貂皮做的袍子。《戰國策・秦策》：「蘇秦說秦王，書十上而不行，黑貂之裘弊，黃金百斤盡，資用乏絕，去秦而歸。」❽滄江白雲　指隱居處。陶弘景〈詔問山中何所有賦詩以答〉：「山中何所有，嶺上多白雲。只可自怡悅，不堪持贈君。」杜甫〈秋興〉：「一臥滄江驚歲晚，幾回青瑣點朝班。」

【語　譯】故人不知康健否？又過了一番秋。十年相期相念，難忘青苔滿茅屋，杜若遍芳洲。天遙地遠，夢飛不到，唯見歲月如水，滔滔東流。南浦春波，昔日依依臨別，西山暮雨，秋來又添新愁。　寶劍光透黑貂裘。客居他鄉，晚來思悠悠。還能何處再相逢？夜深更殘聽哀雁，黃昏日落喚飛鷗。滄江白雲處處，相約他年，攜手泛扁舟。群鴉似陣，不解人意，日暮紛飛向城頭。

【研　析】這是一首寄贈別離十載的故人之作。起筆二句化用杜甫詩句「明年此會知誰健」（〈九日藍田崔氏莊〉），言又過一秋，不知友人康健否。心念故友，便想起十年來所期望的閒居場景：「蒼苔茅屋，杜若芳洲。」這或許是兩人十年前相聚之境況，也是其共同的人生意願，故而銘心難忘。轉回現實，與友天各一方，「夢飛不到」，唯見歲月如水，滔滔東流。年華漸老之悲寓於其中。「南浦」兩句回想往日離別情景，料想友人別後獨對「西山暮雨」之愁。筆法上兼用江淹〈別賦〉及王勃〈滕王閣〉詩之語典，既切合離別情事，又落實「豫章」之地，春水碧波蕩漾反襯別離之愁苦，日暮秋雨濛濛映襯思念之淒楚，而「舊別」與「新愁」亦相呼應，舊日別離之苦更增今人相思之愁。

詞作下片向故友敘述自身境況情懷。「吳鉤」、「黑貂裘」之語，見出詞人曾懷抱功名之志，然落拓不遇，羈旅愁思，悠悠不盡。功名無成，便思歸退，期待與故友重逢，相攜泛舟於滄江白雲間。「更何處」數句即抒寫此番情思，其中「殘更」二句、結末「鴉陣」二句，展現出夜深更殘、日落黃昏之時三個場景畫面，寄寓客居他鄉之無限淒涼情懷，反襯出對故友的深切思念以及對相約歸隱的急切期待。詞作融思友之情、身世之感於一體，脈絡清晰，筆調雅麗，情韻深婉。

利　登

利登（生卒年不詳），字履道，號碧澗。南城（今屬江西）人。淳祐元年（西元一二四一年）進士。官至寧都尉。有詩集《骳稿》一卷，見《江湖小集》。《全宋詞》錄其詞十一首，殘詞二首。

風入松

斷蕪❶幽樹際煙平。山外更山青❷。天南海北知何極，年年是、匹馬孤征。看盡好花結子❸，暗驚新筍成林。

歲華情事苦相尋。弱雪❹鬢毛侵。十千斗酒❺悠悠醉，斜河界、白月雲心❻。孤鶴盡邊天闊，清猿啼處山深。

【注　釋】❶斷蕪　荒草。文天祥〈題黃岡寺次吳履齋韻〉：「人行荒樹外，秋在斷蕪中。」❷山外更山青　山外青山。林升〈題臨安邸〉：「山外青山樓外樓，西湖歌舞幾時休。」❸看盡句　言好花凋盡，枝頭結子。杜牧〈歎花〉：「狂風落盡深紅色，綠葉成陰子滿枝。」❹弱雪　喻稀疏白髮。❺十千斗酒　指酒美，一斗酒值十千錢。李白〈將進酒〉：「陳王昔時宴平樂，斗酒十千恣歡謔。」❻斜河句　銀河西斜，月掛雲端。斜河，猶言斜漢，指銀河。謝莊〈月賦〉：「于時斜漢左界，北陸南躔。白露曖空，素月流天。」

【語　譯】荒原林暗，雲煙低平。山外山更青。天南海北無歸宿，年年匹馬獨行。眼見好花落盡，枝頭結子，暗暗驚詫新筍成竹林。

歲月相迫，世間情事苦相侵。霜雪染雙鬢。斗酒痛飲醉悠悠，銀河西斜，明月掛雲端。孤鶴遠飛天無際，夜猿清啼在深山。

【研　析】這是一首羈旅詞作。起筆二句鋪設羈旅漂泊之蕭瑟浩闊背景：荒原幽樹，煙霧茫茫，遠山重重。此為羈旅之人眼中景，羈旅之愁蘊於其中，有如李白〈菩薩蠻〉之「平林漠漠煙如織，寒山一帶傷心碧」。「天南」二句承前，感慨年年孤旅漂泊，天長地遠無歸處。「看盡」二句承「年年」，慨歎歲月匆匆流逝，節物風光不相待，花落子滿枝，新筍成竹林。「看盡」、「暗驚」互文見義，年年「看盡」，亦年年「暗驚」。

詞作下片承前時光流逝之歎，悵然感慨世事侵尋，情懷愁苦，年華促迫，兩鬢染霜。把酒遣愁，醉悠悠仰望長空，月白雲淡，銀河一線，孤鶴沒於天際，一片蒼茫，清猿啼於深山，無限淒怨。以景結情，餘韻不盡。

全詞意脈清晰，筆路相承相貫。境界闊大，感慨深沉。

曹邍

曹邍（生卒年不詳），字擇可，號松山。籍貫不詳。賈似道客，曾任御前應制。《全宋詞》錄其詞六首。

玲瓏四犯

酴醾應制❶

一架幽芳，自過了梅花，猶占清絕。露葉檀心❷，香滿萬條晴雪。肌素靜洗鉛華，似弄玉、乍離瑤闕❸。看翠虬❹、白鳳飛舞，不管暮鴉啼鴂❺。酒中風格天然別。記唐宮、賜樽芳冽❻。玉蕤❼喚得餘春住，猶醉迷飛蜨。天氣乍雨乍晴，長是伴、牡丹時節❽。夜散瓊樓宴，金鋪❾深掩，一庭春月❿。

【注釋】❶應制　應皇帝之命。❷檀心　指淺紅色花蕊。韓偓〈黃蜀葵賦〉：「幾多之金粉遺竊，一點之檀心被污。」蘇軾〈黃葵〉：「檀心自成暈，翠葉森有芒。」❸似弄玉句　似仙女初出仙宮。弄玉，秦穆公之女。瑤闕，指仙宮玉殿。傳說弄玉從蕭史學吹簫，結為夫妻，後雙雙隨鳳凰飛昇成仙。見舊題劉向《列仙傳》。❹虬　傳說中的無角龍。❺鴂　鳥名，即杜鵑，又名子規。❻記唐宮句　指唐代宮中清明賜朝臣酴醾酒。見錢易《南部新書》卷二。芳洌，指美酒。歐陽脩〈醉翁亭記〉：「泉香而酒洌。」❼玉蕤　指酴醾花。蘇軾〈南鄉子‧梅花詞和楊元素〉：「寒雀滿疏籬，爭抱寒柯看玉蕤。」❽長是伴句　言酴醾花與牡丹花時節相鄰。按二十四番花信風中，牡丹之後即為酴醾。❾金鋪　銅製鋪首，代指門戶。鋪，指鋪首，門上銜環的銅製獸面。蘇軾〈春帖子詞‧皇太后閣〉：「朝罷金鋪掩，人閒寶瑟塵。」❿春月　原作「香雪」，據柯本校改。

【語譯】一架酴醾幽香飄拂，自梅花謝後，獨占清韻妙絕。綠葉凝露，花蕊粉紅，芳香彌漫，萬千花枝似晴光映雪。彷彿弄玉仙子初出瓊闕，洗淨鉛華，冰肌雅靜；又如青龍白鳳翩翩飛舞，不管暮鴉杜鵑啼鳴。

酴醾酒風味天然別致，曾是唐代宮中御賜美酒，芳香甘洌。繁花似玉，引得餘春暫留，猶自迷醉飛蝶。天氣時雨時晴，牡丹常相伴，酴醾花開時節。瓊樓夜宴散去，宮門深掩，一庭花月。

【研析】這是一首題詠酴醾花的應制之作。起筆切題攝神而入，且以梅花相襯，點出酴醾幽香清韻獨絕。「露葉」兩句特寫酴醾花之形色，綠葉凝露，白瓣黃蕊，萬千花枝飄香，晶瑩泛光，如晴日映照白雪。「肌素」兩句，以鉛華洗淨的仙女為喻，描寫酴醾花之清雅風韻；「看翠虯」句，以龍鳳飛舞為喻，描寫酴醾花姿搖曳之美態。

過片從酴醾花引出酴醾酒，用唐宮賜酒之事切合應制場景，但在整體筆脈中失之湊泊，與下文難以貫通。「玉蕤」句以下，筆調回到酴醾花，筆法上則不同於上片的工筆繪其形神，而是取側筆襯托之法。蘇軾〈杜沂遊武昌以酴醾花菩薩泉見餉〉云：「酴醾不爭春，寂寞開最晚。」本詞似反其意而言，「酴醾不爭春」，餘春卻為之停留；酴醾「開最晚」卻並不寂寞，蝴蝶為之迷醉，牡丹長相伴守。此皆襯托出酴醾花之美。末三句呼應詞題，前二句與「應制」綰合，末句以月色下的酴醾作結，一庭花叢泛出幽潔芳香的光澤，令人神往。

全詞以題詠酴醾為主，上片正筆描繪，下片側筆襯托，脈絡清晰，語詞雅麗。過片及結末照應題中「應制」，但不無牽合之嫌。

劉瀾

劉瀾（西元？—一二七六年），字養源，號江村。天台（今屬浙江）人。嘗為道士，還俗，干謁無成。《全宋詞》錄其詞四首。

慶宮春　重登蛾眉亭❶感舊

春翦綠波❷，日明金渚❸，鏡光盡浸寒碧。喜溢雙蛾❹，迎風一笑，兩情依舊脈脈。那時同醉，錦袍溼、烏紗欹側❺。英游❻何在，滿目青山❼，飛下孤白❽。

片帆誰上天門❾，我亦明朝，是天門客。平生高興❿，青蓮一葉，從此飄然八極⓫。磯頭綠樹，見白馬、書生破敵⓬。百年前事，莫問東風，酒醒長笛。

【注　釋】❶蛾眉亭　在安徽當塗牛渚山（亦名采石山），下臨采石磯（亦名牛渚磯）。《江南通志》卷三十五：「蛾眉亭，在當塗縣北二十里，據牛渚絕壁，前直二梁山，夾江對峙，如蛾眉然，故名。宋熙寧二年太守張瓌建。」❷春翦句　春風吹拂綠水，剪出道道波紋。❸日明句　日照牛渚泛金光。渚，指牛渚山。❹雙蛾　指蛾眉亭前二梁山，夾江對峙，似蛾眉。❺那時二句　追想當年李白與崔宗之暢遊采石情景。《新唐書・李白傳》：「（白）嘗乘舟與崔宗之自采石磯至金陵，著宮錦袍坐舟中，旁若無人。」烏紗欹側，用孟嘉龍山落帽典故喻歡遊盡興。欹，原作「亂」，據柯本校改。《晉書・孟嘉傳》：「(嘉)為征西桓溫參軍。溫甚重之。九月九日，溫燕龍山，寮佐畢集。時佐吏並著戎服，有風至，吹嘉帽墮落，嘉不之覺。溫使左右勿言，欲觀其舉止。嘉良久如廁，溫令取還之，命孫盛作文嘲嘉，著嘉坐處。嘉還見，即答之，其文甚美，四坐嗟歎。」❻英游　此指李白。❼青山　李白卒葬青山，在安徽當塗縣東南。❽孤白　指明月。此暗用李白捉月傳說。洪邁《容齋隨筆》卷三：「世俗多言李太白在當塗采石，因醉泛舟於江，見月影，俯而取之，遂溺死。故其地有捉月臺。」張炎〈壺中天〉(揚舲萬里)：「扣舷歌斷，海蟾飛上孤白。」❾天門　天門山，又名梁山。《方輿勝覽》卷十五：「蛾眉亭，在采石山上，望見天門山。」李白〈望天門山〉：「天門中斷楚江開，碧水東流至此回。兩岸青山相對出，孤帆一片日邊來。」❿高興　高遠興致。殷仲文〈南州桓公九井作〉：「獨有清秋日，能使高興盡。」杜甫〈北征〉：「青雲動高興，幽事亦可悅。」⓫青蓮二句　謂如李白扁舟一葉，浮游四海。青蓮，李白號。八極，八方極遠之地。李白〈宣州謝朓樓餞別校書叔雲〉：「人生在世不稱意，明朝散髮弄扁舟。」〈大鵬賦序〉：「余昔於江陵見天台司馬子微，謂余有仙風道骨，可與神遊八極之表。」⓬白馬書生破敵　指紹興三十一年(西元一一六一年)，虞允文在采石打敗金兵。按，虞允文為文官，以中書舍人參謀軍事，犒師采石，時主將王權罷職，新任未到。允文招集諸將，勉以忠義，督師擊潰金兵。故詞云「書生破敵」。

【語譯】春風如剪，綠波蕩漾，日照牛渚泛金光。江面如鏡，浸透青山蕩寒碧。山如雙蛾，喜溢眉梢，迎風淺笑，含情相對，依舊脈脈。遙想太白當年，與友同醉，江水溼錦袍，風吹烏紗傾側。遨遊之英傑今何在，滿目青山，映照一輪孤月。　誰駕片帆上天門？明朝我也是天門過客。平生之高遠興致，如青蓮居士扁舟一葉，飄遊四荒八極。采石磯頭綠樹蔥蘢，曾見那白馬書生揮師破敵。往事已百年，欲問東風，風吹酒醒，悠悠長笛。

【研析】詞題「重登蛾眉亭感舊」，即為登臨懷古。蛾眉亭下臨采石磯，古代名人流傳足跡最多的是李白，而近世最重大的史跡為虞允文采石磯大破金兵。本詞「感舊」即立足於此。

上片前六句描寫登臨蛾眉亭所見景色。春風吹拂，綠波蕩漾；日照江渚，金光輝映；水面如鏡，浸透青山泛寒碧；山如雙蛾，喜溢眉梢，夾江相對，迎風展顏，含情脈脈。「喜溢」、「一笑」、「兩情依舊脈脈」等擬人化用語，展現出山水喜迎遊人之情態，為下文作鋪墊。「那時同醉」二句追想當年李白與友同遊采石磯之歡醉情形，「錦袍涇」、「烏紗欹側」，截取兩個細節極言醉賞盡興之狀。「英游何在」一問，急轉而下，撫今追昔，寄寓世事滄桑、物是人非之慨。「青山」、「孤白」為眼前景，又暗寓李白捉月溺亡之傳說及其卒葬青山，呼應「何在」之問。

詞作下片前六句承感舊而抒發自身情懷。「片帆」句以景語問句引入，自言明朝將遊歷天門，而其眼中所見亦如李白〈望天門山〉所云：「兩岸青山相對出，孤帆一片日邊來。」「平生高興」三句即以李白扁舟泛遊八極寄託生平遠舉之願。據方回《瀛奎律髓》卷十四所稱，詞人「嘗為道士，還俗」，「然干謁無成」，因而對李白〈宣州謝朓樓餞別校書叔雲〉所云「人生在世不稱意，明朝散髮弄扁舟」深有同感。「磯頭」句，筆調回到眼前景，由此引發又一層「感舊」，即對百年前虞允文采石磯督師破敵之事的追懷感慨。「白馬」句展現虞允文揮師破敵之英姿，亦流露出詞人尚存心底的功名心志。「欲問東風」一句頗耐尋味：此事綠樹曾見，東風亦然，則欲知當年「書生破敵」情形，可問東風；追懷前人功業，感慨自身失意無成，「欲問東風」則亦蘊含對身世遭際的疑惑不解。然東風無語，「欲問」而實未問，風吹酒醒，唯聞笛聲悠悠。悵然無奈之情溢於言外。

瑞鶴仙

海棠

向陽看未足。更露立闌干，日❶高人獨。江空佩鳴玉。問煙鬟霞臉，為誰膏沐❷。情閒景淑。嫁東風、無媒自卜❸。鳳臺高，貪伴吹笙，驚下九天霜鵠❹。

紅蹙❺。花開不到，杜老溪莊，已公茅屋❻。山城水國。歡易斷，夢難續。

記年時❼馬上，人酣花醉，樂奏開元舊曲❽。夜歸來，駕錦漫天，絳紗萬燭。

【注　釋】❶日　原作「月」，據柯本校改。❷江空三句　以江漢神女喻海棠。膏沐，脂粉。此指梳妝粉飾。《詩・衛風・伯兮》：「豈無膏沐，誰適為容。」舊題劉向《列仙傳・江妃二女》載鄭交甫江漢遇神女，請其佩。神女解佩相贈。交甫行數十步，佩與神女皆不見。❸嫁東風句　言海棠自願相伴東風。張先〈一叢花令〉（傷高懷遠幾時窮）：「不如桃杏，猶解嫁東風。」張道洽〈梅花〉：「絕知南雪羞相並，欲嫁東風恥自媒。」❹鳳臺三句　用弄玉吹簫引鳳昇仙喻海棠之高潔。舊題劉向《列仙傳》卷上：「蕭史者，秦穆公時人也，善吹簫，能致孔雀、白鶴於庭。穆公有女，字弄玉，好之。公遂以女妻焉。日教弄玉作鳳鳴。居數年，吹似鳳聲。鳳凰來止其屋。公為作鳳臺。夫婦止其上不下，數年，一旦皆隨鳳凰飛去。」❺紅蹙　紅豔皺疊。洪适〈台州會太守致語〉：「荷敷翠蓋，榴蹙紅巾。」❻花開三句　言杜甫浣花溪草堂、巳公茅屋下不見海棠。按，杜甫流落閒居浣花草堂，未曾題詠海棠。鄭谷〈蜀中賞海棠〉云：「浣花溪上堪惆悵，子美無情為發揚。」原註：「杜工部居兩蜀，詩集中無海棠之題。」王安石〈與微之同賦梅花得香字〉：「少陵為爾牽詩興，可是無心賦海棠。」巳公，杜甫同時之詩僧，杜有詩〈巳上人茅齋〉云：「巳公茅屋下，可以賦新詩。枕簟入林僻，茶瓜留客遲。江蓮搖白羽，天棘蔓青絲。空忝許詢輩，難酬支遁詞。」詩中未及海棠。❼年時　往年。歐陽脩〈浪淘沙〉（花外倒金翹）：「此地年時曾一醉，還是春朝。」❽開元舊曲　唐玄宗開元間所傳樂曲。此泛指太平盛世之曲。杜甫〈秋日夔府詠懷奉寄鄭監李賓客一百韻〉：「南內開元曲，常時弟子傳。」《太平廣記》卷三百五十引《纂異錄》載唐會昌元年，許生於壽安甘泉店甘棠館聞一白衣叟吟云：「春草萋萋春水綠，野棠開盡飄香玉。繡嶺宮前鶴髮人，猶唱開元太平曲。」

【語　譯】向陽花豔看不足。帶露傍欄，亭亭玉立，日高人孤獨。江上空濛，環佩鳴玉。試問雲鬢霞臉，為誰粉妝膏沐。情態風姿閒淑。自願嫁東風，無需媒妁。高居鳳臺，相伴戀吹笙，引來九天仙鵠。　紅豔簇簇。杜甫浣花溪邊，巳公茅屋下，未見海棠花。山城水鄉，歡情易斷，夢境難續。猶記當年，跑馬觀花人酣醉，奏樂太平曲。深夜歸來，錦車漫天，絳紗映萬燭。

【研　析】這是一首題詠海棠之作。起句兼攝海棠花與看花人，向陽花豔，令人看不足。「更露立」二句，一言花帶露傍欄亭立，一言人日高獨自賞花。「江空」句以下正筆描寫海棠。「江空」三句以江妃為喻，狀其色貌豔而不俗之美；「情閒」二句言其情態嫻靜溫淑之美，以佳人為喻；「鳳臺高」三句言其神趣清雅高妙之美，以弄玉為喻。其「為誰膏沐」、「嫁東風」、「貪伴吹笙」（弄玉夫妻吹簫，引鳳昇仙）筆脈相承，連貫而成美妙姻緣情事，意趣別出。

過片「紅蹙」二字收束正面描寫之筆，色澤濃重。「花開」三句，逆筆搖曳生姿。杜甫居蜀多年，詩筆未及海棠。鄭谷〈蜀中賞海棠〉云：「浣花溪上堪惆悵，子美無情為發揚。」宋人賦海棠多用此事，葛立方《韻語陽秋》卷十六所云：「杜子美居蜀累數年，吟詠殆遍，海棠奇艷而詩章獨不及。……本朝名士賦海棠甚多，往往皆用此為事實。」本詞亦用此事，而筆意生新，謂並非杜甫「無情為發揚」，是浣花溪邊無海棠。「已公茅屋」，蓋因杜甫〈已上人茅齋〉云「已公茅屋下，可以賦新詩」、「江蓮搖白羽，天棘蔓青絲」，亦未及海棠，故而連筆附言，但終覺生澀牽合。「山城」三句轉入撫今追昔，前一句點出今昔未變之山水風物，後兩句悵歎昔歡如夢，易斷難續。此為情懷總述，接下具體追憶往昔跑馬賞花，晝夜歡醉情狀。其繁華盛況與今日之「日高人獨」形成強烈反差，感時傷世之情寓於其中。

齊天樂

吳興郡宴遇舊人❶

玉釵分向金華後❷，回頭路迷仙苑❸。落翠驚風，流紅逐水❹，誰信人間重見。花深半面❺。尚歌得新詞，柳家三變❻。綠葉陰陰，可憐不是那時看❼。

劉郎❽今度更老，雅懷都不到，書帶題扇❾。花信風❿高，苕溪⓫月冷，明日雲帆天遠。塵緣較短。怪一夢輕回，酒闌歌散。別鶴驚心，感時花淚濺⓬。

【注釋】❶吳興句　在吳興郡（治所在今浙江湖州）宴席上遇見昔日家姬。❷玉釵句　言離別去往金華後。玉釵分，指男女離別，女子分釵相贈，以示不忘。金華，山名，在金華縣（治所在今浙江金華）北，有金華洞，屬道家三十六洞。❸回頭句　言回首茫然，似仙苑路迷。此暗用劉晨、阮肇入天台山採藥，迷路遇仙女典故。參見《太平御覽》卷四十一引《幽明錄》。❹流紅句　落花流水。❺花深句　言舊人花容半衰。此化用崔護〈題都城南莊〉詩句「人面桃花相映紅」。❻柳家三變　北宋詞人柳永，原名柳三變。❼綠葉二句　意謂舊人已另有所屬，非昔日情狀。此借用杜牧〈歎花〉詩寓意。《唐闕史》卷上載杜牧遊湖州，鍾情一少女，約定十年後迎娶，十四年後赴任湖州刺史，女子出嫁已三年，生有二子。杜牧悵然賦詩云：「自是尋春去較遲，不須惆悵怨芳時。狂風落盡深紅色，綠樹成陰子滿枝。」❽劉郎　指劉晨。此為詞人自喻。見注❸。❾書帶題扇　在衣帶、紈扇上題詩作畫。❿花信風　即春風。風應花期，其來有信，故名。《歲時廣記》卷一引《東皋雜錄》云：「江南自初春至初夏，五日一番風候，謂之花信風。梅花風最先，楝花風最後，凡二十四番，以為寒絕也。」⓫苕溪　水名。源出浙江天目山，注入太湖，夾岸多苕，故名。⓬別鶴二句　極言感時傷別之悲。此化用杜甫〈春望〉詩句：「感時花濺淚，恨別鳥驚心。」別鶴，比喻夫妻遠離。琴曲有〈別鶴操〉，傳說為商陵牧子傷夫妻離異而作。見崔豹《古今注》。

【語　譯】當年分別去往金華後，回首茫茫，似路迷仙苑。翠葉驚風飄，落紅逐水流，誰料今生能重見！花容半衰，尚能歌柳詞。綠葉成蔭，相看悵歎今非昔。　如今劉郎更衰老，全無雅興書帶題歌扇。春風拂蕩，苕溪冷月臨照，明日雲帆高掛，天遙地遠。情緣苦短，驚怪相聚如夢易斷，酒盡歡歌散。感時傷別，花鳥觸目淚飛濺。

【研　析】這是一首重遇昔日家姬之作。詞人初為道士，蓋此時遣去家姬，即詞中所云「玉釵分向金華後」（金華指金華洞，為道家三十六洞天之一），還俗多年後，在湖州一次歌宴上偶遇舊姬，不勝感慨，賦詞寄懷。

起筆二句追憶當年分別後入山為道士。「玉釵分」點出與家姬相別；「向金華」、「路迷仙苑」指入山求道。「落翠」三句言春去秋來，漂轉多年後竟然重遇舊姬，難以置信！「花深」句以下描述舊姬情狀：容顏半衰，歌藝未減；情有所屬，今非昔比。「可憐」句與「誰信」句，情調反襯，見出驚喜之餘的悵然傷感。

過片轉筆自歎年華老去，詩酒歡賞之雅興全無。以「劉郎」自稱，呼應上片「路迷仙苑」；「書帶題扇」，亦暗示出往昔與家姬歌酒宴樂情形，則「雅懷都不到」之語感慨沉鬱。風高月冷，明日又將天各一方，相逢又成相別，但恨情緣苦短，重聚如夢，酒盡人散夢斷。久別重逢觸發的深深感傷中再臨別離，無限淒苦難以言表，結末遂借杜甫名句一發心中感時恨別之傷悲，筆力遒勁而情韻回蕩。

全詞所述昔日分別、今日重逢、明日再別之情事，脈絡清晰，情蓄筆端，婉轉舒緩，亦時起波瀾，筆調典雅，情致悲慨。

張龍榮

張龍榮（生卒年不詳），一名矩，又作榘，字成子，又作子成，號梅深，又作梅淵。生平籍貫無考。《全宋詞》錄其詞十二首。

摸魚兒

又吳塵、暗斑吟袖❶，西湖深處能浣。晴雲片片平波影，飛趁棹歌聲遠。回首喚。彷佛記、春風共載斜陽岸。輕攜分短❷。悵柳密藏橋，煙濃斷徑，隔水語音換。

思量遍。前度高陽酒伴❸。離蹤悲事何限。雙峰塔露書空穎❹，情共暮鴉盤轉。歸思懶。悄不似❺、留眠水國蓮花畔。燈簾暈滿。正蠹帙逢迎❻，沈煤❼半冷，風雨閉宵館。

【注釋】❶又吳塵句　言吳地風塵汙染衣袖。此化用陸機〈為顧彥先贈婦〉詩句：「京洛多風塵，素衣化為緇。」❷輕攜句　相攜緣分淺。❸高陽酒伴　指狂放不羈之友。《史記・酈生陸賈列傳》載酈食其初謁劉邦，自稱「高陽賤民」。使者稟告「狀貌類大儒」。劉邦拒見。酈食其嗔目按劍叱使者曰：「走！復入言沛公，吾高陽酒徒也，非儒人也。」乃得見。❹雙峰句　言雙峰高塔聳立，似毛筆書空。雙峰，指西湖附近南、北高峰。穎，毛筆鋒尖。❺悄不似　渾不似；全然不似。盧祖皐〈摸魚兒〉（怪西風曉來敧帽）：「慵荷倦柳。悄不似黃花，田田照眼，風味儘如舊。」❻正蠹帙句　指重覽舊書書卷。蠹帙，蟲蛀的書卷。逢迎，柯本作「重繙」。❼沈煤　指沉香。蘇軾〈翻香令〉：「金爐猶暖麝煤殘。」

【語譯】客遊吳地，風塵暗染衣袖，西湖深處可洗浣。晴空白雲朵朵，影落波心，又伴船歌飛遠。喚回記憶，彷彿重溫那春風裡蕩舟同遊，斜陽下船歸臨岸。相聚短暫緣分淺。惆悵翠柳掩畫橋，煙靄迷芳徑，隔岸笑語人已換。

細細思量，昔日狂朋酒友，別後萍蹤，傷悲情事知多少！雙峰高塔矗立，似鉅筆露鋒書雲空，愁隨暮鴉共盤旋。歸意慵倦，渾不如留宿水鄉蓮花池畔。燈暈遍照簾幕，舊書蠹卷相伴。沉香半成灰燼，風雨夜宿孤館。

【研析】作者有十首〈應天長〉題詠西湖十景，可見其西湖遊賞之雅興深濃。本詞或題作「重過西湖」，為舊地重遊之作，觸景追昔，感慨不盡。起句「又」字點出重客吳地，塵染衣袖，化用陸機〈為顧彥先贈婦〉「京洛多風塵，素衣化為緇」之意，流露出漂泊失意情懷，為重遊西湖作鋪墊，西湖山水清景可蕩滌人世塵埃，所謂「西湖深處能浣」。「晴雲」兩句承「西湖深處」，描寫湖上風景，晴空波影，雲水相映，船歌飄飛。置身其境，回首往昔，筆調轉入追憶：春風吹拂，輕舟蕩漾，攜手同歸，斜陽臨岸。然而緣分短淺，歡聚不再，曾經相攜遊賞的畫橋芳徑隱沒在煙柳霧靄中，隔岸傳來陌生的聲聲笑語，令人悵然！「語音換」三字見出西湖一如既往的歡賞背後隱藏無盡的人世遷變。

下片「思量遍」三句承前「語音換」，追想昔日同遊之狂朋酒侶，感慨別後漂泊無定，傷悲無限。「雙峰」

二句回到眼前景，意脈則承前之感慨悲愁，目睹雙峰高塔遂想到鉅筆書空遺愁懷，仰望暮鴉盤旋遂感到愁緒繚繞漫天際。以情驅景，筆調激壯搖蕩。「暮鴉」透出夜色臨近，下啟「歸思」，詞筆落到歸去，筆法則逆鋒而下，先言歸意慵懶，不如留宿湖畔，後述歸宿孤館之淒清寂寥情狀。「歸思懶」，即意懶不欲歸，一則見出此次重遊西湖之傷感低落情懷，二則與結末所狀「風雨閉宵館」情境相呼應，不欲歸，並非對西湖美景留戀忘返，只因歸宿驛館之淒楚情味更甚於「留眠水國蓮花畔」。風雨獨宿驛館，燈暈影孤，蠹帙相伴，沉香煙冷，淒涼何堪！

全詞構思以紀遊為時間脈絡，而筆墨重點在觸景傷懷，撫今追昔，感慨深切。筆調跌宕，用語雅麗。首尾畫面呼應，堪為羈旅漂泊者之境況寫照。

卷六

李彭老

李彭老（生卒年不詳），字商隱，號篔房。德清（今屬浙江）人。與其弟萊老（字周隱）並稱「龜溪二隱」。宋理宗淳祐年間曾為沿江制置司屬官。《全宋詞》錄其詞二十一首，殘詞一首。

木蘭花慢

正千門繫柳，賜宮燭、散青煙❶。看秀靨芳脣，塗妝暈色，試盡春妍❷。田田❸。滿階榆莢，弄輕陰、淺冷似秋天❹。隨處餳❺香杏暖，燕飛斜嚲❻秋千。朱絃。幾換華年❼。扶淺醉、落花前。記舊時游冶，燈樓倚扇，水院移船❽。吟邊❾。夢雲❿飛遠，有題紅、都在薛濤牋⓫。聽絕殘簫倦笛，夜堂明月窺簾。

【注釋】❶正千門二句　言寒食節家家門插柳枝，節後清明，宮中賜燭取火。吳自牧《夢粱錄》卷二：「清明交三月，節前兩日謂之寒食。京師人從冬至後數起，至一百五日便是此日，家家以柳條插於門，名曰『明眼』。凡官民不論小大家，子女未冠笄者以此日上頭。寒食第三日即清明節，每歲禁中命小內侍於閣門用榆木鑽火，先進者賜金碗、絹三疋，宣賜臣寮巨燭，正所謂『鑽燧改火』者，即此時也。」韓翃〈寒食〉：「日暮漢宮傳蠟燭，輕煙散入五侯家。」❷春妍　春色般嬌妍姿容。❸田田　鮮碧的樣子。江淹〈水上神女賦〉：「野田田而虛翠，水湛湛而空碧。」❹弄輕陰句　言輕陰拂弄，淡淡寒意似秋天。秦觀〈浣溪沙〉：「漠漠輕寒上小樓。曉陰無賴似窮秋。」❺餳　麥芽糖。宋祁〈寒食假中作〉：「草色引開盤馬地，簫聲催暖賣餳天。」❻les　下垂。晏幾道〈探春令〉（綠楊枝上曉鶯啼）：「綠雲斜亸金釵墜。」❼朱絃二句　言絃樂聲中歎流年。此化用李商隱〈錦瑟〉：「錦瑟無端五十絃，一絃一柱思華年。」❽水院句　遊船移靠水邊庭院停泊。水院，臨水庭院。張炎〈浣溪沙〉：「犀押重簾水院深，柳綿撲帳晝愔愔。」周密〈探芳信・西泠春感〉：「步晴晝。向水院維舟，津亭喚酒。」❾吟邊　吟詠詩詞。張炎〈木蘭花慢〉（采芳洲薜荔）：「吟邊。象筆蠻牋。清絕處，小留連。」❿夢雲　喻男女歡會，亦指所念佳人。此用巫山神女故事。宋玉〈高唐賦〉記楚懷王夢神女自稱「妾在巫山之陽，高丘之阻。旦為朝雲，暮為行雨。朝朝暮暮，陽臺之下」。⓫有題紅句　指佳人別後寄贈的詩詞。題紅，用紅葉題詩典故。范攄《雲谿友議》卷十載盧渥於御溝中拾得紅葉，上有宮女題詩。後二人巧遇，結為夫妻。薛濤牋，一種彩箋，晚唐女詩人薛濤所創製，故稱。

【語　譯】正是家家門插柳枝，朝廷賞賜宮燭，裊裊青煙彌漫。俏臉芳唇，粉妝暈色，展盡青春嬌妍。鮮潤翠碧，滿階榆錢。輕陰拂弄，寒意淡淡似秋天。處處飴餳飄香，杏花春暖。燕子低飛，秋千斜垂。　絃樂聲中，幾度華年變換！微醺淺醉，眼前落花翩翩。記得舊時遊樂，燈樓歌舞曼妙，畫船移傍水院。吟詠低回，歡會如夢飛遠，錦書題詩都在彩箋。殘簫倦笛聲斷，堂前明月窺簾。

【研　析】這是一首寒食觸景懷人詞作。上片描述節序風情物景。起筆切入寒食風俗：千門繫柳，宮燭青煙。寒食清明，春意已濃，為士女踏青遊樂時節。「看秀靨」三句便展現粉妝佳人映照春色，色澤濃重。「田田」句以下繼而描繪佳人所居庭院景象。「滿階榆莢」、「輕陰淺冷」、燕子低飛、秋千斜垂，在「隨處餳香杏暖」之點綴對襯下，尤顯冷清寂寥，透出幾許傷怨。

詞作下片轉以歌酒觸發懷舊傷愁之情。「朱絃」三句言把酒聽曲，淺醉對落花，感慨年華流逝。前二句化用李商隱〈錦瑟〉詩句「一絃一柱思華年」。「記舊時」句轉入追憶，亦上承「幾換華年」之意脈。「燈樓倚扇」二句，以工整對句描述「舊時遊冶」情狀，晝遊夜歌，歡賞快意。「吟邊」二字頓筆回到眼前，悵歎歡會如夢已遠，寂寥相思，徒自吟詠佳人之錦書題詩，簫聲咽，笛聲殘，明月照簾櫳。情境淒涼，別愁無盡。

壺中天

登寄閒吟臺❶

素飆❷蕩碧，喜雲飛寥廓，清透涼宇。倦鵲驚翻臺樹迥❸，葉葉秋聲歸樹。
珠斗❹斜河，冰輪❺輾霧。萬里青冥❻路。香深屏翠，桂邊滿袖風露。煙外
冷逼玻瓈❼，漁郎歌杳，擊空明❽歸去。怨鶴知更蓮漏❾悄，竹裏篩金簾戶❿。短
髮吹寒，閒情吟遠，弄影花前舞⓫。明年今夜，玉樽知醉何處。

【注　釋】❶寄閒吟臺　指張樞宅園之群仙繪幅樓，為其祖父張鎡所建。參見卷五張樞〈壺中天〉（雁橫迥碧）注❷。張樞，字斗南，號寄閒。❷素飆　秋風。曾覿〈壺中天慢〉：「素飆漾碧，看天衢穩送，一輪明月。」❸迥　幽深。❹珠斗　指北斗七星。斗星相貫如珠，故名。王維〈同崔員外秋宵寓直〉：「月迥藏珠斗，雲消出絳河。」❺冰輪　指明月。李賀〈夢天〉：「玉輪軋露濕團光，鸞珮相逢桂香陌。」蘇軾〈宿九仙山〉：「半夜老僧呼客起，雲峰缺處湧冰輪。」❻青冥　指蒼穹。李白〈長相思〉：「上有青冥之長天，下有綠水之波瀾。」❼玻瓈　亦作「玻璃」。此喻指如鏡之湖面。杜旟〈摸魚兒〉（放扁舟萬山環處）：「風乍靜。望兩岸羣峰，倒浸玻瓈影。」❽空明　指澄澈透明之湖水。蘇軾〈前赤壁賦〉：「桂棹兮蘭槳，擊空明兮溯流光。」❾蓮漏　即蓮花漏，古代一種計時器。鄭谷〈信美寺岑上人〉：「我來能永日，蓮漏滴階前。」❿竹裏句　言月光穿過竹林映照簾櫳。王維〈竹里館〉：「獨坐幽篁裏，彈琴復長嘯。深林人不知，明月來相照。」⓫弄影句　花前醉舞。此化用李白〈月下獨酌〉：「花間一壺酒，獨酌無相親。……我歌月徘徊，我舞影零亂。」

【語　譯】碧空秋風浩蕩，喜見雲飛邈遠，清涼漫天宇。倦鵲驚風，飛越深寂臺樹，葉葉秋聲裡歸林棲樹。斗星如貫珠，銀河斜掛，一輪冷月輾霜霧。萬里蒼穹天庭路。芳香繚繞翠屏，仙人倚桂，滿袖風露。浩渺

煙波冷，湖面如鏡，漁郎歌聲漸遠，棹擊清波歸去。夜鶴幽怨知更深，蓮漏悄然暗滴，月穿竹林映簾幕。短髮寒風吹，閒情吟興淡遠，花前弄影起舞。明年今夜，不知醉飲何處？

【研　析】詞題「寄閒吟臺」，即張樞（號寄閒）家園之群仙繪幅樓，其祖父張鎡（號約齋）所建。周密《武林舊事》卷十載「張約齋賞心樂事」有八月「群仙繪幅樓觀月」。張樞承繼家風，秋日宴集賓友，登樓賞月。本詞即為作者應邀登臨宴賞之作，以寫景為主。上片描寫秋空之景，起筆豪宕，展現出秋風勁吹，碧空雲飛畫面。「蕩碧」亦可解作掃蕩碧樹，但下接「喜雲飛寥廓」，則理解為拂蕩碧空，筆脈情調更順。「清透」句為攝虛之筆，暈染清秋涼爽氣氛。「倦鵲」二句落筆到倦鳥驚風歸林，幽幽臺榭、葉葉秋聲為背景襯托，見出秋日黃昏之蕭瑟氣象。「珠斗」句以下順承進入夜空。萬里碧空，星如貫珠，月似冰輪，銀河斜掛。此為實景。「輾霧」、「青冥路」及「香深」二句為想像月宮情境，筆意兼融李賀〈夢天〉之「玉輪軋露濕團光，鸞珮相逢桂香陌」及李商隱〈常娥〉：「雲母屏風燭影深，長河漸落曉星沉。常娥應悔偷靈藥，碧海青天夜夜心。」

詞作下片轉寫人間月色。「煙外」三句描寫月夜西湖，波冷煙淡，湖面如鏡，人去歌杳，一片寂靜空明。此為遠景，「怨鶴」兩句轉到近景，描寫園林月色，更深漏盡，夜鶴幽怨，月光穿過竹林映照簾幕。「怨鶴」可與上片「倦鵲」呼應，透出幾許秋月之淒涼，接下「短髮」數句遂跌入身世感慨，筆意則攝取杜甫〈九日藍田崔氏莊〉：「老去悲秋強自寬，興來今日盡君歡。羞將短髮還吹帽，笑倩傍人為正冠。……明年此會知誰健，醉把茱萸仔細看。」「弄影」句又化用李白〈月下獨酌〉詩句，關合吟臺觀月。

詞作切合登樓賞月，以描寫秋夜月色為主，結構章法上貫穿時、空二脈：時間上從黃昏到夜深，空間上從碧空到遠處湖面、近邊庭園，筆路層次清晰。詞境恢廓明麗，情思淡雅悠遠。

高陽臺 落梅

飄粉杯寬，盛香袖小❶，青青半掩苔痕❷。竹裏遮寒，誰念減盡芳雲。么鳳叫晚吹晴雪❸，料水空、煙冷西泠❹。感凋零。殘縷遺鈿❺，迤邐❻成塵。

東園曾趁花前約，記按箏籌酒❼，戲挽飛瓊❽。環佩無聲❾，草暗臺榭春深。欲倩怨笛傳清譜❿，怕斷霞、難返吟魂⓫。轉消凝。點點隨波，望極江亭⓬。

【注釋】❶飄粉二句　言梅花飄飛，把酒暢飲，花香盈袖。辛棄疾〈鷓鴣天〉（秋水長廊水石間）：「人間路窄酒杯寬。」吳文英〈高陽臺・落梅〉：「宮粉雕痕，仙雲墮影。」❷青青句　言青苔半為落梅所掩蓋。❸么鳳句　言傍晚落梅似晴雪，春鳥歸鳴。姜夔〈暗香〉（苔枝綴玉）：「有翠禽小小，枝上同宿。」舊題柳宗元《龍城錄》載隋開皇間，趙師雄至羅浮，一日醉臥松林間，夢與一淡妝素服女子歡飲，「有一綠衣童來笑歌戲舞」，醒來「乃在大梅花樹下，上有翠羽，啾嘈相顧」。❹西泠　橋名，在杭州西湖孤山西北。張炎〈高陽臺・西湖春感〉（接葉巢鶯）：「萬綠西泠，一抹荒烟。」❺殘縷句　以女子香豔飾物喻梅花。鈿，金花，女子首飾。❻迤邐　連綿曲折。柳永〈六么令〉（澹煙殘照）：「溪邊淺桃深杏，迤邐採春色。」❼籌酒　飲酒遊樂。籌，指酒籌，飲酒計數之具。周密〈酹江月〉（奩霏浄洗）：「忍記倚桂分題，簪花籌酒，處處成陳跡。」❽飛瓊　傳說中的仙女許飛瓊，為西王母侍女。此指歌妓。❾環佩句　喻梅花無聲凋零。姜夔〈疏影〉（苔枝綴玉）：「想珮環月夜歸來，化作此花幽獨。」❿欲倩句　言欲請人吹奏玉笛詠落梅。古笛曲有〈梅花落〉，郭茂倩《樂府詩集》卷二十四〈漢橫吹曲・梅花落〉題解云：「〈梅花落〉，本笛中曲也。按唐大角曲亦有〈大單于〉、〈小單于〉、〈大梅花〉、〈小梅花〉等曲。今其聲猶有存者。」⓫怕斷霞句　言落梅如斷霞，離魂難返。吳文英〈高陽臺〉（宮粉雕痕）：「離魂難倩招清些。」⓬轉消凝三句　意謂凝愁遠望江亭，點點落梅隨波流逝。吳文英〈探春〉（苔徑曲深深）：「暗相思，梅孤瘦，共江亭暮。」

【語譯】粉色梅花飄零，把酒暢飲，幽香滿衣袖，青青苔痕半被掩。竹林遮寒，梅花凋盡有誰憐。傍晚鳥鳴，落梅似晴日飛雪，料想西泠煙水空濛清冷。歎梅花凋零，似佳人殘縷遺鈿，綿延落泥中，化為塵。曾經東園聚歡梅花前，猶記彈箏飲酒遊樂，佳人相依伴。梅花零落無聲息，臺榭春深，芳草幽暗。欲喚玉笛譜清曲，怕梅花飄落似雲霞飛逝，芳魂難招返。凝愁遠望江亭，波蕩落梅點點。

【研析】這是一首題詠落梅的詞作。起筆切題而入，言落梅如飄粉，灑落在酒杯中、衣袖上，掩蓋大半苔痕，而詞中人把杯對落梅之畫面顯露其間。「竹裏」四句蕩開筆調，分別展現竹裡、晚晴、西泠之梅花飄零情狀，以「芳雲」、「晴雪」為喻，以鳥鳴、煙水為襯，「誰念減盡」、「水空煙冷」之用語則蘊含感傷淒涼情味。其情其景自然歸結於「感凋零」之悵歎。「殘縷」二句再承「凋零」二字作渲染，有玉殞香消之哀豔。

上片已寫足落梅之狀、凋零之感，過片轉筆追憶東園賞梅之宴樂，為憐惜梅花之凋零作鋪墊。「環佩」二句跳出追憶，落筆到梅花悄然凋謝後的淒清景象：春深草暗，臺榭寂然。「欲倩」句以下抒寫對落梅的深情憐惜：一則落梅難返故枝，欲託清曲留下梅花芳魂；二則花落流水無奈何，只能凝愁目送點點落梅隨波遠去。一種心曲，一幅畫面，情韻無盡。

全詞詠物言情脈絡清晰，筆調清雅婉麗。

法曲獻仙音

官圃賦梅繼草窗韻❶

雲木槎枒❷，水蕻❸搖落，瘦影半臨清淺❹。翠羽迷空❺，粉容羞曉❻，年華柱絃頻換❼。甚何遜❽、風流在，相逢共寒晚。

總依黯❾。念當時、看花游冶，曾錦纜移舟，寶箏隨輦❿。池苑鎖荒涼⓫，嗟事逐、鴻飛天遠⓬。香徑無人，甚蒼蘚、黃塵自滿。聽鴉啼春寂，暗雨蕭蕭吹怨。

【注　釋】❶官圃句　聚景園詠梅，和周密（字公謹，號草窗）詞韻。官圃，指聚景園，為西湖附近御園。周密《武林舊事》卷四「御園」：「聚景園，清波門外，孝宗致養之地，堂扁皆孝宗御書。淳熙中屢經臨幸。嘉泰間，寧宗奉成肅太后臨幸。其後並皆荒蕪不修。」草窗韻，指周密詞作〈法曲獻仙音・吊雪香亭梅〉。同時和作尚有王沂孫〈法曲獻仙音・聚景亭梅次草窗韻〉。❷雲木句　高大喬木枝杈橫生，參差不齊。槎枒，樹木枝杈參差的樣子。❸水蘋　水草名，花紅色或白色。皇甫松〈天仙子〉：「晴野鷺鷥飛一隻，水蘋花發秋江碧。」❹瘦影句　梅枝瘦影半入清溪。此化用林逋〈山園小梅〉詩句：「疏影橫斜水清淺。」❺翠羽句　言翠鳥為景所迷。❻粉容句　言清曉梅花嬌容羞澀。❼年華句　感慨年華流逝。此化用李商隱〈錦瑟〉詩句：「錦瑟無端五十絃，一絃一柱思華年。」❽何遜　字仲言，東海郯（今山東郯城）人。南朝梁詩人，有詠梅詩〈揚州法曹梅花盛開〉（又題〈詠早梅〉）云：「兔園標物序，驚時最是梅。銜霜當路發，映雪擬寒開。」❾依黯　惆悵依依。王沂孫〈醉蓬萊〉（掃西風門徑）：「試引芳尊，不知消得幾多依黯。」❿曾錦纜二句　言皇家舟車遊幸，歌舞盛歡。杜甫〈秋興〉：「珠簾繡柱圍黃鵠，錦纜牙檣起白鷗。迴首可憐歌舞地，秦中自古帝王州。」⓫池苑句　言池苑殿閣深鎖，一片荒涼。杜甫〈哀江頭〉：「江頭宮殿鎖千門，細柳新蒲為誰綠。」⓬嗟事逐句　歎事往如鴻飛天際，杳不可尋。周邦彥〈西平樂〉（稺柳蘇晴）：「歎事逐孤鴻去盡，身與塘蒲共晚。」

【語　譯】喬木枝丫交錯，水蘋臨風搖落，疏梅瘦影，半映水中清淺。翠鳥迷空，花容嬌羞臨清曉，年華頻更變，似絃移柱換。正如何遜當年，風雅流韻猶在，相逢寒梅共度晚。　總是悵然傷感。想當年賞花遊冶，曾見錦纜蕩華舟，歌舞隨帝輦。池苑樓殿空鎖，一派荒涼，歎往事已去，似鴻飛天遠。芳徑寂靜無人，只遍布黃塵苔蘚。耳畔烏鴉啼鳴，春色寂寂，陰雨綿綿，蕭蕭風吹如怨。

【研　析】這首詠梅之作為詞人與周密等人同遊荒廢的御苑——聚景園時所賦，寓情於物，觸景傷懷，抒寫深深的故國悲慨。

詞作上片描寫聚景園之梅。起筆二句以「雲木」、「水蘋」作鋪襯，高大的喬木縱橫交錯，湖上水草飄搖零落，透出人煙寂寥氣象。「瘦影」句點出水邊梅花，化用林逋詠梅名句「疏影橫斜水清淺」，描畫梅花清瘦風姿。言「半臨」，見出筆致之細膩。「翠羽」二句寫清曉梅花之嬌羞情狀，以翠鳥為陪襯。「粉容羞曉」字面呈現佳人嬌容羞澀之態，與「年華」句化用李商隱〈錦瑟〉之「一絃一柱思華年」，情境諧洽。其年華暗換之感慨則與何遜〈詠早梅〉所言「兔園標物序，驚時最是梅」意趣相通，下句遂以「何遜風流」擬比今日賞梅賦詞，「共寒晚」三字透出幾許淒涼情味。

過片「總依黯」三字重墨點染傷感情調。「念當時」三句追憶昔日皇家遊賞聚景園之繁華歡樂盛況。「池苑」句從追念轉回現實，「鎖荒涼」三字悲慨滯重，令人想到杜甫〈哀江頭〉之「江頭宮殿鎖千門，細柳新蒲為誰綠」。「嗟事逐」句回挽追念情事，悵歎昔日盛遊之事已成過往，如飛鴻遠去。「香徑」兩句承「荒涼」二字作渲染：芳徑無人，青苔黃塵遍布。結末「啼鴂」二句以寂寂春色中的鴂啼聲聲、風雨蕭蕭寄寓哀怨悲涼之情，「寂」、「怨」二字顯露詞情。

一萼紅

寄弁陽翁❶

過薔薇。正風暄❷雲淡，春去未多時。古岸停橈，單衣試酒❸，滿眼芳草斜暉。故人老、經年賦別❹，燈暈裏、相對夜何其❺。泛剡清愁❻，買花芳事，一卷新詩。流水孤帆漸遠，想家山猿鶴，喜見重歸❼。北阜尋幽，青津問釣❽，多情楊柳依依。最難忘、吟邊舊雨❾，數菖蒲、花老是來期❿。幾夕相思夢蝶，飛繞蘋溪⓫。

【注　釋】❶弁陽翁　指周密（西元一二三二—一二九八年），字公謹，號草窗，濟南（今屬山東）人，寓居湖州，有白蘋溪、四水、弁山，又號蘋洲、四水潛夫、弁陽老人。❷風暄　春風和暖。趙師俠〈永遇樂〉：「日麗風暄，暗催春去。」❸單衣句　指穿單衣嘗新酒之時節。周邦彥〈六醜・薔薇謝後作〉：「正單衣試酒，悵客裏、光陰虛擲。」❹經年賦別　長年別離。柳永〈少年遊〉（一生贏得淒涼）：「王孫動是經年別。」❺夜何其　意謂夜深無眠。《詩・小雅・庭燎》：「夜如何其，夜未央。」❻泛剡句　言深夜思友之愁。《世說新語・任誕》：「王子猷居山陰，夜大雪。……忽憶戴安道。時戴在剡，即便夜乘小船就之。」❼想家山二句　料想友人歸鄉受歡迎情狀。此反用孔稚珪〈北山移文〉借猿鶴諷刺假隱士周顒出山為官之意：「蕙帳空兮夜鶴怨，山人去兮曉猿驚」。❽北皐二句　言山間探幽，溪邊垂釣。北皐，北山。皐，丘陵。謝靈運〈田南樹園激流植援〉：「卜室倚北阜，啟扉面南江。」❾吟邊舊雨　指往日與友吟詩賦詞。舊雨，代指故友。杜甫〈秋述〉：「常時車馬之客，舊雨來，今雨不來。」謂往常賓客遇雨也來，而今遇雨不來。楊萬里〈秀野堂〉：「新安見底正如此，舊雨故人從不來。」❿數菖蒲句　期待菖蒲花老時重聚。菖蒲，水草名，初夏開花。「花」字原缺，據《彊村叢書》本《龜溪二隱詞》校補。⓫幾夕二句　意謂連日相思夢繞故友家鄉。夢蝶，用莊周夢蝴蝶典故。見《莊子・齊物論》。蘋溪，指白蘋溪，在湖州，周密居此，因號蘋洲。趙湘〈寄湖州刁殿丞〉：「白蘋溪湛五亭寒，物象全宜謝守閒。」

【語　譯】已過薔薇花期，正風和雲淡，春歸未多時。古岸繫舟，單衣時節嘗新酒，滿目芳草映斜暉。故人漸老，長年別離，燈下夜話，相對無寐。思友之清愁，春事之觸懷，賦就一卷新詩。　流水送孤帆，漸行漸遠，料想故山猿鶴喜迎故人重歸。北山探尋幽趣，芳溪津渡垂釣，多情楊柳相伴依依。最難忘昔日與友唱和，期待菖蒲花老重相會。連日相思入夢化蝴蝶，翩翩飛繞白蘋溪。

【研　析】弁陽老人周密曾自述：「歲丁丑（西元一二七七年），吾廬破，始去而寓杭。燕雀過故墟，猶有噍啁之意，況先中丞迨先人三世之墓故在霅。歲一至或再至焉，輒徬徨不忍去。」（牟巘〈周公謹復菴記〉）本詞蓋為周密自錢塘歸湖州途經德清，詞人與之短聚而分別後的寄贈之作。起筆三句寫景鋪墊，點明時節。春夏之交，風暖雲淡。筆調中蘊含久別相逢的欣悅之情。「古岸」三句敘述短暫相聚後的送別情形：行船待發，把酒辭別，滿目芳草斜陽。「故人老」二句言臨別之夜，感慨年華老去，長年離別，燈下相對無眠。此「故人」可指友人，亦可為詞人對友自稱。「泛剡」三句承「經年賦別」，言別離期間，思友之清愁，春事之感觸，都付諸一卷新詩。

過片與上片「古岸停橈」呼應，言友人起程歸鄉，「孤帆漸遠」。「想家山」五句料想友人歸鄉後之情形：前二句言故山猿鶴喜迎友人回歸，則鄉親歡欣之情見於言外；後三句言友人久別重歸後對家鄉山水的愛賞依戀。友人的山水雅趣觸發詞人追想往日與之同遊吟賞，詞筆遂轉入對友人的思念，期待菖蒲花老之時再相聚。「數菖蒲、花老是來期」，當指約定的重聚。末二句再以連日夢繞蘋溪傾訴對友人的無限思念，情韻不盡，亦關合詞題旨趣。

詞作多以畫面場景寄寓深摯友情，敘事脈絡隱於其中，筆調雅麗，情韻和婉。

高陽臺

寄題蓀壁山房❶

石筍埋雲，風篁嘯晚❷，翠微❸高處幽居。縹簡雲籤❹，人間一點塵無。綠深門戶啼鵑外，看堆牀、寶晉❺圖書。儘蕭閒，浴硯臨池，滴露研朱❻。

舊時曾寫桃花扇，弄霏香秀筆❼，春滿西湖。松菊依然，柴桑自愛吾廬❽。冰絃玉麈風流在❾，更秋蘭、香染衣裾。照窗明，小字珠璣，重見歐虞❿。

【注　釋】❶蓀壁山房　金應桂晚年所築別墅，在西湖南山風篁嶺。金應桂，字一之，號蓀壁。錢塘人。能詞章。宋季為縣令。入元隱居風篁嶺。❷石筍二句　白雲繞怪石，晚風鳴竹林。《方輿勝覽》卷一「臨安府」：「風篁嶺，修篁怪石，風韻淒然，因名風篁嶺。」❸翠微　山色輕淡蒼翠。此指青山。吳文英〈霜葉飛・重九〉（斷煙離緒關心事）：「但約明年，翠微高處。」❹縹簡句　指蓀壁山房所藏道教書籍。縹簡，青簡，指書卷。雲籤，指道書。道教典籍有《雲笈七籤》。吳文英

〈丹鳳吟・賦陳宗之芸居樓〉（麗錦長安人海）：「縹簡離離，風籤索索。」張鎡〈題天台凝真宮陳道士緣化藏經既成求詩還山〉：「萬笈雲籤來北闕，一朝寶翰得東明。」戚輔之《佩楚軒客談》載金應桂築蓀壁山房，「中設圖史古奇器。客至，撫摩諦玩，清談纚纚不得休」。❺寶晉　指珍貴法帖。北宋書法家米芾酷嗜古法書，齋名寶晉齋，藏晉人法帖。❻滴露句　指煉丹。朱，指朱砂，為道家煉丹原料。❼弄霏香句　言秀筆描芳菲。霏香，飄香，指花卉。❽松菊二句　言金應桂如陶淵明之閒居，松菊繞屋，自愛其廬。柴桑，古縣名，治所在今江西九江縣，為陶淵明家鄉。此代指陶淵明，其〈歸去來兮辭〉云：「三徑就荒，松菊猶存。」〈讀山海經〉云：「孟夏草木長，遶屋樹扶疎。眾鳥欣有託，吾亦愛吾廬。」❾冰絃句　或彈琴，或清談，風雅流韻依然。冰絃，指琴。玉麈，玉柄拂麈，麈尾所製。魏晉名士清談常持以助談勢。蘇軾〈減字木蘭花・琴〉（神閒意定）：「玉指冰絃，未動宮商意已傳。」〈次韻王鞏顏復同泛舟〉：「舞腰似雪金釵落，談辯如雲玉麈飛。」❿小字二句　言金應桂書法美如珠玉，如歐陽詢、虞世南之再世。歐、虞，指初唐書法家歐陽詢、虞世南。戚輔之《佩楚軒客談》載金應桂「能歐書」。

【語　譯】怪石聳立於雲霧間，竹林嘯鳴在晚風中，幽居青山高處。青簡道籍，不染半點人間塵俗。綠樹掩映門戶，啼鵑聲聲，滿架法帖圖書。悠閒隨性，臨池洗硯，聚露煉丹。　往昔曾繪桃花扇，秀筆描芳菲，春色滿西湖。松菊依舊，似淵明自愛其廬。倚絃弄曲，揮麈清談，風雅流韻如故。更有秋蘭芳馨，侵染衣襟。窗明几淨，小字俊美如珠玉，宛如歐、虞重生。

【研　析】詞題蓀壁山房，筆調圍繞山房及其主人而展開。山房所在之西湖南山風篁嶺，「修篁怪石，風韻凄然」（《方輿勝覽》卷一）。詞作即從風篁嶺入筆，寫景如畫：山石聳立，雲霧繚繞，晚風吹拂，竹鳴蕭蕭。「翠微」一句點出山房：幽隱於青山高處。「縹簡」數句描述山房內外：內藏道籍圖史，法書名帖，不染半點塵俗；外有茂林掩映，鵑鳥和鳴。幽居背景鋪墊已足，「儘蕭閒」三句遂呈現幽居之人：或臨硯作書，或聚露煉丹，悠然蕭閒。

詞作下片仍承上描寫山房主人。「舊時」三句追述其往日西湖春遊情事，題詩作畫，秀筆弄芳菲。「松菊」二句轉回到如今的山房幽居，以「性本愛丘山」、「吾亦愛吾廬」之陶淵明為喻。「冰絃」句以下細述山房主人之日常生活：或獨自撫絃弄曲，或與客揮麈清談，風流雅韻悠然；或窗明几淨，凝神書小字，美如珠璣。此與上片末尾相應互補，於友人山房幽居之生活場景中展現其高潔脫俗、風雅閒逸之情趣。

詞作依次呈現山房之所處、所藏以及山房主人之日常生活情事，脈絡清晰，筆調清雅。

探芳訊

湖上春游繼草窗❶韻

對芳晝。甚怕冷添衣，傷春疏酒。正緋桃如火，相看自依舊。閒簾深掩梨花雨❷，誰問東陽瘦❸。幾多時，張綠鶯枝❹，墮紅鴛甃❺。

隄上寶鞍驟❻。記草色熏晴❼，波光搖岫。蘇小❽門前，題字尚存否。繁華短夢隨流水，空有詩千首。更休言，張緒❾風流似柳。

【注　釋】❶草窗　指周密（西元一二三二—一二九八年），字公謹，號草窗。❷梨花雨　指佳人流淚。白居易〈長恨歌〉：「玉容寂寞淚闌干，梨花一枝春帶雨。」❸東陽瘦　指憔悴瘦損。《南史・沈約傳》：沈約出守東陽，與友人書云：「百日數旬，革帶常移孔，以手握臂，率計月小半分。」❹張綠句　柳枝濃綠。鶯枝，指柳枝。張，柯本作「漲」。❺鴛甃　用對稱的磚瓦砌成的井壁。此指井臺。秦觀〈水龍吟〉（小樓連苑橫空）：「賣花聲過盡，斜陽院落，紅成陣，飛鴛甃。」❻寶鞍驟　寶馬奔馳。秦觀〈水龍吟〉：「小樓連苑橫空，下窺繡轂雕鞍驟。」❼草色熏晴　晴日綠草芳馨。歐陽脩〈踏莎行〉（候館梅殘）：「草熏風暖搖征轡。」❽蘇小　南齊錢塘名妓。此泛指歌妓。郭茂倩《樂府詩集》卷八十五古辭〈蘇小小歌〉題解：「《樂府廣題》曰：『蘇小小，錢塘名倡也。』蓋南齊時人。」❾張緒　南朝齊吳郡吳人，美風姿，清簡寡欲，吐納風流。齊武帝植蜀柳於太昌靈和殿前，常賞玩咨嗟曰：「此楊柳風流可愛，似張緒當年時。」見《南史・張裕傳》。

【語　譯】身當芳春白晝，正怕冷添衣，悵然傷春，疏離杯酒。桃花盛開紅似火，相看自依舊。珠簾低垂深掩，梨花飄飛如雨，傷愁瘦損誰問候！春日能幾時！柳枝綠蔭深濃，井臺落花飄墜。 堤上寶馬馳騁，猶記晴日春草芳馨，粼粼波光搖蕩青山倒影。不知蘇小門前，題字依然在否？繁華短暫如夢隨流水，空留下詩千首。更休說，張緒當年風姿美如柳。

【研 析】這首和韻詞作抒寫西湖春遊傷感情懷。上片芳春晴晝之美景與憔悴傷春之情懷相反相成。起筆三句即為全詞情境定調，時當美好春晝，人卻「怕冷添衣，傷春疏酒」。「正緋桃」四句仍承「芳晝」、「傷春」而行筆：桃紅似火，梨花如雨，此為「芳晝」之美景；景物依舊，人則深掩重簾，寂寥瘦損，此為「傷春」之愁苦。「幾多時」，一聲悵歎：春已無多！楊柳綠已深濃，井臺落紅紛紛。

下片睹今追昔，感慨繁華易逝，風流不再。過片所呈現的湖堤寶馬馳騁畫面為今日場景，亦觸發詞人對昔日湖上春遊的追憶：晴光草色輝映飄芳，波光粼粼，山影蕩漾。良天美景，賞心樂事，題字賦詩，雅興飛揚。「蘇小」句以下轉回今日之感慨：繁華如夢，隨流遠逝，人已不復當年之風雅流韻，想起昔日蘇小門前題字，吟詠昔日青春歡賞詩篇，徒增流光拋人去、萬事轉頭空之悲涼。

詞作以情馭景，今昔映襯，筆調婉麗，節奏流轉跌宕，詞情感慨蘊藉。

祝英臺近❶

杏花初，梅花過，時節又春半。簾影飛梭，輕陰小庭院。舊時月底秋千，吟香醉玉❷，曾細聽、歌珠❸一串。忍重見。描金小字題情❹，生綃合歡扇❺。老了劉郎❻，天遠玉簫伴❼。幾番鶯外斜陽，闌干倚遍，恨楊柳、遮愁不斷。

【注　釋】❶此詞一本題作「後溪次周草窗韻」。周密有同韻詞作〈祝英臺近・後溪次韻日熙堂主人〉。❷醉玉　醉酒。《世說新語・容止》：山濤謂嵇康「其醉也，傀俄若玉山之將崩」。吳文英〈高陽臺〉（風裊垂楊）：「應戀花洲，醉玉吟香。」❸歌珠　言歌聲圓潤流轉如珠玉。❹描金句　指作畫題字表深情。❺合歡扇　團扇。班婕妤〈怨歌行〉：「新裂齊紈素，皎絜如霜雪。裁為合歡扇，團團似明月。」❻劉郎　指情郎。此用劉晨、阮肇入天台山遇仙典故，見《太平御覽》卷四十一引《幽明錄》。❼天遠句　指歌姬遠離或亡故，遺留玉簫相伴。

【語　譯】杏花初綻，梅花過後，時節又到春半。簾影飄拂如飛梭，輕陰灑落小庭院。昔時月映秋千，粉香吟醉歡賞，曾細聽妙歌如珠成串。　怎忍重見，詩情畫意，凝留生綃團扇。劉郎已老，天各一方，唯有玉簫相伴。多少回鶯啼斜陽時，倚遍欄杆，恨那楊柳，遮不斷心中愁怨。

【研　析】此詞抒寫對遠別抑或亡故之歌姬的思念之情。起筆三句言時節，春已過半。「又」字透出對時光流逝、別久愁思之悵然無奈心境，亦為全詞定下情調色澤。「簾影」兩句言居所，風吹簾動，小院輕陰。場景如故，記憶中浮現出往日歌吟醉賞情形：明月臨照，秋千搖蕩，粉香迷醉，歌聲如珠。

過片從追憶中跳出，落筆到眼前的合歡扇，凝結兩情歡賞意趣的扇面詩畫，令怨別中人不忍重看。無限思念之悲盡在「忍重見」三字中。「老了劉郎」句以下筆調反身直抒相思愁苦情懷。垂垂老去，玉人天遠，相見無期，多少次倚遍欄杆，望極斜陽，聽徹鶯啼，恨茫茫煙柳遮不斷綿綿愁怨。末三句之悲愁有似辛棄疾〈摸魚兒〉（更能消幾番風雨）之「休去倚危欄，斜陽正在、烟柳斷腸處」。前人詩詞中，楊柳只能惹離愁、添別怨，何曾遮斷愁，此言「楊柳遮愁不斷」，可謂合情順理而筆致生新。

詞作觸景追懷，睹物思人，筆調綿婉，詞情悲怨。

踏莎行　題草窗十擬❶後

紫曲❷迷香，綠窗❸夢月。芳心如對春風說。蠻牋象管❹寫新聲，幾番曾試瓊壺觖❺。

庾信書愁❻，江淹賦別❼。桃花紅雨梨花雪。周郎❽先自足風流，何須更擬秦笙❾咽。

【注釋】❶草窗十擬　指周密所作〈傚顰十解〉，擬《花間》及南宋辛棄疾、盧祖皋、史達祖等詞人，其中〈醉落魄・擬二隱〉（餘寒正怯）即傚仿李彭老、李萊老。❷紫曲　帝都曲巷。吳文英〈三姝媚〉（湖山經醉慣）：「紫曲門荒，沿敗井、風搖青蔓。」❸綠窗　指女子閨閣。溫庭筠〈菩薩蠻〉（玉樓明月長相憶）：「花落子規啼，綠窗殘夢迷。」❹蠻牋象管　指紙與筆。羅隱〈清溪江令公宅〉：「蠻牋象管夜深時，曾賦陳宮第一詩。」蠻牋，指蜀箋，唐時四川所造彩色花紙。象管，筆之美稱，或有象牙為飾。❺幾番句　言多次擊節歌唱。瓊壺觖，《晉書・王敦傳》載敦每酒後歌曹操樂府詩〈龜雖壽〉「老驥伏櫪，志在千里。烈士暮年，壯心不已」之句，「以如意打唾壺為節，壺邊盡缺。」觖，通「缺」。❻庾信書愁　庾信作〈愁賦〉。庾信，北周文學家，有〈愁賦〉云：「誰知一寸心，乃有萬斛愁。」見葉廷珪《海錄碎事》卷九下。❼江淹賦別　江淹作〈別賦〉。江淹，南朝梁文學家，有〈別賦〉、〈恨賦〉。❽周郎　三國時周瑜。此借指周密。史稱周瑜妙解音律，時人謂「曲有誤，周郎顧」。見《三國志・吳書・周瑜傳》。❾秦笙　即笙。秦穆公時人蕭史善吹簫，笙簫通稱，故稱秦笙。庾信〈周冠軍公夫人烏石蘭氏墓誌銘〉：「留連趙瑟，悽愴秦笙。」

【語譯】帝都坊曲芳香彌漫，綠窗佳人殘夢映月。如臨春風，細把芳心訴說。蜀箋綵筆賦新詞，幾番擊節而歌，銅壺敲缺。

庾信寫愁懷，江淹賦別怨，桃花紛紛如紅雨，梨花飄飄似白雪。周郎本自足風流，何須更擬秦笙嗚咽。

【研析】周密〈倣顰十解〉中十首小詞，兩首題詠拒霜（木芙蓉）、茉莉之外，其餘均為麗情婉約之作。本詞起筆三句即對周密十首擬作情境的形象描述：粉香迷漫的帝都坊曲，夢映冷月的綠窗簾下，佳人如對春風傾訴芳心。「蠻牋」兩句直筆切題，點明周密擬作，凸顯其音律諧婉可歌。

詞作下片轉到對周密擬作之舉的評價。前三句意謂詞人各有其情，詞作各具面貌，如庾信以〈愁賦〉聞名，江淹以〈別賦〉著稱，桃花紛紛如紅雨，梨花飄飄似白雪。各呈風華，難求一色，則擬倣大可不必。末二句順承此意，言周郎自具風流，何須倣仿他人！

本詞有題跋之意，構思周備，脈絡清晰，筆調雅麗。

浪淘沙

潑火雨❶初晴。草色青青。傍檐垂柳賣春餳❷。畫舫載花花解語，綰燕吟鶯❸。

簫鼓入西泠❹。一片輕陰。鈿車羅蓋競歸城❺。別有水窗❻人喚酒，弦月初生。

【注釋】❶潑火雨　舊俗寒食禁火，其時下雨，稱潑火雨。白居易〈洛陽寒食作〉：「蹴毬塵不起，潑火雨新晴。」❷春餳　春天用麥芽、糯米熬成的飴糖。朱松〈寒食〉：「粥冷春餳凍，泥開臘酒斟。」❸畫舫二句　言畫船上佳人歌舞歡賞。花解語，喻指美女。王仁裕《開元天寶遺事》卷三「解語花」條：「明皇秋八月，太液池有千葉白蓮數枝盛開。帝與貴戚宴賞焉。左右皆歎羨久之，帝指貴妃示於左右曰：『爭如我解語花？』」綰燕吟鶯，指歌女舞姬。綰，牽挽。❹簫鼓句　言西泠橋裏湖歌舞盛歡。西泠，橋名，在杭州西湖孤山西北。周密《武林舊事》卷三「都人遊賞」：「都人士女，兩堤駢集，幾於無置足地。水面畫楫櫛比如魚鱗，亦無行舟之路。歌歡簫鼓之聲，振動遠近。其盛可以想見。若遊之次第，則先南而後北，至午則盡入西泠橋裏湖，其外幾無一舸矣。弁陽老人有詞云：「看畫船、盡入西泠，閒卻半湖春色。」蓋紀實也。」❺鈿車句　言遊人乘車歸城。周密《武林舊事》卷三「都人遊賞」：「至花影暗而月華生，始漸散去，絳紗籠燭，車馬爭門。」鈿車，金花裝飾之車。羅蓋，錦羅車蓋。白居易〈春來〉：「金谷蹋花香騎入，曲江碾草鈿車行。」❻水窗　臨水之窗。韋莊〈更漏子〉（鐘鼓寒）：「燈背水窗高閣。」

【語　譯】寒食雨後新晴，草色青青。簷邊柳絲垂拂，時有賣餳聲。畫船上，佳人如花，歌舞歡賞。笙簫鼓樂入西泠，湖上漫輕陰。香車華蓋競歸城。臨水窗邊，有人喚酒，一彎新月初升。

【研　析】本詞描寫西湖寒食遊賞之盛。起筆三句點明時節，展現雨後初晴、芳草青青、柳絲垂拂畫面，為西湖遊賞作鋪墊。「畫舫」二句，詞筆直攝湖上畫船士女歡賞場景，佳人如花，鶯歌燕舞。

詞作下片轉而描述午後西泠橋內湖遊樂景象。周密《武林舊事》卷三載「都人士女」西湖遊賞之盛云：「歌歡簫鼓之聲，振動遠近。其盛可以想見。若遊之次第，則先南而後北，至午則盡入西泠橋裏湖，其外幾無一舸矣。」此即本詞過片所言「簫鼓入西泠」。「一片輕陰」二句則言天色漸晚，湖面輕陰迷漫，遊人競相歸返。「別有」句又蕩開一筆，切入臨水窗下呼朋喚酒畫面，為晝日盛遊之延續。末句「弦月初生」，既回應「歸城」，又與首句「初晴」之開啟晝日遊賞相呼應，暗示出歌酒宴賞之歡宵的開始，引人想像，餘韻不盡。

詞作以時間線索貫穿遊賞之場景畫面，脈絡清晰，筆調生動。

四字令

蘭湯❶晚涼。鸞釵半妝。紅巾膩雪❷吹香。擘蓮房賭雙❸。羅紈素璫❹。

冰壺❺露牀❻。月移花影西廂。數流螢過牆。

【注釋】❶蘭湯　沐浴之芳香溫水。《楚辭・九歌・雲中君》：「浴蘭湯兮沐芳，華采衣兮若英。」❷膩雪　喻女子潤澤白潔之肌膚。❸擘蓮房句　指掰開蓮蓬數蓮子以占卜情緣。❹羅紈素璫　言身穿羅紈，耳綴明珠。〈孔雀東南飛〉：「腰若流紈素，耳著明月璫。」璫，耳墜。❺冰壺　月空。辛棄疾〈滿江紅・中秋寄遠〉（快上西樓）：「誰做冰壺涼世界，最憐玉斧修時節。」❻露牀　井床。吳文英〈鶯啼序〉（天吳駕雲閬海）：「天街潤納璇題，露牀夜沉秋緯。」

【語譯】沐浴蘭香晚來涼，鸞釵斜插半梳妝。紅巾掩映雪膚，風吹陣陣香。手掰蓮蓬，猜賭蓮子是否成雙。

身曳羅紈，耳綴明璫。月空皎潔，露滴井床。月移花影到西廂，細數流螢飛過牆。

【研析】這是一首閨情小詞，頗有《花間》韻味。起筆三句描述美人晚涼新浴，妝容半整，紅巾掩映，雪膚飄香。香豔中透出慵倦之情。「擘蓮房」三字為一定格畫面：女子纖手剝蓮房。「賭雙」二字為女子內心所想：猜測蓮子是否成雙。此一舉止流露出女子對情愛的期待。

詞作下片轉到月下庭前，夜空冰潔，井床露滴。女子身曳羅衣，耳綴明珠，靜看月移花影到西廂，默數流螢飛過牆。情境令人想到元稹《鶯鶯傳》中崔鶯鶯答張生詩：「待月西廂下，迎風戶半開。拂牆花影動，疑是玉人來。」但筆調含而不露，耐人尋味。

詞作以場景畫面、女子舉止暗示閨中情事，詞境婉麗幽隱。

生查子

羅襦隱繡茸❶，玉合消紅豆❷。深院落梅鈿❸，寒峭收燈後❹。心事卜金錢❺，月上鵝黃柳❻。拜了夜香休❼，翠被聽春漏❽。

【注釋】❶羅襦句　指絨繡羅綢短襖。溫庭筠〈菩薩蠻〉（小山重疊金明滅）：「新貼繡羅襦，雙雙金鷓鴣。」❷玉合句言玉盒斂藏紅豆。合，通「盒」。韓偓〈玉合〉：「羅囊繡兩鳳皇，玉合雕雙鸂鶒。中有蘭膏漬紅豆，每回拈著長相憶。」❸梅鈿　梅花狀首飾。鈿，金花，女子首飾，貼於鬢際。吳文英〈瑞龍吟〉（黯分袖）：「西湖到日，重見梅鈿皺。」❹收燈後　指元宵之後。吳文英〈探芳信〉（為春瘦）：「雨聲樓閣春寒裏，寂寞收燈後。」❺心事句　擲錢占卜心事。于鵠〈江南曲〉：「眾中不敢分明語，暗擲金錢卜遠人。」《齊東野語》卷六載吳仲孚〈傷春〉絕句：「白髮傷春又一年，閒將心事卜金錢。」❻月上句　鵝黃，淺黃，柳芽之色。歐陽脩〈生查子〉（去年元夜時）：「月上柳梢頭，人約黃昏後。」❼拜了句　指夜間焚香拜月祈願。張孝祥〈瑞鷓鴣〉（香珮潛分紫繡囊）：「從今千里同明月，再約圓時拜夜香。」❽漏　古代計時工具。

【語譯】羅襦隱現絨繡，玉盒珍藏紅豆。庭院深深，花鈿遺落，春寒料峭收燈後。　心事滿腹，擲錢占卜。鵝黃柳，明月上枝頭。夜深焚香拜月後，擁翠被，靜聽春漏。

【研析】這首小詞抒寫閨中女子元宵盛歡過後的寂寞相思。起筆二句言女子服飾、玉盒，均暗示相思情懷：「羅襦隱繡茸」未明言絨繡圖案，卻令人想到溫庭筠〈菩薩蠻〉（小山重疊金明滅）之「新貼繡羅襦，雙雙金鷓鴣」，其隱約可見的「繡茸」當亦惹人相思；「玉合消紅豆」之「紅豆」明喻相思之情，「消」字頗覺生新，當解作消納，亦即斂藏，而非消解、消融之意。以玉盒藏紅豆喻女子心懷相思，新穎而貼切。「深院」二句呈現元宵過後的寂靜深院，春寒料峭。「落梅鈿」、「收燈」，透露出元宵觀燈歡賞情狀，凸顯「收燈後」之淒清悵落，「寒峭」亦兼指心境。

上片或以物象暗示，或以背景襯托，女子情懷則隱而未現。過片點明「心事」，開啟下片筆路。擲錢占卜、焚香拜月，均為「心事」所驅遣。「月上鵝黃柳」承「心事」而作渲染，令人想到「月上柳梢頭，人約黃昏後」之情境，暗示出男女相思情事。「翠被聽春漏」亦為「心事」所致，擁被難眠，靜聽春漏聲聲，愁思悠悠。

李萊老

李萊老（生卒年不詳），字周隱，號秋崖。德清（今屬浙江）人。與其兄彭老（字商隱）並稱「龜溪二隱」。咸淳六年（西元一二七〇年）知嚴州（治所在今浙江建德）。《全宋詞》錄其詞十七首。

惜紅衣

寄弁陽翁❶

笛送西泠❷，帆過杜曲❸。晝陰芳綠。門巷清風，還尋故人屋❹。蒼華髮冷，笑瘦影、相看如竹。幽谷。煙樹曉鶯，訴經年❺愁獨。

殘陽古木。書畫歸船，忽忽又南北。蘋洲鷗鷺素熟。舊盟續❻。甚日浩歌招隱❼，聽雨弁陽❽同宿。料重來時候，香蕩幾灣紅玉❾。

【注釋】❶弁陽翁　周密（西元一二三二—一二九八年），字公謹，號草窗。寓居湖州，有白蘋溪、四水、弁山，又號蘋洲、四水潛夫、弁陽老人。❷西泠　橋名，在杭州西湖孤山西北。❸杜曲　地名，在今陝西長安東南少陵原。此用杜甫〈曲江〉詩句「杜曲幸有桑麻田」之意，借指詞人德清鄉里。❹門巷二句　言故山隱居，清風拂庭，周密相訪。故人，乃詞人對友自稱。《南史·謝弘微傳》載其曾孫謝譓「不妄交接，門無雜賓，有時獨醉曰：『入吾室者，但有清風；對吾飲者，唯當明月。』」❺經年　年復一年；長年。❻蘋洲二句　言周密返歸蘋洲，與鷗鷺重續舊盟。蘋洲，指湖州，有白蘋谿，故稱。《列子・黃帝》：「海上之人有好漚鳥者，每旦之海上，從漚鳥游。漚鳥之至者百住而不止。其父曰：『吾聞漚鳥皆從汝游，汝取來，吾玩之。』明日之海上，漚鳥舞而不下也。」漚，通「鷗」。後以「鷗盟」喻隱居。❼甚日句　言何日歸隱。淮南小山〈招隱士〉云：「王孫兮歸來，山中兮不可以久留。」此反用其意。❽弁陽　指湖州弁山之南，周密舊居。❾紅玉　指荷花。

【語　譯】玉笛聲中別西泠，揚帆路過德清。晝日綠蔭芬芳，尋訪故友門巷，清風吹拂。華髮蒼顏，相對笑語，清瘦如竹。幽幽溪谷，煙籠叢樹，曉鶯聲聲啼訴，長年愁苦孤獨。　夕陽映古樹，歸船載書畫，匆匆又離去。蘋洲鷗鷺素相識，舊盟重續。何日高歌歸隱，同宿弁陽聽夜雨？料想重來時候，幾灣荷香飄蕩，紅花似玉。

【研　析】本詞與李彭老〈一萼紅・寄弁陽翁〉同題，所述情形相近，如「蒼華髮冷，笑瘦影、相看如竹」、「經年愁獨」與「故人老、經年賦別，燈暈裏、相對夜何其」，「殘陽古木。書畫歸船，忽忽又南北」與「古岸停橈，單衣試酒，滿眼芳草斜暉」，「料重來時候，香蕩幾灣紅玉」與「數菖蒲、花老是來期」，當亦為周密自錢塘歸湖州途經德清，詞人與之短暫相聚而別後的寄贈之作。

詞作起句料想追述友人離開錢塘。「帆過杜曲」以下敘述友人船過德清相訪短聚情形。「杜曲」用杜甫〈曲江〉「杜曲幸有桑麻田」之意，借指詞人鄉里；「還尋故人屋」，指友人相訪，「故人」乃詞人對友自稱。宋亡之後，詞人兄弟二人隱居德清鄉里，故言「門巷清風」。「蒼華髮冷」數句描述華髮蒼顏，身影憔悴，夜語無眠，聽曉鶯聲聲啼訴長年別離愁苦。

上片追述短聚情形，下片「殘陽」三句言匆匆相別，友人整裝歸湖州。「蘋洲」二句順承揣度友人歸鄉與鷗鷺重續舊盟，寄寓對友人歸隱鄉里的期待。然而友人只是回鄉探望，不久即返錢塘，詞人遂有「甚日浩歌招隱」之問。德清、弁陽鄰近，一旦歸隱，便可常相歡聚，對床聽夜雨。末二句從期盼中回到現實。友人蓋應諾返回錢塘途經德清時再相聚，「料重來」二句即展望約定中的重聚之美妙景象，但筆調承接上有突兀之嫌。

詞為別後寄贈之作，追述相聚相別、料想重聚中寄寓深摯友情。筆調流轉，脈絡清晰。

青玉案

題草窗詞卷❶

吟情老盡江南句❷。幾千萬、垂楊縷。花冷絮飛寒食❸路。漁煙鷗雨，燕昏鶯曉，總入昭華譜❹。

紅衣妝靚涼生渚。環碧❺斜陽舊時樹。拈葉分題❻觴詠處。荀香❼猶在，庾愁❽何許，雲冷西湖賦。

【注　釋】❶草窗詞卷　指周密手定詞集《蘋洲漁笛譜》。❷吟情句　意謂平生情懷盡在斷腸詞句中。賀鑄〈青玉案〉（凌波不過橫塘路）云：「彩筆新題斷腸句。試問閒愁都幾許？一川煙草，滿城風絮。梅子黃時雨。」黃庭堅頗稱賞，賦詩〈寄賀方回〉云：「解作江南斷腸句，只今唯有賀方回。」❸寒食　節令名，清明前一日或二日。舊俗，此日禁火冷食，故稱。❹昭華譜　指《蘋洲漁笛譜》。昭華，古代管樂器名。《西京雜記》卷三：「玉管，長二尺三寸，二十六孔。吹之則見車馬山林隱轔相次，吹息亦不復見。銘曰『昭華之琯』。」晏幾道〈採桑子〉（雙螺未學同心綰）：「月白風清，長倚昭華笛裏聲。」❺環碧　指環碧園，楊纘（字繼翁，號守齋）家園林。潛說友《咸淳臨安志》卷八十六：「環碧園，在豐豫門外，柳洲寺側，楊郡王府園。」❻拈葉分題　指分題賦詠。拈葉，猶如抓鬮。張炎《詞源》卷下：「近代楊守齋精於琴，故深知音律，有《圈法周美成詞》。與之游者周草窗、施梅川、徐雪江、奚秋崖、李商隱，每一聚首，必分題賦曲。」❼荀香　漢末荀彧獲異香熏衣，經久不散。《藝文類聚》卷七十引《襄陽記》載劉季和云：「荀令君至人家，坐處三日香。」荀彧，字文若。漢末潁川潁陰（治所在今河南許昌）人。有才名，曹操迎漢獻帝徙許昌，以彧為侍君，守尚書令，人稱「荀令君」。史達祖〈慶清朝〉（墜絮孳萍）：「荀令舊香易冷。歎俊遊疎嬾，枉自銷凝。」❽庾愁　庾信（西元五一三—五八一年），字子山。新野（今屬河南）人。曾作〈愁賦〉，有云「誰知一寸心，乃有萬斛愁」。見葉廷珪《海錄碎事》卷九。

【語　譯】平生情懷，盡付江南斷腸句。楊柳垂拂千萬縷。寒食時節，陌上落花飛絮。縹緲煙雨，漁翁鷗鷺，黃昏歸燕，清曉啼鶯，都入《蘋洲漁笛譜》。池沼荷花紅妝鮮靚，涼風吹拂。環碧園中，斜陽依舊照古樹。那是昔日分題酬唱歡飲處。才似荀香依然在，愁如庾信知幾許！雲煙冷寂，西湖不堪賦。

【研析】這是一首題詠友人詞卷的詞作。上片概述詞卷情境，起句總攝，兼及詞情詞句，取意於黃庭堅稱賞賀鑄之詩句「解作江南斷腸句，只今唯有賀方回」（〈寄賀方回〉），表達對友人詞作的讚賞。「幾千萬」句以下承「江南句」，以數幅江南風景畫面展現友人詞境之美：寒食時節，陌上垂楊千萬縷，花冷柳絮飛；煙雨縹緲，鷗鷺低飛伴漁翁；黃昏燕歸；清曉鶯啼。「總入」句作歸結，呼應起句。

詞作過片轉述詞卷創作場景，即「拈葉分題觴詠處」。「紅衣」二句描述昔日遊賞酬唱之環碧園如今的淒清景象，寄寓物是人非之慨：荷花依然紅豔，斜陽依舊映照，然而涼風習習，一片淒涼。「荀香」三句歸結到友人今日之情懷，才華似荀香猶在，而世事感慨，滿腹愁緒，面對雲煙冷寂之西湖，已無賦詠之興致。「西湖賦」與起句「江南句」相照應。

題詠詞卷之作以評賞詞作情境為主，兼涉作詞場景及詞人近況，構思周備而詳略得宜。詞筆雅麗，詞情感慨蘊藉。

揚州慢

瓊花次韻❶

玉倚風輕，粉凝冰薄，土花祠❷冷無人。聽吹簫月底，傳暮草金城❸。笑紅紫、紛紛成雨，溯空如蝀，肯墮珠塵❹。歎而今、杜郎還見，應賦悲春❺。

佩環何許❻，縱無情、鶯燕猶驚。悵朱檻香消，綠屏夢杳，腸斷瑤瓊。九曲迷樓❼依舊，沈沈夜、想覓行雲❽。但荒煙幽翠，東風吹作秋聲。

【注　釋】❶瓊花句　用他人詞韻題詠瓊花。瓊花，花木名。王禹偁〈后土廟瓊花詩序〉云：「揚州后土廟有花一株，潔白可愛，且其樹大而花繁，不知實何木也，俗謂之瓊花云。」詩云：「誰移琪樹下仙鄉，二月輕冰八月霜。」「春冰薄薄壓枝柯，分與清香是月娥。」❷土花祠　指揚州后土祠。土花，青苔。蔣子正《山房隨筆》：「揚州瓊花，天下祇一本。士大夫愛重，作亭花側，扁曰『無雙』。德祐乙亥，北師至，花遂不榮。」祠，原作「初」，據柯本校改。❸聽吹簫二句　言揚州城月夜草色淒迷，簫聲飄渺。金城，故址在今南京，古屬揚州。周應合《景定建康志》卷五「辨揚州」：「自漢以來，揚州無常治，或徙壽春，或徙曲阿，或徙歷陽，皆暫爾，而治建鄴之時獨多。」卷二十：「金城在城東二十五里，吳築，今上元縣金陵鄉地名金城戍即其地。」杜牧〈寄揚州韓綽判官〉：「二十四橋明月夜，玉人何處教吹簫。」周邦彥〈宴清都〉(地僻無鐘鼓)：「淮山夜月，金城暮草，夢魂飛去。」❹笑紅紫三句　言百花凋零如雨，臨空飛舞似蝶，不肯墮芳塵。遡，迎；向。肯，豈肯。珠塵，芳塵。❺歎而今二句　感歎杜牧若見今日景象，當賦詩詠傷悲。杜郎，指晚唐詩人杜牧。姜夔〈揚州慢〉(淮左名都)：「杜郎俊賞，算而今、重到須驚。縱荳蔻詞工，青樓夢好，難賦深情。」❻佩環句　問瓊花魂歸何處。姜夔〈疏影〉(苔枝綴玉)：「想佩環月夜歸來，化作此花幽獨。」❼迷樓　隋煬帝所建揚州行宮。馮贄《南部煙花記・迷樓》：「迷樓凡役夫數萬，經歲而成。樓閣高下，軒窗掩映，幽房曲室，玉欄朱楯，互相連屬。帝大喜，顧左右曰：『使真仙遊其中，亦當自迷也。』故云。」❽行雲　喻瓊花。此用巫山神女自稱「旦為朝雲，暮為行雨」之意，見宋玉〈高唐賦序〉。

【語　譯】潔白如玉，倚風輕舞，粉香冷凝似薄冰，后土祠淒清無人。聽月下簫聲，傳遍暮草迷離揚州城。笑那萬紫千紅，紛紛零落如雨，迎空翻飛似蝶，不肯墮芳塵。杜郎若見此情景，定然賦詩傷春。　瓊花魂歸何處？鶯燕縱然無情，亦為之悵然心驚。歎朱欄芳香消逝，綠叢幽夢杳然，為瓊花，空腸斷。九曲迷樓依然在，夜沉沉，欲尋花仙蹤影。唯有翠葉幽幽，荒煙籠罩，東風吹拂，一片蕭瑟似秋聲。

【研　析】蔣子正《山房隨筆》云：「揚州瓊花，天下祇一本。士大夫愛重，作亭花側，扁曰『無雙』。德祐乙亥(西元一二七五年)，北師至，花遂不榮。趙棠國炎有絕句弔曰：『名擅無雙氣色雄，忍將一死報東風。他年我若修花史，合傳瓊妃烈女中。』」本詞詠瓊花而重在表現其高潔貞烈之風骨，於瓊花消逝後的追念中寄寓世事悲感，當作於宋亡之後。

詞作切題而入，直筆描繪瓊花冰清玉潔之態，接筆作氛圍渲染：后土祠淒清冷寂，揚州城之月夜簫聲飄渺、芳草淒迷。其境有似姜夔〈揚州慢〉之「清角吹寒，都在空城」、「波心蕩、冷月無聲」，映襯出瓊花之孤高芳潔。「笑紅紫」三句以紅紫百花為對襯。晁補之〈下水船・瓊花〉云「百紫千紅翠，惟有瓊花特異」、「一朵冰姿難比」，徐積〈瓊花歌〉云「論德乃是花之傑，論色乃是花之絕」、「杏花俗艷梨花粗，柳花細碎梅花疎。桃花不正其容冶，牡丹不謹其體舒。如此之類無足奇，此花之外更有誰。世非紅紫不入眼，此花何用求人知」，已攬萬紫千紅襯托瓊花之德與色。本詞則獨取繁花凋零情狀，笑其臨空飛舞，戀生而不肯墜落成泥。此筆既以「紅紫紛紛成雨」之狀烘托揚州之荒敗蕭條，又於「笑」、「肯墮珠塵」之神情筆致中蘊含瓊花之貞烈品性，與所傳「北師至，花遂不榮」相應合。「歎而今」三字轉入觸景傷懷，「杜郎」暗示出揚州昔日之繁華，當年歡賞賦詠「春風十里揚州路」的杜牧若見今日景象，怎不悵然傷悲！此借「杜郎」、「賦悲春」寄寓詞人之感時傷世情懷，與姜夔〈揚州慢〉之「杜郎俊賞，算而今、重到須驚」同一筆調。

上片描述瓊花綻放之孤高芳潔，下片抒寫瓊花消逝之惆悵傷悲，筆調依然落在風神高潔，非如繁花俗蕊之零落成泥，卻似佳人仙女之杳然遠逝。姜夔〈疏影〉詠梅花云：「想佩環月夜歸來，化作此花幽獨。」本詞過片反用其意，悵歎瓊花歸去。「縱無情」一句為襯墊之筆，無情鶯燕尚為之「驚」，則人之傷悲不言而喻。「悵朱檻」句以下展筆直抒情懷。「香消」、「夢杳」，以佳人為喻，言瓊花消逝，逼出「腸斷瑤瓊」之悲愴。「九曲」句以下跌入悲涼追思，以仙女為喻：「使真仙遊其中，亦當自迷」的迷樓依然如故，而仙女已杳無行蹤，如謝翱〈瓊花引〉所云「夜歸閬風曉無蹟」。漫漫長夜，荒煙迷茫，翠叢幽幽，東風吹拂，蕭瑟如秋。

詞作構思獨到，於瓊花形色僅以「玉倚風輕，粉凝冰薄」八字作簡筆勾勒，而大段筆墨用於背景渲染和物象襯托。詞境淒涼，寄情幽怨。

謁金門

春意態。閒卻遠山橫黛❶。香徑莓苔嗟粉壞❷。鳳鞾❸雙鬬綵。　折得花枝嬾戴。猶憶鴛鴦飛蓋❹。舊恨新愁都只在。東風吹柳帶。

【注　釋】❶遠山橫黛　指黛眉如遠山。《西京雜記》卷二稱卓文君「眉色如望遠山」。黛，畫眉用的青黑色顏料。❷粉壞　指花敗。白居易〈酬令狐相公春日尋花見寄六韻〉：「粉壞杏將謝，火繁桃尚稠。」❸鳳鞾　指女子繡靴。史達祖〈東風第一枝〉（巧沁蘭心）：「怕鳳鞾挑菜歸來，萬一灞橋相見。」❹鴛鴦飛蓋　指鴛鴦造形或圖飾的車蓋。秦觀〈千秋歲〉（水邊沙外）：「憶昔西池會，鵷鷺同飛蓋。」

【語　譯】春日意態慵閒，黛眉似遠山。徘徊青苔芳徑，慨歎花兒凋敗，繡靴雙鳳爭奇鬥豔。　手折花枝無心戴，猶自追念那飛馳的鴛鴦車蓋。舊恨新愁湧心間，風吹柳絲如飄帶。

【研　析】這首小詞抒寫春日閨怨。起筆即呈現出一幅靜態畫面，見出女子春日寂寥慵閒情狀。「香徑」二句，描述女子芳徑獨步。青苔遍布，落花飄零，淒清凋敗景象令其嗟歎傷感，而繡靴之雙鳳鬥綵當更令其觸目驚心，惆悵自憐！「鳳鞾」句以樂景反襯哀情，與溫庭筠〈菩薩蠻〉（小山重疊金明滅）之「雙雙金鷓鴣」同一筆調。

過片承上筆脈，女子於香徑「折得花枝」，此舉乃其賞花愛美之本性使然，而「嬾戴」則顯露其心境孤愁，意興慵懶。其情境頗似秦觀〈畫堂春〉（落紅鋪徑水平池）：「柳外畫樓獨上，凭闌手撚花枝。放花無語對斜暉，此恨誰知？」然秦詞以反問結筆，鬱積而未發，本詞則展筆直抒觸景追昔之「舊恨新愁」。「鴛鴦飛蓋」為往昔同遊歡賞情形，「東風吹柳帶」為今日獨自徘徊之境，憶舊之恨、睹今之愁交集於心間，亦如風中柳絲之纏繞不休。「風吹柳帶」可狀愁思，亦惹人愁，如王昌齡〈閨怨〉之「忽見陌頭楊柳色，悔教夫婿覓封侯」，詞中「都只在」三字重筆寓意在此。

詞作以女子春日獨步香徑這一日常生活片段寄寓閨怨情思，描述細膩傳情，上、下片均重筆作結，情韻悠然回蕩。

浪淘沙

榆火換新煙❶。翠柳朱檐。東風吹得落花顛。簾影翠梭懸繡帶❷，人倚秋千。

猶憶十年前。西子湖❸邊。斜陽催入畫樓船。歸醉夜堂歌舞月，拚卻❹春眠。

【注釋】❶榆火句　指寒食之後，榆木改火。吳自牧《夢粱錄》卷二「清明節」：「寒食第三日即清明節，每歲禁中命小內侍於閤門用榆木鑽火，先進者賜金碗、絹三疋，宣賜臣寮巨燭，正所謂『鑽燧改火』者，即此時也。」❷簾影句　言窗前簾影翠柳落花輝映似繡帶。❸西子湖　西湖。蘇軾〈飲湖上初晴後雨〉：「欲把西湖比西子，淡妝濃抹總相宜。」❹拚卻　捨棄不顧。

【語譯】榆木鑽取新火，簷前翠柳垂拂。東風吹得落花舞。簾影翠柳輝映，彷彿繡帶飄懸。有人獨倚秋千。

猶記十年前，西子湖邊。斜陽催促，映照畫船。歸來夜堂臨月，歌舞歡醉，不顧春眠。

【研析】這首詞抒寫清明時節對十年前西湖春遊歡賞的追憶情懷。上片描寫今日之清明景象。起句點明時節，「翠柳」三句繪景：翠柳、朱簷、落紅、簾影，色澤鮮麗；風吹花舞，柳拂簾影，春光輝映似繡帶飄垂，場景炫目動蕩。物景如此絢麗飛揚，而景中人則獨倚秋千，觸景追昔。

詞作下片即描述獨倚秋千之人對十年前西湖春遊的追憶。「猶憶」二句點明時間、地點。「斜陽」一句寫盡晝日湖上盛遊之歡，「催」字見出遊興未盡、流連忘返情狀，亦下啟夜堂之續歡。「歸醉」句言晝遊歸來，夜堂臨月，歌舞歡醉。末句「拚卻春眠」，順勢作結：決意通宵盡歡不眠。

詞作上片述今，下片憶舊，層次分明。十年之隔，歷經宋亡之變，追憶中隱含深深的家國悲慨，故而沉浸於往昔盛歡，不願回到現實，詞亦就此結筆。

生查子

妾情歌〈柳枝〉❶，郎意憐桃葉❷。羅帶綰同心❸，誰信愁千結❹。　樓上數殘更，馬上看新月。繡被怨春寒，怕學鴛鴦疊❺。

【注釋】❶柳枝　唐樂府曲〈楊柳枝〉，白居易為其妾小蠻所作。❷桃葉　原指晉王獻之愛妾，此代指所戀女子。❸羅帶句　羅帶盤繞為同心結。綰，盤結。同心，即同心結，用錦羅絲帶編成的連環結，象徵堅貞愛情。梁武帝蕭衍〈有所思〉：「腰中雙綺帶，夢為同心結。」❹愁千結　指愁思纏繞鬱結。張先〈千秋歲〉（幾聲鶗鴂）：「心似雙絲網，中有千千結。」❺鴛鴦疊　指繡被疊成鴛鴦狀。李咸用〈富貴曲〉：「畫藻雕山金碧彩，鴛鴦疊翠眠晴靄。」

【語譯】妾有情而歌〈柳枝〉，郎有意而戀桃葉。羅帶綰成同心結，誰信愁思縈懷成千結。　妾在樓上數殘更，郎在馬上看新月。繡被獨臥怨春寒，疊被怕學鴛鴦疊。

【研析】這首小詞抒寫閨中別怨。上片前三句描述郎情妾意之如膠似漆，「歌《柳枝》」、「憐桃葉」、「綰同心」，兩情恩愛之深摯盡在言中。「誰信」句突轉，重筆點出離愁別怨。深陷歡愛之人，不忍相信人間確有別離，故言「誰信」；相愛愈深則別怨愈重，故言「愁千結」。

詞作下片言別後相思之苦。前兩句筆分兩端，可與上片起首呼應，一言佳人閨中無眠，數盡殘更；一言離人他鄉羈旅，望月思歸。末二句詞筆回到愁思無眠之佳人。繡被春寒，是愁怨難眠；疊被怕作鴛鴦狀，則深恐見鴛鴦而更添孤寂之悲。

詞作用語自然清婉，節奏靈動流轉，詞情真摯深切，頗有南朝樂府風調。

高陽臺

落梅

門掩香殘，屏搖❶夢冷，珠鈿糝綴芳塵❷。臨水搴❸花，流來疑是行雲。蘚梢❹空掛淒涼月，想鶴歸、猶怨黃昏❺。黯消凝❻。人老天涯，雁影沈沈❼。斷腸不在聽橫笛❽，在江皋解佩，翳玉飛瓊❾。煙溼荒村，背春❿無限愁深。迎風點點飄寒粉，悵秋娘⓫、滿袖啼痕。更關情⓬。青子懸枝，綠樹成陰⓭。

【注釋】❶屏搖　指屏燭搖曳。吳文英〈醉落魄〉（春溫紅玉）：「夜香燒短銀屏燭。」❷珠鈿句　言梅花零落芳塵。糝綴，散落點綴。❸搴　拾取。❹蘚梢　指長有苔蘚的梅梢。范成大《梅譜》載會稽多古梅，「蒼蘚鱗皴封滿花身，又有苔鬚垂於枝間，或長數寸，風至綠絲飄飄可玩。初謂古木久歷風日致，然詳考會稽所產，雖小株亦有苔痕，蓋別是一種，非必古木。」❺想鶴歸句　用孤山隱士林逋植梅養鶴典事寄寓人世滄桑之感。林逋〈山園小梅〉：「疏影橫斜水清淺，暗香浮動月黃昏。」❻黯消凝　黯然凝神傷悲。張孝祥〈六州歌頭〉（長淮望斷）：「征塵暗，霜風勁，悄邊聲。黯銷凝。」❼雁影沈沈　指音信全無。張先〈清平樂〉（屏山斜展）：「隴上梅花落盡，江南消息沈沈。」❽聽橫笛　指聽笛曲。按，古笛曲有〈梅花落〉，郭茂倩《樂府詩集》卷二十四〈漢橫吹曲・梅花落〉題解云：「〈梅花落〉，本笛中曲也。按唐大角曲亦有〈大單于〉、〈小單于〉、〈大梅花〉、〈小梅花〉等曲。今其聲猶有存者。」吳文英〈高陽臺・落梅〉（宮粉雕痕）：「南樓不恨吹橫笛，恨曉風、千里關山。」❾在江皋二句　以江妃解佩喻梅花飄落。吳文英〈高陽臺・落梅〉（宮粉雕痕）：「夢縞衣、解珮溪邊。」舊題劉向《列仙傳・江妃二女》載鄭交甫江漢遇神女，請其佩。神女解佩相贈。交甫行數十步，佩與神女皆不見。翳，消匿。玉、瓊，喻梅花。⑩背春　告別春天。司馬相如〈上林賦〉：「於是乎背秋涉冬，天子校獵。」⑪秋娘　泛指佳人歌姬。白居易〈琵琶行〉：「曲罷長教善才服，粧成每被秋娘妬。」吳文英〈惜秋華〉（細響殘蛩傍燈前）：「秋娘淚濕黃昏，又滿城、雨輕風小。」⑫關情　牽動情懷。張炎〈高陽臺〉（古木迷鴉）：「撫殘碑，卻又傷今。更關情。秋水人家，斜照西泠。」⑬青子二句　言綠葉繁茂，青梅懸枝。杜牧〈歎花〉：「狂風落盡深紅色，綠葉成陰子滿枝。」

【語　譯】門扉重掩香殘，屏燭搖曳夢冷，梅花飄零，似珠鈿灑落芳塵。臨水拾花，花逐流水似行雲。枝梢滿苔蘚，空掛冷月淒涼。料想仙鶴歸來，猶自悲怨梅影月昏黃。黯然神傷。人在天涯年華老，雁影沉沉音信杳。

斷腸不為聽笛曲，為那落梅似江妃解佩，玉消瓊飛。荒村煙水瀰漫，告別芳春無限傷悲。迎風飄灑，寒梅點點似脂粉。歎秋娘滿袖啼痕。傷情更是，青梅掛枝頭，綠葉已成蔭。

【研　析】本詞題詠落梅，然字裡行間隱約寄託對一女子的思念。

詞作上片以詠物為主，而「夢冷」、「臨水搴花」、「想」、「人老」等用語則顯露人在其中。起筆三句中，「珠鈿」句為正筆描繪梅花飄零之狀，前兩句以室內香殘夢冷之淒清場景為陪襯，境中有人，情寓其間。「臨水搴花」兩句承前筆路：前言花墜芳塵，此言花落流水。「搴花」之舉，見出惜花之情；「行雲」之喻，暗用巫山神女典故寄寓思念佳人之情。惜花亦思人。「蘚梢」兩句，筆調循落花轉到枝梢。上句言花謝枝空，月色淒涼。下句因月照梅枝臨水想到林逋詠梅名句「疏影橫斜水清淺，暗香浮動月黃昏」（〈山園小梅〉）及其隱居孤山，植梅養鶴。如今梅花凋零，隱士無蹤，夜鶴歸來，空怨月昏黃。「黯消凝」三字承轉，從玄想中跳出，自傷身世：天涯漂泊，年華老去，音書杳然，相思無託。

詞作下片承上片結末意脈，抒寫思念愁苦之情，而又筆筆不離落梅。過片重筆點出「斷腸」。姜夔〈疏影〉云：「還教一片隨波去，又卻怨、玉龍哀曲。」此反用其意，云「斷腸不在聽橫笛」，為下句作襯托。「在江皋解佩」二句，用江妃贈佩典故，寄寓得而復失、聚而復散之悲，「翳玉飛瓊」既指玉佩、江妃之消失，亦喻梅花之凋零，歎落梅、念佳人相融一體。「煙溼」兩句再蕩開筆調，從季節時令上渲染落梅之愁。「煙溼荒村」與前文「臨水」、「天涯」相照應。春來梅謝，故曰「背春」，在春花綻放中黯然凋零，愁深無限。「迎風」句承「背春」二字作工筆描繪，「寒粉」之喻則筆涉閨情，下句遂悵然遙想佳人愁苦悲啼之狀。末二句以層進筆調作結：「更關情」，在情感上再進一層；「青子」、「綠陰」，承落梅而更進一層。其筆意則化用杜牧詩句「綠葉成陰子滿枝」（〈歎花〉），相別期間淒苦相思，若待他日相逢，時過境遷，佳人華年不再，另有歸屬，則傷悲何堪！此即「更關情」之處。

詞作詠梅懷人相融無間，筆調婉麗跌宕，情境淒清悲鬱。

木蘭花慢

寄題蓀壁山房❶

向煙霞堆裏，著吟屋❷、最高層。望海日翻紅，林霏散白，猿鳥幽深。雙岑❸。倚天翠溼，看浮雲、收盡雨還晴。曉色千松逗冷❹，照人眼底長青。

閒情。玉麈風生❺。摹繭字❻，校鵝經❼。愛靜翻緗帙❽，芸臺棐几❾，荷製衣蘭纓❿。分明。晉人舊隱，掩巖扉、月午籟沈沈⓫。三十六梯⓬樹杪，遡空遙想登臨。

【注釋】❶蓀壁山房　金應桂晚年所築別墅，在西湖南面風篁嶺。金應桂，字一之，號蓀壁。錢塘人。能詞章。宋季為縣令。入元隱居風篁嶺。❷吟屋　書房。此指蓀壁山房。❸雙岑　指西湖邊南、北雙峰。岑，小而高的山。❹曉色句　曉色中翠松透輕寒。王維〈過香積寺〉：「泉聲咽危石，日色冷青松。」❺玉麈句　言談興風生。玉麈，玉柄拂塵，麈尾所製。魏晉名士好清談，常持以助談興。戚輔之《佩楚軒客談》載金應桂築蓀壁山房，「中設圖史古奇器。客至，撫摩諦玩，清談纚纚不得休」。❻繭字　泛指前人法帖。何延之〈蘭亭記〉謂王羲之「揮毫製序，興樂而書，用蠶繭紙、鼠鬚筆，遒媚勁健，絕代更無」。見張彥遠《法書要錄》卷三。❼鵝經　泛指道家經籍。《晉書‧王羲之傳》載羲之愛鵝，「山陰有一道士，養好鵝。羲之往觀焉，意甚悅，固求市之。道士云：『為寫《道德經》，當舉羣相贈耳。』羲之欣然寫畢，籠鵝而歸，甚以為樂。」蘇軾〈聞錢道士與越守穆父飲酒送二壺〉：「一紙鵝經逸少醉，他年〈鵩賦〉謫仙狂。」❽緗帙　淺黃色書套。此代指書籍。❾芸臺棐几　指書閣案几。芸臺，指藏書室。古人以芸香草置書間以避蠹蟲，故稱。棐几，榧木案几。《晉書‧王羲之傳》載羲之「嘗詣門生家，見棐几滑淨，因書之，真草相半」。❿荷製蘭纓　荷葉為衣，蘭草為帶。此喻山林隱士之服飾。屈原〈離騷〉：「製芰荷以為衣兮，紉秋蘭以為佩。」⓫月午句　深夜萬籟俱寂。月午，月上中天，即夜半。⓬三十六梯　極言階梯之多。三十六，虛數，泛言其多。王翰〈賦得明星玉女壇送廉察尉華陰〉：「三十六梯入河漢，樵人往往見蛾眉。」

【語　譯】煙霞彌漫中，青山最高處，山房矗立。遠眺海上日出，水波翻紅，叢林幽深，白霧繚繞，猿鳥棲息。雙峰對峙，聳入雲天，翠色欲滴。浮雲散盡，雨後天色放晴。晨光中，靄靄蒼松透輕寒，眼底青青一片。

情懷閒雅，手持玉麈，談笑風生。臨法帖，校道經。喜好靜翻圖籍，芸香書閣，榧木案几。超然塵外，彷彿衣荷佩蘭，分明是東晉隱士。山門重掩，月上中天，萬籟寂靜。層層石階橫樹梢，迎空遙想登臨。

【研　析】此詞題詠金應桂之蓀壁山房。起筆點題，描畫出山房所在環境：高山之巔，雲霞堆聚。其境便已超凡脫俗，為全詞情調作鋪墊。接下以山房為視點，選擇日出時分，由遠及近描寫「望」中景象：遠處海日輝映，波光紅豔翻湧；近前林木幽深，雲霧漸散，猿鳥啼鳴，南北雙峰，高聳雲天，青翠欲滴，浮雲散盡，曉色放晴，靄靄青松透輕寒。「望」、「看」、「照人眼底」等用語點出觀景之人，其山水清賞之逸興雅趣亦在不言中。

詞作下片轉到山房主人清雅閒逸之日常生活。戚輔之《佩楚軒客談》載金應桂「雅標度，能歐書。受知賈似道。晚居西湖南山中，築蓀壁山房，左絃右壺，中設圖史古奇器。客至，撫摩諦玩，清談纚纚不得休。每肩輿入城府，幅巾氅衣，望之若神仙然」。此可參證本詞所述：喜清談，善書法，博覽圖史。「芸臺」二句以山房物什、主人服飾烘托古雅脫俗襟懷，與下文「晉人舊隱」之評意脈相通。「掩巖扉」，晝日已盡；「月午籟沈沈」，月上中天，萬籟俱寂。此境亦契合山房主人之「隱」。結末二句跳出其境，從山下仰望，層層石階隱現橫列樹梢，遙想拾級迎空登臨，風姿何等高絕！「遙想登臨」可解作遙想山房主人登臨，亦可解作詞人遙想登臨，均流露出仰慕歎賞之情。

詞作構思謹嚴，時間脈絡貫通，從海日曉色到掩扉月午，繪景敘事，層次分明，筆調壯麗流轉。

清平樂

綠窗初曉。枕上聞啼鳥❶。不恨王孫歸不早，只恨天涯芳草❷。　錦書❸紅淚千行。一春無限思量。折得垂楊寄與，絲絲都是愁腸。

【注　釋】❶綠窗二句　言清曉佳人枕上聞啼鳥。此化用孟浩然〈春曉〉詩句：「春眠不覺曉，處處聞啼鳥。」綠窗，指女子閨閣。韋莊〈菩薩蠻〉（紅樓別業堪惆悵）：「勸我早歸家，綠窗人似花。」❷不恨二句　言不怨夫君未早歸，只恨天涯芳草惹離思。淮南小山〈招隱士〉：「王孫游兮不歸，春草生兮萋萋。」❸錦書　指書信。《晉書・列女傳・竇滔妻蘇氏》：「竇滔妻蘇氏，始平人也。名蕙，字若蘭。善屬文。滔苻堅時為秦州刺史，被徙流沙。蘇氏思之，織錦為回文旋圖詩以贈滔，宛轉循環以讀之，詞甚悽惋。」

【語　譯】窗外天色初曉，枕上聞聽啼鳥。不恨郎君未早歸，只怨天涯芳草萋萋。　錦書淚痕千行，春來無限惆悵。折下楊柳相寄，絲絲纏繞似愁腸。

【研　析】這首閨怨小詞，起筆化用孟浩然〈春曉〉詩句「春眠不覺曉，處處聞啼鳥」，言曉色臨窗，枕上佳人臥聽啼鳥。或為啼鳥驚夢，或為通宵未眠，均隱含愁緒，暗啟下文。「不恨」二句言相思怨別。此怨只因「王孫歸不早」，卻說「不恨」；此怨實與「天涯芳草」無干，卻說「只恨」。理不通而情深切，見出念之深、愛之切，痴情深愛之餘亦不無反語暗諷之意。就用語筆法而言，此二句從淮南小山〈招隱士〉「王孫游兮不歸，春草生兮萋萋」翻出：不恨「王孫游兮不歸」，只恨「春草生兮萋萋」，因見春草萋萋而思王孫不歸，亦如古樂府〈飲馬長城窟行〉所云「青青河邊草，綿綿思遠道」。此外，「歸不早」與「天涯芳草」，令人想到辛棄疾〈摸魚兒〉（更能消幾番風雨）之「天涯芳草無歸路」，芳草遍天涯，茫茫無歸路，故而天涯遊子「歸不早」，當恨「天涯芳草」。

上片曲筆抒寫相思深情，下片則尋求此情之寄託，筆墨濃重。「一春無限思量」為詞情之總攝，可為上片之歸結，又驅遣下片寄錦書、折垂楊之舉：錦書千行溼紅淚，垂柳絲絲繞愁腸，均為心中「無限思量」所致。「千行」、「無限」、「都是」等用語沉重，愁苦傷悲之情激蕩於筆端，餘韻繚繞。

詞作由春曉啼鳥引入閨怨，略無新意，而筆法則頗有特色。上片取蓄筆抑情之法，下片放筆直抒別怨愁懷，深切動人。

臺城路

寄弁陽翁❶

半空河影流雲碎，亭皋嫩涼收雨❷。井葉還驚❸，江蓮亂落，弦月初生商素❹。堂深幾許。漸爽入雲幬❺，翠綃❻千縷。紈扇恩疏❼，晚螢光冷照窗戶。

文園❽憔悴頓老，又西風暗換，絲鬢無數。燈外殘砧❾，琴邊瘦枕，一一情傷遲暮。故人倦旅。料渭水長安❿，感時吟苦。政⓫自多愁，砌蛩⓬終夜語。

【注　釋】❶弁陽翁　指周密，號弁陽老人。❷亭皋句　言水鄉雨後清涼。亭皋，水邊平地。亭，平。皋，水邊之地。司馬相如〈上林賦〉：「亭皋千里，靡不被築。」張說〈奉和聖製春日出苑應制〉：「雨洗亭皋千畝綠，風吹梅李一園香。」趙鼎〈夜坐〉：「風回絕壑沉虛籟，雨入幽林送嫩涼。」❸井葉句　見井邊落葉而驚覺秋已來臨。《淮南子．說山訓》：「見一葉落而知歲之將暮。」趙師俠〈鷓鴣天・七夕〉：「一葉驚秋風露清，砌蛩初聽傍窗聲。」❹商素　秋季。《禮記・月令》：「孟秋之月，……其音商。」又古代五行說，以金配秋，其色白，故稱素秋。賀鑄〈黃鶴樓〉：「登臨美商素，雨氣薄西暉。」❺雲幬　如雲之帷帳。❻綃　輕紗薄絹。❼紈扇恩疏　疏離紈扇。班婕妤失寵，作〈怨歌行〉：「新裂齊紈素，皎潔如霜雪。裁為合歡扇，團團似明月。出入君懷袖，動搖微風發。常恐秋節至，涼風奪炎熱。棄捐篋笥中，恩情中道絕。」❽文園　西漢辭賦家司馬相如，曾官孝文園令。此詞人自指。❾殘砧　砧聲零落。砧，搗衣石。方干〈秋夜〉：「殘砧驚睡醒，欹枕已三更。」❿渭水長安　借指臨安。賈島〈憶江上吳處士〉：「秋風吹渭水，落葉滿長安。」⓫政　通「正」。⓬蛩　蟋蟀。魚玄機〈寄飛卿〉：「階砌亂蛩鳴，庭柯烟露清。」

【語譯】半空銀河輝映，流雲飄散。雨後水邊，清涼彌漫。井葉飄墜，驚覺秋又來臨。江上枯荷淩亂，皓天淨，弦月初生。堂室深深，清風送爽透雲幕，綠紗千縷。紈扇棄置，夜螢冷光映窗戶。　身如憔悴老相如，西風暗吹，絲絲霜鬢無數。燈外砧聲零落，倚琴傍孤枕，事事傷懷遲暮。故人倦旅臨安，料秋來感時歎淒苦。正自傷愁盈懷，寒蛩徹夜啼訴。

【研析】這是一首秋夜感懷思友寄贈之作。上片描寫入夜秋景，前五句為傍晚室外景象：雨後雲散，銀河映空，江畔微涼，井葉凋落，枯荷淩亂，弦月初升。後五句為室內景象：堂室幽深，清風送爽，簾幕縷縷飄拂，紈扇棄置，夜螢冷光映窗。筆調細膩冷靜，唯「還驚」、「亂落」、「恩疏」、「光冷」等用語略顯蕭瑟冷落氣韻，透露出詞人身在其中、靜觀其境所觸發的傷感情懷。

下片抒懷。前六句自述憔悴遲暮情狀：老病臨秋，白髮蒼蒼。淒涼深夜，窗外砧聲寥落，燈下倚琴傍枕，傷悲無限。孟浩然〈夏日南亭懷辛大〉云：「欲取鳴琴彈，恨無知音賞。感此懷故人，中宵勞夢想。」詞人或有同感，傍枕而無人對床夜語，倚琴而無知音賞，故而思念友人，遂有「故人倦旅」三句對故友羈旅臨安、感時悲秋之愁苦情狀的料想和關切，亦見出二人相知相念之深情。歎老傷懷，悲秋念友，愁苦無眠，寒蛩徹夜啼鳴。末句以景結情，餘韻不盡。

詞作以雨後秋夜為背景，從「弦月初生」到「終夜」，時間脈絡貫通。寫景抒情亦層次分明。景語疏緩清婉，蓄情待發；情語頓挫沉婉，唱歎悲切。

浪淘沙

寶押❶繡簾斜。鶯燕❷誰家。銀箏初試合琵琶。柳色春羅裁袖小，雙戴桃花。

芳草滿天涯。流水韶華。晚風楊柳綠交加。閒倚闌干無藉在❸，數盡歸鴉。

【注釋】❶寶押　指壓簾之物。押，原作「壓」，據柯本校改。《太平御覽》卷七百引《漢武故事》：「甲帳居神，以白珠為簾箔，玳瑁押之。」徐陵〈玉臺新詠序〉：「玉樹以珊瑚作枝，珠簾以瑇瑁為押。」❷鶯燕　喻歌姬舞女。❸無藉在　無拘束；無牽掛。楊萬里〈感興〉：「何似閒人無藉在，不妨冷眼看昇沉。」

【語譯】繡簾斜掛，寶押低綴，鶯歌燕舞是誰家？調試銀箏，合奏琵琶。柳色春羅，小小衣袖，雙鬢戴桃花。

芳草遍天涯，春水流韶華。晚風輕拂，翠柳搖曳交加。閒倚欄杆無牽掛，一一數歸鴉。

【研析】這首小詞描繪一歌女的日常生活畫面。起筆二句呈現歌女居所。「寶押」句為一畫面：繡簾斜掛，寶押低綴。此為所見，「鶯燕」言所聞，指歌樂，暗示出歌女身分。「誰家」之問因所聞、所見而發，透露好奇而欲知其詳之情，引出下文。從事理邏輯而言，當先聞其聲（「鶯燕」所指），循聲而見「寶押繡簾斜」，心生好奇。入筆則先言所見，突出畫面感。「銀箏」句承「鶯燕」二字描述銀箏、琵琶齊奏情形。此為所聞，「柳色」二句為所見，描畫歌女穿戴：小小翠羅袖，桃花插雙鬢，透出妙齡女子的青春生趣。

下片筆調落到歌女情懷。前三句描繪春景作鋪墊，芳草天涯、流水韶華、晚風輕拂翠柳，清麗中蘊含綿婉春思，天涯茫茫，青春流逝，莫名而揮之不去的愁緒如風中柳絲，繚繞拂蕩。末二句歌女倚欄數歸鴉之舉止便承此情緒而來，「無藉在」言其心中並無具體牽掛的人或事，則此愁此舉乃發自少女內心不由自主的春情萌動。

詞作筆墨如畫，歌女形象舉止之描述，居所、春景之映襯，令讀者如臨其境。筆調清婉，韻味悠然。

杏花天

年時中酒風流病❶。正雨暗、蘼蕪❷深徑。人家寒食❸煙初禁。狼藉梨花雪影❹。

西湖夢、紅沈翠冷❺。記舞板、歌裙廝趁❻。斜陽苦與黃昏近❼，生怕畫船歸盡。

【注釋】❶年時句　言當年風流醉歡。年時，當年。中酒，醉酒。風流病，耽於冶遊宴樂。❷蘼蕪　香草名，又名江蘺。❸寒食　節令名，清明前一日或二日。舊俗，此日禁火冷食。❹梨花雪影　梨花飄飛如雪。❺紅沈翠冷　言歌紅酒綠之歡已成過往。❻廝趁　相伴相隨。❼斜陽句　意謂斜陽落盡即黃昏。苦，甚。與，原作「是」，據柯本校改。

【語譯】當年冶遊宴歡醉不醒。如今細雨濛濛，蘼蕪蔓幽徑。家家寒食初禁火，梨花如雪亂飄零。　西湖歌舞如夢冷，猶記歌板舞裙相追逐。斜陽冉冉近黃昏，深怕湖上畫船盡歸去。

【研析】這是一首寒食節追憶西湖遊樂之作。詞人當因今日寒食之寂寥境況觸發憶舊情懷，起筆即切入當年風流醉歡情形，陡然而起，又戛然而止，欲說而又不堪重溫之情溢於筆端。跳出追憶，定神回到眼前場景：煙雨籠罩，幽徑蘼蕪叢生。家家寒食禁煙，冷寂淒清，唯有梨花飄零如雪滿地。幽寂清冷氛圍迷漫於字裡行間。

下片詞人以今日之淒涼寥落心境重憶西湖舊遊，與起句「中酒風流」相呼應。過片「西湖夢」一句為總筆，撫今追昔，西湖燈紅酒綠之歡遊消逝如夢。「紅」、「翠」二字總括昔日西湖繁華盛遊情狀，兼涉美景人事。「記舞板」為記憶中的歌舞歡賞場景。結末「斜陽」二句言遊興未盡日西斜，夜幕臨近，畫船漸散，流連歎惋無盡。當日的「生怕畫船歸盡」亦映襯今日「西湖夢、紅沈翠冷」之悵歎。

全詞在今昔對比中感慨世事盛衰變故，筆調沉鬱綿婉。

小重山

畫檐簪柳碧如城❶。一簾風雨裏，過清明。吹簫門巷冷無聲❷。梨花月，今夜負中庭❸。

遠岫斂修顰❹。春愁吟入譜，付鶯鶯。紅塵沒馬翠埋輪。西泠❺曲，歡夢絮飄零。

【注 釋】❶畫檐句 言家家門插翠柳滿城綠。吳自牧《夢粱錄》卷二：「清明交三月，節前兩日謂之寒食。京師人從冬至後數起，至一百五日便是此日，家家以柳條插於門，名曰『明眼』。」❷吹簫句 言昔日清明，門巷中吹簫賣餳，如今冷寂無聲。《詩‧周頌‧有瞽》「簫管備舉」鄭玄箋：「簫，編小竹管，如今賣餳者所吹也。」宋祁〈寒食〉：「草色引開盤馬路，簫聲吹暖賣餳天。」❸梨花二句 言今夜寂寥，有負中庭月映梨花之美景。歐陽脩〈蝶戀花〉（面旋落花風蕩漾）：「寂寞起來褰繡幌，月明正在梨花上。」❹遠岫句 遠山似女子修眉斂蹙。舊題葛洪《西京雜記》卷二：「（卓）文君姣好，眉色如望遠山。」顰，皺眉。❺西泠 西湖橋名，在孤山西北。此代指西湖。

【語 譯】家家畫簷插翠柳，滿城碧色。一簾風雨，清明時節。吹簫賣餳門巷，如今冷寂無聲。今夜梨花月明，空照中庭。

遠山似顰眉，吟詠春愁譜新詞，付與聲聲鶯啼。馬蹄沒紅塵，綠草掩車輪。西湖歡曲似夢，一如柳絮飄零。

【研 析】這是一首清明感懷詞作。起筆以明麗的畫面點出清明時節：畫簷簪柳滿城綠。美景依舊，然而天氣惱人：一簾風雨。「聽風聽雨過清明」（吳文英〈風入松〉），興致黯然。本該飄蕩著賣餳吹簫聲的門巷，如今冷寂無聲。夜來庭院梨花月明，美景依舊，然而寂寥空庭，無人共賞。悵然寥落之感蘊於言中。

上片描述今日之清明場景，物是人非之感隱而未發。下片引而發之，抒寫撫今追昔之悲愁。過片觸景生情，見遠山而思及佳人顰眉之態。如今佳人已去，一腔春愁寫入新曲，只能付與黃鶯婉轉低唱。「紅塵」句追憶往日西湖盛遊場景，筆墨豔麗。「西泠曲」三字歸結舊歡，末句悵歎舊歡似夢，一如飛絮飄零。追昔歎惋之愁緒飄拂無盡。

詞作睹今追昔，觸景傷懷，脈絡清晰。筆調婉麗，善以場景畫面寄託感慨愁思，情韻悠然。

應瀌孫

應瀌孫（生卒年不詳），字堯成，號芝室。生平籍貫無考。《全宋詞》錄其詞一首。

霓裳中序第一

愁雲翠萬疊。露柳殘蟬空抱葉。簾捲流蘇寶結。乍庭戶嫩涼，闌干微月。
玉纖勝雪❶。委素紈、塵鎖香篋❷。思前事、鶯期燕約❸，寂寞向誰說。　悲
切。漏籤❹聲咽。漸寒炧、蘭釭未滅❺。良宵長是閒別。酒凝紅綃，粉涴瑤玦❻。

鏡盟鸞影缺❼。吹怨笛、西風數闋。無言久，和衣成夢，睡損縷金蜨❽。

【注　釋】❶玉纖勝雪　指女子玉手白勝雪。❷委素紈句　言紈扇被委棄塵封於香奩。素紈，白色絲絹，此指紈扇。篋，小箱子。班婕妤〈怨歌行〉：「新裂齊紈素，皎潔如霜雪。裁為合歡扇，團團似明月。出入君懷袖，動搖微風發。常恐秋節至，涼風奪炎熱。棄捐篋笥中，恩情中道絕。」❸鶯期燕約　指男女私情幽會。❹漏籤　指漏壺，古代計時器。籤，漏壺之刻度尺。❺漸寒炧句　言寒燈漸熄而未滅。炧，同「灺」，燈燭餘燼。蘭釭，蘭膏燈。❻粉涴句　脂粉染汙玉佩。涴，染汙。杜甫〈虢國夫人〉：「卻嫌脂粉涴顏色，淡掃蛾眉朝至尊。」瑤玦，環形缺口玉佩。❼鏡盟句　指孤身無偶。此合用鏡盟、鸞鏡典故。南朝范泰〈鸞鳥詩序〉：昔罽賓王捕獲一鸞鳥，三年不鳴。後懸鏡照之，「鸞睹形感契，慨然悲鳴，哀響中霄，一奮而絕。」孟棨《本事詩‧情感》載南朝陳太子舍人徐德言與陳後主叔寶之妹結為夫妻，時亂分離，破鏡為二，各執其半為信。他日二人果憑破鏡而重遇團聚。❽縷金蜨　絲織貼金蝴蝶，女子髮飾。

【語　譯】碧雲凝愁萬疊。露柳寒蟬，空自抱葉鳴淒切。繡簾捲，珠綴流蘇結。庭院初生秋涼，欄杆映淡月。纖纖玉指白勝雪。紈扇棄捐，塵封在香篋。思量往事，幽期密約，滿懷寂寞向誰說？　悲苦哀切。漏聲嗚咽。蘭燈漸熄將滅。良宵總是輕易別。悵歎酒痕滯紅綃，脂粉汙玉玦。盟約無憑，孤鸞隻影。對西風，笛曲幽怨吹數闋。久久沉默無語，和衣入夢，斜臥壓損縷金蝶。

【研　析】這首詞抒寫秋夜閨怨。起二句呈現碧雲重重、寒蟬淒切之境，有聲有色，愁情瀰漫，為全詞定調。時屬「日暮碧雲合」（江淹〈擬休上人怨別〉），亦為秋夜之起始。「簾捲」句由外景轉入閨閣：簾幕高捲，流蘇綴珠。畫面暗示出閨中人依窗凝望，「乍庭戶」二句為其從愁思久望中回神驚覺：庭院生涼，月映欄杆。時已入夜。「玉纖」句以下，詞筆順理成章落到閨中人，正筆細述秋夜閨怨。「玉纖勝雪」言佳人纖纖玉手白勝雪，其青春美貌、婉媚情態盡在不言中。「委素紈」句，筆意承秋涼而言及團扇被委棄，化用班婕妤〈怨歌行〉詩意，曲筆喻示佳人被冷落之幽怨情懷，「塵鎖」二字見出孤寂獨守之日久。「思前事」二句轉為直筆傾訴愁懷：往日「鶯期燕約」徒成思量，今夜寂寞淒苦無處訴說。

詞作下片順承抒發寂寞獨居之悲愁。過片「悲切」二字重筆直抒胸臆，承前啟後，為下片定情調。「漏籤」二句，言閨中夜漏聲咽，寒燈欲滅。此以黯然淒涼氣氛烘托「悲切」之情。「良宵」句再推進一層，言良宵常在別離中度過，非獨今夜如此。追憶昔日盡情歡醉，悵恨縈懷；如今舊約無憑，身似孤鸞隻影，滿腔幽怨融入數闋笛曲，在夜空中隨風飄蕩。曲終無言，淒然良久，未及卸妝而和衣成眠。結末筆法虛實相間，「和衣」、「睡損縷金蜨」為實筆，「成夢」二字為虛筆，女子和衣慵臥入眠之狀與悲怨愁思入夢之境相融相映，餘韻不盡。

賀新郎

宿霧樓臺溼。曉晴初、花明柳潤，燕飛鶯集。舊約重來歌舞地，留得豔香嬌色。又夢草❶、東風吹碧。午困騰騰春欲醉，對文楸、玉子❷無心拾。看蜨舞，傍花立。

酒痕未醒愁先入。記年時❸、翠樓寒淺，寶笙慵吸❹。想駐馬河橋分別，恨輕竹風帆煙笠。早塵暗、華堂簾隙。倚盡黃昏人獨自，望江南回雁歸雲急。憑付與，錦牋墨❺。

【注釋】❶夢草　指池塘春草。相傳謝靈運〈登池上樓〉之名句「池塘生春草」乃夢見謝惠連而吟得，見鍾嶸《詩品》卷二引《謝氏家錄》。❷文楸玉子　指圍棋棋盤和棋子。蘇鶚《杜陽雜編》卷下載日本國集真島「產玉棋子，不由製度，自然黑白分焉，冬溫夏冷，故謂之冷暖玉。又產如楸玉，狀類楸木，琢之為棋局，光潔可鑒」。洪炎〈詠弈〉：「荊璞玉為子，井文楸作枰。」❸年時　往年；當年。❹吸　吹奏。孟郊〈長安道〉：「高閣何人家，笙簧正喧吸。」❺憑付與二句　意謂託大雁傳遞書信。憑，依託。

【語譯】昨夜霧溼樓臺，曉來初晴，花豔柳鮮潤。燕子飛舞，鶯鳥歡聚。重來舊約歌舞地，嬌色粉香留遺跡。又到池塘生春草，東風吹綠。午困慵倦，春意熏人醉。棋枰相對，無心拾玉子。傍花佇立，閒看粉蝶飛。酒未醒，愁已來襲。憶當年翠樓輕寒，玉笙慵吹。回想河橋駐馬相別時，恨船篙輕快，風驅孤帆，煙迷篷笠。華堂玉樓，早已塵滿簾隙。盡黃昏，獨自倚欄，望南雁北返雲飛急。託雲雁，為傳錦書香墨。

【研析】詞作抒寫女子春日相思別愁。上片以春晴美景反襯景中人之孤寂無聊情懷。詞從春曉初晴入筆，宿霧散盡，曉日初升，春花明豔，柳色鮮潤，鶯歌燕舞，一派盎然春意。此蓋為女子樓臺所見之景。「舊約」四句言女子為春色所撩，重遊舊日歌舞歡賞之地，粉香嬌色遺跡尚存，池塘春草，風拂蕩碧。「舊約」、「留得」、「又」等字眼流露出觸景追昔之愁思。「午困」四句言重遊歸來，困倦來襲，春慵欲醉，傍花看蝶，意興黯然。此番心境承前重遊所感而來，又為下片鋪墊情調。

過片「酒痕未醒」暗示此前愁懷困慵，醉酒消愁，此時殘醉未醒，愁已入懷。此與張先〈天仙子〉之「午醉醒來愁未醒」異曲同工。「記年時」四句追憶當年臨別之夜及河橋相別情形，承「愁先入」而來。前兩句情境淒涼，略似李璟〈浣溪沙〉之「小樓吹徹玉笙寒」；後兩句場景如畫，悵望離人孤帆遠影之情狀躍然紙上，與周邦彥〈蘭陵王〉之「愁一箭風快，半篙波暖，回頭迢遞便數驛，望人在天北」，筆法角度有別而情事相同，堪作互補而同賞。「早塵暗」句從追憶中轉回到寂寥獨居之華堂：簾幕間布滿塵埃，何其冷落淒清！時近黃昏，相思更切，倚欄愁望南雁北返，欲託大雁傳書寄深情。此實愁苦無奈亦無憑難成之願，正如晏幾道〈蝶戀花〉所歎：「欲盡此情書尺素。浮雁沉魚，終了無憑據。」

全詞以「曉初晴」、「午困」、「黃昏」連貫成時間脈絡，寫景、敘事、抒情承轉相融，撫今、追昔相映相襯。筆調舒緩，詞情沉鬱。

王億之

王億之（生卒年不詳），字景陽，號松間。生平籍貫無考。《全宋詞》錄其詞一首。

高陽臺

雙槳敲冰，低篷護冷，扁舟曉渡西泠❶。回首吳山❷，微茫遙帶重城❸。隄邊幾樹垂楊柳，早嫩黃、搖動春情。問孤鴻，何處飛來，共喚飄零。

輕帆初落沙洲暝，漸潮痕雨漬，面色風皴❹。旅思羈愁，偏能老大行人❺。姮娥❻不管征途苦，甚夜深、儘照孤衾。想玉樓，猶任闌干，為我消凝❼。

【注釋】❶西泠　西湖橋名，在孤山西北。❷吳山　在西湖東南。春秋時為吳國南界，故名。一說因伍子胥而得名，訛「伍」為「吳」，亦名胥山。❸重城　指臨安城。❹面色句　言滿臉風霜，肌膚皴裂。❺旅思二句　言羈旅愁思尤其能致人蒼老。偏，格外。❻姮娥　傳說為月宮神女。後避漢文帝劉恒之名諱，改稱常娥，通作嫦娥。此代指月亮。❼消凝　凝神愁苦。秦觀〈八六子〉（倚危亭）：「正銷凝，黃鸝又啼數聲。」

【語譯】雙槳擊寒水，低篷遮冷風，扁舟一葉，清曉渡西泠。回首望吳山，雲霧微茫，峰巒似帶繞都城。堤邊幾樹垂柳，早已吐芽泛嫩黃，搖蕩春意風情。問那孤鴻何處飛來，一同歎飄零。

沙洲昏暝，輕帆初卸。

雨打浪擊漸留痕，滿面風霜皴裂。羈旅憂愁，最令遊子老。明月不管行旅苦，夜正深，偏照孤枕寒衾。遙想妝樓，佳人尚憑欄，為我傷情凝神。

【研　析】詞言羈旅愁思，起筆即呈現「扁舟曉渡西泠」畫面，「敲冰」、「護泠」，盡顯飄泊之艱辛，行旅愁苦之情亦在其中。「回首」句以下依次描述扁舟曉渡所見之景：遠處，吳山在煙雲微茫中飄浮如帶，繚繞都城；近前，堤岸垂楊嫩芽泛黃，隨風搖蕩春情；空中，鴻雁孤飛，令孤旅之人頓生同情共鳴。「微茫」、「搖動」二語隱含飄蕩無定之感，「問孤鴻」、「共喚飄零」則攜孤雁同訴羈旅愁懷。

下片承「飄零」筆意，言孤旅夜思。過片點明臨夜泊舟沙際。「漸潮痕」四句感慨歷盡風雨浪潮，面染風霜之色，情懷愁苦，年華老去。此為自歎自悲。「姮娥」句以下轉而望月寄懷。前兩句怨明月不顧惜旅人愁思，夜深映照孤枕寒衾。月照「孤衾」亦暗示旅人心之所繫，結末「想玉樓」三句順承遙念玉樓佳人月下憑欄凝愁之狀，相思無奈之愁苦溢於言表。

詞作以「曉渡」、「沙洲暝」、「夜深」數語顯露敘述脈絡，而筆墨則多用以寫景抒情。上片述晝日飄零，融情於景；下片言旅夜愁思，直抒情懷，結以遙想之畫面，情思深切而韻味不盡。

余桂英

余桂英（生卒年不詳），字子發，號野雲。籍貫無考。周密《浩然齋雅談》卷中又作俞桂英，稱其苦吟一生，賈似道曾賞其「一點梅香到，三分酒力消」等詩句。《全宋詞》錄其詞一首。

小桃紅

芳草連天暮。斜日明汀渚❶。懊恨東風，恍如春夢，匆匆又去❷。早知人、酒病更詩愁，莫墮花❸飛絮。
寶鏡空留恨❹，箏雁渾無據❺。門外當時，薄情流水，如今何處。正相思、望斷碧山雲❻，又鶯啼晚雨。

【注釋】❶汀渚　沙洲淺灘。❷恍如二句　言聚散匆匆如春夢。白居易〈花非花〉：「來如春夢不多時，去似朝雲無覓處。」❸莫墮花　柯本作「鎮輕隨」。❹寶鏡句　言徒然對鏡傷別離。此暗用孤鸞照鏡典故。南朝范泰〈鸞鳥詩序〉：昔罽賓王捕獲一鸞鳥，三年不鳴。後懸鏡照之，「鸞睹形感契，慨然悲鳴，哀響中霄，一奮而絕。」❺箏雁句　言箏柱形如雁行，卻不能依託傳書。渾，全然。❻正相思句　言碧山雲繞，阻斷相思遠目。歐陽脩〈踏莎行〉（候館梅殘）：「平蕪盡處是春山，行人更在春山外。」

【語譯】芳草連天近黃昏，斜陽明豔照汀渚。惱恨對東風，歡聚恍然如春夢，又匆匆離去。早知人酒意詩情都是愁，且莫飛花飄絮。
寶鏡孤影空悵恨。箏柱斜列如雁陣，卻全然不可傳音信。當時門外相別離，薄情似流水，如今飄泊在何處？正相思望遠，雲繞碧山遮斷，鶯又啼，夜來聞風雨。

【研析】詞言女子別怨愁思。上片追憶分別情事。起筆二句描畫場景：芳草連天，暮色飄渺，斜日映照下的汀渚則明豔亮麗。明暗相襯的芳草斜陽圖景中隱含傷離情韻。「懊恨」三句悵歎別離：聚散匆匆如春夢。「懊恨東風」似無理，然而落花時節相別離，傷別更添傷春，如李商隱之「相見時難別亦難，東風無力百花殘」（〈無題〉），東風迎得春來，卻無力留春住，則惱恨東風又在情理中。「早知人」二句亦承「懊恨東風」之情而出以婉轉之筆：醉酒吟詩都因別離愁苦，東風早知此情，莫再飄花飛絮。

上片別離情境之重現，已預示別後相思之淒苦，下片順承而抒寫此番情懷。過片擇取女子日常相伴的兩種物件敘述別後情狀：孤寂幽怨，音信無憑。「寶鏡」句亦暗示出朝起對鏡梳妝之愁怨情態，「箏雁」句似可演繹為晏幾道之「欲盡此情書尺素。浮雁沈魚，終了無憑據。卻倚緩絃歌別緒，斷腸移破秦箏柱」（〈蝶戀花〉「夢入江南煙水路」）。一別而音書杳無，既怨其「當時」薄情而別，又難捨「如今」之深情惦念，「門外」三句即道出女子寂寞怨別之複雜情懷。結末「正相思」二句承「如今何處」之筆意，思念而望遠，目斷碧山雲霧，夜幕降臨，悵然無奈中又聞鶯啼風雨聲。可以想見，這一夜將聽風聽雨，相思無眠，其情何堪！

詞作上片憶當時相別之愁、下片言今日之相思之苦，情調相貫而筆路未顯，起首之「斜日」及結末之「晚雨」透露不同場景，暗示今昔之別，亦相映相襯。全詞筆調沉婉，情致深切。

胡仲弓

胡仲弓（生卒年不詳），字希聖，號葦航。清源（治所在今福建泉州）人。寓居杭州。《全宋詞》錄其詞一首。

謁金門

蛾黛淺。只為晚寒妝懶。潤逼鏡鸞紅霧滿❶。額花留半面。

漸次❷梅花開遍。花外行人已遠。欲寄一枝嫌夢短❸。溼雲❹和恨翦。

【注　釋】❶潤逼句　言呼吸的水汽布滿妝鏡，潤澤暈紅。吳文英〈醜奴兒慢〉（空濛乍斂）：「正西子、梳粧樓上，鏡舞青鸞。潤逼風襟，滿湖山色入闌干。」鏡鸞，即鸞鏡，指妝鏡。南朝范泰〈鸞鳥詩序〉載鸞鳥照鏡，悲鳴而絕。❷漸次　猶逐漸，次第。❸欲寄句　言好夢恨短，欲寄梅花慰相思。《太平御覽》卷十九引《荊州記》曰：「陸凱與范曄為友，在江南，寄梅花一枝詣長安與曄，并贈詩云：『折梅逢驛使，寄與隴頭人。江南無所有，聊贈一枝春。』」❹溼雲　喻梅花。

【語　譯】眉黛淺淡，只因晚來天寒梳妝懶。呵氣蒙妝鏡，溼霧映紅顏，額頭貼花留半面。　梅花逐次開遍，花外行人已去遠。欲寄一枝梅，好夢恨短。露溼花如雲，惆悵把花剪。

【研　析】詞云「花外行人已遠」，當言女子初別相思之情。上片描述女子春寒晚妝之慵懶情態。眉黛淺淡，額花半損，妝已殘，卻對鏡懶梳妝。「潤逼」句細筆描畫女子鏡前凝視之狀，呼吸的水汽蒙罩鏡面，紅顏映透，似霧裡看花。此筆落實「晚寒」二字，亦暗示出女子愣神妝懶之態，流露出寂寞愁懷。

下片抒寫相思之情，筆墨全從寄梅生發，「夢短」與上片「晚寒」相照應。前兩句一言梅花漸盛，一言伊人遠去，為寄梅懷人作鋪墊。末二句言剪梅寄遠。「嫌夢短」，相思入夢，夢短或未及相見，或乍見即醒，情懷悵然，故而「和恨」剪梅欲寄。欲寄未寄，筆墨渟滀，情餘言外。

詞作描述了女子「晚寒妝嬾」及夢後剪梅欲寄兩個片段，脈絡縝密（上片「蛾黛」、「妝嬾」、「鏡鸞」、「額花」，下片「梅花」、「花外」、「一枝」、「翦」等用語貫通無間），筆勢流轉，詞情蘊藉。

尚希尹

尚希尹（生卒年不詳），趙聞禮《陽春白雪》作「向希尹」，字莘老，號畏齋。生平籍貫無考。《全宋詞》錄其詞一首。

浪淘沙

結客去登樓。誰繫蘭舟。半篙清漲雨初收。把酒留春春不住，柳暗江頭。

老去怕閒愁。莫莫休休❶。晚來風惡下簾鉤。試問落花隨水去，還解西流❷。

【注釋】❶莫莫句　意謂萬事皆休莫繫念。《舊唐書・司空圖傳》載其閒居中條山王官谷，修復其先人之濯纓亭，更名休休亭，為作記云：「休也，美也，既休而具美存焉。蓋量其才，一宜休；揣其分，二宜休；耄且聵，三宜休。又少而惰，長而率，老而迂，是三者皆非濟時之用，又宜休也。」且為題〈耐辱居士歌〉曰：「咄咄，休休休，莫莫莫。伎倆雖多性靈惡，賴是長教閒處著。」❷試問二句　問花落水東流，能否西流。解，能。蘇軾〈浣溪沙〉（山下蘭芽短浸溪）：「莫道人生無再少，門前流水尚能西。」

【語譯】呼朋喚友去登樓，何人繫蘭舟？船篙半沒，清江水漲雨初收。把酒留春春不留，江頭陰陰垂柳。

老來怕閒愁，萬事且休莫懷憂。晚來風急，解下簾鉤。試問落花逐水東流去，還能西流否？

【研析】這是一首登樓感懷詞作。「結客去登樓」，而非獨自登樓，乃攜友登樓賞春。上片即描述登樓所見：雨後春江水漲，船篙半沒，蘭舟繫岸，江頭柳色陰陰。「把酒」句則流露出無奈春歸之悵然情懷，為下片歎老鋪墊情調。

過片「閒愁」承「留春春不住」而來。人漸老則易傷懷，正如謝安對王羲之感歎：「中年以來，傷於哀樂。與親友別，輒作數日惡。」羲之曰：「年在桑榆，自然至此。」（《晉書・王羲之傳》）「莫莫休休」，言萬事且休，莫要繫懷。筆意承上句，似自我勸慰，自我解愁，然而身臨晚來風急，花落水流之境，時光流逝、年華老去之悲油然而生：「試問落花隨水去，還解西流。」此結亦與上片「留春春不住」相呼應。

詞作乘興而起，敗興而收。登樓賞春，觸景傷懷，感慨歎惋而筆調跌宕。

柴望

柴望（西元一二一二－一二八〇年），字仲山，號秋堂，又號歸田。衢州江山（今屬浙江）人。嘉熙中為太學上舍，除中書省奏名。淳祐六年（西元一二四六年），進奏《丙丁龜鑒》，忤權相賈似道，詔下府獄。大尹趙節齋疏救，放歸。景炎二年（西元一二七七年）以布衣入朝，特授迪功郎、史館編校，辭歸。宋亡後不仕，自號宋逋臣，與從弟隨亨、元亨、元彪唱詠江湖，時稱「柴氏四隱」。有《道州台衣集》、《涼州鼓吹》，均佚，後人輯為《秋堂集》。《全宋詞》錄其詞十三首。

念奴嬌

春來多困，正晷❶移簾影，銀屏深閉。喚夢幽禽煙柳外，驚斷巫山十二❷。宿酒初醒，新愁半解，惱得成憔悴。髼鬆雲鬢，不忺鸞鏡梳洗❸。

門外滿地香風，殘梅零落，玉糝蒼苔碎❹。乍暖乍寒渾莫擬❺，欲試羅衣猶未。鬪草❻雕闌，買花深院，做❼踏青天氣。晴鳩鳴❽處，一池昨夜春水。

【注釋】❶晷　日影。張衡〈西京賦〉：「白日未及移晷，已彌其十七八。」❷驚斷句　言驚斷歡會好夢。巫山十二，指巫山十二峰。宋玉〈高唐賦序〉稱楚懷王遊高唐，夢與巫山神女歡會。❸鬌鬆二句　言鬢髮蓬亂如雲，卻不願對鏡梳妝。鬌，頭髮蓬亂。忺，欲；願。周邦彥〈滿江紅〉：「晝日移陰，攬衣起、春帷睡足。臨寶鏡，綠雲撩亂，未忺妝束。」❹殘梅二句　言梅花飄零，似碎玉灑落蒼苔。糝，散落。❺乍暖句　言忽暖忽冷全無準。擬，揣度。❻鬬草　古代婦女兒童春日遊戲，尋採奇草，以多者為勝。❼做　成。楊萬里〈竹枝詞〉：「積雪初融做晚晴，黃昏恬靜到三更。」❽晴鳩鳴　春鳩鳴晴。陸佃《埤雅》卷七：「鵓鳩，灰色，無繡項。陰則屏逐其匹，晴則呼之。」陸游〈喜晴〉：「喚婦晴鳩鳴廢圃，歸林棲鶻補危巢。」

【語　譯】春來多慵困，簾幕日影漸移，銀屏深閉。煙柳外，幽禽啼鳴，驚斷巫山夢。宿醉初醒，新愁半未解，惆悵成憔悴。雲鬢蓬亂，無心對鏡梳洗。　門外風吹香滿地。殘梅飄零，灑落蒼苔似玉碎。忽暖忽冷全無憑，單衣欲試尚未成。雕欄深院，鬥草買花，又到踏青天氣。鵓鳩呼晴處，夜漲一池春水。

【研　析】此詞抒寫佳人傷春怨別情懷。上片描述日高夢斷情狀。起筆三句言日上三竿，佳人猶睡。「晷移簾影，銀屏深閉」，承「多困」二字。「喚夢」兩句言鳥鳴驚夢，其境有似金昌緒〈春怨〉：「打起黃鶯兒，莫教枝上啼。啼時驚妾夢，不得到遼西。」「巫山十二」用楚王夢巫山神女典故，暗示男女歡會之夢。此夢驚斷，宿酒初醒愁未醒，悵然懊惱，憔悴自憐，雲鬢蓬亂，慵懶無意梳妝。其情形亦如柳永〈定風波〉（自春來慘綠愁紅）所狀：「暖酥銷，膩雲嚲。終日厭厭倦梳裹。」

詞作下片描繪佳人眼中春景，筆路暗承上片「春來」、「幽禽煙柳」。「門外」三句呈現風吹殘梅景象：梅花似碎玉灑落蒼苔，滿地飄香。「乍暖」二句言天氣乍暖還寒，單衣未試。此為佳人之感受，點明景中之人。雖然餘寒未盡，雕欄庭院鬥草買花情景則令佳人意識到踏青時節來臨，而夜漲春池，鳩鳴春晴更顯露雨後春光盈盈、萬物潤澤之盎然生機。睹此景象，孤寂之佳人不免歎惋「良辰好景虛設」！結末以樂景反襯愁情，深婉雋永。

朱藻

朱藻（生卒年不詳），號野逸。籍貫無考。淳熙十五年（西元一一八八年）為仙居縣令。嘉定十一年（西元一二一八年）通判常州，十六年（西元一二二三年）官大理司直。《全宋詞》錄其詞一首。

採桑子

障泥油壁人歸後❶，滿院花陰。樓影沈沈。中有傷春一片心。
閒穿綠樹尋梅子，斜日籠明。團扇風輕❷。一徑楊花不避人❸。

【注釋】❶障泥句　言遊人車馬歸去後。障泥，垂於馬腹兩側用以遮擋塵土之物。此代指馬。油壁，指油壁車，車壁用油塗飾，古時女子所乘。《玉臺新詠》卷十〈錢塘蘇小小歌〉：「妾乘油壁車，郎騎青驄馬。」❷團扇句　言微風吹拂似團扇輕搖。晏幾道〈更漏子〉（柳間眠）：「遮悶綠，掩羞紅。晚來團扇風。」范成大〈偶題〉：「檐雨初乾團扇風，夕陽芳樹綠蔥蔥。」❸一徑句　言一路楊花撲面。晏殊〈踏莎行〉（小徑紅稀）：「春風不解禁楊花，濛濛亂撲行人面。」

【語譯】寶馬香車人歸後，滿院花陰重重，樓影沉沉。有人一片傷春心。　閒穿綠樹尋青梅。斜陽映照，春風輕拂，一路楊花撲面飛。

【研析】熱鬧的踏青遊樂過後，正所謂「笙歌散盡游人去，始覺春空」（歐陽脩〈採桑子〉）。本詞即抒寫春日歡遊之後空寂傷感。首句為掃空筆法，「障泥油壁」可見盛遊之狀，「人歸後」則一掃而空，一動一靜，以動襯靜。「滿院」二句承上極言其靜，寂靜中透映出境中人之黯然神態，帶出「傷春一片心」。

詞作下片承「傷春」而來，但並未重筆抒發傷愁，而是以疏緩筆調描述夕陽映照下「閒穿綠樹尋梅子」。此舉或為疏解獨對「滿院花陰。樓影沈沈」之悵然情懷，或為遊興未盡使然，而暮春之傷感則隱於筆端。「尋梅子」，則已是「綠樹成陰子滿枝」之時，一春將盡；「斜日籠明」，夕陽映照，一日將盡。暮春黃昏，輕風吹拂，楊花撲面，如晏殊〈踏莎行〉所狀：「春風不解禁楊花，濛濛亂撲行人面。」春去匆匆，無奈歎惋之情溢於言外。

全詞上片筆調較凝重，下片則轉而將傷春之情化作淡淡的惆悵，融於清詞麗句中，耐人回味。

黃 鑄

黃鑄（生卒年不詳），字晞顏（一作亦顏），號乙山。邵武（今屬福建）人。理宗朝知柳州。《全宋詞》錄其詞二首。

秋蕊香令

花外數聲風定。煙際一痕月淨。水晶屏小敧❶翠枕。院靜鳴蛩❷相應。
香消斜掩青銅鏡。背燈影。寒砧❸夜半和雁陣。秋在劉郎綠鬢❹。

【注釋】❶欹 斜靠。❷蛩 蟋蟀。❸砧 搗衣石。此指搗衣聲。❹秋在句 意謂情郎黑鬢染秋色。劉郎，原指東漢劉晨，後泛指情郎。相傳劉晨和阮肇入天台山採藥，遇仙女，留半年而歸，人間已歷七世。參見《藝文類聚》卷七引《幽明錄》。綠鬢，黑亮的鬢髮。吳均〈閨怨〉：「綠鬢愁中改，紅顏啼裏滅。」庾信〈反命河朔始入武州〉：「飛蓬損腰帶，秋鬢落容顏。」

【語譯】風拂花叢，數聲而靜。煙雲天際，一痕新月明淨。水晶小屏邊，斜倚翠枕。院落寂靜，蟋蟀鳴聲相應。

爐香漸盡，銅鏡斜掩，背燈孤影。夜半寒砧聲聲，應和雁陣哀鳴。劉郎綠鬢成秋鬢。

【研析】此詞言秋夜閨怨。上片展現寂靜淒涼之秋夜。起筆二句描畫秋夜外景，風定花靜，天際雲煙淡渺，新月明淨。花、月，透出秋夜之美；「數聲風定」，動而靜，更顯其靜；「一痕月淨」，則流露淡淡的傷怨，為下文閨中人欹枕無眠鋪墊情調。「水晶」句轉到室內：水晶屏下，佳人斜倚翠枕。冷靜的描畫蘊含無盡的愁思，此情融入淒淒蛩鳴聲中，彌漫於院落夜空。

詞作下片筆脈承「水晶」句而細筆描述閨怨。「香消」，夜已深，香漸盡；銅鏡斜掩，暗示無心梳妝；「背燈影」，孤燈孑影相對。筆調仍為冷靜描畫，而佳人獨守空閨情狀顯而易見，下句遂以深夜寒砧雁鳴渲染閨中相思別怨深情，末句「秋在劉郎綠鬢」，以佳人思念想望中的劉郎秋鬢作結，凝墨點睛，兼融遊子思歸、佳人懷遠之愁，言近意遠，令全詞情事豁然，詞盡情未盡。

王同祖

王同祖（生卒年不詳），字與之，號花洲，金華（今屬浙江）人。弱冠入金陵幕。嘉熙元年（西元一二三七年）為大理寺主簿。淳祐九年（西元一二四九年）任建康府通判，次年改添差沿江制置司機宜文字。有《學詩初稿》一卷，錄少作七絕百首，見陳起編《江湖小集》。《全宋詞》錄其詞三首。

阮郎歸

一簾疏雨細於塵。春寒愁殺人。桐花庭院近清明❶，新煙❷浮舊城。　尋蜨夢❸，怯鶯聲。柳絲如妾情。丙丁帖子❹畫教成。妝臺求晚晴。

【注　釋】❶清明　節氣名，陽曆四月五日或六日。❷新煙　新火。舊俗寒食節禁火冷食，節後鑽榆木取新火。寒食節在清明前一、二日。❸尋蜨夢　指入夢尋所思。此用莊周夢蝶典故。見《莊子・齊物論》。❹丙丁帖子　蓋指乞求天晴轉暖的畫符。古時以十干應五行四時，丙丁屬火屬夏。《禮記・月令》「孟夏之月」：「其日丙丁，其帝炎帝，其神祝融。」祝融，司火之神。

【語　譯】簾外疏雨綿綿細如塵，春寒愁殺人。庭院桐花開，時節近清明。新火炊煙漫舊城。　相思欲入夢，怕被鶯聲驚醒。柳絲萬縷似妾情。教人畫成丙丁符，妝樓乞求天放晴。

【研　析】杜牧〈清明〉云：「清明時節雨紛紛，路上行人欲斷魂。」此言清明雨中行人之愁，本詞則言閨中之愁。簾外春雨綿綿，春寒料峭，閨中人愁腸欲斷，一聲悵歎「愁殺人」！「桐花」二句描畫佳人眼中之景，點明節序。「桐花庭院」為近景，為片景；「煙浮舊城」為遠景，為全景，與起句合成煙雨迷漫舊城畫面，映襯佳人之愁情，又與「愁殺人」相應。

詞作下片筆調落到閨中人，以抒情為主。過片所言雖為閨怨類詩詞中習見的鶯聲驚夢，但筆意生新，不言夢斷之悲，轉言夢前之怯。「尋蜨夢」，相思而欲入夢相尋；「怯鶯聲」，害怕鶯聲斷夢。相思夢無成，愁情綿綿如絲柳。無奈之中，只願天晴春暖以緩解思念之愁苦，遂有畫帖乞晴之舉。風雨春寒添離愁，晴好春暖又豈能解離愁？乞晴解愁自枉然，此外又能如何？末二句筆路跳脫而情脈暗通，章法上則可應答起首之「疏雨」、「春寒」。

詞作上片寫景，下片抒情，但意脈情調相通，上片之「愁殺人」三字可貫下片之情；下片之「柳絲」、「求晚晴」亦承上片之景。筆調流轉。

王茂孫

王茂孫（生卒年不詳），字景周，號梅山。籍貫無考。嘉泰二年（西元一二〇二年）任撫州軍事推官。《全宋詞》錄其詞二首。

高陽臺　春夢

遲日❶烘晴，輕煙縷晝，瑣窗雕戶❷慵開。人獨春閒，金猊暖透蘭煤❸。山屏緩倚珊瑚畔❹，任翠陰、移過瑤階。悄無聲，彩翅翩翩，何處飛來❺。片時千里江南路❻，被東風誤引，還近陽臺❼。膩雨嬌雲，多情恰喜徘徊❽。無端枝上啼鳩喚，便等閒❾、孤枕驚回。惡情懷，一院楊花，一徑蒼苔。

【注釋】❶遲日　和暖春日。《詩・豳風・七月》：「春日遲遲，采蘩祁祁。」❷瑣窗雕戶　雕鏤連環花紋之門窗。❸金

猊句　言爐香燃透熏暖。金猊，狻猊形香爐。蘭煤，一種香料。❹山屏句　言倚枕傍曲屏。山屏，曲屏。珊瑚，指珊瑚枕。顧敻〈醉公子〉（漠漠秋雲澹）：「枕倚小山屏，金鋪向晚扃。」鹿虔扆〈思越人〉（翠屏欹）「珊瑚枕膩鴉鬟亂」。❺悄無聲三句　言悄悄入夢。彩翅，指彩蝶。此用莊周夢蝶典故，見《莊子・齊物論》。❻片時句　言夢裡片刻行盡千里江南路。岑參〈春夢〉：「枕上片時春夢中，行盡江南數千里。」❼陽臺　巫山神女所居處。此代指女子居所。宋玉〈高唐賦序〉載楚懷王遊高唐，晝寢夢巫山神女自稱「妾在巫山之陽，高丘之阻。旦為朝雲，暮為行雨。朝朝暮暮，陽臺之下」。❽膩雨二句　言男女歡愛留戀。此亦用楚王夢巫山神女故事。❾等閒　隨意；輕易。

【語譯】春晴日烘暖，白晝輕煙縷縷，慵懶不開瑣窗雕戶。有人獨守春閒，熏香透暖，金猊燃蘭煤。輕倚曲屏枕珊瑚，任綠陰轉過玉階。悄然無聲，彩蝶翩翩，不知何處飛來。　夢中片刻，行盡江南千里路，誤隨東風，又到陽臺。嬌柔纏綿雲雨歡，戀戀多情正徘徊。無端枝頭春鳩鳴，便輕易驚斷孤枕夢。悵然情懷惡，滿院楊花飄零，蒼苔遍布小徑。

【研析】詞作描述春夢，依次展現夢前、夢中、夢後情形場景。起筆二句為外景烘托，明媚和暖的春光中飄浮縷縷輕煙，已有幾許夢境氛圍。「瑣窗」句轉入室內，「慵開」二字，未見其人，先覺其情。「人獨」四句承上細述人之「慵」：爐香透暖，一人獨守春日之閒靜，傍屏倚枕，任花陰移轉，時光流逝。此為夢前情境，孤寂春慵，「暖香惹夢」（溫庭筠〈菩薩蠻〉語），為入夢鋪墊已足。「悄無聲」三句言悄然入夢，化用莊周夢蝶故事，美麗飄忽，初顯春夢之境。

下片前五句承上言春夢情事，雲雨歡洽。過片化用岑參〈春夢〉詩句：「枕上片時春夢中，行盡江南數千里。」夢飛千里江南，誤隨東風到陽臺，於是有「膩雨嬌雲」，多情徘徊。此借巫山神女典故坐實雲雨春夢，但筆涉香豔之嫌，故而歸責於「東風誤引」。此亦搖曳回護之筆。「無端」句以下所言夢醒情狀。春鳩啼鳴，春夢驚斷，孤枕依舊，情懷悵然，眼前楊花飄零，蒼苔滿徑。寂寥淒涼之感溢於言表。

全詞脈絡清晰連貫，筆調豔麗，詞情幽怨。

點絳脣 蓮房❶

折斷煙痕❷，翠篷初離鴛鴦浦。玉纖❸相妬。翻被專房誤❹。　乍脫青衣❺，猶著輕羅❻護。多情處。芳心❼一縷。都為相思苦。

【注釋】❶蓮房　蓮蓬。❷煙痕　指蓮莖間斷而猶連的絲縷。❸玉纖　女子玉手。❹翻被句　意謂蓮子因專居蓮房而被剝開。❺青衣　指蓮蓬綠色表皮。❻輕羅　指蓮子白色皮膜。❼芳心　指蓮子芯。

【語譯】折斷蓮莖，牽絲如煙，蓮蓬新別鴛鴦浦。佳人相妒，玉手摘取。蓮房專居，卻致身誤。　青翠外衣初脫，輕羅薄紗還相護。多情凝聚，一縷芳心，都為相思愁苦。

【研析】詞詠蓮蓬，擬人寓情。起二句言蓮蓬剛從鴛鴦浦採來。「折斷煙痕」，描狀採摘蓮蓬時蓮莖斷而絲連，亦如藕斷絲連，筆調間已有不捨別離之意。「初離」承「折斷」，「鴛鴦」字眼襯托離別之苦。「玉纖」句綰合前兩句，言蓮蓬被採摘離開鴛鴦浦，因而遭佳人相妒。妒其鴛鴦相伴，又妒其專房獨享，蓮蓬遂被破，所謂「翻被專房誤」。此二句可謂無中生有，別出波瀾。

下片描述層層剝開蓮子之狀：剝去青衣似的外皮，呈現輕羅一般的內膜，掰開蓮子便見中間一縷蓮芯。筆法則以佳人為喻，結末因蓮芯味苦而寓託佳人芳心之相思情苦，與起首「初離鴛鴦浦」相呼應。

詞作以採蓮蓬、剝蓮子為描述線索，以佳人別離相思情事為喻，貼切生趣，構思巧妙，筆調細膩。

王易簡

王易簡（生卒年不詳），字理得，號可竹，山陰（治所在今浙江紹興）人。宋末登進士，除瑞安主簿，不赴。隱居城南，有《山中觀史吟》。宋亡後，與王沂孫、周密、李彭老、張炎、仇遠等結社賦詞，見《樂府補題》。《全宋詞》錄其詞七首。

齊天樂

客長安❶賦

宮煙❷曉散春如霧。參差護晴窗戶❸。柳色初分❹，餳香未冷❺，正是清明百五❻。臨流笑語，映十二闌干❼，翠顰紅妬。短帽輕鞍，倦游曾遍斷橋❽路。

東風為誰媚嫵。歲華頻感慨，雙鬢何許。前度劉郎，三生杜牧❾，贏得征衫塵土。心期❿暗數。總寂寞當年，酒籌花譜⓫。付與春愁，小樓今夜雨。

【注釋】❶長安　漢、唐都城，在今陝西西安。此借指南宋都城臨安。❷宮煙　指寒食節後宮中傳新火。韓翃〈寒食〉：「日暮漢宮傳蠟燭，輕煙散入五侯家。」吳自牧《夢粱錄》卷二：「寒食第三日，即清明節，每歲禁中命小內侍於閤門用榆木鑽火……宣賜臣僚巨燭，正所謂『鑽燧改火』者，即此時也。」賀鑄〈沁園春〉：「宮燭分煙，禁池開鑰，鳳城暮春。」❸參差句　言窗牖間晴煙參差飄浮。❹柳色句　言折柳插於門上。吳自牧《夢粱錄》卷二：「清明交三月，節前兩日謂之寒食。京師人從冬至後數起至一百五日，便是此日，家家以柳條插於門，名曰『明眼』。」❺餳香句　言寒食剛過，餳香未散。餳，麥芽糖。舊俗，寒食賣餳。宋祁〈寒食〉：「草色引開盤馬路，簫聲吹暖賣餳天。」❻清明百五　冬至後一百五日為清明。參見注❹。❼十二闌干　極言欄杆之多。秦觀〈調笑令・眄眄〉（戀戀）：「春風重到人不見，十二闌干倚遍。」❽斷橋　橋名，在杭州西湖孤山邊。周密《武林舊事》卷五〈西湖勝概〉「孤山路」：「斷橋，又名段家橋。萬柳如雲，望如裙帶。」❾前度二句　以唐代劉禹錫、杜牧自喻。劉禹錫〈元和十年自郎州承召至京戲贈看花諸君子〉云：「玄都觀裏桃千樹，盡是劉郎去後栽。」貶謫十四年後還京，作〈再游玄都觀〉云：「種桃道士歸何在？前度劉郎今又來。」黃庭堅〈廣陵春早〉：「春風十里珠簾捲，仿佛三生杜牧之。」杜牧有詩云「春風十里揚州路」（〈贈別〉）、「十年一覺揚州夢，贏得青樓薄倖名」（〈遣懷〉）。三生，指前生、今生、來生。❿心期　深心期許之人，即知友。任昉〈贈郭桐廬出溪口見候〉：「客心幸自弭，中道遇心期。」⓫酒籌花譜　指飲酒賞花。酒籌，飲酒行令時計數之具。白居易〈同李十一醉憶元九〉：「花時同醉破春愁，醉折花枝作酒籌。」花譜，載錄四季花卉之譜牒。姜夔〈側犯〉（恨春易去）：「寂寞劉郎，自修花譜。」

【語譯】曉來宮煙飄散，春色如霧。窗牖間，晴煙參差飄浮。初分柳枝插門庭，餳香未消，時節正值清明。臨水談笑，曲欄倒映，翠葉生愁花相妒。短帽輕衫快馬，倦遊賞，曾踏遍西湖路。　東風為誰展媚嫵？頻感慨歲華流逝，雙鬢白髮添幾許。似前度劉郎重來，杜牧一生漂泊，落得征衫滿塵土。知交默數。當年歡飲賞花，總歸寂寞孤獨。盡付春愁，今夜小樓聽雨。

【研析】這是一首清明夜雨重客臨安所賦之詞。上片為追憶昔日都城清明遊賞情形，「倦游曾遍斷橋路」一句點出。前五句寫景，點明節候。寒食禁火冷食，節後是清明，宮中傳新火，清曉煙散如霧，參差飄浮於晴光映照的窗牖間。門上插柳，翠色拂庭，寒食賣餳尚留餘香。宮煙、柳色、餳香，均切合都城清明風物。「臨流」句以下重現往日倚欄臨水，吟賞談笑，短帽輕衫，走馬遍遊西湖美景。「翠顰紅妬」一句，言遊興之盛令翠葉紅花生妒。

上片結句已從追憶中跳出，下片順承抒寫如今之感慨。時光流逝，年華老去，而春風依舊盡展嫵媚，遂觸發「為誰」一問，突兀而怨激，感慨無盡。「歲華」二句悵歎華年已逝；「前度」三句慨歎身世飄零；「心期」三句思念故友知交及當年同遊歡賞，而今總歸寂寞。重重悲慨入春愁，小樓無眠聽夜雨。「付與春愁」為情之歸結；「小樓今夜雨」，則無限愁思盡在雨聲中。

詞作撫今追昔，虛實映襯。寫景細膩，紀遊生動，述懷沉鬱跌宕。

酹江月

暗簾吹雨，怪西風梧井，淒涼何早。一寸柔情千萬縷，臨鏡霜痕❶驚老。雁影關山，蛩❷聲院宇，做就新懷抱。湘皋遺佩❸，故人空寄瑤草❹。　已是搖落堪悲❺，飄零多感，那更長安道。衰草寒蕪吟未盡，無那❻平煙殘照。千古閒愁，百年往事❼，不了黃花笑❽。漁樵深處，滿庭紅葉休掃。

【注　釋】❶霜痕　雙鬢。❷蛩　蟋蟀。❸湘皋句　意謂仙道空幻不可求。舊題劉向《列仙傳．江妃二女》載江漢神女遇鄭交甫，解佩相贈。交甫行數十步，佩與神女皆不見。❹故人句　言未能應故人相邀隱居。瑤草，傳說中的仙草。東方朔〈與友人書〉：「不可使塵網名韁拘鎖，怡然長笑，脫去十洲三島，相期拾瑤草，吞日月之光華，共輕舉耳。」❺搖落堪悲　言秋日草木凋零堪悲。宋玉〈九辯〉：「悲哉秋之為氣也，蕭瑟兮草木搖落而變衰。」❻無那　無奈。晏殊〈玉樓春〉〈玉樓朱閣黃金鎖〉：「朝雲聚散真無那，百歲相看能幾個。」❼千古二句　言人生多憂愁。〈古詩十九首〉：「生平不滿百，常懷千歲憂。」百年，指平生，亦兼指靖康之難以來百餘年。❽不了句　言菊花笑對人間悲愁無盡。不了，不盡。程垓〈烏夜啼〉：「白酒欺人易醉，黃花笑我多愁。」

【語　譯】簾暗細雨飄拂，西風緊，井梧葉落，歎淒涼秋來太早！一寸柔情，千絲萬縷，對鏡覽霜鬢，驚覺年華老。雁影飛掠關山，蛩聲響遍院宇，觸發新愁縈懷抱。湘濱失仙佩，空負故人相邀拾瑤草。　已是草木搖落令人悲，飄零多感慨，更那堪身臨故都道！衰草寒蕪，悵吟不盡，無奈荒煙漠漠，夕陽殘照。千古興亡，百年亂離，悲愁何時了！秋菊依舊開顏笑。漁樵幽隱處，落葉滿庭不必掃。

【研析】詞中有云「那更長安道」，為客居臨安感時悲秋之作。起筆入秋，秋風秋雨，井梧零落，一派淒涼意。「怪」、「何早」之語見出驚秋之情。「一寸」句承「淒涼」之秋意，筆調轉入悲秋。「柔情千萬縷」為總筆。覽霜鬢而驚覺年華老去，此為歎老遲暮之悲；雁飛關山，蛩鳴庭院，此寓飄零客居之悲。歲之將暮，人之將暮，大雁南歸，人尚淹留，孤館聽蛩聲，所謂「新懷抱」已是不言而喻。「湘皋」二句蕩開一筆，蓋因雁歸而念及故人相邀隱居學仙之事，未能應邀，故言仙佩遺失，「空寄瑤草」。

上片悲秋筆調側重於自身，下片筆涉時世感慨。過片「已是」二句結上，「那更長安道」轉入都城秋日蕭瑟蒼涼之悲。「衰草寒蕪」、「平煙殘照」，為「長安道」所見景象，荒敗淒涼。「吟未盡」、「無那」承應「那更」，深深的悲慨蓄而待發。「千古」二句承上抒發世事滄桑之悲，遠則千古盛衰興亡，近則百年國破亂離。人世悲恨相續無了時，黃花依舊展笑顏。「黃花笑」點醒世事悲慨之人，末二句超然遁入「漁樵深處」，任春去秋來，花開葉落，我自瀟灑送日月。然此非詞人身臨之境，乃想望期待之境，與上片結末虛實呼應。

詞作於悲秋中寄寓遲暮飄零之傷愁、世事盛衰之悲慨，筆調跌宕頓挫，詞情沉鬱騷雅。

慶宮春

謝草窗惠詞卷❶

庭草春遲，汀蘋香老，數聲佩悄蒼玉。年晚江空，天寒日暮，壯懷聊寄幽獨。倦游多感，更西北、高樓❷送目。佳人❸不見，慷慨悲歌，夕陽喬木。

紫霞洞杳雲深，裊裊餘音，鳳簫誰續❹。〈桃花賦〉❺在，〈竹枝詞〉❻遠，此恨年年相觸。翠戕芳字，謾重省、當時顧曲❼。因君凝竚，依約吳山❽，半痕蛾綠❾。

【注釋】❶草窗惠詞卷　指周密（號草窗）惠贈手定詞集《蘋洲漁笛譜》。❷西北高樓　泛言高樓。〈古詩十九首〉：「西北有高樓，上與浮雲齊。」❸佳人　指友人。江淹〈擬休上人怨別〉：「日暮碧雲合，佳人殊未來。」❹紫霞三句　意謂楊纘妙曲雅詞，何人能續？楊纘（西元？－一二六五年），字繼翁，號守齋，又號紫霞。好古博雅，知音善琴，有《紫霞洞譜》傳世。周密《齊東野語》卷十八云：「往時余客紫霞翁之門。翁知音妙天下，而琴尤精詣，自製曲數百解，皆平淡清越，灝然太古之遺音也。」鳳簫，簫之美稱。舊題劉向《列仙傳》載蕭史、弄玉夫婦善吹簫，作鳳鳴，後駕鳳仙去。❺桃花賦　皮日休所作。此借指周密詞作。按，皮日休〈桃花賦序〉稱有感於宋璟〈梅花賦〉而作。張炎《詞源》卷下：「近代楊守齋精於琴，故深知音律，有《圈法周美成詞》。與之游者周草窗、施梅川、徐雪江、奚秋崖、李商隱，每一聚首，必分題賦曲。」周密詞作題序多處提及楊纘。❻竹枝詞　中唐盛行之曲，為劉禹錫據巴蜀俚曲改製而成。此借指楊纘所製曲詞。周密《浩然齋雅談》卷下載楊纘「所度曲多自製譜，後皆散失」。❼顧曲　指楊纘聽琴辨誤。周密《浩然齋雅談》卷下載楊纘洞曉律呂，「當廣樂合奏，一字之誤，公必顧之。故國工樂師無不歎服，以為近世知音無出其右者」。❽吳山　在西湖東南。春秋時為吳國南界，故名。一說因伍子胥而得名，訛「伍」為「吳」，亦名胥山。❾蛾綠　一種畫眉顏料，或謂即石墨。此指山色。《東坡志林》卷五：「《大業拾遺記》：宮人以蛾綠畫眉。」

【語譯】庭院草芳，春日和暖。汀洲蘋老香消，玉佩數聲漸悄然。歲晚江渺，天寒日暮，壯懷豪興，且寄幽隱獨處。倦遊羈旅多感觸。更西北高樓遠望，知音不見，慷慨悲歌，夕陽映照喬木。　紫霞洞深雲霧邈，鳳簫餘音裊裊，誰為承續？草窗詞在，繼翁曲散，此恨年年觸心緒。綵箋清詞麗句，空追憶，當時聽曲審律辨音誤。為君凝神佇望，吳山隱現半痕蛾綠。

【研析】周密以手定詞卷《蘋洲漁笛譜》分贈諸友，王沂孫、李萊老、毛珝等均賦詞題詠。本詞亦然。起筆二句妙合「草窗」、「蘋洲」之稱，又暗寓詞卷詠春賦秋之情景。「數聲」句喻其詞作聲韻之美妙。此三句為總筆，「年晚」句以下分述詞卷所蘊情境：或幽居獨處，歲晚天寒之時，面對江空日暮，聊遣壯懷豪興；或羈旅倦遊，感慨多端；或登樓遠目，夕陽映照，知音不見，慷慨悲歌。

下片筆調由詞作轉到相關背景情事，追懷紫霞翁楊纘，亦稱賞草窗詞堪續紫霞餘音。張炎《詞源》卷下謂楊纘「深知音律」，「與之游者周草窗、施梅川、徐雪江、奚秋崖、李商隱，每一聚首，必分題賦曲」。周密詞作題序多有提及，如〈采綠吟〉（采綠鴛鴦浦）序云「甲子夏，霞翁會吟社諸友逃暑於西湖之環碧」，「酒酣，采蓮葉，探題賦詞。余得〈塞垣春〉，翁為翻譜數字，短簫按之，音極諧婉，因易今名」；〈齊天樂〉（宮檐融暖晨妝嬾）序云「紫霞翁開宴梅邊」，「施中山賦之，余和之」；〈倚風嬌近〉（雲葉千重）題云「填紫霞譜賦大花」。可見周密填詞，協律合樂上得益於楊纘良多，本詞過片即落筆於此：紫霞翁之妙曲餘音，誰堪承繼？「〈桃花賦〉在」，即謂草窗詞卷堪續紫霞餘音，如皮日休〈桃花賦〉之承宋璟〈梅花賦〉。然紫霞翁已故去多年，其所製曲譜散佚不存，令人感觸悵恨！今讀草窗此卷，徒然追想紫霞當年審音度曲情形，黯然凝神佇望，吳山隱約，似半痕愁眉黛綠。此情亦如周密追懷紫霞之悲感：「往時余客紫霞翁之門。翁知音妙天下，而琴尤精詣，自製曲數百解，皆平淡清越，灝然太古之遺音也。……然翁往矣！回思著唐衣，坐紫霞樓，調手製閒素琴，新製〈瓊林〉、〈玉樹〉二曲，供客以玻瓈瓶洛花，飲客以玉缸春酒，笑語竟夕不休，猶昨日事。而人琴俱亡，冢土之木已拱矣，悲哉！」（《齊東野語》卷十八）

詞作上片切題賦詠，述草窗詞情詞境，下片蕩開詞筆，追念草窗依曲填詞所師之紫霞翁，筆調頓挫流轉。上、下片均以景結情，情韻悲慨幽邈。

張桂

張桂（生卒年不詳），字惟月，號竹山。祖籍鳳翔府（今屬陝西）。張俊從子四世孫。《全宋詞》錄其詞二首。

菩薩蠻

東風忽驟無人見。玉塘❶煙浪浮花片。步逕下香階。苔黏金鳳鞋❷。翠鬟愁不整。臨水閒窺影。摘得野薔薇。游蜂相趁❸歸。

【注釋】❶玉塘　猶言玉池，池塘之美稱。李商隱〈碧城〉：「對影聞聲已可憐，玉池荷葉正田田。」❷金鳳鞋　金鳳圖飾之繡鞋。❸相趁　相追隨。

【語譯】東風驟起無人見。池塘煙波，漂蕩落花片片。露溼步履下香階，苔黏金鳳繡鞋。　愁來翠鬟不整，閒來臨水照影。摘得一枝野薔薇，遊蜂相隨同歸。

【研析】詞作擇取女子日常生活片斷抒寫其春日閒愁。起筆二句鋪設背景：寂靜春曉，東風驟起，池塘煙裊，落花漂蕩。傷春意緒已在不言中。「步逕」二句，詞中人物出場，一位女子走下潮溼的香階，青苔黏上金鳳繡鞋。

詞作下片承前描述女子來到庭院後的舉止：臨池照影；採摘野薔薇。此非急不可待之事，女子何以不顧地面潮溼，也不管蒼苔黏汙繡鞋？「愁」、「閒」二字點出原由：慵閒無聊，愁緒縈懷，無意梳妝，更無心顧及路溼苔滑。徘徊池邊，獨步苔徑，只為遣愁散悶。然「臨水窺影」，見其翠鬟不整之身影與片片落花同浮蕩，則其自憐自悲之情不難想見：青春流逝亦如春花飄零！歎惋中有憐惜，花落殆盡，堪悲！野薔薇尚未凋零，堪惜！摘得一枝歸來，遊蜂相追隨，愛花惜春，亦寄寓自惜青春之情。

詞作以冷靜描述為主，僅以「愁」、「閒」二字透露其情，令讀者如臨其境，目睹詞中人之舉止，細品其無奈之閒愁，情韻雋永。

浣溪沙

雨壓楊花❶路半乾。蜂遺花粉在闌干。牡丹開盡正春寒。

嬾品幺絃金雁並❷，瘦驚雙釧玉魚寬❸。新愁不放翠眉間❹。

【注釋】❶雨壓楊花　言雨後楊花溼重不能飄飛。❷嬾品句　言意興慵懶，箏琶均無心品彈。幺絃，琵琶第四絃。此代指琵琶。金雁，箏柱，排列如雁陣，故云。此代指箏。❸瘦驚句　言驚見體瘦。釧，手鐲。玉魚，玉製魚形佩飾。❹新愁句　言眉間不露新愁。

【語譯】雨後楊花霑地飛不起，路面半已乾。遊蜂遺落花粉在欄杆。正春寒，牡丹花開遍。　情慵意倦，箏琶均無興致彈。憔悴瘦損，驚見雙臂玉鐲寬。新愁不露翠眉間。

【研析】詞言女子傷春情懷。上片描述女子倚欄所見景象。一場春雨剛過，寒意陣陣。風吹路面已半乾，卻無柳絮飛揚。牡丹已開遍，遊蜂採得花粉遺落在欄杆。「雨壓楊花」，筆調生新而有意趣，「壓」字似亦暗示出女子心緒憂鬱。「蜂遺花粉」一句筆調細膩，見出女子佇倚欄杆、觸景細思之狀，「正春寒」亦透露其心境之淒涼。

詞作抒寫女子愁懷。相伴相守的箏琶亦無興致擺弄，此言意興慵懶；驚見手鐲寬鬆，此言憔悴體瘦。身、心之傷損均為愁苦所致，末句點出「新愁」，而言「不放翠眉間」，則深藏心間默默承受。此較李清照之「才下眉頭，卻上心頭」（〈一翦梅〉）更翻深一層。

張　磐

張磐（生卒年不詳），字叔安，號梅崖。宋末曾為嵊縣（今屬浙江）縣令。有《梅崖集》，失傳。《全宋詞》錄其詞二首。

綺羅香

漁浦❶有感

浦月窺檐，松泉漱枕❷，屏裏吳山❸何處。暗粉疏紅，依舊為誰勻注❹。都負了、燕約鶯期❺，更閒卻、柳煙花雨。縱十分、春到郵亭❻，賦懷應是斷腸句。

青青原上薺麥，還被東風無賴❼，翻成離緒。望極天西，惟有隴雲江樹❽。斜照帶、一縷新愁，盡分付、暮潮歸去❾。步閒階、待卜心期❿，落花空細數。

【注釋】❶漁浦　在蕭山縣（今屬浙江）西三十里，相傳為舜帝捕魚處。見施宿等《會稽志》卷十。❷松泉漱枕　松林泉聲縈繞枕邊。❸吳山　在西湖東南。春秋時為吳國南界，故名。一說因伍子胥而得名，訛「伍」為「吳」，亦名胥山。❹勻注　均勻地點染妝飾。趙佶〈燕山亭・見杏花作〉：「裁翦冰綃，輕疊數重，冷淡臙脂勻注。」❺燕約鶯期　喻男女期約。張炎〈綺羅香〉（候館深燈）：「今休問，燕約鶯期，夢遊空趁蝶。」❻郵亭　驛館，遞送文書投止之所。❼無賴　煩擾多事。王安石〈宋城道中〉：「宿草連雲青未得，東風無賴只驚塵。」❽望極二句　西望天際，惟見雲山江樹。謝朓〈之宣城出新林浦向板橋〉：「天際識歸舟，雲中辨江樹。」❾盡分付句　全交付暮潮帶去。毛滂〈惜分飛〉（淚溼闌干花著露）：「今夜山深處，斷魂分付潮回去。」❿心期　心願。陸淞〈瑞鶴仙〉（臉霞紅印枕）：「待歸來，先指花梢教看，卻把心期細問。」

【語譯】漁浦明月窺簷，松間泉聲繞枕，屏上吳山何處？脂粉暗淡，依舊為誰細抹勻注？燕鶯期約都辜負，更一任煙籠翠柳，落花如雨。縱然十分春色到郵亭，賦詞詠懷，也應是斷腸句。　原上蘼麥青青，卻被多事東風吹拂，撩惹離愁千萬緒。西望天際，唯見雲山江樹。斜陽攜來一縷新愁，全交付晚潮帶去。閒步下香階，欲卜心中願，空把落花細數。

【研析】這首詞當為漁浦旅宿懷人之作。起筆即呈現漁浦夜宿，相思無眠情狀。夜月窺簷，泉聲繞枕，屏風相伴無眠。「吳山何處」一問則透出心之所思，蓋所戀之人在臨安。「暗粉」二句遙想佳人依舊淺妝淡抹。「為誰」之問，可與「吳山何處」對應，點出佳人心之所思。一種相思兩處愁，都辜負了春天的美好期約，悵然無奈，一任落花如雨，煙籠翠柳。郵亭孤旅，春色再美亦斷腸，更何況「柳煙花雨」春已暮！傷別又傷春。

過片承前「斷腸」語，以「青青原上蘼麥」引出「離緒」。以萋萋芳草興愁喻愁，詩詞中習見，此言滿目青青蘼麥，被東風「翻成離緒」，則筆調揮動，愁情搖蕩。「望極」句承「離緒」，乃遠望寄別情，所念之人在臨安，漁浦之西，故云「天西」。下文之「隴雲江樹」、「斜照」、「暮潮」均為望中景象。斜陽映照，雲山茫茫，江樹渺渺，更添新愁。言將愁盡付暮潮歸去，乃愁懷難遣之怨激語，「歸去」，亦心之所歸。結末二句承「歸去」筆意，料想佳人盼歸情狀：細數落花卜歸期。此乃孤寂相思，聊以遣愁之舉，然「卜心期」亦成空，落花之悲，思念之愁，溢於言外。

詞作融貫漁浦暮春之月夜、晝日、黃昏景象，寄寓羈旅相思之情，遙想所念之人，神飛筆隨，而意脈情勢貫通一體。筆調婉麗流轉，情韻回蕩悠然。

浣溪沙

習習輕風破海棠❶。秋千移影上回廊。晝長蝴蝶為誰忙。

度柳早鶯分暖綠，過花小燕帶春香❷。滿庭芳草又斜陽。

【注　釋】❶習習句　言春風和煦，海棠綻開。習習，言風輕和順。《詩・邶風・谷風》：「習習谷風，以陰以雨。」❷度柳二句　言春暖春芳，早鶯穿綠柳，新燕掠花梢。白居易〈錢塘湖春行〉：「幾處早鶯爭暖樹，誰家新燕啄春泥。」

【語　譯】輕風吹拂，海棠綻放。秋千日影，漸移上曲廊。白晝漫長，蝴蝶為誰奔忙。　早鶯穿飛向陽柳林，新燕掠過芬芳花梢。滿庭芳草，斜陽映照。

【研　析】這是一首題詠春景之作，一句一畫面：首句，海棠花在和煦的春風中綻放，「破」字見出春風吹開海棠之動態；「秋千」句，秋千日影上回廊，「移」、「上」二字見出時光流逝，秋千、回廊，暗示出畫中之人；「晝長」句，花叢中蝴蝶飛舞，「晝長」與「移影」，蝴蝶忙與海棠花開，均意脈相通，「為誰忙」之問則流露出詞中人意興慵懶情態，「秋千移影」、「晝長」亦為慵閒中所能覺察感受。

詞作過片仍承「忙」字筆意，言鶯穿翠柳，燕掠花梢，亦成兩幅畫面，而「分暖綠」、「帶春香」言早鶯新燕分享春光日暖、綠意芳香，此乃畫筆所不能及。末句以「芳草又斜陽」畫面作結，由動歸靜，透露出淡淡的悵然情懷，「又」字則更添歎惋無奈之情韻。

詞作以寫景為主，而於上、下片結句點出詞中人及其情懷，撩動詞境。筆調清麗，詞情含蓄。

張林

張林（生卒年不詳），字去非，號樗岩。德祐元年（西元一二七五年）為池州都統制，降元。《全宋詞》錄其詞二首。

糖多令

金勒鞚花驄❶。故山雲霧中。翠蘋洲、先有西風。可惜嫩涼時枕簟❷，都付與、舊山翁❸。

雙翠合眉峰❹。淚華分臉紅❺。向樽前、何太忽忽。纔是別離情便苦，都莫問、淡和濃❻。

【注釋】❶金勒句　指勒馬駐足。勒，有嚼口的馬絡頭。鞚，控馭。花驄，泛指駿馬。蘇軾〈虢國夫人夜游圖〉：「佳人自鞚玉花驄，翩如驚燕踏飛龍。」❷枕簟　枕席。❸山翁　原指晉代山簡。此借指優遊醉賞之士。史載山簡鎮襄陽，「時四方寇亂，天下分崩，王威不振，朝野危懼。簡優游卒歲，唯酒是耽。諸習氏，荊土豪族，有佳園池。簡每出遊嬉，多之池上，置酒輒醉，名之曰高陽池。」（《晉書・山簡傳》）❹雙翠句　指雙眉蹙翠。❺淚華句　指淚流紅頰。韋莊〈天仙子〉（夢覺雲屏依舊空）：「一日日，恨重重。淚界蓮顋兩線紅。」❻都莫問句　意謂休問酒淡酒濃。韋莊〈菩薩蠻〉：「勸君今夜須沉醉，樽前莫話明朝事。珍重主人心，酒深情亦深。」

【語　譯】勒馬駐足，故山雲霧繚繞。青蘋汀洲，有西風先到。可惜初秋微涼好睡眠，都交給舊日同遊醉歡諸友。　翠眉蹙成峰，淚流雙頰紅。把酒悵歎太匆匆！只要別離情便苦，都休問樽酒淡和濃！

【研　析】詞言羈旅別愁。起二句呈現出勒馬駐足回望，故山雲霧茫茫之畫面，無限思念蘊於其間。「翠蘋洲」一句言秋風起蘋洲，拂蕩思親念友之愁緒，如漢武帝〈秋風辭〉所歌「秋風起兮白雲飛，草木黃落兮雁南歸。蘭有秀兮菊有芳，懷佳人兮不能忘」。「可惜」二句自歎秋涼時節孤旅獨愁，欣羨舊友優遊醉眠。歎惋筆調中寄寓對昔日與友醉遊歡賞時光的留戀以及對故友的思念。

詞作下片回想佳人別離情形，即所謂「懷佳人兮不能忘」。愁眉雙蹙，淚流紅頰，此為佳人灑淚送別。「向樽前」一句承前點出匆匆別離情事。末二句直抒別情淒苦。前句承「太忽忽」，但凡「別離情便苦」，更何況別離太匆匆！下句承「樽前」，酒淡情亦苦，酒濃情亦苦，故休問「淡和濃」。筆法上，「雙翠」二句描畫別離情狀，落筆於佳人；「向樽前」三句抒寫別離愁苦，詞筆則關合兩情，歎匆匆、離情苦，均為離別雙方情懷。結句「都莫問」三字語氣斷然，情韻回蕩。

柳梢青　燈花

白玉枝頭，忽看蓓蕾，金粟❶珠垂。半顆安榴❷，一枝濃杏，五色薔薇。

何須羯鼓聲催❸。銀釭裏、春工四時❹。卻笑燈蛾，學他蜂蝶，照影頻飛。

【注　釋】❶金粟　桂花。此喻燈花。辛棄疾〈踏莎行〉：「弄影闌干，吹香巖谷。枝枝點點黃金粟。」❷安榴　安石榴，即石榴，漢武帝時傳自西域安國，故稱。此喻燈花。❸羯鼓聲催　指羯鼓催花。羯鼓，古代少數民族一種打擊樂器。南卓《羯鼓錄》載唐玄宗嘗於小殿內亭臨軒擊羯鼓，奏自製曲〈春光好〉，庭下柳杏因之吐芽綻蕾。❹銀釭句　意謂燈花四季綻放。銀釭，銀色燈盞。晏幾道〈鷓鴣天〉（彩袖殷勤捧玉鐘）：「今宵剩把銀釭照，猶恐相逢是夢中。」春工，春季造化之工。柳永〈剔銀燈〉：「何事春工用意，繡畫出、萬紅千翠。」

【語譯】似白玉枝頭，忽見含苞花蕾，如金桂珠粒低垂。漸成半顆石榴，一枝紅杏，五彩薔薇。何須羯鼓聲催促。銀燈裡，四季如春花簇簇。卻笑燈蛾，學那蜜蜂粉蝶，燈光照影頻飛舞。

【研析】詞詠燈花。上片落筆於「花」字，「白玉枝」喻銀燭，「忽看蓓蕾」句以下用花蕾、金桂、石榴、紅杏、五色薔薇等一連串比喻，描狀燈花形、色之變化，其形從初結似蓓蕾，到成串似低垂的金桂，堆疊似剖開的石榴，結瓣相連似杏花，似薔薇；其色從金黃漸變為紅色、濃豔、多彩。工筆描畫，且展現出燈花凝結漸繁之過程。

詞作下片由形、色深入理趣，以春花為對襯，意趣更進一層。唐玄宗擊羯鼓，一曲〈春光好〉催開柳芽杏蕾，而燈花隨時綻放不用羯鼓催；春花開一季，燈花開四時。此皆燈花之勝春花。結末筆調突轉，燈花並非春花，故而燈蛾學蜂蝶「照影頻飛」實屬可笑。翻筆掃卻種種虛擬比喻，顯露燈花本真，有撥雲見日之效。

全詞筆墨大都落在「花」字，極力描狀渲染，繼以「銀釭」一語落到「燈」字，筆意仍順勢推進，末以「燈蛾」、「蜂蜨」分別落實「燈」、「花」二字，筆意則以「卻笑」一語翻轉回落到所詠之物，構思巧妙有意趣。

朱昂孫

朱昂孫（生卒年不詳），字令則，號萬山。《全宋詞》錄其詞一首。

真珠簾

春雲做冷❶春知未。春愁在、碎雨敲花聲裏。海燕已尋蹤，到畫溪沙際。院落秋千楊柳外，待天氣、十分晴霽。春市❷。又青帘❸巷陌，紅芳歌吹。　須信處處東風，又何妨對此，籠香覓醉。曲盡索餘情，奈夜航催離。夢滿冰衾身似寄。算幾度、吳鄉煙水。無寐。試明朝說與，西園❹桃李。

【注　釋】❶做冷　造成寒冷。史達祖〈綺羅香‧詠春雨〉：「做冷欺花，將煙困柳，千里偷催春暮。」❷春市　春日集市。范成大〈立春日郊行〉：「日滿縣前春市合，潮平浦口暮帆多。」❸青帘　指酒旗，古時酒家掛的幌子。辛棄疾〈鷓鴣天〉（春日平原薺菜花）：「多情白髮春無奈，晚日青簾酒易賒。」❹西園　本指漢上林苑，又漢末曹操在鄴都（今河北臨漳）建有西園。後泛指園林。

【語　譯】春雲凝寒，春天可知否？花叢雨聲簌簌，迷漫春愁。燕尋舊蹤跡，已到如畫清溪沙際。院落秋千，楊柳掩映，只待雨後放晴天明麗。春日集市，巷陌飄酒旗，粉芳紅豔笙歌飛。　定然是東風處處吹。對此良辰，何妨偎翠倚香，暢飲歡醉。曲盡戀餘情，無奈夜船啟航催別離。衾冷似冰幽夢醒，身世飄零如寄。細算來，幾度漂泊吳鄉煙波裡。長夜無寐。待明朝，試與西園桃李訴說心跡。

【研　析】這首詞抒寫春日羈旅愁情。起筆二句於情景交融中點明春愁：春雲透冷，雨打花叢，愁緒迷漫。「春知未」一問，顯露出對綿綿陰雨的煩愁以及對晴好春日的期盼。春已來臨，清溪沙際，風景如畫，新燕掠飛；秋千院落，楊柳垂拂，似靜靜等待晴好春光臨照。「待天氣」一句承秋千楊柳而言，亦為詞中人之期待，與起筆意脈呼應。「春市」句以下，筆調落到集市巷陌，歌樓酒館，燈紅酒綠，粉香飄浮，笙歌飛揚。此番熱鬧歡賞景象或可消融陰雲細雨帶來的春愁。

詞作過片承「春市」之場景氛圍，言東風遍吹，春意盎然，對此良辰，不妨歌酒醉賞。「須信」、「何妨」二語見出擬作疏狂歡醉之情態，「曲盡」二句轉歸現實之無奈：曲終情依依，夜船催別離。其情狀亦如柳永〈雨霖鈴〉之「方留戀處、蘭舟催發」。「夢滿」句以下述別後情懷：衾冷夢醒，船行煙波裡，悵歎身世漂泊無定，孤寂無眠，羈旅愁苦，試待明朝對西園桃李傾訴。末筆綰合春時，然桃李無言，淒涼之情溢於言外。

詞作上片以春愁、春景、春市鋪墊別離情境，筆調流轉婉麗；下片抒寫離別旅愁，筆調跌宕沉鬱。春愁旅愁相融相蕩於煙波夜色中，彌漫無際。

吳大有

吳大有（生卒年不詳），字有大，號松壑。嵊縣（今屬浙江）人。寶祐間遊太學，率諸生上書言賈似道奸狀。退居林泉，與林昉、仇遠、白珽等七人以詩酒相娛。元初辟為國子檢閱，不赴。《全宋詞》錄其詞一首。

點絳脣

送李琴泉

江上旗亭❶，送君還是逢君處。酒闌❷呼渡。雲壓沙鷗暮。漠漠蕭蕭❸，
香凍梨花雨❹。添愁緒。斷腸柔櫓❺。相逐寒潮去。

【注釋】❶旗亭　酒樓。懸旗為酒招，故稱。❷酒闌　謂酒筵將盡。《史記・高祖本紀》：「酒闌，呂公因目固留高祖。」裴駰集解引文穎曰：「闌言希也。謂飲酒者半罷半在，謂之闌。」❸漠漠蕭蕭　言霧濛濛，雨瀟瀟。許渾〈送薛秀才南游〉：「繞壁舊詩塵漠漠，對窗寒竹雨蕭蕭。」❹香凍句　言梨花帶雨香凝。❺柔艣　輕柔的搖櫓聲。艣，同「櫓」。划船工具。楊萬里〈發揚港渡入交口夾〉：「柔艣殊清響，征人自厭聽。」

【語譯】江邊酒樓，送君離去，還是逢君處。別筵將盡船呼渡。暮雲沉沉籠鷗鷺。霧濛濛，雨瀟瀟，梨花潤溼凝冷香。愁緒平添，櫓聲斷腸。帆逐寒潮去茫茫。

【研析】此為送別詞作。切題而入，點出江上餞別友人。同此旗亭，昔日相逢，今日別離，相逢之歡情更增相別之愁苦，感慨唏噓之情狀盡在不言中。「酒闌」言別筵將盡，把酒贈別之具體情形隱於言外；「呼渡」，即離船催發，催呼聲中依依告別。「雲壓」句承「呼渡」，轉目江上，暮靄沉沉，沙鷗隱約。黯然傷別之情融於景中。

過片承上，渲染氛圍，江天雲霧茫茫，春雨瀟瀟，寒意料峭。「香凍梨花雨」，言梨花時節，春寒冷雨，然其字面又幻化出佳人傷懷灑淚景象，如白居易〈長恨歌〉之「玉容寂寞淚闌干，梨花一枝春帶雨」。實景幻象均平添無限愁緒。末二句目送行船漸漸遠去，柔櫓聲聲搖蕩離腸，帆逐寒潮飄逝於茫茫夜色之中，離愁別緒隨之迷漫於水雲間。

詞作詳略精當，「江上旗亭」、「酒闌呼渡」、「相逐寒潮去」三句十三字便斷續連成送別之完整情事，筆墨簡括；其餘六句二十八字均用於抒寫離情別恨，或搖曳詞筆（「送君」句），或情景相融（「雲壓」句、「漠漠」句），或虛實相生（「香凍」句），或直述情懷（「添愁緒」二句），筆調多姿，詞情回蕩。

張炎

張炎（西元一二四八—一三二〇?年），字叔夏，號玉田，又號樂笑翁。祖籍鳳翔（今屬陝西），寓居臨安（今浙江杭州）。張俊六世孫。早年家境優裕，詩酒嘯傲於湖山風月間。景炎元年（西元一二七六年），元軍攻陷臨安，家道衰敗，落拓江湖。祥興二年（西元一二七九年），與唐珏、王沂孫、周密等賦詞詠白蓮花諸題，暗斥元僧楊璉真伽盜掘會稽宋帝陵寢，集為《樂府補題》。元世祖至元二十七年（西元一二九〇年）曾北上大都（今北京）寫金字《藏經》，次年南歸，流落江浙以終。有《詞源》二卷、《山中白雲詞》八卷。《全宋詞》錄其詞三百零二首。

壺中天

養拙❶夜飲，客有彈箜篌者，即事以賦。

瘦筇❷訪隱，正繁陰❸閒鎖，一壺幽綠❹。喬木蒼寒圖畫古，窈窕人行韋曲❺。鶴響天高，水流花淨，笑語通華屋❻。虛堂❼松外，夜深涼氣吹燭。

樂事楊柳樓心❽，瑤臺月下，有生香堪掬❾。誰理商聲❿簾戶悄，蕭颯懸璫鳴玉⓫。一笑難逢⓬，四愁休賦⓭，任我雲邊宿。倚闌歌罷，露螢⓮飛下秋竹。

【注釋】❶養拙　指養拙園，在臨安城內。周密有詩〈賦養拙園桐丘〉。養拙，閒居不仕。潘岳〈閒居賦〉：「仰眾妙而絕思，終優游以養拙。」❷瘦筇　細竹杖。王禹偁〈病中書事上集賢錢侍郎〉：「幽寂誰為伴，扶行賴瘦筇。」❸繁陰　林木繁茂，綠蔭濃密。歐陽脩〈醉翁亭記〉：「野芳發而幽香，佳木秀而繁陰。」❹一壺句　意謂一片幽靜翠綠似仙境。傳說謫仙人壺公懸壺賣藥，夜宿壺中，內有仙宮世界。見〈太平御覽〉卷十二〈神仙・壺公〉。❺窈窕句　言人行園中，曲徑幽邃似韋曲。窈窕，曲徑幽深。周密〈賦養拙園桐丘〉有云：「曲折行青蛇，咫尺藏幽深。」韋曲，地名，在今陝西西安長安區。因唐代大族韋氏居此而得名，為樊川名勝。此借指養拙園。陶淵明〈歸去來兮辭〉：「既窈窕以尋壑，亦崎嶇而經丘。」杜甫〈奉陪鄭駙馬韋曲〉：「韋曲花無賴，家家惱殺人。」❻華屋　華美的樓閣。傳毅〈舞賦〉：「朱火爗其延起兮，燿華屋而熺洞房。」❼虛堂　空堂。何承天〈芳樹篇〉：「涼風拂中闈，哀絃理虛堂。」❽樂事句　言歌舞夜歡。晏幾道〈鷓鴣天〉（彩袖殷勤捧玉鐘）：「舞低楊柳樓心月，歌盡桃花扇底風。」❾瑤臺二句　似月下仙境，芳香可掬。瑤臺，傳說為神仙居所。生香，自然芳香。掬，雙手捧取。《楚辭・離騷》：「望瑤臺之偃蹇兮，見有娀之佚女。」李白〈清平調詞三首〉：「若非群玉山頭見，會向瑤臺月下逢。」薛能〈杏花〉：「活色生香第一流，手中移得近青樓。」❿商聲　秋聲。此指箜篌曲。《禮記・月令》：「孟秋之月，……其音商。」李賀〈李憑箜篌引〉：「吳絲蜀桐張高秋，空山凝雲頹不流。」⓫蕭颯句　言箜篌曲似簷間玉鐸鳴秋風。蕭颯，蕭瑟。《開元天寶遺事》卷三：「岐王宮中於竹林內懸碎玉片子，每夜聞玉片子相觸之聲，即知有風，號為占風鐸。」⓬一笑難逢　樂事難得。杜牧〈九日齊山登高〉：「塵世難逢開口笑，菊花須插滿頭歸。」⓭四愁句　莫要詠愁。張衡有〈四愁詩〉。⓮露螢　露溼之螢。韓愈、孟郊〈城南聯句〉：「露螢不自暖，凍蝶尚思輕。」

【語　譯】拄杖尋幽訪勝，正茂林掩蔽，一片幽綠如仙境。喬木蒼翠清寒，似古畫一幅。曲徑幽邃，人行如在韋曲。鶴鳴高空，水流花芳潔，一路笑語到華屋。空堂倚青松，夜深涼風吹燭。　更深夜闌，歡歌醉舞，恍如月下仙宮，生色芳香可掬。窗牖寂靜，誰彈箜篌，絃音蕭瑟，似簷下秋風鳴玉。人世一笑難逢，休要賦詠愁懷，任我雲間寄宿。舞罷歌盡尚倚欄，夜螢溼露，盈盈飛下秋竹。

【研　析】詞為養拙園夜飲聽箜篌而作。上片似紀遊，描述進入養拙園所見景象，堪稱前奏鋪墊。起句敘事引入，「正繁陰」二句為總筆，展現入園所見整體景象：林木蓊鬱幽靜似仙境。「閒鎖」一語及「壺中天」典故，見出此園隔絕塵囂，別有洞天。「喬木」四句分述園中景，一句一畫面：喬木蒼翠；曲徑通幽；鶴鳴天高遠；

水流花芳潔。「人行韋曲」呼應起句，又與「笑語」句脈絡相通，呈現出人行園中，移步換景，一路笑語來到夜飲聽曲之「華屋」。「虛堂」二句對夜深「華屋」作簡筆勾畫：青松掩映，涼風吹拂，燭光搖曳。

詞作下片落筆夜飲聽曲。過片截用晏幾道詞句「舞低楊柳樓心月」（〈鷓鴣天〉），言深夜歌舞宴樂。「瑤臺月下」二句承「樂事」，以月下仙宮喻宴歡場景，「生香」二字括盡酒香、粉香、花香等。以上為總體描述夜飲情狀，「誰理」二句則點出彈箜篌，聲曲蕭瑟似秋風鳴玉。聽曲感懷，然不以「商聲」、「蕭颯」為悲，而謂難得歡賞如今夜，休言悲愁，當歡飲醉眠雲際。夜飲之歡、聽曲之感均已寫出，詞筆至此自然歸結：酒闌歌罷，窗外秋螢飛下露竹。「露」、「秋竹」透出「竹露滴清響」（孟浩然〈夏日南亭懷辛大〉）之境，反襯秋夜之寂靜；「露螢飛下」，映襯夜色之深濃。歌酒夜歡之餘韻則漫入無盡的夜空。

渡江雲

次趙元父❶韻

錦薌❷繚繞地，涼燈掛壁，簾影浪花斜。酒船歸去後，轉首河橋，那處認紋紗❸。重盟鏡約❹，還記得、前度秦嘉❺。惟只有、葉題緘付❻，流不到天涯。

驚嗟。十年心事，幾曲闌干，想蕭郎❼聲價❽。閒過了、黃昏時候，疏柳啼鴉。浦潮夜湧平沙白，遡斷鴻❾、知落誰家。書又遠，空江片月蘆花。

【注釋】❶趙元父　即趙與仁，字元父，號學舟。宋宗室裔孫，居臨安府（今浙江杭州）。宋末為臨安府判官，入元官常德路學教授、辰州教授、嵊縣主簿等。與周密、方回、張炎、仇遠等交遊。❷錦薌　錦繡溫香。薌，通「香」。❸紋紗　指水面波紋。❹重盟句　重定情約。孟棨《本事詩・情感》載南朝陳太子舍人徐德言與陳後主叔寶之妹結為夫妻，時亂分離，破鏡為二，各執其半為信。他日二人憑破鏡而重遇團聚。❺秦嘉　東漢隴西郡（治所在今甘肅臨洮）人。《玉臺新詠》載其

〈贈婦詩〉五言三首、四言一首，其妻徐淑答詩一首，互敘別離思念深情。❻葉題緘付　題詩寄贈。緘付，緘封交寄。此用紅葉題詩典故，范攄《雲谿友議》卷十載盧渥於御溝中拾得紅葉，上有宮女題詩。後二人巧遇，結為夫妻。❼蕭郎　指情郎。原指蕭史，秦穆公時人，善吹簫，娶穆公女。後夫妻乘鳳昇仙（參見舊題劉向《列仙傳》）。史達祖〈風流子〉：「紅樓橫落日，蕭郎去、幾度碧雲飛。」❽聲價　名望身價。周邦彥〈瑞龍吟〉（章臺路）：「唯有舊家秋娘，聲價如故。」❾遡斷鴻　指目送飛鴻。遡，同「泝」。追泝；追隨。張炎〈聲聲慢〉（穿花省路）：「漸遡遠，望并州卻是故鄉。」

【語　譯】錦繡溫香繚繞，夜涼孤燈掛壁，風動簾幕，斜影拂蕩如浪花。載酒歸船遠去，回首河橋分別處，水波輕漾似紋紗。重約佳期，尚記得深情若秦嘉。唯有題詩相寄，怎奈流水不到天涯。　悵然驚歎，十年相思情深，幾曲欄杆遍倚，心念蕭郎境遇身價。慵閒度日，又到黃昏時候，疏柳棲啼鴉。夜浦潮湧，白浪漫平沙。目送孤雁，不知飛向誰家。錦書杳然，江空浩渺，一片冷月照蘆花。

【研　析】詞作抒寫女子別後相思之情。起筆三句呈現閨中無眠之夜，華麗而淒涼。「簾影」句言燈下簾影似浪花，亦觸發閨中人想起送別離船情景。「酒船」三句即追憶當日河橋分別，但再現的不是執手相看、依依惜別場景，而是別後女子佇立河橋凝望水波輕漾之情狀，無限別情盡在其中。「重盟」二句，因別後相思而想到兩情相約，難忘昔日那深情相念的寄贈詩作。如今的思念寂寞情懷，也只有賦詩寄贈，然而天涯遙隔，難以寄達，亦如晏殊〈蝶戀花〉所歎：「欲寄彩箋兼尺素，山長水闊知何處！」離愁別怨只能獨自承受。

過片「驚嗟」二字承上筆路情調，獨守空閨，不能寄書表深情，只有自我嗟歎，自悲自憐。「十年」三句，言遍倚曲欄，回味十年來的心願期待，牽念郎君的功名聲望。此亦暗示出別離之緣由。「閒過了」句以下，筆調落到別離中人最傷懷的黃昏、長夜時光。晝日慵閒，倚欄愁望，捱到黃昏入夜，疏柳啼鴉更添幾許淒涼，江潮夜湧激蕩思念情懷，目斷飛鴻而音書杳無，悵然獨對江天浩渺、月映蘆花之境，淒清荒寒中彌漫無盡的天涯相思愁緒。

詞作全從女子角度抒寫別離愁苦，上片回想送別、盟約，下片描述別後相思情狀，脈絡清晰，筆調細膩，詞情綿婉。

甘州

餞草窗❶西歸

記天風、飛佩紫霞❷邊，顧曲❸萬花深。怪相如❹游倦，杜陵❺愁老，還歎飄零。短夢恍然今昔，故國十年心❻。回首三三徑❼，松竹成陰。不恨片篷南浦❽，恨翦燈聽雨，誰伴孤吟。料瘦筇❾歸後，閒鎖北山❿雲。是幾番、柳邊行色，是幾番、同醉古園林。煙波遠，筆牀⓫茶竈，何處逢君？

【注釋】❶草窗　即周密（西元一二三二—一二九八年），字公謹，號草窗，濟南（今屬山東）人，寓居湖州。❷紫霞　即楊纘（西元？—一二六五年），字繼翁，號守齋，又號紫霞。嚴陵（今浙江桐廬）人，居錢塘（今浙江杭州）。博雅好古，尤精律呂，多自度曲。周密、張炎等遊其門。❸顧曲　指審音度律。《三國志・吳書・周瑜傳》：「瑜少精意於音樂，雖三爵之後，其有闕誤，瑜必知之，知之必顧，故時人謠曰：『曲有誤，周郎顧。』」❹相如　指司馬相如，字長卿，成都（今屬四川）人。西漢辭賦家。❺杜陵　指杜甫（西元七一二—七六六年），字子美。祖籍湖北襄陽，生於河南鞏縣，曾居長安杜陵東南十餘里之少陵（今陝西長安東南），自稱「杜陵布衣」、「少陵野老」。唐代著名詩人，平生多窮困飄零，有詩云「老病有孤舟」（〈登岳陽樓〉）、「艱難苦恨繁霜鬢，潦倒新停濁酒杯」（〈登高〉）。❻短夢二句　言故國淪亡十年，今昔恍然如夢。❼三三徑　指退隱之地。趙岐《三輔決錄・逃名》載西漢蔣詡歸鄉里，「荊棘塞門，舍中有三徑，不出，唯求仲、羊仲從之遊。」後以「三徑」指歸隱之所。陶淵明〈歸去來兮辭〉：「三逕就荒，松竹猶存。」楊萬里退歸，有詩〈三三徑〉，序云：「東園新開九徑，江梅、海棠、桃、李、橘、杏、紅梅、碧桃、芙蓉九種花木，各植一徑，命曰三三徑云。」詩云：「三徑初開自蔣卿，再開三徑是淵明。誠齋奄有三三徑，一徑花開一徑行。」❽南浦　泛指送別之地。《楚辭・九歌・河伯》：「子交手兮東行，送美人兮南浦。」❾瘦筇　瘦竹杖。此代指周密。李萊老〈惜紅衣・寄弁陽翁〉（笛送西泠）：「蒼華髮冷，笑瘦影、相看如竹。」❿北山　指西湖北山，經蘇堤貫通南山。牟巘〈周公謹贊〉：「將求之北山之北，忽在乎西湖之西。」⓫筆牀 筆架。

【語譯】記得當初飄然從遊紫霞翁，萬花叢中度曲審音律。驚怪而今，似相如羈旅倦怠，猶杜甫年老愁苦，尚歎飄零江湖。今昔恍然如夢，十年故國情。回想三徑舊隱處，青松翠竹相掩映。 不恨南浦送君孤帆遠，但恨別後剪燈聽雨，孤吟誰相伴？料君歸去後，任雲霧悠然繚繞北山。曾幾番柳邊匆匆送行色，曾幾番同遊醉賞古林園。煙波渺遠，何處與君再相逢，品茶弄墨遣情歡。

【研析】牟巘〈周公謹復菴記〉引述周密語：「歲丁丑（西元一二七七年），吾廬破，始去而寓杭。燕雀過故墟，猶有噍啁之意，況先中丞洎先人三世之墓故在霅。歲一至或再至焉，輒徬徨不忍去。」本詞題一作「餞草窗歸霅」，為送別周密自杭歸霅（湖州）之作。詞從追憶入筆，重溫周密盛年時隨楊纘習音度曲之歡賞時光。張炎《詞源》卷下云：「近代楊守齋精于琴，故深知音律，有《圈法周美成詞》。與之遊者周草窗、施梅川、徐雪江、奚秋崖、李商隱，每一聚首，必分題賦曲。但守齋持律甚嚴，一字不苟作，遂有『作詞五要』。」周密《齊東野語》卷十八亦有追述：「往時余客紫霞翁之門。翁知音妙天下，而琴尤精詣。……翁往矣！回思著唐衣，坐紫霞樓，調手製閒素琴，新製〈瓊林〉、〈玉樹〉二曲，供客以玻瓈瓶洛花，飲客以玉缸春酒，笑語竟夕不休，猶昨日事。」言語間見出留戀難忘情懷。本詞起筆正迎合周密此情，「天風」、「飛佩」、「紫霞」、「萬花深」之用語亦頗能展現風雅瀟灑之情韻，同時又反襯如今之悲愁，暗通下文「怪」之轉筆。「相如游倦」三句為今日之情狀：羈旅倦怠，年老愁苦歎飄零。此亦如戴表元〈周公謹弁陽詩序〉稱其「晚年展轉荊棘霜露之間，感慨激發，抑鬱悲壯」。「短夢」二句承前直抒撫今追昔、家國淪亡之悲慨。景炎元年（西元一二七六年），元兵攻陷杭州，次年，周密湖州家破。家國破亡，十年幽恨不曾忘。「回首」二句承「故國」，詞筆落到周密即將歸去的湖州舊居，用楊萬里退歸開九徑名「三三徑」之近典，且化用陶淵明〈歸去來兮辭〉語句：「三逕就荒，松菊猶存。」

上片為草窗身世境遇而深情慨歎，末筆點出「西歸」。下片順承抒寫餞別情懷。「不恨」三句總言送別及別後之悲恨愁苦，筆調先抑後揚，言送別南浦不足悲，別後的夜雨孤吟最堪悲。以送別之恨反蕩別後之悲，別時傷悲，別後更傷悲！「翦燈聽雨」、「孤吟」為別後長夜之悲，「料瘦筇」二句則預想別後晝日之孤寂，遊興全無，任北山雲霧繚繞。「是幾番」二句，筆調回到眼前的別離，追述慨歎所歷聚散離合之悲歡。園林同醉之歡更增柳邊餞別之悲，今日別離之悲愁自在不言中。結末因別離而期待相逢，自然收束全詞。「煙波遠」，歸結送別，情韻邈遠；「筆牀」二句盼重逢，出以問詰之筆，情韻跌宕歎惋。

詞作突起陡轉，或追昔，或歎今，或料想，筆調沉婉頓挫，家國之恨，飄零之悲，別離之愁，融於一體，詞情悲慨。

趙崇霄

趙崇霄（生卒年不詳），霄，一作宵，字有得，號蓮磬。宋宗室子。劍浦（治所在今福建南平）人。寶慶二年（西元一二二六年）進士。《全宋詞》錄其詞一首。

東風第一枝

妬雪梅甦❶，迷煙柳醒，游絲❷輕颺新霽。捲簾看燕初歸，步屧❸為花早起。著數

春來猶淺，便做出、十分春意。喜鳳釵、纔卸珠幡❹，早換巧梳描翠。

點、催花雨膩。更一陣、遞香風細。小鶯忺❺暖調聲，嫩蝶試晴舞翅。清歡易

失，怕輕負、年芳流水。好趁閒、共整吟韉❻，日日訪桃尋李。

【注 釋】❶甦 同「蘇」。復甦。❷游絲 春天空中飄浮的昆蟲所吐之絲。❸屧 木屐。❹珠幡 指珠玉春幡。舊俗，立春日，女子剪繒絹為小幡簪於首，以示迎春。牛嶠〈菩薩蠻〉：「玉釵風動春幡急，交枝紅杏籠煙泣。」❺忺 喜歡。❻吟韉 詩人之馬鞍。韉，同「韀」。鞍墊。毛滂〈次韻王宣義見過夜飲〉：「快見渴虹橫酒戶，歸須殘月上吟韉。」

【語 譯】勝雪梅花初綻，如煙柳眼蘇醒。游絲輕揚，雨後天放晴。捲簾幕，看燕初歸。穿木屐，賞花早起。春色尚淺，已透無限春意。喜見那鳳釵，剛卸下珠飾春幡，便轉而巧梳裹，描翠眉。

灑幾點細雨如酥催花芳，又一陣輕風吹拂飄幽香。春晴和暖，稚鶯欣喜調聲唱，嫩蝶舞翅試飛翔。清歡易逝，怕輕負似水春光。好趁清閒，相伴整鞍遊吟，日日訪桃尋李醉芬芳。

【研 析】這是一首迎春詞。雨後新晴，梅花吐蕊，煙柳萌芽，游絲飄浮。此即起筆三句所呈現的初春景象，為遊春賞花作鋪墊。「捲簾」二句，筆調落到詞中人，為賞花而「早起」、「步屧」。捲簾看燕歸，似撩開賞春之序幕，在「早起」之後，而置前敘述，則與起首畫面貫通。「春來」句以下承前描述早起賞春所見。「猶淺」應合「梅甦」、「柳醒」、「燕初歸」。「十分春意」導引下文：佳人「鳳釵」、「卸珠幡」，「巧梳描翠」；細雨催花，輕風飄香；鶯聲啼暖，蝶翅舞晴。此皆春意之顯露，亦人間之清歡。然春光似流水，故而「清歡易失」，當珍惜，莫輕負。結末「好趁閒」二句即惜芳春、享清歡之舉，而其「共整吟韉」待發而未發之情狀則留下無盡餘韻。

詞作以描繪初春景象為主，以詞人之舉止感觸（「捲簾」四句、「清歡」四句）貫通脈絡。景語清麗生動，字詞琢煉，詞人之賞春惜春之情溢於筆端。

范晞文

范晞文（生卒年不詳），字景文，號藥莊，錢塘（今浙江杭州）人。太學生。景定五年（西元一二六四年），提點醫藥飲食。咸淳二年（西元一二六六年），與葉李等上書彈劾賈似道，竄瓊州。入元，以程鉅夫薦擢江浙儒學提舉，轉長興丞。一說入元未受職，流寓無錫以終。有《對床夜語》傳世。《全宋詞》錄其詞一首。

意難忘

清淚如鉛。歎咸陽送遠，露冷銅仙❶。巖花紛墮雪，津柳暗生煙。寒食後，暮江邊。草色更芊芊❷。四十年，留春意緒，不似今年。山陰❸欲棹歸船。暫停杯雨外，舞劍燈前。重逢應未卜，此別轉❹堪憐。憑急管，倩繁絃❺。思苦調難傳。望故鄉，都將往事，付與啼鵑❻。

【注釋】❶清淚三句　用銅仙灑淚離漢宮典故，寓託亡國之悲。相傳魏明帝遣宮官往長安拆遷漢武帝所建銅仙捧露盤，銅仙臨別潸然淚下。李賀有詩〈金銅仙人辭漢歌〉云：「空將漢月出宮門，憶君清淚如鉛水。衰蘭送客咸陽道，天若有情天亦老。」❷芊芊　碧綠。劉長卿〈喜鮑禪師自龍山至〉：「故山何日下，春草欲芊芊。」❸山陰　治所在今浙江紹興。❹轉翻；倍增。❺憑急管二句　請奏管絃訴別情。憑，依。倩，請。❻啼鵑　杜鵑哀啼。相傳古蜀王望帝禪位後隱居西山修道，精魄化為杜鵑鳥，春月間晝夜悲啼。

【語　譯】清淚如鉛水，歎咸陽道上遠別離，夜露冷滴金銅仙。巖間花落，紛紛如雪，津渡柳暗，裊裊生煙。寒食節後，暮色臨江，芳草更芊芊。四十年來，惜春傷懷，未曾似今年。　山陰客行船欲歸，夜雨暫停杯，揮劍舞燈前。故山重逢應無期，此別更悵然。請倚管絃歌離緒，愁思苦情調難傳。望故鄉，往事無限悲，都付與淒婉啼鵑。

【研　析】詞作首尾所用銅仙灑淚遠別、望帝化鵑哀啼典事均寄寓易代之悲，又云「四十年，留春意緒，不似今年」、「山陰欲棹歸船」，疑作於德祐二年（西元一二七六年）春，元兵陷臨安，宋亡，太后、幼帝等被虜北遷，詞人時年四十，客居山陰。

上片起筆化用李賀〈金銅仙人辭漢歌〉語意，哀苦淒涼，國破君辱之悲寓於言中。「巖花」五句轉筆繪景，落花如雪，煙柳迷濛，暮色籠江，芳草萋萋。亡國之悲融於暮春之景，惜春情懷更增亡國之痛，故慨歎「四十年，留春意緒，不似今年」。

詞作下片筆調落到自身處境。客居山陰，故鄉淪陷，欲歸而不能，夜雨無眠，停杯舞劍，透出悲憤報國之情。然而家國已破亡，舞劍徒悲傷。「重逢」句以下落筆到現實，傾訴悲愴而無奈情懷，筆調頓挫深婉：故鄉歸無期，悲苦遂倍增；欲託管絃遣悲愁，無奈情思淒苦絃難傳；悵然望故鄉，無限悲思盡付杜鵑哀啼聲中。

詞作抒寫家國破亡之恨，筆調滯重頓挫，詞情沉鬱悲切。

鄭斗煥

鄭斗煥（生卒年不詳），字丙文，號松窗。《全宋詞》錄其詞一首。

新荷葉

乳鴨池塘，晴波漾綠鱗鱗。宿藕❶根香，夏來生意❷還新。蚨錢❸小、鈿花貼翠❹，相間萍星❺。一番雨過，一番暗展圓青❻。　魚戲龜游，看來猶未勝情❼。因憶年時❽，垂釣曾約輕盈❾。玉人何處，關情❿是、半捲芳心。簾風一棹，鴛鴦催起歌聲。

【注釋】❶宿藕　隔年蓮藕。蘇轍〈踏藕〉：「春湖柳色黃，宿藕凍猶殭。」❷生意　生機。❸蚨錢　原指錢幣。傳說青蚨血塗錢，可以引錢使歸，因用以代稱錢。此喻指新生荷葉。❹鈿花貼翠　女子以金花貼額。此喻荷葉。❺萍星　指細小的浮萍。❻圓青　指荷葉。周邦彥〈蘇幕遮〉（燎沈香）：「葉上初陽乾宿雨。水面清圓，一一風荷舉。」❼勝情　盡情。❽年時　當年。❾輕盈　代指佳人。❿關情　牽動情懷。

【語譯】小鴨戲水池塘，晴光下，碧波粼粼蕩漾。隔年藕根猶香，夏日來臨又見生機盎然。新荷似小小青錢，又似鈿花貼翠，星星浮萍點綴其間。一番雨過後，一派潤碧清圓暗自展。　魚戲龜遊蓮葉間，看似尚未盡情歡。觸景憶當年，曾約佳人守釣船。佳人今何處？牽情掛懷，一如碧荷芳心半捲。簾幕清風蕩扁舟，鴛鴦伴飛歌聲傳。

【研　析】詞作題詠調名「新荷葉」，上片繪景狀物，筆墨如畫。首二句呈現新荷生長之池塘：小鴨嬉戲，碧水蕩漾，波光粼粼。此為新荷鋪墊出清麗靈動、生機盎然之場景。「宿藕」二句言荷葉之新生，點明時令。「宿藕根香」，見出荷葉新生及其清香根源。「蚨錢」句工筆描畫初生荷葉：小而圓，似青錢；映襯碧波，似女子金花貼翠。「相間萍星」，以星星點點漂浮周圍的綠萍相襯托，更顯錯落輝映之美。「一番雨過」二句，展現雨後新荷之風姿。「暗展圓青」，景象有似周邦彥所狀「水面清圓，一一風荷舉」（〈蘇幕遮〉），更顯露新荷在雨水滋潤中生長之勢。

詞作下片觸景生情，由荷塘「魚戲龜游」憶及當年曾約佳人垂釣之情景。但筆調並未跌入追憶，而是點到即跳出，轉為抒發今日之思念：「玉人何處？」以新荷「半捲芳心」喻愁懷，又落筆到荷塘。末以清風蕩舟，鴛鴦雙飛，歌聲飄揚之荷塘景象作結，悠悠情思飄拂其中。

詞作筆調清麗婉雅，章法上因景生情，而上、下片之起結均可呼應，令全詞情景相融一體。

曹良史

曹良史（生卒年不詳），字之才，號梅南。錢塘（今浙江杭州）人。有《詩詞三摘》，不傳。《全宋詞》錄其詞一首。

江城子

夜香燒了夜寒生。掩銀屏。理銀箏。一曲春風，都是斷腸聲。杜宇❶欲啼楊柳外，愁似海，思如雲。

背燈暗卸乳鵝裙❷。酒初酲❸。夢初醒。蘭炷香篝❹，誰為暖羅衾。二十四簾❺人悄悄，花影碎，月痕深。

【注釋】❶杜宇　鳥名，即杜鵑，又名子規，相傳為古蜀國望帝杜宇之精魂所化，春時晝夜哀啼。❷乳鵝裙　指嫩黃色衣裙。乳鵝毛色嫩黃，故云。❸酲　醉酒。❹香篝　薰籠。辛棄疾〈鷓鴣天〉：「撲面征塵去路遙，香篝漸覺水沉銷。」❺二十四簾　極言簾幕重重。周密〈西江月〉（花氣半侵雲閣）：「東風吹玉滿閒庭，二十四簾春靜。」

【語譯】爐香燃盡夜寒生。銀屏掩閉彈銀箏。一曲隨春風，聲聲都是斷腸情。楊柳外，杜鵑欲哀啼，愁情似海，思念如雲。

背燈暗解鵝黃裙。酒微醉，夢初醒，蘭燈薰籠，誰為我薰暖羅衾！簾幕重重人悄悄，花影零亂，月痕深深映中天。

【研析】這是一首閨怨詞作。寂靜深夜，爐香燃盡，瑟瑟寒生。閨中人愁思無眠，傍屏倚箏奏心曲。「一曲」二句直言箏曲之愁情。「杜宇」句以杜宇哀啼，側筆襯托曲情之悲。「欲啼」有將啼、想啼二解，此作想啼解為佳，意謂杜鵑為箏曲所動而欲悲啼，更顯聲曲哀怨之深切，下啟「愁似海」二句重筆，曲中情、心中情融注筆端，深廣似海，紛紛如雲。

詞作下片言醉酒就寢及夢醒。前二句為倒敘，言閨中人因愁而醉酒，解衣欲眠，與上片時序相接。「酒初酲」與上片結末意脈相聯，接以「夢初醒」，對仗兼重字句法顯示「初酲」、「初醒」時間上的同步或連貫，見出剛入夢即驚醒。「蘭炷」二句為夢醒所見室內景象，見「香篝」而感歎：「誰為暖羅衾」！此歎亦暗示出夢醒乃因衾寒枕孤，淒涼之情溢於言表。「二十四簾」句由室內轉到簾外，夜深人靜，簾幕重重，庭院花影零亂，夜空月痕深映。淒清中透出幽怨，映襯出閨中人孤寂哀愁之心境。

詞作脈絡清晰，情調哀婉深切，筆調婉轉跌宕，頻用重字句式（如「夜香」句、「掩銀屏」二句、「酒初醒」二句，「愁似海」二句亦相類），更增唱歎綿婉之韻味。

董嗣杲

董嗣杲（生卒年不詳），字明德，號靜傳。宋亡後入道，改名思學，字無益，號老君山人。杭州（今屬浙江）人。景定間，榷茶富池。咸淳末，為武康令。有《西湖百詠》、《廬山集》、《英溪集》。《全宋詞》錄其詞二首。

湘月

蓮幽竹邃，舊池亭幾處，多愛君子❶。醉玉吹香❷還認取，忙裏得閒標致。心逐雲帆，情隨煙笛，高會❸知誰繼。宵筵會啟，驀然身外浮世。

因見杜牧❹疏狂，前緣夢裏，漫蹙雙眉翠。香滿屏山春滿几，爐擁麝焦禽睡❺。月落梅空，霜濃窗掩，兩耳風聲起。豔歌終散，輸他鶴帳❻清寐。

【注　釋】❶多愛句　偏愛蓮、竹。多愛，偏愛。姚合〈詠貴遊〉：「貴遊多愛向深春，到處香凝數里塵。」君子，指蓮、竹。《詩・國風・鄘》：「瞻彼淇奧，綠竹猗猗。有匪君子，如切如磋，如琢如磨。」姚勉〈題勝芳書院〉：「依墻禦史柏，繞舍君子竹。」周敦頤〈愛蓮說〉云：「予獨愛蓮出淤泥而不染，濯清漣而不妖，中通外直，不蔓不枝，香遠益清，亭亭淨植，可遠觀而不可褻玩焉。……蓮，花之君子者也。」元人胡炳文〈晉卿山居圖序〉云：「古稱蓮與竹皆以君子，竹比節，蓮比德也。」❷醉玉吹香　言賞荷品竹，吟詠歡醉。《世說新語・容止》載山濤稱嵇康「其醉也，傀俄若玉山之將崩」。吳文英〈高陽臺〉（風裊垂楊）：「應戀花洲，醉玉吟香。」❸高會　聚會之雅稱。❹杜牧　晚唐詩人，性情疏放，早年在揚州放浪冶遊，有詩云：「十年一覺揚州夢，贏得青樓薄倖名。」（〈遣懷〉）❺爐擁句　臥禽狀的香爐中燃燒麝香。❻鶴帳　指隱居之帷帳。孔稚珪〈北山移文〉：「蕙帳空兮夜鶴怨，山人去兮曉猨驚。」范成大〈元日謁鍾山寶公塔〉：「未暇雞窠尋古佛，且防鶴帳怨山人。」

【語　譯】荷塘幽碧，竹林深深，幾處舊時亭臺點綴，偏愛蓮竹稱君子。還記得賞荷品竹，吟詠歡醉，忙裡偷閒風致。心逐雲帆超舉，情隨煙笛飄飛，高朋雅集誰為繼？會當開夜宴，驀然間，身外世事，如雲飄逝。因念杜牧狂放，生前情緣如夢幻，佳人空蹙雙眉翠。銀屏幾案滿春芳，香爐似臥禽，麝香煙迷。月西沉，梅枝空，霜露重。窗牖掩閉，耳畔風聲起。豔歌曲終人散，怎如林泉高臥清寐。

【研　析】這是一首感慨人生世事之作，旨趣歸於山水醉賞，林泉清寐，超然於浮世之外。

上片觸景生情，追憶往昔池亭雅集，賞荷品竹，高情歡會情事。起筆寫景，「幽」、「邃」二字互文見義，茂盛的碧荷翠竹掩映幾處亭臺，堪為文人雅士林園醉賞之佳處。「舊」字則透出追昔情懷，如晏殊之「去年天氣舊亭臺」（〈浣溪沙〉）。蓮、竹比德君子，故為文人雅士所偏愛，所謂「多愛君子」。「醉玉」數句順承追憶往昔「忙裏得閒」，醉賞歡遊，情懷超然。「醉玉吹香」言醉賞情狀，「玉」、「香」二字又照應竹、蓮，可謂情景交融。「還認取」，即猶記得，難忘懷，點明追憶。「忙裏得閒標致」，其理趣亦如歐陽脩〈西湖念語〉所謂「清風明月幸屬於閒人」，蘇軾〈記承天夜遊〉所云：「何夜無月，何處無竹柏，但少閒人如吾兩人耳。」「得閒」則脫棄世事煩擾，始能心逐雲帆超舉，情隨煙笛飄飛，超然於「身外浮世」。「心逐雲帆」二句及「驀然」

句均承「忙裏得閒標致」之意趣。「高會」二句，一呼一應，期待高會雅集重開啟，與「還認取」相照應。

下片蕩開筆調，攬「杜牧疏狂」情事為襯墊。「疏狂」二字括盡杜牧當年歌酒醉歡，放浪冶遊情狀，「前緣夢裏」則一筆掃盡，暗寓杜牧之悵歎：「十年一覺揚州夢，贏得青樓薄倖名。」(〈遣懷〉)「漫蹙雙眉翠」句以下重墨渲染曲終人散之寂寞淒涼境況：窗外月落霜濃，梅花凋盡，窗裡屏山幾案，滿目芳春，香爐閒臥，麝香繚繞。窗下佳人黛眉空蹙，聽窗外風聲驟起。「香滿屏山春滿几」，蓋指銀屏圖繪春山，幾案布列春花，乃以美景反襯愁情；言香爐似「禽睡」，亦反襯佳人之愁思難眠。「豔歌終散」，呼應上文「前緣夢裏」，兒女情緣，倚紅偎翠，歌酒歡會，終歸於舞罷歌散，緣盡夢斷，獨守淒涼，長夜無眠。這境地自不如林泉清寐。結末二句一跌一宕，掃卻還生。「鶴帳清寐」遙應上片旨趣，與「心逐雲帆，情隨煙笛」之「高會」相輔相成，輝映成趣。

本詞意趣顯豁，筆路章法則頗具特色，上片起承呼應，跌宕流轉。下片則大開大合，疏而不離。

卷七

周密

周密（西元一二三二—一二九八年），字公謹，號草窗，又號蘋洲、四水潛夫、弁陽老人。祖籍濟南（今屬山東），寓居湖州，景炎元年（西元一二七六年）後移居杭州。曾任兩浙運司掾、豐儲倉檢察、義烏令，宋亡後不仕。出身望族，家富藏書，入元以故國文獻自任，著述甚豐，有《癸辛雜識》、《齊東野語》、《志雅堂雜抄》、《浩然齋雅談》、《武林舊事》、《澄懷錄》、《雲煙過眼錄》等傳世。工詩，尤擅詞，詩集名《蠟屐集》，詞集名《蘋洲漁笛譜》。《全宋詞》錄其詞一百五十三首。

國香慢

賦子固淩波圖❶　夷則商❷

玉潤金明。記曲屏小几，翦葉移根。經年汜人重見❸，瘦影娉婷。雨帶風襟零亂，步雲冷、鵝管❹吹春。相逢舊京洛❺，素靨塵緇❻，仙掌霜凝❼。國香流落恨❽，正冰消翠薄，誰念遺簪。水空天遠，應念礬❾弟梅兄。渺渺魚波❿望極，五十絃、愁滿湘雲⓫。淒涼耿⓬無語，夢入東風，雪盡江清。

【注釋】❶子固淩波圖　指趙孟堅〈水墨雙鉤水仙長卷〉。趙孟堅，字子固，號彝齋，宋宗室子。居海鹽（今屬浙江）。工畫，善水墨白描水仙花、梅、蘭、山礬、竹、石，清而不凡，秀而雅淡。淩波，水上輕盈行走。此指水仙。淩，同「凌」。曹植〈洛神賦〉：「淩波微步，羅襪生塵。」❷夷則商　宮調名。即燕樂二十八調之仙呂調。❸經年句　言水仙經年重開。《太平廣記》卷二百九十八引《異聞集》載鄭生在洛橋下見一女子哀哭，自稱：「孤養於兄嫂，嫂惡苦我，今欲赴水，故留哀須臾。」生載歸所居，號曰「汜人」。居歲餘，與生訣，曰：「我湖中蛟室之妹也，謫而從君。今歲滿，無以久留君所。」後十餘年之上巳日，生登岳陽樓，有畫艫浮漾而來，「有彈絃鼓吹者皆神仙，……中一人起舞，含嚬怨慕，形類汜人」。❹鵝笙管。李賀〈天上謠〉：「王子吹笙鵝管長，呼龍耕烟種瑤草。」❺相逢句　以洛神喻水仙花。京洛，即洛陽（今屬河南），為東周、東漢之都城。❻素靨句　塵汙素顏。❼仙掌句　霜露凝玉掌。此暗用漢武帝所建仙人承露盤典事。❽國香句　水仙零落之恨。國香，指水仙花。黃庭堅〈次韻中玉水仙花〉：「可惜國香天不管，隨緣流落小民家。」原注：「時聞民間一事如此。」吳曾《能改齋漫錄》卷十一載黃庭堅自南溪還朝，居荊州時，偶見鄰家一女子，「以謂幽閒姝美，目所未覩。後其家以嫁下俚貧民，因賦水仙花詩寓意」。❾礬　山礬，常綠灌木，又名七里香。黃庭堅〈題高節亭邊山礬花序〉云：「江湖南野中有一種小白花，木高數尺，春開極香。野人謂之鄭花。王荊公嘗欲作詩而陋其名，予請名曰山礬。」楊萬里〈萬安出郭早行〉：「玉花小朵是山礬，香殺行人只欲顛。」❿魚波　指粼粼水波。張炎〈梅子黃時雨〉（流水孤村）：「待棹擊空明，魚波千頃。」⓫五十絃句　湘靈鼓瑟，愁思入雲。五十絃，指瑟。《楚辭・遠遊》：「使湘靈鼓瑟兮，令海若舞馮夷。」湘靈，湘水之神。《漢書・郊祀志》：「或曰：泰帝使素女鼓五十絃瑟，悲。帝禁不止，故破其瑟為二十五。」李商隱〈錦瑟〉：「錦瑟無端五十絃，一絃一柱思華年。」⓬耿　煩愁不安。《詩・邶風・柏舟》：「耿耿不寐，如有隱憂。」周邦彥〈法曲獻仙音〉（蟬咽涼柯）：「耿無語。歎文園、近來多病，情緒嬾、尊酒易成間阻。」

【語譯】潤澤似玉，明麗如金。記得曲屏旁，小几上，裁剪綠葉，移植宿根。經年花開，彷彿仙女重現，窈窕娉婷。襟帶飄飛，零亂似風雨，凌雲步清冷，笙管吹春曲。京洛故都相逢，塵汙素顏，玉掌凝霜露。芳香傾國，流落悵恨，正冰消翠減，有誰顧念花謝如遺簪。水面空曠天渺遠，定思念寒梅山礬。望極粼粼江波，湘靈鼓瑟，愁漫雲端。淒涼無語情耿耿，夢逐東風，雪盡江水清。

【研析】此詞題詠趙孟堅〈水墨雙鉤水仙長卷〉。明人汪砢玉《珊瑚網》卷三十〈名畫題跋〉錄孟堅自跋云：

「予久不作此，又方病目未愈。子用徵索宿諾良急，強起描寫，轉益拙俗。觀者求於形似之外可爾。」又錄林鐘跋云「此卷繁而不俗，尤覺可觀。蓋踈則易清，繁則易俗」、張伯淳題詩云「裙長帶裊寒偏耐，玉質金相密更奇」，則孟堅自稱「拙俗」乃指筆墨繁密；其所謂「形似之外」可與劉芴題跋參讀：「（子固）精於花卉，平生畫水仙極得意，自謂飄然欲仙。今觀此卷筆墨飛動，真不虛語。」可見此畫大體用筆繁密而飛動，形似之外更具飄然欲仙之勢，所謂「繁而不俗」、「密而奇」。周密題詞用筆重在形似之外，僅「玉潤金明」、「雨帶風襟零亂」二句顯露畫筆之繁密，餘皆以仙（汜人、洛神、湘靈）喻花，展現其境遇情懷。

起筆實描，玉喻花瓣，金喻花蕊。「記曲屏」二句逆筆追憶花開之前修剪移植情狀。「經年」句，由追憶回到畫面，以汜人喻水仙花。「經年」二字兼合水仙生長習性（據《本草綱目》卷十三「水仙」，五月初收根晒乾，根如蒜頭，冬月移植水中，生葉，春初抽莖，莖頭開花）及「汜人」傳說。「瘦影」二句亦花亦仙，形神兼備，「雨帶」句狀水仙之葉，與首句互補；「步雲冷」句純為入神之筆：步雲吹笙，春意拂蕩，可謂花之神，仙之態。「鵝管吹春」應合傳說中的「汜人重見」場景。「相逢」三句以洛神喻水仙花，但別出新意，此洛神畫顯風霜塵汙之態，迥非曹植筆下所狀「芳澤無加，鉛華弗御」、「丹脣外朗，皓齒內鮮」、「瓌姿豔逸，儀靜體閑」（〈洛神賦〉）。此意與上文「零亂」語貫通，暗寓水仙飄零身世，引發下文。

過片承上筆意，歎惋水仙之流落凋零，無人顧惜。「水空天遠」句以下抒寫水仙之愁懷：飄零於茫茫水天之間，思念情同兄弟之山礬、寒梅（水仙、山礬、梅、蘭、竹同為趙孟堅擅畫之物）；因思念而望極渺渺波光，如湘靈鼓瑟傾訴，愁漫雲間；淒涼長夜，耿耿無語，思念入夢，夢逐東風，在白雪消融的清江上飄飛。

詞作以仙喻花，且重墨抒寫仙人風霜塵汙、流落凋零之悲恨愁思，蓋藉以寄寓亡國飄零之恨（如詞中所云「國香流落恨」）。筆調跌宕流轉，情調深婉悵歎。

一萼紅

登蓬萊閣❶有感

步深幽。正雲黃天淡，雪意未全休。鑑曲❷寒沙，茂林❸煙草，俯仰今古悠悠。歲華晚、飄零漸遠，誰念我、同載五湖❹舟。磴❺古松斜，崖陰苔老，一片清愁。

回首天涯歸夢，幾魂飛西浦，淚灑東州。故國山川，故園心眼，還似王粲❻登樓。最負他、秦鬟妝鏡❼，好江山、何事此時游。為喚狂吟老監❽，共賦消憂❾。

【注釋】❶蓬萊閣　自注：「閣在紹興，西浦、東州皆其地。」閣在紹興（今屬浙江）臥龍山上，郡設廳之後。閣名取自元稹詩句「我是玉皇香案吏，謫居猶得近蓬萊」（〈以州宅夸於樂天〉）。❷鑑曲　鑑湖，又名鏡湖，漢順帝永和五年（西元一四〇年），會稽太守馬臻所築，在今浙江紹興城南。❸茂林　此指蘭亭，在紹興西南蘭渚山下。東晉永和九年（西元三五三年），王羲之與謝安、孫綽等人宴集於此，作〈蘭亭集序〉云：「此地有崇山峻嶺，茂林修竹。」❹五湖　原指太湖及其附近四湖，後亦泛指江湖。此用范蠡典事，《國語・越語》載范蠡輔佐句踐滅吳後，「遂乘輕舟，以浮於五湖，莫知其所終極。」❺磴　山路石階。張炎〈憶舊遊・登越州蓬萊閣〉：「笑我幾番醒醉，石磴埽松陰。」❻王粲　字仲宣，漢末山陽高平（治所在今山東鄒城）人，曾依附劉表避亂荊州，登當陽縣城樓，作〈登樓賦〉抒發憂國懷鄉之情。❼秦鬟妝鏡　指秦望山與鏡湖。秦望山在紹興東南，相傳秦始皇登之以望南海，故名。辛棄疾〈漢宮春・會稽蓬萊閣〉：「秦望山頭，看亂雲急雨，倒立江湖。」❽狂吟老監　指唐代詩人賀知章，字季真，越州永興（治所在今浙江蕭山市）人。《新唐書》本傳稱其「性曠夷，善談說」，曾官祕書監。「晚節尤誕放，遨嬉里巷，自號『四明狂客』及『秘書外監』。」天寶初請為道士，還鄉里。詔賜鏡湖、剡川一曲為放生池。❾共賦消憂　一同賦詠遣憂愁。王粲〈登樓賦〉：「登茲樓以四望兮，聊假日以銷憂。」

【語　譯】緩步幽深處，正黃雲彌漫，天色暗淡，陰陰雪意未盡收。鑑湖水落沙寒，蘭亭荒草煙迷，俯仰之間，今古悠悠。歲暮飄零漸遠，有誰相念，伴我同泛五湖舟？古道石階，蒼松斜掩，崖壁陰暗青苔老，觸目一片清愁。　回想天涯羈旅夢中歸，多少次魂飛西浦，淚灑東州。故國山水，故園情懷，猶如王粲當年登城樓。秦望山似鬟，鑑湖水如鏡，好山好水全負卻，奈何此時遊！喚取狂客老賀監，同賦共吟解憂愁。

【研　析】王沂孫〈淡黃柳〉（花邊短笛）序云：「甲戌（西元一二七四年）冬，別周公謹丈於孤山中。次冬，公謹游會稽，相會一月。又次冬，公謹自剡還，執手聚話，且復別去，悵然於懷，敬賦此解。」周密此詞蓋作於「自剡還」過會稽，故有過片「回首天涯歸夢」云云，時在西元一二七六年冬。

詞作切題而入，「深幽」二字狀登樓之道，可與下文「磴古松斜」二句呼應。「正雲黃」二句暈染天色雲氣，映襯「深幽」之磴道，一片淒冷蒼茫。「監曲」二句描述登樓所見鏡湖、蘭亭，均為歷史名勝，如今水落沙寒，煙草淒迷，令人慨歎：今古悠悠，盛衰只在俯仰間！「歲華晚」句以下從感慨今古轉到自身：以歲暮江湖孤旅之身，面臨古道石階，蒼松橫斜，青苔滿陰崖，不禁悵歎：「一片清愁」！

詞作下片筆調落到蓬萊閣所在之紹興，抒發國破家亡之悲。過片呼應上片「飄零漸遠」，追憶天涯飄零之夢歸情狀，西浦、東州均在紹興，「魂飛」、「淚灑」凝聚家國破亡之恨，引發「故國」三句之悲慨。據史載，是年正月元兵入湖州，周密所稱「兵火破家」（《癸辛雜識》前集「寡慾」條）即在此時。隨後臨安淪陷，宋亡，三月，宋帝、太后等被虜北去。「故國」、「故園」之稱已寓家國變故之慨，登樓四望，一似當年王粲之傷時懷歸，感發淒愴。「最負他」兩句承「故國山川」，山川美好依舊，世事人情已非，登臨已無賞覽之心，徒增傷悲之情，故而「為喚狂吟老監，共賦消憂」。末二句用賀知章典事為本地風光，或亦喻指王沂孫，又化用王粲〈登樓賦〉之「登茲樓以四望兮，聊假日以銷憂」，則關合詞題。

全詞筆墨不離登臨所見所感，以情馭景，感慨傷悲，深婉沉重。

掃花遊

九日❶懷歸

江蘺❷怨碧，早過了霜花❸，錦空❹洲渚。孤蛩❺自語。正長安亂葉，萬家砧杵❻。塵染秋衣，誰念西風倦旅。恨無據❼。悵望極歸舟，天際煙樹❽。心事曾細數。怕水葉沉紅，夢雲離去❾。情絲恨縷。倩回紋為織，那時愁句❿。雁字無多，寫得相思幾許⓫。暗凝⓬佇。近重陽、滿城風雨⓭。

【注釋】❶九日　指農曆九月九日重陽節。❷江蘺　亦作「江離」，香草名，又名蘼蕪。《楚辭・離騷》：「扈江離與辟芷兮，紉秋蘭以為佩。」王逸章句：「江離、芷，皆香草名也。」❸霜花　秋花。蘇軾〈南歌子〉（山雨瀟瀟過）：「苕岸霜花盡，江湖雪陣平。」❹錦空　指百花落盡。❺蛩　蟋蟀。❻正長安二句　言正當秋風落葉、萬家擣衣之時。長安，代指臨安。砧杵，擣衣石及木杵。此指擣衣。李白〈子夜吳歌〉其三：「長安一片月，萬戶擣衣聲。秋風吹不盡，總是玉關情。」❼無據　無所憑依。❽悵望極二句　悵然望盡天際盼歸舟，煙樹渺渺。此化用謝朓〈之宣城郡出新林浦向板橋〉詩句：「天際識歸舟，雲中辨江樹。」❾怕水葉二句　害怕音書沉寂，歡夢驚斷。此用紅葉題詩及楚王夢巫山神女典故。唐范攄《雲谿友議》卷十載盧渥於御溝中拾得紅葉，上有宮女題詩，後二人巧遇結為夫妻。又，宋玉〈高唐賦序〉載楚懷王遊高唐，晝寢，夢幸巫山神女。其臨別辭云：「妾在巫山之陽，高丘之阻，旦為朝雲，暮為行雨，朝朝暮暮，陽臺之下。」❿倩回紋二句　言賦詩寄贈，傾訴相思之愁。《晉書・列女傳・竇滔妻蘇氏》載竇滔「苻堅時為秦州刺史，被徙流沙」，其妻蘇氏思之，「織錦為回文旋圖詩對贈滔。宛轉環以讀之，詞甚淒惋」。⓫雁字二句　意謂雁書難傳相思深情。雁字，指雁行。大雁群飛，排列成字，故稱。古又有雁足傳書之說。⓬凝　原作「臨」，據柯本校改。⓭近重陽句　此用潘大臨斷句。參見釋惠洪《冷齋夜話》卷四。

【語　譯】江蘺幽碧生愁怨，秋花早凋零，洲渚錦色成空。孤蛩徒自鳴。京城落葉正紛飛，萬家擣衣聲。秋衣染塵，誰念我羈旅倦怠裏西風？恨身心無憑依，悵然望斷，天際歸舟，渺渺雲煙浮江樹。　心中事，曾細數。怕流水沉紅葉，歡夢似雲飄逝，情恨綿綿如絲縷。那時離愁別緒，請為織就回文詩句。雁行成字苦無多，傳遞相思能幾許？凝愁佇立，黯然神傷，滿城風雨近重陽。

【研　析】王維〈九月九日憶山東兄弟〉有云：「獨在異鄉為異客，每逢佳節倍思親。」本詞即為九日異鄉思親之作，筆調從洲渚景色切入，秋花凋盡，錦色成空，唯有一片蘼蕪暗碧，望之愁怨頓生。此景有如李璟〈攤破浣溪沙〉之「菡萏香消翠葉殘，西風愁起碧波間」，景外隱現黯然愁望之詞中人。「孤蛩」三句又以秋聲（蛩鳴，葉落，砧聲）渲染蕭瑟淒涼之秋意。「孤蛩自語」，似孤旅之人自語愁懷；「長安亂葉，萬家砧杵」，令京城羈旅之人倍增懷鄉思親之情。「塵染」句因砧杵轉到「秋衣」，詞筆落到自身「西風倦旅」之境遇：秋風塵埃中飄零，身心倦怠。「恨無據」，悵歎身心無託，即對自身倦旅境遇的歸結，亦反蕩出深切的懷歸之情，遂有「望極歸舟，天際煙樹」。此「歸舟」當指他人之歸舟，反襯己之思鄉難歸；若指己之歸舟，則為料想家人盼歸情狀，如柳永之「想佳人妝樓顒望，誤幾回天際識歸舟」（〈八聲甘州〉），但無柳詞之調轉過渡語（「想佳人」），失之突兀。

下片承上「望極歸舟」之意脈，抒寫思歸愁懷，筆墨落在相思深情難以傳寄，過片即言為此而憂心細想。「怕水葉沈紅」句以下細述種種相思而無由相寄之憂慮：紅葉題詩，漂流易沉；思念入夢，夢斷人去；愁句織錦成回文，雁字無多難盡傳。重陽佳節，懷歸情切，音書難傳，暗自神傷，佇立凝望，滿懷愁緒盡入滿城風雨。

此詞情調悲怨，筆致頓挫，用語雅麗，情景交融，章法井然。

三姝媚

送聖與還越❶

淺寒梅未綻。正潮過西陵❷，短亭❸逢雁。秉燭相看❹，歎俊游❺零落，滿襟依黯❻。露草霜花，愁正在、廢宮蕪苑。明月河橋，笛外樽前，舊情消減。莫訴離觴深淺。恨聚散匆匆，夢隨帆遠。玉鏡塵昏，怕賦情人❼老，後逢淒惋。一樣歸心，又喚起、故園愁眼。立盡斜陽無語❽，空江歲晚。

【注釋】❶送聖與句　聖與，指王沂孫，字聖與，號碧山，又號中仙、玉笥山人。會稽（治所在今浙江紹興）人。越，指紹興，春秋時為越國都城，隋唐稱越州。❷西陵　錢塘江渡口名，在今浙江蕭山市西，與杭州隔江相望。劉長卿〈重過宣峰寺山房寄靈一上人〉：「西陵潮信滿，島嶼入中流。」❸短亭　供行旅休憩、餞別的亭驛。古時五里一短亭，十里一長亭。庾信〈哀江南賦〉：「十里五里，長亭短亭。」❹秉燭句　杜甫〈羌村三首〉：「夜闌更秉燭，相對如夢寐。」❺俊游　歡賞暢遊。此指歡遊之朋侶。秦觀〈望海潮〉：「金谷俊遊，銅駝巷陌，新晴細履平沙。」陳亮〈南鄉子〉：「人物滿東甌，別我江心識俊遊。」❻依黯　黯然感傷。王沂孫〈醉蓬萊〉（掃西風門徑）：「試引芳尊，不知消得幾多依黯。」❼賦情人　稟賦多情之人。❽立盡句　柳永〈玉蝴蝶〉（望處雨收雲斷）：「黯相望，斷鴻聲裏，立盡斜陽。」張孝祥〈廣右道中〉：「啼鳥一聲家萬里，依然無語對斜陽。」

【語譯】寒意輕淺，梅花未綻。剛過了西陵潮，短亭餞別逢歸雁。夜深秉燭相看，悵歎知交零落，滿懷傷感。露凝衰草，霜敗殘花，愁緒彌漫廢宮荒苑。明月映河橋，樽前聞夜笛，舊時情懷消減。

莫說離觴酒深淺，只恨聚散匆匆，別夢逐帆遠。玉鏡昏暗蒙塵埃，怕多愁善感人易老，他日相逢更淒惋。一樣懷歸心切，又喚我愁眼望故園。無語佇立斜陽盡，歲暮江空天遠。

【研　析】此為周密送別友人王沂孫歸越之作。據王氏同調和韻詞題云「次周公謹故京送別韻」，知為宋亡之後作於臨安，故有「廢宮蕪苑」語。

詞作切題而入，起筆點明送別情事及其時間、地點。寒輕梅未開，當在初冬時節；「正潮過」二句言餞別在錢塘江畔。「潮過西陵」暗示行船正可起帆，「逢雁」襯托歸心之切。別離在即，更增惜別之情，詞筆由此盡展感慨傷別情懷。「秉燭」三句言別夜話舊，歎知交零落，黯然神傷，亦流露出互道珍重之深情。「露草」二句，筆調落到「廢宮蕪苑」，傷愁中寄寓深深的故國哀思，宮苑花草則觸引舊日遊賞之追憶，意脈與上文「俊游」暗通。「明月」二句兼融今昔情境，「舊情」句撫今追昔，歎惋悠然。

上片詞情因送別而感傷世事人情之變故，下片詞筆回到眼前之別離，可遙接「短亭逢雁」。過片把酒道別，有「勸君更盡一杯酒」之意。「恨聚散忽忽」，一聲慨歎歸結送別，接下料想別後：思念之夢將隨帆遠去；不敢臨鏡自照，因相思傷愁令人老；待他日重逢，定然更覺淒婉。以上落筆於別離，「一樣歸心」二句轉筆言歸，落實題中「還越」：友人之歸喚醒己之歸心，頓生故園之愁思。結末二句無語立斜陽、悵然望空江之身影畫面則兼融送別、思歸之情，淒涼情韻迷漫於江天夜色中。

詞作融惜別、傷逝、思歸及故國悲慨於一體，筆調沉婉，情調悲涼。

法曲獻仙音

弔雪香亭❶梅

松雪飄寒，嶺雲吹凍，紅破數椒春淺❷。襯舞臺荒，浣妝池冷❸，淒涼市朝❹輕換。歎花與人凋謝，依依歲華晚。　共淒黯。問東風、幾番吹夢，應慣識當年，翠屏金輦❺。一片古今愁，但廢綠、平煙空遠❻。無語消魂，對斜陽、衰草淚滿。又西泠❼殘笛，低送數聲春怨。

【注　釋】❶雪香亭　在西湖葛嶺集芳園。《武林舊事》卷四：「集芳園，葛嶺，元係張婉儀園，後歸太后，殿內有古梅、老松甚多。理宗賜賈平章。舊有清勝堂、望江亭、雪香亭等。」《齊東野語》卷十九「賈氏園池」謂集芳園「前揖孤山，後據葛嶺」。❷紅破句　數點紅梅綻開，春意尚淺。椒，指花蕾。周密《癸辛雜識》前集載趙孟堅〈梅譜〉詩云：「蹋鬚止七萼則三，點眼名椒梢鼠尾。」「筆分三蹋攢成瓣，珠暈一圓工點椒。」❸襯舞臺二句　襯舞臺、浣妝池，皆在集芳園中。❹市朝　集市和朝堂。此指故都。❺翠屏金輦　指皇帝后妃所乘之車。❻但廢綠句　荒園草綠，淡煙渺遠。吳文英〈西平樂慢〉（岸壓郵亭）：「嘆廢綠平煙帶苑。」❼西泠　西湖橋名，在孤山西北。

【語　譯】松間寒雪飄，嶺上凍雲浮，數點紅梅綻放，春意尚淺淡。襯舞臺，浣妝池，荒蕪冷寂，一派淒涼，更朝換代輕易間。歎花謝人凋零，依依歲暮，物華衰減。　同淒惋！問東風幾番吹拂，梅花飛夢，應慣看當年帝妃金輦。傷今懷古一片愁，空餘綠草淒迷，荒煙渺遠。黯然神傷，對衰草斜陽，無語淚潸潸。又聞西泠殘笛，數聲低咽，飄送縷縷春怨。

【研　析】雪香亭在集芳園。此園原為御園，後轉歸權相賈似道，宋亡後荒廢。周密此詞題「吊雪香亭梅」，乃詠梅以寄託故國哀思。起筆三句切題而入，言數點紅梅綻開，寒雪、凍雲、春淺，顯示節序，亦渲染出淒清寒寂氛圍，與下文「臺荒」、「池冷」相映襯，逼出「淒涼」二字。「市朝輕換」點出荒冷淒涼之緣由，寄寓故國之悲慨。「歎花與人」二句，筆調回到梅花，花與人均融入歲暮物華依依衰減之境。

詞作下片承上「花與人」之筆脈，人與梅花同悲慨。過片「共淒黯」，言花與人同其黯然神傷，重筆激蕩出盛衰滄桑之慨。東風吹拂，令梅花夢回昔日金輦遊園之盛況，如今「但廢綠、平煙空遠」，撫今追昔，「一片古今愁」。此與上片「襯舞臺荒」三句遙相輝映。「無語消魂」，再次重筆直言傷悲，與過片呼應。結末以斜陽衰草、西泠殘笛，從視、聽兩端渲染淒涼氛圍，融情於景，悲怨無盡。

詞作由雪中紅梅而及池臺荒冷，引入易代之悲，又進而與梅共鳴，同訴悲愁。構思精當，脈絡清晰。筆調以情馭景，「荒」、「冷」、「淒涼」、「淒黯」、「古今愁」、「消魂」、「淚滿」、「春怨」等用語，令詞境淒怨回蕩。

高陽臺

送陳君衡❶被召

照野旌旂❷，朝天❸車馬，平沙萬里天低。寶帶金章❹，樽前茸帽風欹❺。秦關汴水❻經行地。想登臨、都付新詩。縱英游，疊鼓清笳，駿馬名姬。酒酣

應對燕山❼雪，正冰河月凍，曉隴雲飛。投老殘年，江南誰念方回❽。東風漸綠西湖柳，雁已還、人未南歸。最關情❾，折盡梅花，難寄相思❿。

【注　釋】❶陳君衡　即陳允平，字君衡，一字衡仲，號西麓。四明（今浙江寧波）人。宋末曾任餘姚令、沿海制置司參議官。入元應召至大都，不仕而歸。❷旂　同「旗」。❸朝天　朝拜天子。此指入朝。❹寶帶句　指官服衣帶及金印。❺樽前句　言酒宴歡賞，風吹帽斜。此暗用孟嘉落帽典故。陶潛〈晉故征西大將軍長史孟府君傳〉載孟嘉及同僚從桓溫九日遊龍山，著戎服，風吹帽落而不自覺。❻秦關汴水　函谷關、汴河，均在今河南。此泛指中原一帶山水。❼燕山　山名，自河北薊縣東南蜿蜒而東，延袤數百里，直至海濱。❽方回　北宋詞人賀鑄，字方回。此為詞人自比。黃庭堅〈寄賀方回〉：「解作江南斷腸句，只今惟有賀方回。」❾關情　牽動情懷。❿折盡二句　言折梅寄贈，難傳相思深情。此反用陸凱〈寄贈范曄〉詩意：「折梅逢驛使，寄與隴頭人。江南無所有，聊贈一枝春。」

【語　譯】旌旗飛揚照四方，朝天車馬，聲勢浩蕩。平沙萬里，天幕低垂。寶帶金印佩腰間，樽前歡賞，風吹茸帽斜墜。經行中原山水，登臨興懷，想必遍賦新詩。縱情遊賞，鼓聲雷動，胡笳清勁，跨俊馬，擁名姬。

暢飲醉歡，應是雪漫燕山。正河流冰封，月色凝寒，曉來隴雲飛散。老朽殘年，誰念方回斷腸江南。東

風吹拂，西湖垂柳漸綠。雁已飛還，人未南歸。最牽情，折盡梅花，難寄綿綿相思。

【研　析】周密、陳允平二人宋末均曾出仕微職。宋亡入元，周密抗節不仕，對陳允平應召入朝當不甚贊同，然亦不便直言勸阻，賦詞送別，欲抑先揚，寓意婉曲。

詞作切合「被召」二字入筆，起首三句描繪出友人入朝之盛大場景：旌旗映照四野，車馬浩蕩，平沙茫茫，遠天低垂。此畫面亦實亦虛，預示出友人之前景宏遠。「寶帶」兩句勾畫出友人樽前臨別之形象：身佩寶帶金印，臨風暢飲，茸帽傾斜，頗顯志得意滿之態。「秦關」以下數句，料想友人入朝途經中原山水，登臨賦詩，「駿馬名姬」，縱情歡遊。「秦關汴水」為中原故土，寄寓詞人深深的故國之思，與「縱英遊」三句所狀形成對比，隱含諷喻之意。

過片「酒酣」三句承上思路，想像友人到達大都後的酒宴歡賞之背景，重在渲染環境氣候：雪漫燕山，冰封河流，星月淒寒，曉雲飄飛。筆調間流露出對友人的惦念之情，然而置身朝堂、宴歡酣醉中的友人恐無心顧及江南老友之相思期盼。「投老」二句自歎風燭殘年，愁苦孤寂，自比「解作江南斷腸句」之賀方回，與友人出仕新朝相對襯，「誰念」二字落筆到友情，而反詰語氣中透出怨意。「東風」句以下承此筆意，料想春來大雁北歸而人未南歸，折盡梅花難寄相思深情，悵然感傷中隱含怨友不歸之意。

全詞多料想之詞，境虛而情真，寄諷勸之意於深摯友情中，婉曲動人。

慶宮春

送趙元父❶過吳

重疊雲衣，微茫鴻影，短篷❷穩載吳雪。霜葉敲寒，風燈搖暈，棹歌人語嗚咽❸。擁衾呼酒，正百里、冰河乍合。千山換色。一鏡❹無塵，玉龍吹裂❺。

夜深醉踏長虹❻，表裏空明❼，古今清絕。高臺❽在否，登臨休賦，忍見舊時明月。翠消香冷，怕空負、年芳輕別❾。孤山❿春早，一樹梅花，待君同折。

【注釋】❶趙元父　即趙與仁，字元父，號學舟。宋宗室裔孫，居臨安（今浙江杭州）。宋末為臨安府判官，入元官常德路學教授、辰州教授、嵊縣主簿等。與周密、方回、張炎、仇遠等交遊。❷短篷　小船。盧祖皋〈松江別詩〉：「明月垂虹幾度秋，短篷長是繫人愁。」❸棹歌句　言船歌人語聲在寒風中斷續嗚咽。❹一鏡　指如鏡之水面。❺玉龍句　言笛聲清絕。唐獨孤生善吹笛，聲入雲天，至入破，笛裂。見《太平廣記》卷二百四引《逸史》。玉龍，喻玉笛。林逋〈霜天曉角・題梅〉（冰清霜潔）：「甚處玉龍三弄，聲搖動，枝頭月。」❻長虹　喻指垂虹橋，原名利往橋，又名長橋。北宋慶曆間所建，上有垂虹亭。在吳江縣（治所在今江蘇吳江市）東，橫跨松江（今吳淞江）。❼表裏空明　言月夜江天明澈。張孝祥〈念奴嬌・過洞庭〉：「素月分輝，明河共影，表裏俱澄澈。」❽高臺　蓋指三高堂，祠范蠡、張翰、陸龜蒙，在垂虹橋南之雪灘，後遷移橋北，與垂虹亭相望。臺，柯本作「堂」。❾翠消二句　言梅花漸凋零，一年芳意輕易間別離而去，怕徒自負疚。❿孤山　山名，在杭州西湖中，為賞梅勝地。

【語譯】雲似仙衣重疊，孤鴻掠影微茫。短篷載雪，穩泛吳江。霜葉凋零，寒聲鏗然；風拂孤燈，光暈搖蕩。船歌人語，斷續嗚咽。擁被喚酒，正百里江河冰封，千山披銀色。水面如鏡無纖塵，笛聲高亢吹欲裂。

夜深醉踏垂虹橋，月映江天空明。冠絕古今，無限清景。三高堂在否？登臨莫賦詩，怎忍見明月如舊。翠葉飄零，幽香冷寂，怕輕易間作別一年芳意，徒生愧疚。孤山春來早，一樹梅花尚在，待君歸來同摘。

【研析】友人趙元父自杭州前往吳江，周密賦詞送別。上片料想友人短篷載雪之行途景象情狀。起筆三句描繪出層雲飄浮、鴻影微茫的雪夜，行船穩泛寒江之畫面。切題而入，亦深含別情。「霜葉」三句承「短篷」，言船中所聞（霜葉鏗然凋落；船歌人語嗚咽）所見（風吹燈影拂蕩），行旅之淒涼況味溢於言外。「擁衾呼酒」，振筆勾畫出船中人情態，筆意承前「吳雪」、「霜葉敲寒」、「嗚咽」數語而蕩起。「正百里」三句承此振蕩筆勢，展現浩闊江山冰封雪裹、明淨無塵之境，淒寒之外更顯清曠高潔之氣韻，逼出「玉龍吹裂」四字，似仙境聞笛，幽邈清絕。

下片仍以虛筆想像為主。「夜深」三句料想友人乘醉夜遊吳江垂虹橋，江天月色空明之境，與上片「百里、冰河乍合」數句相輝映，清景堪稱冠絕古今。「高臺」二句轉到與垂虹亭相對的又一名勝三高亭。其筆意承前「古今」二字，亭為紀念吳江古三賢范蠡、張翰、陸龜蒙而建。三賢均拋卻官場名利，退隱江湖。如此冰雪清明、江月澄澈之夜登臨此亭，必當悠然懷古。詞人於此則取跌宕筆法，「休賦」為逆筆，「忍見」句以反詰蕩起無限滄桑感慨：明月如舊，三高往矣，世事皆非。「翠消」二句從望月思古之虛境餘韻中回到眼前之送別，落筆於寒梅。友人此別正值梅花漸謝、一年芳意將盡之時，「怕空負、年芳輕別」一句兼融惜別惜花之深情。結末三句由惜別轉而盼歸，仍寄情於梅花：孤山春早，梅花凋零殆盡，一樹尚未凋謝，待君歸來同折。盼友早歸之情不言而喻。

詞作構思精妙，送別友人，撇開餞別場景及惜別情狀，避實就虛，展開想像，以大量筆墨描繪友人行途境況，無限別情見於言外，與結末意脈暗通。全詞筆調雅潔，意境清空。

高陽臺

寄越中❶諸友

小雨分江❷，殘寒迷浦，春容淺入蒹葭❸。雪霽空城，燕歸何處人家。夢魂
欲渡蒼茫去，怕夢輕、還被愁遮。感流年，夜汐❹東還，冷照西斜。萋萋望
極王孫草❺，認雲中煙樹❻，鷗外春沙。白髮青山，可憐相對蒼華❼。歸鴻自趁
潮回去，笑倦游、猶是天涯。問東風，先到垂楊，後到梅花。

【注釋】❶越中　指會稽（治所在今浙江紹興）。❷分江　遍灑江上。❸蒹葭　蘆葦。《詩‧秦風‧蒹葭》：「蒹葭蒼蒼，

白露為霜。」❹夜汐　晚潮。❺萋萋句　言芳草萋萋，望遠盼歸。《楚辭・招隱士》：「王孫游兮不歸，春草生兮萋萋。」❻認雲中句　言望中遠樹雲煙飄渺。謝朓〈之宣城郡出新林浦向板橋〉：「天際識歸舟，雲中辨江樹。」❼白髮二句　言白髮對青山，自憐衰頹。吳文英〈八聲甘州〉（渺空烟四遠）：「問蒼天無語，華髮奈山青。」蒼，青黑色。華，白色。

【語　譯】小雨灑落江面，殘寒彌漫江浦，淺淺春色入蒹葭。雪後城空靜，歸燕不知飛誰家。江天蒼茫，夢魂欲渡，怕夢輕飄，卻被密愁遮。感慨流年，晚潮東歸，月冷西斜。　望極天涯，芳草萋萋思綿綿。細辨雲煙籠江樹，鷗鳥高飛，春日沙洲遠。華髮對青山，可歎堪自憐。鴻趁潮水自歸去，笑我羈旅倦怠，猶在天涯。春風吹來，問先到垂楊，後到梅花？

【研　析】這是詞人自杭州寄贈會稽諸友之作。詞從錢塘江初春景色入筆，因江東便屬越中，「分江」一語蓋亦暗含因江而分隔之意。細雨綿綿，津浦迷濛，春容淡淡，均為望江所見，思友深情融於其中。「雪霽」二句，視線回落所在之城，雪後城中冷寂空曠，春來燕歸，不知飛向誰家。曰「空城」，凸顯昔日繁華之臨安城在宋亡後的蕭條淒清，如姜夔筆下的揚州：「清角吹寒，都在空城。」（〈揚州慢〉）問燕歸何人家，映襯出詞人宋亡家破後的漂泊無歸。江浦、空城之畫面疊映，觸動思念入夢，江天蒼茫，愁情彌漫，夢魂欲渡，又怕被愁遮擋。其意即謂夢中怕亦難相見，「遮」字化無形為有形，想像生新。夢未成，夜將盡，江潮退落，冷月西斜，悵然默對年光流逝，愁思無眠。

過片與起拍呼應，仍落筆於遠望，「王孫草」則點明羈旅相思情懷，照應上片「夢魂欲渡」、「感流年」等筆意。芳草萋萋，煙雲籠樹，鷗飛沙外，均稱「望極」二字，情融於景，景中有人。「白髮」現出自身，華髮對青山，人老天不老，感慨自憐。此為對襯之筆。「歸鴻」二句再以鴻與人作對襯：鴻雁自顧趁潮歸去，且笑人尚倦遊天涯。「自」、「笑」二字言鴻雁，亦見出詞人愁苦思念之情。結末承此思念，關合詞題，而筆調婉曲。春風吹綠楊柳，吹落梅花。「先到垂楊，後到梅花」是詞人對東風的希求。又越中在臨安之東，「問東風」亦暗示遙問越中諸友，期盼相聚西湖，孤山賞梅，蘇堤詠柳。

詞作切合題中「寄友」之意，上、下片均從望遠入筆，融情於景，以「燕歸」、「歸鴻」反襯羈旅愁苦，思友之情、身世感慨溢於筆端。筆勢婉轉跌宕，用語雅麗，情韻沉鬱回蕩。

探芳信

西泠❶春感

步晴晝。向水院維舟，津亭喚酒。歎劉郎❷重到，依依漫懷舊。東風空結丁香怨❸，花與人俱瘦❹。甚淒涼，暗草沿池，冷苔侵甃❺。

橋外晚風驟。正香雪隨波，淺煙迷岫❻。廢苑塵梁，如今燕來否❼。翠雲零落空隄冷，往事休回首。最消魂，一片斜陽戀柳❽。

【注釋】❶西泠　西湖橋名，在孤山西北。❷劉郎　唐代詩人劉禹錫，此為詞人自指。劉禹錫兩度被貶後還京，作〈再游玄都觀〉有云「前度劉郎今又來」。❸東風句　春風吹拂，丁香含苞似愁怨凝結。李商隱〈代贈〉：「芭蕉不展丁香結，同向春風各自愁。」李璟〈攤破浣溪沙〉：「青鳥不傳雲外信，丁香空結雨中愁。」❹花與人句　花與人共憔悴。秦觀〈如夢令〉（鶯嘴啄花紅溜）：「人與綠楊俱瘦。」李清照〈醉花陰〉（薄霧濃雲愁永晝）：「人比黃花瘦。」❺甃　井壁。❻岫　山穴。❼廢苑二句　薛道衡〈昔昔鹽〉：「暗牖懸蛛網，空梁落燕泥。」❽最消魂二句　辛棄疾〈摸魚兒〉（更能消幾番風雨）：「斜陽正在，煙柳斷腸處。」

【語譯】漫步晴晝，臨水院邊繫舟，津渡亭上喚酒。悵然似劉郎故地重遊，徒自依依懷舊。東風吹拂，丁香空自念怨凝愁。人與花，同憔悴。太淒涼！池畔荒草綠暗，井壁冷苔蒼翠。　橋上晚風驟起，落花飄香隨流水，淡煙籠山迷岩岫。宮苑荒廢，雕梁塵滿，如今燕子歸來否？碧雲零落，湖堤清冷，往事莫回首！最傷心，一片斜陽戀垂柳。

【研析】本詞為周密春日重遊西湖，憑弔故都之作。其《武林舊事》卷三「西湖遊幸」條詳述昔日都人遊賞之盛：「西湖天下景，朝昏晴雨，四序總宜。杭人亦無時而不遊，而春遊特盛焉。……龍舟十餘，綵旗疊鼓，交午曼衍，粲如織錦。……都人士女，兩堤駢集，幾於無置足地。水面畫楫，櫛比如魚鱗，亦無行舟之路。歌歡簫鼓之聲，振動遠近。……至午則盡入西泠橋裏湖。……既而小泊斷橋，千舫駢集，歌管喧奏，粉黛羅列，最為繁盛。……至花影暗而月華生，始漸散去，絳紗籠燭，車馬爭門，日以為常。」詞人如今重遊亦如往日之次第，「步晴晝」三句，蓋即至午入西泠橋裡湖，小泊斷橋。「劉郎重到」、「懷舊」，對舊時繁華盛事之追憶隱於言外，「歎」、「依依」、「漫」數語則顯露撫今追昔之悵惋情懷，為全詞情感基調。「東風」句以下承「重到」，描述重遊西泠所見所感，情景交融。風拂丁香愁結，花與人，共憔悴。此乃因花及人。「甚淒涼」三句則先重筆點明人之情，接以寫景渲染：池邊草暗，井壁苔冷，「暗」、「冷」二字應合「淒涼」。

上片所狀為水邊庭院之丁香、池草、井苔淒涼景象，過片轉換視角，遠望西泠橋外：晚風驟吹，落花如雪，隨波逐浪，遠山淒迷，淡煙浮蕩，令人悵惘！又見舊時宮苑，已然一片廢蕪，定然是塵滿雕梁，不知燕子歸來否？「廢苑」句點出國已敗亡，亦點醒上文「依依懷舊」、「丁香怨」、「淒涼」之緣由。「燕來否」，因「塵梁」而想到歸燕，亦與「劉郎重到」相對襯：人之重遊，依依懷舊；燕若歸來，其情如何？燕歸尚能尋舊巢，然家國不存，人歸何處？日暮碧雲漸散，「翠雲」句又回到眼前景，柳條稀疏，顯得江堤空曠冷落，撫今追昔，欲言又止，「往事休回首」，一回首便無限感傷。然而看那斜陽依戀疏柳，怎不勾人傷心斷腸！

本詞借西泠春景抒寫家國興亡之感，風格沉鬱，有黍離之悲。

水龍吟

白荷

素鸞❶飛下青冥，舞衣半惹涼雲碎。藍田種玉，綠房迎曉❷，一奩秋意❸。

擎露盤深，憶君清夜，暗傾鉛水❹。想鴛鴦、正結梨雲好夢❺，西風冷、還驚起。

應是飛瓊仙會❻。遡涼飆❼、碧簪斜墜。輕妝鬬白，明璫❽照影，紅衣羞避。霽月❾三更，粉雲千點，靜香十里。聽湘絃奏徹，冰綃偷翦，聚相思淚❿。

【注釋】❶素鸞　青鳥，傳說中為西王母信使。此代指仙人。❷藍田二句　言蓮房碧翠似藍田美玉，輝映朝日。藍田，山名，在陝西藍田東，出產美玉。種玉，干寶《搜神記》卷十一載洛陽人楊伯雍性篤孝，有仙人授其石子一斗，「使至高平好地有石處種之，云玉當生其中。」數年後，「至所種玉田中，得白璧五雙」。❸一奩句　言荷塘滿秋意。奩，梳妝鏡匣。此喻荷塘。辛棄疾〈水調歌頭〉：「帶湖吾甚愛，千丈翠奩開。」奩，同「匳」。❹擎露三句　借漢武帝所建銅仙承露盤喻綴露之荷葉、荷花。漢武帝好仙，銅鑄仙人承露盤以儲露，和玉屑服之，以求長生。三國時魏明帝遣人遷至洛陽。唐李賀為此作〈金銅仙人辭漢歌〉，有云：「空將漢月出宮門，憶君清淚如鉛水。」❺梨雲好夢　美夢。張邦基《墨莊漫錄》卷六引王建〈夢看梨花雲歌〉：「薄薄落落霧不分，夢中喚作梨花雲。」❻飛瓊仙會　仙人聚會。許飛瓊，傳說為西王母侍女。❼遡涼飆　迎涼風。遡，同「溯」。逆。❽璫　女子玉飾耳墜。❾霽月　皎月。白居易〈酬夢得暮秋晴夜對月相憶〉：「霽月光如練，盈庭復滿池。」❿聽湘絃三句　用湘靈鼓瑟寄相思典故，喻白荷之情態。奏徹，奏完。傳說舜帝南巡死於蒼梧（在今湖南寧遠），其二妃死而為湘水之神（湘靈），善鼓瑟。《楚辭・遠遊》：「使湘靈鼓瑟兮，令海若舞馮夷。」錢起〈省試湘靈鼓瑟〉：「苦調淒金石，清音入杳冥。蒼梧來怨慕，白芷動芳馨。流水傳瀟浦，悲風過洞庭。曲終人不見，江上數峰青。」

【語譯】似青鳥天仙飛降，舞衣半染片片涼雲。蓮蓬碧翠似藍田美玉，輝映朝日，荷塘漫秋韻。擎盤承露深，清夜思君苦，暗自傾淚如鉛水。料想鴛鴦雙棲夢正酣，還被瑟瑟西風驚起。定然是仙女盛會，秋風吹涼拂面，碧玉搔頭斜墜。淡妝競呈皎潔，耳墜明玉照倩影，紅衣羞愧退避。夜深皓月臨照，粉雲千點，暗香飄十里。聽湘靈鼓瑟曲終，默默裁剪冰綃，儲相思淚。

【研析】此詞亦見於《樂府補題》，題作「浮翠山房賦白蓮」，同賦者尚有王易簡、陳恕可、唐珏、呂同老、趙汝鈉、王沂孫、李居仁、張炎等八人，知為詞友相聚，擬題選調同賦之作。

詞作切題入筆，以仙女飛降，舞衣飄拂片片碎雲，比喻朵朵白蓮隨風搖曳。此狀蓮花。「藍田」二句描寫蓮蓬，以藍田美玉為喻，用「種玉」之傳說寫出白蓮之生機及其出淤泥而不染之高潔品性。「一奩秋意」，言秋韻彌漫荷塘，收束對白蓮的形態描寫。「擎露」三句轉言白蓮之情思，仍以仙人為喻，化用李賀〈金銅仙人辭漢歌〉詩句：「憶君清淚如鉛水。」形神兼備，「擎露盤深」、「暗傾鉛水」切合荷葉瀉露，「憶君清夜」為攝神之筆。「想鴛鴦」二句為襯托之筆，荷花叢中，鴛鴦雙棲，美夢正酣，卻被西風驚醒。「鴛鴦」、「結好夢」，反襯「憶君」、「傾鉛水」。又進而細想，「結好夢」亦為「清夜憶君」者之所願，意脈暗自相通。但即便相思入夢成歡會，終歸夢斷西風冷，其幽怨則更深一層。就詞筆脈絡而言，銅仙憶君傾淚之譬喻乃因荷露滴響而興發，鴛鴦好夢驚醒之擬想乃因花間宿鳥飛而觸發，均與詠荷相涉。

過片呼應起筆，以飛仙歡聚喻白蓮繁盛之狀。「遡涼飆」句以下承「仙會」而展筆：仙女迎風飄舞，「碧簪斜墜」，淡妝比白，明玉照影。「紅衣羞避」一句為虛筆襯托。此為細描仙女妝飾之美，而白蓮之色貌美態隱含其中。「霽月」三句，言繁花映月似「粉雲千點」，十里暗香飄浮。此為大筆總描月下荷塘之美，而「仙會」之盛況芳韻亦兼融筆端。結末三句以湘靈鼓瑟曲終收束「仙會」，關合全篇以仙喻白蓮之構思，其情調則與上片「擎露盤深」三句遙相輝映。銅仙傾淚喻荷葉瀉露，冰綃聚淚狀白蓮凝露，均擬狀攝神，情思深婉。

全詞構想出荷塘之曉風吹拂、清夜霽月兩個場景，以仙喻花，亦仙亦花，花貌仙姿映襯傾淚相思之情。詞中所用金銅仙人辭漢、湘靈鼓瑟典事，蓋寄寓宋室遺民之深切哀思。

倣顰十解

四字令

擬《花間》❶

眉消睡黃❷。春凝淚妝❸。玉屏水暖微香❹。聽蜂兒打窗。箏塵半牀❺。綃痕半方❻。愁心欲訴垂楊。奈飛紅正忙。

【注釋】❶花間 即《花間集》，後蜀趙崇祚所編，收錄溫庭筠、韋莊等十八位詞人五百首詞作。❷黃 即額黃，古代女子額上的黃色塗飾。李商隱〈無題〉：「壽陽公主嫁時妝，八字宮眉捧額黃。」❸淚妝 唐時一種宮妝。王仁裕《開元天寶遺事》卷三「淚妝」條：「宮中嬪妃輩施素粉於兩頰，相號為淚妝。」❹玉屏句 言屏下沉水香暖，屏，原作「瓶」，據柯本校改。水，指沉水香。❺牀 指箏床，箏之支架。張翥〈杏葉黃〉：「起彈牀上箏，自歌杏葉黃。」❻綃痕句 言一方綃帕半染淚痕。

【語譯】睡起眉間褪額黃，春日施粉作淚妝。玉屏風，沉水香暖，靜聽蜂兒飛撲紗窗。 箏床半塵埃，綃帕半淚痕。欲對垂楊訴愁情，無奈飛絮落花正紛紛。

【研析】《花間集》多以女子容貌體態、春情閨怨為題材，風格婉麗。本詞擬《花間》，即抒寫春日女子閨怨。詞作起筆呈現女子睡起眉間額黃消褪之狀。「春凝」句順承描述鏡前凝妝。「春」字點明時節，「淚妝」指素粉凝頰之妝，亦暗示出女子內心之幽怨。「玉屏」句暈染出閨中背景氛圍，沉水暖香繚繞於屏風間。「聽蜂兒打窗」，於室內聽出室外景象。蜂飛蝶舞，花香草綠之場景畫面盡由「蜂兒打窗」四字透出。在意脈上，此四字又照應上文之「春」、「微香」。窗外之繁鬧、窗裡之靜寂，相反相成，均交融於「聽」者心中。

詞作下片承上抒寫「聽」者愁情。「箏塵」句，見出閨閣無知音，箏琶閒置蒙塵；「綃痕」句，見出愁苦暗泣，綃帕半涴痕。此為總述女子空閨獨愁之悲苦，以其相伴之物件襯托情懷。末二句轉而直抒其情，跌宕筆勢：「愁心」二字由前二句逼出，愁滿心懷，無人可與傾訴。此乃暗隱跌宕處。無人可與傾訴，無奈之下「欲訴垂楊」，怎奈飛絮落花忙紛紛，楊柳無暇管人情。此乃跌宕之筆。「垂楊」暗示出傷別之愁，「飛紅」又透出傷春之怨，隱然收束詞中女子情懷，而以景結情，則餘韻無盡。

西江月

延祥觀❶拒霜❷擬稼軒❸

綠綺紫絲步障❹，紅鸞綵鳳仙城。誰將三十六陂❺春，換得兩隄秋錦❻。
眼纈❼醉迷朱碧，筆花❽俊賞丹青。斜陽展盡趙昌屏❾。羞死舞鸞妝鏡❿。

【注釋】❶延祥觀　在西湖孤山路。周密《武林舊事》卷五「孤山路」：「四聖延祥觀，有韋太后沈香四聖像、小蓬萊閣、瀛嶼堂、金沙井、六一泉。」❷拒霜　木芙蓉之別稱。仲秋開花，耐寒不落，故名。王安石〈拒霜花〉：「落盡羣花獨自芳，紅英渾欲拒嚴霜。」辛棄疾〈朝中措〉：「年年黃菊艷秋風，更有拒霜紅。」❸稼軒　即辛棄疾（西元一一四〇－一二〇七年），字幼安，號稼軒。南宋著名詞人，有《稼軒長短句》。❹步障　用以遮擋風塵、障蔽內外的屏幕。《世說新語・汰侈》：「君夫（王愷）作紫絲布步障碧綾裏四十里，石崇作錦步障五十里以敵之。」❺三十六陂　泛言湖泊之多。此指西湖。三十六，極言其多。陂，池塘湖泊。王安石〈題西太乙宮壁〉：「三十六陂煙水，白頭想見江南。」姜夔「夜泛西湖」所作〈念奴嬌〉（鬧紅一舸）：「三十六陂人未到，水佩風裳無數。」❻秋錦　喻拒霜花。❼眼纈　目眩迷離。纈，眼花時所見星星點點。李賀〈蝴蝶舞〉：「楊花撲帳春雲熱，龜甲屏風醉眼纈。」❽筆花　妙筆生花。王仁裕《開元天寶遺事》卷二「夢筆頭生花」條：「李太白少時夢所用之筆頭上生花，後天才贍逸，名聞天下。」❾趙昌屏　趙昌所繪屏風。趙昌，字昌之。廣漢（今屬四川）人。北宋畫家。《宣和畫譜》卷十八稱其「善畫花果，名重一時。作折枝，極有生意，傅色尤造其妙」，所作「不特取其形似，直與花傳神者也」。❿舞鸞妝鏡　指鸞鏡，鸞鳥圖飾之妝鏡。南朝范泰〈鸞鳥詩序〉：昔罽賓王捕獲一鸞鳥，三年不鳴。後懸鏡照之，「鸞睹形感契，慨然悲鳴，哀響中霄，一奮而絕。」

【語　譯】似綠綺絳紗之步障，如紅鸞彩鳳之仙境。誰將這西湖春色，換成兩堤秋花如錦？　紅花綠葉，令人眼迷心沉醉，彷彿飽覽妙筆繪丹青。斜陽映照，似趙昌畫屏展盡，羞煞那鸞鳥飛舞臨妝鏡。

【研　析】此詞題詠西湖延祥觀之木芙蓉。起筆擬設「步障」、「仙城」二喻描繪木芙蓉盛開情狀，濃墨重綵。綠綺、紫絲，紅鸞、彩鳳，描色賦形，筆墨細膩；「步障」、「仙城」，狀其花叢綿延之盛，筆調粗重。此二句為正筆描狀，接下「誰將」二句跳蕩筆致，問其來由。「兩隄秋錦」承前筆意，「三十六陂」點出西湖，春色換得秋錦，乃虛擬西湖春景為映襯，更顯木芙蓉花團錦簇之美。

上片筆調一正一蕩，均為展現木芙蓉之盛美。下片轉從賞覽角度，以妙筆丹青為喻，激賞其美如畫境。過片二句言花紅葉綠令人眼迷心醉，豪興賞悅，如覽妙筆丹青。「斜陽」句呈現夕陽輝映下的花叢美景，「趙昌屏」承前「筆花」、「丹青」，而取譬更具體，以「善畫花果，名重一時」的趙昌之畫屏為喻，精妙而切實。詞筆至此，就詠物題旨而言可謂完足。然細品「斜陽」一句語調筆勢，則言猶未盡，末句承前應接其勢：「趙昌屏」之美令「舞鸞」「羞死」，筆意貫通順達；筆路上，「妝鏡」可呼應畫屏。意趣上，末句歸結全詞且更進一層：鸞鳥「其狀如翟而五彩文」（《山海經・西山經》）。其臨鏡起舞之美狀可與「兩隄秋錦」映西湖相類比，此言「羞死舞鸞妝鏡」，則「趙昌屏」所喻西湖延祥觀木芙蓉之美堪稱難以言狀，「羞死」二字化實為虛，含不盡之意。

詞題「擬稼軒」，境界之闊大、筆調之跳蕩，有稼軒寫景狀物之風。其構思運筆設喻方面，如上片與稼軒之「漸翠谷羣仙來下，珮環聲急。誰信天鋒飛墮地，傍湖千丈開青壁」（〈滿江紅〉「直節堂堂」），「眼纈醉迷朱碧」與稼軒之「公子看花朱碧亂」（〈蝶戀花〉「老去怕尋年少伴」），「展盡趙昌屏」、「舞鸞妝鏡」與稼軒之「帶湖吾甚愛，千丈翠奩開」（〈沁園春〉「十里翠屏」）（〈沁園春〉「一水西來」），均相類似。

江城子

擬蒲江❶

羅窗曉色透花明。靘瑤笙❷。按瑤箏。試❸訊東風，能有幾分春。二十四闌❹憑玉暖，楊柳月，海棠陰。

依依愁翠沁雙顰❺。愛鶯聲。怕鵑聲。人自多情，春去自無情。把酒問花花不語❻，花外夢，夢中雲❼。

【注　釋】❶蒲江　即盧祖皋，字申之，又字次夔，號蒲江。永嘉（今浙江溫州）人。慶元五年（西元一一九九年）進士。工詞，有《蒲江詞稿》。❷靘瑤笙　蓋指調試笙簧。玉笙銅簧塗以綠蠟，簧暖成青黑色。靘，青黑色。和凝〈宮詞〉：「蘭殿春融自靘笙，玉顏風透象紗明。」周密《齊東野語》卷十七「笙炭」條：「蓋笙簧必用高麗銅為之，靘以綠蠟，簧暖則字正而聲清越。」❸試　原作「幾」，據項本校改。❹二十四闌　曲欄。二十四，泛言其多。❺雙顰　雙眉顰蹙。❻把酒句　歐陽脩〈蝶戀花〉（庭院深深深幾許）：「淚眼問花花不語，亂紅飛過秋千去。」❼夢中雲　用巫山朝雲典故，喻男女歡會。宋玉〈高唐賦序〉稱楚懷王遊高唐，夢與巫山神女歡會。神女臨別云：「妾在巫山之陽，高丘之阻，旦為朝雲，暮為行雨，朝朝暮暮，陽臺之下。」

【語　譯】曉色花明透窗紗，調試玉笙，輕按玉箏。試問東風，尚有幾分春。佇倚玉欄暖，月上柳梢，海棠弄輕影。

依依愁黛凝雙眉。愛聽鶯囀，怕聽鵑啼。人自多情，春歸自無情。把酒問花花不語，夢飛花外，夢裡似朝雲。

【研　析】此詞抒寫春閨愁怨。起筆呈現春閨畫面：曉窗花明。「透」字貫通「羅窗」內外。「靘瑤笙」二句，描述窗內佳人睡起，調笙按箏寄幽情。此情蓋由明麗春色所觸發。「試訊」二句轉向窗外春色，出以問訊之筆，顯露惜春之情：惜春唯怕春歸，東風吹拂，不知芳春所剩有幾。「二十四闌」三句言佳人倚欄待月，月上柳梢，海棠弄影。上言「試訊東風」已隱含憑欄之狀，此言「憑玉暖」，見出玉欄久倚或頻倚。從「曉色透花明」到「楊柳月」，佳人終日在獨伴箏琶、臨風歎春、倚欄望月中度過，無限愁怨盡在不言中，尤其是「楊柳月」二句展現的畫面，映襯出倚欄人淒涼幽怨之神情。

過片承上筆意，由隱而顯，描畫出佳人愁容，轉而直抒其情。「依依」二字既言其情，亦狀其態。「愁翠沁雙顰」為濃墨畫像，盡顯黛眉凝愁雙蹙之狀。接下轉以回環往復、跌宕流轉筆調抒寫佳人傷春懷人之情。「愛鶯聲」二句，春來鶯鳥歡鳴，婉轉動聽；春暮杜鵑悲啼，淒怨哀切。一「愛」一「怕」，道出春情之愛恨悲歡。又「愛」又「怕」，只因人之多情。然而芳春並不為多情人而多留片刻，歸去無返顧，故謂「春歸自無情」，人之多情亦枉然。「自多情」，謂徒自多情；「自無情」，謂本自無情。無情春歸，多情人「把酒問花」，落花無語。情境亦如歐陽脩〈蝶戀花〉（庭院深深深幾許）之「門掩黃昏，無計留春住。淚眼問花花不語，亂紅飛過秋千去」。「問花」已見其愁極而痴；花本不能言語，「花不語」意謂花能言而不語，其痴又進一層，其怨亦深一層。「問花花不語」，惟有寄望於「花外夢」，夢飛花外，但願如朝雲入夢，歡會慰相思。

詞題云「擬蒲江」，張端義《貴耳集》卷上稱蒲江（盧祖皋）「作小詞纖雅」。本詞亦可謂「纖雅」，而其筆調之疏快流轉與蒲江令曲（如本書所錄同調同韻之作）相近。

少年遊

宮詞❶擬梅溪❷

簾消寶篆❸捲宮羅。蜂蝶撲飛梭❹。一樣東風，燕梁鶯院，那處春多。

曉妝日日隨香輦❺，多在牡丹坡❻。花深深處，柳陰陰處，一片笙歌。

【注釋】❶宮詞　以宮中生活為題材的詩詞。中唐王建始以〈宮詞〉為題作詩百首。❷梅溪　即史達祖，字邦卿，號梅溪。開封（今屬河南）人。工詞，有《梅溪詞》。❸簾消寶篆　簾裡爐香燃盡。消、篆，原作「綃」、「相」，據柯本校改。寶篆，指爐香。陳敬《陳氏香譜》卷二載有「寶篆香」之製法。一說焚香之煙狀如篆文，故名。❹蜂蜨句　言蜂蝶飛舞如梭。張炎〈風入松〉：「小窗晴碧颭簾波。晝影舞飛梭。」❺香輦　皇后所乘之車。溫庭筠〈陳宮詞〉：「雞鳴人草草，香輦出宮花。」❻牡丹坡　在聚景園（孝宗御園，在清波門外，嘉泰間寧宗奉成肅太后臨幸，其後荒廢）。周密《武林舊事》卷七「德壽宮起居注」載淳熙六年三月十五日，孝宗恭請太上皇、太后幸聚景園，「至錦壁賞大花，三面漫坡牡丹，約千餘叢，各有牙牌金字，上張大樣碧油絹幕」。張炎〈風入松〉（小窗晴碧颭簾波）：「園林未肯受清和。人醉牡丹坡。」

【語　譯】篆香銷盡，羅幕高捲，蜂蝶飛舞如梭。東風遍吹，雕梁燕語，花院鶯啼，何處春光多？　清曉凝妝，日日伴隨香輦，賞春多在牡丹坡。花叢深處，柳林陰下，一片笙簫歡歌。

【研　析】詞題「宮詞」，乃擬狀春日宮中遊樂情事。起筆二句描畫宮中春曉景象：篆香銷盡，簾幕捲起，窗外蜂蝶飛舞。「一樣東風」三句觸景尋思：東風遍吹，宮中何處春多？此問由宮中春景轉入賞春遊樂情事。

詞作下片即承「那處春多」之問而展開，描述宮中春日遊樂盛況。「曉妝」二句敘述，言嬪妃宮女日日隨侍皇后遊賞牡丹坡。末三句描繪歡賞場景：花繁柳暗，笙歌悠揚。景色與聲響相融，歌舞賞覽之盛歡盡在其中。

全詞構思章法精巧，首尾兩幅畫面呼應相襯，中間一問一述，承前啟後，意脈相貫。寫景筆法上，或以工筆描畫（如「蜂蜨」句），或以筆墨暈染（如「花深」三句），各成其趣。詞題所謂「擬梅溪」或即在此。

好事近

擬東澤❶

新雨洗花塵，撲撲❷小庭香溼。早是垂楊煙老❸，漸嫩黃成碧。　晚簾都捲看青山，山外更山色。一色梨花新月❹，伴夜窗吹笛。

【注釋】❶東澤　即張輯，字宗瑞，號東澤。鄱陽（今屬江西）人。宋理宗紹定、端平年間在世。有《東澤綺語債》二卷。❷撲撲　芳香彌漫狀。王質〈郭公〉：「稻花垂垂香撲撲。」❸垂楊煙老　言楊柳如煙深濃。蘇轍〈次王適韻送張耒赴壽安尉二首〉其二：「山分少室雲煙老，宮廢連昌草木長。」張鎡〈暮色〉：「拍欄情倍極，烟老罩魚灣。」❹一色句　月映梨花，皎潔一色。歐陽脩〈蝶戀花〉（回旋落花風蕩漾）：「寂寞起來褰繡幌，月明正在梨花上。」

【語譯】新雨洗塵花鮮豔，潤香飄拂，彌漫小庭院。早已垂柳如煙深，嫩黃漸轉青碧。　晚來捲簾看青山，山外青山連綿。梨花新月相輝映，皎潔一色，伴我夜窗吹玉笛。

【研析】此詞題詠雨後春景。上片描繪庭院景象，春雨洗淨塵埃，花色鮮麗，花香潤溼，彌漫拂蕩，楊柳如煙深濃，嫩黃漸轉青翠。「新雨」、「香溼」、「煙老」、「嫩黃」等用語精工妥貼，展現出花紅柳綠、清新芳潤場景，令人如臨其境。

上片寫晝日庭院景象，下片順承描述夜景。過片二句筆調蕩開，展現出捲簾遙望畫面：山外青山，連綿蒼蒼。「一色」句，視線回歸庭院，梨花映新月，皎皎一色。遠近畫面相融於幽靜芳馨之春夜中，動人心懷，倚窗眺望之人遂有對月吹笛之興致。悠悠笛聲融入月色花香，在茫茫夜空飄蕩，令人隱約體味到吹笛人無盡的情思。

詞題「擬東澤」，其筆調之清雅，韻致之幽遠，有似東澤之承襲白石詞風。

西江月

擬花翁❶

情縷紅絲冉冉❷，啼花碧袖熒熒❸。迷香雙蝶下庭心。一行愔愔❹簾影。

北里❺紅紅❻短夢，東風燕燕❼前塵。稱消不過❽牡丹情。中半傷春酒病。

【注　釋】❶花翁　即孫惟信（西元一一七九－一二四三年），字季蕃，號花翁。開封（今屬河南）人。有《花翁集》。本書卷二錄有其詞。❷冉冉　裊裊飄拂貌。毛滂〈浣溪沙〉：「煙柳風蒲冉冉斜。」❸熒熒　淚光閃爍貌。蘇軾〈傷春詞〉：「淚熒熒而棲睫兮，花搖月而增眩。」❹愔愔　幽靜貌。周邦彥〈瑞龍吟〉（章臺路）：「愔愔坊陌人家，定巢燕子，歸來舊處。」❺北里　指娼妓所居之地。唐長安平康里為歌妓聚居處，位於城北，亦稱北里。孫光憲《北夢瑣言》卷四載：「孫棨舍人著《北里志》，敘朝賢子弟平康狎游之事。」❻紅紅　指歌姬。唐大曆間才人張紅紅，本為乞食歌女，將軍韋青納為姬，善歌，聞曲能記譜，後入宜春院，宮中號「記曲娘子」。參見段安節《樂府雜錄》。❼燕燕　代指侍妾。唐張祜有妾名燕燕。蘇軾〈張子野年八十五尚聞買妾述古令作詩〉：「詩人老去鶯鶯在，公子歸來燕燕忙。」姜夔〈踏莎行〉：「燕燕輕盈，鶯鶯嬌軟。分明又向華胥見。」❽稱消不過　言承受不了。稱，正。消，消受；承受。

【語　譯】情思綿綿，紅絲裊裊，翠袖啼痕淚熒熒。雙蝶迷香，翩翩入中庭。一片幽靜，一行簾影。　北里紅紅苦夢短，東風燕燕憶舊歡。最難消受，深深牡丹情。一半傷春，一半醉如病。

【研　析】這首詞寫春怨。開篇見義，呈現「紅絲」、「碧袖」女子愁思綿綿、淚光熒熒之情態。「縷」、「花」二字可兼作動詞、名詞解讀：「情縷」即情思，「啼花」即淚花，此作名詞解；「情縷紅絲」言情思纏繞紅絲，「啼花碧袖」言翠袖沾滿淚痕，此作動詞解。「冉冉」狀紅絲，亦狀情思；「熒熒」狀淚花，亦狀沾淚之翠袖。字句琢鍊工巧。「迷香」兩句為背景襯托：庭院花香，雙蝶飛舞；窗牖寂寂，一行簾影。畫面令人隱約可見窗下女子獨伴簾影，淚眼愁對花香蝶雙舞，無限淒怨盡在不言中。

上片呈現詞中人悲怨情態及其獨居場景，下片抒寫其內心情懷。「北里紅紅」、「東風燕燕」，點明女子歌妓身世；「短夢」、「前塵」，見其歡情已成過往，似短夢前塵，追憶徒成傷悲。此為概述其情，末二句重筆點出「牡丹情」令其不堪承受。牡丹在二十四花信中列倒數第三，花開春將歸，故而「牡丹情」中「半傷春」；其半「酒病」或因牡丹觸發無盡的憶昔傷今之悲，醉酒遣愁，身心憔悴似病。傷心之人又逢傷春，此情何計可消除！

全詞「迷香」二句景語映襯外，其餘句句言情，「短夢」、「前塵」為詞情眼目，映照前後之「情絲冉冉」、

「啼袖熒熒」、「牡丹情」、「傷春酒病」，清婉妥貼，疊詞連用更具韻律感及綿婉韻致。

醉落魄

擬參晦❶

憶憶憶憶。宮羅褶褶❷消金色。吹花有盡情無極。淚滴空簾，香潤柳枝溼。

春愁浩蕩湘屏❸窄。紅蘭❹夢繞江南北。燕鶯都是東風客。移盡庭陰，風老❺杏花白。

【注釋】❶參晦　即趙汝芜，字參晦，號霞山，又號退齋。宋宗室裔孫，光宗、寧宗間人。本書卷三錄有其詞。❷褶褶　皺疊的樣子。張先〈踏莎行〉（衾鳳猶溫）：「映花避月上迴廊，珠裙褶褶輕垂地。」❸湘屏　蓋指繪有瀟湘景色的屏風。陸游〈南窗睡起〉：「夢從隴客聲中斷，愁向湘屏曲處生。」周密〈霓裳中序第一〉：「湘屏展翠疊，恨入宮溝流怨葉。」❹紅蘭　蘭燈，以蘭膏為燈油。❺風老　指暮春風勢漸弱，猶李商隱〈無題〉之「東風無力百花殘」。孫光憲〈菩薩蠻〉：「小庭花落無人掃，疎香滿地東風老。」

【語譯】追憶無休止，宮羅皺疊，暗然褪金色。風吹花落有盡時，此情無終極。垂淚對空簾，芳香溫潤柳枝溼。

春愁浩蕩，湘屏狹窄。蘭燈映照，幽夢飛繞江南江北。鶯鶯燕燕，都是東風過客。春光流轉，庭陰移盡，春風無力杏花白。

【研析】此詞抒寫春閨幽怨。起筆疊用四個「憶」字，激蕩出無盡的憶舊愁情，追憶惹傷愁，追憶不止，傷心不斷。「宮羅」句以服飾映襯情懷，宮羅皺褶褪色，見出久處淒涼境況。「吹花」句以落花景象對襯情懷，筆意深曲：風吹花落傷春歸，花落春歸歎芳年，憶舊傷懷對落花，春花落盡，傷愁無極。「淚滴」句承「情無極」，「空」字透出寂寥之境。「香潤」句承「吹花」，「潤」、「溼」二字又與「淚滴」相融通，「柳枝」亦可解讀為佳人自擬身世，煉字工巧。

過片「春愁浩蕩」承「吹花」句，「湘屏」與上片之「空簾」、下句之「紅蘭」（蘭燈）相呼應，點綴閨閣場景，「窄」與「浩蕩」之強烈反差，凸顯春閨愁怨之深廣。「紅蘭」句言閨夢，遙應起首之「憶」，相思相憶而入夢；「夢繞江南北」又與「情無極」、「春愁浩蕩」意脈相通。此二句言春夜愁思入夢，筆調恢宕，似波濤激蕩；末三句描述晝日庭院景象，筆調轉趨低婉，似餘波迴蕩。「燕鶯」句，觸景感慨，寄寓身世歎惋之悲，「都是」透出無奈。「移盡」二句言庭院陰影隨日光移動而漸趨消盡，無力春風吹不止，映日杏花格外白。以景結情，冷寂中映襯出詞中人悵然凝望之神情，餘韻未盡。

詞中「憶」、「夢」二字為眼目，融貫閨中人春日晝夜情狀，意脈暗通。上、下筆法均由重趨緩，結以景語，情味雋永。

朝中措

茉莉擬夢窗❶

綵輪朱乘駕濤雲❷。親見許飛瓊❸。多定梅魂纔返，香瘢半掐秋痕❹。

枕函釵縷，熏篝芳焙❺，兒女心情。尚有第三花❻在，不妨留待涼生。

【注釋】❶夢窗　即吳文英，字君特，號夢窗。四明（今浙江寧波）人。本書卷四錄有其詞。❷綵輪句　言仙人綵車駕臨雲濤。此喻採摘茉莉花場景。輪，柯本作「繩」。❸許飛瓊　傳說為西王母侍女。❹多定二句　意謂秋來梅花尚未開，茉莉被採摘，半留指痕。按，茉莉夏初開花，秋末才止。多定，肯定。史達祖〈青玉案〉（蕙花老盡離騷句）：「多定紅樓簾影暮。蘭燈初上，夜香初炷。猶是聽鸚鵡。」香瘢，指茉莉花被摘留下的瘢痕。❺枕函二句　以茉莉填枕、穿為首飾、薰香焙茶。❻第三花　指第三茬花。

【語譯】綵車朱輪駕雲濤，仙女飛瓊現芳容。秋來梅魂才返定未開，茉莉摘後，香瘢半留掐指痕。枕中填花，釵頭簪花縷，花入熏籠花焙茶，盡顯兒女戀花香。尚有花開第三茬，不妨留待伴秋涼。

【研析】詞詠茉莉，因其不以花貌、花色擅美，而以花香供人取用多方，故起筆以仙女雲濤馳綵車，比喻女子採摘茉莉花場景。茉莉花色潔白，故以「濤雲」喻茉莉花叢。「許飛瓊」承「綵輪朱乘」，言仙為虛，實喻採花之女。下兩句遂描述茉莉被採摘情狀。「梅魂纔返」為旁襯之筆，「秋」點明節候，「香瘢」、「痕」描狀出枝頭花被摘留下的痕跡，為靜態畫面，「掐」字則化靜為動，透出採摘舉止。字句琢鍊細膩精工。

過片承摘花，言「兒女」採得茉莉花後，以之填枕簪髮、薰香焙茶。「心情」二字承前作結，採花、枕花、簪花，製作花香、花茶均體現出「兒女」喜愛茉莉之情。末二句筆調陡轉，遙應起筆，回到茉莉花叢。「第三」一語則暗承前之摘花。「不妨」句，勸「兒女」莫再採摘，留待陪伴秋涼，婉轉寄託惜花深情。

詞題「擬夢窗」，上片構思擬想及筆調用語有似夢窗〈高陽臺・落梅〉之「宮粉雕痕，仙雲墮影」、「問誰調玉髓，暗補香瘢」，結末「尚有」句亦與夢窗〈朝中措〉（晚妝慵理瑞雲盤）之「尚有落花寒在」相類。

醉落魄

擬二隱❶

餘寒正怯。金釵影卸東風揭❷。舞衣絲損愁千褶。一縷楊絲，猶是去年折。

臨窗擁髻❸愁誰說。花庭一寸胭脂雪❹。春花似舊心情別。待摘玫瑰，飛下粉黃蝶。

【注釋】❶二隱　指「龜溪二隱」，即李商隱（名彭老）、李周隱（名萊老）兄弟二人。本書卷六錄有其詞。❷金釵句　言東風吹拂，金釵斜墜不整。釵、卸，原作「沈」、「皺」，據柯本校改。揭，吹起。溫庭筠〈菩薩蠻〉（水精簾裏頗黎枕）：「玉釵頭上風。」李煜〈浣溪沙〉（紅日已高三丈透）：「佳人舞點金釵溜。」❸擁髻　捧持髮髻，多為女子悲愁之狀。《飛燕外傳・伶玄自敘》載伶玄聽其妾樊通德言飛燕故事，「語通德曰：『斯人俱灰滅矣。當時疲精力馳騖嗜欲蠱惑之事，寧知終歸荒田野草乎！』通德占袖顧眎燭影，以手擁髻，悽然泣下，不勝其悲。」蘇軾〈浣溪沙〉（晚菊花前斂翠蛾）：「擁髻淒涼論舊事，會隨織女度銀梭。」❹胭脂雪　喻落紅。

【語譯】正怯餘寒，金釵斜墜，東風吹徹。舞衣破損愁千疊。一縷柳枝，還是去年親手折。　臨窗擁髻，凝愁向誰訴說。庭中落紅一寸厚，宛如胭脂雪。春花如舊，情懷迥然別。欲摘玫瑰，飛來雙雙粉黃蝶。

【研析】詞作抒寫女子春日愁思。起句「怯餘寒」即隱含詞中人，「怯」字亦透出情懷。下句「金釵影卸」，呈現怯寒之人釵溜不整，見出慵怠神情；「東風」承「餘寒」，點明節候，亦為下片描寫庭院落花作伏筆。「舞衣」句承前由髮飾轉言服飾。「舞衣」與「金釵影卸」頗相黏連，如李煜〈浣溪沙〉（紅日已高三丈透）之「佳人舞點金釵溜」。「絲損」狀「舞衣」，亦映襯女子寥落境況；「千褶」，可指愁千疊，又可狀舞衣之閒置敗損，見出練字之工巧。「一縷」二句承「東風」言楊柳，筆意落在追憶相思，承「愁千褶」，筆致細膩歎惋。

過片畫出女子凝愁神態。「臨窗擁髻」與「金釵」句遙相呼應，「愁難說」緊承「愁千褶」及「一縷」二句。此為承前，「臨窗」又啟下文描述庭院落花景象。「花庭」句濃墨重彩，「一寸胭脂雪」喻落花厚積，貼切而新穎。「胭脂」，即燕支，關涉女子玉顏，則此喻又隱含芳容衰歇之歎。花事依舊，人事迥別，觸景憶昔，悵然傷懷中欲摘玫瑰慰相思，卻見粉蝶雙雙飛舞，又添無限孤寂淒涼意。「花庭」、「春花」、「玫瑰」、「粉黃蝶」，筆法似貫珠，婉轉流麗。「摘玫瑰」又與上片結末「去年折」相呼應，相別相思之情，綿婉無盡。

浣溪沙

擬梅川❶

蠶已三眠❷柳二眠❸。雙竿初起畫秋千❹。鶯櫳風響十三絃❺。　魚素❻不傳新信息，鸞膠❼難續好因緣。薄情明月幾番圓。

【注釋】❶梅川　即施岳，字仲山，號梅川，吳（今江蘇蘇州）人。本書卷四錄有其詞。❷蠶已三眠　蠶蛻皮時，不食不動，其狀如眠，謂之蠶眠。李白〈寄東魯二稚子〉：「吳地桑葉綠，吳蠶已三眠。」秦觀《蠶書・時食》：蠶初生後九日，「不食一日一夜，謂之初眠。又七日，再眠如初。……又七日，三眠如再。又七日若五日，不食二日，謂之大眠。」❸柳二眠　言柳枝再次垂伏靜止，意謂日高時晏。《淵鑒類函》卷四百一十五引《三輔故事》：「漢武帝苑中有柳，狀如人，號曰人柳，一日三起三眠。」❹雙竿句　言日高睡起，傍倚秋千。雙竿，指日高雙竿。范成大〈雪後守之家梅未開呈宗偉〉：「破寒一竿日，春隨人意生。」毛文錫〈虞美人〉（寶檀金縷鴛鴦枕）：「庭前閒立畫鞦韆。」❺鶯櫳句　言窗下撫琴箏。鶯櫳，指歌姬舞女居所之窗櫺。十三絃，指箏。張先〈菩薩蠻・詠箏〉：「纖指十三弦，細將幽恨傳。」❻魚素　書信。漢樂府古辭〈飲馬長城窟行〉：「客從遠方來，遺我雙鯉魚。呼兒烹鯉魚，中有尺素書。」❼鸞膠　傳說中鳳喙麟角合煮所成之膠，能續斷絃，亦稱續絃膠。參見《海內十洲記・鳳麟洲》。

【語譯】春蠶已三眠，柔柳從風起復眠。日高睡初起，傍倚畫秋千。鶯啼風吟，窗下撫箏絃。　魚雁傳書，不傳新音訊；鸞膠續絃，難續好情緣。明月薄情，已是幾番美團圓。

【研析】詞作抒寫女子春日相思別怨。起句兼言春季、春晝，「蠶已三眠」，入春已久；「柳二眠」，時當近午。筆意透出春光流逝中的無奈期待情味。「雙竿」二句，描述佳人睡起，閒立秋千，傍窗撫箏。「雙竿」承前「柳二眠」，言日高；「初起」與「三眠」、「二眠」，字面亦相呼應；「鶯櫳風響」喻窗下箏聲。此均見出用語之琢鍊。

上片敘述詞中人春日舉止，透出寂寥愁思情狀，為鋪墊導引之筆。下片則直述女子思念情人之悲苦。兩情別離，音書杳無，美好姻緣斷而難續。「鸞膠」，亦稱續絃膠，與上片「十三絃」，字面呼應。言「新信息」、「難續好因緣」，蓋姻緣已斷，久盼續緣而未見新轉機，惟見明月幾番缺而復圓，未能替人間有情人重續姻緣，遂有「薄情明月」之怨歎。

全詞抒情筆調由隱而趨顯，脈絡貫通，用語工穩有新意，結末有餘韻。

甘州

燈夕❶書寄二隱❷

漸萋萋、芳草綠江南❸，輕暉弄春容❹。記少年游處，簫聲坊陌，燈影簾櫳。月暖烘爐戲鼓❺，十里步香紅❻。攲枕❼聽新雨，往事朦朧。　還是春江夢曉，怕等閒愁見，雁影西東。喜故人好在❽，水驛寄詩筒❾。數芳程、漸催花信❿，送歸帆、知第幾番風⓫。空吟想，梅花千樹，人在山中⓬。

【注釋】❶燈夕　即燈節，指農曆正月十五日元宵節，舊俗此夜張燈遊樂。❷二隱　指「龜溪二隱」，即李彭老（字商隱）和李萊老（字周隱）兄弟。本書卷六錄有其詞。❸漸萋萋句　江南小山〈招隱士〉：「王孫游兮不歸，春草生兮萋萋。」王安石〈泊船瓜洲〉：「春風又綠江南岸，明月何時照我還。」❹春容　春色。蘇軾〈蝶戀花〉：「雨過春容清更麗。」❺月暖句　月色融融，爐烘戲鼓奏響。吳文英〈塞垣春〉：「漏瑟侵瓊管。潤鼓借、烘爐暖。」❻十里句　指都城街道十里飄香，燈火輝煌。❼攲枕　倚枕。攲，傾斜。❽好在　安好。❾詩筒　傳寄詩作之竹筒。白居易〈醉封詩筒寄微之〉：「為向兩州郵吏道，莫辭來去遞詩筒。」❿數芳程句　算計花事進程，春風應期催花開。芳程，指芳春進程。周密〈一枝春〉（淡碧春姿）：「芳程乍數，喚起探花情緒。」花信，花信風。舊俗，自小寒至穀雨八節氣百二十天，五日一番風候，風應花期，其來有信，謂之花信風，梅花風最先，楝花風最後，凡二十四番。⓫第幾番風　指第幾番花信風。⓬梅花二句　言人在孤山賞梅。西湖孤山有梅林。姜夔〈暗香〉（舊時月色）：「長記曾攜手處，千樹壓、西湖寒碧。」

【語譯】芳草漸萋萋，江南綠山水，春色弄輕暉。記得少年遊冶處，坊陌簫聲飄揚，簾櫳燈影搖蕩。月色融融，爐邊戲鼓振響。緩步天街，十里芳香，燈火輝煌。斜倚孤枕聽新雨，往事如煙茫茫。　又是春江夢曉，無端愁生，怕見飄渺雁影西復東。喜故人安好，水驛傳寄詩筒。細數花事日程，春風漸催，伴我歸帆，不知是幾番花信風。沉吟空遙想，山中梅千樹，人在花叢中。

【研 析】此詞為元夕寄友之作。據詞中「欹枕聽新雨」、「春江夢曉」、「喜故人好在，水驛寄詩筒」、「送歸帆」、「空吟想，梅花千樹，人在山中」等語句，詞人蓋元夕夜泊春江，收到友人從西湖孤山寄來的新作，賦詞酬答。詞從江南春色起筆：芳草漸綠，春輝輕弄，為初春景象，切合元夕節候；「萋萋芳草」、「弄」之用語則隱含些許別離意緒。融情於景，為下文追憶少年都城元夕遊樂情狀作鋪墊。「記少年」句引入記憶場景，「簫聲坊陌」四句所描狀的熱鬧繁華景象，其《武林舊事》卷二「元夕」條所述更詳：「終日天街鼓吹不絕，都城士女羅綺如雲，蓋無夕不然也。至五夜，則京尹乘小提轎，諸舞隊次第簇擁前後，連亘十餘里。錦繡填委，簫鼓振作，耳目不暇給。……李篔房詩云：『斜陽盡處蕩輕烟，輦路東風入管絃。五夜好香隨步暖，一年明月打頭圓。香塵掠粉翻羅帶，蜜炬籠綃鬬玉鈿。人影漸稀花露冷，踏歌聲度曉雲邊。』」所引詩作即「二隱」之一李彭老〈都城元夜〉。

「欹枕」二句從追憶中轉回現實，筆法倒逆，先突轉，再以「往事」句補筆作過渡。「往事」句呼應「記少年」句，收束追憶；「朦朧」狀「往事」，亦切合「新雨」，往事朦朧雨朦朧，其情其境，相融相蕩無窮盡。

上片重在憶往，筆意落在「燈夕」二字；下片則著重述今，筆意落在「書寄」二字。「春江夢曉」呼應上片起結。夢後愁興，言「等閒」，無端，亦無奈也。「雁影西東」點出別離之愁。春江春雨，往事如煙，欹枕夜夢，夢曉時分，何其悵然！又怎堪「雁影」再添別愁！故曰「怕見」。「喜故人」句，筆脈承「雁影」，情調則陡轉，得友人詩筒，知友人安好，為之欣喜。「數芳程」兩句，因友人寄詩而想到歸聚孤山，春風應期催春花，但不知何時送我歸去。歸期難料，與友孤山賞梅之念也只能「空吟想」而已，對友人的思念之情則溢於言表。

踏莎行

與莫兩山❶談邗城❷舊事

遠草情鍾，孤花❸韻勝。一樓❹聳翠生秋暝。十年二十四橋春，轉頭明月簫聲冷❺。

賦藥❻才高，題瓊語俊。蒸香壓酒芙蓉頂❼。景留人去怕思量，桂窗風露秋眠醒。

【注釋】❶莫兩山　即莫崙，字子山，號兩山。江都（今江蘇揚州）人。本書卷五錄有其詞。❷邗城　即今揚州。唐時曾名邗州，因邗溝而得名。❸孤花　指揚州瓊花。王禹偁〈后土廟瓊花詩序〉云：「揚州后土廟有花一株，潔白可愛，且其樹大而花繁，不知實何木也，俗謂之瓊花云。」周密《齊東野語》卷十七「瓊花」條：「揚州后土祠瓊花，天下無二本，絕類聚八仙，色微黃而有香。」❹一樓　指隋煬帝所建迷樓。馮贄《南部煙花記・迷樓》：「迷樓凡役夫數萬，經歲而成。樓閣高下，軒窗掩映，幽房曲室，玉欄朱楯，互相連屬。帝大喜，顧左右曰：『使真仙遊其中，亦當自迷也。』故云。」❺十年二句　感慨揚州盛衰。杜牧〈遣懷〉：「十年一覺揚州夢，贏得青樓薄倖名。」杜牧〈寄揚州韓綽判官〉：「二十四橋明月夜，玉人何處教吹簫？」二十四橋，又名紅藥橋，在揚州西門外。姜夔〈揚州慢〉（淮左名都）：「二十四橋仍在，波心蕩，冷月無聲。」❻藥　指芍藥花。蘇軾《東坡志林》卷五：「揚州芍藥為天下冠。」吳曾《能改齋漫錄》卷十五引武仲《芍藥譜》：「揚州芍藥，名於天下，非特以多為誇也。其敷腴盛大而纖麗巧密，皆他州所不及。」姜夔〈揚州慢〉（淮左名都）：「念橋邊紅藥，年年知為誰生。」❼蒸香句　指歌樓酒館之遊歡。蒸香，芳香瀰漫。或指爐香，呂大臨《考古圖》卷十「博山香爐」：「象海中博山，下有槃貯湯，使潤氣蒸香以象海之回環。此器世多有之，形制大小不一。」壓酒，米酒釀製將熟時，壓榨取酒。李白〈金陵酒肆留別〉：「風吹柳花滿店香，吳姬壓酒勸客嘗。」芙蓉頂，疑指芙蓉冠，代指舞女。《文獻通考》卷一百四十五〈樂舞〉載唐玄宗作〈龍池舞〉，「舞者十有二人為列，服五色紗雲衣，芙蓉冠，無憂履。」

【語譯】芳草萋萋凝遠情，瓊花獨標韻勝。迷樓高聳入翠雲，秋日漸昏暝。十年轉頭空，二十四橋春去，明月空照簫聲冷。　高才賦芍藥，俊語詠瓊花，芳香美酒，歌舞盡歡賞。景猶在，人已去，怕思量。桂窗臨風露，秋夜無眠獨惆悵。

【研　析】此詞乃與友追憶揚州往事，有感而作。上片描述今時景象為主，起筆呈現芳草遠道，情思凝聚之境，映襯出景中人深情遙望懷想之狀。「草」映「花」，「遠」襯「聳」，揚州瓊花、迷樓均稱獨一無二，故曰「孤花」、「一樓」。花之勝韻，樓之「聳翠」，漸入秋日暝色中。迷濛之境為下文之憶昔歎今作鋪墊。「十年」句追憶揚州舊時之繁盛，「轉頭」句慨歎今時之明月冷照簫聲咽。二句化用杜牧詩句：「十年一覺揚州夢，贏得青樓薄倖名。」（〈遣懷〉）「二十四橋明月夜，玉人何處教吹簫？」（〈寄揚州韓綽判官〉）「明月」亦承「秋暝」，「簫聲」則為虛筆，其境有似姜夔〈揚州慢〉之「二十四橋仍在，波心蕩，冷月無聲」。

下片「賦藥」三句承前「十年」句，重現當年賞花賦詠、歌舞宴歡場景。其情形亦如姜夔〈揚州慢〉之「杜郎俊賞」、「荳蔻詞工，青樓夢好」，「蒸香」句又令人想到李白筆下的「金陵酒肆」：「風吹柳花滿店香，吳姬壓酒勸客嘗。」（〈金陵酒肆留別〉）詩酒歌歡，俊才美姬，「轉頭」便已逝去，即「人去」。但物景依舊，觸景思人，悵然傷悲，故曰「怕思量」。思量又難禁，桂窗臨風露，秋夜難成眠。上、下片結末相映襯，清韻無盡。

王沂孫

王沂孫（生卒年不詳），字聖與，又字詠道，號碧山，又號中仙、玉笥山人。會稽（治所在今浙江紹興）人。家境富裕，風雅倜儻，與張炎、周密、李彭老、陳允平、仇遠等交遊，入元曾為慶元路學正。有詞集《花外集》（後人或易名《碧山樂府》）傳世。《全宋詞》錄其詞六十餘首。

醉蓬萊

歸故山❶

掃西風門徑，黃葉凋零，白雲蕭散。柳換枯陰❷，賦歸來❸何晚。爽氣霏霏❹，翠蛾眉嫵❺，聊慰登臨眼。故國如塵，故人如夢，登高還嬾。數點寒英❻，為誰零落，楚魄難招❼，暮寒堪攬❽。步履荒籬❾，誰念幽芳遠。一室秋燈，一庭秋雨，更一聲秋雁。試引芳樽，不知消得，幾多依黯❿。

【注釋】❶故山　此指作者故里會稽。❷柳換句　言枯柳殘陰。張炎〈瑣窗寒〉（斷碧分山）：「但柳枝、門掩枯陰，候蛩愁暗葦。」❸賦歸來　賦詞歸來。陶淵明〈歸去來兮辭〉：「歸去來兮，田園將蕪胡不歸。」❹爽氣霏霏　清爽之氣彌漫。東晉王徽之有言：「西山朝來，致有爽氣。」（《世說新語・簡傲》）《楚辭・九章・涉江》：「霰雪紛其無垠兮，雲霏霏而承宇。」❺翠蛾眉嫵　喻青翠嫵媚之遠山。❻寒英　此指菊花。屈原〈離騷〉：「朝飲木蘭之墜露兮，夕餐秋菊之落英。」❼楚魄難招　言屈子忠魂難招。用屈原忠楚而自沉典事寄託亡國之悲。《楚辭・招魂》王逸注：「宋玉憐哀屈原忠而斥棄，愁懣山澤，魂魄放佚，厥命將落，故作〈招魂〉。」范成大〈次韻王浚明用時舉苦熱韻見贈〉：「鑠石誰能招楚魄，斷冰我欲訪湘君。」張炎〈解連環・拜陳西麓墓〉：「楚魄難招，被萬疊閒雲迷著。」❽暮寒句　言秋暮寒色籠罩。攬，攏取。沈與求〈夜宿千秋嶺下田家〉：「冥冥攬寒色，咫尺暗山路。」❾步履句　言漫步東籬，秋菊枯敗。陶潛〈飲酒〉其五：「採菊東籬下，悠然見南山。」❿依黯　依依傷愁之情。周密〈三姝媚〉（淺寒梅未綻）：「歎俊游零落，滿襟依黯。」

【語譯】西風拂掃門徑，黃葉凋零，白雲蕭散。枯柳殘陰，歎歸來太晚！漫漫清爽氣，遠山嫵媚如翠眉，聊慰登臨心眼。故國似前塵，故人如舊夢，登高意興猶懶。寒菊數點，為誰零落？屈子忠魂難招返。秋暮寒色堪攬。荒籬漫步，誰念芳菊幽香已遠。一室秋燈孤影，一庭秋雨淅瀝，更一聲秋雁哀鳴。試舉杯酌飲，不知能解幾多愁情？

【研　析】題曰「歸故山」，詞中有云「賦歸來何晚」，意取陶潛〈歸去來兮辭〉，當作於辭官歸來之際。詞人入元後曾任慶元路（治所在今浙江寧波市）學正，不久辭歸，本詞蓋此時所作。

詞從故山蕭瑟秋景起筆，慨歎歸來太晚。「西風」點明節候，其意脈貫通「掃門徑」及「黃葉」二句。「黃」、「白」相映襯，渲染秋色；「凋零」、「蕭散」，一言秋葉之衰敗飄零，一言秋雲之悠然閒散，相反相成，展現秋之動態景象。「蕭散」一語也寄寓歸退閒居意願。「柳換枯陰」則以枯柳點染秋之靜態畫面，引發「歸來何晚」之歎。此二句或亦暗用「五柳先生」陶淵明辭官「賦歸來」之意：「歸去來兮，田園將蕪胡不歸？」（〈歸去來兮辭〉）「何晚」可解作「何其晚」，亦可解作「何以晚」，與「胡不歸」情味相類。歸故山，見衰秋，悵歎歸晚。登臨所覽，秋高氣爽，山如翠蛾，嫵媚婉靜，清景悅目，所謂「聊慰登臨眼」。「眼」字當細究，目悅而非心悅，心之所感則不然，山河依舊，人世全非，「故國如塵，故人如夢」，悲從中來，故曰「登高還嬾」。「還」字照應「聊慰」句，言登臨之心依然倦怠。

上片描述歸故山所見所感，詞情略有起伏，而以感慨悵歎為基調，結處點出追念「故國」、「故人」之傷感。過片承此筆意，用屈子典事寄託亡國之悲。〈離騷〉有云「夕餐秋菊之落英」，屈子為楚亡而悲憤自沉，忠魂難返，寒菊「為誰零落」？故國忠魂之悲悼似重重暮寒，攬之無盡。「步屧」二句承「寒英」、「零落」，筆法上反用淵明「採菊東籬」，「荒籬」、「幽芳遠」則無菊可採，其情調之憂傷歎惋亦迥別於淵明之悠然閒適。「誰念」與「為誰」呼應，有往復問詰，唱歎不盡之情韻。悵然歎問之後，下接三句排比，筆勢流走，意境淒涼：夜雨孤燈，斷雁哀鳴。一故國遺民置身其境，黯然傷悲！「何以解憂？唯有杜康。」（曹操〈短歌行〉）又不知芳樽能解幾多愁？「試」字有「別無他法，姑且一試」之意，心頭之傷愁意緒依然揮之不去。

詞作融故國哀思於悲秋之中，情深綿邈。筆路承轉跌宕，脈絡清晰。筆致沉婉雅麗。

法曲獻仙音

聚景官梅次草窗韻❶

層綠峨峨❷，纖瓊皎皎❸，倒壓波痕清淺❹。過眼年華，動人幽意，相逢幾番春換。記喚酒尋芳處，盈盈褪妝❺晚。已消黯❻。況淒涼、近來離思，應忘卻、明月夜深歸輦❼。荏苒一枝春❽，恨東風、人似天遠。縱有殘花，灑征衣、鉛淚❾都滿。但殷勤折取，自遣一襟幽怨。

【注釋】❶聚景句　詠聚景亭梅花，次草窗詞韻。聚景，指聚景亭，在聚景園中。官梅，官府所植梅花。官，柯本作「亭」。周密《武林舊事》卷四「御園」：「聚景園，清波門外，孝宗致養之地，堂扁皆孝宗御書。淳熙中屢經臨幸。嘉泰間，寧宗奉成肅太后臨幸。其後並皆荒蕪不修。」草窗韻，指周密詞〈法曲獻仙音・吊雪香亭梅〉（松雪飄寒），見本卷。❷層綠峨峨　指梅花綠萼層聳。《楚辭・招魂》：「增冰峨峨。」姜夔〈卜算子〉（御苑接湖波）：「雲綠峨峨玉萬枝，別有仙風味。」自注：「聚景官梅皆植之高松之下，花蔭歲久，萼盡綠。夔舊觀梅於彼，所聞於園官者如此。」❸纖瓊皎皎　言梅花纖柔皎潔似玉。❹倒壓句　言梅花倒映，水波清淺。林逋〈山園小梅〉：「疏影橫斜水清淺，暗香浮動月黃昏。」姜夔〈暗香〉（舊時月色）：「千樹壓、西湖寒碧。」❺褪妝　指梅花凋零。《太平御覽》卷九百七十引《宋書》：「武帝女壽陽公主人日臥于含章簷下，梅花落公主額上，成五出之華，拂之不去。皇后留之。自後有梅花妝，後人多效之。」❻消黯　銷魂之悲。江淹〈別賦〉：「黯然銷魂者，唯別而已矣。」❼應忘卻句　言帝后被擄北去，蓋已忘卻月夜歸輦。輦，皇帝后妃所乘之車。此反用姜夔〈疏影〉（苔枝綴玉）詞意：「昭君不慣胡沙遠，但暗憶江南江北。想佩環月夜歸來，化作此花幽獨。」❽荏苒句　一枝春梅搖曳纖柔。荏苒，柔弱的樣子。《太平御覽》卷十九引《荊州記》曰：「陸凱與范曄為友，在江南，寄梅花一枝詣長安與曄，并贈詩云：『折梅逢驛使，寄與隴頭人。江南無所有，聊贈一枝春。』」❾鉛淚　清淚。李賀〈金銅仙人辭漢歌〉：「憶君清淚如鉛水。」

【語　譯】層層綠萼聳立，纖纖花蕊皎潔似玉，沉影碧波水清淺。年華流逝轉瞬間，動人意緒幽幽，相逢已是春去春來幾變換。記當初喚酒尋芳處，花開盈盈凋零晚。　情懷已黯然，況近來離恨淒涼，夜深月明，翠輦當已忘歸返。纖柔一枝春梅，抱恨東風，人隔天涯難寄遠。縱能遠寄花凋殘，定然淚如鉛水滿征衫。只能殷勤摘花相守護，獨自排遣滿腔幽怨。

【研　析】詞作題詠聚景園官梅，次周密〈法曲獻仙音・吊雪香亭梅〉詞韻。此園為宋孝宗所建，「淳熙中屢經臨幸。嘉泰間，寧宗奉成肅太后臨幸。其後並皆荒蕪不修。」（周密《武林舊事》卷四）周密詞作於宋亡之後，有云「市朝輕換」、「對斜陽、衰草淚滿」等，乃借弔梅悼故國。碧山和作意趣相同。

起筆三句描繪聚景園官梅之盛：綠萼層疊高聳，花蕊皎潔似玉，繁花壓枝倒映清波。筆調細膩工切，景象亦如姜夔所狀：「雲綠峩峩玉萬枝」（〈卜算子〉）「御苑接湖波」、「千樹壓、西湖寒碧」（〈暗香〉）「舊時月色」）。「過眼」三句轉筆抒發今昔之慨：年光流逝如雲煙過眼，幾番春來春去再相逢，幽懷悵然！「記」字引入追憶當初把酒賞梅之歡，花通人情，盈盈綻放，遲遲「褪妝」。

過片跳出追憶，遙承「幽意」，收束上片感慨盛衰之淒黯悲思，筆墨凝重。「況淒涼」句更進一層，言及「近來離思」，當指宋室破亡，帝后嬪妃被擄北去。「應忘卻」句，意即「翠華不向苑中來」（高似孫〈聚景園〉），筆法則反用姜夔〈疏影〉（苔枝綴玉）詞意：「昭君不慣胡沙遠，但暗憶江南江北。想佩環月夜歸來，化作此花幽獨。」帝輦忘卻月夜歸來，欲借春梅寄相思，卻「人似天遠」，只有臨風歎恨！「荏苒」三句亦反用陸凱寄梅典故。「縱有」二句又承上筆意再作一番跌宕：縱然花寄天涯尚能殘存，人對殘花也應淚滿征衫。一枝春梅難寄遠，遠寄花殘增傷悲，只能殷勤折取相守護，獨自排遣幽懷深怨。

詞作以聚景園官梅為依託，上片寄寓盛衰之悲慨，筆調疏蕩婉轉；下片抒發亡國悲恨，筆調沉鬱跌宕。

淡黃柳

甲戌❶冬，別周公謹❷丈於孤山中。次冬，公謹遊會稽❸，相會一月。又次冬，公謹自剡❹還，執手聚別，且復別去。悵然於懷，敬賦此解。

花邊短笛。初結孤山約❺。雨悄風輕寒漠漠。翠鏡秦鬟釵別❻，同折幽芳怨搖落。

素裳薄。重拈舊紅萼。歎攜手、轉離索❼。料青禽❽、一夢春無幾，後夜❾相思，素蟾低照，誰掃花陰共酌❿。

【注　釋】❶甲戌　指宋度宗咸淳十年，即西元一二七四年。❷周公謹　即周密，字公謹。❸會稽　縣名，治所在今浙江紹興。❹剡　古縣名，南宋名嵊縣（今屬浙江）。❺花邊二句　即詞序所言「別周公謹丈於孤山中」，梅邊吹笛，臨別相約後聚。❻翠鏡句　指會稽分別。翠鏡，喻會稽鑒湖，亦名鏡湖。秦鬟，喻會稽秦望山。釵別，即分別。古有女子分釵贈別之習俗，故稱。❼離索　離群索居。賀鑄〈蝶戀花〉（桃葉園林風日好）：「離索年多故人少。江南有鴈無書到。」❽青禽　翠鳥，相傳為梅花之神。姜夔〈疏影〉：「苔枝綴玉，有翠禽小小，枝上同宿。」舊題柳宗元《龍城錄》載隋開皇間，趙師雄至羅浮，一日醉臥松林間，夢與一淡妝素服女子歡飲，「有一綠衣童來笑歌戲舞」，醒來「乃在大梅花樹下，上有翠羽，啾嘈相顧」。❾後夜　別後之夜。張孝祥〈鷓鴣天〉（又向荊州住半年）：「今宵拚醉花迷坐，後夜相思月滿川。」❿素蟾二句　言月下花陰，無人相伴共酌。花，原作「苔」，據柯本校改。素蟾，代指素月。神話傳說月中有蟾蜍，故稱。李白〈月下獨酌〉：「花間一壺酒，獨酌無相親。舉杯邀明月，對影成三人。」

【語　譯】甲戌冬，與周公謹丈相別於孤山。次年冬，公謹遊會稽，相聚一月。又次年冬，公謹從嵊縣歸來，執手聚話別思，且又別離而去。情懷悵然，敬賦此詞。

梅邊吹笛，當初孤山曾相約。微風細雨，寒氣瀰漫。相別秦望山前鏡湖邊。芳梅同攀折，落花飄零心幽怨。

素衣單薄，重拈舊時紅梅。悵歎暫攜手，轉頭又別離。想那翠禽夢醒，春意無幾。別後長夜相思，明月低照，掃花陰，誰伴我把酒共醉？

【研析】據夏承燾《周草窗年譜》，詞序所言「次冬，公謹遊會稽」，指周密赴任婺州義烏令途經會稽，「自剡還」乃聞元兵至，解職由剡北歸。時臨安失陷，宋帝逃亡，時局堪悲。詞人與友惜別之際，追述近三年來的遷轉聚散，「悵歎於懷」，其中不無盛衰興亡之悲。起筆二句追憶孤山相聚相別，「花邊短笛」四字透出西湖歌詠吟賞之歡，「初」字則見出歡聚已成過往。「雨悄」三句追述孤山別後一年，會稽重聚而別，即詞序所言「次冬，公謹遊會稽，相會一月」。不言「相會一月」之歡，但述相別之悲：風雨飄寒，幽芳零落，一片淒黯。「怨搖落」三字於離愁別恨之外更添物華凋零之歎惋。

下片敘寫會稽分別一年後的今日「執手聚別，且復別去」，筆調依然不言「聚」而言「別」。「素裳薄」三句述分別：素裳怯寒，紅梅依舊，暫聚又別，黯然悵歎！「重拈」句呼應上片結句「同折幽芳」。「轉離索」三字由分別料及別後之寂寥蕭索境況，「料青禽」句以下則具體料想此境：翠禽一夢，冬去春無幾。月夜相思，花間把酒，「獨酌無相親」（李白〈月下獨酌〉）。淒涼悲怨情境兼攝相思兩端，且以反詰筆調作結，跌宕悵歎，餘韻不盡。

一萼紅

石屋❶探梅作

思飄飄。擁仙姝❷獨步，明月照蒼翹❸。花候❹猶遲，庭陰不掃，門掩山意蕭條。抱芳恨、佳人分薄，似未許、芳魄化春嬌❺。雨澀風慳❻，霧輕波細，湘夢❼迢迢。

誰伴碧樽雕俎，喚瓊肌❽皎皎，綠髮❾蕭蕭。青鳳❿啼空，玉龍⓫舞夜，遙盼河漢光搖。未須賦、疏香淡影⓬，且同倚、枯蘚聽吹簫⓭。聽久餘音欲絕，寒透鮫綃⓮。

【注　釋】❶石屋　指石屋洞，在杭州西湖南山大仁院。吳自牧《夢粱錄》卷十一：「大仁院有石屋洞，極高大，狀如屋，周圍鐫刻諸佛菩薩羅漢之像。」❷仙姝　指月宮仙娥。姝，美女。宋玉〈登徒子好色賦〉：「此郊之姝，華色含光。」❸蒼翹　指蒼翠挺翹的梅枝。❹花候　花季。❺抱芳恨二句　意謂歎恨佳人命薄，其芳魂未能化作春梅開放。分薄，命分淺薄。此反用姜夔〈疏影〉（苔枝綴玉）：「想珮環、月夜歸來，化作此花幽獨。」❻雨澀風慳　指風雨交織。慳澀，吝嗇。蘇軾〈約公擇飲是日大風〉：「曉來顛風塵暗天，我思其由豈坐慳。」施宿注：「俗諺有慳值風，嗇值雨之說。」❼湘夢　指相思之夢。傳說舜帝南巡而死於蒼梧（在今湖南寧遠），二妃娥皇、女英悲泣，死而為湘水之神。陸游〈烏夜啼〉（金鴨餘香尚暖）：「繡屏驚斷瀟湘夢。花外一聲鶯。」謝懋〈杏花天〉（海棠枝上東風軟）：「屏裏瀟湘夢遠。」❽瓊肌　指「仙姝」，代指明月。肌，柯本作「姬」。❾綠髮　指苔梅綠絲。周密《武林舊事》卷七載苔梅有兩種，「一種出越上，苔如綠絲，長尺餘。」❿青鳳　翠禽。舊題柳宗元《龍城錄》載隋開皇間，趙師雄至羅浮，一日醉臥松林間，夢與一淡妝素服女子歡飲，「有一綠衣童來笑歌戲舞」，醒來「乃在大梅花樹下，上有翠羽，啾嘈相顧」。姜夔〈疏影〉：「苔枝綴玉。有翠禽小小，枝上同宿。」⓫玉龍　喻月下梅枝。⓬疏香淡影　指梅花幽香疏影。林逋〈山園小梅〉：「疏影橫斜水清淺，暗香浮動月黃昏。」⓭吹簫　暗用弄玉吹簫典故。舊題劉向《列仙傳》載蕭史、弄玉夫婦善吹簫，作鳳鳴，後駕鳳仙去。杜牧〈寄揚州韓綽判官〉：「二十四橋明月夜，玉人何處教吹簫。」⓮鮫綃　傳說為南海鮫人所織薄紗，入水不濡。此指衣衫。

【語　譯】情思飄飄。獨擁仙娥漫步，明月映照，梅枝蒼翠挺翹。花季尚未到，陰陰庭院無人掃。山門掩閉，山色蕭條。佳人抱恨歎命薄，似未能魂化芳梅顯春嬌。風雨交織，薄霧飄浮，微波輕漾，相思入夢路迢迢。

誰伴我玉案對芳樽？喚取明月皎皎，苔梅綠絲飄搖。翠鳥啼空，月映梅枝似玉龍輕舞，遙望河漢銀光閃耀。不必吟詠「暗香」、「疏影」，且同傍苔梅聽吹簫。餘音彌久漸歇，衣衫夜寒侵透。

【研　析】詞題「探梅」，梅花尚未綻開，便起興擁月探望，起筆二句即述此情懷舉止。興來獨往，所見唯有月映梅枝嶙峋。「花候」句點明梅花未開，意興跌落。「庭陰」二句描述石屋蕭條景象，烘染探梅失落意緒。「抱芳恨」二句抒寫梅花芳魂未歸之恨，筆法上以佳人喻梅，反用姜夔詠梅詞〈疏影〉之「想珮環、月夜歸來，化作此花幽獨」，言佳人抱恨歎命薄，芳魄未能化春梅。「雨澀」三句，承前遞進一層，以湘靈為喻，言梅花魂夢思歸，雨霧風波路迢迢。以上五句言梅花之「芳恨」、「湘夢」，實則寓託詞人對梅花的悵歎相思情懷，筆意承上「花候猶遲」、「山意蕭條」。

上片敘寫乘興擁月探梅而花未開，意興悵然。下片撇開梅花，另闢境界。過片一問承轉，無花可賞，把酒誰伴？邀來皎皎明月，苔梅絲絲飄拂，夜空翠禽啼鳴，月映梅枝輕舞，銀河星光閃耀。此境雖無月夜梅花之暗香疏影，卻別具清幽超妙韻味，故曰「未須賦、疏香淡影」。此句亦為虛筆應合「探梅」題旨。末以「同倚枯蘚聽吹簫」歸結詞境。「枯蘚」指苔梅，照應詞題；簫聲飄蕩月空，經久餘音漸歇，夜寒侵透衣衫，淒清之境映襯探梅悵惘之情。

詞作筆調奇幻幽豔，脈絡婉曲呼應，情韻跌宕悠然。

長亭怨

重過中菴❶故園

泛孤艇、東皋❷過遍。尚記當日，綠陰門掩。屐齒莓階❸，酒痕羅袖事何限。欲尋前跡，空惆悵、成秋苑❹。自約賞花人，別後總、風流雲散❺。　水遠。怎知流水外，卻是亂山尤遠。天涯夢短。想忘了、綺疏雕檻❻。望不盡、苒苒❼斜陽，撫喬木、年華❽將晚。但數點紅英，猶識西園❾淒婉。

【注　釋】❶中菴　不詳。❷東皋　水邊向陽高地。陶淵明〈歸去來兮辭〉：「登東皋以舒嘯，臨清流而賦詩。」❸屐齒句　木屐齒印苔階。《宋書・謝靈運傳》：「靈運常著木屐，上山則去前齒，下山去後齒。」姜夔〈清波引〉（冷雲迷浦）：「屐齒印蒼蘚。」❹秋苑　秋日蕭瑟林苑。李賀〈河南府試十二月樂詞・三月〉：「梨花落盡成秋苑。」❺風流雲散　風雲飄散。王粲〈贈蔡子篤〉：「風流雲散，一別如雨。」❻綺疏雕檻　綺窗雕欄。陸機〈贈尚書郎顧彥先〉：「玄雲拖朱閣，振風薄綺疏。」❼苒苒　漸漸消逝狀。周邦彥〈蘭陵王〉（柳陰直）：「斜陽苒苒春無極。」❽年華　一年之芳華。❾西園本指漢上林苑，又漢末曹操在鄴都（今河北臨漳）建有西園。後泛指園林。

【語　譯】泛孤舟，東皋遊遍。還記得當時，綠陰掩映門簷。屐齒印苔階，酒痕沾羅袖，往事無限。欲尋舊蹤跡，空惆悵，園林淒涼如秋苑。暗自擬約賞花人，分別後，皆如風雲流散。　流水遠去，怎知流水外，卻是亂山綿延更遠。天涯路遙苦夢短，料已忘卻綺窗雕欄。斜陽苒苒，一望無盡，手撫喬木，歎芳華衰歇歲將晚。唯有數點紅英，尚標識故園淒婉。

【研　析】詞題「重過中庵故園」，起筆切題而入。「孤艇」點明獨自重遊，「過遍」總述重遊過程，筆調簡括。「東皋」一語暗寓陶淵明〈歸去來兮辭〉「登東皋以舒嘯，臨清流而賦詩」之意，引發下文抒寫重遊感慨。「尚記」四句追憶往昔遊賞之樂，「綠陰」二句見林泉之幽趣，「酒痕羅袖」見歌酒之歡，「事何限」三字，一聲慨歎跳出追昔，轉入撫今。「欲尋」兩句觸景感慨，往日盛景翻成今日之蕭瑟如秋，觸目惆悵！「自約」二句思友，心中暗自擬約賞花舊友，然而從別後盡如風雲飄散，音信杳無。「風流雲散」四字喻示人生之聚散無常，簡潔生動，蘊含無限唏噓。

過片承上「別後」筆意，於山長水遠寄託思念之情，其筆法有似范仲淹〈蘇幕遮〉之「山映斜陽天接水，芳草無情，更在斜陽外」及歐陽脩〈踏莎行〉之「平蕪盡處是春山，行人更在春山外」，以空間物象之迭進曠遠凸顯相思懷遠之情。詞中「亂山尤遠」便暗示出所思之人更在亂山外。遠在天涯，夢亦不到，悵歎「天涯夢短」。相思入夢，夢中不遇，便又料想那遠離之人或已忘卻故園的綺窗雕欄：「想忘了、綺疏雕檻」。此句似反用李煜不忘故國之詞意：「故國不堪回首月明中。」「雕欄玉砌應猶在。」（〈虞美人〉「春花秋月何時了」）據此則故園主人「中庵」或亦隨亡宋帝、妃被擄北去。詞人重遊，盛衰興亡之悲慨充溢襟懷，所謂「空惆悵、成秋苑」，結末「望不盡」兩句再次唱歎此情：蒼茫無際間，斜陽漸漸消盡，喬木芳華衰歇，「數點紅英」似乎成了故園淒婉之標識。

詞作情景交融，筆調雅麗，情韻深婉，意境渾厚。

慶宮春 水仙

明玉擎金，纖羅飄帶❶，為君起舞回雪❷。柔影參差，幽芳零亂。翠圍腰瘦一捻❸。歲華相誤，記前度、湘皋怨別❹。哀絃❺重聽，都是淒涼，未須彈徹❻。

國香❼到此誰憐，煙冷沙昏，頓成幽絕❽。花惱難禁，酒消欲盡，門外冰澌❾初結。試招仙魄，怕今夜、瑤簪❿凍折。攜盤獨出，空想咸陽，故宮落月⓫。

【注釋】❶明玉二句　言水仙花莖似玉，花朵似金，纖纖綠葉似羅帶飄拂。擎，托舉。❷回雪　飛雪回環。曹植〈洛神賦〉：「飄颻兮若流風之回雪。」❸翠圍句　言水仙翠葉環抱，花莖似佳人纖纖細腰。一捻，一把。毛滂〈粉蝶兒〉（雪遍梅花）：「褪羅衣、楚腰一捻。」❹湘皋怨別　喻水仙花謝。此以湘水之神靈喻水仙。張炎〈西江月・題墨水仙〉：「縹緲波明，洛浦依稀，玉立湘皋。」❺哀絃　指琴曲〈水仙操〉，相傳為伯牙所製。《初學記》卷十六引《風俗通》曰：「凡琴曲和樂而作命之曰暢，憂愁而作命之曰操。」❻未須句　不必彈完。❼國香　指水仙花。黃庭堅〈次韻中玉水仙花〉：「可惜國香天不管，隨緣流落小民家。」原注：「時聞民間一事如此。」吳曾《能改齋漫錄》卷十一載黃庭堅自南溪還朝，居荊州，偶見鄰家一女子，「以謂幽閒姝美，目所未覩。後其家以嫁下俚貧民，因賦水仙花詩寓意」。❽幽絕　柯本作「愁絕」。❾冰澌　浮動的薄冰。歐陽脩〈漁家傲〉（十月小春梅蘂綻）：「玉壺一夜冰澌滿。」❿瑤簪　玉簪，喻水仙花。⓫攜盤三句　借漢武帝所建金銅仙人承露盤被魏明帝拆遷，喻水仙花被凍折凋零。李賀〈金銅仙人辭漢歌〉：「空將漢月出宮門，憶君清淚如鉛水。衰蘭送客咸陽道，天若有情天亦老。攜盤獨出月荒涼，渭城已遠波聲小。」

【語譯】玉臂托舉金色花朵，羅帶輕拂，為君翩然起舞，曼妙似飛雪回環。柔影婆娑，幽香飄散，翠衣環抱，纖腰一捻。歲月誤華年，憶往昔，瀟湘離別堪怨。哀曲重聽，何須曲終，淒涼滿琴絃。

國香零落有

誰憐？煙籠寒沙茫茫，頓成幽冷淒絕。花惹愁無奈，醉飲杯欲盡，門外水寒冰初結。試招水仙精魄，怕今夜花莖凍折。似銅仙被折，攜盤獨出，咸陽道上，空想故宮落月。

【研析】這首詞作題詠水仙花而寄寓故國哀思。起筆六句以佳人喻花，展現出為君王翩翩起舞的宮中美人形象。「明玉」三句描畫舞姿，形色狀貌切合水仙花，「為君」二字暗示宮中情事。「柔影」二句承「起舞」，言舞者身影婆娑，芳香飄拂。「翠圍」句為舞者畫像，「腰瘦一捻」，與前「為君」呼應，令人想到「楚王好細腰」之說。「零亂」、「腰瘦」二語亦透出憔悴零落情態，意脈暗通下文。「歲華」句以下，以湘靈為喻，抒寫華年流逝之傷悲、別離相思之淒怨。「前度」、「重聽」相呼應，昔日別離怨曲，今日重聽，「都是淒涼」。「哀絃」、「彈徹」，切合琴曲〈水仙操〉及「湘靈鼓瑟」（《楚辭・遠遊》），筆意融貫。

過片以「國香」譽水仙，暗用黃庭堅詩意「可惜國香天不管，隨緣流落小民家」（〈次韻中玉水仙花〉），兼承上片以佳人喻花之筆路。「到此誰憐」，亦即「流落」、「天不管」之意。「煙冷」二句直承「到此誰憐」，流落於水寒沙冷煙冥之際，無人憐惜，「頓成幽絕」。「花惱」二句，為花之淒涼身世而傷懷，酒盡愁無盡。「門外」句言天寒冰結，呼應「煙冷」句，引發下文。「試招」二句承前筆意，言欲招水仙魂歸，免遭凍折。惜花之情則可反襯「到此誰憐」。然而有心惜花亦徒然，「花自飄零水自流」，花謝枝折終難免。結末以金銅仙人承露盤被拆遷，擬比水仙凋殘之傷悲。筆法上承「凍折」二字，亦關合「仙」字，「故宮落月」四字更寄寓深切的故國悲思。

詞作狀物擬人，用語明麗雅致，筆調承轉跌宕，寓情幽怨深婉。

高陽臺

殘萼梅酸❶，新溝水綠，東風節序暄妍❷。獨立雕闌，誰憐枉度華年。朝朝準擬清明近❸，料燕翎、須寄銀牋❹。又爭知、一字相思，不到吟邊❺。雙蛾不拂青鸞冷❻，任花陰寂寂，掩戶閒眠。屢卜佳期，無憑卻怨金錢❼。何人寄與天涯信，趁東風、急整歸船。縱飄零，滿院楊花，猶是春前。

【注　釋】❶殘萼句　梅花凋謝，青梅酸澀。❷暄妍　日暖景明。鮑照〈春羈〉：「暄妍正在茲，摧抑多嗟思。」❸朝朝句　意謂擬定的清明之約日漸臨近。準擬，擬定。周紫芝〈清平樂〉（東風庭戶）：「準擬蹋青南陌路。雙鳳繡鞵新做。」❹料燕翎句　料飛燕當傳來書信。銀牋，指書信。江淹〈李都尉從軍〉：「袖中有短書，願寄雙飛燕。」周密〈水龍吟〉：「燕翎誰寄愁箋，天涯極望王孫草。」王沂孫〈高陽臺〉（殘雪庭陰）：「怎得銀箋，殷勤與說年華。」❺又爭知二句　言未能讀到隻字相思音信。吟邊，指吟詠間。賀鑄〈望湘人〉（厭鶯聲到枕）：「不解寄一字相思，幸有歸來雙燕。」張炎〈木蘭花慢〉（采芳洲薜荔）：「吟邊。象筆蠻牋。清絕處，小留連。」❻雙蛾句　言無心畫眉，鸞鏡閒置。青鸞，指鸞鏡。戴叔倫〈早春曲〉：「玉頰啼紅夢初醒，羞見青鸞鏡中影。」❼屢卜二句　言用錢幣屢卜佳期而無憑準，轉怨金錢。于鵠〈江南曲〉：「眾中不敢分明語，暗擲金錢卜遠人。」

【語　譯】花謝萼殘見青梅，流水新綠濺濺，春來日暖明媚。獨倚雕欄，華年虛度有誰憐？擬定的清明之約日漸臨近，飛燕當把書信傳。又怎料，竟無隻字相思語，寄到吟袖邊。　蛾眉不畫，鸞鏡置閒。一任花叢幽寂，掩門愁眠。屢擲金錢卜歸期，卜測無應驗，卻把金錢怨。何人為我寄信到天涯，喚他快趁東風，準備歸船。縱然滿院楊花飄零，尚在春歸前。

【研　析】這首詞抒寫羈旅思歸之情。首三句寫景中點出時序，日暖景明，綠水濺濺，一派春意盎然氣象（「梅酸」即指青梅，乃視覺貫通味覺），而「溝水」字眼則暗示出別離漂泊情事，漢樂府古辭〈白頭吟〉有「今日斗酒會，明旦溝水頭。躞蹀御溝上，溝水東西流」，後世遂以「溝水」關涉離別，如楊炯〈送豐城王少府〉：「離亭隱喬樹，溝水浸平沙。」白居易〈送韋侍御量移金州司馬〉：「莫恨東西溝水別，滄溟長短擬同歸。」

李商隱〈離思〉：「峽雲尋不得，溝水欲如何。」溝水新綠，乃隱含春來傷別之情，春日之美景（「暄妍」）反襯別離之愁，「獨立」句以下呈現出景中人之愁苦情懷：獨倚危欄，對美景而悵歎華年虛度。清明臨近，心念期約，日日期盼飛燕傳書卻未得隻字音信，孤寂、失望、悲怨交織於心間。

詞作下片因未獲家書，轉而揣度閨中人之情狀：無心梳妝，無心賞春，掩門慵眠。寂寥慵懶中「屢卜佳期」，卜而無驗卻遷怒於金錢。占卜之事本不可靠，「屢卜」而「無憑」當在意料中，「卻怨金錢」則見出盼歸之心切。占卜無憑，只盼能託人捎信到天涯，催他快快備船歸來，縱然已是滿院楊花飄零，畢竟春天尚未過盡。「何人」之問，實乃無人，遙應上片結末「一字相思，不到吟邊」。「趁東風、急整歸船」云云，亦屬空想，依然盼歸無望，相思愁苦在無奈中綿延無盡，彌久彌深。

詞作章法上虛實呼應，上片寫實，下片蹈虛，意脈暗通。筆調跌宕婉轉，如「誰憐」、「準擬」、「料」、「須」、「又爭知」、「任」、「無憑卻怨」、「何人」、「縱」、「猶是」等用語，展現出沉婉波蕩之情韻。

西江月

為趙元父❶賦雪梅圖

褪粉輕盈瓊靨❷，護香重疊冰綃❸。數枝誰帶玉痕❹描。夜夜東風不掃。

溪上橫斜影淡❺，夢中落莫魂消❻。峭寒未肯放春嬌❼。素被❽獨眠清曉。

【注釋】❶趙元父　即趙與仁，字元父。本卷錄有其詞。❷褪粉句　言梅姿輕盈，似玉顏淡妝。瓊靨，玉顏，喻梅花。周邦彥〈瑞龍吟〉：「章臺路。還見褪粉梅梢，試華桃樹。」❸冰綃　潔白透明的絹紗，喻雪。❹玉痕　女子淚痕。此喻梅花雪痕。❺溪上句　溪邊梅枝橫斜，倩影疏淡。林逋〈山園小梅〉：「疏影橫斜水清淺。」❻夢中句　言梅花之夢，寂寞惆悵。落莫，亦作「落寞」。胡仔《苕谿漁隱叢話・前集》卷四十一引曾慥《高齋詩話》：「王昌齡〈梅〉詩云：『落落寞寞路不分，夢中喚作梨花雲。』」❼峭寒句　言寒雪未容梅花盡展嬌豔。春嬌，指梅花。❽素被　喻梅枝積雪。

【語譯】花姿輕盈似玉顏淡妝，冰雪層疊如絹紗護香。數枝凝雪誰描？夜夜東風花不凋。溪上疏影橫斜，夢裡寂寞愁怨。寒氣料峭，不肯展嬌顏。白雪當被，清曉尚獨眠。

【研析】這首詞題詠雪梅圖。起筆切題而入，落到「雪梅」二字，以佳人為喻，言梅花姿態輕盈，如淡妝玉顏，雪似絹紗，層層護香。「瓊靨」、「冰綃」之喻，「輕盈」之描狀，呈現出美人衣紗盈盈之態，圖上雪梅靈氣活現。「數枝」兩句貼合「圖」字。「玉痕」喻雪痕，其字面則照應「瓊靨」。「誰描」之問，蘊含歎賞之情，「東風不掃」，點出畫圖之實，更見出畫圖之逼真，與上句呼應。

詞作過片承上「夜夜」，想像月夜雪梅之神韻情狀。「溪上」句描狀其境，化用林逋〈山園小梅〉詩句「疏影橫斜水清淺」，「暗香浮動月黃昏」則隱於言外。「夢中」句因境生情，筆調則回應佳人之喻，清冷寂寥之夢，黯然銷魂。夜盡夢醒，曉寒料峭，「峭寒」兩句順承描寫清曉雪梅，似佳人擁被孤眠，怯寒不展嬌顏。首尾均落筆雪梅畫中景，「春嬌」與「瓊靨」、「素被」與「冰綃」，遙相呼應，令畫中景物靈韻充溢，恍若雪中之梅花仙子，冰清玉潔，幽香冷韻，情態嬌柔。

全詞筆調切題而不拘泥，若即若離，虛虛實實，凸顯雪梅圖之情致神韻。用語清麗幽潔，章法照應自然。

踏莎行

題草窗詞卷❶

白石❷飛仙，紫霞❸淒調。斷歌人聽知音少❹。幾番幽夢欲回時，舊家池館生青草❺。

風月交游，山川懷抱。憑誰說與春知道❻。空留離恨滿江南，相思一夜蘋花老❼。

【注釋】❶草窗詞卷　指周密詞集《蘋洲漁笛譜》。周密以手定詞卷分贈詞友，李彭老、李萊老、毛珝等均賦詞題詠。❷白

石　指白石道人姜夔。本書卷二錄有其詞。張炎《詞源》稱「姜白石如野雲孤飛，去留無迹」。❸紫霞　指楊纘，字繼翁，號守齋，又號紫霞。嚴陵（今浙江桐廬）人，居錢塘（今浙江杭州）。博雅好古，尤精律呂，多自度曲。本書卷三錄有其詞。❹斷歌句　意謂識得周密詞音律之美者甚少。斷歌，猶言絕調。人聽，原作「重聽」，據柯本校改。高觀國〈點絳脣〉（天外青鸞）：「斷歌零舞。月上闌陰暮。」❺幾番二句　用謝靈運夢得佳句「池塘生春草」之典故，讚美周密詞之工妙。《南史・謝惠連傳》載謝靈運「嘗於永嘉西堂思詩，竟日不就，忽夢見惠連，即得『池塘生春草』，大以為工。嘗云：『此語有神功，非吾語也。』」❻憑誰句　意謂情懷無處傾訴。王澡〈祝英臺近〉（玉東西）：「便瘦也、教春知道。」❼空留二句　言徒自離恨縈懷，相思愁苦。周密家居湖州，近白蘋溪，因號蘋洲。其〈水龍吟〉（舞紅輕帶愁飛）：「悵江南遠望，蘋花自採，寄將愁與。」

【語　譯】如白石之仙雲孤飛，似紫霞之淒情怨調。絕調流傳，知音恨少。幽夢頻回有神助，清詞妙句，堪比「池塘生春草」。　吟詠風月，寄懷山水，誰為向春訴衷情？江南離恨空滿襟，一夜相思，蘋花凋零。

【研　析】周密曾以自定詞集《蘋洲漁笛譜》分贈王沂孫、李彭老、李萊老等詞友，本詞即為王沂孫題詠之作。起筆二句即作總評，以姜夔、楊纘擬比周密。張炎《詞源》主張「詞要清空」，以白石為宗，稱「姜白石如野雲孤飛，去留無迹」，又推賞楊纘「深知音律」，「持律甚嚴，一字不苟作」。仇遠稱張炎詞「意度超玄，律呂協洽」，「當與白石老仙相鼓吹」（〈山中白雲詞序〉）。周密早年隨楊纘習音度曲，後屢有追憶，感慨：「翁往矣，賞音寂然！」（〈木蘭花慢詞序〉）題詠周密詞卷而媲美白石、紫霞，亦如仇遠之評張炎，乃極言其文辭、音律之美。「斷歌」句跌落一筆，歎知音寥寥。「斷歌」，猶言絕調，承前之譽美。「幾番幽夢」兩句筆調蕩起，化用謝靈運夢得「池塘生春草」佳句之典故，讚美周詞工妙如有神助。言「幾番」，見出詞集中佳作頻頻，珠璣處處。

詞作下片轉述周密詞中情懷。「風月」、「山川」，皆所寄情。然而幽懷深情無人可訴，欲教春知，則「憑誰說與」？江南離恨，相思愁苦，只能徒自悵歎，獨自承受。此與上片「知音少」相呼應。「蘋花老」為衰秋景象，與春互補，則春恨秋思綿延無盡，其字面又關合周密之號「蘋洲」及其詞集名，情、辭皆結歸「草窗詞卷」。

醉落魄

小窗銀燭。輕鬟半擁❶釵橫玉。數聲春調清真曲❷。拂拂❸朱簾，殘影亂紅撲。

垂楊學畫蛾眉綠。年年芳草迷金谷❹。如今休把佳期卜。一掬❺春情，斜月杏花屋。

【注　釋】❶輕鬟半擁　以手捧持髮髻，多為女子悲愁之狀。《飛燕外傳・伶玄自敘》載伶玄聽其妾樊通德言飛燕故事，「語通德曰：『斯人俱灰滅矣。當時疲精力馳騖嗜欲蠱惑之事，寧知終歸荒田野草乎！』通德占袖顧眎燭影，以手擁髻，悽然泣下，不勝其悲。」蘇軾〈浣溪沙〉（晚菊花前斂翠蛾）：「擁髻凄涼論舊事，會隨織女度銀梭。」❷清真曲　指周邦彥（號清真）詞。劉克莊〈最高樓・題周登樂府〉：「周郎後，直數到清真。」王沂孫〈應天長〉（疏簾蝶粉）：「重訪豔歌人，聽取春聲，猶是杜郎曲。」❸拂拂　拂動的樣子。❹金谷　指金谷園，西晉石崇所建，故址在今河南洛陽西北。此泛指園林池館。❺一掬　一捧。史達祖〈東風第一枝〉（草腳春回）：「暗惹起、一掬相思，亂若翠盤紅縷。」

【語　譯】銀燭背小窗，半擁輕鬟玉釵橫，數聲清真詠春曲。朱簾拂動，影似亂紅飛撲。　垂楊吐新綠，如學畫蛾眉。金谷年年，芳草萋萋。如今莫要卜佳期。盈盈春情可掬，斜月映照杏花屋。

【研　析】此詞抒寫女子春夜相思情懷，「春調」、「佳期卜」、「春情」等用語見出旨趣。起筆呈現出窗下燭光中的女子剪影：手捧輕鬟，玉釵橫斜。畫面中透出淒清愁思，「小」、「輕」、「半」等字眼描狀細膩柔婉。寂寞春閨，飄拂數聲清真詠春曲，或為女子自吟，或為窗外傳來，激蕩起女子內心的傷春怨別之情，融入簾動影亂之中：風吹朱簾簌簌，影如亂紅飛撲。「殘影亂紅」之語幻化出落花紛紛景象，映襯閨中女子傷愁情懷。

詞作過片描寫春景，隱含盼歸之情。筆法以故翻新，不言柳葉如眉，而謂楊柳似學畫蛾眉，化靜為動，透出別離中女子觸景生情，有似王昌齡〈閨怨〉所言「閨中少婦」，「春日凝妝上翠樓」，「忽見陌頭楊柳色」，傷春懷遠之情油然而生。下句即以萋萋芳草寄寓此情。《楚辭・招隱士》有云：「王孫游兮不歸，春草生兮萋萋。」曰「年年芳草」，則年年盼歸而人未歸，故而心生怨激：「如今休把佳期卜。」「如今」照應「年年」。末以情景交融作結：清冷春宵，斜月杏花輝映，一腔春情，更與何人說！「春情」呼應上片「春調」，「斜月杏花」與上片「小窗銀燭」、「朱簾」內外映襯。章法井然，情韻悠然。

趙與仁

趙與仁（生卒年不詳），字元父，號學舟。燕王趙德昭九世孫。居臨安（今浙江杭州）。宋末為臨安府判官。入元，歷常德路學教授、辰州教授、嵊縣主簿等。與張炎、方回、仇遠、程鉅夫等交遊。《全宋詞》錄其詞五首。

柳梢青

落桂

露冷仙梯。霓裳散舞，記曲人歸❶。月度層霄，雨連深夜，誰管花飛。

金鋪滿地苔衣。似一片、斜陽未移。生怕清香，又隨涼信❷，吹過東籬❸。

【注釋】❶露冷三句　用唐玄宗中秋入月宮觀舞，歸作〈霓裳羽衣曲〉之傳說。曾慥《類說》卷二十七引《逸史》：「羅公遠中秋侍明皇宮中翫月，曰：『陛下要至月宮否？』以拄杖向空擲之，化為銀橋。與帝升橋，寒氣侵人，遂至大城，曰：『此月宮也。』見女仙數百，素練霓裳，舞于廣庭上。問曲名，曰：『〈霓裳羽衣〉也。』上記其音調，歸作〈霓裳羽衣曲〉。」❷涼信　天涼之信，指秋風。葉茵〈秋至〉：「旅懷蛩早計，涼信柳先知。」吳文英〈木蘭花慢〉：「指罘罳，曉月動，涼信又催歸。」❸東籬　借指菊叢。陶潛〈飲酒〉：「採菊東籬下，悠然見南山。」

【語譯】仙梯凝露，〈霓裳〉舞散，記曲人歸去。月入層層雲霄，深夜秋雨連綿，桂花飄零誰管？金桂鋪滿青苔地，似一片斜陽不曾移。深怕清香，又隨秋風吹過東籬。

【研析】詞詠落桂，從月宮仙桂入筆，「露冷」三句引入唐明皇中秋夜入月宮觀舞記曲之傳說，獨取舞散人歸、仙梯凝露之境，為仙桂零落鋪墊出清冷寂靜氛圍。「月度」句描述月入層雲，連宵夜雨，桂花飄零。「誰管」，即無人管，呼應「散舞」、「人歸」，亦顯露惜花之情。

詞作下片承「花飛」，從月宮落到人間。「金鋪」二句描狀金色桂花鋪滿地。「一片斜陽未移」之喻，新穎生動，賞悅之情溢於言表。此言落桂之色美，末三句轉言落桂之清香，但非正筆描寫，而從惜花落筆：花已凋落，其清香必將隨風飄逝。此言「生怕」，惜花深情溢於筆端。「東籬」則令人想到陶潛「採菊東籬下」（〈飲酒〉），暗示出菊花，陪襯落桂，有掃卻還生之效。

琴調相思引

冰箔❶紗簾小院清。晴塵不動地花平❷。昨宵風雨，涼到木樨屏❸。　香月照妝秋粉薄，水雲飛佩藕絲輕❹。好天良夜，閒理玉鞾笙❺。

【注釋】❶冰箔　蓋指水晶簾。箔，簾。范成大〈西江月〉（北客開眉樂歲）：「水晶簾箔萬花鈿，聽徹南樓曉箭。」❷晴

塵句　言晴光中塵埃不動，地上青苔平鋪。楊萬里〈七夕後一夜月中露坐〉：「古井石崖新汲水，花洲苔砌蕩晴塵。」地花，蓋指青苔。❸木樨屏　指桂叢。木樨，又名巖桂。❹香月二句　描繪女子淡妝映月，羅衣飄飄，似天仙飛降水雲間。飛佩，代指飛仙。藕絲，擬比女子羅衣。溫庭筠〈菩薩蠻〉（水精簾裏頗黎枕）：「藕絲秋色淺。」周密〈清平樂〉（詩情畫意）：「喚取九霞飛佩，夜涼跨鶴吹笙。」❺玉鞾笙　一種玉笙。周密《浩然齋雅談》卷下錄李萊老〈西江月〉（綠凝曉雲苒苒）：「更深猶喚玉鞾笙，不管西池露冷。」鞾，同「韡」。

【語　譯】水晶輕紗簾，清靜小庭院。晴光輝映，塵埃不動，地上青苔平。昨夜風雨送清涼，桂花飄香。花香月明，粉妝淺淡，羅衣輕揚，彷彿仙女飛降水雲間。良宵好景，悠然吹奏玉鞾笙。

【研　析】此詞描畫出閨中佳人清秋時節的日常生活圖景。上片為晝日畫面：簾箔晶瑩，小院幽清，晴光輝映，塵埃不動，青苔鋪地，桂花飄香。「昨宵風雨」，追述一筆，為庭院秋光桂香融入清潤涼爽氣息。

上片鋪墊場景，下片描述佳人對月吹玉笙。「香月」句描寫月映粉妝，「香」字承上「木樨」。秋月桂香臨窗，佳人淡妝望月。「水雲」句描寫佳人服飾，羅衣輕拂，似仙女飄舞水雲間。「好天良夜」之歎賞承「香月」而發，亦透出佳人月夜秋思，下貫末句「閒理玉鞾笙」。此境有似杜牧〈寄揚州韓綽判官〉之「二十四橋明月夜，玉人何處教吹簫」，秋夜月空下，笙簫悠揚，情思綿婉。

西江月

夜半河痕依約❶，雨餘天氣溟濛❷。起行微月遍池東。水影浮花、花影動簾櫳。

量減難追醉白❸，恨長莫盡題紅❹。雁聲能到畫樓中。也要玉人、知道有秋風。

【注　釋】❶河痕依約　言銀河隱約。依約，依稀隱約。曾覿〈瑞鶴仙〉（陡寒生翠幕）：「依約。銀河迢遞。」❷溟濛　幽暗不明。❸醉白　指李白。白嗜酒，故稱。張炎〈數花風〉（好遊人老）：「酒樓仍在，流落天涯醉白。」❹題紅　題詩紅葉，指以詩寄恨。范攄《雲谿友議》卷十載盧渥於御溝中拾得紅葉，上有宮女題詩寄託寂寥之恨。

【語　譯】夜半銀河，隱約如痕，雨後天色迷濛。起來漫步，淡淡月輝，灑遍池東。花映水中，花弄月影上簾櫳。

酒量減，難追太白酒中仙。綿綿幽恨，紅葉題詩情難盡。大雁傳聲到畫樓，要教佳人，知我秋來相思無盡愁。

【研　析】此詞抒寫秋夜思念之苦。上片展現場景：雨後秋夜，天色迷濛，銀河依稀如痕，淡月遍灑池東，水浮花影，花月撩弄映簾櫳。「夜半」、「雨餘」，點出時間；「簾櫳」、「池東」，點出場所；「起行」，點出相思無眠之人。「河痕」、「微月」、「水影」、「花影」等景象照應「天氣溟濛」，光影迷離之物境映襯「起行」人相思迷茫之心境。

詞作下片由景入情，抒發景中人相思之苦。「量減」句，言酒量漸減，不能如李白「一飲三百杯」，「同消萬古愁」（〈將進酒〉）。「量減」二字又暗示出「為伊消得人憔悴」。杯酒難解深愁，然「恨長莫盡」，即短詩道不盡綿綿相思之愁。晏幾道〈蝶戀花〉（醉別西樓醒不記）云「衣上酒痕詩裏字。點點行，總是凄涼意」，言詩酒寓離愁。此則更進一層，言詩酒難遣別恨。「題紅」典事，既指題詩自抒情懷，亦寓有傳寄相思之意，但水流落紅無憑準，遂轉託大雁傳書。謂「雁聲能到」，即言大雁可憑信。前言「恨長莫盡」，則書信自難盡訴深情。即便如此，也要大雁捎信到畫樓，教她知道秋來相思苦，如漢武帝〈秋風辭〉所云：「秋風起兮白雲飛，草木黃落兮雁南歸。蘭有秀兮菊有芳，懷佳人兮不能忘。」

詞作上片寫景婉麗流轉；下片抒情深折婉曲。

清平樂

柳絲搖露。不綰❶蘭舟住。人宿溪橋知那處❷。一夜風聲千樹❸。　曉樓望斷天涯。過鴻影落寒沙❹。可惜此兒秋意❺，等閒❻過了黃花。

【注釋】❶綰　牽；挽。曹冠〈浣溪沙・柳〉：「翠帶千條蘸碧流。多情不解繫行舟。」❷那處　何處。張炎〈渡江雲〉（錦香繚繞地）：「酒船歸去後，轉首河橋，那處認紋紗？」❸一夜句　一夜秋風，千樹凋敝。晏殊〈蝶戀花〉：「昨夜西風凋碧樹。」❹過鴻句　孤鴻掠過，影落寒沙。蘇軾〈卜算子〉（缺月掛疏桐）：「縹緲孤鴻影。」「揀盡寒枝不肯棲，寂寞沙洲冷。」❺秋意　秋日景象氣息。晏幾道〈思遠人〉：「紅葉黃花秋意晚，千里念行客。」❻等閒　輕易；隨便。

【語譯】露柳搖曳，不把行舟繫住。人宿溪橋知何處？一夜秋風，葉落千樹。　曉來倚樓，望斷天涯。孤鴻掠影落寒沙。秋之生機惜無多，隨意間菊花已凋落。

【研析】此詞敘寫秋日別離情事。起二句言分別。「搖露」點出時序。「柳絲」「不綰蘭舟住」，怨柳枝未能繫住行舟，見出惜別怨別之情深。「人宿」兩句，遙想行人別後夜泊情狀。筆路頗似柳永〈雨霖鈴〉之「今宵酒醒何處？楊柳岸、曉風殘月」，但情境迥別，一則曉風拂柳，殘月映孤舟，綿婉淒涼；一則夜泊溪橋，秋風瑟瑟，千樹凋敝，蕭瑟悲涼。

詞作下片言女子別後登樓望遠。「曉樓」句承上「一夜風聲千樹」，情境有似晏殊〈蝶戀花〉（檻菊愁煙蘭泣露）之「昨夜西風凋碧樹。獨上高樓，望盡天涯路」，無限懷遠傷愁迷漫於蕭瑟秋空。「過鴻」句承「望」字，孤鴻掠過，影落寒沙。此景有似行人天涯飄泊，孤零淒寒之境況。倚樓人觸景生情，傷悲溢於言外。結末「可惜」二句仍承「望」字，言菊花已凋零。菊花乃秋日之些許生機，輕易間便已消逝，令人歎惋！此以傷秋結傷別，更增別離之悲，所謂「多情自古傷離別。更那堪冷落清秋節」（柳永〈雨霖鈴〉）。

好事近

春色醉酴醾❶，晝永篆煙❷初絕。臨水楊花千樹，盡一時飛雪。穿簾度竹弄輕盈，東風老❸猶劣。睡起凭闌無緒❹，聽幾聲啼鴂❺。

【注釋】❶酴醾　亦作荼蘼，薔薇科草本植物。春末開花，色似酴醾酒，故稱。蘇軾《杜沂遊武昌以酴醾花菩薩泉見餉》：「酴醾不爭春，寂寞開最晚。」❷篆煙　即爐香。縷縷香煙如篆書，故稱。葉夢得〈鷓鴣天〉：「夾路行歌盡落梅。篆煙香細裊寒灰。」❸東風老　東風衰弱，指暮春。孫光憲〈菩薩蠻〉：「小庭花落無人掃。疏香滿地東風老。」❹無緒　沒心情。柳永〈雨霖鈴〉（寒蟬淒切）：「都門帳飲無緒。」❺啼鴂　杜鵑啼聲。杜鵑常啼於春末夏初，其聲哀切。蘇軾〈蝶戀花〉（春事闌珊芳草歇）：「落紅處處聞啼鴂。」

【語譯】酴醾花開，春色如醉，日長篆香煙初滅。綠楊千樹，拂水飄絮，一時如飛雪。穿過竹簾，弄姿輕盈，東風將盡猶頑劣。睡起倚欄，百無聊賴，聽取數聲啼鴂。

【研析】此詞抒寫春閨幽怨。起句總言春色如醉，「酴醾」指花，點明春暮；花色如酒，言「醉」，見出花開爛漫，煉字工妙。「晝永」句言閨中靜寂之狀，春晝漫長，篆香煙絕，寂寥閨怨隱於言外。此二句所狀，一外一內，一濃一淡，皆為靜態。「臨水」二句描寫暮春之動態：萬千楊柳，臨水飛絮，紛紛如雪。

詞作過片承上，「穿簾」句描狀柳絮輕盈穿簾入室。「東風」句收束：「楊花千樹」、「飛雪」、「穿簾度竹」，皆為東風所致。「老」字應合暮春；「劣」指頑劣，謂風拂柳絮穿簾入室，驚醒佳人閨夢，似孩童之頑劣。末二句遂描述佳人「睡起」之情狀舉止，歸結全詞：百無聊賴，倚欄悵望，耳邊傳來幾聲杜鵑哀啼。無盡的愁怨蘊於其中。

詞作構思別致，詞筆以場景描寫為主，內外相貫，動靜相襯，為結末佳人出場作鋪墊。全詞僅「無緒」二字點醒閨怨，詞情蘊藉。

仇遠

仇遠（西元一二四七—一三二六年），字仁近，號山村。錢塘（治所在今浙江杭州）人。入元後官溧陽州學教授、杭州知事，晚年歸老西湖。擅詩工詞，詩與白珽並稱「仇白」；詞近姜夔，與李彭老、張炎等交遊唱和。有《金淵集》、《興觀集》、《山村遺稿》及詞集《五絃琴譜》。《全宋詞》錄其詞一百二十首。

玉蝴蜨❶

獨立軟紅塵❷表，遠吞翠霧，平挹紋瀾❸。草長西垣❹，生怕隔斷雙鬟❺。樹梢明、夕陽未冷，菱葉靜、新雨初乾。倚闌干。一聲鵝管❻，人影高寒❼。

休尋王孫桂隱❽，白雲雞犬，曾識劉安❾。羽扇綸巾❿，不知門外有人間。袖素手、嬾招黃鵠⓫，寫碧牋、空寄青鸞⓬。且盤桓。聽風聽雨，山北山南⓭。

【注釋】❶此詞，柯本有調無詞。❷軟紅塵　繁華紅塵。蘇軾〈次韻蔣穎叔錢穆父從駕景靈宮〉：「半白不羞垂領髮，軟紅猶戀屬車塵。」自注：「前輩戲語有『西湖風月不如東華軟紅香土。』」高觀國〈臨江仙〉（俱是洛陽年少客）：「青衫慣拂軟紅塵。」❸遠呑二句　渺遠翠霧蕩襟懷，波瀾平展眼底。王禹偁〈黃州新建小竹樓記〉：「遠呑山光，平挹江瀨。」❹西垣　中書省之別稱。此蓋指舊都故苑。❺雙鬟　指雙頭蓮，即並蒂蓮。祝穆《古今事文類聚》後集卷三十二：「雙頭蓮，兩蓮駢生，雙房分體。」洪适〈雙頭蓮〉：「駢花先總角，一體素心同。」❻鵝管　指笙簫。李賀〈天上謠〉：「王子吹笙鵝管長，呼龍耕烟種瑤草。」❼高寒　指寒空。蘇軾〈水調歌頭〉（明月幾時有）：「我欲乘風歸去，又恐瓊樓玉宇，高處不勝寒。」高觀國〈菩薩蠻・中秋〉：「何須急管吹雲暝。高寒灩灩開金餅。」❽王孫桂隱　王孫隱居。淮南小山〈招隱士〉：「桂樹叢生兮山之幽」、「王孫游兮不歸」，王逸注：「隱士避世在山隅也。」仇遠〈再答元父〉：「桂花滿袖王孫遠，空倚天風十二闌。」❾白雲二句　言雞犬曾隨劉安昇仙入雲。傳說西漢淮南王劉安得道，「舉家升天，畜產皆仙，犬吠於天上，雞鳴於雲中。」（王充《論衡》卷七）仇遠〈送劉鍊師歸〉：「雲中雞犬隨淮南，手攀桂樹歌小山。」❿羽扇綸巾　鳥羽扇、青絲頭巾。蘇軾〈念奴嬌・赤壁懷古〉：「羽扇綸巾，談笑間、檣櫓灰飛煙滅。」陸游〈門外追涼〉：「羽扇綸巾一味涼，曠懷非醉亦非狂。」⓫黃鵠　鳥名，傳說仙人子安所乘。⓬寫碧牋句　言青鳥傳書成空。碧牋，仙道習用之箋。陶弘景《真誥》卷六：「右一條有掾書兩本，一黃牋，一碧牋。」青鸞，青鳥，傳說為仙人西王母之信使。⓭山北句　指西湖南北山。仇遠〈予自存博解印歸鄉心日夜相趣古人有名山川處輒忘歸然歸未易忘也夢得一聯續之〉：「業風宦海足波瀾，常憶西湖南北山。」

【語　譯】繁華紅塵外，獨立超然。遠攬翠霧，平撫波瀾。故苑芳草盛長，深怕遮掩荷塘。樹梢映夕陽，新雨初歇，荷葉亭亭。斜倚欄杆，一聲笙簫，天高月冷照人影。　莫尋王孫隱處，雲中雞犬，曾隨劉安昇仙。不知門外有人，羽扇綸巾悠閒。袖手不願招黃鵠，青鳥傳書徒成空。山南山北且盤桓，聽雨又聽風。

【研　析】此詞抒寫湖山優遊之超然情懷，「獨立」句、「倚闌干」三句、「羽扇」二句、「且盤桓」三句等，勾畫出詞中人之舉止情態，貫通全詞。上片主要描畫超然獨立於繁華紅塵之外所見湖山景象。「遠呑」二句為遠景；「草長」二句為近景。「樹梢明」二句為夕陽映照林木荷塘之景；「倚闌干」三句為倚欄吹簫，月高影寒之境。

下片轉以抒懷為主。「休尋」三句用劉安〈淮南小山〉〈招隱士〉及其得道昇仙傳說。「王孫」指淮南王劉安，其得道成仙，雞犬升天，已非「桂隱」，故曰「休尋」。此意可參讀詞人〈再答元父〉之「桂花滿袖王孫遠，空倚天風十二闌」、〈送劉鍊師歸〉之「雲中雞犬隨淮南，手攀桂樹歌小山」，或寓有對故宋王孫之懷念。「羽扇」句以下抒寫盤桓湖山、聽風聽雨之悠然情懷。「袖素手」句言無意學仙，「寫碧牋」句言仙道阻隔，均為「且盤桓」三句作鋪墊。若前用劉安昇仙典事有寄託，則此「空寄青鸞」可作呼應。結末遙應起首，呈現出脫棄繁華塵世、寄懷湖山風雨之超然清雅形象。

詞作筆調清壯跌宕，境界超妙，情韻幽邈。

生查子

釵頭綴玉蟲❶，耿耿❷東窗曉。京洛❸少年游，猶恨歸來早。

寒食❹正梨花，古道多芳草❺。今夜試青燈，依舊雙花❻小。

【注釋】❶玉蟲　亦稱玉蟲，女子髮釵玉飾。此喻燈花。韓愈〈詠燈花同侯十一〉：「黃裏排金粟，釵頭綴玉蟲。更煩將喜事，來報主人公。」❷耿耿　明亮的樣子。又指愁思無眠之狀。白居易〈和元九悼往〉：「透影燈耿耿，籠光月沉沉。」柳永〈引駕行〉（紅塵紫陌）：「想媚容、耿耿無眠，屈指已算回程。」❸京洛　洛陽。代指都城。周密〈浪淘沙〉（柳色淡如秋）：「京洛少年遊。誰念淹留。」❹寒食　節令名，清明前一日或二日。舊俗，此日禁火冷食。周邦彥〈蘭陵王〉（柳陰直）：「梨花榆火催寒食。」❺古道句　白居易〈賦得古原草送別〉：「遠芳侵古道，晴翠接荒城。」❻雙花　指燈花。古俗以燈花為吉兆。趙師俠〈菩薩蠻〉（晚風斷送歸帆急）：「故園今漸近。應卜燈花信。」吳文英〈燭影搖紅〉（飛蓋西園）：「正西窗、燈花報喜。」

【語　譯】燈花結似釵綴玉，窗明天已曉。都城冶遊少年郎，猶怨歸期早。　寒食時節，梨花盛開，古道遍芳草。今夜青燈試卜，燈花雙結依然小。

【研析】此詞抒寫春閨別怨。上片大意，前二句言京洛冶遊不歸。兩相對比，閨中人之淒怨盡在不言中。其筆調則轉折跌宕。起句可作本意、喻意二解：本意即釵頭綴玉，描寫女子髮飾；喻意指燈花，喻示吉兆。兩種解讀均可通，然後者更佳。其一，此句見於韓愈〈詠燈花〉：「黃裏排金粟，釵頭綴玉蟲。更煩將喜事，來報主人公。」喻燈花，報喜事。宋元詩人多所襲用，如汪藻〈喜汪發之見訪并簡婺源江明府〉：「怪底青燈綴玉蟲，忽傳車馬到溪東。」周紫芝〈次韻袁時良司理〉：「今朝春草傳新句，昨夜燈花綴玉蟲。」范成大〈客中呈幼度〉：「今朝合有家書到，昨夜燈花綴玉蟲。」王惲〈幹臣周君邂逅淇上作〉：「燈燼紅垂綴玉蟲，鵲聲傳喜下霜空。」其二，就本詞而言，燈花引發佳人盼歸之喜，與少年「猶恨歸來早」成起伏跌宕，又與末尾「青燈」、「雙花」相呼應。

又，「耿耿」句亦可作二解：一可解作佳人通宵無眠，一可解作窗明天曉。兩種解讀，後者為佳。上句寫燈燼，此句言窗曉，佳人之相思無眠隱於言外。

「京洛」兩句轉言佳人所思。前言昨夜燈花兆歸期，然今日冶遊少年終未歸。佳人歡喜成空，定然是那少年郎恣意歡遊，尚恨歸早。言「歸來」，乃從佳人揣想落筆。下片「寒食」二句，逆承「早」，寒食梨花，芳草萋萋春將暮，何言「歸來早」？「古道」句暗喻佳人盼歸而遊子不歸。結末二句承盼歸之情，再以燈花卜歸期。昨夜燈花已無憑，今夜再試，「依舊雙花小」。「雙花」蓋暗喻兩情歡聚；言「小」，則希望渺茫；言「依舊」，見出燈花卜歸，頻頻失望，悵然無奈之情溢於言表。

八犯玉交枝

招寶山❶觀月上

滄島雲連，綠瀛❷秋入，暮景卻沈洲嶼。無浪無風天地白，聽得潮生人語。

擎空孤柱。翠倚高閣憑虛，中流蒼碧迷煙霧。惟見廣寒❸門外，青無重數。

不知是水是山，不知是樹❹。漫漫知是何處。倩誰問、淩波輕步❺。漫凝竚、乘鸞秦女❻。想庭曲、霓裳正舞❼。莫須長笛吹愁去。怕喚起魚龍❽，三更噴作前山雨。

【注釋】❶招寶山　在今浙江定海縣。《延祐四明志》卷七「定海縣」：「招寶山，在縣東北八里，一名候濤山，為海控扼。舊稱山下有蚌，生明珠，往來波濤之間。漁舟或得之，即光耀逼人，駭浪繼作，不可行，投之乃止。」吳萊〈遊甬東山水古蹟記〉載：「或云他處見山有異氣，疑下有寶。或云東夷以海貨來互市，必泊此山。」❷綠瀛　指瀛洲。傳說中海上三神山之一。《史記・秦始皇本紀》：「齊人徐市等上書，言海中有三神山，名曰蓬萊、方丈、瀛洲。」❸廣寒　廣寒宮，傳說為月中仙宮。❹不知二句　柯本作「不知是水，不知是山是樹」。❺淩波輕步　指洛神。此喻水中月。曹植〈洛神賦〉：「淩波微步，羅襪生塵。」❻乘鸞秦女　指秦穆公女弄玉。此喻空中月。舊題劉向《列仙傳》載弄玉從蕭史學吹簫，結為夫妻，後雙雙乘鳳凰仙去。❼想庭曲句　用唐玄宗月宮觀〈霓裳羽衣〉舞典故。《太平廣記》卷二十二引《逸史》載羅公遠中秋夜引唐玄宗入月宮，「見仙女數百，皆素練霓衣，舞於廣庭。玄宗問曰：『此何曲也？』曰：『〈霓裳羽衣〉也。』」❽魚龍　傳說中水下巨物。陸佃《埤雅》卷一引酈道元《水經注》：「魚龍以秋日為夜。」並按語：「龍秋分而降，則蟄寢於淵。」

【語譯】秋來翠雲籠仙島，日暮斜陽墜洲嶼。無風無浪，天地白茫茫，漸聽得潮聲人語。孤柱擎天。高閣倚翠淩空，碧江中流，煙霧迷漫。唯見廣寒宮外，青雲重重似峰巒。

不知是山是水還是樹。浩渺迷濛，不知身在何處。誰為問詢淩波神女？徒自凝望仙女乘鸞。想那月宮廣庭，一曲〈霓裳〉舞正酣。無須笛曲遣愁去，怕喚醒水底魚龍，夜半噴吐，頓作前山風雨。

【研析】題曰「招寶山觀月上」，上片主要描寫招寶山「月上」前之日暮景象，作鋪墊；下片入正題，抒寫招寶山「月上」之觀感。

招寶山臨海聳峙，吳萊〈遊甬東山水古蹟記〉載其泰定元年（西元一三二四年）夏六月遊此山：「前至峽口，怪石嵌險離立，南曰金雞，北曰虎蹲。又前則為蛟門，峽束浪激，或大如五石斗甕，躍入空中卻墮下，碎為雰雨。或遠如雪山冰岸，挾風力作，聲勢崩擁，舟蕩漾與上下。一僧云，此特其小小者耳。秋風一作，海水又壯，排空觸岸，杳不辨舟楫所在，獨帆檣上指。潮東上，風西來，水相鬭，舟不能尺咫，一撞嶕石且糜解，不可支持。」本詞上片則呈現出另一番日暮秋景：翠霧迷漫，風平浪靜，天地茫茫；潮聲人語，隱約飄蕩；孤山高閣，倚翠凌空；江流蒼碧，煙霧迷濛。此番描畫可作海上月出之布景，其「無浪」二句，一靜一動，堪為月出之前兆，所謂「海上明月共潮生」。「惟見」二句落到觀月，言月宮門外雲霧重重，為月出之序幕。

下片描述「月上」情景，全從主觀感受落筆。「不知」三句為海上月出之奇幻景象，山島海面，月輝映照，雲水相融。身臨其境，茫茫不知何處。「倩誰問」承「何處」。「淩波輕步」、「乘鸞秦女」，一為水神，喻水中月，一為仙女，喻空中月。水中月近人，故生問訊之念。然而無人為問，仰望空中月漸遠，遙想月庭仙舞正酣，徒自凝神悵惘。欲借長笛遣愁緒，卻怕驚醒水底魚龍，翻騰噴吐，頓作風雨，敗壞海天月色。末三句潛轉跌宕，虛筆作結，暗應觀月。

詞作構思立足於題中「觀」字，上片為「月上」前所觀之景，下片為「觀月上」之感。筆調虛實相映，詞境浩渺清奇，超然塵表。

後記

十多年前，臺灣三民書局的張加旺先生來上海為「古籍今注新譯叢書」組稿，請業師王水照教授主持部分宋代文學典籍的注譯工作，我有幸承擔《新譯辛棄疾詞選》和《新譯絕妙好詞》兩部書稿的編著。前者於二〇一五年出版，後者近日才看完清樣，算來歷時實在太久。這一方面是因為教學等事務繁多；另一方面則是因為古典詩詞作品的注譯研析，實屬不易，這也是我想要在此談的一點體會。

兩部書稿均屬普及讀物。注釋、語譯、研析是普及古代文學經典的基本手段，三者形成解讀作品的遞進三層次。先說注釋，此為語譯、研析之基礎，借助工具書以及相關箋注本，難度不大，但也偶有釋義難定者，如本書卷五所錄莫崙〈生查子〉：「三兩信涼風，七八分圓月。」據對仗句式揣度，「三兩信」疑指三兩陣，「信」作「陣」解，或從「伸展」一義引申而來，但此解既無字書辭典依據，也無其他用例佐證，實則只能存疑。

說及字詞釋義之用例，這是我頗為看重的。兩部書稿中的注釋部分都有所體現，往往一項釋義選取多個用例，大都為前人或時人用例，間有後人用例。這大多並非揭示語典，而是佐證所釋義項，同時也在一定程度上呈現宋人詞作之用語源泉和背景，見出宋代文人重視多讀書之風尚。黃庭堅推崇「老杜作詩、退之作文，無一字無來處」，謂「後人讀書少，故謂韓、杜自作此語耳」，勉勵其外甥洪芻「少加意讀書，古人不難到也」（〈答洪駒父書〉），湯衡稱張孝祥詞作「未有一字無來處」（〈張紫薇雅詞序〉）。所謂「無一字無來處」，其含義恐怕不僅是語典上的承襲，更主要的是指多讀書且能浸潤融化，創作用語妥貼雅致，有來處而無明確襲用跡象，體現出的是多讀書孕育的創作素養。

詞作用語有明確襲用或化用跡象則屬語典，如杜牧〈歎花〉詩句「狂風落盡深紅色，綠葉成陰子滿枝」，即屢被宋代詞人襲用，本書所錄詞作就有多處，注釋中均已揭示。這裏想要附帶說明的是杜牧此詩的標題和異文問題。此詩本無題，晚唐于鄴《揚州夢記》、高彥休《唐闕史》卷上所錄均為：「自是尋春去較遲，不須惆悵怨芳時。狂風落盡深紅色，綠葉成陰子滿枝。」宋以後出現異文，《苕溪漁隱叢話》後集卷十五錄《麗情集》作：「自恨尋芳到已遲，往年曾見未開時。如今風擺花狼藉，綠葉成陰子滿枝。」兩種文本，後世均有承襲，大略宋人多承前者，明人多承後者。詩題蓋始於洪邁《萬首唐人絕句詩》、劉克莊《千家詩選》，二書載錄文本各異，皆題作〈歎花〉。明人選錄此詩亦題作〈歎花〉。《全唐詩》則錄作二詩二題：一題〈歎花〉，文本同《麗情集》；一題〈悵詩〉，文本同《唐闕史》。一詩因異文而分作二詩二題，欠妥。又，〈悵詩〉一題乃據宋人筆記中「為悵別詩」、「悵而為詩」語擬定，太寬泛。考校現存相關文獻資料，此詩題作〈歎花〉較〈悵詩〉為佳，文本異文可兩存，以唐人所錄為勝，故本書引錄此詩題作〈歎花〉，文本從《唐闕史》。

再說語譯和研析，較比中國古代文、賦以及文言小說，古典詩詞的語譯或更具難度，因其獨有的句式音律之美、情韻意境之美，很難完美轉譯，故而有觀點認為古典詩詞無法語譯。其實不可一概而論，當分別言之。首先應該區分出的是古典詩詞中不必語譯者，如不少用語淺易的樂府詩及詞、曲等。其次是不同題材內容和表現手法的作品，語譯難度有別。敘事記遊、議論說理類作品，脈絡清晰，意趣鮮明，語譯不難；寫景言情、比興寄託類作品，情景交融、意境幽隱，語譯難度較大。詞作多屬後者，尤其是南宋雅詞，《絕妙好詞》堪稱典範選本。其作品之語譯，須兼顧音律和意境，多有頗費斟酌之處。略舉一例，如吳文英〈青玉案〉「短亭芳草長亭柳。記桃葉、煙江口」二句，追憶與佳人分別情境，用語並不晦澀，然語譯時力求傳達其韻味情境，仍數易其稿，初譯作：「短亭邊，萋萋芳草；長亭旁，依依楊柳。常記得，佳人相別於煙江渡口。」後改為：「長亭短亭，萋萋芳草，依依垂柳。難忘佳人相別於煙江渡口。」最後定稿作：「長亭短亭，芳草萋萋，垂柳依依。難忘懷，佳人相別，煙迷江口。」詞中「短亭」、「長亭」為互文，故併置一處；「垂柳」較「楊柳」更能烘托愁別場景；「芳草萋萋，垂柳依依」為主謂結構，更能展現芳草、垂柳之情狀，映襯依依惜別深情；「佳人相別於煙江渡口」為敘述筆調，「佳人相別，煙迷江口」為描述筆調，更能呈現別離意境。用韻上，原詞不換韻，語譯換韻，但首二韻「萋」、「依」與末尾「歸」、「悴」二韻，同部呼應，亦不失其韻律之美。吳文英此詞並非興寄幽隱之作，但要譯出其情韻意境亦屬不易。此例也見出古典詩詞語譯實無止境，難臻完美。

語譯立足於字詞句之釋義，也關涉對作品情事意境的解讀，即與作品研析相輔相成。較比注釋和語譯，研析具有較多主觀色彩，同一作品，不同讀者會有不盡相同乃至截然不同的解讀。書中「研析」部分只供讀者參考。細讀詞作，解析詞法，揭示詞情，不作過度解讀，是我研析詞作自定的基本規則。此外如創作背景緣由及繫年等，詞作大多難以考定，不作揣度；少數有據可依者，如張孝祥〈念奴嬌〉（洞庭青草）、辛棄疾〈摸魚兒〉（更能消幾番風雨）等，則略作說明。

以上是我在書稿付印之前想要補充的幾點。最後我要感謝編輯部諸君的細心校稿，不少訛誤疏漏得以糾正彌補。

二〇二三年三月

古籍今注新譯叢書

【哲學類】

新譯四書讀本　謝冰瑩等編譯
新譯學庸讀本　王澤應注譯
新譯論語新編解義　胡楚生編著
新譯孝經讀本　賴炎元等注譯
新譯易經讀本　郭建勳注譯
新譯周易六十四卦經傳通釋　黃慶萱注譯
新譯乾坤經傳通釋　黃慶萱注譯
新譯易經繫辭傳解義　吳　怡著
新譯禮記讀本　姜義華注譯
新譯儀禮讀本　顧寶田等注譯
新譯孔子家語　羊春秋注譯
新譯老子讀本　余培林注譯
新譯帛書老子　趙　鋒注譯
新譯老子解義　吳　怡著
新譯莊子讀本　黃錦鋐注譯
新譯莊子讀本　張松輝注譯
新譯莊子本義　水渭松注譯
新譯莊子內篇解義　吳　怡著
新譯列子讀本　莊萬壽注譯
新譯管子讀本　湯孝純注譯
新譯墨子讀本　李生龍注譯
新譯公孫龍子　丁成泉注譯
新譯晏子春秋　陶梅生注譯
新譯鄧析子　徐忠良注譯
新譯荀子讀本　王忠林注譯
新譯尹文子　徐忠良注譯
新譯尸子讀本　水渭松注譯
新譯鶡冠子　趙鵬團注譯
新譯鬼谷子　王德華等注譯
新譯韓非子　傅武光等注譯
新譯呂氏春秋　朱永嘉等注譯
新譯韓詩外傳　孫立堯注譯
新譯淮南子　熊禮匯注譯
新譯春秋繁露　朱永嘉等注譯
新譯新書讀本　饒東原注譯
新譯新語讀本　王　毅注譯
新譯潛夫論　彭丙成注譯
新譯論衡讀本　蔡鎮楚注譯
新譯申鑒讀本　林家驪等注譯
新譯人物志　吳家駒注譯
新譯張載文選　張金泉注譯
新譯近思錄　張京華注譯
新譯傳習錄　李生龍注譯
新譯呻吟語摘　鄧子勉注譯
新譯明夷待訪錄　李廣柏注譯

【文學類】

新譯詩經讀本　滕志賢注譯
新譯楚辭讀本　林家驪注譯
新譯楚辭讀本　傅錫壬注譯
新譯文心雕龍　羅立乾注譯
新譯六朝文絜　蔣遠橋注譯
新譯世說新語　劉正浩等注譯
新譯昭明文選　周啟成等注譯
新譯古文觀止　謝冰瑩等注譯
新譯古文辭類纂　黃　鈞等注譯
新譯樂府詩選　溫洪隆注譯
新譯古詩源　馮保善注譯
新譯千家詩　邱燮友等注譯
新譯詩品讀本　成　林等注譯
新譯花間集　朱恒夫注譯
新譯南唐詞　劉慶雲注譯
新譯絕妙好詞　聶安福注譯
新譯唐詩三百首　邱燮友注譯
新譯宋詩三百首　陶文鵬注譯
新譯宋詞三百首　汪　中注譯
新譯宋詞三百首　劉慶雲注譯
新譯元曲三百首　賴橋本等注譯
新譯明詩三百首　趙伯陶注譯
新譯清詩三百首　王英志注譯
新譯清詞三百首　陳水雲等注譯
新譯唐人絕句選　卞孝萱等注譯
新譯唐才子傳　戴揚本注譯
新譯拾遺記　石　磊注譯
新譯搜神記　黃　鈞注譯
新譯唐傳奇選　束　忱等注譯
新譯宋傳奇小說選　束　忱注譯
新譯明傳奇小說選　陳美林等注譯

新譯容齋隨筆選　朱永嘉等注譯
新譯明散文選　周明初注譯
新譯明清小品文選　馬自毅注譯
新譯人間詞話　鄭　婷注譯
新譯白香詞譜　劉慶雲注譯
新譯幽夢影　馮保善注譯
新譯菜根譚　吳家駒注譯
新譯小窗幽記　馬美信注譯
新譯圍爐夜話　馬美信注譯
新譯郁離子　吳家駒注譯
新譯歷代寓言選　黃瑞雲注譯
新譯賈長沙集　林家驪注譯
新譯揚子雲集　葉幼明注譯
新譯曹子建集　曹海東注譯
新譯建安七子詩文集　韓格平注譯
新譯阮籍詩文集　林家驪注譯
新譯嵇中散集　崔富章注譯
新譯陸機詩文集　王德華注譯
新譯陶淵明集　溫洪隆注譯
新譯江淹集　羅立乾等注譯
新譯庾信詩文選　歸　青注譯
新譯初唐四傑詩集　李福標注譯
新譯駱賓王文集　黃清泉注譯
新譯王維詩文集　陳鐵民注譯
新譯孟浩然詩集　楊　軍注譯
新譯李白詩全集　郁賢皓注譯
新譯李白文集　郁賢皓注譯
新譯杜甫詩選　張忠綱等注譯

新譯杜詩菁華　林繼中注譯
新譯高適岑參詩選　孫欽善等注譯
新譯昌黎先生文集　周啟成等注譯
新譯劉禹錫詩文選　閻　琦注譯
新譯柳宗元文選　卞孝萱等注譯
新譯白居易詩文選　陶　敏等注譯
新譯元稹詩文選　郭自虎注譯
新譯李賀詩集　彭國忠注譯
新譯杜牧詩文集　張松輝注譯
新譯李商隱詩選　朱恒夫等注譯
新譯范文正公選集　王興華等注譯
新譯蘇洵文選　羅立剛注譯
新譯蘇軾文選　滕志賢注譯
新譯蘇軾詞選　鄧子勉注譯
新譯蘇轍文選　朱　剛注譯
新譯曾鞏文選　高克勤注譯
新譯王安石文選　沈松勤注譯
新譯唐宋八大家文選　鄧子勉注譯
新譯柳永詞集　侯孝瓊注譯
新譯李清照集　姜漢椿等注譯
新譯陸游詩文選　韓立平注譯
新譯辛棄疾詞選　聶安福注譯
新譯歸有光文選　鄔國平注譯
新譯唐順之詩文選　馬美信注譯
新譯徐渭詩文選　周　群等注譯
新譯薑齋文集　平慧善注譯
新譯顧亭林文集　劉九洲注譯
新譯納蘭性德詞　馮　乾注譯

新譯方苞文選　鄔國平等注譯
新譯鄭板橋集　朱崇才注譯
新譯袁枚詩文選　王英志注譯
新譯李慈銘詩文選　潘靜如注譯
新譯聊齋誌異選　任篤行等注譯
新譯閱微草堂筆記　嚴文儒注譯
新譯浮生六記　馬美信注譯
新譯弘一大師詩詞全編　徐正綸編著

【歷史類】

新譯史記　韓兆琦注譯
新譯漢書　吳榮曾等注譯
新譯後漢書　魏連科等注譯
新譯三國志　吳樹平等注譯
新譯資治通鑑　韓兆琦等注譯
新譯史記—名篇精選　韓兆琦注譯
新譯尚書讀本　吳　璵注譯
新譯尚書讀本　郭建勳注譯
新譯周禮讀本　賀友齡注譯
新譯逸周書　牛鴻恩注譯
新譯左傳讀本　郁賢皓等注譯
新譯公羊傳　雪　克注譯
新譯穀梁傳　顧寶田注譯
新譯春秋穀梁傳　周　何注譯
新譯戰國策　溫洪隆注譯
新譯國語讀本　易中天注譯
新譯說苑讀本　左松超注譯
新譯說苑讀本　羅少卿注譯

新譯新序讀本　葉幼明注譯
新譯吳越春秋　黃仁生注譯
新譯西京雜記　曹海東注譯
新譯列女傳　黃清泉注譯
新譯越絕書　劉建國注譯
新譯燕丹子　曹海東注譯
新譯東萊博議　李振興等注譯
新譯唐六典　朱永嘉等注譯
新譯唐摭言　姜漢椿注譯

宗教類

新譯金剛經　徐興無注譯
新譯高僧傳　朱恒夫等注譯
新譯碧巖集　吳　平注譯
新譯百喻經　顧寶田注譯
新譯楞嚴經　賴永海等注譯
新譯梵網經　王建光注譯
新譯圓覺經　商海鋒注譯
新譯法句經　劉學軍注譯
新譯六祖壇經　李中華注譯
新譯禪林寶訓　李中華注譯
新譯維摩詰經　陳引馳等注譯
新譯經律異相　顏洽茂注譯
新譯阿彌陀經　蘇樹華注譯
新譯無量壽經　邱高興注譯
新譯無量壽經　蘇樹華注譯
新譯妙法蓮華經　張松輝注譯
新譯景德傳燈錄　顧宏義注譯
新譯大乘起信論　韓廷傑注譯
新譯釋禪波羅蜜　蘇樹華注譯
新譯八識規矩頌　倪梁康注譯
新譯永嘉大師證道歌　蔣九愚注譯
新譯華嚴經入法界品　楊維中注譯
新譯地藏菩薩本願經　李承貴注譯
新譯悟真篇　劉國樑等注譯
新譯无能子　張松輝注譯
新譯坐忘論　張松輝注譯
新譯列仙傳　張金嶺注譯
新譯抱朴子　李中華注譯
新譯神仙傳　周啟成注譯
新譯性命圭旨　傅鳳英注譯
新譯老子想爾注　顧寶田等注譯
新譯周易參同契　劉國樑注譯
新譯道門觀心經　王　卡注譯
新譯養性延命錄　曾召南注譯
新譯樂育堂語錄　戈國龍注譯
新譯沖虛至德真經　張松輝注譯
新譯長春真人西遊記　顧寶田等注譯
新譯黃庭經・陰符經　劉連朋等注譯

軍事類

新譯司馬法　王雲路注譯
新譯尉繚子　張金泉注譯
新譯三略讀本　傅　傑注譯
新譯六韜讀本　鄔錫非注譯
新譯吳子讀本　王雲路注譯
新譯孫子讀本　吳仁傑注譯
新譯李衛公問對　鄔錫非注譯

教育類

新譯爾雅讀本　陳建初等注譯
新譯顏氏家訓　李振興等注譯
新譯聰訓齋語　馮保善注譯
新譯曾文正公家書　湯孝純注譯
新譯三字經　黃沛榮注譯
新譯百家姓　馬自毅等注譯
新譯幼學瓊林　馬自毅注譯
新譯增廣賢文・千字文　馬自毅注譯
新譯格言聯璧　馬自毅注譯

政事類

新譯商君書　貝遠辰注譯
新譯鹽鐵論　盧烈紅注譯
新譯貞觀政要　許道勳注譯

地志類

新譯山海經　楊錫彭注譯
新譯水經注　陳橋驛等注譯
新譯佛國記　楊維中注譯
新譯大唐西域記　陳　飛等注譯
新譯洛陽伽藍記　劉九洲注譯
新譯徐霞客遊記　黃　珅注譯
新譯東京夢華錄　嚴文儒注譯

◎新譯花間集

朱恒夫／注譯
耿湘沅／校閱

《花間集》是五代後蜀趙崇祚於後蜀廣政三年(西元九四一年)所編纂的，為歷史上最早的詞集。收錄溫庭筠、韋莊等十八人的詞作共五百闋。綺靡柔豔、漫抒閒愁是「花間」特色，開啟了詞家婉約一派。而融合民間詞調，創作新曲，又奠下詞律之基。行止花間，觀覽繽紛之餘，亦可見它在中國韻文學史上承先啟後的樞紐地位，影響後世詞壇極為深遠。本書以南宋紹興年間的晁刻本為主，參校近人的研究成果，除注譯詳盡外，每首詞後的賞析，更可見出注譯者用力之深。

國家圖書館出版品預行編目資料

新譯絕妙好詞／聶安福注譯.——初版一刷.——臺北市：三民，2023
面；　公分.——(古籍今注新譯叢書)

ISBN 978-957-14-7559-2（平裝）

833　　111017086

古籍今注新譯叢書

新譯絕妙好詞

注譯者　聶安福
責任編輯　林宜穎
美術編輯　林君柔

發行人　劉振強
出版者　三民書局股份有限公司
地址　臺北市復興北路 386 號 (復北門市)
臺北市重慶南路一段 61 號 (重南門市)
電話　(02)25006600
網址　三民網路書店 https://www.sanmin.com.tw

出版日期　初版一刷 2023 年 5 月
書籍編號　S030690
ISBN　978-957-14-7559-2

三民書局